谷长春／主编

满族口头遗产传统说部丛书

扈伦传奇（上）

　　明代后期，东北女真各部落称王争霸，几乎于同一时期建立了哈达、乌拉、叶赫、辉发四个民族地方政权，史称"扈伦四部"。四部相互攻战，争夺统一女真的领导权，终于自我消耗，最后为新兴势力建州女真努尔哈赤所灭。本书就是讲述群雄逐鹿，四部兴亡的传说故事。

呼伦纳兰氏／秘传　　赵东升／整理

吉林人民出版社

满族口头遗产传统说部丛书

爱新觉罗·乌拉熙春 题

满族说部是我国非物质文化遗产的瑰宝

周巍峙 题 丙戌年

满族说部是北方民族的百科全书

九十三翁贾芝

丙戌之春

满族说部

传承人前清打牲乌拉总管衙门四品左翼翼领纳剌氏·双庆（十七辈）

赵东升祖父前清委官中医赵国英（十八辈），号崇禄，与其妻刘氏

传承人赵东升在家谱前向族人传讲《扈伦传奇》中的祖先业绩

荆宏摄影

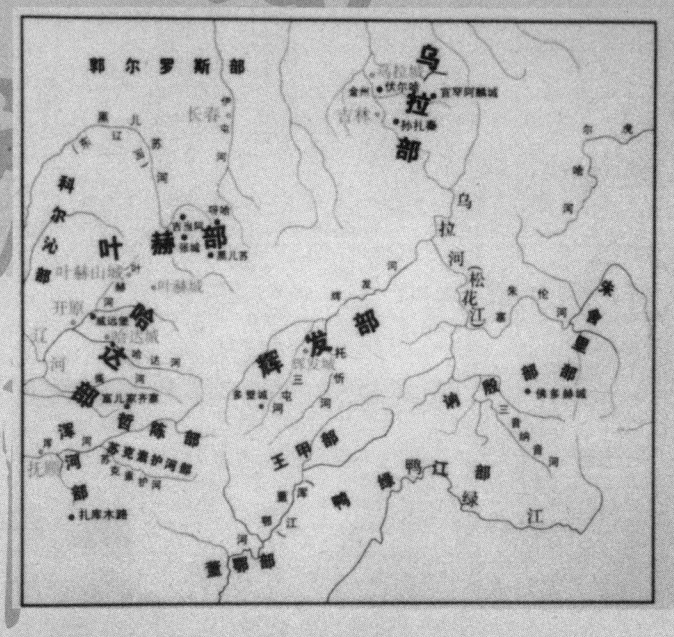

荆宏摄影　　扈伦四部分布图（摄于吉林省伊通满族博物馆）

以下图片均为赵东升摄影

吉林省吉林市乌拉古城内罗城城墙

乌拉国王宫紫禁城城墙暨城门遗址　　　　吉林省梨树县叶赫西城外城遗址

叶赫东城内城遗址

赵东升提供图片

吉林省辉南县辉发城遗址

荆宏摄影

辉发扈尔奇山城　　　　　　　　荆宏摄影

赵东升摄影

在辽宁省开原市哈达部遗址采集到的明代青花瓷片

荆宏摄影

辽宁省新宾满族自治县赫图阿拉内城南门遗址

辽宁省新宾满族自治县费阿拉城遗址　　　辽宁省苏子河畔之古勒山

荆宏摄影　　　　　　　　　　　　　　　赵东升摄影

满族口头遗产传统说部丛书编委会

主　编：谷长春
副主编：吴景春　周维杰　荆文礼

编　委：（以姓氏笔画为序）
　　　　于　敏　王宏刚　王松林
　　　　尹俊明　朱　彤　邢万生
　　　　谷长春　吴景春　苑　利
　　　　周维杰　周殿富　荆文礼
　　　　赵东升　胡维革　曹保明
　　　　富育光　傅英仁　魏克信

编辑部主任：荆文礼（兼）

总 序

《满族口头遗产传统说部丛书》在文化部和中共吉林省委、省人民政府的领导与支持下，经过有关科研和文化工作者多年的辛勤努力和编委会的精选、编辑、审定，现在陆续和读者见面了。

中华民族大家庭中的满族，同其他民族一样有着自己独特的文化源流，作为非物质文化遗产的满族传统说部，是满族民族精神和文化传统的重要载体之一。"说部"，是满族及其先民传承久远的民间长篇说唱形式，是满语"乌勒本"（ulabun）的汉译，为传或传记之意。20世纪初以来，在多数满族群众中已将"乌勒本"改为"说部"或"满族书"、"英雄传"的称谓。说部最初用满语讲述，清末满语渐废，改用汉语并夹杂一些满语讲述。在漫长的历史进程中，满族各氏族都凝结和积累有精彩的"乌勒本"传本，如数家珍，口耳相传，代代承袭，保有民族的、地域的、传统的、原生的形态，从未形成完整的文本，是民间的口碑文学。清末以来，我国社会发生了翻天覆地的变化，由于历史的、社会的、政治的、文化的诸多原因，满族古老的习俗和原始文化日渐淡化、失忆甚至被遗弃，及至"文革"，满族传统说部已濒临消亡。抢救与保护这份珍贵的民族文化遗产已迫在眉睫。现在奉献给读者的《满族口头遗产传统说部丛书》，是抢救与保护满族传统说部的可喜成果。

吉林省的长白山是满族的重要发祥地。满族及其先民世世代代在白山黑水间繁衍生息，建功立业，这里积淀着深厚的满族文化底蕴，也承载着满族传统说部流传的历史。吉林省抢救满族传统说部的工作始于20世纪80年代初。在党的十一届三中全会解放思想、拨乱反正精神的指引下，民族民间文化遗产重新受到重视，原吉林省社会科学院有关科研人员，冲破"左"的思想束缚，率先提出抢救满族传统说部的问题，得到了时任吉林省社会科学院院长、历史学家佟冬先生的支持，并具体组织实施抢救工作。自1981年起，我省几位科研工作者背起行囊，深入到吉林、黑龙江、辽宁、北京以及河北、四川等满族聚居地区调查访问。他们历经四五年的艰辛，了解了满族说部在各地的流传情况，掌握了第一手资料，并对一些传承人讲述的说部进行了录音。后来由于各种原因使有组织的抢救工作中断了，但从事这项工作的科研人员始终怀有抢救满族说部的"情结"，工作仍在断断续续地进行。1998年，吉林省文化厅在从事国家艺术科学规划重点项目《十大艺术集成志书》的编纂工作中，了解到上述情况，感到此事重大而紧迫，于是多次向文化部领导和专家、学者汇报、请教。全国艺术科学规划领导小组组长、中国文联主席周巍峙同志，文化部社文图司原司长陈琪林同志，著名专家学者钟敬文、贾芝、刘魁立、乌丙安、刘锡诚等同志都充分肯定了抢救满族传统说部的重要意义，并提出许多指导性的意见。几经周折，在认真准备、具体筹划的基础上，于2001年8月，吉林省文化厅重新启动了这项工程。2002年6月，经吉林省人民政府批准，省文化厅成立了吉林省中国满族传统说部艺术集成编委会，团结省内外一批专家、学者和有识之士，积极参与满族说部的抢救、保护工作。

  这项工作，得到中国民间文艺家协会以及黑龙江、辽宁、北京、河北、吉林等省市民间文艺家协会和有关人士的认同与无私帮助，特别是得到了文化部和有关部门的鼎力支持。2003年8月，满族传统说部艺术集成被批准为全国艺术科学"十五"规划国家课题；2004年4月，被文化部列为中国民族民间文化保护工程试点项目；2006年5月被国务院批准为第一批国家级非物质文化遗产名录。这使我们增强了责任感、使命感和克服困难的信心。根据文化部和中国民族民间文化保护工程国家中心有关指示精神，我们对满族说部采取全面的保护措施，不但要忠实记录，保护好文本，还要保护传承人及其知识产权；不但要保护与说部的讲述内容和表现形式相关的资料，还要保护与说部传承相关的文物，从而对满族说部这一口头遗产进行整体保护。我们坚持保护为主、抢救第一的原则，以只争朝夕的精神，组织科研人员到满族聚居地区深入普查，扩大线索，寻源探流，查访传承人，利用现代化手段，通过录音、录像、文字记录等方式采录传承人讲述的说部。在记录整理过程中，不准许增删、编改，只是在文法、句式、史实方面作适当的梳理和调整，严格保持满族传统说部的原创性、科学性、真实性，保持讲述人的讲述风格、特点，保持口述史的原汁原味。

几年来的工作,使我们深感"抢救"二字的重要。目前健在的传承人多已年逾古稀,体弱多病,渐渐失去记忆。就在二三年前,我们刚刚采录完傅英仁、马亚川讲述的说部,还没来得及进一步发掘其记忆宝库,他们就溘然长逝了。一些熟悉往昔满族古老生活的长者和说部传承人,如二十多年前我们曾经访问过的黑龙江省的富希陆、杨青山、关墨卿、孟晓光,吉林省的何玉霖、许明达、关士英、赵文金、胡达千、张淑贞,辽宁省的张立忠,北京市的陈氏兄弟、富察·庄净,河北省的王恩祥,四川省的刘显之等先生都已相继谢世,使其名传遐迩、珍藏在记忆中的说部无以名世,成为永远的遗憾。今天出版这套丛书,也是对他们最好的纪念。

《满族口头遗产传统说部丛书》所选的作品,都是满族各氏族传承人讲述的优秀传统说部的忠实记录,反映了满族及其先民自强不息、勤劳创业、爱国爱族、粗犷豪放、骁勇坚韧的民族精神,具有很强的思想震撼力和艺术感染力,可以说是我国民间文学中的宝贵珍品,具有较高的科学价值。它的出版,不仅是对弘扬我国优秀民族文化遗产,建设社会主义先进文化的贡献,而且也为世界非物质文化遗产保护工程增添了一分光彩。

一、满族传统说部产生的历史渊源

满族及其先民是一个有着悠久历史的古老民族。满族的先民肃慎人自古就在白山黑水一带繁衍。据《山海经》载:"东北海之外……大荒山中有山,名曰不咸,有肃慎氏之国。"据《孔子家语》卷四载:肃慎就以"楛矢石砮"为信物贡服于周天子。而后,汉、魏、晋、南北朝之挹娄、勿吉,隋唐之靺鞨,辽宋之女真,明清之满洲,这些同属于肃慎族系,只是不同朝代称谓不同罢了。唐朝初年,靺鞨人曾建立"渤海国",是北方少数民族的地方政权,史称"海东盛国"。辽代以降,满族先世黑水女真部迅速崛起,其首领阿骨打,承继祖业,敏黾韬晦,扫平有二百余年历史的桀骜恃强的庞然大国——辽王朝,建立了雄踞北方的大金王朝。到金世宗乌禄时代,在文化和经济等诸方面均达到了鼎盛时期,史称"小尧舜"。明末,建州女真首领努尔哈赤统一女真诸部,建立中国历史上又一个东北少数民族地方政权"后金"。其后人又从建立大清国,到打败明王朝,定鼎中原。满族及其先民绵长的一脉相承的历史，是满族传统说部赖以产生的客观基础。

满族是一个创造源远流长、光辉灿烂文化的民族。满族及其先民女真人作为北方边远的游牧、渔猎少数民族，能够两度逐鹿中原，建立政权时间长达420年，对统一中国版图，形成多元一体的历史格局产生了深远影响，做出了重要贡献，这是与其以自己的文化养育顽强、坚毅的民族精神分不开的。一方水土养一方人。满族及其先民历经三千余年的风雨沧桑，世代生活在广袤数千里的山林原野，征伐变乱的砥砺，苦寒环境的锤炼，培育了自己的民族精神与品格，使他们成为粗犷剽悍、质朴豪爽、善歌尚勇、多情重义，"精骑射，善捕捉，重诚实，尚诗书，性直朴，习礼让，务农敦本"（引自《盛京通志》）的民族。渤海的武人颇喜角斗，以骁勇为荣，有"三人渤海当一虎"（引自宋·洪皓《松漠纪闻》）之谚。靺鞨人盛行歌舞之风，其渤海乐不仅传入中原王朝和日本，而且在民间不断延续流传。金太祖完颜阿骨打在对辽作战相当激烈的时候，便命开国元勋完颜希尹创制女真文字，在金朝建国不久的太祖天辅三年（1119年）正式颁行，当时被称为国书。女真有了文字，促进了文化的发展，以歌伴舞在民间广为盛行。有些贵族子弟为求佳偶，常"携尊驰马，戏饮其地，妇女闻其至，多聚观之，间令侍坐，与之酒则饮，亦有起舞讴歌以侑觞者"（见《三朝北盟会编》）。这说明，女真民间一直保持先祖古朴的风俗习惯。随着北宋灭亡，金人大量入关，女真民间歌舞很快传遍中原大地，甚至在金、元杂剧中广为传唱。满洲统治者从建立后金到入主中原，注意保持满族及其先民尚武骑射和语言风俗方面的独立性，努尔哈赤时期创制满文，皇太极时期改革老满文，推动了民族文化的发展。康、雍、乾等几代皇帝，在强调"国语骑射"为治国之本的同时，也注意各民族之间的文化交流与融合，特别是积极吸收汉文化。这是满族传统说部得以滥觞的文化根源。

几度争战几度崛起，几度鼎盛几度衰落，漫长的历史充满着可歌可泣的英雄人物和壮烈悲怆的故事，构筑了深厚的文化根基，从而孕育和产生了古朴而悠久的满族民间口头文学——传统说部。满族说部的形成与传播，历史相当久远。满族先民，在从肃慎、挹娄到靺鞨以及创建大金国的历史过程中，各氏族、部落迁徙、动荡、分合频繁，到明中叶以后，随着女真社会内部矛盾日益尖锐，强凌弱，众暴寡，各部落之间互相争雄，连年战乱，及至进入清代，内部争斗不断，外患与内祸迭起，这使各个氏族都无法选择地交织在历史的漩涡里，涌现众多的英雄人物和感人的业绩。满族及其先民凭借自己对善恶美丑的感受和对社会现象的审视，把一桩桩、一件件值得传诵、讴歌的人和事，详细地记载在各个氏族世代传袭的口碑之中，以此谈古论今。为此，不遗余力地随时积累、记录、采集、传扬本氏族的英雄故事，以光耀门楣，激励族人。满族诸姓氏间，都以据有"乌勒本"而赢得全族的拥戴和尊重，"乌勒本"令族众铭记和崇慕。

满族传统说部的广泛流传得益于"讲古"的习俗。满族及其先世女真人，是一个讲究慎终追远，重视求本寻根的民族。他们通过"讲古"、"说史"、"唱颂根子"的活动，将"民间记忆"升华为世代传承的说部艺术。讲古，就是一族族长、萨满或德高望重的老人讲述族源传说、家族历史、民族神话以及萨满故事等。元人宇文懋昭所撰的《金志》中说，女真金代习俗，"贫者以女年笄行歌于途，其歌也乃自叙家世"。这说明在女真时期就有"行歌于途"，"自叙家世"的讲古习俗。据《金史》卷六六载："女真既未有文字，亦未尝有记录，故祖宗事皆不载。宗翰好访问女真老人，多得祖宗遗事。"从中可知，金代初期民间讲古的习俗就很盛行，已引起上层统治者的重视。据《金史·乐志》载：世宗不令女真后裔忘本，重视女真纯实之风，大定二十五年四月，幸上京，宴宗室于皇武殿，共饮乐。在群臣故老起舞后，自己吟歌，"上歌曲道祖宗创业艰难……歌至慨想祖宗音容如睹之语，悲感不复能成声"。世宗及群臣参与"唱颂根子"的活动，势必张扬民间讲古的习俗。满族先人的故事在"讲古"中传播，在传播中又不断被加工、修改或产生新的故事。讲古不单单是本氏族内部的事，各氏族间互相比赛，场面十分热烈。据《爱辉十里长江俗记》中记载："满洲众姓唱诵祖德至诚，有竞歌于野者，有设棚聚友者。此风据传康熙年间来自宁古塔，戍居爱辉沿成一景焉。"由此可见，满族早年讲唱"乌勒本"，是相当活跃的，甚而搭棚竞歌，聚众观之。此景与我国南方一些民族的歌圩相类似。

满族及其先民将"讲古"、"说史"、"唱颂根子"的"乌勒本"，推崇到神秘、肃穆和崇高的地位，考其源，同满族先民所虔诚信仰的原始宗教萨满教的多元神崇拜观念，有着十分密切的关系。原始先民在漫长的社会劳动和生活中，由于生产力的极端低下，无力与强大的自然力抗衡，于是幻想在人的周围有一种超自然的力量主宰一切，并认为自然的东西都有灵魂，是他们控制着人类，给人类带来幸福，也带来灾难。正如恩格斯所说的，"由于自然力被人格化了，最初的神产生了"。这就是万物有灵论和原始神话。原始先民有了原始信仰和原始神话，便利用各种方法举行祭祀，向神灵祈祷、膜拜，于是产生了原始宗教，即萨满教。在萨满教诸神中，除自然神祇、动物神祇（包括图腾神祇）外，最重要而数目繁多者便是人神，即祖先英雄神祇。宗教与民俗从来就是形影相随的，"讲古"的习俗与萨满教的祭祀仪式结合了起来。满族及其先民以讲唱氏族英雄史传为中心主题的说部艺术，正是依照传统的宗教习俗，对本族英雄业绩和不平凡经历的讴歌和礼赞。人们对祖先英雄神，供奉它，赞美它，毕恭毕敬，祈祷祖灵保佑族众，荫庇子孙。萨满教极力崇奉祖灵，亦包括对本族历世祖先和英雄神祇的讴歌与缅怀。所以，在萨满祭祀中，有众多歌颂和祈祷祖先神祇的神谕、赞文、诗文和祷语，亦有叙事体的长篇祖先英雄颂词。满族及其先民的"颂祖"、"讲祖"礼俗，世代承继不衰，是因为把勉励子孙铭记祖先创业艰难，承继祖德宗功，继往开来，奋志蹈进，作为祖先崇拜的根本目的和信条。特别是乾隆十七年颁布的《钦命满洲跳神祭天典礼》，统一了萨满祭规，使萨满祭祀变成家族祭祖活动，把祖先崇拜推向高峰。经年累世，各氏族在集体智慧的滋育下，赞文日益丰富扩展，情节愈加凝炼集中，使之逐渐升华为长篇祖先颂歌。这也成为满族传统说部的一种源流。

二、满族传统说部的本体特征

满族传统说部经过千百年来的创作、传承和演变，形成了独特的表现空间和表现形式。满族先民自古"无文墨，以语言为约"（《太平御览》卷七八四），所以，说部是以口头形式产生和传承的，讲唱内容全凭记忆。最初记述手段，用一缕缕棕绳的纽结、一块块骨石的凹凸、一片片兽革的裂隙，刻述祖先的坎坷历程。这便是说部的最古老的形态，也叫"古本"、"原本"、"妈妈本"。满族人将这种"妈妈本"尊称"乌勒本"特曷。古人就是通过望图生意，看物想事，唱事讲古的。随着社会的发展，氏族中文化人的增多，满族说部的"妈妈本"逐渐用满文、汉文或汉文标音满文来简写提纲和萨满祭祀时赞颂祖先业绩的"神本子"。讲述人凭着提纲和记忆，发挥讲唱天赋，形成洋洋巨篇。

满族传统说部内容丰富，气势恢宏，它包罗天地生成、氏族聚散、古代征战、部族发轫兴亡、英雄颂歌、蛮荒古祭、生产生活知识等，每一部说部都是长篇巨著。满族说部之所以如此厚重，主要有以下三个方面的因素：

（一）关于记录和评说本氏族所发生的重大历史事件的说部，具有极严格的历史史实约束性，不允许隐饰，以翔实的根据来讲述；

（二）说部由氏族中德高望重、出类拔萃的专门成员承担整理和讲述义务，整理和讲述时吸收了众人谈资，所讲内容全凭记忆，口耳相传，无固定文本拘束，因而愈传愈丰愈精，是群体创作的累积；

（三）具有民间口头文学的生动性。说部多由一个主要故事为经线，辅以多个枝节故事为纬线，环环相扣，错综复杂，又杂糅地域的、民俗的奇特情景，加之口语化的北方语言，因而有深厚的文化积淀和感人的艺术魅力。

据我们掌握的三十余部满族说部来分析，从内容上可分为四种类型：

（一）窝车库乌勒本：俗称"神龛上的故事"，是由氏族的萨满讲述，并世代传承下来的萨满教神话和萨满祖师们的非凡神迹。窝车库乌勒本主要珍藏在萨满的记忆与一些重要的神谕及萨满遗稿中，如黑水女真人创世神话《天宫大战》、东海萨满创世史诗《乌布西奔妈妈》、爱辉地区流传的《音姜萨满》、《西林大萨满》等。

（二）包衣乌勒本：即家传、家史。如富察氏家族富希陆、傅英仁从爱辉、宁安传承的姊妹篇《萨大人传》和《萨布素将军传》（又名《老将军八十一件事》），黑龙江省双城县马亚川先生承袭的《女真谱评》，河北石家庄王氏家族传承的《忠烈罕王遗事》，乌拉部首领布占泰后裔赵东升先生承袭祖传的《扈伦传奇》，富氏家族传承的《顺康秘录》、《东海沉冤录》，傅英仁先生传承的《东海窝集传》等。

（三）巴图鲁乌勒本：即英雄传。满族说部有关这方面的内容很丰富，可分为两大类：一是真人真事的传述，如金代的《金兀术传》，明末清初的《两世罕王传》（又名《漠北精英传》）、《雪妃娘娘和包鲁嘎汗》，清中期的《飞啸三巧传奇》等；一是历史传说人物的演义，如《乌拉国佚史》、《佟春秀传奇》等。

（四）给孙乌春乌勒本：即说唱故事。这部分主要歌颂各氏族流传已久的历史传说中的英雄人物，如渤海时期的《红罗女》、《比剑联姻》，明代的《白花公主传》以及民间说唱故事《姻缘传》、《依尔哈木克》等。

满族传统说部在长期流传中形成了自己独特的风格，凝聚了有别于其他口头文学的鲜明特征。主要表现在：

（一）讲述环境的严肃性。各氏族讲唱"乌勒本"是非常隆重而神圣的事情。一般在逢年遇节、男女新婚嫁娶、老人寿诞、喜庆丰收、氏族隆重祭祀或葬礼时讲唱"乌勒本"。讲唱"乌勒本"之前，要虔诚肃穆地从西墙祖先神龛上，请下用石、骨、木、革绘成的符号或神谕、谱牒，族众焚香、祭拜。讲述者事前要梳头、洗手、漱口，听者按辈分依序而坐。讲毕，仍肃穆地将神谕、谱牒等送回西墙上的祖宗匣子里。这一系列程序表明有严格的内向性和宗教气氛。不像平时讲"朱奔"（意为故事、瞎话）那样随便地姑妄言之，姑妄听之。

（二）讲述目的的教化性。满族传统说部与萨满祖先崇拜的敬祖、颂祖、祭祖观念密切相关。讲述祖先过去的事情，都是真实地记述，是对祖先英雄业绩的虔诚赞颂，不允许隐瞒粉饰和随意编造，否则则认为是对祖先的不敬。讲唱说部的目的，不只是消遣和余兴，而是非常崇敬地视为培育儿孙的氏族课本和族规祖训，是对族人进行爱国、爱族、爱家的教育，起到增强氏族凝聚力的作用。因此，讲述内容、目的以及题材艺术化程度，均与话本、评书有较大区别。

（三）讲述形式的多样性。满族传统说部多为叙事体，以说为主，或说唱结合，夹叙夹议，活泼生动，并偶尔伴有讲叙者模拟动作表演，尤增加讲唱的浓烈气氛。从《萨大人传》和《飞啸三巧传奇》中我们可以看出，有说有唱，甚至还记录了讲唱的曲谱。讲唱说部关键在于说，说讲究真、细、险、趣四个字。真，即真实，故事情节合情入理，真实可信；细，即细腻，绘声绘色，细致入微；险，即惊险，突出关键的地方，有悬念，有艺术魅力；趣，即语言要风趣幽默，使人发笑。说唱时多喜用满族传统的以蛇、鸟、鱼、狍等皮革蒙制的小花抓鼓和小扎板伴奏，情绪高扬时听众也跟着呼应，击双膝伴唱，构成跌宕氛围，引人入胜。

（四）传承的单一性。满族传统说部的承继源流，主要以氏族中的一支或家庭中直系传承为主，虽有师传，但多半是血缘承袭，祖传父、父传子、子子孙孙，承继不渝，从而保持了说部传承的单一性与承继性。《萨大人传》是富察氏家族的祖传珍藏本，其传承顺序是：富察氏家族第十一世祖、清道光朝武将发福凌阿传给长子、爱辉副都统衙门委哨官伊郎阿将军；伊郎阿又传给长子富察德连；富察德连又传给其子富希陆和其侄富安禄、富荣禄；富希陆又传给长子富育光。一般来说，讲唱人大都与说部所宣扬的事件及其主人公有直系血缘关系，他们既对本氏族历史文化有一定的素养，又谙熟说部内容，并有组成说部题材结构的卓越能力和创作才华。《扈伦传奇》的传承就是很好的证明，其最早的传承人乌隆阿，纳喇氏第十一代，他把家史传给曾孙德明（五品官，通今博古），德明经过梳理后传给其侄十六辈霍隆阿（笔帖式），再传给十七辈双庆（五品官，精通满汉文），下传伊子崇禄（八品委官），二十辈的赵东升继承祖父崇禄先生，对家史进行整理。这些传承人都有高深的文化和创作才能。他们把记忆和传讲自己的族史视为己任，当做崇高而神圣的事情，世代不渝。他们在氏族中自行遴选弟子或由自己的后裔承继传诵。传承的方法是口耳相传，心领神会。所以，传承人在满族说部的纵向传承与横向传播的过程中，为保存民族文化遗产做出了应有的贡献。可以说，没有传承人，就没有满族说部。

（五）流传的地域性。满族说部在一些地域流传过程中，深受广大群众喜爱。因此，有的说部逐渐脱离原氏族的范围，被众多氏族传承诵颂，如《尼山萨满传》、《红罗女》、《飞啸三巧传奇》、《双钩记》(又名《窦氏家传》)、《松水凤楼传》、《姻缘传》等，在长期传诵中，已成为该地域更多姓氏甚至外族群众讲述的书目，并代代传承。

满族传统说部和其他口头文学一样，在流传过程中也有变异性。在传播中，传承人根据自己对讲述内容的认识和理解，不断加工、升华，从而产生新的故事纲目。特别是，随着氏族的繁荣，分出各个支系，每个支系都有自己的传承人，在讲述内容和形式上也有了变化。所以在不同的支系、不同的地域出现了不同的传本，如《红罗女》在黑龙江省牡丹江一带流传《比剑联姻》、《红罗女三打契丹》，而吉林省的东部就有《银鬃白马》、《红罗绿罗》等不同传本，这是正常的现象。说部在传播中演变，获得新的发展，并吸收汉族的评书和明清小说章回体的特点，这正是满族传统说部具有顽强生命力的表现。

三、满族传统说部的价值和意义

满族传统说部，是满族及其先民在一定历史时期、一定社会中的一种意识形态的反映，其中蕴藏着丰富、凝重的社会、历史内容。

满族传统说部具有历史学价值。满族传统说部大都是以古代英雄人物为中心、以历史事件为背景编织而成的，是述说满族及其先民各个部落、氏族的兴亡发轫、迁徙征战、拓疆守土、抵御外患等"先人昨天的故事"。如《萨大人传》、《东海窝集传》、《扈伦传奇》等所讲述苦难的经历，不朽的宗功，都从不同的侧面反映了各个氏族充满血泪、卓绝斗争的雄浑壮阔的历史。从各个氏族的说部中，能使人更好地了解到满族及其先民是怎样从遥远的过去走过来的，经历了哪些曲折坎坷和历史沧桑，而且比起正史有更多底层人民群众的历史活动和当时社会各层面的具体细节。高尔基说："如果不知道人民的口头创作，那就不可能知道劳动人民的真正历史。"说部的历史价值在于它是原生态的历史记忆，是"那时"民间留存下来的口述史。满族的先世在没有文字时，许多史实都靠各个氏族的说部代代相传，据《金史》卷六六载："天会六年（1128年）诏书求访祖宗遗事，以备国史。命勗与耶律迪越掌之，勗等采撷遗言旧事，自始祖以下十帝，综为三卷。"金代统治者重视采集民间遗闻旧事，并根据民间传说给始祖以下十帝立传，编入金史，这是满族说部为民间口述史的很好证明。满族说部是满族及其先民用自己的声音记述自己的历史，对各个部落、氏族重大事件的生动描写，细致记录，很多实事是鲜为人知的，有的补充了史料之不足，有的供专家研究或可匡正史误。说部以浩瀚的内容、恢宏的气势展示北方民族生动、具体的历史画卷，提供了各个历史时期活生生的人文景观。在《两世罕王传》、《扈伦传奇》、《雪妃娘娘和包鲁嘎汗》中记述了明朝与女真的交往、马市的内幕、东海窝集部与乌拉部的关系、扈伦四部争锋角逐、努尔哈赤创建八旗对女真的分化等等，都是各部族祖先的亲身经历。这对满族史、民族关系史、东北涉外疆域史的研究，都有见证历史的特殊价值。

满族传统说部具有文学审美价值。满族传统说部之所以能够世代传承诵颂，因为它具有独立情节，自成完整结构体系，人物描写栩栩如生、有血有肉，是歌颂克难履险、不畏强暴、能征善战、疾恶如仇的英雄的壮丽诗篇,充满了对英雄的崇敬,对美好生活的向往。说部中讲述的故事曲折生动,扣人心弦,语言朴实无华,简洁明快,具有感人至深的艺术魅力。许多说部都展现了浓郁的民族风韵,朴素、剽悍的独特风格,贯穿了反抗强权、除暴安良、保家卫国、急公好义、扶危济贫、知恩必报的积极主题,突出体现了满族及其先世的人文精神。它对启迪人们的智慧,端正人们的品格,鼓舞爱国主义思想,增强民族自豪感,有着潜移默化的作用。满族传统说部中反映的内容,与人民息息相通,因而受到北方各族群众的欢迎和享用。像《尼山萨满传》、《萨大人传》、《雪妃娘娘和包鲁嘎汗》、《松水凤楼传》等故事早已在达斡尔、鄂温克、赫哲、鄂伦春、锡伯以及汉族中广泛流传,只是过去没有被发掘而已。说部的创作不排除有被流放到北疆的高官和文化人的参与,如《飞啸三巧传奇》把北方民族抗俄守边的斗争与宫廷斗争相联系做了具体生动的描写,就可见流民文学的影子。满族传统说部创世神话《天宫大战》,反映了原始先民与自然力的抗争,歌颂了掌管日月运行、人类繁衍的三百女神与恶神进行惊心动魄地鏖战,是我国史前文化的重要遗迹,可以同世界诸民族的古神话相媲美,丰富了世界神话宝库。满族传统说部中的史诗《尼山萨满传》和有着六千余行的萨满史诗《乌布西奔妈妈》,以北方民族的独特语言,瑰丽神奇的情节,宏伟磅礴的气势,歌颂了萨满的丰功伟绩,具有很强的震撼力。可以说,满族说部是满族及其先世的史诗,是民族文化的精华和古卉,是我国和世界学术界研究满族及其先民历史和文化的不可或缺的宝贵资料,填补了我国民间文学史的空白。

满族传统说部具有民俗学价值。满族及其先世,在长期社会生活中,主要靠口碑传承生产、生存经验。在《飞啸三巧传奇》、《雪妃娘娘和包鲁嘎汗》中介绍了用桦树皮造纸、皮张的熟制、不同兽肉的制作和保鲜、鱼油灯的制作过程等古老工艺,还介绍了北方各种草药的药性和采集,北方少数民族的海葬、水葬、树葬等民俗。在《天宫大战》中介绍了祭火神,"跑火池",在《两世罕王传》中记述了明末清初一种娱柳活动——"跑柳池"等等。因此满族传统说部,为我们展现了满族及其先民等北方诸民族沿袭弥久的生产生活景观、五光十色的民俗现象、生动的萨满祭祀仪式和古时的天文地理、航海行舟、地动卜测、医药祛病以及动植物繁衍知识等,特别是有关生产知识,操作技艺,往往通过故事中的口诀和韵语得以传承。这为研究北方诸民族的人文学、社会学、民俗学、宗教学等学科提供了具体、真实、形象的资料，使这些学科得到印证、阐明和补充。所以，有些专家称满族传统说部是北方诸民族的"百科全书"，其言不为过誉。

　　满族及其先民，数千年来，在亚洲阿尔泰语系乃至通古斯文化领域里，做出了不可泯灭的贡献。特别是有清二百六十余年来，为世界文化保留了浩瀚的满学典籍及各种文化遗产，满语的翻译历来为世界各国学者所青睐，满学已成为民族学、语言学的重要学科。满语因久已废弃，现存满语仅是清代书面语的沿用。近年来，我们采录了黑龙江省孙吴县78岁的何世环老人用流利的满语讲述的《音姜萨满》、《白云格格》等满族说部，它向世人重新展示了久已不闻的仍活在民间的活态满语形态，这对世界满学以及人文学的研究是弥足珍贵的。除此，在满族传统说部中还保留着大量的环太平洋区域古老民族与部落的古歌、古谣、古谚，故而具有丰富世界文化宝库的意义。

　　满族传统说部作为民间口述史，其中对历史的记忆也会有不真实、不准确的地方，但它毕竟是民间口头文学而不是史书，作为信史虽不排斥传说但不可要求口头传说与史书一样真实可信。满族及其先民由于受历史的局限和各种思想的影响，在说部中难免有不健康的东西和封建糟粕的成分，但这不是主流，它和所有非物质文化遗产一样，自有其存在的价值。我们把满族传统说部原原本本地奉献给广大读者，相信在批判地继承民族文化遗产的原则指引下，一些不健康的东西会得到剔除。我们在采录、整理、校勘、编辑过程中难免有所疏漏，敬请读者批评指正。

　　我们抢救、保护和编辑、出版《满族口头遗产传统说部丛书》，是为了贯彻落实党的十六大精神和"三个代表"重要思想，传承中华文明，发展社会主义先进文化，为建设社会主义精神文明和构建和谐社会尽绵薄之力，希望这套丛书的出版能发挥它应有的作用。

谷长春

2006年6月

目录

《扈伦传奇》故事流传情况 ………………… 赵东升 001

第一回
　　追溯族源训诂忆旧　议论兴亡温故知新…………… 001

第二回
　　留锡伯蠑屈招驸马　救大都兵变杀钦差…………… 010

第三回
　　纳齐布禄扈伦建国　多拉胡其窝集联姻…………… 018

第四回
　　都勒希立谱弘尼城　克什纳授命塔山卫…………… 028

第五回
　　奔亲丧兄弟各释疑　平叛匪父子获荣典…………… 036

第六回
　　弘尼城贝勒吐实情　塔山卫都督中奸计…………… 045

第七回
　　帖列山夺敕害故友　啰啰寨讨逆报兄仇…………… 053

第八回
　　旺济外兰哈达创业　齐尔哈纳开原受刑…………… 063

第九回
　　破叶赫哈达夺敕书　析乌拉弘尼分宗谱…………… 071

001

第十回
　　登高祭祖变生不测　因骄失众部主被戕……………080

第十一回
　　拒石城德喜存宗祀　钻地道沙津报父仇……………088

第十二回
　　万汗主政哈达会盟　太杵怀私叶赫报怨……………097

第十三回
　　柴河劫寨太杵授首　开原贡市捏哈丧身……………105

第十四回
　　立英主二笤领叶赫　纳美妃温吉入哈达……………115

第十五回
　　两城筑就叶赫建国　十年纳聘蒙古践约……………126

第十六回
　　杨吉笤巧计促联姻　董鄂姬变态信邪教……………133

第十七回
　　董鄂姬祝寿伤天理　康古鲁飞火救情人……………141

第十八回
　　建州道王杲救儿童　媳妇山黑春遭伏击……………149

第十九回
　　勒碑刻石抚顺订盟　背土筑城乌拉建国……………157

第二十回
　　李成梁初镇辽东城　裴承祖夜走建州寨……………165

第二十一回
　　杀明将来力红施暴　讨建州李成梁出兵……………173

第二十二回
　　破坚城父子同逃命　陷敌营祖孙双保全……………182

第二十三回
聚完颜王杲重起事　走哈达阿台自脱身……………190

第二十四回
速巴亥不屈斥故友　扈尔罕定计捉元凶……………197

第二十五回
解京师王杲受磔刑　存建州万汗制悍帅……………205

第二十六回
救故主王兀堂发迹　徙六堡张学颜巡边……………213

第二十七回
王兀堂败走宽甸城　李成梁设谋总兵府……………221

第二十八回
弱女子盗令放哈赤　勇将军义愤全友谊……………229

第二十九回
含羞忍辱牡丹丧身　挟私报怨布库告密……………237

第三十回
李成梁阴谋袭古勒　觉昌安受骗入抚顺……………246

第三十一回
明将军平毁古勒寨　哈达汗扩建梜椙宫……………254

第三十二回
白虎赤叛投叶赫国　扈尔罕继主哈达城……………262

第三十三回
子纳父妾温姐再婚　弟争兄业哈达内乱……………270

第三十四回
霍九皋调停叶赫寨　杨吉砮夜袭威远堡……………278

第三十五回
李成梁巧设市圈计　杨吉砮关王庙被杀……………286

第三十六回
　　仗义直言智挫悍帅　　歃血钻刀两关会盟…………295

第三十七回
　　践前约顾养谦均救　　嘱后事康古鲁病亡…………305

第三十八回
　　逼温姐火烧梜椙宫　　讨布库一打界凡城…………314

第三十九回
　　取界凡巧施诈降计　　进沈阳误入虎狼窟…………322

第四十回
　　布库受戮建州报怨　　孟古出嫁叶赫联姻…………331

第四十一回
　　顾养谦调解哈达国　　李成梁炮轰叶赫城…………341

第四十二回
　　明朝做媒东哥许婚　　叶赫迎亲歹商中计…………349

第四十三回
　　殪杀亲侄哈达统一　　屠戮堂叔辉发政变…………358

第四十四回
　　讨暴君兵困海龙城　　结强邻求援乌拉国…………366

第四十五回
　　布占泰射雕救辉发　　王兀堂失策死建州…………374

第四十六回
　　两番遣使扈伦索地　　四部出兵建州拒敌…………383

第四十七回
　　伐建州九姓集联军　　战古勒四部中埋伏…………391

第四十八回
　　误遭暗算布寨殒命　　情仇难解东哥拒婚…………399

第四十九回
　　萨尔达宗族怀异志　苏斡延国主被谋杀……408

第五十回
　　兴尼牙事败走叶赫　布占泰获释主乌拉……416

第五十一回
　　真诚和亲乌拉入赘　假意求援哈达灭国……424

第五十二回
　　金台石谋位叶赫国　何和里智克多壁城……432

第五十三回
　　拜音达里受辱建州　策穆特黑背叛乌拉……440

第五十四回
　　六贝勒战死乌碣岩　三都督避难黑扯木……449

第五十五回
　　掠辽东邂逅收歪乃　信异象冒雨破辉发……458

第五十六回
　　扈尔奇山父子惨死　宜罕阿林兄弟自杀……467

第五十七回
　　遭惨败再娶建州女　布疑兵计退车臣汗……476

第五十八回
　　建州主肆虐毁六城　乌拉王积愤幽二妃……484

第五十九回
　　布占泰兵败走叶赫　金台石纳友抗建州……492

第六十回
　　灭叶赫两贝勒死义　并扈伦女真族统一……501

附 录
　　扈伦四部世系 …………………………………… 510
　　建州卫世系 ……………………………………… 514
后 记 ………………………………………………… 518

《扈伦传奇》故事流传情况

赵东升

《扈伦传奇》是流传于明末清初扈伦四部后裔中的有关祖先兴亡的历史传说故事。从发端到形成，大约走过了近三百年的漫长道路，虽然多次劫难，时断时续，也还有遗漏和谬误的可能，总体上来说，基本上保留了故事的原貌，不致湮没失传。

《扈伦传奇》讲的是扈伦四部佚闻故事，不是讲的扈伦四部历史。所讲之事都是实录不载，史籍阙如，而又是祖先们所见所闻，亲身经历的真实故事，好些还是有案可查的。

明神宗万历年间，从公元1599年到1619年，在仅仅二十年的时间里，在东北松辽大地上，曾称雄一时的海西女真"扈伦四部"先后灭亡。女真人兼并的结果预示着一个新的民族共同体的诞生，为满族登上历史舞台打下了坚实的基础，这是历史的必然。

可是，丢失政权的"扈伦四部"王族，不仅改变了原来的贵族身份，而且均被征服者列入奴仆性质的"八旗"内。"八旗是国家世仆"，被作为法律规定下来，这对"扈伦四部"的王族们是无法接受的，逆反心理因而产生。后金天命末年爆发了乌拉部后裔起兵反抗的"洪匡事件"就是个很好的例子。此次事件仅仅几天就被平息，没有对后金政权构成威胁，但却影响深远，以致受到清廷长期忌讳、禁止传播，并对乌拉王族严密监视。

二十年之后清兵入关，多尔衮执掌军政大权。因其母亲大妃是乌拉部贝勒满泰之女，有这层关系，对乌拉部的后裔格外照顾。因此，在灭明朝，破李自成农民军的战争中多次立功，并取得较高的职位。另外，对乌拉王族的监控也有些放松，准予乌拉纳喇氏祭祖茔，立堂子，续宗谱。乌拉部后裔又开始活跃起来，他们返回故里，寻找家族，恢复穆昆。

顺治九年壬辰，由在朝中有身份地位的乌拉王族联合倡议，在乌拉故都举行自灭国后第一次修谱祭祖活动。主持人有布占泰贝勒长子达尔汉（都统衔世袭佐领，另授二等轻车都尉）；前贝勒满泰三子阿布泰（都统兼正白旗佐领），他们代表乌拉王室直系，召集散在各地的纳喇氏族人，修谱祭祖。远支宗族哈达部的后人也来了几位。修谱仪式在乌拉部紫禁城废墟上进行。这些人不顾年事已高，现身说法，追念祖德宗功，缅怀先人业绩，痛陈故国兴衰，向族人讲述始祖纳齐布禄创建扈伦国，到扈伦四部分立直至灭亡的真实经过，特别讲了"洪匡事件"的真相，并记录在案。修谱仪程按乌拉王室规格，一共进行了九天，从此传下了"南关轶事"、"叶赫兴亡"和"乌拉秘史"（又传为"洪匡失国"）三个传说故事。

修谱祭祖之后，由达尔汉、阿布泰、图达里（镶白旗副都统）、白塔柱（头等侍卫，阿布泰之侄）等人铸了一块铜匾，刻上"洪匡事件"中被杀的宗族及将士名单，埋于紫禁城内的"白花点将台"下，以备子孙后代考察。

从此，"扈伦四部"兴亡和"洪匡失国"的故事就在当地传开。

然而，这次活动影响很大，传到了朝廷。时多尔衮已死并获罪，朝中无人能为之开脱，乌拉王族的修谱活动受到了追查，特别关于"洪匡失国"的传说深受清廷忌讳。洪匡乃布占泰之第八子，因此朝廷追究其子孙的下落。洪匡之长子惟有隐居乡下，改姓更名，以求生存。从此，传下了赵姓满族，不敢再姓纳喇氏。

洪匡长子乌隆阿，谐音为"乌拉"，表示不忘故国之意。他从此同所有家族失去联系，自成一系，默默无闻。但是，他没有放弃对祖宗事迹和故国兴亡的传播，因为他本人就是"洪匡事件"中的幸存者，又是这段历史的见证人。他秘传给十个儿子，并规定每当过年除夕之晚必讲给子孙后代，平时不得外传。

有那次教训，乌隆阿以下三四代不曾同宗族联系，也没敢再搞修谱祭祖活动。而三个传说故事都在族内传承、父子传承、祖孙传承，在清代冒着杀头的危险，未敢忘掉先人的遗训，经历二百来年，传承十代之久，总算没有丢失。

自从清初那次大规模的修谱祭祖活动之后，近百年间从没搞过修谱祭祖活动，但是，穆昆制和萨满却传承下来，最后一位大萨满主持了1964年的祭祖之后，再无萨满传承。而传承的家史却从无间断，基本上已形成了说部故事，这就是《扈伦传奇》的由来。

乌隆阿为纳喇氏第十一代（从始祖纳齐布禄算起），生十子，我们这一支是第八房。八房始祖名倭拉霍，他的曾孙德明（五品官，通今博古）继承之后，又经过整理传给其侄十六辈霍隆阿（笔帖式），再传十七辈双庆（五品官，精通满汉文），下传伊子崇禄（八品委官）及侄云禄（小穆昆，二人为十八辈）。云禄死于土改，无传。笔者（二十辈）继承祖父崇禄先生。

我祖父崇禄先生又名赵国英，清亡后从事中医职业，精通满汉文，工书法，善讲演。我父亲赵继文知识渊博，擅诗文，工书法，但不幸英年早逝。所以，祖父就把希望寄托到我身上，从我记事儿时起，就向我灌输家族历史和祖先事迹，特别是解放以后，他已不再顾忌，怕我不认真，再三教诲，我也就由好奇转为严肃认真对待这个事情。祖父过世时，我已二十多岁了，可以说，那时我才认识到责任之重大，又意识到这个事情何等的重要。于是，在业余时间里投入全部精力，记录、整理先人所传。几十年来，做了大量的调查、考证，并多方寻找纳喇氏家族，访求纳喇氏家谱。从黑龙江到辽宁，已有多个家族和数份家谱被找到，也印证了祖先所传之事，在各个家族中都不同程度地存在，还有部分已记入家谱。

笔者由于掌握了大量的第一手资料，致力于扈伦四部的研究，共发表学术著作约八十万字之多。而传承的扈伦四部佚闻，却无机会问世。吉林省抢救满族说部并在国家立项，给我提供了契机，所以把先人讲述的"南关轶事"、"叶赫兴亡"和"乌拉秘史"整理成《扈伦传奇》和《洪匡失国》两个说部，公之于世。

2004年3月10日

第一回 追溯族源训诂忆旧 议论兴亡温故知新

词曰：

> 浩荡松江水，巍峨长白山。风流佳话记当年！叱咤纵横日，大地起波澜。　英雄出草莽，蛟龙跃潭渊。古往今来岁月添。千载兴亡事，弹指一挥间！

《三国演义》开头说道："天下大势，分久必合，合久必分。"这话虽然算不得金科玉律、圣谕格言，但想来却也有些哲理性。

《西江月》为证：

> 混沌初开宇宙，
> 玄黄上下浮沉。
> 盘古曚眬天地人，
> 伏羲神农尧舜。
> 夏禹洪荒治水，
> 商周六国并秦。
> 汉晋隋唐宋辽金，
> 元明清末帝逊！

这是一部中国史纲，说的是天地原来本是一体，是一团气球，飘浮在宇宙空间。不知经历了若干岁月，产生了风雷二神。风雷二神总觉这个大气团无限沉浮不是好事，遂议将其劈开，看一看里边是什么东西。于是风雷二神施展神威，一声巨响，气团被劈成两半。劈开之后，里边还是气，分清气和浊气。清气上浮，浊气下降，遂分为天上地下，称之曰两翼。之后，两翼生四象，四象分八卦，有了东西南北四方。两翼初开，大地上还是一片漆黑，一片空白，什么也没有。随着天地分离，雷神升到天上，风神游于地下，从此二神永远分开，不再相见。又过了多少万年，地上有了生物，种类数量也越来越多。谁知，就在万物繁衍生

息日益兴旺的时候，雷神震怒，捣毁了大地，天地间又是一片朦胧混沌，整个大地被冰雪覆盖，所有的生物全冻死了。这个冰封期长达数万年。冰封期过后，大地上就存活两个生灵，一个是雌性，人首蛇身，被尊为女娲娘娘；一个是雄性，是一条生着蛇头的大蚯蚓，被称做洪钧老祖。这两个生灵，炼就金刚不坏之身，万劫难摧之体，给大地带来了生气。当然，还有一些超凡的生灵，混沌到来之际，被风神送到天上，成了天神。女娲娘娘看大地上什么生物也没有，太寂寞了，她就抓地上的土揉捏，捏成什么形，就变成什么物，于是地上又有了生物，比混沌以前多了一种新的生物，那就是人。大地上的土被捏光了，没有土，光有动物，植物也成活不了，需要大量的土来养活地上万物。女娲娘娘找到洪钧老祖，求他想办法。洪钧老祖认为，大地上有很多土，取之不尽，用之不竭，可都被压在昆仑山下。昆仑山高千里，方圆数万里，立在大地中间，是一大障碍。洪钧老祖告诉女娲娘娘，我把昆仑山移开，土就露出来了。于是洪钧老祖现了原形，是一条上挂天、下挂地的大曲蛇①，它将昆仑山盘绕三道，身子一收缩，只听天崩地裂一声巨响，高达千里的昆仑山被断成三截。尾部落入中原而成华山，腰部落入东海而为泰山。只有头部，被风吹起，直奔东北方，飘到大荒之中才落下来，成为不咸山②。

大荒为地之极北，没有生物。自洪钧老祖断昆仑被风吹去头部之后，因带去少量的泥土，大荒之中才有了生气，动植物应运而生，于是有了人类。

大荒之中虽有人类，却是奇形怪状，和现在的人完全不同。这里不见阳光，不分冬夏四季，没有一点儿温暖。于是惊动了上帝之女拖亚哈拉③，拖亚哈拉为救地上的万物，把天宫中的火种偷下凡间。因无处藏贮，她只得含在口里，四处传播，人间才有了火，有了温暖，繁衍生息。她看大地上太需要火了，嫌火种传播得慢，就四肢拄地，加速飞跑，火种很快传给整个大荒。然而，她也被火烧成金钱豹的形状，再也不能两条腿走路，变成了四只蹄的动物。人间有了火，得到了温暖，至今都要感激拖亚哈拉的恩德。满族人烧香祭祖有一个火炼金神的项目，

---

① 蚯蚓，神话传说，洪钧老祖是一条冰川纪前留下的蚯蚓成仙。
② 今长白山，古称不咸山。
③ 满族传说中的盗火女神。

也叫跑火池,就是为了纪念拖亚哈拉,这是由上古时代传下来的。

大荒之中有了火种以后,出现了群居的部落。不知又过了若干年,诞生了一位奇人,他把各部落聚合在一起,共同围山而猎,下河捕鱼,互不侵犯,彼此礼让,建成了大荒之中第一个国家。这位首领被称之为帝俊。帝俊时代距今约一万年左右,早在黄帝战蚩尤之前。

帝俊死后,部族分裂,群龙无首,各占疆域,支派越来越多,也就形成了若干民族,他们各自建国,互不统属,于是出现了黑齿国、白民国、长臂国、息慎国的名称。息慎国是帝俊的后裔,息慎即帝俊音译,传到中原却书成肃慎。肃慎为息慎之讹,息慎被肃慎之误,数千年不得以正名。

息慎其意为何?传曰光明之意。可见,息慎人是个追求光明的民族,又是把光明普照大地的民族。息慎之后,有挹娄、勿吉、靺鞨、沃沮、诸申、女真等名号,他们是否也是帝俊之裔,不得而知。他们彼此间有无传承关系,也难判定。经历了若干年,多少代之后,这些名号皆不存在了,统统成为过眼云烟。大地上一个新的民族称谓出现了,这就是满洲族。简称为满族。

闲言按下不表,仅作为开篇交代的几句赘言,不过是从远古流传下来的神话传说而已。

本书演述的是清兵入关以前,怎样由一个支离破碎的女真族演变成满洲族的历史故事。准确一点说,就是满族形成发展的历史,也是女真族消亡演变的历史。为把这段历史的前因后果理顺清楚,述者免不了要饶舌几句,请诸君耐心等待。待讲述者交代出故事的渊源之后,其中承前启后的因果关系,错综复杂的矛盾纠葛,定会令你耳目一新,耐人寻味,发人深思。

正是:

诸君且莫当等闲,
佚史之中有奇观,
欲溯兴亡千古事,
耐心仔细考流源。

满族的源流,应当追溯到三千年以前。更远一点,当为上古帝王帝俊之后裔,这只是传说,无书契文字可凭。有文字记载,它的祖先叫肃

第一回 追溯族源训诂忆旧 议论兴亡温故知新

慎，其实就是息慎。远在三千年以前，这肃慎族就在东北方立国。《山海经》记曰："大荒之中有山，曰不咸，有肃慎氏之国。"满族人多认定长白山为祖先发源地。长白山古时称不咸山，山高近百里，绵亘数千里，远古帝王帝俊之国就在不咸山。帝俊之后有肃慎人在这里生息繁衍，仍然过着原始人的生活。周朝初期，肃慎国遣使向周天子进"楛矢石砮"，这种东西是用长白山所产的楛木制作箭杆，用松花江的坚硬青石磨制箭头，肃慎人用来射猎的。传入中原以后，被仿制改成了"竹弓铁镞"，作为战争杀人的武器。肃慎同中原有了交往以后，相互通使往来，中原的先进文化和生产技术传入东北方，使肃慎人从"穴地而居，围山而猎"的原始状态下，改为"刀耕火种"，社会文明向前大大地迈进。那个时候，白山黑水的广袤地区，遍布了肃慎人的足迹，与东胡、夫余并列为北方三大民族。肃慎人迭经演变，几番跌宕，其名号逐渐消亡。之后，汉时的挹娄，两晋南北朝时的勿吉，隋唐时的靺鞨，皆肃慎之遗族也。唐玄宗初，粟末靺鞨首领大祚荣率众于奥娄河畔建渤海国，都敖东城，后迁上京龙泉府。渤海立国二百多年，始终与唐朝保持友好、朝贡关系，派人到唐都长安留学，学习中原文化，使用汉语汉字，信奉佛教，是当时文化先进、经济发达的国家，号称"海东盛国"，这是肃慎族系第一次振兴。唐末以后，渤海衰微，被新兴的契丹族所灭。

靺鞨族解体，女真族又登上历史舞台，因避辽兴宗耶律宗真讳而改女直。辽于女真地设若干大王府，如北国女真、南国女真、顺化国女真等，派契丹人为大王府大王统治之。其小者为部，首领曰部长，通称孛堇，有生女真部、渤海部、鸟古部、涅剌部等。辽设行军都统所和各路管押司统辖之。在辽代，对女真人的分化瓦解、高压政策，使女真族不堪忍受。各个女真部落，到处酝酿着反抗的因素。到了公元12世纪，这个民族出了个杰出人物，北国女真完颜部酋长阿骨打，他以完颜部为基础，联合女真各部在松花江南岸会合女真各部义军，誓师反辽。经过几年的斗争，灭辽国，建立金朝。后来在起义地点竖立得胜碑以纪其事。大金得胜碑在今吉林省扶余县徐家店，遗迹犹存，作为历史的见证。

完颜氏建立起来的女真贵族政权，很快转入了宗族权位之争，同室操戈，骨肉相残，自我消耗，大伤元气。虽然进兵中原，灭亡北宋，俘获徽、钦二帝，称雄一时，却很快衰败下来。金朝传了八帝，一百二十年。末帝开兴元年，南宋联合蒙古、西夏三国联军攻陷金都燕京，金哀宗完颜守绪自杀，女真族从此退出历史舞台。金国大部分领土被蒙古人占领，女真人又开始走向群龙无首的分裂状态。"合久""必分"又一次形成，女真社会长达四百多年的混乱局面，也就从此开始。

女真族自它的远祖肃慎人开始，历时两三千年，渤海亦称强盛，金朝登峰造极，到此也该销声匿迹，永远离开历史舞台，不料经过了四百多年的漫长岁月，女真族没有像历史上的那些曾经风云一时，最后彻底消亡了的民族，如鲜卑、契丹，反而又一次由"分久"到"必合"，女真人又结为一体，并以崭新的面貌重登历史舞台，拥兵进关，入主中原，造就大清王朝近三百年的天下，实属世所罕见，是人道还是天道？还是冥冥中自有主宰？这是为什么？其中前因后果，千奇百怪，并不是三言两语所能说得清楚。这里有丰富多彩的社会内容，如火如荼的斗争场面，波澜壮阔的历史画卷。其间也产生了数以百计的英雄人物，杰出领袖，他们在这白山黑水之间，松辽广袤大地上，创造出辉煌的业绩，为本民族的发展与进步，做出了不可磨灭的贡献。这部《扈伦传奇》就专为讲述这一段不平凡的历史而演述。因之不能和历代皇朝历史并列，故曰《传奇》。

传奇者，史外之史也。传奇来自于秘笈，发端于市井，成立于口碑。难免捕风捉影，牵强附会，拾史家摒弃之牙慧，罹实录不载之佚闻；正史野乘，俗言俚语，传奇神话，熔为一炉。《扈伦传奇》为扈伦传人所述，敢于打破正史的框框，推翻一切颠倒不实之词，还历史以真实面貌，为使蒙冤遭诬的历史古人，得以重见天日。

《东周列国志》自称申衍《春秋》，文皆正史，无一语不实，无一事不真；《三国演义》则曰"七分史实、三分虚构"，未免言过其实。且尊刘抑曹，亦非公允。吾述之传奇虽不敢断言几分史实，几分虚构，但自信所述，人皆有迹，事皆有考，并非一派胡言乱语，实经数百年所传之秘本。承之于先，述之于后，恐其年代久远，随风而逝。故把已经湮没之史，钩沉洗涤，敷衍编排，雅俗共赏。可以信者传信，疑者存疑。即来源于市井，则归还于民间。虽云有别于正史，却不敢开历史造假之先河，但愿耳目一新可也！

一切赘言到此为止，该书开正文了。

诗曰：

久厌金戈铁马声，

小桥流水西复东,
成败兴亡全是幻,
惟系人间笔墨情。

  且说金朝灭亡,金朝末代皇帝哀宗完颜守绪自杀,被南宋、西夏、蒙古三国联军分了骨灰,作为最高的战利品,献给三国最高的统治者。南宋报了世仇,雪了徽钦二帝被掳之耻;西夏掠夺了一些财富,得了靠近边界的一块小地盘,也算捞到了一点好处;可是得最大实惠的却是蒙古人,它不仅兼并了金朝本土,而且又把势力伸向南方。不久,蒙古铁骑南下,偏安一隅之南宋小朝廷也随之覆灭了。蒙古人控制了整个中原,建立起横跨欧亚大陆的元朝大帝国。元朝分全国人民为四等:一蒙古、二色目、三汉人、四南人。金朝时女真人大批南移,与汉人杂居,基本汉化,所以元朝把这部分女真人加上黄河以北的人都划为汉人。同时,又把最先归服的女真人"视同蒙古",也列入蒙古人的行列。另外,于东北设开元路,管辖古肃慎之地,治所在黄龙府,即今之吉林省农安。下分五个军民万户府,分领松花江下游到黑龙江以北,乌苏里江以东的女真人地区。另有辽阳行省、海西右丞,都是管辖女真人的行政机构。

  五个军民万户府为:

桃温、

胡里改、

斡朵怜、

脱斡怜、

孛苦江。

  那里地广人稀,部族分散,无市井城郭,人民逐水草而居,渔猎为业,比南部汉化了的女真人,落后多了,被叫做生女真。元朝也就采取了"设官牧民、随俗而治"的方针,任其自由发展。

  深山大泽,实藏蛟龙;草莽荒原,多出英雄。女真民族的杰出人物,就在这广漠的白山黑水之间,一个又一个地诞生了。他们为本民族的兴旺发达,一刻也没停止过争斗。

  金朝灭亡之后,完颜氏的子孙死的死、跑的跑,王族几乎绝灭。宗室贵戚,幸存者也隐姓埋名,苟图生存。但也有一些不甘心退出历史舞台的宗室贵胄,暗中积蓄力量,企图死灰复燃,效法一下他们老祖宗阿骨打的故事，终因时过境迁、今非昔比，历史车轮，不能倒转，几次反抗，都失败了，遭到了蒙古人的血腥镇压。活下来的女真人，只有乖乖地做大元朝的顺民。

当时有一个金朝远支宗室，名叫倭罗孙，也是金太祖完颜阿骨打的嫡系子孙，世封海西江畔纳喇部。因以地为氏，改姓纳喇。三国联军围攻金朝中都燕京时，他奉诏带兵勤王，没等赶到京城，金皇帝的死讯就传来了。倭罗孙见势头不对，率军返回，路上又遭到蒙古军的截击，部众溃散，他只带了十几名戈什哈①突围，逃回纳喇部。纳喇部又称倭罗孙部，地在海西江，倭罗孙先人曾筑有一土堡，名弘尼勒，时人泛称宏额里。倭罗孙逃回弘尼勒，借助家族势力，重振部落，不忘亡国之痛，伺机反元。元世祖忽必烈至元十七年，倭罗孙纠集几个女真部落，起兵反抗，结果被元兵打得大败，几个部落首领被杀，倭罗孙几乎被捉，带伤逃回。蒙古兵一直追到松花江畔，倭罗孙弃城南逃，逃向东南辉发河隐遁起来。元兵搜捕倭罗孙不得，屠杀了大批女真人，毁弘尼勒城而还。

倭罗孙部落破灭，倭罗孙本人隐居辉发河谷，忧郁成疾，加上伤势严重，一病不起。临终前告诫子孙，不忘故土，反元复仇，有朝一日，恢复女真人的故国，重建弘尼城。

倭罗孙死后，子孙继承他的遗志，不与元朝合作，改姓氏为倭罗孙。经过半个世纪，倭罗孙的后人不仅没能恢复祖业，最后连他们赖以生存的辉发河谷的山沟部落也丢掉了，他们被蒙古人驱逐，宗族子孙又一次逃散，流落他乡。

过了两三代，倭罗孙的后人中出了一位杰出人物，他使女真完颜氏又一次振兴，这个人就是明清史书上所记的"元明之际"在辽东建立扈伦国的，倭罗孙的曾孙纳齐布禄。

纳齐布禄小时家道衰微，又因怕元朝追捕，四处飘零。但纳齐布禄记住祖宗遗训，立志进取，习文练武，学成一身好武艺，更有家传箭法，百步穿杨，绝技高超过人，在周围方圆百里颇有名气。纳齐布禄幼年丧父，随母漂泊度日。为避蒙古人的追捕，他的祖父、父亲都曾投奔到锡伯部，为锡伯王出过力。纳齐布禄母为锡伯部人，父死，又随母返回辉发河谷。纳齐布禄已经长到十七岁，仍无出头之日。他自负身怀绝

---

① 戈什哈：护卫，又叫马弁。

技，非要到外面闯荡一番，于是对母亲说："额娘①，翁姑玛法②的遗言说，我家原在松阿里乌拉弘尼勒活吞③，那里土壮民肥，我想回去看看。"母亲说："你有此志，不愧为完颜氏的后代，你的达玛法④得罪了蒙古人，他们能放过你？"纳齐布禄不以为然道："事情已过去多年了，谁还能记得？孩儿此去，一定要干一番大事业，才对得起达玛法在天之灵。"

纳齐布禄坚决要走，他母亲也不强留，只是临行含泪嘱咐道："你去吧！多加小心，回到故土，要兢兢业业，能为女真人争口气。若不如意，赶快回来。"

"额莫保重。儿去了。"纳齐布禄临别同母亲行了抱见礼⑤，带着两个随身的家将，一名喜百，一名德业库，二人也是女真豪杰，武艺出众，忠心不贰。

当下由喜百、德业库二人保着纳齐布禄，离开辉发河谷，向北而行。一日傍晚，他们已经进入锡伯部的境内，只见人声鼎沸，到处传扬，墙上还贴了告示。他杂在人群中，探问是怎么回事。很快便打听明白，原来锡伯王有一女，才貌双全，武艺出众，现年十六，人称柳叶公主。这锡伯王瓜勒察氏见女儿长大，要给女儿择婿。不料公主提出，谁能跟她比试武艺，赢了她方可谈亲事。比武招亲，这是女真人的习俗。为此，锡伯王特设擂台武场，规定不分贵贱种族，皆可应试。

纳齐布禄从没见过世面，听了这件事觉得好笑，怎么？世间还有这样新鲜事儿；喜百也是个十七八岁的小伙子，爱凑热闹，他对纳齐布禄说道："小主人，依我看，这是个好机会，以小主人的功夫，也莫说是一个女娃子，就是有多大能耐的好汉也敢跟他比试比试。这回要是比赢了，当了锡伯王的额驸⑥，不是比去弘尼勒强的多么。"

"不许胡说！"纳齐布禄嘴上斥责喜百，心里在想，这锡伯部势力很大，真要能跟他结亲，不妨借助他的力量，干一番自己的事业。可是他反倒说："我想的是祖宗遗训，额娘教诲，怎么能随便改变主意！"

---

① 女真人称母亲为额莫，后来俗称额娘。
② 太爷。
③ 松阿里乌拉为松花江，活吞为城。
④ 祖先。
⑤ 女真人最尊重的礼节，晚辈对长辈行此礼，先经长辈允许。
⑥ 部落首领的女婿称"额驸"，与驸马同。

德业库也看出点门道，从中劝道："小爷，喜百兄的主意很好，你不想想，咱爷儿仨回到弘尼勒，赤手空拳，无依无靠，要嘛没嘛，能办起什么大事？你若是比武招了亲，当了锡伯王的额驸，那将来的希望可大着呢！"

纳齐布禄还是摇头："不好，我额莫是锡伯人，听额莫说，这锡伯王祖祖辈辈效忠元朝，他不会帮助咱们干什么大事，还是不要找那个麻烦吧。"

"小爷，你又想错了。"德业库满有兴致地劝道："只要你能当上锡伯王的额驸，那锡伯部的兵马还不是由你说了算！只要抓住兵权，咱爷们儿想干什么就能干什么。听说这锡伯王还没有儿子，你将来说不定还能当上锡伯王呢！"

喜百帮腔道："我的小爷，你可别错主意了！照量照量①吧。"

二人的撺掇，使少年气盛的纳齐布禄活了心，也认为这是个机会。不过，他心中没底，遂笑道："事情倒是可行。可是，万一要比输了，岂不是丢人现眼！"喜百高兴地一笑："输了？输了咱走咱的路，也不搭啥。再说了，他知道咱们是谁？"德业库一拍手："输不了，我敢打赌。"纳齐布禄也笑了："那好，我就试试看。输了我就拿你俩算账！"三人大笑。

当下，三人找个小客栈投宿住下，又商量了半宿。次日要去挂号比武。

正是：

少年气盛逞英雄，
良缘机遇锡伯城。

要知纳齐布禄比武如何，且待下回再叙。

————————
① 试一试。

第二回　留锡伯蝼屈招驸马
　　　　　　救大都兵变杀钦差

　　锡伯部原是金朝所封之国，地在今吉林省中部，吉林市西南，长春市东南。刷觇河为其聚居地，刷觇又称苏瓦延、苏斡延，名虽异而地同，大概是今天的双阳一带。锡伯部主瓜勒察氏，清代改为瓜尔佳氏，汉译为关。这瓜勒察氏是金代望族①，世封锡伯。可是金亡以后，改投蒙古，为元朝效力，子孙世袭，定期朝贡。锡伯部势力日益强大，很多女真部族纷纷来投，元末而日渐衰微，昔日风光不再。纳齐布禄一行三人来到的时候，锡伯部是个仅剩下方圆百余里的小部落。锡伯国名犹存，却没有什么名城大邑，王城也不过是个荒凉的小屯寨，周围用土墙圈起，算做城堡。一条"多尔吉束湾必拉"②从城南缓缓流过，北面青山屏蔽，气候宜人，景色秀丽，古代是个出美女的地方。王城中央有一片青砖灰瓦的房舍，周围是土墙，称做王宫。几条街巷，弯曲不整，除了头目、贵人的住宅，就是打造器械的作坊。靠城边也有几个小店铺，几户小百姓，也都是锡伯王的阿哈③。王宫是全城最大的建筑，正南开一门，门外有土筑高台一座，这就是女真部落普遍都有的"点将台"，台前一片空地，是锡伯王操练军士用的教军场。

　　这天风和日丽，从辰时起，教场热闹起来。公主比武招亲，在当时是一大盛事。其实女真人自古以来本就是男女平等，婚姻也是自由选择，不带有封建色彩。只是在金朝时，女真人南移，接近汉族地区，有的同汉人杂居，习俗趋向汉化，逐渐学来了汉人那些封建礼教的恶风陋习，自由婚姻走向包办婚姻，男女平等变成男尊女卑。不过，在北方女真故地，众多部族之间仍保留着女真人的旧俗，这锡伯部比武招亲就是一个例子，他们还在维持着女真人的原始习俗。

　　闲言搁下慢表。

　　且说纳齐布禄主仆三人来到场内，仔细观察了这个场面。土台上铺着红毡，上边临时搭起了凉棚，锡伯王大约三十五六岁的年纪，端坐正

---

① 金代古里甲氏。
② 即双阳河，又称苏瓦延河，即刷觇河的别称。
③ 奴隶，女真语称阿哈。

中，两边站着一群男女。几名女奴拥着柳叶公主，站在锡伯王的旁边。压场军士排列两侧。四周用木板拦上，观众都在圈外。东西两个栅门，放人出入通行，是下场比武进退的通道。场子四周，插了牙旗，土台前是一个兵器架。

喜百低声说："这城里好气派哩！比咱那部落强十倍，真要胜了公主，咱爷们儿就在这不走啦，去什么弘尼勒。"

"你给我闭嘴！"纳齐布禄口里斥责喜百，眼睛却盯住台上，距离较远，公主长的什么样看不大清楚。

一通鼓响，牛角弯喇吹起，咚咚呜呜了好一阵方才住下，一个头戴大凉帽的头目，往场上一站，一手抈腰，大声说："大家听着，王爷择婿，公主招亲，今儿个是最后一天，各路英雄好汉，不要错过时机，要能在公主马前走上三合，他就有希望当上额驸。不过有言在先，伤者、死者，一概不论，没本事的可别来冒险啊！"

纳齐布禄回头瞅瞅二人："好厉害！"

"不要怕，看一看再说。"

锡伯王比武招婿，不仅惊动了本部落军民人等，也惊动了远近周围一些部落，很多人都在打锡伯王公主的主意。今日是第五天，头四天过去，没有一个是柳叶公主的对手。其中不是没有武艺高强的英雄好汉，武功并不低于公主，但他一看到柳叶公主美丽无双，早已心慌意乱，顾不得比武了，自然，非输不可。就这样，四天来没遇到对手。

按照规定的期限，今天是最后一天，期限一过，锡伯王就要收摊。公主如果自选额驸不成，就要听从父王指婚，指给什么人都不得反对，这是锡伯王的家规。

公主见四天已过，没有遇到一个可心的英雄，心中未免着急，这最后一天她自然格外留意。

那头目叫了半天，不见有人上场，他又重复一遍："不分贵贱，不论哪部落，只要武艺高强，胜过公主，就能入赘。"

喜百小声说："这地方哪来什么英雄，小爷你可以上去比试比试。"纳齐布禄少年气盛，一提坐下马，刚要进栅门，这时从对面门外飞来一骑，几声怪叫，闯入场内："我来了，快请公主下场！"

这声吆喝，好像晴天打个霹雳，全场震惊。再一看这个人，身材高大，面目凶恶，紫膛脸色，高颧骨，尖下颏，络腮短须，向上微翘，手提一对紫铜锤，坐下一匹青鬃卷毛兽，真是集丑陋、勇猛、雄壮于一

身，观者无不骇然。

柳叶公主在台上看的明明白白，一见此人便有几分不高兴，心想：这样人怎么也来比试！他若赢了我也不会嫁给他，我要赢了他也不光彩。因之不愿意下场，意思是让他自动退出，换上别人。柳叶公主自有她的择婿标准，除了武艺高强，还得年貌相当，英雄少年。实际她比武招亲是假，选一可心伴侣是真。女真女孩比武招亲几乎都是个形式。

入场那大汉等了半天不见公主下来，又飞马在场内转了一圈，不住高喊："快请公主下来！赶快下来跟我比试。"

公主使人传话道："公主现在身子不爽，暂不能下来，请好汉退场。"

若是一般人听了此话，就会意识到公主决不会招他为婿，就应知趣退场。可是这汉子听了此话却怪叫如雷："别说你有点小毛病，只要你能喘气，你就得给我下来！"

"放肆！"压场头目喝斥道："不许胡言乱语，赶快给我滚开！"

这一下更激怒了他："好哇，你们说话不算数，我岂能善罢甘休，今儿个不把公主叫出来，我是决不退场。"

压场头目看纠缠不休，喝斥道："公主不愿意见你，你别癞蛤蟆想吃天鹅肉，不知高低。我劝你还是回去撒泡尿照照吧！"

大汉受了侮辱，如何能咽下这口气，抡起紫铜锤，一催坐下马，直奔土台而来，压场军士拦挡不住，壮汉无人能抵。

"你撒野！"公主一声惊叫，束手无策。那大汉循着声音望去，这回看清了公主的花容月貌，十分美丽，他更垂涎欲滴。他仗着自身武功高超，力大无穷，是远近闻名的巴图鲁，一直闯到台下，向台上望着公主："你下来不下来？你不下来，我可要上去了！"

锡伯王大怒："哪来的野种，快快给我拿下！"可是，无人敢近前。台上台下，一片大乱，对这身强力壮的丑汉，谁也无可奈何。场外也一片哗然，都说那汉子不识相，既然公主不愿意，何必死皮赖脸，人都说强扭的瓜不甜，这是何苦来！

听了军民的议论，那汉子更加疯狂，对着台上说："美人儿，你下不下来？你要是不愿跟着我，我就踏平你这小小的锡伯部！"面对这样一个壮汉，谁也制服不了。放箭又怕伤了台上人，锡伯王、柳叶公主茫然无措，一筹莫展。女奴吓的直哭。

纳齐布禄看到这种情形，无心再去比武招亲，他再也忍耐不住了，在场外高声叫道："那位好汉，你这是何苦来！人家不愿意，你该知趣光天化日之下，丑态百出，死皮赖脸缠着人家，成何体统！"

那汉子一听，向栅门外一看，见是一个少年斥责他，顿时大怒："你是什么人？敢教训你老子，放你额娘的狗屁！"

纳齐布禄一提马进了场子："我是好言相劝，你怎么骂人呢？"大汉根本没把纳齐布禄放在眼里，哈哈冷笑道："哈哈济①，你是不是也看上公主啦？你有什么本事敢拦挡我？公主就是我的比牙格格②，你少管闲事。"

纳齐布禄大怒，手中枪一指道："你是什么人？敢在此口出狂言，竟如此无礼！"

大汉发话了："你们听好：我是虎牛山金锤大王，阿林巴图鲁③，远近谁人不知！"

这虎牛山距离锡伯部不过七八十里，山贼金锤大王武艺高强，无人能抵，又无恶不作，远近部落深受其害，人们虽然痛恨，但又无可奈何。只有逢年过节，给他孝敬财物，才免遭劫掠。若遇见稍有几分姿色的妇女，必抢上山寨，无人敢报官。锡伯部也久闻金锤大王之名，只是今日一见，足以令人心惊胆战。纳齐布禄自然不知道这些，他不屑地说："我不知你什么金锤大王还是银锤大王，既然你自称是巴图鲁，就应该识时务知进退，不能没脸没皮，让天下英雄耻笑。"

金锤大王一听这话，怒火中烧，抡起大锤，一声怪叫："你这是找死！"大锤如泰山压顶般地迎头砸下来。纳齐布禄见来势凶猛，不敢用枪招架，急把马往旁边一带，闪过一边，大锤"忽"地一声走空，失去控制。金锤大王因用力过猛，身子失去平衡，一头从马上栽下来。不想那匹卷毛青鬃马惊起，飞驰而去，沿着围栏转圈子。金锤大王头冲下，脚没来得及甩镫，一只脚挂在镫里，坐马一驰骋，他头触地失去了知觉，被马拖了一圈，脑袋迸裂，颅骨粉碎，顿时气绝身亡。

全场大骇。

纳齐布禄本无意伤害他，见如此意外事故的发生，非常扫兴。喜百在场外看主人闯了祸，忙招呼他快走。纳齐布禄猛省过来，正待催马出场，不想一群军兵围上来："英雄不要走，王爷和公主有请。"

----

① 女真语：即小孩子，娃娃之意。
② 月亮，象征妻子。
③ 山林勇士，亦山林之王。

以下的事不用我说，诸君自然会猜得到。据《纳喇氏家谱》上记载，从此，"纳齐布禄留居锡伯部内，妻以公主，招为驸马"。纳齐布禄也就保着锡伯王，东征西讨，争城夺地，不到几年的时间，使一个不被人注意的小小锡伯部，兴盛起来，成为大元朝版图内的女真强国。

光阴似箭，日月如梭，几易寒暑，不知不觉，几年过去了，纳齐布禄正是二十多岁的人。古语云："三十而立"，纳齐布禄感到自己已奔向三十岁的人了，半生已过，一事无成，祖宗遗训，民族复兴，统统不能实现。闲暇无事，便对着妻子儿女闷闷不乐。柳叶公主非常贤慧。相夫教子，恪尽妇道。自他们成亲后，生有一子一女，儿子取名多拉胡其，已经两岁了，聪颖过人，夫妻甚是喜爱。纳齐布禄入赘以后，曾几次去辉发河谷接额娘来锡伯团聚，他额娘就是不肯，说啥也不肯离开山沟。纳齐布禄心里明白，这是额娘对他忘掉祖训，贪恋荣华富贵的不满。纳齐布禄因此感到不安，所以后来，在他创建扈伦国政权巩固后，传位给儿子多拉胡其，回去寻母，自隐辉发河谷，不知所终。这是后话。

单说一日，纳齐布禄从锡伯王处回到家里，闷闷不乐。柳叶公主性情温和，实在忍不住了，这才问道："阿玛罕①是不是慢待你了？近几年来为什么总是闷闷不乐，再不就唉声叹气，愁眉不展，你到底想要干什么，能不能当查尔甘②说明白，我也许能帮上你。"纳齐布禄摇摇头道："艾根③的心事，你猜不着，你也帮不上我。当年比武招亲，事情出于偶然，那不是我的初衷。几年来，阿玛罕待我虽好，可是他不思进取，依附于蒙古人，他忘掉了女真人亡国灭族之痛。"公主笑道："原来你为这个，可你不知道，阿玛罕依附于蒙古，这是玛法罕④遗命。再说，元朝势力大，反抗蒙古人，只有死路一条。"纳齐布禄愤然道："我不信！你阿玛肯服服帖帖地听命于蒙古，当他的锡伯国达罕⑤。可我算什么？我能一辈子寄人篱下，跟你阿玛转，为他卖命不成？"公主垂泪道："我看出你心高志大，不是久在人下之人，一旦有机会，你就去吧，查尔甘决不拖累你。"纳齐布禄唉了一声，望着美丽贤慧的妻子，良久没有出声。已经当了侍卫的喜百突然走进来："天使来到，王爷请额驸

---

① 女真语：即父王。
② 妻子的自称。
③ 丈夫。
④ 意为祖宗，也有的称达玛法。
⑤ 意为君长，这里指国王。

前去议事。"

纳齐布禄一怔:"什么天使?"

"是元朝天子派来的使臣,还带着圣旨,刚才来到。"公主问:"他来干什么?"喜百一晃头:"不晓得,说是调兵,额驸一去就知道了。"

"调兵?"纳齐布禄心里纳闷,元朝皇帝来这里调兵……他断定,肯定是出事了。要不然,堂堂大元帝国,到这边塞不毛之地调什么兵?

来到王宫,前厅里只坐着锡伯王一人。纳齐布禄上前拜见:

"阿玛罕叫我吗?"

"你来的正好。"锡伯王说道:"我想让你带兵进京勤王。"

"进京勤王?"

"是的。"锡伯王说:"如今各地造反,天子有难,咱们是大元朝臣民,不能坐视不管哪!"

"到底是怎么回事?"

锡伯王即把他知道的情况向纳齐布禄说了:"南方汉人起来造反,他们杀奔京城大都,天子诏令各部出兵,平定叛乱,我要你领兵随钦使前去。"

"钦使在哪里?"

"钦使日夜加急赶路,累得疲惫不堪,正送到馆驿去休息。你立刻点兵一千,明日一早,随钦使出发。"锡伯王又叮嘱道:"钦使也是朝廷派的监军,你要听他的调遣。"

纳齐布禄也听到一些传言,说元顺帝昏庸失政,臣民不服,各地造反,汉人举兵反抗。今天钦使来,果然证实了传闻是真的,看来,蒙古人的统治风雨飘摇了。他觉得机会来到,于是劝说锡伯王道:"元朝暴虐,人心叛离,奴役我女真和汉人已近百年,现今天下分崩,实在大快人心,也是我女真人出头之日。我们不如联合汉人,一同反元,扩大国土,收拾北方,恢复女真人的天下,成一统之基业,还等何时?若帮助蒙古去打汉人,是非颠倒,太不应该了!"

锡伯王气的脸色铁青,厉声斥道:"胡说!"

纳齐布禄从来没看见锡伯王跟他发过这么大的脾气,先是一怔,忙改了口:"一切听阿玛罕做主。"

锡伯王沉思一下,然后缓和了口气说道:"不要生异心。元朝待我们不薄,他坚如磐石,强大无比,几个造反的蛮子①是推不翻的。各路

---

① 指汉人。

勤王兵一到，叛军就会瓦解。勤王有功，还可以锡封受爵，光宗耀祖，这也是你建功立业的好机会。你回去安排一下，明早随钦使去吧。"

"是的。"

纳齐布禄奉了锡伯王的命令，点起一千人马，随元朝钦使出发，指向西南，奔往大都①。大都即金之燕京，又称中都。此地距锡伯部约二千里，军情紧急，日夜奔驰，钦使还嫌走的慢，加紧催逼，军兵多有怨言。几天以后，渡过辽河，越过草原，来到蒙古南部一个河谷里。马踏流沙，实在难行。按照钦使指的路，这支队伍不走山海关，是从喜峰口进长城，此地离大都尚有八九百里，钦使限令四天赶到。偏赶上天阴下雨，道路更加泥泞难行，军士疲劳不堪，怨声不已。纳齐布禄见军心思变，不愿进关，背着元朝钦使，把跟随他多年的喜百、德业库二人找来密谋道："元朝无道，天下大乱，汉人起事，各地造反，咱们不能替他去卖命了。蒙古人欺负咱女真已经一百来年了，趁此时机，引兵东去，从蒙古人的背后，捅它一刀，叫他早点完蛋。"

德业库表示赞同："要干就快点，事不宜迟，今晚就撤退。"

喜百说："不，一不做，二不休，杀了这个蒙古钦使，要反就反彻底。"

三人密谋停当，立刻发动兵变，杀了元朝钦使，大军连夜返回，拔营东去。

这纳齐布禄带着一千锡伯兵，不是从原路返回锡伯部，而是直奔东北。他要带着这一千人马，回到祖宗之地，重开基业，干一番大事。

消息传到锡伯部，锡伯王听说纳齐布禄杀了钦使，带兵叛逃，又惊又气，立刻派几支人马，前阻后截，严令务必将纳齐布禄捉回来。

锡伯兵不愿入关勤王，更不愿跟纳齐布禄北去，他们一家老小都在锡伯，他们不愿意离开家乡。他们得知锡伯王派来大批人马，便暗中勾通，企图里应外合，捉住纳齐布禄，向锡伯王献功。不料纳齐布禄带兵多年，很得军心，有的将士与他友善，便偷偷地把消息透漏给他。纳齐布禄知事情有变，不敢久留，带上喜百、德业库等十二骑趁天黑从后帐逃走。等锡伯兵汇合一处，由札尔固齐②率领去中军大帐找他的时候，才发现纳齐布禄已不在军中。于是，锡伯兵分头去追，他们仅仅逃出十几个人，不怕他飞上天去。

---

① 即今之北京市。
② 女真领兵官。

且说纳齐布禄等十余人趁天黑连夜逃出，不辨方向，一行人马不停蹄，慌不择路，跑了一宿，亮天时来到一处关隘，拦住去路。

这是哪里？

纳齐布禄抬头仔细一看，但见这座关的两边，悬崖峭壁，树木参天；层峦叠嶂，险峻异常。关门夹在两峰中间的入口处，关墙以大青石砌筑，十分坚固。纳齐布禄暗道："好一座雄关！"常言说的好：一夫当关，万夫莫下。关上旗幡招展，迎着晨风飘扬。不用问，自然有人把守。也不知道这座关叫什么名，属于何国何部，守关多少人马，关主系何人氏，语言是否相通。他们正在狐疑纳闷之际，忽听后面喊声大起，锡伯兵追上来了。这前有雄关拦路，后有追兵堵截，真是进退两难。纳齐布禄只好带着随行十余人登上关南不远的一座高山，察看追兵的动静。他们刚刚爬到山头，追兵已到近前，约有三百人。

正是锡伯追兵。

追兵已发现了纳齐布禄一行，领兵的札尔固齐立刻指挥人马上山去捉纳齐布禄。德业库见追兵多，自己人少，又加上连夜赶路人困马乏，不能战斗。即向纳齐布禄建议道："他们人多，咱们人少，我看还是舍了马匹，钻山逃走吧！"喜百反驳道："不行，不行。山高岭陡，连个通路都没有，往哪里走？追兵要是上来，还不得全被捉去！"

二人各讲各的理，争执不下，纳齐布禄一言不发，不慌不忙，坐在高处一块大石上，一支一支地在石头上磨箭镞。不住望着下边，安然稳坐，不慌不惊。他磨好一支，放在一边，又继续磨。磨完自己的，又要过随行士兵携带的，很快就磨了一大堆。

德业库着急道："我的爷，都到什么时候了，你还有心思磨箭玩，追兵要上来了！"

忽然喊声大起："你们跑不了啦！赶快下来投降吧！"

纳齐布禄循声往下一看，锡伯兵已经爬上来了。

正是：

　　雄关难越路不通，
　　而今又困此山中。

不知锡伯兵爬上山去，纳齐布禄一行能否脱险，且待下回再叙。

第三回 纳齐布禄扈伦建国
多拉胡其窝集联姻

且说那锡伯兵见纳齐布禄高坐山顶大石头上不下来，依仗人多，都争先恐后往山上爬，准备捉住他，想要立头功。

看看爬到切近，纳齐布禄拈弓搭箭，对着为首那个头目嗖地就是一箭，正中头颅，尸体滚落山下。锡伯兵惊惧不前，害怕被箭射着。札尔固齐气得哇呀直叫，他调整战术，分几路包抄，士兵顶着衣甲攀登，纳齐布禄逐一指向为首者，矢无虚发，兵不能上，遂退去。

德业库看追兵退去，主张赶紧下山，叫开关门，远走高飞。他估计，锡伯兵不会轻易放过他们，不久将会有大批人马追来。

他们下山，来到关前的时候，天已近巳时，早已是开放关门的时辰，任百姓出入往来拾柴买米。可是关外的一切行动，全被关上看的明明白白，见十几人骑着马，各操兵器，又有一支人马追赶，不知这是为什么。所以紧闭关门，断绝行人出入。守关军士也都登上寨墙。向关下虎视眈眈。

纳齐布禄等人看到这般光景，晓得此关难过，不如原路退回，另寻别途。德业库说："来不及了。追兵很快就到，无论如何，也要想办法过关。"

喜百灰心丧气地说："人家不开关，你能飞过去?!"

德业库说："着急也没用。你和弟兄们保护好主子，我去叫开关门，大家好过去。"

喜百不以为然地说："说的倒轻巧，开不开关，那是人家的事。"

"我试试看。事已至此，我只有低三下四哀求人家了。万一碰上女真人，那就更好通融。"

德业库来到关下，猛听关上一声断喝："站住！再往前来，我可要放箭了。"德业库停住马，向上一拱手："请通报守关将军，我们是赶路的，经过宝地，请放我们过去。"

关上闪出一个面目丑恶的头目，厉声喝问道："你是什么人？哪来的野种！"俗话说，站在矮檐下，怎敢不低头，一向性情火暴的德业库，不得不压住火气，老老实实地赔笑道："我家主子是锡伯王的额驸，女真首领纳齐布禄。"

"纳齐布禄？没听说过，锡伯王倒是知道，谁知你说的是真是假？若是蒙古人骗我开关怎么办？"守关头目半信半疑。又问："你是何人？"

"主人侍卫德业库。"

不想关上那头目突然用女真语问了一句：

"哪哈达？希爱哈拉①？"

德业库虽是女真人，自幼生活在汉人地区，不懂女真话。他答不上来。只见关上那头目哈哈哈笑道："冒充女真人，休想混进关去，你赶快给我滚开！"

正当德业库目瞪口呆，不知如何是好之时，关上又是一声断喝："赶快走开，不然我要放箭了！"再一看，关墙垛口处闪出无数弓箭手，向下注视着。

当下纳齐布禄听了关上的问话，德业库回答不出，心里想，守关是女真人，这就好办了。催马向前靠近了一步，对着关上大声答道：

"哈苏里哈拉，宏厄哩兀喇活吞依忒喝！纳喇哈拉，纳齐布禄。"

这句女真话的意思就是：我的根基（或原籍）在江边弘尼勒城里，姓纳喇，名纳齐布禄。

守关头目深信不疑，他高兴了，确是本民族同胞，忙令军士开门。

"慢！"

后边又过来一将，阻止开关："既然是女真人，还是按照女真人的老规矩办！"他手扶城堞，对下边叫道："你们身带弓箭，必是习武的英雄，习武之人，岂有不懂规矩，你往这边看。"

纳齐布禄顺着他的指点，仔细一看，见寨墙上两杆门旗之间，吊着一块木牌。木牌上画着一个大红圆圈，再一看，圆圈里还有一个小红圈，小红圈里还有一个铜钱大的小红点。纳齐布禄如何不明白，这木牌是用来练习箭法的靶子，吊在关墙上，不知何意。

"看清楚了吧？"那头目用手一指关下道："听着，习武的人要过关，有三种过法。第一，若能射中红点者，他是当之无愧的巴图鲁，可骑马过关，并赠送盘川②；第二，射中点外小圈者，他的技艺不算高，可以牵马过关；第三，他若射中大圆者，那是女真人的搭色押亲③，他留下

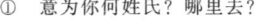

第三回　纳齐布禄尼伦建国　多拉胡其窝集联姻

---

① 意为你何姓氏？哪里去？
② 又作盘缠，即路费。
③ 狗熊。

马匹，爬过关去，射中红圈以外者，他不是女真人，休想过关，另寻别路吧。你听明白了吗？"

德业库一听，心中大怒，骂道："可恶！这不是成心刁难人么？"

纳齐布禄忙制止道："住口！人家既然有规矩，咱也得按规矩办，你看我的。"

喜百也觉不平！"主子的箭法天下无双，这是知道的。可咱们都快两天没吃饭了，肚空心慌，怎能射得准！他分明是故意磨蹭时间，等待追兵一到，什么都完了。"

"不要多嘴，咱们赶快过关要紧。"纳齐布禄取下弓箭，对关上说："你说话可算数？"

上边答："那是自然。"

这时候，后面隐隐传来喊杀声，毫无疑问，追兵距离不远了。事不宜迟，纳齐布禄拈弓搭箭。德业库双手一合："天神保佑……"

纳齐布禄又问了一句：

"几箭为准？"

"三箭，射中一箭就算数。"

"那好，你看！"

喜百闭上眼睛默念道："恩都力……"

一声弓弦响，雕翎带着风声，"啪"的一箭镞嵌在木牌上，正中圈心红点。木牌震动，剧烈地摇晃。

关上一片呐喊："好箭法！"

突然又是一箭，恰好射断一侧绳索，木牌一头吊着晃悠。没有几下，接着又是一箭，另一侧绳索已断，厚重的木牌喀嚓落在寨墙上。关上关下，无不喝彩：

"好！神箭！"

"咣"一声关门大开，两个头目率几百军士，分成两队，迎接出来。为首二将近前，单腿一跪："请巴图鲁进关，多有得罪，抱歉，抱歉。"

忽然喊杀声已到近前。纳齐布禄马上一抱拳："感谢盛情，待我退了追兵再进关。"

约有五百人马赶到近前，正是锡伯追兵。为首的札尔固齐认识纳齐布禄，他在马上敬了一礼道："挎兰达[①]，王爷派我请额驸回去。"

[①] 爷的意思，或作老爷、军事长官。

纳齐布禄冷笑一声："我也是一部之主,岂能永远受制于人!你回去告诉阿玛罕,后会有期。"说完回马便走。札尔固齐拦住道："额驸,今儿个你是走不了啦,关上也要捉你,看你往哪里走!乖乖地随我去见王爷,你额驸还是额驸。"

"哼!你瞎了眼,关上人马是我的伙伴儿。"

"你不要骗我,根本你就不认识他们。"札尔固齐向部下一挥手:"上,捉住有赏。"

关上两个头目率兵杀来,把锡伯兵打得落花流水,狼狈逃窜。二将杀退追兵,迎接纳齐布禄一行进关。纳齐布禄万分感谢,通名之后,才知二人乃亲兄弟,哥哥阿力、弟弟阿速,两人都三十余岁,原是女真人,当过元朝小军官,今见元朝衰微,不久脱离蒙古人,占据此山寨,修筑了关墙,扼住交通要道,收取过境税。此关是座山城,地势险恶,易守难攻,兄弟二人招募土人三百余名,占山为王。山名外郎山,关随山名,就叫吉外郎城。纳齐布禄对兄弟二人说:"你兄弟也是女真中巴图鲁,现在天下大乱,元朝很快瓦解,何不趁此时机,干一番大事,重振我们女真民族。"

阿力道:"我等久有此心,可是没遇到英主。今见主子箭法高强,又胸怀大志,我们愿奉你为主,部下皆听约束。"他一招手:"来,大家拜见主子。"

阿力、阿速率众人跪拜于地,恳请纳齐布禄留下来。纳齐布禄推辞道:"二位相救我已感谢不尽,我们过路之人,哪有反客为主之理;实在不敢当。众位快请起来。"

"不。主子不答应,我们便不起来。"阿力讲出了道理:"吉外郎城虽小,地势险要,作为根基还是可以的。主子乃女真中最有远大胸怀的人,你要领我们干事,没有不成功之理。"

喜百小声说:"这样好事,上哪找去!主子你就答应吧。"

纳齐布禄推辞不过,即跪地发誓道:

"不才纳喇哈拉,纳齐布禄承蒙各位推举,暂为城主。为了女真人的复兴,我立誓言:竭尽全力,不存私心,兢兢业业,祸福与共,阿布卡恩都力实共鉴之。"

打这以后,纳齐布禄就以吉外郎城为根据地,有阿力、阿速两兄

---

① 天神。

第三回　纳齐布禄尼伦建国　多拉胡其窝集联姻

弟、喜百、德业库两虾①的辅佐，独霸一方，称王争长，势力遍及辽水之东。

时元朝已经灭亡，明朝建立，朱元璋称帝于金陵，改元洪武。明朝建国伊始，即派人北上，招抚女真各部。同时，又调兵遣将，进攻元朝在东北的残余势力。女真各部多出力助攻，于是，北方失控，女真地区纷争迭起。

纳齐布禄的势力受到了威胁，他又无法与南京明朝沟通，女真、蒙古各部势力不断侵扰，吉外郎城成了兵家必争之地，朝不保夕。

纳齐布禄决心弃吉外郎城北走，另寻出路。德业库劝慰道："主子不必担忧，我同蒙古、女真各部头人都很熟，我去劝说他们，让他们帮助主子建国称王，同大明朝争天下。"

纳齐布禄知德业库路子宽，熟人多，就依了他。

德业库辞别了纳齐布禄，各地奔走，一路传扬纳齐布禄的为人：仁爱、贤明、武功盖世，是女真人中惟一的巴图鲁。他的宣传起了作用，很多女真部落慕名来投，德业库的活动还真收到了效果。一时，纳齐布禄的贤名远播，被称为女真贤士。

蒙古科尔沁可汗得知纳齐布禄的贤名，想要招抚他，遂派一个头目带上百名士兵，来到吉外郎城，对纳齐布禄宣称："我蒙古可汗听说你是长白山的贤士，女真的巴图鲁，派我来请你到我们蒙古去，赐给你土地畜产，嫁给你蒙古公主，要你为我们蒙古效力。"

纳齐布禄如何肯答应，他又不敢得罪蒙古人，便搪塞道："感谢可汗盛情。我的父母和家口都在锡伯，待我接回来后，同父母及全家再去相投。"

这本是应付的话，蒙古领兵头目居然信以为真，回报可汗。

谁知等了一年，却不见纳齐布禄来投。又派人去锡伯催促速送纳齐布禄的父母，锡伯王告诉他，纳齐布禄的父母根本就不在锡伯国。科尔沁可汗闻报大怒，即联合锡伯兵攻打吉外郎城。

明成祖永乐四年春，锡伯王在科尔沁可汗的帮助下，带兵一千，攻打吉外郎城。吉外郎城虽然城坚地险，毕竟弹丸之地，抵挡不住两支大军的攻击，阿力、阿速兄弟战死，纳齐布禄弃城只身逃出。锡伯兵攻破吉外郎城，不见纳齐布禄踪影，杀光所有人，平毁城寨而还。并将掳掠

---

① 侍卫。

的财物马匹赠与蒙古，作为酬谢。

这都是德业库惹的祸，好心办了坏事。

单说纳齐布禄丢了城池，钻山逃出去。他一心想寻觅原籍，就是当年额娘指示的地方。他记住了，叫弘尼勒，在一条大江的岸边。他一路上很少碰到人，荒凉冷落，食宿维艰，不知风餐露宿走了多少日，这一天正走之间，望到一条大江，水波荡漾，如同银带。纳齐布禄好不容易找到当地土人问过之后，才知此江就是他要找的松花江，女真语叫松阿里乌拉。还说，离此不远有一个大部落，叫乌拉部，有城叫弘尼勒。纳齐布禄大喜道："多少年来，我要找的故乡，终于找到了。"他临时在江岸边用枝柴蒿草自结一庐，准备休息几日，再探听弘尼城的情况，因为他从没有来过故乡原籍，对那里一无所知。

那个年代有句民谚："棒打狍子瓢舀鱼，野鸡飞到饭锅里。"纳齐布禄每天只能射猎野鸡野鸭烤肉充饥，羽毛弃之于江顺水漂流，不想惊动了弘尼勒城的居民。

弘尼勒是松花江岸边一个小小的土堡，辽金时代为军事要地，弘尼勒意为要塞。城为纳齐布禄先人所建，那里还有很多完颜氏家族。这些族人，早已知道纳齐布禄的威名，久有迎归之心。

这一日，弘尼勒城中有人到江边汲水，发现江里漂流羽毛，归去告知额真①。额真认为，上游肯定有猎人，即派人溯江寻找，表示用粮谷换猎人皮肉，结果发现了纳齐布禄。纳齐布禄表明自己的身份，额真率全城人口将纳齐布禄迎入城中，奉为城主，于是纳齐布禄正式建立国号称扈伦，自称扈伦国王。是年，纳齐布禄正好四十岁。

扈伦国的势力不断扩大，几年后，派使去锡伯，索取妻儿子女。时锡伯王已死，锡伯部分裂，新的首领不敢得罪扈伦国，表示归附，送还柳叶公主及其子多拉胡其，多拉胡其已二十来岁了，父子已十数年不曾见面，一朝归来，悲喜交集。纳齐布禄的最大心愿还是远在辉发河谷部落里的额娘，怎样劝说，就是不肯离开山沟。纳齐布禄虽也去探望几次，派车马去迎接几回，老人家就是不肯同他去享福。实在没有办法，纳齐布禄只好抛弃国王之权位，将王位传与儿子多拉胡其，独自一人前往辉发河源，寻找母亲，从此一去不返，不知所终。

---

① 大人，首领。

多拉胡其从小在颠沛中长大,养成了坚强刚毅的性格。他从阿玛手中接过重任,奋发图强,励精图治,他重用贤能,强化军队,实行远交近攻。仅仅几年光景,扈伦国的地盘已增大了数倍。全盛时期,北抵脑温江,南至东辽河,东近豆满江,西达蒙古科尔沁草原。纵横千余里、城堡数百座,人口几十万,大有一举恢复金朝旧土之势。明朝深恐扈伦国壮大为患,重演金兵寇宋的故事:一面采取分而治之的手段,限制它的发展,大建卫所,设官给印,以分其势。另派都指挥使刘清在扈伦国的腹地,弘尼勒城上游百余里的地方设立船厂,督造战船,以备顺流而下,威胁扈伦之用。多拉胡其听之任之,不去同明兵为难,专心一意地发展自己势力,并组成了较大的部落联盟,被推为盟主。从此,多拉胡其又得了一个"尚延"的徽号,史称"尚延多尔和齐"。"尚延"又作册延,尚让,意为白色,代表金子。其意义有二,一是金为贵,白色象征贵人,意为君主,盟主,是公认的领袖;二是象征金朝复兴之意。明朝先后在海西地面设立一百八十多卫所,大多数隶属于扈伦国。

最初,明朝招抚女真,广设卫所。先于永乐元年设立建州卫,任命辽东边外女真头人阿哈出为指挥使。继而又任命海西女真酋长西阳哈为兀者卫指挥使。永乐十一年,又设置建州左卫,任命另一女真头人猛哥帖木儿为指挥使,以分阿哈出之势。过了几年,兀者卫一分为二,多拉胡其初授兀者前卫指挥使,后晋升为都督。兀者两卫皆在扈伦国内,成了扈伦国的核心。

按下扈伦国逐渐强大,暂且不表。花开两朵,各表一枝。

单说扈伦国的东方有一个大国,叫做窝集国。窝集国地域广阔,从虎尔哈河东达海滨,都是窝集国的领地。窝集共有十八部,各部有额真统辖。窝集国还是按照祖先传下来的老传统,世代国王都由女性继承。在窝集国内,女尊而男卑。各部额真如果光有儿子没有女儿,他的继承权便被取消,由女王另选女额真接替。窝集国境内多是森林草莽,居民以捕猎为生,无农业。窝集国本来与扈伦不沾边,只是由于扈伦国势力壮大,东境发展到窝集国的边缘,两国起了争端。

窝集国女王叫纳格玛,约有五十岁的年纪,英勇强悍,能开硬弓,手擒虎豹,诸部无不畏服。女王生有二女,皆受到宠爱,将来王位传给谁,一时还拿不定主意。二女之中,长女老实忠厚,惟次女刁蛮任性,某些地方有点像其母。

一日，窝集国王得知有一个扈伦国在它的西边，逐渐蚕食她的领土，女王心中大怒，决心派兵征服扈伦国，令次女班哲领兵一千攻入扈伦国境内。

国王多拉胡其得知窝集国发兵来侵，也自领一千人马前去迎敌。两支人马在勒福善河岸边相遇，双方各扎营寨。次日两军摆开阵势，等待交锋。多拉胡其一看对方人马，心中暗暗称奇。窝集兵并没住进帐篷休息，而全在外边山坡上露宿。一千兵马最少有一半是女兵，女兵排在最前列，男子在后，中间尚有一段距离。再一看领兵大将，是个二十岁左右的女孩子，打扮装束也十分特别。只见她头上顶着用柳枝编成的圈圈，周围插满各种野花，浓密的青丝垂在脑后，两只胳膊上套着由珊瑚、贝壳、珍珠串成的手镯，穿一身兽皮制成紧身衣裤，没有衣袖，两只雪白胳膊露在外面，面容姣美，身材匀称，骑一匹仅有毛驴大小的长鬃短尾卷毛兽，似驴非驴，似马非马，手里拿了一口三楞两刃刀，刀背上有孔，系着几颗小小的铜铃，一动叮咚作响。在她的身后，跟着一群女兵，打扮也大同小异。

多拉胡其从来没有见过这种兵马，心想，这也能打仗吗？

"你为什么侵犯我扈伦国的境界？"

班哲似乎听不懂他的话，只是说："东海窝集国，是阿布卡赫赫①之国，阿布卡赫赫之国是天下无敌的，灭你扈伦国，是阿布卡赫赫的意志。"

多拉胡其大怒道："你是何人？敢出此狂言！"

班哲笑嘻嘻地说："窝集国女王的二公主，班哲格格，今年十九岁了，还没找到畏根②呢。"

多拉胡其觉得她的话好笑，遂说："你赶快回去见你额莫女王，叫她撤回你的人马，不要再来犯境，我们两家和好。"

"两家和好？"班哲是个没见过世面的野人女真姑娘，不大懂得两家和好即两国和好之意，她认真地看了一下多拉胡其，便说："两家和好？我女王额莫同意和好就和好，你敢跟我去见我额莫女王吗？"

多拉胡其一想，两家要能罢兵息战，各守疆土，我可以见一见她们女王，并探探东海窝集国的虚实。想到这里，说道："我愿意去见女王殿下。"

---

① 天上女神。
② 应为爱根，东海方言作畏根，即爱人，丈夫之意。

"你跟我来!"

班哲拍马便走,多拉胡其随后跟来,两支人马见此光景,各自扎驻,等待二人回来再做打算。

多拉胡其紧跟班哲的卷毛兽,没有料到,那匹坐骥虽然长的矮小,样子又难看,但走起路来行如追风,登山越岭如履平地,速度非常快。多拉胡其几次被落得老远,班哲还得停住等他。

跑了一整天,到了日落黄昏的时候,来到了窝集国的王城。王城是建在山坳处的一个部落,周围巨石堆成的圆形墙壁,里边是用树干和桦树皮搭起的板房,大约也有二十几间。女王的正厅装饰得富丽堂皇,这是女王起居兼议事施政的地方。这里没什么礼节,甚至门口连个侍卫也没有。人们出入非常自由。

班哲见了女王也不下拜,只是嚷道:"额莫,扈伦国那个带兵的被我领来了。"

屋子有些黑暗,女奴点上了明子①,多拉胡其才看清女王长的很富态②。多拉胡其单手拄地行了一个打千礼:"扈伦国主多拉胡其拜见大王。"

"你来干什么?"女王纳格玛端坐那里动也不动。

"女真人都是一家,我是来讲和,扈伦和窝集永息争端。"

"事情好说。你们都饿了吧?先吃饭。"

按照纳格玛女王的吩咐,酒饭很快摆上。多拉胡其也饿了,坐下刚要进餐,女王说:"慢!"班哲这时走过来,她拿着一个大海螺,里边盛满了酒,送到多拉胡其嘴边。多拉胡其闻到酒香味,也不问情由,双手接过,一饮而尽。接下来,班哲陪他美美地吃了一顿兽肉餐。酒饭已毕,女王纳格玛发话了:"按照窝集国的风俗,你接过格格送过来的酒,你就属于她了。今晚你就在她房里过夜,明日她随你去扈伦。三年后,生了呵呵③必须给我抱回来,要是养了哈哈,就永远不要回来了。"

"这,这怎么可能!"多拉胡其大惊。女王用毋庸置疑的口气命令道:"送贵人去休息!"

次日,多拉胡其同班哲格格回到军中,双方各自退兵。班哲到弘尼勒城后,给扈伦国带来了生机。各部卫看扈伦同窝集两国联姻,更加畏

---

① 被松树油浸透的木干,易燃,用以照明,故叫明子。
② 体胖之意。
③ 呵呵是女儿,哈哈是男孩。

惧，皆不敢有异心，扈伦国更加壮大。在多拉胡其时代，扈伦国已发展到顶峰。

三年之后，班哲果然抱着独生女儿回归窝集，最后她继承了窝集国王的位子，其女也接了她的班。这是后话。

正是：

> 诸国主政多男子，
> 惟有窝集女为尊。

要知扈伦国后来如何，且待下回再叙。

第三回　纳齐布禄扈伦建国　多拉胡其窝集联姻

第四回　都勒希立谱弘尼城　克什纳授命塔山卫

单说扈伦自建国称王以来，海西诸部卫纷纷归附，纳喇氏日益兴盛。太祖纳齐布禄传位多拉胡其，自隐辉发河源，不知所终。多拉胡其时国势更强，东联窝集，西通蒙古，与明朝修好，定期贡市，很快发展起来，控制百余卫所，兼并数十部落，扈伦国的势力达到顶峰。多拉胡其生二子，长子撮托，次子佳玛喀。撮托被派往长白山，任长白都部额真；次子佳玛喀继承之后，明授兀者前卫指挥使，徽称硕朱古，意为捕猎部落之王。明史记为加木哈，《清实录》上有嘉穆喀硕朱古者，即此人也。

英宗正统末，蒙古脱脱不花太师以兵三万东犯海西，捕杀大批海西部落酋长，扈伦国所属部卫大半破灭，连国王佳玛喀也逃进山林，躲避战祸，扈伦几乎沦亡。佳玛喀国王在这次变乱中忧虑成疾，不久故世，遗位由长子都勒希继承。

大明成化十四年，兵部左侍郎马文升招抚海西诸部卫，有三百七十五名大小首领授命入贡，都勒希继其父为兀者前卫都指挥使。后因贡马及貂皮有功，升为兀者前卫都督，扈伦国又得以恢复，但是，昔日风光不再，诸部卫便不像从前那样听从指挥了，扈伦国仅维持个名分而已，不再具有约束力。

佳玛喀国王生四子，都勒希居长，次子扎尔希，三子速黑忒，四子绥屯。四子各有事业。正统时，扎尔希举家移住领地清河，地名哈达，自成一部，其地多山，故称哈达部落。地在开原边外，为贡市必经之途，形势重要。速黑忒自率人马镇守江上，明授为塔山左卫都督。绥屯与三兄同住，守卫西陲，建功立业。他有一子名克什纳，自幼养于其兄都勒希处，都勒希视如己子。都勒希亲生一子名古对朱延，同克什纳亲如一奶同胞。

都勒希继承王位之后，扈伦国正走下坡路，诸部离心，号令不行，已到了名存实亡的地步。如今，仅有哈达地尚听命于扈伦国。都勒希看扈伦如此衰弱，非有英主不能治，自己儿子又难以胜任，他感觉到，养子克什纳英武强悍，可以支撑危局。但他也看到克什纳的最大缺点：刚愎自用，性情火暴，也怕他弄出事来。长时间来，为立继承人一事，踌躇不决，宗族谁也不明白他的心事。此时明朝只保留他王位，而不再承认其扈伦国号。都勒希感到大势已去。

一日，召集宗族议会，特把二子叫到近前，当众告诫道："家有贫富，国有兴衰。我扈伦自翁姑玛法艰难创业，延续至今，已有百年。我们做子孙的，没能守住祖业，愧对先人。从此取消扈伦国号，但以贝勒相袭。你兄弟益奋发图强，守住这点基业，从今以后，不要争名夺利，以免子孙遭殃。克什纳虽非亲生，视如己出，未来大事，我想托付与你，重振我纳喇氏。另外，明朝为宗主之邦，你兄弟要永与明修好，则子孙永保安康，切记，切记。"

兄弟二人受教以后，各有一种心境。古对朱延为人忠厚老实，还有些软弱，性格沉静。克什纳正相反，性情刚烈异常，又兼武艺高超，力大无穷，对扈伦国的日趋没落，感到不服气，总想学一学祖先纳齐布禄，来一番振作。于是对都勒希说："阿玛罕，扈伦国不能就这么完了，我纳喇哈拉总会有出头之日。我就不信，就凭咱们现在的势力，干不出名堂来？"都勒希瞅瞅他，又望望族人，没有作声。他深知，现在今非昔比，时过境迁，克什纳的想法不切合实际，说不定还会给纳喇氏家族带来灾难。但目前的危险局面，恐怕朱延又驾驭不了，非得像克什纳这样铁腕人物治理不可。他因此难下决心，王位到底传给谁合适。

转眼时当龙虎之年，都勒希国王自感身体不适，他有一个最大心愿要完成。自始祖创业到现在，已历四世，时近百年，他要为纳喇氏家族立一部家谱，以别世系，而存宗法。他是长子，三个兄弟都在外地，直系还有两个堂兄弟巴岱达尔汉、德文阿哈，乃伯父撮托之子，宗族大约有十人。他命人画了谱图，制作谱档，因金代完颜世系已失，只能以纳齐布禄为第一代。到了祭祖那一天，撮托一系子孙，二弟扎尔喜后人均准时赶到弘尼勒城。仪式由都勒希国王亲自主持，他既是家族的穆昆达，又是大萨满。因无章法可依，都勒希国王只能按女真习俗独创。

吉时已到，祭典开始。首先祭祀天神，然后叩拜祖先。王宫正殿的西墙上，悬挂特制的家谱，始祖纳齐布禄的名字，端端正正地写在彩绘的楼堂里，其下是多拉胡其，下又分两支：佳玛喀，撮托。撮托名下为巴岱达尔汉、德文阿哈；佳玛喀下分四支：都勒希、扎尔喜、速黑忒、绥屯。可是记到都勒希名下，发生了歧议。都勒希本来生三子，为什么只提古对朱延一人呢？事情原委简单交代几句。都勒希长子名叫额赫商古,早死,遗一子布尔锦,尚幼;次子库桑桑古,因不遵父训,率众犯边,获罪于明,被都勒希国王驱逐。这个人就是《明实录》上记的尚古。这次建谱,并没给他知会,国王的意思已很明显,因为他给纳喇氏带来麻烦,由于他聚众闹事,贡道不畅,诸部贡市受阻,多有怨言。只是碍于都勒希国王的面子,暂且忍耐,没有发作,但从此与扈伦国离心离德,日见疏远。扈伦国自第二代尚延多拉胡其时候起,已经成为较大的部落联盟,国王也不过是个盟主,各部相对都有独立性。再说啦,各氏族首领也都是明朝的卫所官员,指挥、都督,各有头衔。各部都控制一部分敕书,只不过到贡市之期,由盟主统一组织入市贸易,盟主仅收取一点居停之利而已。尚古一闹,贡市萧条,扈伦国失去了经济利益,国势日弱。都勒希国王如何不气?他常说:"祖宗基业看来要断送在这个逆子手中了!"按照金朝完颜氏传下来的家法,背叛祖宗就应该"黜穆昆",也就是被家族开除的意思。

怎奈这尚古一意孤行,诚心要单独干一番大事业,几经劝说告诫均不能奏效,都勒希国王也就对他不再抱有幻想,任他自便。当都勒希国王去世后,他更加无所畏惧,联合一些对明朝不满的女真部卫,犯边阻贡,杀掠边民,掠夺财产,明朝不能制,遣使与他讲和,特授他为兀者前卫指挥使,他嫌官小,拒不受命,反而闹的更厉害。他这一闹,诸部受害,纷纷上书朝廷,要求朝廷出兵,予以严惩。可是这尚古花钱买通了辽东文武官员,隐瞒事实,极力保奏,说尚古才堪大用,应予重赏。昏庸的明朝皇帝不辨是非,真的升他为呕罕河卫都督,他这才如愿以偿了。这是明朝弘治年间的事。此例一开,女真诸部认为朝廷赏罚不公,犯罪反而受赏,于是人皆效仿,海西动乱,岁无宁日。呕罕河即今之倭肯河,地在黑龙江省依兰境内。后来尚古临去世前,告诫子孙,回归故土,其子孙又返回了乌拉部,宗族于是释去前嫌。如今纳喇氏宗谱上,仍记有库桑桑古一系,即尚古之后裔也。

闲言按下不表,单说都勒希国王在创立家谱的宗族议事会上,主张把次子库桑桑古排除在外,以示惩戒,并说:"以后,宗族有谋逆不孝者,当依此例,决不姑息。"众人无法表态,因国王对自己儿子无袒护之心,惩前毖后,以儆族人,皆心悦诚服。

国王兄弟四人,届时只有二弟扎尔希率领子孙家属从哈达赶来。扎尔喜一子名倭谟果岱,他是第一次回到故土,城池、宫室一切都觉得新奇,为他以后继统扈伦国,筑城建殿打下了思想烙印。可是,三弟速黑忒、四弟绥屯未到，不知何故。族人免不了议论，这么大的事，哥俩一个也没来，是不是出什么事了？

吉时已到，不能再等。国王身兼穆昆达、大萨满，他只有率领宗族，跪于彩绘谱图前，行祭祖叩拜大礼。案上放着一个长方形的盒盘，盒盘里盛着一个褪了毛的猪头，猪头上插了一口尖刀，刀柄上用红绸缠住。木制香碗里撒满了"拈子香①"，蜡烛，供品，排列有序。一切都是草创，仪式也比较简单。都勒希跪于案前，致祭天祭祖辞：

> 毕合以舍阿布卡，
> 毕合以舍达玛法，
> 昂阿鸡孙而扎哈！
> 呼伦纳拉哈拉，
> 　　艾以舍勒扎林得……

念到这里，忽见一个侍卫急急走向都勒希，对国王悄声说了一句话，只见国王脸色突变："叫他进来！"

突然宫门外一片哭声，绥屯三步并两步闯入堂中：

"大事不好！"

众人大惊。绥屯上前一步，哭拜于地："三阿哥他，他……"

"他怎么了？"都勒希惊疑地问："快说，这到底怎么回事？"

"三阿哥他，他阵亡了！"

"啊？"

"正月初一，蒙古兵围塔山，三哥出师不利，战死在疆场，塔山卫陷落了！"

听说速黑忒战死，这突然的变故，使整个参与的家族顷刻陷入无比悲痛之中，霎时哀声遍地，满门痛哭。

祭祖仪式无法继续进行，草草收场，全城沉浸在对速黑忒的哀悼之中。

左卫遭变，塔山无主，速黑忒一子尚幼，绥屯令其子克什纳代都督职，余众移至松花江上建寨，称塔山前卫，地在今吉林市附近的山上。

---

① 一种生于山上的野生草本植物，燃烧时放出香味，又叫年祈香，年息香，是女真人敬祭用的，每年七月十五采集。

都勒希本打算让克什纳继主扈伦,其生父改变了他的计划,他也不便反对。塔山前卫离弘尼勒城不过百里之遥,相距不远,照应方便。因卫城尚没筑好,克什纳暂留弘尼勒城不动,绥屯率部众监造山城,待一切就绪后再上书朝廷请敕,克什纳就可以当塔山前卫名副其实的都督了。

一年之后,山城筑完,庐室房舍、商铺作坊,万事俱备。但是就在塔山前卫山城刚刚完工的时候,绥屯患病不治身亡。

扈伦屡遭变故,国王都勒希的精神受到一定伤害,加上年老体衰、病势日益加重。

朝廷旨下,授克什纳为塔山前卫指挥使,加都勒希兀者前卫左都督衔,世袭女真国安西王。都勒希病势日甚,自知不久于人世,他挺起精神,特意为克什纳举行一次告别宴会,邀宗族贵戚到场。他把克什纳、古对朱延安排在他的左右侧。他痛心地对哥俩又像是对所有宗族贵戚说了一段语重心长的话:

"自从金朝灭国以后,女真人受蒙古压迫百余年,我太祖脱离锡伯王,创成大业,也有百年。可是女真人不争气,自相残杀,各立山头。我审时度势,所以取消扈伦国号,甘为大明地方官。我的用意很明白,我不能守住空名不放,给纳喇家族,给女真人招来灭国杀身之祸。我常想,兴亡成败都有一定天数,不能强求。富贵功名也不过是过眼云烟,成功失败总离不开刀光剑影,实在是太没意思了。我早已看破红尘,惜未能脱离苦海,不久我就要寻找翁姑玛法,阿玛玛法,朝拜阿布卡赫赫去也!"

众人齐说:"恩都力保佑,保佑达罕百年长寿!"

都勒希苦笑道:"生死有命,不可强求。克什纳你兄弟二人听着:自此以后,你们兄弟分开,克什纳受命朝廷去塔山卫,朱延将来接替我主乌拉部,他创业不足,守业还是有余。你们记住,无论到何时,兄弟不得起异心,宗族不得争地盘,中原为宗主之邦,不可背叛,今有族人作证,你们听好了吗?"

兄弟二人一齐跪倒,叩头在地:"谨遵阿玛罕教诲,牢记祖宗遗训。"

"好。"都勒希国王一摆手,"都起来吧。开宴!"

大家依次入席,都勒希崇尚节俭,这也是他即位二十年来并不多见的丰盛宴会之一,主要是为克什纳送行。

宴罢，克什纳携带家眷二十余人，挥泪拜辞养父都勒希国王，奔赴塔山主持卫事。临行之前，都勒希一再叮嘱："要记住，忠顺朝廷，定期贡市。并且还要戒骄戒躁，宽待下人，少杀无辜，才能立于不败之地。"

"阿玛罕肺腑之言，哈哈当铭记于心。"

克什纳拜辞要去，都勒希国王忽然想起一件事来："稍候。你阿玛已去世，现在你一个人去塔山，未免孤单，我想派一位宗族长者，随你去赴任，给你出出主意，你看谁最合适？"

"多谢阿玛罕关心。"克什纳想了想，说："堂叔巴岱达尔汉，素日与我甚好，他德高望重，足智多谋，可以做孩儿的膀臂。"

都勒希国王陡然一惊，半天没有言语。时巴岱达尔汉也在坐，听了克什纳请他去塔山，又见国王沉吟不语，忙站起来笑道："小弟愿意随克什纳侄儿去塔山效力，为我纳喇氏家族重整旗鼓。"怔了一会儿的都勒希国王，张嘴连连"啊，啊"了几声，也不知他是同意还是反对，便对他们一摆手，往下什么也没有说出来。

克什纳去塔山前卫就任指挥使之职，不久，巴岱达尔汉全家也迁去，与克什纳合住。

都勒希国王病势日益沉重，说话口齿越来越不清，半身开始瘫痪，他患了风湿症，又叫中风，到处求医，百般调治，终难奏效，拖了五六年，撒手尘寰，一命归西，终年五十五岁。遗命三子古对朱延继为乌拉贝勒，不再使用扈伦国王称号。

都勒希国王病故，朱延继位，讣告全国，通知所有族人，并上报朝廷。

塔山前卫最先得到信息，克什纳不敢怠慢，置办祭品，准备去弘尼勒城奔丧。巴岱达尔汉进言道："先王并非贤侄生父，塔山重地一日不可离，此去不妥。"

克什纳道："我虽非阿玛罕亲子，然从小养于宫中，待之胜如己出，今要不去奔丧，是不孝，必被族人耻笑。"

"贤侄此言差矣！"巴岱达尔汉说："孝有大孝，有小孝。守住祖宗基业，光耀先人事迹，此谓之大孝。徇骨肉之情，做儿女之态，这谓之小孝。先王弃祖宗之业，已经成为不孝之人。贤侄若能重振扈伦，继承王位，振兴纳喇氏，这才是大孝。"

克什纳拒绝道："万万不可。朱延守乌拉，我主塔山，各得其所，不要旁生枝节，免得阿玛罕死不瞑目。"

第四回　都勒希立谱弘尼城　克什纳授命塔山卫

巴岱达尔汉见说不动克什纳，他并不死心，又说道："先王虽死，贤侄犹在，以前先王有立贤侄之意，不知后来为什么变卦了。我扈伦没有嫡系相传之制，惟有德才者居之。朱延暗弱，成不了大事，要立也应当立贤侄。贤侄若能于塔山即王位，先发兵讨朱延，后为先王治丧，则全家族都会拥护。"

克什纳道："这种不忠不义的事情，我做不出来。何况，扈伦国号已废，王位徒有虚名，朱延虽为贝勒与卫所何异？我怎能忍心和他争权位？"

巴岱达尔汉决心要迫使克什纳钻进他所设的圈套，又皮笑肉不笑地说："贤侄乃诚实君子，不争王位。可是朱延素无才德，恐难以服众。以贤侄一世英雄，要不趁此机会驱逐朱延，登上王位，重振扈伦国，纳喇氏的家业就要断送在古对朱延手里了！"

"叔父不要再说了！"克什纳心不耐烦，吩咐手下："快备好祭品，明日一早，去乌拉弘尼勒城奔丧。"

巴岱达尔汉是纳喇氏王族中的野心家，他想在嗣位问题上做文章，挑动克什纳同古对朱延火并，他好出来收拾残局，夺取王位继承权。不料克什纳没有听信他的话，坚持去奔丧。

巴岱达尔汉一计不成，又生一计，立即修书一封，派心腹家将骑快马连夜飞奔弘尼勒城，给古对朱延送去一封密信，信中大意是说克什纳不遵遗命，以奔丧为名，去夺王位，叫朱延提防。

次日天明，克什纳一行还没有上路之时，密信已经送到古对朱延手中。朱延得信先是一惊，继而认真考虑一下，感到事有蹊跷，他从小同克什纳一块长大，对其为人比较了解，他决不是见利忘义的野心勃勃之人。巴岱达尔汉为什么会连夜送信来，此举可疑。他临时找了几个宗族亲信，商议一下，让大家发表一下意见。有人提议道："不可接纳，拒绝他的奔丧，派兵把守大路，阻止他进城。"也有人说："不妥，克什纳武艺高强，力大无比。他要来争王位，国中无人能抵。何况身为长子，从前有过继位之说，他真要做乌拉之主，也是名正言顺，不如把他迎来，让位与他，方能免祸。"

朱延垂泪道："阿玛罕本来有过传位克什纳阿哥的念头，只是自三叔殉难后，改变了主意。我本不该嗣立。只是这巴岱达尔汉信上说的是真是假，无法证实。克什纳阿哥乃忠厚之人，决不可能做出悖逆先王之事来。阿玛罕曾说过，巴岱达尔汉居心叵测，不可不防。"

忽然一人从外闯进,高声叫道:"少主勿忧,我有一个好办法!"
正是:

  英明少主明大义,
  奸人机谋更高超!

不知此人是谁,他有什么好办法,且待下回再叙。

第四回 都勒希立谱弘尼城 克什纳授命塔山卫

第五回　奔亲丧兄弟各释疑　平叛匪父子获荣典

古对朱延回头一看，此人乃是猛克。他原是女真部族首领，归顺扈伦国，在先王都勒希手下为将。为人异常凶狠，又极其狡诈。就是打仗勇敢，冲锋陷阵，身先士卒，就凭这一点，深得都勒希赏识，待之甚厚。常出入宫廷，无所回避。但此人有一个大毛病，就是贪婪。巴岱达尔汉觉得此人堪利用，与他接近，馈以珠宝，收买拉拢，二人秘密结成死党，准备伺机发难，夺权谋位。都勒希长期卧病，不察其奸，仍信任如常。俗话说的好："墙打一百板，没有不透风的。"古对朱延对他们的幕后活动有所察觉，但碍于父王病重，怕他受到刺激未敢相告，却处处小心提防。巴岱达尔汉去了塔山，猛克留在弘尼，二人虽被拆散，但几年来互通消息，信使往来，双方情况了如指掌。

猛克知巴岱达尔汉有信来，明白他的用意。朱延他们的议论他也听见了，他想出个一箭双雕的主意。他说："少主继承，这是先王遗命，万万不能变更。大台吉不召而来，夺位之心已露。我看这么办吧：可不动声色，放他入城，少主在灵前设下埋伏，咳嗽为号，杀掉克什纳，然后公布他的罪状，收其敕书卫印，谁敢不服！"

古对朱延一听，勃然大怒："胡说！阿玛罕刚被恩都力召去，遗骨尚没飞升①，你就教我干出不孝不义的勾当，是何居心！我怎么能对得起祖宗在天之灵？我阿哥果有夺位之心，也不为过，阿玛罕在世时已有此意，我当让位于他，有何不可？"

猛克被斥，不敢再说，唯唯而退。朱延盼咐大开城门，迎接克什纳进城。

克什纳带着一行人，抬着吊祭之物，走的较慢，一百来里的路程，足足走了两天才到弘尼勒城下。城上遍树白幡，城门大开，古对朱延身穿重孝，率众迎出城外。克什纳不觉落下泪来。兄弟二人同到灵棚，哭奠了一回，然后请克什纳入后宫正厅休息。朱延这时取出扈伦国的玺印，双手捧着，跪在克什纳面前：

---

① 当时女真首领故世都是火化遗体，称做飞升。

"阿哥这次来奔丧,就不要走了。阿玛罕升天,王位空虚,就等阿哥回来主持国事。现在纳还玺印,阿哥请收下。"

克什纳大惊,慌忙跪倒在地:"兄弟何出此言!我来奔丧,别无他意,是什么人离间我兄弟!"

朱延洒泪道:"阿玛罕临终遗言,让阿哥继承扈伦王位,并没有什么人离间我们。"

"这不可能!"

克什纳性情急躁,听了这几句话,他怎么肯相信?心里更急了!"阿玛罕生前多次告诫,叫我们兄弟别生疑心,我掌塔山,弟主乌拉,各有领地,同效忠朝廷,怎么会在临终之前改变主意了?改变的话,为什么事先没有告诉我?阿玛罕的遗嘱在哪里?"

"阿玛罕遗嘱是口谕,来不及立字据。"

克什纳叹息一声,一把拉起朱延:"我全明白了。兄弟耳软,准是听了奸人的挑拨,咳,算了,我也不想再追问了。别的啥也不要说,赶快为阿玛罕治丧吧。"

经过一番忙碌,按照国王之定例,丧事办了七七四十九天,出灵这一天,明朝致祭使者来到了,未及歇息,即于灵前宣读皇帝御制祭文:

> 奉天承运,皇帝制曰:惊悉尔兀者前卫野人女直都督都里吉,久捍边陲,多著懋绩,统领族众,镇抚远方;功在藩邸,勋书竹帛。积劳成疾,倏尔升遐,朕实悯之。兹尔覃恩,赐祭如仪。钦此!
>
> 　　　　　　　　　　　　大明弘治六年闰五月

明使献上祭品,克什纳、古对朱延率宗族叩谢皇恩,款待钦使,然后出灵。

按女真习俗,贵人故世只能停灵五至七日,接着送到郊外火化,骨灰盛于罐内,密封,捧回灵堂设于案上,举哀开吊祭奠。遗体火化之前不准哭灵。举哀是在骨灰罐捧回之后。放到四十二天头,将骨灰罐装入彩绘灵柩,用六十四人抬入祖茔土葬,有的还不留封土,以石刻墓碑别之。女真向无修陵之俗,国王、贝勒也是如此。

国王出灵,弘尼勒城忙乱了一个半月才告一段落。克什纳回归塔山前卫山寨。治丧四十九天来,巴岱达尔汉一次没回,借口塔山要地,不

第五回　奔亲丧兄弟各释疑　平叛匪父子获荣典

能没人守护,他只打发两个儿子参加几日守灵,算是应付一下世人的耳目,也给宗族做做样子。其实,他恨都勒希国王,他们堂兄弟之间没有骨肉之情,只有猜忌之心。

克什纳走时,朱延恋恋不舍,送到江边。克什纳还记着奔丧来到头一天朱延缴玺印那件事,猜到朱延有一定难处,一直忙于治丧,无暇问及内情。他临别告诉朱延:"兄弟有事,给我知会,我一定帮助你。身边的佞人,一定除掉,不要姑息养奸。"朱延应下,兄弟洒泪而别。

克什纳带着满脑子疑团,回归塔山。朱延没有敢把巴岱达尔汉送密信的事告诉阿哥,他怕引起流血冲突。

打那以后,朱延时时想着阿哥的话,"佞人一定要除掉","不要姑息养奸",他特别警惕猛克。可朱延软弱,总认为猛克是先王功臣,一时下不了狠心。他终于没有除掉他,而是借故将他驱逐出乌拉部,总算消除了一个隐患。

猛克的阴谋未能得逞,又被驱逐,怀恨在心,他跑到塔山前卫城寨去投奔巴岱达尔汉。巴岱达尔汉的计谋虽没成功,所幸送信之事未被发觉,克什纳虽对他有怀疑,但是抓不到什么把柄,也就不了了之。

这天猛克来到,巴岱达尔汉吃了一惊:"你怎么来了?"

猛克懊丧地说:"我们的事情已经败露,朱延把我赶出来,你要提防克什纳。"

"不可能。"巴岱达尔汉沉思一下说:"朱延要是发觉了咱们的秘密,他准杀你,决不能让你活着离开。克什纳对我,还看不出有什么异样。你来这里可是大大的不利,一旦走漏风声,我们就全完了。"

猛克很是不满地说:"那你说我该怎么办?你倒是出个主意啊?"

巴岱达尔汉沉吟半晌,望着猛克神秘地说:"造反!我看,眼下只有这一条路可走。你没听说二阿哥尚古造反升官的事吗?"

"我怎么能同他比。"猛克说:"我赤手空拳,无一兵一卒,无一块领地,拿什么造反?"

"咳!你也是女真中有名的巴图鲁,从前也是一部首领。女真不能永远受制于汉人。你回到部落,号召女真,反抗明朝,女真人痛恨明朝边吏,自然就会投向你,你很快就会有大批人马。等势力一大了,我们里应外合,以塔山乌拉为根基,学一学我的祖先大完颜阿骨打的故事,为女真人争口气。"

猛克一听此话便说道:"恐怕没有像你说的那么容易,闹不好,什么都完了。"

巴岱达尔汉阴森地一笑说:"当然不是容易的事,可事在人为嘛。这里有我,我在内,你在外,来一个里外夹攻,克什纳、古对朱延两个小子,还能有多大的章程啊!"

猛克摇摇头道:"他俩我倒不在乎,可他们有明朝支持啊!"

"干大事得有胆量。你这么前怕狼后怕虎的,能成什么事业!"

猛克受到了激励,于是情绪冲动,下了决心:"好。我干!事成之后,你为国主,我掌兵马。保你当大罕。"

"不。"巴岱达尔汉笑道:"事成之后,土地、人口你我均分,各立门户,怎么样?"

"好!"猛克一拱手:"一言为定,告辞了。"

"慢!"巴岱达尔汉望了一眼室外,又细听了听,小声说:"现在不能走,克什纳耳目众多,以免被人看见。天黑后我送你出城,城后有条山路,直通山外,你顺山口出去,回你的部落。先扰明边,后据乌拉,大事可成。"

当晚,趁天黑,巴岱达尔汉派心腹家人送猛克混出城寨,塔山城内安然如常,就像什么事也没有发生一样。

几个月过去,又是一年秋季,传来了女真叛匪猛克兵犯开原,扰乱明边,杀人越货,血洗屯寨的消息,巴岱达尔汉听了,心中窃喜。

单说猛克回到自己部落,招募女真无业游民、流氓无赖、赌徒盗匪,仅半年多的时间,就聚拢了五六百人。他们打出反明旗帜,口号是"驱逐汉人,杀尽贪官,重建金朝",干的却是洗劫居民,拦截商客,奸淫烧杀的勾当,贡道被阻,各部无敢市易者,明朝边吏奉表告急。有旨下,令塔山前卫指挥使克什纳剿捕猛克,"肃叛匪,通贡道,释诸胡之怨。"又调明兵增戍边关,防止猛克窜入境内,对他展开围剿。

克什纳得到明朝嘉靖皇帝诏旨,聚众商议道:"猛克乃先王旧部,朱延不能用,走而作乱。女真和尼堪长期以来和睦相处,猛克叛乱,挑起种族仇杀,此等女真罪人,不可令存于世,我当为朝廷出力,为女真分忧,誓灭此贼!"

"不可!"巴岱达尔汉假装不知内情,他接言道:"猛克是我女真中人杰,为先王出力不少,是扈伦国的功臣。朱延慢待,才有此变。我早说过,我们女真人不能老受汉人辖制,应该有人出来挑头,恢复我们女真国的天下。女真人可不能替汉人去打女真人,大台吉要三思啊!"

"哼!"克什纳不满意了:"什么女真国!我们都是大明朝臣民,世受皇恩,就应当为朝廷出力。"

"贤侄此言差矣!"巴岱达尔汉劝阻道:"猛克起事,女真人多归附麾下,势力强大无比。明朝官军都不能制,我们一个小小的塔山前卫,决不是他的对手,贤侄可不要去冒这个险。纵然你平了猛克,也会令女真人心寒哪!"

"猛克不除,女真决难安定。我已决意出兵,捕剿此贼,扫除贡市障碍。"

巴岱达尔汉见克什纳决心已下,冷笑道:"真是昏了头!你这么做,祖宗都会怪罪于你。"说完起身离座自去。

克什纳也没有管他,点起本部八百人马,择日出师,征剿猛克。怎奈猛克流窜作案,飘忽不定,开原边外又是山区,峦岗起伏,沟壑纵横,地貌复杂,地形多变,追寻流动叛匪,好比大海捞针,克什纳奔波了三个月,也未见猛克踪影。原来猛克已得知克什纳带兵来捕他,他对克什纳英武强悍,心怀畏惧,暂时潜伏下来了。一时间,边境平静许多,诸部又恢复了入市交易。克什纳只得收兵回寨,无功而返。当然,又受到巴岱达尔汉的嘲笑。

"你当猛克是那么好对付的吗?"

克什纳心想,看来明的不行,我要暗来。他一面传檄诸部照常贡市,自己也组织大批土产,亲去开原市易。他已探听好,猛克经常抢劫的路线,多在险要地带下手。

这一日,已到贡市之期,塔山前卫商队五十余驼,顺山谷小路,慢慢向开原进发。崎岖山路,越来越艰险。驼队更加放慢脚步,缓缓而行。

过了大黑山,穿过叶赫境,向南就进入通往开原的贡道。奇怪的是,这支驼队好像不愿意离开这个险要的山区,走走停停,两天也没有走出山口。

时候已近黄昏,驼队又像是要在山里露营过夜的样子。不想一声嗯哨①,山弯里跳出一伙人来,约有二三百人,手执利器,蜂拥向驼队冲来。为首一个头目,膀大腰圆,提一口鬼头刀,正是猛克。赶驼队的士卒抛下货物,顺原路奔逃。猛克吆喝劫匪抢走马驼,劫了货物,欢天喜

---

① 用手捏住嘴唇,发出笛音叫嗯哨,是女真盗匪作案时联络的信号。

地地刚要离开，突然一支精兵从另一个山谷里钻出来，把劫匪包围住。为首一将，大喝道："猛克反贼，你看我是谁？"

猛克一看不好，原来是克什纳带兵来了，我中了诱敌之计，忙喝令："扯乎①！"

劫匪扔下货物，有的逃窜，有的却被活捉，猛克想夺路而走，却被克什纳紧紧盯住不放。打仗他也不是克什纳的对手，况部下多已散去，还有死的死伤的伤捉的捉。最后剩下猛克光杆一人，被克什纳擒住，缚于马上，驼队又返回塔山堡寨。

看官，到此也该明白了，克什纳看猛克隐蔽不出来，料他不会长期潜伏下去，一旦风声不紧他定会出来干老本行。所以布下驼队满载货物，诱他上钩。猛克果然出来劫货而中计被擒。

克什纳回到山城，先将猛克押到土牢中，令军士严加看守，不让任何人接近。然后申报朝廷，请示发落。明廷得报大喜，又扫除了辽东一大隐患，嘉奖克什纳平匪有功，特授塔山前卫大都督职，赐金顶大帽，大红狮子蟒袍一袭，镶宝石玉带一条，金银绸缎布匹若干。另授克什纳长子彻彻穆指挥佥事之职，其他子孙皆为外郎。封克什纳大福晋诰命夫人，赐官带。在辽东，海西诸部卫的首领中，克什纳的地位是最高的了，一时海西诸部望风归附，风靡一时，塔山前卫遂强，克什纳成为海西女真诸部实际领袖人物。明朝史书详记其事。不过有一点小小的误差，那就是误将克什纳之名书为"速黑忒"。何以致误？原因是克什纳管领塔山前卫事，用速黑忒的敕书，冒速黑忒之名入贡。内阁廷臣习以为常，不谙夷事，粗心所致。

从此，我们也应该称他为克什纳都督了。

明廷旨意还批示：

> 叛匪猛克，罪恶滔天，着不必解京，就地正法。其同党务须究治，一体严拿，审实严惩。钦此。

猛克被捕，劫匪肃清，边境安宁，海西女真诸部可以放心大胆地入市交易了，于是皆大欢喜。

且说克什纳都督奉了朝廷的旨意，拟将猛克公开处斩。一想到朝廷

① 土匪黑话，撤的意思，原来自汉人绿林中。

旨意让究治同党，这要一次不审就处决，实在不妥。朝廷要是疑心，恐落个杀人灭口之嫌。不管他有没有同党，先审问一次再说。

克什纳都督从小在弘尼勒城长大，认识猛克。猛克是先王都勒希的亲信，先王去世，他失去依靠，可万万没有想到他会聚众造反。是不是其中另有隐情也未可知。不管怎么，审问一下还是必要的。

巴岱达尔汉来了。

自从猛克被押入土牢后，巴岱达尔汉很觉不安，担心他们的密谋事泄，猛克会招供出来。他千方百计使人打探，皆被挡住。没有克什纳都督的命令，任何人都不能接近猛克，因为他是朝廷的钦犯。巴岱达尔汉实在无计可施，只有主动上门，亲自出面去探一探克什纳的口风。因巴岱达尔汉是自己的堂叔，克什纳都督毫无戒备之心，向他问计：

"猛克是先王功臣，今日犯了叛逆罪。朝廷要究同党，我不敢审问，怕他把咱们纳喇哈拉牵扯进去，弄的骑虎难下。"

巴岱达尔汉冷笑道："猛克造反，是从乌拉走出去的，怕牵扯进去行吗？"

"我怕他死到临头，胡言乱语。"

巴岱达尔汉如同吃了一颗定心丸，原来你也怕牵扯家族，那好，我就来一个将计就计，把你们都扯上。想到这里，他若无其事地说道："都督，猛克的事，你不便出面。万一他给你来一个骑虎难下，反为不美。我看，还是我先摸摸他的底，看他能嘟嘟①些什么。"

克什纳都督正在进退两难，觉得这个办法可行。遂答应道："也好。"

巴岱达尔汉拿着克什纳都督给的腰牌，来到土牢。因有都督腰牌，武士不敢阻拦。巴岱达尔汉只身进了土牢，看见了锁链系身，蓬头垢面的猛克。

"我的色音姑出②，你受苦了！"

土牢很暗，又低矮潮湿。猛克显得很肋賊③，今见巴岱达尔汉来了，心里的怨气更大了。他埋怨道："当初是你叫我干的，我落难了，你连管都不管。我要把咱们的事儿捅出去，看你能坐得消停！"

"小声！"巴岱达尔汉向门外瞅一瞅说："我正在设法救你出去，一

---

① 说，指不停地说话。
② 好朋友。
③ 脏。

直没有机会。我现在告诉你,朝廷旨意已下,定你死罪,我今儿个来算是给你送行。"

"啊?"猛克惊叫一声,又平静地说:"这我知道。可是,我要掉脑袋,你就一点也不管吗?"

"我想出一个好办法,兴许能救你一命,你按我说的去办。"

什么好办法?巴岱达尔汉告诉他:"在明日克什纳审你的时候,就说奉了古对朱延之命才聚众犯边阻贡的。克什纳不敢动朱延,自然也不会杀你。"

"我不信。"

"信不信由你,你想活命,就按我说的办。你要胡言乱语,谁也救不了你。"

一心想活命的猛克,只得依了他。他还不放心,又叮嘱一句:"这可是我们两人的事,你可别叫我一个人承担,你可别糊弄①我。"

"放心吧,错不了。"

猛克把活命的希望寄托在巴岱达尔汉身上,认为只有相信他才能救自己。

巴岱达尔汉离开土牢之前,一再叮嘱:"按说好的办,不要改变主意,有我在,定能救你出去。"

巴岱达尔汉回见克什纳都督,一见面,就故作惊异状:"都督,猛克的同党我给你问出来了,真没想到哇!"

克什纳都督一惊:"真的吗?他是谁?"

"古对朱延,猛克的事,是古对朱延唆使。"

克什纳都督一听,勃然大怒,骂道:"这个贼子,死到临头还在挑拨离间,古对朱延能跟他一条藤?纯粹是胡说八道!"

巴岱达尔汉一怔:"都督,明个儿你亲自审问一下就知道了。"

克什纳都督一考虑,猛克是想保命,不能让他在公堂上胡言乱语,应立即处决,以杜流言。他立即下令:奉旨将叛贼猛克斩首示众。

土牢里提出猛克,推出城外,即将斩首,猛克连呼冤枉,上当受骗了,要见都督一面,详禀内情,如实招供。武士飞马进城将猛克的话告诉克什纳都督。巴岱达尔汉在旁听了暗吃一惊,仗着他机警善变,立即对克什纳都督说道:"不能让他胡嘞嘞,此人不可久留,早除一日,余

---

① 欺骗。

党早散一日，久拖则生变。"猛克遂被砍头。克什纳陶醉于平叛立功朝廷重赏的喜庆之中，根本听不进任何申述，他拒绝了猛克的请求。猛克行刑时说了这么一句话："你克什纳英明一世，糊涂一时，我死而无怨，可惜有人便宜了！"

　　后来，有人把此话禀报了克什纳，克什纳的头脑始冷静下来，觉得未审就斩是最大的失策。他仔细琢磨猛克的话，越琢磨越觉得其中大有文章，可猛克已死，留下谜团。联想到猛克作乱，到当年奔丧时朱延让位，种种迹象表明，这里边隐藏着值得深思的东西。

　　过了一段时间，克什纳不动声色，以祭祖茔为名，他要去弘尼勒城会见古对朱延，了解一下当年让位的真正原因。谁知这一去有分教：

　　　　满门荣典皆成梦，
　　　　举家难逃血光灾！

　　要知克什纳去乌拉弘尼勒城结果如何，且待下回详叙。

第六回 弘尼城贝勒吐实情　塔山卫都督中奸计

克什纳都督治理塔山前卫二十年，人民安居乐业，路不拾遗，夜不闭户，时人称颂其德。远近女真诸部，无不畏服。明朝边境赖其捍卫，赏赐有加。克什纳都督生有五子，长彻彻穆，娶妻董鄂部贝勒之女，被称为董鄂姬，董鄂姬生一子，取名万，已十六岁了，同时，他也是克什纳都督的长孙，自小聪颖。克什纳都督次子名叫彻科，三子尚乌禄，四子旺住，五子汪答。这五子中，惟有四子旺住酷似乃父，武勇强悍，并有机谋，女真俗称旺济外兰。旺济即旺住讹称，外兰即外郎，是明朝所授予的职位，故史称其旺济外兰或旺济外郎。顺便说几句：在女真人的社会里，取名有其特殊方式，与他族异。女真人取名有用野兽命名的，有用所居之地形地貌命名的，还有用尊长生齿年龄的数字命名，以示纪念的。更有一种取名方式，就是以尊卑的社会地位命名。凡是用万或住命名的，即表示高人一等，象征着权力和荣誉。一旦命名为"万"或"住"，那就意味着他在这个家族和部落中享有终身的特权，但这种命名不是随便能得到的。除此，还有在名前加徽号，在名尾加官衔或排行。如达尔汉，在家族中意为长子，在部落中意为头人，巴岱达尔汉本名巴岱，因其是撮托之长子，又是他们这一支的领主，故称之为巴岱达尔汉。克什纳都督的长孙名万，四子称住，其地位和身份在塔山前卫可知。

闲言带过。

且说自捕杀了猛克之后，种种迹象表明，从猛克被驱逐到造反中间有些幕后之事，还很不明了，谜团也难以解开，这只有去乌拉弘尼勒城，找到古对朱延了解一下当年奔丧时他为什么要让位，是谁在他耳边吹了邪风？至此，他怀疑到宗族里有人挑拨，可他万万不会想到这完全是族叔巴岱达尔汉一手策划，因为巴岱达尔汉是他最信赖的家族长辈。

扈伦纳喇氏有一项与众不同的习俗，每到过年，家人必须扫墓祭祖茔，时间在腊月十五到三十之间，不分距离远近，都必须在此期间内办完这件事，否则被认为是不孝。而且，还必须在大年除夕之前赶回家里，举家还要过个团圆年，日程由自己安排。克什纳心里有事，今年没

045

有等到腊月二十三小年那天，十五一早他就出发了。为了延续此俗，他每年带一个儿子亲往，令其熟悉这一家族传统，以便辈辈相传。按照顺序，今年该轮到第三子尚乌禄了，可这尚乌禄因是新婚，随妻子去了娘家建州部，须腊月二十三才能回来，从时间来算，并不耽误祭茔扫墓的日期。怎奈克什纳情况特殊，扫墓的时间提前了近半个月，他自然赶不回来，就由第四子旺住，也就是旺济外兰依次递补。这一错位不要紧，阴错阳差，事情的发展变化一切都走了样。可见任何事物都有定数，冥冥中自有主宰，非人力所能左右也。

克什纳都督带上第四子旺济外兰，急奔乌拉弘尼勒城。他并没有像以往那样，先到祖茔祭陵扫墓，然后返回，有时连弘尼勒城也不进，直接回塔山。今年却例外，他不先去扫墓，而是先进城来到王宫。古对朱延很觉意外，知他一定有事情。兄弟年久不见，各叙离别。古对朱延设宴招待，请了几位年长位尊的家族贵戚作陪。朱延赞誉阿哥擒叛匪，通贡道，获荣典，耀门楣的功绩，在座诸人也一片颂扬声。克什纳都督虽因平叛有功，受朝廷锡封而骄横不可一世，但此时却心情沉重。他望了在座所有人一眼，试探地说："猛克聚众造反，死有余辜。可他这样的人，怎么会离开乌拉，干出这种大逆不道的事儿。"

古对朱延听出阿哥的话音，似有责备之意，便解释道："是啊，当初驱逐猛克，便是失策。我本应把他斩首，但念他是先王旧人，不忍下手。若不赶出弘尼勒城，恐生事端。"

克什纳都督听明白了，猛克的作乱，与古对朱延无关。那么，为什么他在临死之前，反要咬他一口呢？这只是从巴岱达尔汉口中得知，自己并没亲自听见由猛克嘴里说出，但此人已死，成了难解之谜。都怪我一时粗心，猛克临刑前有话要说，没有给他这个机会，可能他这一死，带走了很多东西。

众人无话，傍晚散席，族人各自回家。克什纳都督同古对朱延贝勒坐在堂中，围着一个带盖的大铜火盆取暖，桌上燃着蜡烛，四角挂着灯笼。宫女、侍卫都在门外伺候。屋中只有兄弟两人，彼此都觉得心里有话要问对方，可是谁也不知怎样先开口。

沉寂了半天，还是克什纳都督先开口："猛克临刑前，他说作乱造反是受你的指派，可有其事？"

古对朱延一惊："听谁说的？真是贼咬一口，入木三分，这根本不可能。"

"当然我也不相信。这是额其克告诉我的。"

"你说是巴岱额其克？"

"是他。他审问过猛克。"

"哈哈，阿哥，你上当了！"古对朱延认真地说："巴岱达尔汉和猛克是一党。要说有人指使他造反，那这个人定是巴岱额其克。"

克什纳都督"啊"了一声，点点头说："有道理，有道理，我算开窍了。"

"不，你不知道的事情太多了。以前，我总认为有些事，你不知道更好，所以，有的事要瞒着你，比如说那年奔丧让位的事吧。"

克什纳要了解的就是这件事，他说："当时我就觉得你有事瞒着我，多年来总觉得是块心病。为此，我很少回来，怕你疑心。事隔多年，现在你也该告诉我其中隐情了。"

古对朱延遂把当年猛克提出要把克什纳暗杀于灵棚的话，巴岱达尔汉送密信说克什纳以奔丧为名，实来夺位的经过。他找出了保存多年的巴岱达尔汉的密信，交给了克什纳："你自己看吧。"

克什纳都督看了巴岱达尔汉给朱延的密信，又回忆起奔丧之前巴岱达尔汉纵容他趁机夺位的话，一切全明白了：

"怪不得，原来如此。我被蒙蔽了多年，虽觉得所发生的一切都离奇古怪，可我没抓到一点把柄。我敢断定，猛克的事，也一定与他有关。"他又想起猛克临刑前说过的话，至此他方如梦初醒。

"我岂能放过他！"克什纳都督本是火爆性子，他至此坐不住了，"事不宜迟，我得赶紧回去，拿住老贼，审问明白。"

勉强住了一宿，次日天明，他吩咐旺济外兰，先留下扫墓，他只给堂子①燃香叩头，连早饭都不吃，要返回塔山。朱延实在阻止不了，劝说不住，不觉凄然道："当年我未敢告诉你，就怕你性情急躁，弄出事来。事情既然明了，亦不要操之过急，以防有变。"克什纳都督嘴上应着，恨不能一步踏上塔山城寨，拿住巴岱达尔汉，问个明白。

父子二人分为两伙，旺济外兰带几名阿哈留下扫墓，克什纳都督率几名亲随返回，一路狂奔，边跑边思考对策。他想到，弟弟朱延的话是对的。又想到这些年来，巴岱达尔汉广结死党，羽毛已丰，子侄亲信都已安插要害，塔山前卫一半大权都已落入他手，要除掉他，谈何容易！

——————

① 女真贵族的宗祠，也称家庙，供奉祖先牌位。

"不能操之过急,以防有变"。看来朱延的话是对的。不动声色,当缓图之。

塔山城内,自克什纳都督走后,巴岱达尔汉心中忐忑不安,不知他和朱延见面,会不会抖出多年前那件事,他心里没底。一切都得等克什纳扫墓回来,看他有什么异样,临时随机应变,找机会下手。几年之所以迟迟下不了手,一来各部落头目都归附克什纳,二来有明朝支持,他不敢轻举妄动。

一天平安过去,时近黄昏,忽然派去的人回来报:"大都督回来了!"巴岱达尔汉几乎惊得半死,当日返回,这是从来都没有过的事,肯定他从朱延处知道点什么了,他最担心的那封密信,此刻说不定已经落在了他的手里,一切事情再也无法瞒下去了,他回来决不会善罢甘休,一定会有行动。巴岱达尔汉多智谋,善机变,临事不乱。他暗道:"好哇!先下手为强,不等你克什纳动手,我先动手!"他立即召来子侄和家人,吩咐道:"克什纳背叛了女真人,甘心为明朝效力,杀我女真豪杰,今日又与古对朱延同谋,回来清洗家族。我要先发制人,把他干掉,然后兵伐朱延,重振我纳喇氏扈伦国。"

子侄们一听老子要谋王篡位,夺取权力,他们都巴不得有这一天,大伙摩拳擦掌,跃跃欲试。巴岱达尔汉道:"不要声张,现有彻彻穆坐镇城中,他虽是庸才,可耳目众多,不能走漏半点风声,必须如此如此,依计行事,不能乱来。"

他是怎么得知克什纳都督返回来的?原来克什纳动身去弘尼勒城时,他心中有鬼,派人跟踪,一旦了解到他返回的消息,立即跑回报信,巴岱达尔汉这才有了充分准备的时间。

克什纳都督率从骑回到山寨,他对跟踪报信之事一无所知。顺路上山,来到寨门前,见巴岱达尔汉父子并家人迎接出来。巴岱达尔汉笑容可掬,谦和地说:"都督贤侄,一路辛苦,今年怎么回来的这么快呀?旺住,怎么没有一块儿回来?"

"有劳叔父迎接。"克什纳望望城门,不见有何反常现象,他强压住火气说:"旺住留下扫墓,我有点身子不适,提前回来了。"

"愚叔聊备薄酒,为都督洗尘,先请到我家歇歇身子吧。"

心怀警惕的克什纳都督,对巴岱达尔汉今天的举动,感到迷惑不解。再一看迎候的人群中,不见有自己家人,暗道:今日恐怕要出事。凭他的武艺,也并没有把这伙人放在心上。他在马上一抱拳,敷衍了一句:"感谢叔父盛情,改日再过府拜谢。"

"那也好。不勉强了,请都督回府吧。"

克什纳都督急欲进城,即来到寨门口。

"请稍候!"巴岱达尔汉突然冒出一句生硬的话:"我先告诉你一件要紧的事。"

"什么要紧事?"克什纳猛然一怔:"呆一会儿再说不行吗?"

"不行。"巴岱达尔汉冷不防,在克什纳都督的马屁股上狠抽一鞭子,并赔笑道:"进城你就知道什么事了。"

克什纳坐骑遭到鞭子抽打,疼痛难忍,尥蹶子向前跑去。克什纳勒止不住,甩开众人,窜进城门内。呼啦一声两边跳出二十几名大汉,各执利刃,向他围过来。

克什纳大惊,喝道:"你们要干什么?"

"不干什么。请你下马,听达尔汉贝勒发落。"

"放肆!"克什纳情知有变,急拔腰刀,刀还没有出鞘,早被一个大汉一枪刺中肋骨。克什纳"哎呀"一声翻身落马。巴岱达尔汉上前冷笑道:"你终于有了今日。老实告诉你吧,猛克的事就是我叫他干的,我今儿个给猛克报仇。"

"你,你……"克什纳手指巴岱达尔汉,挣扎着说不出话来。

"你们还愣着干什么?"巴岱达尔汉恶狠狠地喝道:"还等他起来要你们脑袋不成!"

众汉子知道克什纳武勇难敌,一齐动手,克什纳的尸身被砍成数块,一代女真豪杰就这样被残酷地谋杀了。

挡在城外的从骑见城内有变,急往里边闯去救克什纳都督,奈众寡不敌,全被杀死,仅逃出一人,飞奔弘尼勒城报信去了。

克什纳都督被杀,塔山全城大乱。巴岱达尔汉指挥死党杀进都督府。彻彻穆正在府中观看女阿哈舞蹈取乐,突然得知兵变,他不晓得这是巴岱达尔汉的阴谋,急出来探听虚实,正遇巴岱达尔汉死党,没等问个明白就稀里糊涂地做了刀下之鬼。都督府侍卫见巴岱达尔汉父子作乱,拒住府门,同乱党相拼。董鄂姬带着儿子万,在亲信家将的保护下,从后门逃走,趁天黑之际,混出塔山寨,奔向锡伯部境内之绥哈城。地在今吉林市西南约五十里之大绥河镇。

巴岱达尔汉谋变成功,杀了克什纳都督父子,又将克什纳满门包括侍卫、阿哈在内全部杀光,三子尚乌禄远去建州探亲幸免于难,从此留

在建州不能回。现在抚顺、清原、新宾等地那姓者，即尚乌禄之后裔也。旺济外兰扫墓未回，意外地拣了一条命。而次子彻科及五子汪砮下落不明，都督长孙万也不知去向。巴岱达尔汉下令闭城搜寻，杀了上百名有藏匿嫌疑者，仍一无所获。彻夜刀光血影，全城号啼，此伏彼起，鸡狗不宁。折腾了一宿，天明方打扫血迹，销毁尸首，都督府为之一空。巴岱达尔汉夺权成功，重赏死党，自立为主，宣布脱离明朝，不久又成立塔山国，自号塔山王，修缮都督府，改为王宫，多年策划，今日总算过了一把国王瘾。

回文再说旺济外兰，遵照阿玛嘱咐，来到祖茔，祭扫完毕，忙忙赶回塔山，时当腊月严冬，天寒地冻，雪大路滑。他没有进弘尼勒城，直奔江口，踏冰渡江，上了去塔山的大路。进入山谷，天色已黑。萧疏的树林，时而刮起雪花，沙沙作响。他盘算一下行程，估计再有两个时辰，半夜前后就到了。他想到，回家以后，先喝上几口烧酒，然后往热炕头上一躺，美美地睡他半宿，亮天再见阿玛，接着就要筹备过年了。

主从数骑拐过山口，登上一条起伏不平的山冈小路，这是弘尼勒城通往塔山堡寨最便捷的路，比走大路行程能缩短一个多时辰。因是步步上山，又加上天黑，他们只好借着雪光缓缓前进。

正走之间，迎面飞来一骑，即使黑天，来骑也驰骋如飞，像有急事。旺济外兰见来骑并没有让路回避的意思，便喝道："你是何人！敢如此无礼。"不想来人收拢丝缰问了一句："是不是旺住四少爷？"

"你是谁？怎么知道是我？"旺济外兰听着声音虽然很熟，因赶路着急，一时辨别不出来。只见来人滚鞍下马，跪在雪地，大哭起来："四少爷……"

旺济外兰吃了一惊，这不是跟阿玛先回塔山的侍卫吗？

"怎么回事？你哭什么玩艺儿？"

侍卫哭道："四少爷，大事不好了，巴岱达尔汉造反，都督被害了！"

"啊？"旺济外兰两眼发直，一头从马上栽下来。幸好掉在雪地上，不曾摔伤。侍卫们都跳下马来，扶起旺济外兰，连捶带揉叫了好半天，才缓过这口气来。细问究竟，侍卫才把巴岱达尔汉设下埋伏，把都督诓进城门，突然杀害，然后又杀死所有侍卫，只逃出我一个人，跑来报信。又说怕他们追赶，不敢走大路，谁想碰上了。

旺济外兰一听，咬牙切齿，发誓道："同族谋逆，天理难容，我誓杀此老贼,为阿玛报仇。"随之命令侍卫赶快回城,讨叛报仇。那侍卫扯住辔环道:"四少爷,你可千万不能回城,那老贼势力大,城中都是他的死党,去不得呀!"

旺济外兰不听:"去不得我也要去,家里啥样还不知道,我实在放心不下。"说完上马要走,那侍卫还是不放手,急道:"仇是要报,可不能盲目去投罗网,大少爷吉凶未卜,家又不知实情,你再有个好歹,这仇还指望谁去报?四少爷三思。"

旺济外兰冷静下来,觉得侍卫说的很有道理。是啊!自己单枪匹马去闯虎穴,无异去送死,想了一下,他说:"不进城了,先找个拖克索^①存一宿,明儿个再打探消息。"

七八名侍卫分头去寻找,这荒山野岭,地险林密,哪来的拖克索?找了半天,只发现一处猎人留下的塔祖^②,他们挤在里边,又拾了一些枝柴,拿出火链火石,擦着火取暖。

心如刀绞的旺济外兰,哪里有睡意,恨不得马上天明,东方刚露出鱼白肚,他们就开始行动了,在塔山城周边屯寨打听近来所发生的一切。不到一天时间,详情已经打听清楚。塔山城里出事故,都督满门被杀,而且死了很多人。现在城门盘查得挺厉害,凡有可疑者均被拿下,城里城外人心惶惶。

看来,塔山城是进不去了,那么就得另想办法,先安下身来,然后复仇。一个侍卫很有见识,他给出了主意,想了办法。他提议回弘尼勒城,求古对朱延贝勒出兵。贝勒同都督情同手足,他不会坐视不管。旺济外兰因对朱延不十分了解,万一他不帮助,岂非自讨没趣。他不想走这条路。侍卫又给出了第二个主意:各部中有和都督亲密者,可去投奔,借他部力量复仇。旺济外兰虽然年轻,这世态炎凉,人在势在的道理他还是懂得的。阿玛在世时,各部纷纷归附,听从调遣。如今人不在了,塔山前卫已经落入巴岱达尔汗手中,各部首领谁肯出来卖力?这条路也走不通。

巴岱达尔汗虽已杀害克什纳都督一家,心里并不坦然。彻彻穆虽死,可他的妻子董鄂姬和儿子万却不知去向。另外,彻科、尚乌禄、汪砮三子也下落不明。遍搜各家,一无所获。有的死党告诉他,此三子皆

---

① 村庄,屯落。
② 临时搭的小屋,又叫马架子。

第六回 弘尼城贝勒吐实情 塔山卫都督中奸计

碌碌之辈,逃出去也难成气候,倒是这四少爷旺住不是等闲之辈,他要不除,必是后患。可他不在塔山城里,随他阿玛去乌拉扫墓未归,上哪里去找?

"他准在返回的路上,派人去追,不怕他飞上天去!"

巴岱达尔汉就怕旺济外兰逃出去,克什纳五子之中,仅此一人是佼佼者,其他皆不足虑。他派出百余人,分两路搜寻旺济外兰。

回头再说走投无路、进退两难的旺济外兰,围着塔山城寨转悠了三四天,所过屯寨都热情招待他,挽留他。他不敢久留,怕遭人暗算,有时睡到半夜听到动静就起身,不管天寒地冻,雪大路滑,拉出马来就走。

这天他们一行正在一个嘎珊达①家吃早饭,忽然有四十多人闯进院子。这正是巴岱达尔汉派出来的人,他们从山道雪地里发现了马蹄印找到这里。旺济外兰武艺高强,抽出刀来跳到院中,跟他们相拼。嘎珊达也敲起铜盆,集合人丁,加入战斗。他们帮助旺济外兰杀退巴岱达尔汉的人马,救了旺济外兰。旺济外兰叩谢了嘎珊达相助之恩。嘎珊达表述了对克什纳都督敬仰之意,对他的遇难感到惋惜。他们痛恨巴岱达尔汉,无端作乱,戕害部主。旺济外兰觉得,这里不能再呆下去,巴岱达尔汉还会派人来搜捕。嘎珊达给旺济外兰指出一个去处,距这里千里之遥有一哈达部,可以去投。旺济外兰忽然心情开朗,对呀,哈达是我纳喇氏的根基,那里有我的族人,我何不去那里安身!

正是:

亲仇难报处境艰,
暂投宗族把身安。

要知旺济外兰去了哈达以后情况如何,且待下回再叙。

---

① 屯长。

第七回　帖列山夺敕害故友　啰啰寨讨逆报兄仇

现在该交待一下哈达的来龙去脉了。

哈达地在开原静安堡边外，近广顺关，俗名亦赤哈达，为古靺鞨地之一部分。境内山高地险，河道纵横，清河贯通其境，是一个冬暖夏凉的塞北江南。当年扈伦始祖纳齐布禄称王于吉外郎城，即在哈达境内。后该城被锡伯兵平毁，至今遗址难寻。哈达，女真语为山峰，指岩石高耸之处，又称做砬子，同阿林为山不是一个概念。哈达就是因其地多山峰而得名。扈伦建国于弘尼勒后，哈达地为扈伦国的一部分。第三世扈伦国王佳玛喀令其次子扎尔喜守哈达地，自成一部，称满洲部。扎尔希故世后，其子倭谟果岱有胆识，雄才大略，"睹记恢宏而又至诚，深得部众之心。时古对朱延继主乌拉部，遵父遗命，取消扈伦国号。倭谟果岱痛心疾首，感到先人创业艰难，这扈伦国号无论如何不能放弃。从此，他挑起扈伦国的大旗又不能用扈伦国的名号，便将满洲部改为满洲国，自称贝勒。他集结族人，广招部曲，势力遂强。满洲国辖地较广，东临辉发河，西靠明边，北近辽水，南达苏子河，海西诸卫，建州各部均隶属于满洲国。倭谟果岱又于广顺关外建造城池一座，名哈达城，这就是哈达第一个都城，遗迹至今犹存。

塔山左卫破灭，速黑忒战死之后，其子巴尔托率家族部众投奔满洲国，而绥屯却返回扈伦故地弘尼勒城，于是有了塔山前卫。巴尔托在哈达虽有都督之名，却无领地城堡。其子班氏时，仅获得几个屯寨，无所作为。他们皆在倭谟果岱贝勒的旗帜下，为满洲国的发展壮大而默默地奉献。

忽一日有人来报：建州卫来了四个首领，要见贝勒爷。倭谟果岱命请入。进来这几个人中，有两位已经六十开外。四人要下拜，被倭谟果岱拦住："诸位免礼。不知各位头领来到敝处有何见教？"

那位年长的说："听说国主仁义，待人至诚，我等特来相投。我们女真人长期以来，受尽了南朝蛮子的气，没有自己的国家。国主顺应天命，我等情愿服从。"他自我介绍道："小可逞加奴，我阿玛凡察，原是建州右卫都督，被明朝无故杀害，当时我才四岁。"他又指另一位白花

胡子的年长者介绍道:"此位叫完者秃,建州卫都督李满住的孙子,也和明朝有血海深仇。"倭谟果岱一听二人皆名门之后,又是长者,忙离坐对二人优礼相待,即说道:"二位先人皆我女真英雄,对其不幸遇难,深表惋惜。"逞加奴又指一指那位中年壮士说:"他就是左卫都督董山之孙脱原保,现袭祖职为指挥使,也与明朝有杀祖之仇。"

"是啊,建州三卫原为朝廷所立,又为朝廷所毁。看来,朝廷是靠不住的,我们女真人应当自强。"逞加奴恭敬地说,"贝勒说的对极了!我等来投,就是希望借贝勒声威,振兴我女真。我等三卫共有二千五百部众,愿隶麾下。"

倭谟果岱逊谢道:"感谢各位额真厚爱,从此诸申为一家,满洲国就是全体诸申之国。"

四个人中已有三位身份明确了,还剩一个年轻人不言不语,只是默默地坐在下首。倭谟果岱询问道:"这位青年壮士,哪哈拉?"不等青年回话,逞加奴笑道:"这是小可姻亲,右卫赫图阿拉活吞达①,苏克素浒河边的雄鹰,名叫福满。"

"少年有为,少年有为。"倭谟果岱不住赞赏着,立即吩咐大摆筵席,叫来名锅头,敬献"抽刀肉"绝技。什么叫"抽刀肉"? 这是女真人招待客人最珍贵的礼俗:锅头双手托着肉板,上面放了一块从锅里捞出来的冒着热气的猪肉。锅头单腿跪在餐桌前,案板放在膝上,他手执尖刀,将肉切成薄片,也叫"片肉"。很快将肉切完,用刀把肉托起,这时主人捧过盘子,锅头将肉放进盘里。主人回手摆在桌上,让客人品尝。盘子里的肉就像没有切过一样,皮上没有一点痕迹,表面看,仍是一个整块。待客人一片一片的吃开猪肉后,锅头才捧着案板,托刀离去。

这就是女真人从他的先祖勿吉,挹娄人传下来的古俗,除了招待最尊贵的或有身份的客人外,一般不用此礼。女真人的锅头必须练好"抽刀肉"这一绝技②。

这次会见之后,建州三卫正式加入满洲国,海西扈伦诸部与建州三卫融为一体,倭谟果岱皆授他们为都督额真,管领本部。

明朝见倭谟果岱能统驭女真部众,觉得辽东地区需要一位这样深孚

---

① 城主。
② 二十世纪七十年代以前,满族中尚有会"抽刀肉"绝技者,近二三十年基本失传。

众望的领袖人物,能够控制住局面,特遣使封倭谟果岱为镇抚满洲女真国汗王,令其管辖海西、建州诸部。

关东的局势倒也安定了几十年,女真部卫定期贡市,人民安居乐业,攻战夺予的事情很少发生。汉夷和平相处,都念倭谟果岱贝勒的好处。

"合久必分",事物到了极限,保准起变化。哈达是个多事之地,氏族繁多,成分复杂,倭谟果岱贝勒薨,哈达内乱就起来了。各部族相互掠夺,而又无人能制。倭谟果岱一子早死,其孙图鲁伦举族北迁,移至宜罕阿林①筑堡而居,并改姓伊拉里氏,从此脱离了这一大哈拉。

旺济外兰一行逃到哈达时,正赶上变乱,群龙无首,互不相让,流血冲突不断升级之时,旺济外兰虽然找到了家族,可面对这混乱的局面,谁也帮不上他,但又无路可走,也只有暂时安下身来,等待时机了。

压下旺济外兰蛰居哈达,暂且不表,回头再说一说塔山的事情。塔山事变,巴岱达尔汉起事成功,他心满意足地当上了塔山卫都督,可是诸部不服,明朝不承认,更不准予贡市。女真诸部生产力低下,以农耕渔猎为主要经济来源,生产工具和生活必需品主要靠贡市获得。女真以土特产交换盐铁丝棉。断了贡市就等于断了女真人的生计。巴岱达尔汉这回才知道断了贡市的困苦现实,部民生活困难,多有抱怨,人心思变,宝座不稳,他也是一筹莫展。他想到了,入明贡市须凭敕书,边吏是只认敕书不认人,只要有敕书,贡市即可正常进行。然敕书都掌握在部卫首领手中,克什纳在日,也仅能传檄诸部,组织各首领"凭敕入贡",都督只起到协调作用,从中获得一点利润而已。这其中还有一项朝廷法制,组织贡市的都督指挥使们,必须向所属诸部送达正式公文。公文需要钤盖印信,否则视为无效,部卫有权拒绝,都督指挥使们可凭敕书单独贡市,不受约束。

卫印敕书自变乱之后皆不知去向,搜遍全城,都督府掘地三尺,严拷克什纳部下,仍不知下落。印信、敕书、贡市、交易,这层层环节,缺一不可,巴岱达尔汉无计可施。

巴岱达尔汉即无卫印又无敕书,朝廷不准贡市,诸部皆不服从。他情急之下,公然改称塔山国,自号塔山王。这一来反而犯了众怒。消息

第七回 帖列山夺敕害故友 啰啰寨讨逆报兄仇

---

① 宜罕阿林即宜罕山,又名牛山,地在今吉林市北牤牛河畔。

传到弘尼勒城,古对朱延如何能容忍宗族谋变自立国号,便号召诸部,出兵讨叛。巴岱达尔汗之妻乃叶赫之女,他的变乱得到叶赫的暗中支持。叶赫首领祝孔格本欲兼并塔山地,当他得知克什纳虽除,巴岱达尔汗违背誓言,自立国号,也心生怨恨,不但不予支持,反而在北边加强戒备,增设堡寨,布下人马,防止他南窜叶赫。

古对朱延调集各部约两千人马,兵围塔山城寨,攻打了一个多月,塔山城内粮草断绝,水源被切断,军心慌乱。巴岱达尔汗在四面楚歌的情况下,最后自杀,所谓的"塔山国"仅一年就完蛋了。古对朱延毁了塔山城寨,塔山前卫因之废弃。按祖制,宗族谋变谓之不孝,不孝者不准入宗籍,子孙不准入宗谱,进祖茔。所以,现在的纳喇氏宗谱上,撮托名下仅有德文阿哈之名,而不记巴岱达尔汗一支,即因此也。

巴岱达尔汗已灭,旺济外兰并没能亲自报仇。从此他安心在哈达,白手起家,重新创业。

旺济外兰在哈达几年,势力始终发展不起来。各氏族之间争斗日久,山河破碎,民不聊生,新首领班氏没有得到朝廷任命,诸部不肯服从,纳喇氏日益衰微,扈伦国的旗帜彻底倒下了。

时有一啰啰寨主兀允柱,见旺济外兰是个人才,不仅武艺好,并有机谋,便主动提亲,将其妹嫁给旺济外兰为妻。两家结亲,在当地当时是件大事。从此,旺济外兰在哈达有了依靠的力量。

数月后的一日,兀允柱找到旺济外兰,说有一宗买卖可做,问他敢不敢干。旺济外兰正愁终日无所事事,听说有买卖做,他来了精神,问道:"什么买卖?"

兀允柱说:"帖列山卫有个把秃郎中,他是都督速纳之子,子承父业,手中有敕书四十道,只要能把这四十道敕书弄到手,就可以入贡市易,各部头人就会听从调遣。"

这是件好事,旺济外兰也为无敕书不能贡市而心里烦躁,他知道,只有拿到敕书,才能打开局面,各部落才能另眼相看。在那个时期,部卫之间抢夺敕书是很普遍的事。旺济外兰认为兀允柱的话有点道理,又问:"我知道把秃家有不少敕书,不知道用什么办法能弄过来。"

"办法很简单,抢!"

"抢?"旺济外兰一听,首先泄了气:"把秃的寨子建在山上,城坚地险,如何抢法?"

兀允柱笑道:"这你就不明白了,抢,自有抢的办法。把秃同我交好,他可不认识你。只有你跟我走一趟,不用你动手,敕书我自能拿过来。"

"我听你的,试试看吧。"

二人商量了具体办法。第二天他们便奔向帖列山卫把秃的寨子。

帖列山卫是个具有百年历史的卫所,都督名叫速纳,恭顺于明,奉公守法,每隔二年就亲率部曲去北京朝贡。谁料上年去了一趟北京,路上受了风寒,回到山寨不久就死了。二子把秃、把太,也不过三十几岁的年纪。把秃为人憨厚、爽直;把太机智、凶悍,兄弟二人性格迥异。父死之前,后事做了安排,把秃继承敕书四十道;把太掌管卫印统辖所属几个部落。把太把山寨让给了哥哥,自己另筑城堡以居。

帖列山卫每入开原贡市,时经啰啰寨,这寨主兀允柱同把秃兄弟父子都很熟悉,特别同把秃交情深厚。

这天兀允柱上山,把秃没有丝毫怀疑,更无戒备之心,因为他上帖列山寨是常事。

上得山寨,把秃迎出寨门,见兀允柱走在前面,后边跟着一个女真汉子,身材魁梧,像貌不俗,穿着一身鹿皮镶边的女真裤褂,戴一顶大凉帽,腰悬一口绿鲨鱼皮鞘的宝刀,浓眉大眼,不到30岁的年纪。把秃没见过,不认识,又不好当面问个明白。女真旧俗,凡是由亲友随带的陌生人,主人当面不能主动问其姓名,否则为对客人不信任,不礼貌。如果主人心有疑虑,客人即可以主动介绍。当下兀允柱见把秃打量几下欲言又止,便赔笑道:"阿浑①,这是我的色音②,我来给你们引荐一下。"兀允柱怕引起把秃的怀疑,没敢说是他的妹夫。

"请吧!"把秃伸手相让。

"不忙。"兀允柱说,"你猜我给你带什么来了?你往下瞧。"

把秃往山下一看,数名阿哈抬着一个木箱子,吃力地爬向山间小路。

"这是什么?"

"好酒,才从开原城买回来的宫廷御酒。我是花大价银子买到的,咱们到你府上痛饮一番,一醉方休。"

把秃嗜酒如命,一听有好酒,便不顾一切叫道:"抬上来!快快抬

---

① 兄,对朋友的称呼。
② 朋友,全称是"色音姑出"。

上来!"

不大一会儿,阿哈们抬着木箱来到寨门。放下担子,兀允柱掀开箱子盖:"这满满一坛子,够咱们喝十天半月了。"

"费心,费心。"把秃心花怒放,直劲客气。

箱子盖好后,抬进寨门,按照把秃的指点,放在了正厅中央,正厅是一间涂泥为墙,茅草覆顶,沙土铺地的屋子,墙壁抹了白石灰,干净,明亮。这间屋子既是客厅,又是食堂,每当设宴,招待客人,都在这间屋子进行。兀允柱已经在这里做客不止一次,他对寨内环境比较了解。

当下把秃吩咐下人摆好杯盘,放好碗筷,添了几碟小菜,盛上几盆山鸡、野兔肉,打开箱盖,开了酒坛,一股酒香,透进鼻孔。把秃的家内已多日无酒了,如今被美酒诱惑得垂涎欲滴。他让着兀允柱就座,自己也在木墩①上坐下。

把秃一连喝了几大碗酒,连夸:"好酒,好酒。"兀允柱笑道:"你想不想买几坛?"

"当然想,不知哪里能买到啊?"

"上开原,开原有一新开的铺子,专卖宫廷御酒。"兀允柱说到这里,瞅着把秃:"这御酒,平常可买不来,没有敕书是进不了店铺的。听说朝廷专为犒赏咱女真头人,由官府独家经营而开办的。十道敕书,可买一坛酒,九道也不行。你想,没有指挥使以上的官衔,能拿出十道敕书来吗?"

"我阿玛是都督,我家有敕书四十道,还怕买不来御酒?"

"那太好了!"兀允柱大喜道:"一会儿咱们就去开原城,过了几天以后,酒没了,有敕书也买不到了。"

"好!"把秃吩咐把敕书都找出来,就放在刚才盛酒坛的箱子里,命人抬着,他带了四个人,随兀允柱去开原。

他根本不会想到这是一个圈套。

兀允柱、把秃一行下了山,两家的阿哈共有十来个人,抬着装满敕书的木箱,缓缓跟在后面,走在最后的一个人,就是旺济外兰,他自上山到下山,始终一言不发,一口酒也没喝。

---

① 明代女真部落,有的首领锯圆木为椅,称木墩。但大多皆席地而坐,贵人铺上兽皮垫子。

把秃山寨距离开原城不足百里，二人骑马在前，行至一深山狭谷处，兀允柱看时机已到，此处绝地要不动手，更待何时！他乘把秃毫无防备之机，突然抽出刀来，照准把秃就是一刀，把秃"呀"的一声人头落地，尸身滚下沟涧。然后，兀允柱一声唿哨，旺济外兰知前边已经得手，遂拔出腰刀杀散把秃的从人，他们抢夺了四十道敕书，回到旺济外兰堡寨。兀允柱取出五道敕书，其余三十五道放在旺济外兰处，自回啰啰寨。

这是他们商量好的计策，兀允柱知道把秃酗酒无度，特备了一坛好酒，编造了宫廷御酒的谎言，骗他上钩。如果他不肯出来，就由旺济外兰动手，在寨内杀掉把秃，掠取敕书。没想到，把秃轻信了兀允柱的谎话，命丧途中。

五天过去了，帖列山卫堡寨不见把秃一行回来，觉得事情不妙，一面飞马给把太报信，一面派人沿路寻找。结果很快发现了被杀阿哈的尸体，又找到了身首异处的把秃郎中，才知出了横祸。敕书不见了，死的都是卫寨的人，而同行的兀允柱一行人不见有一人伤亡。这就排除了途中遇盗被劫的可能，兀允柱成了最大的嫌疑犯。

把太得知阿哥把秃郎中被害，急问事情原委，寨内诉说，他喝完酒就同啰啰寨主兀允柱去上开原，并且带了敕书。把太一跺脚："咳！阿哥喝酒误事，我曾劝过多少回，就是不听。这准是上了兀允柱那贼子的当了，敕书一定在他那，我去讨回敕书，与阿哥报仇！"

把太急回寨子，调集部下五百人，又从把秃处得二百人，共七百人，来到啰啰寨。把太对寨门喊道："快叫兀允柱出来受死！还我敕书！"

兀允柱知道把太迟早会报仇的，可没想到这么快就找上门来，敕书放在旺济外兰处，他防着这一手，也是希望在他有事时，旺济外兰能援助他。把太来的这么快，晓得事情已经败露，躲是躲不过的，只有出来去见他。他不敢开寨门，却上了寨墙，望见有无数人马，围住寨子，把太勒马横矛对着门口叫骂。兀允柱说话了："斗把太①，你这是为何？我们井水不犯河水，我又没有得罪你处，有什么话好商量，大动干戈，这又何苦！"

"你少装糊涂！"把太怒火中烧，问道："兀允柱，我问你，我阿哥

---

① 意为把太弟。

是怎么死的？敕书哪里去了？你这不义的贼子！"

"误会呀误会，这不是我干的，不管我的事。你找旺济外兰一问便知。"兀允柱知道把太不是妹夫的对手，想把他引开，自己一家好躲避起来。

这把太根本不听这一套："我不认得旺济外兰是谁！兀允柱，你听着：今儿个你要是不出来，我灭了你的寨子，杀了你的全家，为我阿哥报仇！"

兀允柱见把太不肯退，偷偷取过弓箭，隔着寨墙，嗖的就是一箭。把太听得弓弦响，一支雕翎射过来。说时迟，那时快，把太一闪身，躲过箭镞，伸手抓住箭杆，骂道："你这贼子，专能暗算人，今儿个我叫你认识认识。"他边说边取出弓，就用这支箭，回射过去。兀允柱见没射中把太，心下着慌，转身要下去，不想箭镞"啪"的一声贯透脖颈，兀允柱跌落墙下而死。把太率军攻入啰啰寨，寨内登时大乱，兀允柱部众四散逃窜。把太把兀允柱满门老小，全部杀死，一个不留。搜查兀允柱家，仅找到五道敕书，其余三十五道不知去向。把太掠夺了兀允柱全部家当，带着五道敕书回归山寨，啰啰寨为之一空，不久，为叶赫部占据。

把太见尚有三十五道敕书不见踪影，断定不可能在啰啰寨，听说什么旺济外兰，这旺济外兰何许人也？说不定谋杀阿哥，夺取敕书，也有他一份儿。多方探听结果，方知哈达境内确实有一个旺济外兰，他是扈伦国王族，塔山前卫都督的儿子，因变故几年前来哈达避难，又娶了兀允柱之妹，两家结为姻亲。不用说，兀允柱敢于骗杀阿哥，这旺济外兰定是同谋，说不定这三十五道敕书就在他手。

他决心要讨伐旺济外兰。

部下提醒他："这旺济外兰可不比兀允柱，武艺高强，又力大过人，还是不要碰他好。"把太一心要找回敕书，替兄报仇，根本听不进部下劝告。他率部下五百人出发了。

两寨相距四十多里，很快就到了。把太这回不像攻啰啰寨那样在门外骂阵，而是派人进寨去见旺济外兰，讨还敕书。旺济外兰传出口信，讨还敕书可以，须兀允柱亲自来取，我不过是代人保存，不能随便予人。

把太一听此言，估计的没错，敕书果然在这里。这兀允柱已死，如何能来得？把太一腔怒火，无处发泄，立即率兵攻寨。旺济外兰坚守不出，站在寨墙上对把太说："我和你没有过节①，你无故来找我麻烦，是何道理？"

"你这个恶人，串通兀允柱，害我阿哥，掠我家敕书，你方才都承认了，还不痛快交出来！"

旺济外兰笑道："这都是兀允柱干的，与我有什么关系，你找兀允柱要去吧。"

"敕书就在你这，你还抵赖不成？"

"在我这不假，我是受人之托，替人保存。若要，也得兀允柱亲自来取，你跟我说不着。"

"你等着！"

把太领兵退去。第二天，便返回来，叫旺济外兰出来相见。旺济外兰上到寨墙上一看，把太跃马于寨外，手指旺济外兰大叫道："你不是要见兀允柱才还敕书吗？我给你带来了，你看。"旺济外兰顺着把太指点的方向仔细一看，大惊失色，只见木杆上挑着一颗人头，辨认一下，正是妻兄兀允柱，旺济外兰方知兀允柱已死。旺济外兰一心想为妻兄报仇，便打开寨门，挺枪冲杀出来。把太自恃武勇，不知旺济外兰的厉害，两马相交，斗了不到十个回合，把太稍一疏忽，被旺济外兰一枪挑于马下，复又一枪刺中前胸，把太大吼两声气绝而亡。把太部下见主人战死，立即跪在尘埃，双手托刀过顶呼道："愿意归附巴图鲁，鞍前马后伺候。"

"好，你们都起来吧，以后咱们就是一家人。"

旺济外兰收服了把太的部众，又招纳了兀允柱的溃卒，帖列山卫把秃的余众也主动来投，各股加在一起，旺济外兰即有千余部众，成为当地的一大势力，这支队伍就成了旺济外兰创业的本钱。

为了笼络人心，旺济外兰收殓了把秃、把太兄弟尸体，并埋葬了兀允柱一家，又妥善安置把秃、把太两家老小。一场仇杀，化为玉帛，时人无不称颂旺济外兰之德，认为他很讲女真人的义气，附者日众。

旺济外兰有了敕书，就可以组织贡市。贡市地点在开原，进京贡马也要经过开原入境，开原遂成了夷汉两族交往中心，旺济外兰也就成了哈达地区的领袖人物，在海西女真中举足轻重。旺济外兰实为扈伦国解体后，哈达部的奠基人。

---

① 矛盾，恩怨。

正是：

> 久困他乡难展翅。
> 一朝运转必脱颖！

要知旺济外兰以后如何在哈达创业，且待下回再叙。

第八回 旺济外兰哈达创业 齐尔哈纳开原受刑

上回书说的是海西女真夷酋兀允柱设谋抢杀帖列山卫把秃郎中,把秃之弟把太为兄报仇,杀死了兀允柱一家。他们火并的结果,受益的是旺济外兰。他集中四股力量,共得士卒千人,大小屯寨二十余处,又获敕书三十五道,在哈达地区可以说首屈一指了。旺济外兰就凭这三十五道敕书,入开原贡市,又向朝廷申诉了阿玛兄什纳都督被族内奸人谋害一事,并历数其伯祖速黑忒的功绩,同时保荐速黑忒之孙班氏守土有劳,其子德喜才可大用。表上,朝廷知其为速黑忒后代家族,格外照顾,令他承袭塔山前卫指挥使之职,授班氏子德喜为都督佥事,扈伦贝勒。纳喇氏的家族子孙终于又在哈达立住根基。

旺济外兰做了大明朝四品地方官,虽然可以名正言顺地号令所部,哈达长期纷争不休的局面得到有效的遏制,他也成了诸部畏服的领袖人物,但是这些都不能平复他心里的创伤。阿玛遇害,家破人亡,自己没能亲手报仇雪恨,令他心里不平,遗憾终生。他要感激明朝,创业需要依靠明朝,没有明朝的支持,就什么事也干不成。当他接待明使,受命就职那一天,就公然宣布改名王忠。王者,完颜之音转也,这是变相恢复金朝祖姓;忠为效忠朝廷之意。明使记其音而误其字,回去以忠为中。《明实录》有海西女真都督王中者,即此人也。

经过旺济外兰的精心治理,一个分散的哈达又统一在纳喇氏的旗帜下。部主班氏让旺济外兰主政,族人皆心悦诚服,哈达由乱到治,由分到合,旺济外兰之力也。

这样一来,扈伦纳喇氏自第四代起,先后有札尔希,速黑忒,绥屯三支后裔入居哈达,而留在乌拉弘尼勒城的,仅贝勒都勒希一支了。

族人看旺济外兰把一个四分五裂的哈达又收拢到一起,都把恢复扈伦国或满洲国的希望寄托在他身上,将他迎回亦赤哈达,即倭谟果岱贝勒建造之早期城堡,旺济外兰又扩建加固。不久,旺济外兰又选中依车峰附近建造一座土石混筑的山城,置宫室,自称哈达贝勒,此为哈达肇基之始,事在明嘉靖二十年,此前旺济外兰已经在哈达飘荡奔波七年之久了。

哈达部自此强盛,不仅扈伦王族远支近支都来投奔,其他部族酋长

也纷纷归附。

宗族齐聚集哈达,共推旺济外兰为穆昆达,立堂子,续宗谱,定国政,制家规。并订下一个每年九月初九重阳节,为烧香日。届时由穆昆达躬率全族,到城外山上向东北乌拉祖茔方向遥祭,表示对祖先的崇敬。

哈达势力刚一抬头,即遭到明朝的疑忌。明朝令开原守臣关闭马市,停止贡市,封锁边关,严禁与女真人互市交易。

这一来,哈达受到了限制,部民生活困苦。

明朝不但限制南关,同时也限制北关。北关叶赫的境况比哈达还要差。为此,叶赫首领祝孔格派人去哈达同旺济外兰取得联系。两方约定,两部共同行动,坚决抵制明朝的压迫政策,叶赫在北,哈达在南,向明朝采取报复行动,那就是双方出动人马,进入边内掠取汉人财物,补充自己,令明朝首尾不能相顾,就会放松对女真人的压迫。

一切计议停当,他便派使去乌拉弘尼勒城,与堂叔古对朱延通好。在派往乌拉的使者回来时,带来了古对朱延的一封信,信上说当年塔山事变,是由叶赫部长祝孔格唆使,他已在塔山巴岱达尔汉家查获了他们往来的信件,有足够证据说明他们早有勾结,他们目的是谋夺扈伦领土,建立大女真国。

旺济外兰得知这一情况,也不问是真是假,暗说:"好哇!我不能亲手杀死宗族谋逆者,只要捉住祝孔格,也就等于给阿玛报仇了。塔山出这么大的事,原来也有你叶赫的串通,怪不得巴岱达尔汉有那么大的胆子。只要我灭掉叶赫,也就心满意足了,凭什么我跟你一块反明盗边!"

旺济外兰自从统一了哈达诸部之后,就有扩张领土的野心,目标对准了叶赫部。叶赫部在哈达的北方,山水相连。而且,这叶赫部还是扈伦纳喇氏的世仇,虽曾一度归属扈伦,后来终于从扈伦国分离出去,自立门户。不过,这叶赫部也受明朝诏命,为塔鲁木卫指挥使,没有朝廷的允许,吞并叶赫,还真不那么容易。

正当旺济外兰胡思乱想,无计可施的时候,忽然有人来报:"明朝边关守将遣使来,有要事面见主子。"

"请他进来。"

明使被领进正厅,见了旺济外兰,呈上一封辽东总督签署的公函,使者也说明了来意:

"塔鲁木卫夷酋祝孔格,辜恩悖乱,屡犯边扰民,朝廷将以重兵惩罚，请王指挥助剿。"

旺济外兰正苦于用兵叶赫没有理由，得到此信，正中下怀，细问情况，明使道出事情原委。原来叶赫首领祝孔格掠境盗边，闹得百姓不得安宁，屡抚屡叛，蔑视朝廷王法，龙颜震怒，决心殄灭此等匪类，请求哈达就近出兵，为朝廷分忧。旺济外兰道："我祖上历代忠于朝廷，阿玛曾为朝廷捕盗捍边，不幸被奸人谋害。已经查实，族人谋乱，系由叶赫主使。不用朝廷劳师糜饷，我一定能捉住祝孔格，一为报效朝廷，二报家仇，于公于私，我都应当这么做。"

"好。"明使说："王指挥只管放心去办，我们封锁边关，不令叶赫一人一骑窜入。朝廷可要静待佳音喽。"旺济外兰大喜道："请代我转奏圣上，王忠决不负朝廷重托，定灭此叛贼！"

有道是：

> 只为一己怀私怨，
> 引得几代成世仇！

话说这叶赫部长祝孔格也是大明朝地方官，任塔鲁木卫指挥使。塔鲁木卫设于永乐四年，原地在呼兰河，今松花江北支流呼兰境内，地近塔山卫。塔山卫的首任指挥塔剌赤，都是当时女真酋长。按照明制，女真头人一旦接受了朝廷的任命，有了皇帝颁发的敕书、卫印、官服之后，就可以凭敕书、印信进京朝贡、通市、分赏赐，获取较大的经济利益。明朝对女真卫所实行土官制。所谓土官制，就是有别于其他州府汉人任职几年一调动的流官制，实行的是父死子继，兄终弟及，"既世其官，又世其赏，子子孙孙，遂为永业"的当地人本民族治理本地本族事的土官制。这一来，女真酋长们就有部族首领和朝廷官员的双重身份，权力是很大的。这些人大多都是对于明朝，则以卫所官员自居，而对于所属内部却另搞一套，实行的是残酷的奴隶主统治，甚至称王立国，发号施令。明朝推行的是"羁縻政策"，只要不危及明境的安全，对女真人内部事务不干涉，所以出现夺敕，争地、内讧、火并等等行为；首领更替、官员换人、治所迁移、领地变更这是常事。这样一来，就会出现印与地分离，敕与人不符；邀赏非正派，贡市皆冒名的混乱现象。这还不算，往往还会出现劫赏赐、阻贡道、扰边造反等行为。这叶赫的兴起，可以说，就是在这种特殊的形势下诞生的产物。

叶赫的祖先，原是大金朝统治下的女真部族，金朝灭亡前后，该部族最先投顺了蒙古人，入居土默忒部，仍按照女真人以地为氏的习惯，改姓土默忒，摇身一变，成了大元朝的头等民族蒙古人。元朝立国后，分全国人民为四等。而对于最先来投的女真人，"视同蒙古"，一部分女真变成了蒙古人，就是这么来的。这只是政治地位的划分，而不纯是民族的划分，看官不要误解。

这土默忒氏当了几代蒙古人之后，元朝灭亡，蒙古贵族退出北京，返回了老家蒙古草原。土默忒氏也离开所部，回到了女真故地。他们的首领名叫星根，投到塔鲁木卫指挥打叶名下，加入了这一集团。星根没有得到朝廷的任命，仅是这土默忒家族的一个领头人，故称为星根达尔汉。星根达尔汉也就成了叶赫部的始祖，之前已经入了蒙古籍，世系就不记了。其深层次的原因，就是怕招致明朝的疑忌，不为女真部卫所容。

星根达尔汉的儿子名叫席尔克，始得到一个千总，仅是个七品的低级武职，女真话叫"命刚兔①"，这一家族能得到明廷的任用，不管官职大小，对于土默忒氏来说，却也是个荣誉，按照女真习俗，加到名字后边，作为徽称，以示尊荣，便出现了席尔克命刚兔之名。女真语音南北有异，命刚兔转音为明噶图，清史上有席尔克明噶图者，即是此人。因其官职卑微，业绩不显，故明史不载。

明英宗正统末年，蒙古大军入侵，"土木之战"，明军惨败，皇帝被俘。海西动乱，很多女真部卫破灭，首领被杀。塔鲁木卫被迫南移，离开了江北老家。星根达尔汉时已年老，偕其子席尔克命刚兔率所部一百余户几经辗转，最后来到扈伦国所属之张城。

在叶赫先人来到张城之前，早有从江北来的弗提卫女真人入据，此时他们已东移，寻找新的落脚点，张城已是空地。星根达尔汉父子便乘虚占有此地，之后，便改姓纳喇，成了扈伦国部属。星根达尔汉父子死于张城，席尔克命刚兔生一子名齐尔哈纳，他的才干、魄力都超过父祖两代，他挑起了塔鲁木卫这面旗，继续与明贡市，深得朝廷赏识，用他替代打叶家族，授任他为塔鲁木卫指挥使。齐尔哈纳势力逐渐强大，人口越集越多，张城土地贫瘠，生计发生困难，他才意识到弗提卫迁出的原因。他便带着部众，西迁到叶赫河畔，他看这里山环水绕，河流湍

---

① 又作明噶图，为女真卫所的低级官职。

急,山谷幽深,适于捕鱼、狩猎;土地肥沃又适于作物生长,又靠近镇北关,开原贡市又十分便利。齐尔哈纳占卜一块距离贡道较近的台地修筑一座城堡,取名珊延城。城堡筑就,齐尔哈纳全族入住,率领部民,打围狩猎,开荒种地,维持生计。

珊延城的修筑,正好扼海西诸夷市易贡道上,齐尔哈纳收取过境税,又于路边广设餐馆客栈,接待远道而来诸部卫,一时镇北关外熙熙攘攘,络绎不绝,叶赫部一天天壮大。

明宪宗成化二十年初,齐尔哈纳正式升任塔鲁木卫指挥使,并几次到北京进贡马,受到朝廷的嘉奖,赏赐了很多物品。齐尔哈纳不仅善骑射,聪慧异常并有智谋,还知书达礼,通晓蒙古、女真、汉文,是当时仅有的一位文武全才的女真酋长。

齐尔哈纳靠着博学多才,精通多种语言文字的优势,对明朝定期贡市,当好地方官;对女真诸部,信使往还,搞好关系;特别广交蒙古诸部,他是各个方都能接受的人物。齐尔哈纳也十分感激明朝,是明朝使他崭露头角。

本来可以相安无事,和平共处。怎奈明朝官员上下贪苛,没事找事,平白无故的制造事端。开原城守见叶赫部发展壮大,越来越富,总想要卡点油。卡油只能在贡市上做文章,于是他们就打起了贡市的主意。明孝宗弘治十五年正月,又到了海西诸部卫贡市之期,朝廷决定,北关叶赫贡市地点改在开原进行,收购夷人马价和赏赐部卫头目的物资银两也由开原付给,这就使贪官们有机可乘。

齐尔哈纳组织了三百六十人的贡市队伍,赶了五百匹好马,浩浩荡荡地来到开原。官府派专人管理市场,每年朝廷都从贡市交易中收买大批良种马,充做军用,付给的马价也从优。验等的、评价的、付银的皆有专人各司其职。齐尔哈纳特地从外地购进一批好马,准备像往年一样卖个好价钱。朝廷制度,凭敕入贡,每道敕书验马一匹,官府买足以后,选剩下的就转入自由市场,任凭交易。齐尔哈纳此次入市的全是上等好马,谁想大多都没有验上,寥寥几匹入选的也被评为二三等,卖的价钱比他购入价还低。这就说明卖一匹就赔一匹钱。齐尔哈纳见验的这样狠,他没有多言,注意留心起来。这一来,他发现了问题,有些本来搭眼一瞅就是劣马,反而验了一等。这里有鬼!齐尔哈纳如何肯服,当即质问道:"我的马比他们的强多了,为什么压等?劣马为什么能验头等?"

他这一质问,惹恼了验马官吏,他瞪眼骂道:"你是什么人?敢对

第八回　旺济外兰哈达创业　齐尔哈纳开原受刑

本官如此无礼！我愿意给谁验几等就给谁验几等，马市老爷我说了算！"

齐尔哈纳甚觉不平，也骂道："你这个猪仔，破坏朝廷法度，我不卖了！"

"这可由不得你。"验马官一声招呼："来啊，把这个捣乱贡市的贼夷赶出去，货物没收。"

就这样，齐尔哈纳这次贡市损失很大，几乎赔上了全部家当。他明白了，自己这堂堂三品指挥使，在一个汉人八品小吏眼里都不值一文。这样的朝廷，如何能令人信服，怪不得建州董山、凡察、李满住等作乱不断，我也不能太老实了，太服从朝廷了。

官逼民反。从此叶赫不再守规矩了，犯边阻贡，掠夺边民，攻城破寨，捕杀贪官污吏，开原岁无宁日。正德二年，齐尔哈纳盗边时被明兵捉住，半个月之后，奉旨就地正法。一个很有作为的女真首领，被斩首于开原市。齐尔哈纳死时五十九岁，任官三十年，他把一个濒临消亡的塔鲁木卫治理成举足轻重的大部落，为后来的叶赫建国奠定了基础。齐尔哈纳所筑之城堡珊延府城，在今吉林省梨树县叶赫满族镇境内，遗址犹存。齐尔哈纳，后世学者讹作齐尔噶尼，《明实录》记有的儿哈你者是也。

齐尔哈纳被斩，噩耗传到珊延城，叶赫纳喇家族满门皆哭，全体部民挂孝，他们都怀念主人平日对他们的好处，因为大家都知道，反明盗边，出于不得已，实为生计所迫，也是叶赫部发展的需要。

齐尔哈纳生三子，长祝孔格，次哲铿额，三哲赫纳。三子皆凶悍，尤以祝孔格为最。祝孔格兄弟三人均已三十多岁，父死而不能收尸，只能在府内设灵牌祭奠，祝孔格率家人跪于灵牌前发誓道："阿玛为朝廷保境安民三十年，怎么稍有小过就杀头，这太不公平了！我一定为阿玛报仇，反明到底！以后教育子子孙孙，永世仇恨明朝，决不妥协！"

祝孔格说到做到，他大量招募士卒，收拢溃散阿哈，容纳失意部卫头目，又到蒙古去买良马，很快又强盛起来。他还扩建珊延城池，遍树堡寨，雄据一方。他养精蓄锐，准备了五六年，转眼来到正德八年。过了新年，祝孔格认为报仇时机已到，联合海西女真酋长加哈叉、乃留、劳粟，集兵二千进犯镇北关，明朝震动，才知道叶赫的厉害。明兵部侍郎石玠提督辽东军务正在开原，遣使去见祝孔格，让他承袭塔鲁木卫指挥使，接他父亲的遗缺。祝孔格觉得目前还不是明朝的对手，既然朝廷主动送还了官职，只得见好就收，以待时机。

但是这祝孔格始终不忘父亲被杀之仇，对明廷怨恨有增无减，经常犯边阻贡,时叛时抚,把一个明朝大帝国闹得人仰马翻,左右为难,剿也不是,抚也不是。有时,祝孔格还主动入贡。最大的一次入贡是在嘉靖三年二月,他亲率部下三百七十八人,带了大批土特产,进京朝贡,受到了明廷的优待,赏赐了很多物品,又晋升为都督,令其受塔山前卫都督克什纳的约束。之后的几年里,祝孔格确也收敛了些,大体上相安无事。

他对听克什纳约束的朝廷旨令,表面接受,心里不服。同是海西都督,你克什纳凭什么管着我!说来说去朝廷还是偏袒。他同巴岱达尔汉勾通,发生塔山变乱,杀死克什纳,也去了祝孔格一块心病。从此他无所畏惧,犯边阻贡,闹的更欢了。

旺济外兰在哈达崛起,祝孔格并没把他放在眼里。

这时候的塔鲁木卫已是海西辽东地区较大的女真卫所,部夷众多,辖地较广。自齐尔哈纳时代起,明朝颁与敕书,到祝孔格时已经控制五百道敕书了,这其中也有原打叶子孙的遗物。每当贡市之期,叶赫能组成庞大的朝贡队伍,在海西诸部中领先。常言说的好:树大招风。各部对叶赫的张扬,表示不满,感到自身受到威胁。祝孔格还不知收敛,隔三差五就来一次犯边阻贡,损害了各部的利益。各部首领纷纷上书朝廷诉苦,请朝廷采取措施,制裁叶赫,恢复贡道,保境安民。开原城守也深深感到祝孔格狂悖,凶悍胜似乃父,请尽快除之以绝后患,安抚诸夷。

情报到了北京,请示圣裁。可是这明世宗嘉靖皇帝朱厚熜是一个昏庸之主,终年不理朝政,招来一伙术士装神弄鬼,在宫中炼丹药,求长生不老之术。人民疾苦,内乱外患,他全然不顾,整日里颠三倒四,昏昏沉沉。朝中大臣也乐得清静自在,花天酒地,贪污腐败,尽情享乐。昏君庸臣胡作非为,把一个本来就危机四伏的大明天下,弄得糟上加糟,为其几十年后的灭亡,埋下了祸根。皇帝不理朝政,朝中大权自然旁落,一些投机钻营之徒纷纷冒了出来。他们投皇上所好,阿谀邀宠;朝纲败坏,贿赂风行。这时有一个人深得嘉靖皇帝的信任,他就是历史上臭名昭著,明朝大奸臣严嵩。严嵩原是南京礼部侍郎,靠行贿运动,升任大学士。严嵩即贪又苛,表面谦恭勤恳,蒙蔽了昏庸无道的嘉靖皇帝。他身居首辅,寸功没有,政绩不显,群臣自然不服。嘉靖二十二年,叶赫祝孔格盗边事闻于北京,廷臣商议对策。大多数主张坚持怀柔政策,遣使安抚,令其自省,独严嵩决定主剿,推行以夷制夷的老办法,令哈达王中出兵。他这么做有两个目的:其一是让女真人互相攻杀,自我消耗;二是待两败俱伤后,朝廷出兵,收渔人之利,他就立了

第八回　旺济外兰哈达创业　齐尔哈纳开原受刑

头功,今后在朝中的地位就巩固了,看谁还敢说三道四。

旺济外兰并不了解朝中的内情,更难知严嵩这种阴险的用意,他始终记住塔山变乱,阿玛被害,有你祝孔格的参与。他报仇心切,又想借此立功,在女真诸部中树立威信。

他正在集合诸部,准备进攻叶赫的时候,忽然走出一人,叫声:"叔父不可鲁莽,要谨慎从事。"

旺济外兰一看,正是侄儿德喜。前文书提过,德喜是班氏之子,巴尔托之孙,乃速黑忒都督后裔。朝廷念速黑忒有功于社稷,不忘其子孙,已授了德喜都督虚衔。时德喜已经长成,为人谦和而有智谋,不慕虚荣,不争名利,并有远见卓识。旺济外兰见一个毛孩子阻拦,心里老大不愿意,问了一句:"什么意思?"德喜不慌不忙地说:"朝廷对我们女真人不怀好意,让我们自相残杀,叶赫与我们无冤无仇,叔父可千万别上这个当。"

"无冤无仇?你小孩子懂得什么!"旺济外兰自信地说:"我要捉住祝孔格,灭掉叶赫部,壮大哈达的势力,一统海西辽东。"德喜笑道:"灭叶赫,怕不那么简单,我们在南关,叶赫在北关,这是朝廷定的制度,他不可能让叔父两者兼得,我看还是不要得罪叶赫为上策。"

旺济外兰大怒,喝道:"下去!再胡言乱语我就收回你家的户下①,将你赶出哈达。"

旺济外兰不听德喜的劝告,点起两千人马,北渡扣河,向叶赫部发起大规模的进攻。正是旺济外兰不听良言劝告,一意孤行,结果结下南北关不共戴天的世仇,从此争斗不已,两败俱伤,给女真人带来了无比深重的灾难,最终纷纷退出历史舞台,都成了角逐中的失败者,惨痛的教训发人深思。

正是:

一意孤行无远虑,
不听良言有近忧。

要知旺济外兰出兵叶赫,祝孔格如何迎抵,且待下回再叙。

---

① 户下,又称户下人,女真奴隶主管下的从事生产的家人,地位略高于阿哈。清代仍沿袭此制。

第九回 破叶赫哈达夺敕书 析乌拉弘尼分宗谱

话说旺济外兰率兵北伐叶赫，正走之间，来到一处城寨，这是叶赫同哈达相近的前沿阵地，叫季勒寨。季勒寨主哲赫纳，为祝孔格三弟，其悍勇不逊乃兄。这天，他得知哈达兵来侵，手持一条镔铁大棍驰出寨门，大骂道："何处草寇，胆敢来犯，快叫你们头领出来受死！"旺济外兰在门旗内看得真切，见此人约有五十多岁年纪，面如满月，目如流星，头顶红缨大帽，穿一身四周镶鹿皮云卷的裤褂，坐下一匹红鬃马，威风凛凛，相貌不俗。

"你是何人？"旺济外兰驰马来到近前喝道："快叫祝孔格出来，给我阿玛偿命！"

哲赫纳笑道："你阿玛是谁？跑到这里口出狂言，赶快滚回你的部落。"

哲赫纳不认识旺济外兰，估计他是哈达部的一个首领，也没有把他放在眼里。

旺济外兰一挥手："给我冲，夺寨！"

哈达兵如潮水一般，扑向季勒城寨。哲赫纳没有防他这一手，拦截不住，被裹在中间，险些被刀砍中。他左冲右突，闯出包围圈，落荒而逃。霎时间，季勒寨上空烟气滚滚，烈焰冲天，哈达兵放火烧了寨子，叶赫兵死伤无数，弃城而去。

这一仗，哈达兵旗开得胜，不费吹灰之力赶跑了守寨的哲赫纳，夺了堡寨，士气大增。

哲赫纳逃回珊延城，见了祝孔格，诉说哈达兵来势凶猛，不可抵挡，劝他放弃城寨，西走蒙古，徐图恢复，祝孔格不听。

祝孔格临时想到了与他有约的女真酋长加哈叉、乃留、劳粟等人，派人分别去邀请他们出兵支援。这三人在二十多年以前曾与叶赫联兵盗边阻贡。还有一次兵犯镇北关。如今已是老的老了、死的死了，只剩一个乃留尚有实力，但他不肯相助。正是那次兵犯镇北关，祝孔格接受了明朝的招抚，继父任塔鲁木卫指挥使，而加哈叉不久升为都督，只有他和劳粟，白忙碌一场，什么也没得。他们二人产生怨恨，发誓从此再也

不会帮助叶赫。如今加哈叉已老，劳粟已死，两部随之破灭[①]，只有乃留一人，已是年过花甲的人了，他领其家族子孙息影山寨，不问外事，既不扰边，也不贡市，同任何部卫都脱离联系。因其山寨偏远，地势险峻，却也没人去同他为难。

祝孔格请不来援兵，未免有点心慌，他把三个儿子叫到近前，嘱咐道："王中此来，势必要灭我叶赫。当年塔山出事，王中可能知道一点内情。他这次是为他阿玛报仇而来，我已是快七十岁的人了，死不足惜，你兄弟要和睦团结，保护好先人留下的几百道敕书，将来可重新创业。"

三个儿子，长子太杵，次子台柱，三子捏哈皆跪于地。

"阿玛不必担忧，我兄弟自幼习武练功，还怕他王中不成？豁出来，跟他拼了！"

"不行！那样的话，我叶赫就要灭种了。"祝孔格说："我豁出老命，去见王中，要杀要砍随他的便。"

三子及全家人一齐阻止，说什么也不让他去见旺济外兰。祝孔格说："你们都不懂事。我去见他，晓以大义，王中看我老，有可能留我一条命。若要攻进城来，就会玉石俱焚，鸡犬不留了。"

众家人哭哭啼啼，仍然不放他出去。

珊延城加强了防守，共集合了五百多人，昼夜守护寨墙。祝孔格明知坐以待毙不是办法，可如今外援已绝，明朝边关布下重兵不令窜入；北有乌拉，东有辉发，西有蒙古，他四面被包围，无路可走，只有困守孤城，孤军作战。

哈达兵来势甚凶，叶赫兵不能敌。珊延城是个小城，墙并不高，池也不深，根本阻挡不了哈达兵的攻势，仅一昼夜，珊延城就被攻下，哈达兵如潮水一样涌进城中。叶赫兵也死战不退，哈达兵虽然占了城寨，却也伤亡了二百多人，小小的珊延城中尸积如山，遍地是血，惨不忍睹。

破城之前，哲赫纳与太杵等三兄弟均已逃出，只有祝孔格不走，被哈达兵搜出，缚他去见旺济外兰。

"你这反贼，也有今日！"旺济外兰从前见过祝孔格，还同他进京入

[①] 传说两部破灭，与史实不符，其实加哈叉为肥河卫都督，其孙王机褚时率部迁辉发河，于扈尔奇山筑城建国。加哈叉即噶哈禅都督。

贡几次。可是今日见了却是另一种心情，为阿玛报仇这句话占了上风，其他都不在话下了。他直截了当地说："我与你无冤无仇，你为何勾结我的族人，害死了我阿玛？常言道，君子报仇十年不晚，我整整等了你十年，今日你还有何话说？"

祝孔格微闭二目，看也不看，一声不吭。

"死在眼前，你还装模作样，来人！"

"别装腔作势了，落在你手，我就没想活。"祝孔格微睁二目，四周看了看。"我无罪。你这是听信谣言，挟私报怨。"

"你反对朝廷，盗边阻贡，罪大恶极！"

祝孔格从容不迫地反驳道："我盗边，我阻贡，你不也盗过边阻过贡吗？明朝杀了我阿玛，这你是知道的；明朝反复无常，高兴了就让我贡市；不高兴就绝我贡市，哪一个贪官打点不到，他都会找我的麻烦，你想想，我们女真人还有活路吗？"

"你不要狡辩！"

祝孔格冷笑道："你要是为女真人争口气，就领着我们跟明朝斗到底。你要是甘当朝廷鹰犬，我今日一死而已，反正我已是快升天①的人了。"

听了祝孔格这一番话，旺济外兰心里也有些震动，他说的不无道理。但又一想到他是害死阿玛的同谋，今日拿住不为阿玛报仇，便是不孝之人，祖宗神灵不会答应，死后也无颜去见先人。想到这，他冷笑道："祝孔格，你获罪于朝廷，死有余辜。你放心，我不会难为你的家属和族人。"接着喝一声："退下！"

旺济外兰挥去武士，上前亲自解开祝孔格的绑绳。刷地一声拔出腰刀，对着利刃吹了吹道："念你也是朝廷命官，女真巴图鲁，我不忍亲手杀你，自己了断吧！"说完，当啷一声扔刀于地，转身走出去。

祝孔格怔了一下，望一望旺济外兰走出门去的背影，咕咚一声跪在地下，双手拣起刀来，一手攥住刀柄，一手托着刀背，仰望屋顶叹道："翁姑玛法，齐尔哈纳阿玛，祝孔格不孝，未能守住祖宗基业，愧对先人，死不瞑目！"他恭恭敬敬地对着西墙，叩了七个响头，双手擎住刀柄，两眼睁大如牛，声嘶力竭地叫道：

"牟昆戈林玛法，吾朱博，秃克土，叶赫纳喇哈拉，舍木真三得渥

---

① 女真人死后火化，叫升天，也叫飞升。

吉尼!"①

话音未落,双手上下一拉,红光闪烁,鲜血喷出,祝孔格扑倒于地,自杀而死。春秋六十五。任职塔鲁木卫都督三十八年,他使一个破碎的塔鲁木卫重新集聚,又一次复兴。今死于旺济外兰之手,众皆惋惜,时嘉靖二十一年秋七月之事也。

旺济外兰击杀祝孔格的事闻于朝,严嵩立了大功,嘉靖皇帝更加倚重。严嵩地位稳固,开始他卖官鬻爵,贪赃枉法的奸相生涯,朝野无敢异言。

叶赫到此,本该消亡了。哈达兼并叶赫,已成定局。不料明朝怕哈达势力强大以后难制,传旨令旺济外兰撤兵,退还叶赫领土,恢复塔鲁木卫。封旺济外兰为哈达贝勒,晋塔山前卫都督佥事,另赐敕书三百道,以便贡市。旺济外兰虽不甘心退出叶赫领土,也不敢不遵朝廷的命令,克日班师凯旋。他把叶赫几代以来的所有敕书,包括各部卫存放的多达七百多道,统统装车运回哈达,并派兵占住季勒寨等十三城堡不还。十三城寨和七百道敕书,便成了两部矛盾的症结,长期争执不休,终致两败俱伤,这是后话。

旺济外兰破了叶赫,杀了祝孔格,却未能吞并叶赫领土。从中他悟出点道理:你明朝不是让我退还叶赫吗?那我来一个变通手段,让他成为哈达的附庸,名存实亡。他来一个顺水人情,向朝廷保荐祝孔格长子太杵为叶赫部长,授塔鲁木卫指挥。明朝准予所请。从此太杵就成了叶赫的领头人。旺济外兰为了控制住叶赫,使他永远听命于哈达,又把自己的养女嫁给太杵为妻,两家结亲。太杵本有妻妾多人,对哈达亲事并不很愿意,可他不敢拒绝。

叶赫经过这次打击,元气大伤。太杵兄弟心里虽然怨恨,表面还得装做顺从。丢失的十三座城寨,掠去的七百道敕书,做梦都想收回来。他不敢,没实力。休养生息是当务之急,将来如何,那就听天由命,以待时机了。

旺济外兰破了叶赫,威名大震,得了敕书七百道,势力大增,官衔由四品指挥擢升二品都督,地位也提高了。

在当时的形势下,女真部卫首领,谁控制的敕书越多,谁就占优

---

① 女真语:意思是列祖列宗保佑我叶赫纳喇氏子孙昌盛。

势,旺济外兰共据有一千道敕书,成了海西女真的暴发户,各部皆听调遣,入贡都听指挥,明朝并且行文各部卫,"贡市俱听王中约束",一时辽东边外诸夷无敢犯居民者,皆旺济外兰之力也。就是远在江上,东海诸夷贡市,莫不依旺济外兰为居停主人,哈达坐收居停之利,很快发展壮大起来。自旺济外兰主政哈达,控制海西,开原边外维持了二十年和平环境,人民的生产生活都大有提高,社会向前大大地迈进了一步。

嘉靖二十五年冬,乌拉部遣使来报,部主古对朱延病危。旺济外兰感宗族之情,朱延又与其父有手足之谊,特率宗族子侄十余人赶奔弘尼勒城。待他们一行到达弘尼勒城的时候,古对朱延已经故世。旺济外兰参加并主持了乌拉的葬礼,宗族之间相离年久,彼此又熟悉一番。治丧过后,时近冬末。旺济外兰以宗族兄长身份。按古对朱延临终遗言,立次子太兰为乌拉部主,其长子太安,移居富尔哈城,为城主。乌拉部基业一分为二,由太安、太兰兄弟分领,双方设立誓言,彼此无争,各守遗产。旺济外兰看扈伦国衰败至此,实感痛心。哈达曾由倭谟果岱贝勒坚持扈伦国号,终因力量不及,他死后很快解体。这次,他提出来一个令所有在场宗族都感到震惊的问题。他说:"既然扈伦正统已移哈达,那么,纳喇氏宗谱也应该请到哈达,以后烧香祭祖修谱都在哈达进行。"乌拉族人均不赞成,理由是,祖宗墓地都在乌拉,扈伦国都也在乌拉,乌拉为宗主之邦,哈达只不过是扈伦国的一部分。双方争执结果,最后达成妥协,同意哈达立新谱,从哈拉中分出去,另立穆昆。双方总算和解了。

旺济外兰从宗谱上,抄去了哈达一系,两部皆奉纳齐布禄为始祖,规定修谱制度,十年一小修,三十年一大修。如果三十年不修宗谱,谓之不孝。哈达不能定期扫墓,每年按女真之俗,于九九重阳节登高遥祭,风雨不误。

女真人原本不立家谱。到了金代,金熙宗皇统四年,因怀念祖宗为之修陵立庙追谥,仅能溯至函普,知其从高丽来,兄弟三人。而三人之父又是谁?谁也说不清楚,这才知道修谱建档之重要。从那以后,皇族完颜氏开始立宗谱,其他贵族、望族亦效仿之,这就在女真上层有了修谱之习。扈伦建国后,延习金代之俗,但宗族多已逃散,无法查找宗族。扈伦先后聚集了一些金遗族完颜氏,也是因为谱系失传,难以别其系统。何况,扈伦王族已改为纳喇氏。第四代扈伦国王都勒希恐其子孙年代久远而湮没,特立纳喇氏家谱,始祖只能从纳齐布禄算起,纳齐布禄之父无考。传说中有个叫倭罗孙的祖先,其实这只是个临时改用的姓

第九回 破叶赫哈达夺敕书 析乌拉弘尼分宗谱

氏，上下系统皆不能别。纳喇氏族人皆知，从祖上传下来的，金初完颜宗弼为其始祖。宗弼生二子，长子完颜亨为大将军，被海陵王完颜亮残杀，其后裔散居陇上，也就是甘肃一带；次子完颜玮之后移居弘尼勒城。扈伦这支完颜氏可能即完颜玮之裔，可又无谱牒传世，真假难辨，仅是传说。纳喇氏原为金代完颜氏，这是没有疑问的，哈达后裔的宗谱上，明确记述这一点，现在依然。而乌拉家谱不传，却代代口谕。

值得一提的是，都勒希创立家谱的时候，因无谱牒可考，只能上溯四代，以纳齐布禄为始祖，却标明"始祖倭罗孙姓氏"，已经点出了这层意思。同他一起立谱的还有一位索余库①，记为四辈当为都勒希同族兄弟，因无法别其系统，故其后裔不上此谱，可能另有谱牒传世。女真人立谱，仅上直系，其他不载，亦是定例。

这就是纳喇氏宗谱能够传承六百多年的由来。交待几笔，使大家能初步了解女真人的修谱之风。始知，满族修谱并非全是始于清初，受汉族修谱之习的影响，更不是完全抄自《八旗满洲氏族通谱》，起码来讲，无论是哈达纳喇氏，乌拉纳喇氏和叶赫纳喇氏皆不是。

闲言叙过，单说旺济外兰展开家谱，认真地拜过，开始恭录，仅用一天时间，全部抄完。档子上记载祖先事迹，创业过程，源流身世，祭祀礼仪，以及系子孙绳的方法等。他又从弘尼勒城请去一位大萨满，带去祭天祭神祭祖的内容和方式。回到哈达部，他便将族人召集到堂事，悬示了亲手新立的宗谱。

家谱上的图案，完全仿照弘尼勒城谱的样式，规格也相同，经过他的调整，谱上书着：

```
始祖   纳其布    扈伦始祖
二代   尚延多尔豁奇    扈伦贝勒
三代   撮托      长白都部额真
       佳穆喃    硕朱古额真扈伦贝勒
四代   都勒希    扈伦贝勒都督
       札尔希    贝勒
       速黑忒    都督
       绥屯      都督
```

---

① 经考，乌拉王族家谱上的"四辈索余库"，实乃绥屯之讹写。

五代 都勒希生三子
　　 长额赫商古
　　 次库桑桑古　都督
　　 三古对朱延　贝勒
　　 札尔希生一子
　　 倭谟果岱　满洲女真国汗王
　　 速黑忒生一子
　　 巴尔托　都督
　　 绥屯生一子
　　 克什纳　都督
六代 记哈达系统
　　 倭谟果岱生子
　　 硕柱　台吉
　　 巴尔托生一子
　　 班氏
　　 克什纳生五子
　　 长彻彻穆　台吉
　　 次彻科
　　 三尚乌禄
　　 四旺济外兰　贝勒都督
　　 五汪砮
七代 硕柱生一子
　　 图鲁伦
　　 班氏生一子
　　 德喜
　　 彻彻穆生一子
　　 万
　　 尚乌禄生一子
　　 昭苏
　　 旺济外兰生一子
　　 博尔坤沙津
　　 汪砮生一子
　　 特尔布臣

第九回　破叶赫哈达夺敕书　析乌拉弘尼分宗谱

077

旺济外兰为哈达系统立了新谱,从此同乌拉系统分道扬镳,两部关系由亲而疏。旺济外兰在弘尼勒城抄谱时,误将始祖纳齐布禄写成纳齐布,讹传至今。

旺济外兰立谱之后,异想天开,居然要给已死去二十多年的父亲克什纳都督立墓碑,建陵园。当年克什纳被杀之时,尸体已被焚烧扬灰,遗骨无存,这建陵修墓依何为凭?他提出一个新招,立衣冠冢。在依车峰侧,选一块向阳之处,面对清河,背依山峦,修建一座比倭谟果岱贝勒墓还大得多的坟茔。下葬①那一天,宗族长幼男女,各部落头人,各城寨酋长,各氏族穆昆达,总共二百多人参加葬礼。葬礼由旺济外兰亲自主持。从乌拉带回来的萨满主祭。众人看见,墓基上挖了四个大坑,分为左右。坑边堆满了柴薪,数量均等。

吉时到。人群后传来哭声。众人定睛一看,见有八个武士,每两人拥着一个女孩,向墓地走来。众人大惊失色,他们知道,这是要用活人殉葬。用活人殉葬,在女真人中此俗已久,从渤海到金朝皆如此。可是金亡后,久已废止此俗。今天旺济外兰又要恢复殉葬制度,众人均不理解,又不敢阻止。

被押来的四个女孩,都在十五六岁之间,各个都哭成了泪人一般。这些都是阿哈人家的女儿,一旦选中,是不可抗拒的,其父母反以为荣。

萨满穿着神服,带着神帽,手里敲着抓鼓,腰中甩着西撒,围着女孩转圈跳跃,口唱女真神歌。鼓声有紧有慢,歌声有高有低,惟有西撒有节奏的沙沙作响。什么叫西撒?西撒什么形状?做什么用的?顺便交代几句。古代女真人敬祭多种神祇,敬祭的形式叫跳神。跳神时必唱神歌,用敲鼓,摆西撒来调剂节奏。西撒是用铜片或铁片卷成的圆筒,头细尾粗,成喇叭状。头细部有孔,多个穿在一起,钉在皮带上,系在腰间,扭动时发出和谐的音响,鹰神鸟神听到后就会下凡来到现场,传递萨满神歌内容的信息于天上。后来管这种东西叫腰铃,成为伴奏的乐器。

萨满跳神完毕,旺济外兰行了跪拜大礼,祭奠了没有尸骨的墓穴。命令:"点火!"主祭官高叫"送呵呵升天!"

---

① 女真人埋骨灰罐叫下葬,后来改为埋棺。

柴薪已被点燃，两个武士各架起一个女孩，奔向烈焰。撕心裂肺的惨叫声，震撼山谷。两个人抬起一个女孩刚要投向火堆，忽听有人喊道："住手！"宗族里边闪出一人，正是德喜。

"你要干什么？"旺济外兰厉声地喝问。德喜愤愤地劝道："叔贝勒，这殉葬之礼久已废除，不应再恢复，我劝你放了她们。再说，达玛法已经去世二十多年了，现在空墓行殉葬之礼，古无此例。"旺济外兰大怒："满嘴胡说！你是叫我做不孝之人。阿玛在天寂寞，我送给他几个呵呵以尽孝道，有什么不可？"他喝令武士，将德喜逐出现场。德喜大叫道："额其克，你不施仁政，总有一天你要后悔的！"

德喜怎么也没能阻挡住这场惨剧的发生，四个女孩被生殉火葬，然后每坑一个埋上骨灰，全场悚栗。

德喜被逐出现场，他对从乌拉请来的大萨满甘当帮凶感到不解，晚上特到他的住地拜访他，问他被烧死的女孩真的能升入天堂吗？大萨满告诉他，但愿她们早升天国，永离人世，摆脱苦难。德喜又问他，为什么不制止，还要助他为恶。大萨满苦笑道："你到我这地步，你就明白了。"德喜说："叔贝勒这么做，是因胜而骄，用人殉来威慑部下。他这么做，誓必要激起众怒，埋下祸根。"大萨满说了一句话："一切全由阿布卡恩都力主宰。"

德喜的话到底应验了。哈达这破天荒的一次人殉，播下了仇恨的种子。没过多久，哈达部发生一场大乱。

正是：

　　因胜而骄无好戏，
　　多行不义必自毙！

要知哈达部发生了什么大事，且待下回详叙。

第十回　登高祭祖变生不测
　　　　　　因骄失众部主被戕

　　上回书说到哈达贝勒旺济外兰为他父亲立衣冠冢，不听劝阻，用古代活人殉葬法，烧死四个女孩的事。在场之人，无不痛心，可旺济外兰自鸣得意，总认为父死没亲手报仇，去年杀祝孔格，今年立陵墓，用四女殉葬，自己算尽到了孝心。不想此举埋下隐患，引起国人不满。其中有一个人更觉不平，暗中发誓要找机会除掉旺济外兰，以泄心中之愤。

　　且说这哈达部内有一个头目，名叫那珲。其祖先阿速，系吉外郎城主，是帮助纳齐布禄创建扈伦国的开国功臣。阿速兄弟二人与锡伯兵交战阵亡，子孙世居哈达，已有领地。传到那珲，已历七世。这那珲见扈伦诸部，多数为外姓所得，哈达几经变乱，仍是纳喇氏掌权，心中大大地不满。他想，我的祖先为纳喇氏牺牲了性命，旺济外兰本是塔山卫人，避难流亡哈达，就当上了贝勒，连倭谟果岱、巴尔托的子孙都被排挤到一边，更觉不服气。旺济外兰攻叶赫，杀祝孔格，析置乌拉，分谱建陵一系列行动，他均觉不平。这次殉葬四女孩中，就有一个是他的侄女。那天他也在场，没等看完就偷跑回家，跪在祖宗板①前，发誓一定给侄女报仇，为先人讨回公道。打那时起，那珲暗地活动，结伙拉帮，形成了自己的势力圈子，日夜密谋刺杀旺济外兰的办法。

　　转眼到了九月初。那珲在家里召来心腹同党商议道："哈达原是我先人的基业，我祖宗又创建扈伦国有功，可哈达几代以来都归纳喇氏治理，仅给我祖先一个小小的堡寨，这太不公平了！旺济外兰本来是死里逃生的人，来到哈达当了首领，他都干了些什么？哪把我们放在眼里，前年杀了叶赫祝孔格，升了都督，更骄横不可一世。近来又用老规矩殉葬活人，可怜几个呵呵活活给烧死，他这是给咱们的下马威，以后更没咱们好事儿。我要除掉他，你们敢不敢干？"

　　"我早就想杀死他，拥立巴尔托都督子孙。"有人提议。

---

　　① 一般的女真人，用一块木板，两个三角架支撑，钉在西墙上，上面放上长方形木香碗，叫做祖宗板，或叫祖爷板。

"拥立谁,那是以后的事。"那珲说:"现在该怎么办吧?"

"举本部人马造反,围攻都督府,将他全家捉住,一个不留。"

"趁夜间天黑放火,把他烧死。"

"布置埋伏,乘他出府的时候,将他刺杀。"

那珲连连摇头道:"这些个办法,都想过了,一个也不妥。都督府戒备森严,旺济外兰侍从众多,没有下手的机会。"

有人问:"那你说该怎么办?"

那珲说:"我几天来,想出个好主意,不知大家能不能效力?只要大伙同心,此计可行。"

"愿意为主子效力。"

那珲说:"现在,哈达部内人心浮动,纳喇氏也离心离德,旺济外兰空前孤立,这正是我们下手的好时机。"他如此这般地说了一遍,无非是找个旺济外兰单独活动的机会,以迅雷不及掩耳的快速行动,将其刺杀。

最后,那珲又说:"事成之后,一定把纳喇氏赶出哈达。到那时,谁为哈达之主?"

"当然是主子你啦!"

"那就好。"那珲大喜道:"事成之后,肢解哈达,你们都能分到一块领地,自立为主。"

大伙情绪激动、高兴:"那我们永远不忘主子大恩,年年向主子孝敬土产。"

那珲又安排布置一番,最后叮嘱:"不准走漏一点风声,一切按计划行事。如果计划失败,大家赶快谷里①。"

过几天就是九月初九重阳节,海西女真人风俗,每到这一天,都要到外边找一高处,摆上桌子,供上饭菜,祭奠祖先,并祭神祇。女真人认为,万物皆有灵,万物皆有神,所以祭祖必祭神,上至阿布卡恩都力、托亚哈拉,下到各种瞒尼②、飞禽走兽、风云雷雨、水生动物、花鸟鱼虫,皆在敬祭之列。各氏族根据不同情况,自行选择敬祭对象。海西女真人迁徙流动频繁,往往离开祖居地,迁到异地落脚之后,为了不

第十回 登高祭祖变生不测 因骄失众部主被戕

---

① 搬家,逃走之意。
② 战神。

忘祖先，便在九月九日重阳这一天到郊外高处向祖居地方向叩拜，叫"登高祭祖"。有地位的人，仪式还挺隆重。平民和奴隶不过供几碗饭菜，几箩馒头。这些东西放上三天以后，再去察看，如果被飞禽走兽吃掉，那就是先人收到了。因为女真人认为，飞禽走兽都是被死去的先人所使役的阿哈，它们代先人收领了。若是饭菜和供品原封不动地摆在那，那就是祖先怪罪了，不理睬子孙的孝敬。那就得在十月初一这天，杀猪祭祀，土语叫"给外头"。久而久之，"给外头"就成了女真人的传统节日，替代了"九九登高祭祖"之俗。而且，形式也有点变化，就是每到十月初一这天，杀猪祭祀，要在门旁立上一个剥得精光的杨木杆，顶端削成扎枪尖形，上面套上猪的索罗骨，因此又叫索罗杆。由萨满率领主人一家跪在杆下，诵女真语祝辞。无萨满可用栽力①代替，俗称"念杆子"。吃完肉以后，把剩的骨、肉汤统统倒掉。后来，几经演变，这"给外头"加上了新内容，如丰收、喜庆、患病许愿，都纳入"给外头"的范围内，索罗杆也改称为"还愿杆子"。

闲言且不表。再说那珲知道九月初九重阳这天，旺济外兰只要还在哈达城里，定会亲自去登高祭祖，这也是他立下的规矩，他又是大孝之人。经过探听，果然如此。那珲暗喜道：只要有机会接近他，大事可成。

旺济外兰自当上哈达部长，二十多年来，始终坚持九九重阳登高祭祖之俗，除了征战在外，一般都亲临祭奠。他看到部落日益强盛，五谷丰登，万民乐业，又办成了破叶赫、分宗谱、立祖陵三件大事，踌躇满志，认为这都是先人在天之灵，保佑所致。今年登高祭祖，一定要隆重一些，也给部民看一看，壮一壮我扈伦纳喇氏的声威。明世宗嘉靖三十三年九月初九的大清早，他盼咐把几天以来的准备，所有供品、供物、祭牲都拿到依车峰的山顶上。此俗已延续多年，依车峰的山顶被平整出一块空场，备有石桌。这是几年前旺济外兰令石匠雕琢的，专为登高祭祖时，摆放供品用的。今年祭祖，祭品格外丰盛，另外还抬上三口活猪，全身黑色。无一根杂毛，猪在石桌上杀完后，就在山上埋锅造饭，一次吃掉。吃不完剩下的全摆放在石桌上，让飞禽走兽享用。他们又给取个别名，叫"刑牲祭祖"。

天交辰时，深秋的天气稍有凉意，树木多已掉叶，清河水更加清澈。天高气爽，依车峰上轻轻罩了一层白雾，更显得庄凝、沉重。太阳

---

① 萨满的助手，类似主祭人，司仪。

升入中天，照得远处桉楂山枫红翠绿。

旺济外兰今天特别高兴。他已是五十岁的人了，精力依然旺盛。他头戴明朝皇帝赐给的金顶红缨璞头大帽，身穿走线团龙大红狮子蟒袍，腰系一条御赐的皮衬镶金碧玉带，骑一匹白龙驹，金鞍银鞯，前呼后拥，大摇大摆地上了依车峰。从人在三个石香炉内，撒满了"拈子香"。大萨满身穿神服，头戴神帽，手握单鼓，在等待他的到来。这种单鼓非常特别，就是用一个罗圈状的桦木圆形做鼓架，一面鞔上皮子或猪膀胱。用线绳四角穿起，枢纽处拴一铜环，一根横线串上几枚铜钱，吊在里面上端。手抓铜环，轻轻摇动，铜钱发出刷刷的响声。一手执藤鞭抽打皮子，伴随铜钱响声，敲出能快能慢的鼓点，所以也叫抓鼓。

三口大猪拴住四蹄，放在石桌上，一动不动。锅头①手执尖刀，站在一旁侍候。大萨满首先跪地仰望东方，旺济外兰跪在他的身后。其余家族均跪在外圈，听从萨满指挥。

旺济外兰望了一眼族人，问道："德喜来了吗？"

"没有。他有病了，没好。"

旺济外兰心里骂道："不孝之子！"

唱礼官高声叫道："巳时整，吉时到，祭礼开始。"

德喜还没有到。旺济外兰说："不用等了，开始吧。"

大萨满唱道："哈达纳喇哈拉，必合依舍阿布卡，必合依舍达玛法，昂哈鸡孙而扎哈②！"说毕，开始敲打皮鼓，扭动身躯，唱起神歌来。旺济外兰从人手里接过火种，点着"拈子香"时鼓声已住。旺济外兰跪着祷告道："翁姑玛法神灵在上，不孝孙旺济外兰，托玛法佑庇，死里逃生，回到玛法发祥之地。孙儿实不敢忘我达玛法创业之艰难，兢兢业业，以求重振扈伦。望玛法灵神佑我早成大业，百代兴隆……"

致罢祝辞，该杀猪献牲祭神了。杀猪之前，还有个过程，先在猪耳朵里倒上一杯热酒。猪要扑棱耳朵，摇头挣扎，这叫"领牲"，说明受祭的神鬼已收领了，方可杀猪放血。猪要是不动，没有上述动作，说明神鬼没有收到或不予收领，这个猪就不能杀。

一杯热酒灌入猪的耳朵里，旺济外兰说道：

"头一口猪，祭阿布卡恩都力，保佑万民乐业。"

---

① 女真人祭祀时，负责杀猪、煮肉、供奉的厨子。
② 女真语：意为哈达纳喇氏家族，祭天祭祖，首领致辞。

第十回　登高祭祖变生不测　因骄失众部主被戕

猪被烫得直甩头，耳朵打得啪啪直响，嗷儿嗷儿直叫。

众人一片欢叫："领了，领了……"

第二杯酒倒入另一口猪的耳朵里。

"第二口猪，祭玛法，保我重整基业，振兴扈伦……"

也收到了同样的效果，四周又是一片"领了，又领了"之声。

旺济外兰心中高兴，不等第三杯酒倒上，他便念起最后一句祝辞："第三杯酒，祭阿玛，保佑子孙昌盛，川流不息！"

意外得很，这口猪一动也没动。

周围一片惊讶，不敢大声说话，小声嘀咕："没领，没领。"

旺济外兰一团高兴，立时被打消。这"子孙昌盛"要是不灵验，那还了得！他心里很不痛快。

"再来一次！"

已经祝祭完，刚刚站起来的旺济外兰，又重新跪倒石桌前：

"阿玛克什纳都督和阿哥彻彻穆，你们被奸人谋害，死不瞑目，旺济外兰未能亲自为你们报仇，实感痛心内疚，请看在翁姑玛法的分儿上，原谅我一次吧！"他连叩三个响头，直挺的跪着不动，目不转睛地盯着石桌上那第三口猪。

又一杯酒倒下，猪光是"非儿吃，非儿吃"喘气，仍是一动不动。

又是一片小声议论："还没领，还没领，奇事，怪事！"

旺济外兰霍地站起来，端起一杯热酒，用手指轻轻蘸了一下，向上弹了弹，又倒在地下。他端起另一杯热酒，立誓道："儿子不孝，未能送终。明年忌日，我再献上四名呵呵于阿玛陵前，供阿玛在天享用，以尽儿一点孝心。"说着，对着猪耳朵灌进去。刑牲的人也急着催促道："领吧，快领吧，天快晌午了。"

酒倒的多了，从猪耳朵里溢出来。猪，照样一动也不动。

旺济外兰扔掉酒杯，扑倒在石桌前，放声痛哭："都是我的罪过……"

这刑牲祭祖的仪式也不是举行一次两次了。以往每次只杀一口猪，由锅头一人处理。作为首领，旺济外兰也只是叩了几个头了事，仪式也非常简单，每次都进行得很顺利，从未出现意外和差错。今年也是旺济外兰好大喜功，显示实力，搞一个大型的祭祀活动，要杀三口肥猪。众目睽睽，如此尴尬局面如何收场，众人都捏着一把汗，深怕他扫了面子，大发脾气，说不定谁倒霉就会掉脑袋，全场寂静，人都呆立在那里，没人敢动一动。

"主子不要伤心，我有办法叫它领牲。"

人群中钻出一人，正是那珲。旺济外兰认得，忙问道："你不在家祭祖，来这干什么？"那珲是当地人，祖茔都在哈达，用不着登高遥祭，只在家里简单祭一下就行了。他说："奴才早祭完了，听说主子礼备三牲，我特来赶刑①。"

"我已安排了锅头。"

"他们都不中用。"那珲大步上前："主子敬天祭祖，奴才理当效劳。我看出点毛病，刚才不领牲，方法不对，你看我的。"

"你有办法？那好。"旺济外兰要急于挽回面子，便相信了那珲。

按哈达的习俗，"刑牲祭祖"这天，除了主子，随行人谁也不许带兵刃上山，只有一个杀猪的屠子，又叫锅头，准许带杀猪刀。那珲上前，从屠子手中夺下杀猪的尖刀，用手指试一下，觉得锋利无比，他把刀放在猪身上，端起一杯酒，往猪耳朵里认真地看了一下说："主子，往这看，不领牲的毛病就出在这里。"

旺济外兰不知是计，他没有丝毫思想准备，不领牲已把他搞得心慌意乱。他急忙过来低下头去看猪耳朵，不想那珲一抬手，满杯的热酒都浇在他的脸上，眼睛烫得睁不开。刹那间，那珲顺手从猪身上将刀一推，刺中旺济外兰的腹部。旺济外兰闭着眼睛伸手摸剑，还没来得及拔出鞘来即被刺倒，那珲回手又是一刀，刺中旺济外兰咽喉，旺济外兰大叫一声，立时扑在猪身上气绝身亡。这时，猪也尖叫起来。

山上大乱。因为随行人员都没有带武器，见那珲手攥牛耳尖刀，还滴着血，谁也不敢上前。埋伏的死党从四面钻出来，他们都是从另一侧爬上山来，谁也没有留意。见那珲得手，遂行动起来，把旺济外兰的随从杀散。包括家族在内所有的人纷纷向山下逃命。大萨满也死于混乱之中。城里的死党知山上得手，从隐藏处钻出来，点火、夺门，一时烟火冲天，全城大乱。山上跑下来的人，一时不敢进城，奔向各屯寨，投奔熟人亲友。那珲同党又在城中杀人放火，都督府尸横遍地，街路上血迹斑斑，几十年来从未有过的惨祸，突然发生了。

那珲进城，令人灭了火，宣布部主骄横，残暴不仁，今已被杀掉。从此哈达人管哈达事，将纳喇氏驱赶出哈达。忙乱了一整天，傍晚秩序才有所好转。

---

① 杀祭祝猪叫赶刑，意思是主动上门自愿去的。

第十回　登高祭祖变生不测　因骄失众部主被戕

旺济外兰治理哈达二十多年，人民安居乐业，终生效忠于明，受到多次褒奖，一门皆获荣典。朝廷倚重，人民满意。只是晚年骄横，做了几件不得人心的事，渐失民心。他又不思悔改，拒纳忠言，以致伤了宗族的感情。山上那珲行刺时，那么多人在场，更无一个人肯出来帮一把，大家都在观望，后又逃散，以致那珲一伙得逞。常言说的好，多行不义必自毙。旺济外兰的结局正应了这句话。

那珲刺杀了旺济外兰，哈达陷入一片混乱，群龙无首，谁也不服谁。那珲势力虽大，可他的地位不高，各部族根本就不听他的约束。

社会动乱，人民遭殃。哈达人反而想起旺济外兰把哈达治理得风调雨顺，国泰民安的好处，还是希望纳喇氏重新掌权。

在哈达，扈伦国王族共有三支。最先来到哈达地的是佳玛喀国王第二子札尔喜，他的儿子倭谟果岱曾抚绥海西，建州诸部，替代扈伦国，命名为满洲，受明朝封为镇抚满洲女真国汗王。速黑忒死后，他的儿子巴尔托来投，倭谟果岱令其承袭父职为都督，他的儿子班氏成了这个家族的大萨满，主持祭祀。就是因为速黑忒战死，绥屯以其子克什纳冒名顶替为都督，以速黑忒的敕书入贡，使速黑忒子孙丧失了继承权，他们亲族兄弟开始不睦。所以，旺济外兰逃到哈达，也只能存身，混口衣食，并没有借上家族的光。旺济外兰是靠着抢夺把秃郎中三十五道敕书发迹的，也是靠兀允柱、把秃、把太三股人马起家，打开局面的。旺济外兰对纳喇氏家族并不亲近，改名王忠，就是恢复祖姓完颜氏之意。旺济外兰功高势大，因胜而骄，既失部众之心，又于族中孤立。那珲敢于谋变，正是看清了这一点。

过了几日，动乱后的哈达城趋于平静。那珲做了活吞达，前呼后拥，发号施令。他在起事前向死党许诺的话，一句也不算了，部下多有怨言。

忙乱过后，那珲想起一件大事，敕书。年末又到贡市之期，没有敕书，就不能入贡。这敕书上千道，藏在哪里？把旺济外兰的都督府翻个底朝上，一道也没有找着。这都督府里的人，死的死，跑的跑，现在连一个知情人都找不到，那珲这才有点着急上火。那个年代，敕书对于女真头目来说，比命根子都重要，谁掌握的敕书多，谁的势力就大，财产也多。"凭敕入贡"，是明朝的制度，已经实行上百年了，女真人人懂得。旺济外兰在时，海西、建州一百八十二卫、二十所、五十六站皆听约束，其实这正是倭谟果岱满洲女真国的领土，并不是旺济外兰打下的江山，但都服从他。可现在没有一个卫所拥护，那珲只有坐困孤城，绞尽脑汁寻找敕书。

俗话说，秦桧还有三个好朋友。那珲平时有一相知，此人来自中州，是个汉人，名叫陈康。陈康本是中州一个无赖，抢劫杀人，负案在身，他一口气逃出关外，来到哈达，被那珲将他收养在家。那珲看他凶狠，引为知己，以备日后之用。依车峰上刺杀旺济外兰，因他是汉人，到不了近前，没有出上力，可他却在城中下手，杀了旺济外兰一家。现在找不到敕书，那珲怪他办事粗鲁，没有留下活口。这敕书存放地外人很难知道，知情者已死，敕书贮藏处却成了难解之谜。陈康怕那珲翻脸，找不到敕书而找自己麻烦，自己又是汉人，在这无亲无故，无依无靠，随时都会丢掉性命。他给那珲出了一个好主意，让那珲把旺济外兰的族人，在哈达的所有纳喇氏家族，不论男女老幼，全部逮住，下在牢中，限令他们说出敕书的去处，并且张贴告示，告知全体哈达部人，有知敕书下落者，重赏银两，拨给土地屯寨。有能找到敕书者，敕书均分，土地、财产、牲畜、部民皆随敕书分配，永以为业。如果无人响应，那就把纳喇氏全部杀死，包括阿哈、户下人在内，一个不留。

那珲听了这一十分恶毒的办法，点头称善。不过他还在犹豫，纳喇氏在哈达已有百年之久，很得人心。特别是倭谟果岱汗王，文韬武略，待人至诚，百部服从，万民敬仰，至今传为美谈。如果屠杀他的后代，国人都不会答应。再说，旺济外兰一意孤行，残暴不仁，其家族并无参与，都督与宗族不睦尽人皆知，若那样株连的话，恐激成大变。陈康说道："中原有句名言：量小非君子，无毒不丈夫。现在你已经夺了纳喇氏的权，若不斩草除根，你的江山恐怕难以坐稳。"那珲笑道："还是你们尼堪蛮子①花花肠子多，我怎想不出来这么好的主意。"

照此办理，那珲即派党羽搜捕纳喇氏族人，又在城里城外张贴告示。

正是：

　　奸谋虽逞空欢喜，
　　敕书未得反杀身。

要知详情如何，且待下回再叙。

---

① 女真人称汉人为尼堪，又蔑称蛮子。

第十回　登高祭祖变生不测　因骄失众部主被戕

第十一回　拒石城德喜存宗祀
　　　　　　钻地道沙津报父仇

　　话说急于要找到敕书的那珲，几天来被搞得焦头烂额，敕书还是没有下落。

　　那珲吞食对死党许下的诺言，自立为部主，党羽离心，人民不服，各城堡部落不听调动，其他部卫也不服从。那珲自知没有职衔，不是朝廷任命，又不是部下拥戴。杀主子夺位，本是名不正言不顺，无以服人。他就想借用贡市的机会，从明朝捞到官职，争取朝廷承认，号令诸部。

　　入贡得有敕书为凭，无敕书边关不肯放行，验敕是朝廷制度，敕书的多寡便显示出女真首领的实力和地位，边官也是只认敕不认人的。敕书在哪里？他找不到，都督府搜遍，踪影皆无。原来旺济外兰有称王之心，在哈达城内大兴土木，建造一座漂亮的王宫。王宫图样是从北京学来，工程还未到一半，就出乱子了。旺济外兰一死，工程自然停下，连工匠都死的死，跑的跑了。都督府本宅深院大，地下挖有暗室，地道与城外相通，以备应变准备，都没有派上用场。哈达三百道敕书，连同从叶赫抢来的七百道，全藏于密室，外人无知内情，那珲当然找不到知情者。无敕书，诸部皆不能入贡，政令自然行不通，也就不会有人服从。

　　嘉靖三十四年春，正是哈达入贡之期。那珲不能错过这个好机会。一面筹备贡品，一面寻求敕书，苦无办法，才想起出告示动员全体部民这一招。

　　告示已公布多日，无人应召。那珲心里更加着急。他明白了，敕书的去向，只有扈伦王族和都督府里的人才能知道。旺济外兰已死，王族纳喇氏逃散，躲到石城去了。都督府里所有的人，包括男女阿哈在内，一百余人皆在变乱中被杀光，连一个知情者也难找。真是走投无路，骑虎难下。

　　贡市日期越来越近，敕书还是没有一点线索。正在绝望之际，忽然有人来报："城外来了一个少年，要见主子，他说来献敕书。"

　　那珲精神为之一振，好哇！真是天无绝人之路。有人会送上门来。

忙吩咐:"不要为难他,快快领他进来。"

"嗻。"

那珲望着来人转去的身影,心里寻思:他能是谁呢?

看官,这个少年就是旺济外兰的独生子,名叫沙津。

现在把沙津的来历交待一下。旺济外兰逃到哈达后,先娶兀允柱之妹为妻,后纳哈达二女为妾,生一子取名沙津。旺济外兰中年得子,分外高兴,认为后继有人,才有同乌拉分谱之举。生子之前,养班氏之女于府,视如己出,及长,嫁叶赫祝孔格之长子太杵。沙津从小聪明过人,习文练武,深得阿玛欢心,出兵打仗,治事入贡,多令其参与。旺济外兰想使他增知识,长见识,学到治国本领,诚心想把他培养成自己的继承人。沙津长到十几岁时,对阿玛有些事的做法有点不同看法,倒是跟堂兄德喜挺投机。

登高祭祖时,沙津在家族中间跪着,随众参与祭祀。突然变生不测,转瞬间发生流血事件,那珲行刺,山上大乱,他一个十六岁的孩子吓得手足无措。人们争着跑下山逃命,他没跑,没哭也没叫,钻进树林里躲藏起来。他怕被那珲一伙发现,斩草除根,一动也不敢动。一场变乱静下来后,人都散去,山上空无一人,他从树林里钻出来,远远望见山坡上横七竖八地躺着几具尸体。他来到祭台前,石案上的三口猪不见了,旺济外兰的尸身还在淌着血。一见阿玛死得这样惨,他蹲下来大哭一场,咬牙发誓,一定要报此仇,不杀那珲,誓不为人。他解下阿玛的佩剑,擦净沾上的血迹,挖了一个浅坑,掩埋了旺济外兰的尸体,拣几块石头压上,作为记号。又砍了几棵树枝,盖在大萨满尸体上。然后叩头拜辞,顺另一侧下山。他不敢进城,只有信步而行,在山沟里转悠。时已天黑,他找到一处猎人的塔袒过夜,与其父旺济外兰当年逃离塔山时何其相似。

这天,他来到离城不远的一个屯寨,守寨的嘎善达是个六十多岁的老人,素与旺济外兰友善。他到过都督府,见到过沙津。他不仅收留了沙津,还帮他出主意,想办法,寻找报仇的机会。

转眼到了年终,这天寨子来了几个骑马的壮士,在嘎珊达的家里找到了沙津,原来是堂兄德喜,另外几位也是纳喇氏族人。沙津一见堂兄,抱头痛哭。德善安慰道:"兄弟,不要难过。只要有我们纳喇哈拉的人在,迟早会给额其克贝勒报仇,重振我纳喇哈拉声威,哈达还是我

第十一回 拒石城德喜存宗祀 钻地道沙津报父仇

纳喇哈拉的哈达。"

沙津止住泪道:"阿哥,这就全靠你了。"

德喜安慰他说:"你放心,只有家族齐心合力,哈达就不会亡。现在完颜城里,聚集了众多部族,都是反对那珲的人。现在就差无人能进哈达城,那珲党羽把守甚严,我们还没有攻城的力量,再等上几个月看。"

"不,不能等。"沙津坚定地说,"我要回去,我要进哈达城,杀那珲给阿玛报仇!"

"你小小年纪,这可不是闹着玩的。哈达城虽失陷,咱还有石城,有完颜城,有那么多屯寨和部落,那珲他成不了气候。要不,你跟我先回完颜城住些日?"

"不用了。"沙津说,"我就是想回去找那珲。"

二十多年前,旺济外兰初来哈达时,帮助妻兄兀允柱谋杀帖列山卫把秃郎中,夺得敕书四十道。把太为兄报仇,击杀兀允柱,他们火并的结果,旺济外兰是最大赢家,从此他在哈达开始发迹。把秃的山寨归了旺济外兰。山寨原来无名,旺济外兰入住以后,表示恢复祖业的雄心,将山寨命名为完颜城。这座山城,扼通往开原和建州的要路,是一个兵家必争的要地。旺济外兰以完颜城为根据地,不到两年的工夫,收复了哈达全部领土。纳喇氏宗族始迎其归国主政,为哈达贝勒。

旺济外兰移居哈达城的同时,原哈达首领班氏离开所居之城,举家迁入完颜城山寨。可以说,政权的交接,居住也调换了。

完颜城的山下南方五里之遥有一个方形的土堡,这就是当年把太的屯寨。保塞筑于距清河不远的一块台地上,北望完颜山城,中间隔着一条河流。班氏在完颜城外围又筑了一套城墙,作为外城。同时又把土堡改建成一座坚固的城池,修城取当地岩石,加土混砌,非常坚固,取名石城。

班氏故后,其子德喜承袭了纳喇氏家族大察玛。女真人各氏族都有自己的察玛。从前都是女的,随着母权的消失察玛也改由男的充任。女真人自远古时代,就信奉"万物皆有灵",神祇主宰一切。如何沟通人神鬼三界,就需有一个能上天入地,往返三界之间,传递信息的人,这就产生了察玛。氏族间的一切活动,均由察玛主持,也叫跳神。跳神时，察玛迷住本性，进入超凡状态，动作近似颠狂，女真语叫珊蛮①，所以后来统称曰萨满，系音同字异也。早些时候，萨满的权力是很大的，都由部落和氏族首领兼任。后来真的出现神祇附体的事，一般人胜任不了萨满的职责，这就出现了专职萨满。专职萨满传承有两条渠道，其一，叫"抓萨满"，第一代萨满归天之后，返回人间，在家族中找一替身，或者投胎托生，将生平本领传承下去，代代延续，一直传到无人可传为止。这种萨满神通广大，上天入地，沟通人神鬼三界无所不能，这样的萨满基本上都是天生的，不是后学的。如果没有"抓萨满"，这个家族就要从族里青少年中选几名找他族萨满学习，最后由成绩优异者继任，叫做"学萨满"。这样的萨满便没有"抓萨满"的神通大，跳神也是"白脸神"②。

德喜本人就是"学萨满"和"抓萨满"结合，有"半仙之体"。

旺济外兰主政的后期，不善抚众，家族离心，德喜谏之不听，从此德喜不参与家族任何活动。哈达明明有萨满，旺济外兰不能用，偏从弘尼勒城请回萨满主持祭典。依车峰上发生变故，德喜在完颜城里并不知情。事变之后，族人多逃到他那里，请他出面，挽救残局。时那珲势力正盛，他无能为力，只有严守山上山下两个城垣，以待时机。

哈达城与石城南北相对距离二十里，皆在清河东岸。石城东侧梜椙山亦与依车峰相连。为了预防那珲的攻击，德喜将所有人都集中在石城内，完颜城上设烟火为号，发现敌情，点火报警。

一切调配停当，每日派人打探，详细了解哈达城那边的动静。

这边那珲听了汉人陈康的话，要把旺济外兰宗族纳喇氏斩尽杀绝，派陈康带人五百，兵围石城。石城本无多人，连聚会而来的纳喇氏家族在内，总共不足三百人，一时人心惶惶。德喜挑选了一百名壮士，在一个漆黑的大风之夜，冲出城来，把那珲的五百人马杀散，连陈康也死于乱军之中。他是被德喜所杀，还是死于自己部下，谁也说不清楚，因为他是汉人，汉人带兵，在女真人看来是最不能容忍的。

那珲攻石城不下，又失了陈康，心中懊恼，他只得缓图之。

当下德喜以少胜多，杀退了那珲的攻城人马。那珲的狗头军师汉人陈康又死，士气倍增，全城欢跃。

---

① 珊蛮本意为冲动，兴奋而发狂。
② 即没有神祇附体，只是在动作上模仿萨满，叫跳"白脸神"。

纳喇氏在哈达断断续续百年之久，早已深入人心。虽有旺济外兰骄横，惹起民愤，但他已死，各部落屯寨还是拥护纳喇氏在哈达主政，大多反对那珲。都希望纳喇氏家族中有新主出现。

德喜拒住石城，保住了百余族人的性命，众议推他为哈达之主，德喜不允，令人多方寻访旺济外兰之子沙津。不久有老嘎珊达上石城报信，才知沙津下落。起先，他认为沙津已遇难，那珲血洗都督府，沙津难逃此劫。过些日，老嘎珊达找上石城，才知沙津幸免于难。这天，他带上几位族人，来屯寨看沙津。

沙津虽小，胆量过人，心高志大，提出要亲手杀死那珲，给阿玛报仇。

这是女真人的性格。如遇这种情况，谁也不再阻拦，成功失败，完全由他。

德喜说："好。一定找个适当时机，遂阿兜心愿。"

过了几日，那珲寻找敕书的告示传到各地。沙津得知后，觉得机会来了，要进城去找那珲算账。嘎珊达说："听说你阿玛遇害的时候，敕书下落不明。那珲找得甚急。要想进城，除非知道敕书存放的地点，才能混进城去，不然，你就是去了，也非让他捉起来不可。"

"我当然知道，我就是进城去找敕书，才能到他跟前儿。"

嘎珊达摇了摇头："就是知道放在哪儿，也不能告诉他，那可是你祖宗遗物。"

沙津说："那是自然。我要能见到那珲，杀掉他，就可为阿玛和全家报仇！"

"帮他找敕书，能接近他，这倒是个好办法。"嘎珊达说："不过，你可千万要小心，那珲党羽甚多。"

"我有招儿。"

沙津被领到都督府。原来自己的宅院，如今归了他人，仇恨之心油然而生。

那珲认识沙津，心里十分惊疑，想不到，这小东西还活着。

"你不是都督的儿子，博尔坤沙津吗？"

"是。"

"你是来献敕书吗？"

"是。"

"你知道敕书存放的地方吗？"

"知道。"

"你要能帮我找到敕书，我可以免你不死，还要拨给你几处城寨，还叫你当塔山卫都督，从今后，你管卫事，我管部事，哈达由你我分治。"

"不敢。"沙津说："只求你放我一条活路，我把敕书都给你找出来。"

那珲狞笑道："沙津，你很乖。去年山上发生的事，我也是不得已而为之，你阿玛做事太绝了，要杀他的人岂止我那珲一个。"

"过去事不要再提了。我给你找到敕书，你放我一条活路，你说话可给话做主。"

"你放心。"那珲心里想，找到敕书再说，放你？等着吧！

"走，我这就给你找去。"

沙津走到门口，又转回来："敕书全在地穴里。这地道口是个绝密，只有我和阿玛知道。地穴门设几道机关，有暗器。不能让其他人知道。要硬闯地穴，中了暗器，就没命了。"

那珲惊讶。

沙津又说："我把暗道机关全告诉你，你自己进去取行吗？"那珲不敢，坚持让沙津带领去取。

沙津在前，那珲领着几名侍从在后，来到后花园一个石壁前，从表面看来，是一块峭立的石壁，沙津在石铺的甬道上，在一块板石上用脚一点，只听轰隆隆一阵巨响，石壁不见了，原处出现一个大洞。沙津又踩另一块石板，只听嗖嗖两声，从洞口直上直下射出两支暗箭，贯到石板上，火星乱蹦。那珲一伙吓得瞠目结舌，他们做梦也没想到会如此厉害。

沙津说："这是第一道机关，往前还有两道机关，再往前，就是密室。密室一共有四个，除了敕书，还藏一些宝物，这回都归你了。"

那珲心里说，他要不来，这一辈子也不会找到敕书的。

沙津领着那珲，钻入洞口，从人紧随其后。沙津又说："这洞穴不能让其他人知道，免得泄漏秘密。"

那珲一想也对，令侍从在洞口等候，他一个人跟沙津去找地穴。一个心腹侍从说道："主子，不能自己去，我们跟你进去，好保护你。"那珲踌躇一下，他没有把沙津放在眼里，他不过是一个小毛孩子。他跟沙

津进了地道。

走了一段黑洞洞的路，眼前露出光亮。沙津说："过了这个地道口，里边就是密室，敕书全在那里。"他首先钻了进去，那珲得敕书心切，后边紧随。地道很狭窄，仅能容一个人通过。那珲身材魁梧，膀大腰圆，钻这样窄小的地道，很觉费力。走了不大一会儿，前面又出现一座石门。沙津一按消息儿，石门就自动开了。他又一按，石门就闭上。沙津说："我来告诉你机关在哪，以后你就不用我领来了。消息儿在这儿。"那珲顺着他的指点，低头一瞧，黑乎乎一片，什么也没看清楚。

"机关在哪里？"

"就在这儿。"沙津把那珲让在前边，自己贴壁挤在他的身后。那珲低头去摸机关。沙津嗖地从怀中抽出匕首来。那珲觉得情形可疑，刚省悟过来，急欲转身，他那么大的身躯如何转得过来，被沙津一匕首刺中脖颈，接着一刀刺穿后背，那珲一声都没有喊出来，立时扑倒在地。他还没有断气，嘶哑着号叫："你，你小兔崽子骗了我……"

沙津哈哈笑道："扎力①，你也有今日！真是阿布卡恩都力保佑，叫你上钩。"说着又刺了一刀。那珲腰刀拔不出来，又难以转身，他野心未能实现，敕书也没到手，死在了地道口。

其实，这并不是贮藏敕书的地方，是一个尚未挖通的通往城外的地道。旺济外兰做应急而准备的，他没有派上用场，却给儿子提供了复仇的条件。

沙津出了地道，对守候在门口的侍从说："你主子叫你们进去搬敕书，误事要杀头的。"侍从不辨真伪，忙钻进去。当他们发现主子已死时，沙津早已出城了。

城里忠于旺济外兰的人很多，他们最先得知那珲被杀，群情激昂，捕杀那珲党羽。德喜又率部攻入哈达城，又是一场混战，城里城外，死人无数。乱了十几天，才渐渐平静下来。嘎珊达率二百部民，拥着沙津回到哈达城中。哈达人民拥立沙津为部主，继承旺济外兰。沙津经此数次变乱，感到人心浮动，早已心灰意冷，又兼自己年幼，难以治理部事，他主动让位于德喜。德喜深孚众望，部民皆心悦诚服。不料德喜固辞不受。任你如何恳请，德喜就是不肯答应，哈达一时无主。

沙津、德喜二人都不做哈达的部主，宗族纳喇氏只有按照祖宗遗

---

① 奸贼。

训，召开穆昆会议，共同推举新的首领。这是从金朝建国之初传留下来的宗族合议制，凡遇酋长出缺，就由合议制决定新的人选。金朝后期已废除此制，但皇族中仍在保留。

宗族议会开了两天，哈达内无合适的人选。这时他们忽然想起一个人来，大家一致认为，只有把他迎回哈达主政，才有振兴的希望。你当是何人？此人就是克什纳都督长孙，旺济外兰长兄彻彻穆之子万。

前文书已经讲过，早在嘉靖十三年塔山事变，克什纳都督被族叔巴岱达尔汉杀害，都督长子彻彻穆同死于难。彻彻穆福晋董鄂姬携子万逃到锡伯部境内之绥哈城。若干年过去了，万在绥哈城娶妻生子，生活倒也过得悠闲。惟其母董鄂姬教子有方，从小培养万有处事果断，临变不惊的能力。练武习文，渔猎骑射，这是每个女真人必备的本领。万为人机敏而又有胆量，心高志大。但万也有一种癖好，作风轻浮，生活不检，除了走马斗鸡之外，还到处寻花问柳，和多名女子有染。万最宠爱的是一锡伯女。额娘董鄂姬多次训诫，终不能改。万也不敢公开将此女娶进家门，在外另购一宅，万时常前去鬼混。未几，万妻生一子，取名扈尔罕，万甚爱之。过了几年，锡伯女又生下一子。此子生下，浑身白胖，比起扈尔罕来，可爱十分。万欣喜若狂。董鄂姬见木已成舟，无可挽回，只好默认。她立下一项家规：凡不是正式嫁娶者，生子也不算家人，更不许进家门。只有孩子可以归宗，其母不算纳喇家族成员，只能算做外妇，其所生之子也蔑称为外妇子。在女真社会中，外妇子是很普遍的现象。在家族中，外妇子没有继承祖业遗产的权力。万也违拗不过，只能接孩子来家，外妇都进不了家门，仍居外宅。万给这孩子取了个好听的名字，叫康古鲁。

单说这锡伯部自金经元到明，历时二百多年，几经演变，迭次兴衰，到嘉靖时已分做若干部卫，本土裂变为两部，西为苏完，东为锡伯。两部主虽都为瓜尔佳氏，因分支太久，早已出了五服。并且，彼此还争斗不休。锡伯部被蚕食，领土越来越小，势力越来越弱，最后仅剩方圆不足百里，村寨不过几十，人口不过千的小部落，万的势力渐升，锡伯人多归顺，一时，小小的绥哈城成了锡伯部的中心，万成了锡伯部的实际首领。最后，锡伯王族多已外迁，锡伯部名虽犹存，而实质已彻底消亡了。

锡伯毗连乌拉，乌拉纳喇氏与万同宗。基于此，乌拉没有扩张，允许万之部落存在。万很机智，也曾多次到弘尼勒城寻宗问祖，扫墓祭

第十一回 拒石城德喜存宗祀 钻地道沙津报父仇

陵，受到乌拉部主太栏的庇护。

光阴似箭，日月如梭，不知不觉，转瞬间二十年过去了。万已经三十五岁了，眼看同宗家族乌拉、哈达两部势力强大，而自己蜗居在小小的土堡里，生平抱负不能实现，终日闷闷不乐。

忽一日得到可靠消息，哈达贝勒旺济外兰被部下所杀。万闻之一惊，这旺济外兰不是自己的额其克吗？怎么也同玛法、阿玛一样下场呢？难道我纳喇氏就该祖祖辈辈遭殃不成？他对天狂呼："阿布卡恩都力，你为什么对我纳喇哈拉如此不公？我的玛法、阿玛、额其克皆死于奸人之手，我要为他们报仇！"

董鄂姬听儿子站在院中狂呼，忙出来制止他："乱世时代，人心险恶，你不要胡思乱想，咱们老老实实过几天太平日子吧！从今不准你再提报仇的话。"

万被训斥，口上唯唯，心里却不以为然。

隔些日，绥哈城来了一队人马，为首的青年壮士叫德喜，少年后生叫沙津，说是来迎接大阿哥万去哈达主政。董鄂姬一听，心中不悦，坚决阻止万去哈达。

正是：

>　　刀光剑影惊破胆，
>　　至今心尚有余悸！

不知万能否说服母亲去哈达主政。且待下回再叙。

第十二回 万汗主政哈达会盟　太杵怀私叶赫报怨

董鄂姬经塔山之变，虎口余生，已在绥哈城生活了二十多年。绥哈城虽然是个方圆不过二里的小小屯寨，可庄丁却有上百名。捕鱼狩猎，耕田种菜，日子过得也很充实平静。他们白手起家，如今已建成绥哈城中最大的宅院，有茅屋二十余间，骡马成群。董鄂姬想让儿子在锡伯安心立业，守住这一点家当也就算了。万也曾回塔山堡寨去看过，山城已废，房屋不存一间，人影不见一个，寨门塌陷，城垣倾圮。满城藤萝绕树，杂草丛生，昔日繁华不再，万尚依稀记得都督府门前有一对石狮子，也已断腿掉头，倾斜在草丛中。万回到绥哈，言及要恢复先人基业，重修塔山城寨，却被董鄂姬制止。

德喜、沙津率众来迎，请万去哈达主政，董鄂姬仍阻拦不准。德喜、沙津二人跪在董鄂姬面前求情，说了无数好话。晓以大义，并保证只要万能去哈达主政，家族、部民都诚心拥戴，定能干出一番惊天动地的大事业。又说，万去哈达不仅众望所归，朝廷也会看在玛法的面上，施恩赐爵，光宗耀祖。董鄂姬被缠不过，勉强应允。万一见额娘答应了，心中高兴。他跪在董鄂姬面前说："儿到哈达以后，首先给额娘修寝宫，建别墅，以尽孝道。以后额娘要什么，儿给什么。"

"你说的，真能办到吗？"

"额娘放心，只要儿能办得到的，尽管吩咐。"万发誓道："额娘所提，儿皆照办。哪怕要活人脑子，现砸；要活人心肝，现剥；要活人眼珠，现剜，这还不行吗？"

董鄂姬扑哧一声笑了。"这可是你说的。"她又望着德喜、沙津二人："你俩都听见了，到时可作证。"

众人都笑。

其实他们都把它当成一句玩笑话，为了使董鄂姬开心，免得她阻挡去哈达。谁能想到日后就是因这句玩笑话当真了，董鄂姬老年变态，性情改变，让万干出些伤天害理的事情来。这是后话。

当下万安排处理好善后，留下心腹为他看守绥哈城田地宅院，他率领全家，奉额娘董鄂姬，随着德喜、沙津的迎接队伍车辆，离开了居住

二十多年的绥哈城，向哈达进发。晓行夜宿，非止一日，这天来到哈达城。清扫都督府，万一家人搬入新居。前后忙乱了近一个月。方才有了头绪，万就任哈达部长。德喜被推举为宗族穆昆达，部下文武头目皆有安置，各司其职。哈达政事井井有条，丝毫不紊，从而显示出来万治国的才能，哈达局势稳定，人民安居乐业，生产得到恢复。

沙津见哈达由乱到治，万调度有方，便找出敕书印信，交万收掌。从此沙津离开哈达，到弘尼勒城问祖寻宗，永远退出了历史舞台。他年少机智，计报父仇；功成让位，既有胆识，又有高风。明清史上称其为博尔坤舍进或博尔奔沙津，博尔坤为尊称，舍进沙津音同。又有称泊儿混，汪撒纪者，皆同音异译，实一人也。后沙津有子名博力多，其后裔绵延不绝，今之辽东有其子孙居住，支派颇丰。

回文再说万。

自万被迎入哈达主其部以来，果然不负众望。万善笼络人心，聚集旺济外兰旧部，能用其众，哈达局势很快恢复正常。万又夺取邻部，扩大领土，远交近攻，势力逐渐强盛。没用上几年，就把一个支离破碎，濒临灭亡的哈达部，营造成一个雄踞海西、辽东边外，势力最强的大部落。万组织贡市，捕盗捍边，镇抚诸夷，声望日高。

万的崛起令明朝关注，查实他是克什纳都督之孙，王忠之侄，特加慰劳。正好这时辽东建州女真群龙无首，地方大乱。建州三卫名酋后裔皆被朝廷革除，三卫的头目都换了姓氏，一批新生势力挑起了大梁，互不统属，各自为政，比较出名的酋长有李奴才、牡子胜、李碗刀、大腾克、谢秃、鹅头等人。另外还有苏子河水寇多活洛、王杲父子。此父子占据古勒山，建寨以居，称霸一方。这些部夷多数行踪不定，经常入边抢掠人口财物，官军因其居无定所，征剿不利。明朝见万雄踞海西，传檄令他安抚辽东，替朝廷统驭建州诸夷。万心里明白，要做女真人领袖必须获得朝廷的支持，要取得朝廷的支持必须替朝廷出力。朝廷令他平定盗匪，安抚辽东，正合万的心思。他集中一千人马，由他带领，深入建州。他派出数行使者，找到各部首领，齐聚古勒山寨，焚香拜神祇，结为色音姑楚，也就是好朋友。从此辽东安定，诸酋皆随万入贡。

明朝见万在女真诸部中威望日高，得知他是王忠之侄，塔山前卫都督克什纳之孙，令其承袭祖职，令海西建州诸部，贡市均听万约束。又因是王忠之侄，明朝误以王为姓，赐名王台。王为完颜之音转，明朝不知也。旺济外兰主政哈达最强时，控制海西辽东一百八十二卫、二十所、五十六站，均已回到万的治下。万势力巩固，辖地扩大，遂正式建国称汗，史称万汗。明朝虽不曾公开承认哈达汗国，因万汗能控制海西建州诸夷，只有默许。于是，北方女真各部卫纷纷来投，东海女真也不定期的前来贡市，多依万汗为居停主人，由广顺关入境开原马市。

万汗建国称汗后，见哈达城几经变乱，已经残破。城东的依车峰是旺济外兰被害之地，万汗十分忌讳，他动员民伕，于二十里外的清河岸边，依山傍水，建造一座新的都城，命名新城，改旧城为老城。新城原来本是一小城，占地不大，以石砌筑，呼为石城。这个石城虽小，那珲造乱时，却保住了纳喇氏家族百余人性命，如今由德喜家族居之。万汗看中这里背山面河的地理环境，又有宜人的自然风光，便在石城之外又用土石圈了一套城墙，称做外城，石城就作为内城，营建了汗王殿，做为议事的场所。新城有了规模，又在城北沿梜椙山谷口顺东山边计划建造内宫。工程浩大，分步实施。

原来在旺济外兰主政时，就有营建新城和宫殿的计划，未竟之业留给了万汗。

在新城的西南角，梜椙山侧有一高山，山上有城，分内外两重。城为金代所建，传曰完颜城。完颜城居高临下，地势险峻，易守难攻，昔日与石城上下遥对，今日成了哈达王都的卫城。山下一条小溪，河水清澈，从梜椙山谷里流出，注入清河，将两城隔开。

万汗筑哈达新城迁都以后，原居于石城的德喜家族迁出，移居完颜山城。不久，又从山城迁出，在新城东南十里之遥的一块台地上，又另筑小城一座，全族从此移出，定居在那里，直到哈达亡国，德喜家族再也不肯返回王都。

新城筑就，万汗踌躇满志，这时万汗见人心已定，四方归附，心想：这海西、辽东那么多部卫，上千个城寨，互不统属，彼此攻夺，女真像一盘散沙，何时是个头？女真人要强盛，必须统一政令，像祖宗完颜氏建立大金朝那样。可现在是卫所林立，都由明朝控制，自己要当女真之王，还必须依靠明朝的支持，有明朝做靠山，诸部才能服从。

嘉靖三十五年春，万汗决定要召集一次女真各部首领的聚会，以会盟为由，看看各部对自己的态度。他传令箭，发邀函，派专使，把会盟的决定通知了各女真首领。信息传下，果然有效，到了会盟的日期，诸部首领纷纷前来，哈达城张灯结彩，鼓乐喧天，全城军民如同节日一般

第十二回　万汗主政哈达会盟　太杵怀私叶赫报怨

热闹。馆驿也粉刷一新，热情迎接与会的首领们。

三月十五日，都督府的议事厅里聚集了数十名女真头人，各个精神抖擞，高兴莅会。这也是明朝建国到现在一百七十多年来，北方女真人第一次盛会。当年扈伦建国后，多拉胡其在弘尼勒城召集过一次这样的会议。不过那时势力不大，会盟的部卫不多，同这次哈达会盟，根本无法相比。参加哈达会盟的各部首领有一百来人，比较著名的有：

建州右卫指挥使	王杲
建州右卫指挥同知	谢秃
建州左卫都督	大腾克
建州左卫指挥使	鹅头
	李奴才
	牤子胜
建州右卫指挥佥事	来力红
毛怜卫指挥使	李碗刀
	加奴
因河卫都督	歹塔
弗思卫都指挥使	艾音卜
双城卫都督	哈台
迤东都督	王兀堂
肥河卫指挥使	王机褚
塔鲁木卫指挥使	太杵
兀者前卫都督	布颜

这王机褚是辉发部首领；太杵乃叶赫部长，旺济外兰之婿，也算万汗的妹夫；布颜为乌拉首领，扈伦贝勒太栏之子，因太栏年老，由其子代替出席，他和万汗是宗族兄弟，自然又亲近一层。

万汗见海西扈伦四部和建州三卫首领都来了，心中十分高兴，他命人取来一个大青花瓷碗，放在案上，里边盛了半下白酒，碗旁放上一把牛耳尖刀。万汗首先挽起衣袖，露出胳膊，拿起尖刀，对大家说：

"各位，今日会盟，为我女真人旷古未有之盛典。为了我女真人昌盛、繁荣。今后同心协力，保境安民，互不侵犯，各守疆界，融为一家！"

他先在自己胳膊上划了一刀，渗出一点血来，滴入碗中。然后把刀放下，一扬手："请。"于是，每人均如此炮制，各刺破皮肤，滴一点血于碗中，酒水变红。接着，众人随万汗来到外面院中，也已备好桌案，案上放着一个灰瓦的大盆，盆里盛满猪羊骨头。另一个长条桌面上摆放一百来个酒杯，杯里盛着白酒。仆人从屋里捧出来滴血的酒碗，在每一个酒杯里倒了一点点。万汗首先端起一杯，众首领也每人拿起一杯，万汗带头，跪在案前，立誓道：

"阿布卡恩都力在上：今日会盟，从此同心，保国安民，永不渝言。当饮此酒。"万汗带头，喝干了杯中带血的酒，将杯摔于地下。万汗又说：

"有渝盟者，当如此杯，当如此骨，万劫不复！"

盟誓完毕，众人起身，进入大厅，筵席已经摆好。大家入坐，开怀畅饮，谈笑生风，极尽宾主之乐，至晚方散。

众推万汗为盟主，凡事皆听调动。万汗从此正式确定了他在女真社会中的领袖地位。所辖之地纵横二千里，堡寨甚盛，间阎相望，而农耕稼穑几与内地同。兵强马壮，控弦之士，不下万人，哈达成了名符其实的东方女真强国。

常言说的好，物以类聚，人以群分。哈达会盟之后，有两个人心里不太服气。一个是建州右卫指挥使王杲，另一个是塔鲁木卫指挥太杵。王杲有称霸辽东之野心；太杵有父祖被杀之仇恨。这两个人，背着万汗，信使不断，暗中活动，他们想单搞一个脱离万汗的反明联盟，实行南北夹击。尤其是太杵，他祖父齐尔哈纳被明朝斩杀于开原，父亲祝孔格又死于旺济外兰之手。如今敕书七百道，边城十三座，仍在哈达手里，他既恨明朝，又恨哈达，无日不想收复失地，讨还敕书，为父祖报仇。

经过几年的休养生息，叶赫的实力有些恢复，复仇的欲火中烧，使他丧失了理智，太杵决定冒险，又走了他先人的老路，反明盗边。太杵的盗边行动，开始是试探性的，仅在开原周围，小规模骚扰。明兵并没有反应，一不阻拦，二不反击。太杵认为明朝软弱可欺，掠夺、盗边的规模越来越大。

哈达歃血为盟仅仅过了两三年，太杵就掠境盗边四五次。明朝正全力以赴对付蒙古土蛮的进犯，无暇顾及辽东。太杵每次都掠夺大批牲畜、财物，所过之处，一火焚之。边民受害，皆避于开原城及其周围堡

第十二回　万汗主政哈达会盟　太杵怀私叶赫报怨

寨中。

原来明朝经略东北，先置奴儿干都司和辽东都司，控制北方女真和蒙古。在女真之地，设卫所数百，任命其部族头人为地方长官，管卫事。女真部卫还算服从朝廷，通贡市，分赏赐。可是这蒙古诸部却不听明朝号令，始终与明为敌，并常常袭击女真人，最大的一次是正统末，蒙古太师脱脱不花以兵三万血洗海西辽东，捕杀了女真部卫大小头目数百人，北方卫所为之一空。女真诸部被迫南移，叶赫、哈达、辉发等部就是从北方迁徙过来的。扈伦国内容纳了大批南迁的部卫，可是扈伦国本身也受到冲击，濒临灭亡，国土被诸部卫分割。女真势力集结南部，对明朝也构成威胁。明朝便将开原作为经略夷人的大本营，驻扎重兵防守。同时，又在开原城周边修筑了二十五个军事城堡，并置三关于前沿阵地。三关即西面的新安关，防御蒙古科尔沁等部；东南面的广顺关，防御哈达；北面的镇北关，防御叶赫。哈达在广顺关外，称南关；叶赫在镇北关外，故称北关。各堡寨均构筑在高山峻岭的险要地带，寨与寨之间山岭连绵，豁口处筑石墙，平坦处挖堑壕。可以说如铜墙铁壁一般。开原地势虽险，也有它致命的弱点，仅南面一线通于辽沈，被时人称为孤悬诸虏穴中的"九边危地"。如果海西、辽东的女真诸部联合一起，切断南面一线，开原就成了瓮中之鳖。所以明朝始终奉行羁縻政策，千方百计地笼络女真首领，看中哈达的重要位置，先旺济外兰，后万汗，均被委以约束诸部的重任。而叔侄二人却也忠心耿耿，为明朝办了不少事。这样一来，女真内部就会自相矛盾，很难形成一股反明的势力，明朝也就高枕无忧了。

嘉靖三十七年，建州王杲约会叶赫太杵，让他出兵柴河堡，得手之后，两人联合进攻哈达，都要报杀父之仇。破哈达后，两人均分敕书，建州在南，叶赫在北，各自立国称王，太杵信了。

这王杲怎么会与哈达有杀父之仇呢？原来王杲的祖先是明初建州右卫都督凡察。凡察之兄猛哥帖木儿，居朝鲜阿木河，受明招抚，任建州左卫都督佥事。当明朝使者裴俊正要带他们返回内地之时，突然受到七个部落八百多人的袭击，猛哥帖木儿被杀。凡察逃走，史称"七姓野人之乱"。他们来到辽东山区，重新聚集。变乱时卫印丢失，朝廷又颁新印与凡察，令掌卫事。后猛哥帖木儿子董山拿出卫印，说明卫印并没丢失。阿木河事变时，董山被"七姓野人"俘虏，后经人说合，才赎回，并交还了建州左卫之印。所以，董山也要掌部事。叔侄二人各持卫印，争执不休,这就是建州女真争印事件。一卫二印,于朝廷礼法不合,明朝即将左卫的西部分出,设立右卫。以董山掌旧印为左卫都督;凡察掌新印为右卫都督。加上李满住的建州卫,遂成三卫,争印之事平息。凡察、董山以后皆被明朝所杀。凡察子孙遁迹辽东,几代不曾出世。直到嘉靖初,凡察的后裔有多活洛者,霸苏子河百里水面为酋,自称贝勒,势力渐强。万汗强盛时,多活洛贝勒送女与万汗四子那木台为妻,两家结亲,多活洛贝勒声望又提高一步。借助万汗势力,多活洛贝勒重整建州右卫,恢复祖业,自称指挥使。不料有一次,多活洛贝勒到哈达去探女,万汗设宴款待。席间喝了不少酒,乘醉连夜返回苏子河,于次日患急病身亡。其子王杲怀疑阿玛突然病死,是万汗酒中下毒所致,所以他把万汗列为杀父仇人。歃血为盟王杲也参加了,他是为探哈达的虚实而去的。

当下太杵与王杲约定,两下出兵,突击柴河堡,得手之后,乘虚攻击哈达。太杵领兵一千,避开明边关巡哨兵卒,绕道而行,不日来到柴河南岸,等待王杲的建州人马。柴河堡在柴河北岸,与白家冲、松山等堡寨相连。过了柴河堡,就是哈达的富尔佳齐寨,可以长驱直入哈达境内。太杵在柴河南岸等了两天,也不见建州一人一骑到来,他暗骂王杲负约失信。既然已经来了,就不能白来。他不攻柴河堡,越过边壕,侵入明境。所过村屯,为之一空,明守堡查边的官军不能抵。开原守将闻讯,立派人出关,面见万汗,请万汗制服叶赫。万汗得知太杵率众盗边,心中大怒,盟誓言犹在耳,你叶赫竟敢渝盟违约,走你老子旧路。以后诸部若都效仿,那还了得!他打发走明使,立即传齐了一千五百名哈达兵,连夜赶往柴河堡。离城十里,扎下大营。

太杵闻万汗来到,知道必有一场麻烦,也将人马靠近柴河堡扎营,他到阵前去见万汗。

万汗责备道:"盟誓才过几日,你就敢带头负约,赶快撤回你的人马,从此各守疆界。朝廷方面,有我替你辩解。"

太杵冷笑道:"前年歃血结盟,我不过受了你的胁迫,你叔杀死了我阿玛,大明杀死了我玛法,我做梦都想报此深仇大恨。我劝你还是不要多管闲事,我又没得罪过你。"

万汗大怒:"住口!你立誓又背盟,必将受到阿布卡恩都力惩罚。"

"好。我不和你争辩,明日战场上见。"太杵说完,回马便走,万汗也不拦截,彼此各自回营。

太杵见万汗人马比自己多,心想,论实力,我恐怕斗不过哈达,必须出奇兵才能取胜。晚上,他令士兵饱餐一顿。到半夜三更时分,他传齐队伍,偷袭哈达大营。太杵一马当先,闯入营门,不见有防备。哈达兵共扎了三个大帐,三个大帐空无一人。太杵知中计,忙说:"快撤!"这时只听一声号炮,牛角别喇四面吹响,无数哈达兵从天而降,把一千叶赫兵围在大帐里。太杵奋力冲杀,刚刚退至营门口,万汗率军迎头挡住。

"太杵!下马投降,免你一死。"

太杵不语,只是夺路而逃。万汗命闪开一条路,让他逃走。叶赫兵伤亡了几十名,其余随太杵走脱。

太杵收集溃军,发狠道:"哈达一向专跟叶赫作对,有朝一日,必杀万汗,灭哈达,夺开原,出我胸中的恶气!"

天色已经微明。哈达兵疲乏,都聚帐内休息,等待太杵撤回后好返回哈达,除了几个巡哨的以外,都躺在地上睡觉了。万汗有心事,他睡不着。太杵是他的堂妹夫,有一层亲戚关系,临阵放他是要他收兵回本部,不要再出来闹事。

东方闪出金光,哈达兵开始早炊,准备饭后开拔。万汗因困顿而坐在垫子上打瞌睡,营房内有秩序的活动,一如既往。少时早饭已好,吹别喇为号,开始早餐。正在这时,突然柴河堡方向杀声震耳,火光冲天,哭喊声、马嘶声混成一片。万汗一惊起来,军士来报:"汗王爷大事不好,叶赫兵攻破了柴河堡,明守堡官兵全部战死,叶赫兵现在正劫掠居民,放火烧城。"万汗一听,浑身冒出冷汗:"太杵,该死!"

正是:

哈达空有宽宏量,
叶赫却不买人情。

要知后事如何,且待下回详叙。

第十三回 柴河劫寨太杵授首　开原贡市捏哈丧身

上回书说到叶赫部长太杵并没有按照万汗的意思办，收兵回去，而是偷袭柴河堡。明军猝不及防，城寨很快陷落。叶赫兵进城又是一番烧杀掳掠。

柴河堡是开原的东大门，地位重要。出堡寨往东二十里，便是哈达境，往南五十里，直入建州。堡寨设守备一员，驻防官兵三百七十四名。柴河堡所辖边界四十里，设十二座墩台，每台置防军十至二十名不等。这样一来，堡内只有常备军兵一百五十多人，如何能挡住叶赫上千人马的攻击？堡寨被攻破，官兵全部战死。居民在梦中惊醒，人口被杀，财物被掳，一时哭声震天，烽烟遍地，柴河堡遭受了空前的劫难。

太杵洗劫了柴河堡，获得大批物资，用大车拉着战利品，率兵从原路返回。太杵对部下夸口道："咱爷们不进哈达，便宜了万汗。可是，咱也不能白来一趟，也莫说一个小小的柴河堡，整个辽东海西，咱爷们愿意去哪就去哪，谁也阻挡不了。我叶赫人就是天生的勇士，所向无敌的巴图鲁。"

军士踊跃齐呼："巴图鲁！巴图鲁！"

太杵大笑。

大兵刚刚拐过山头，谷口一彪人马拦住去路。万汗上前喝道："太杵，你给我站住！"

太杵说："怎么，我退回叶赫你也拦我？你真要同我过不去吗？"

"你干的好事！"万汗骂道："你这个畜牲，你偷营劫寨我放你一马，转眼又干了伤天害理的事，你叫我怎么向朝廷交代！"

太杵不服道："我干的是尼堪活，又没侵犯女真人，你管的是哪份儿闲事。"

"住口！"万汗也不同他多辩，一挥手："给我上！活捉太杵，有重赏。"

哈达兵如生龙活虎，冲向叶赫兵。叶赫兵一宿不曾休息，疲劳不堪，哪里还有战斗力，哈达兵一冲，抛下辎重兵器，纷纷逃窜。太杵喝止不住，只得落荒而逃。跑不上几步，又一支人马将他截住，为首一个

青年将军,大砍刀一抡:"哈达巴图鲁白虎赤在此,太杵还不下马受死?"

太杵久已听说哈达大将白虎赤厉害,今日碰上,不敢迎敌,夺路而走。白虎赤大刀一甩,啪地一声刀背打在太杵的脊梁骨上。太杵"哎哟"一声,一头栽下马来,被哈达兵生擒活捉。因为万汗令捉活的,故白虎赤没有刀伤他的性命。

太杵被缚见万汗。

"你还有何话说?"

太杵睁开血红的眼睛,大吼一声:"你是朝廷的鹰犬!"

一句话激怒了万汗:"你这十恶不赦的贼子,我几次给你悔罪机会,你反复无常,继续作恶,死有余辜!"接着一声命令:"拉出去!"

太杵人头落地,军士提到万汗马前请他验看时,万汗几乎惊叫起来。原来这颗血淋淋的人头,龇牙咧嘴,圆睁二目,一副仇恨形象。万汗倒吸一口凉气,暗道:"太杵啊太杵,你的路走绝了,怨不得我呀。"

万汗进入柴河堡,安抚居民,掩埋了明军尸体。令将太杵身首按女真俗火化,骨灰抛入柴河中。此大明嘉靖三十七年五月事也。

太杵被万汗斩杀于柴河堡,噩耗传到叶赫,珊延沃赫城全城震惊。太杵三弟捏哈闻讯特地赶来,二弟台柱远在百里之外,如今还不知情,捏哈是长辈,又有胆识,大家就全靠他拿主意了。他叹了口气,对家族说:"大阿哥不听劝阻,一意孤行,我就觉得早晚非出事不可。怎么样,又走了玛法、阿玛的老路,我叶赫只怕这回要保不住了。不出半月,万汗非来不可,咱们哪有力量对付他?"

大家除了悲哀、惊恐,别无他法。

这时,人群中站出一个英俊青年,年纪不过二十几岁,他望了一下哭哭涕涕的一家男女老少,对捏哈说道:"额其克①,家中出了这么大的事,光桑咕②能顶什么用?倒想个办法啊。"

捏哈一看,是二兄台柱的小儿子,叫做杨吉砮。捏哈说:"平时你鬼点子多,今儿个该你出息出息③啦。"杨吉砮心情沉重,认真地说:"阿穆齐④这一故去,叶赫没了领头人这怎么行?依我看,额其克权领

---

① 叔父。
② 女真语:哭。
③ 出谋划策之意。
④ 伯父。

叶赫部事，先有个当家人。以后朝廷选谁算谁。"杨吉砮的提议，立刻招致太杵儿子们的不满。父死子继，已成定制。这杨吉砮的提议，分明是剥夺了他们的继承权，因此第一个表示反对。

太杵有六个儿子，长子鄂岱，次子硕色，三子萨布禄均已长成，各有田庄部落；四子图礼，五子图美也管领几个户下人，也算立业；惟六子尚幼，为旺济外兰女所生，取名叫额普。

反对杨吉砮提议的，当然是鄂岱和硕色最力。

杨吉砮冷笑一声："谁能掌管塔鲁木卫事，得朝廷授命；谁能掌管叶赫部事，得万汗允许；谁能掌管纳喇哈拉家事，要族人议会推举，这不是强争的事。"

"你！"鄂岱一下跳起来："你有私心。"

捏哈见他们争执不下，赶紧拦阻道："都督被难，身首尚没找着，你们就争个不休，此非孝道。还是议论议论后事吧。"

鄂岱还是不依不饶："天不可无日，国不可无君，家不可无主。先定下领头人，再论后事。"

"我已经说了，额其克权领部事。"杨吉砮又补充一句："他是长辈，德高望重。"

"不行！"硕色站出来说："依祖宗规矩，父死子继，我阿哥鄂岱当立。"

他这一说不要紧，会上就像炸了锅一样，族人大多数都对太杵父子不满，认为他们坏了叶赫部的大事。宗族合议乱成一锅粥，为了争夺权力而争吵不休。

在彼此争执，各不相让的情况下，捏哈冷静沉着，他说："不要吵了。我不想当这个主儿，我临时管几天，朝廷有了任命，万汗那边答应了，我自当退让。"

"那好。"鄂岱说："老少爷儿们都听见了，以后就这么办。"

全族人都对鄂岱兄弟产生出一种鄙夷的心情，父死家破，还有争权争地位的心，真是名利熏心，昏聩到了极点，这样人怎么能挑起大梁？

争执一场，好歹算平息了，下一步就要商量对策，万汗领兵来时，如何应对。

还是杨吉砮有胆略，他提议道："万汗迟早必来，叶赫无力抗拒。依我看，不等他来，我们先去找他，摸一摸他的底细。"

捏哈说："这倒是个好办法，不过，有危险。万汗要是翻脸不认人，

怕是不能活着回来。"

"我不怕,这个差使,就交给我吧,我去哈达见万汗。"

杨吉砮的大胆,让所有人吃惊。

捏哈同意了:"还有敢去哈达的吗?"

无人应。

当下杨吉砮随身带了几名戈什哈,快马加鞭,来到哈达。

万汗听叶赫来人,心里说:"好哇,我想去叶赫,还没动身,你倒先找上门来了。"

"叫他进来见我!"

杨吉砮被领进黑虎厅。黑虎厅是万汗平日议事的地方,因在正面的墙上挂了一幅画着黑虎登山的巨幅图形,故命名黑虎厅。这是万汗邀诸部歃血为盟之后精心布置的。

万汗看被领进来的这个人是个青年,面皮白净,目光中闪出几分狡黠,举止不凡。见他并不跪拜,而是行了一个打千礼:"拜见汗王。"

"你是叶赫部的吗?"

"是。"

"太杵是你什么人?"

"阿穆齐。"

"谁派你来的?"

"额其克捏哈。"

"派你来干什么?"

"阿穆齐归天,叶赫无主,请汗王给我们做主。"

一句话,说得万汗心花怒放,叶赫这回真的俯首听命了。他问道:"太杵不是有儿子吗?"

"有六个。"

"最小的多大了?"万汗想起堂妹所生之子。

"六岁。"

万汗倒抽一口凉气,心里说:太小了,太小了。

万汗的初衷,打算立堂妹所生之子为叶赫之主,也不违背父死子继的传统。可这小外甥又太小,主不了事,他犹豫了。反过来他却说:"太杵获罪于朝廷,革除爵位。他的子孙不可能再为叶赫之主,我要立有德、有能者继主叶赫。除了太杵子孙,你们叶赫谁能当此大任?"

"只有额其克深孚众望,可当此任。"

"你说的是捏哈吗？"

"正是。"

万汗说："念你叶赫主动来请，我就不对你们加大惩罚了。三天之后，我去叶赫另立新主。你先回去吧。"

杨吉砮留下献给万汗的礼物，回归叶赫不表。

三天以后，万汗带上大将白虎赤，车里拉着从前掠来的敕书三百道，来到叶赫。珊延城中用隆重之礼接待了万汗，不久前的仇杀似乎已成遥远的过去。万汗送还三百道敕书，令捏哈组织境内诸部，恢复与明贡市，立捏哈为叶赫部主，并为之申报朝廷，由捏哈继任塔鲁木卫指挥，两部几代干戈，顷刻化为玉帛，叶赫唯万汗之命是听，皆大欢喜。

明人著作云："捏哈得敕三百道，驻牧镇北关外，以便贡市"，即指此也。

万汗安定了叶赫，南北关又恢复了升平景象，彼此信使往还，海西平静了几日。

平静不到一年，叶赫这块多事之地，又出了乱子。原来太杵儿子们见万汗抛开了自己，另立捏哈为主，心里很不服气。他们想，只有杨吉砮去了哈达，万汗肯定听了他的调唆，才有这样的结果。他们恨杨吉砮恨得要死，几次派刺客暗杀都没有成功，反而使杨吉砮提高了警惕性，加强了防备，鄂岱等人无计可施。

嘉靖三十八年秋，又到了南北关贡市之期。捏哈组织诸部入贡，自己先率六十五人，赶着好马，驮着土产，单独入市。进入镇北关，不远就是威远堡。威远堡至开原仅几十里，向来是通关的大道。每当贡市之期，夷人络绎不绝。而开原城人民贪图便宜，也有些出城迎女真贡市队伍，私行交易，争"和戎之利"者熙熙攘攘，一派繁荣景象。

捏哈这也是他自主叶赫部事一年多来第一次贡市，他对这次贡市格外重视。

鄂岱刺杀杨吉砮不成，转而迁怒捏哈，认为杨吉砮在哈达说了他们的坏话，是捏哈指使。要不，万汗怎么会立他为部主，又送还敕书三百道。刺杀杨吉砮下不了手，那就打捏哈的主意，干掉他，夺回大权。

贡市是个良机。捏哈入开原贡市走在头前，心中无备。鄂岱、硕色等率家丁数十，带上面具，抹上鬼脸，埋伏于山间小路旁，这是入市必经之地。

捏哈几十人从开原市易回来，出了镇北关，奔叶赫珊延城需走一段山路。家乡熟路，不知走过多少遍了。这天他们交易很顺利，所带土产、马匹都卖掉了，换了一些布匹、犁铧、锅、碗、瓢、盆、盐、酒、粮食、茶叶之类生产生活必需品，钱褡子里还装着没有花完的银子和制钱，一路上高高兴兴，谈笑风生。叶赫自敕书被夺，已经多年不曾入贡了。捏哈计算着，来年要亲去北京朝贡，向朝廷保证，从此不再盗边，永远安分守已，改变朝廷对叶赫的印象，共同维护海西女真社会的平静，大家都过太平日子。待叶赫势力强大之后，再向哈达讨还另外四百道敕书和十三座城寨。到那时，塔鲁木卫就不是现在这个样子了，它是海西诸部的领头人。

捏哈一路胡思乱想，出了镇北关，就进入叶赫地界。关建筑在两山中间，出关要走很长一段山路，地势高低不平，两边深山峡谷，树高林密，险峻异常。天已接近傍晚，太阳被山峰挡住，透过山的豁口尚折射出余晖。有人提议道："这段路挺背①，要加点小心，盗贼专挑这样地方在这个时候出没。"捏哈不以为然。他总认为这里是我叶赫的地界，谁敢在我的地盘上闹事！再走一个来时辰就进城了。已到了家门口，还有什么不放心的！可是他做梦也没有想到，就是在他的家门口，出事了。

他们正走之间，忽然山沟中一声怪响，从树林里钻出一伙人不像人，鬼不像鬼的怪物，各执兵刃冲杀过来。捏哈部下惊得半死，抛下马匹物件四散逃走。捏哈不知虚实，也心里发毛。心里说，这回碰上鬼了。人都传言，镇北关外有鬼，今日果然出现。这鬼也真怪，逃跑的军兵他不去追，却一跳一跳地齐向捏哈扑来。捏哈心里虽也着慌，倒也有几分胆量，强自镇静，喝问道："你走你的，我走我的，无缘无故，拦路干嘛？"这群怪物并不答言，一蹦一跳地将他围住。捏哈头上冒出了冷汗，被风一吹，却清醒了许多，他再仔细一看，看出点破绽，其中一个面具戴歪了，露出半拉脸。这哪里是鬼怪，分明是人扮做鬼脸吓唬人。他们到底想要干什么？为什么打起我的主意？这时，为首两个手提大刀，向他逼近，举刀向他致命地方砍来。捏哈喝道："你到底是谁？干什么装神弄鬼骗我？"还是没人答言，几把大刀，齐向他逼来。捏哈手无寸铁，欲战不可，欲跑不能，被为首那人一刀砍在胳膊上。捏哈

---

① 背是当地土语，是艰难凶险之意。

"哎哟"一声，一只膀子掉了下来。只听那人哈哈一笑："额其克，你赶快见玛法去吧。叶赫是我家的天下，谁也夺不去。"

"鄂岱！你这丧尽良心的逆子，玛法在天有灵，饶不了你……"捏哈话未说完，扑通摔倒，已昏迷过去。鄂岱又是一刀，结果了捏哈的性命，然后率众回城。

捏哈半世英明，由于权位之争，死于家族亲侄之手。这在女真社会中是司空见惯的事，也就不足为奇。

捏哈被杀，叶赫无主，又出现混乱。

捏哈被杀真相，叶赫全城无人了解。随捏哈贡市的士兵，逃回城里异口同音说路上碰上鬼了，让城中赶快去接应，首领吉凶祸福谁也说不清。听说有鬼拦路，又是众多，谁也不敢去冒险。只有杨吉砮同其兄清佳砮二人胆大，提出快马，带上几个亲随，出城南去探个究竟。天越来越黑，一直跑到镇北关的山下，也没碰见一物。捏哈在哪里，连影子皆无。原来鄂岱杀死捏哈后，把市易换回的物品，连同敕书，统统搬回自己屯寨，什么痕迹也没有留下。

杨吉砮兄弟既没找到捏哈，又没碰见鬼，觉得事有蹊跷。折腾到半夜，一无所获，只得回城休息。

次日天没大亮，他们就起身，沿着大路，直奔镇北关方向，继续搜寻。在离关不远的一个山下沟里，找到了捏哈的尸体，系刀伤致命而死。杨吉砮见叔父死得这样惨，眼睛都气冒了，他大叫道："这是家里的鬼干的！"杨吉砮第一个怀疑，就是太杵子孙干的，鄂岱是重点嫌疑人。怀疑是怀疑，目前没有找到证据，还无法落实，只有让他们自己暴露。

多灾多难的叶赫，外患刚刚平息，没有过上几天太平日子，又同室操戈，自相残杀，这个部族怎么能发展壮大起来呢？

珊延城里又是挂满白幡、黑纱，哀声遍地，全城痛悼。捏哈尸体火化，开吊出殡，埋葬了骨灰罐，建造坟墓。女真之俗，凡"横"死的不能进祖茔，叶赫部继齐尔哈纳、祝孔格、太杵之后，又一位首领被葬在荒郊，及至后来的杨吉砮兄弟和他们的子孙，直到叶赫灭亡，一共有十一位首领"横"死，他们进不了祖茔，祖茔自然被遗弃，故叶赫纳喇氏没有留下一块墓地，遗骨皆不知埋于何处。

闲言叙过。

叶赫办完了捏哈的丧事，面临的议题又是首领人选的问题。族人提

第十三回　柴河劫寨太杵授首　开原贡市捏哈丧身

议，以父死子继的惯例，由捏哈之子代行叶赫部事。捏哈有四子，长子烟州，次子阿布，三子牙林，四子牙兰。烟州已三十来岁了，为人英武强悍，脾气火暴，动辄杀人，族中惧之。立他继承，多人悚慄，很难通过。第一个反对的，就是鄂岱。他主动提出自己要当叶赫城主，继父祖之业，名正言顺。他说烟州没有继承权，捏哈也仅仅是代行部主事务，并不是合法的首领，用他主部事，那不过是哈达王台的一句话。朝廷受了王台的蒙蔽，才令其主塔鲁木卫事，朝廷并不了解叶赫的实情。听他说的条条是道儿，族人也认为有点道理。鄂岱见众族人不再反对自己，心满意足地宣布，从现在起，我就是叶赫部主。不料，这时杨吉砮站出来说："你要当城主，也可以。待把额其克的死因查清再说。"

"他违背玛法家训，受到瞒尼的惩罚，这是人所共知的死因。"

杨吉砮一听，气往上冲，他指着鄂岱骂道："瞒尼就是你！你应当受到翁姑玛法的惩罚。"

"你！"鄂岱喝令："给我拿下！"

杨吉砮拔刀在手："鄂岱！你敢动一动，我立即叫你脑袋搬家。"

众人纷纷站起拦挡："自家人，有话好说。"

众人心知肚明，这捏哈被杀，肯定是太杵儿子们干的，但是谁也不敢挑明。

"从今儿个起，我就是叶赫部额真，一切都要听我的号令。"鄂岱瞪着眼珠子扫视众人，又问道："有谁敢不服从？"

大家默不作声，无人敢应。杨吉砮冷笑道："我敢不服从！你无德无才，不配当部主。"

"我也不服从！"

众人一看，此人乃杨吉砮之兄，名叫清佳砮。

"哼！"鄂岱冷笑一声，挖苦地说："那就请你们兄弟离开叶赫，另寻宝地。"

"离开就离开，我看你能威风几天儿！"杨吉砮招呼哥哥清佳砮："咱们走！"

鄂岱又命令道："收回他们的田庄，下户。"

"好，你等着！"

杨吉砮兄弟二人被逐出珊延城，他们也不再去争执。可是鄂岱不知道，清佳砮、杨吉砮兄弟二人各自培植私人势力，在他们的田庄堡寨，各养着五百骑兵，人人身高力大，个个劲马强弓，鄂岱的命令，等于放了一句空炮,"收回田庄户下"哪里能办得到呢?反而给自己招来了灾难。

杨吉砮兄弟的田庄堡寨在叶赫部的边缘上。

话要从头说起。

早在叶赫部由张地迁出,在向南方移动的过程中,他们首先来到赫尔苏必拉①上源,只见河北有一座蜿蜒起伏的高山,由北向南直达河沿,状如一条巨龙伏卧汲河饮水之势。时齐尔哈纳方任塔鲁木卫指挥,他看中这块地方,便停留下来。择山阳之地修筑个堡寨,家族部曲有了栖身之所。这里虽好,但土地瘠薄,物产有限,为了生计,他只好抛开这里继续往西,向明边移动。最后选择镇北关外,于贡道傍珊延沃赫山东麓筑城以居,不久因盗边被斩首开原市。

祝孔格继主叶赫,开始广筑堡寨,拓境扩地,特别修筑了最初所居之城寨,因其在珊延城东方百里之遥,故号其为东城,迁其家族酋长守卫,作为叶赫部东境边塞要地。

祝孔格生三子,太杵居长,次名台柱,三曰捏哈。祝孔格令长子太杵同他一块住,而令次子台柱居东城,以三子捏哈居赫尔苏,土地、人口、牛马各分。祝孔格死,太杵继之,太杵死,继承出现争执,万汗抛弃太杵子而以捏哈代行部卫事,现在捏哈又死,祝孔格三个儿子如今就剩下一个远在东城的台柱了。

单说这一日台柱正在家里养病,忽听人们传说,珊延城主捏哈去开原贡市回来碰见鬼怪,途中丧命,这一惊非同小可。竟会发生这等事!他的病反而轻了许多。他知道,叶赫老一辈没有谁了,目前只剩下自己一人,这塔鲁木卫指挥排号也该轮到我了,他要带部属返回珊延城。

就在这时,两匹快马飞也似地跑进城来。马跑得毛如水洗,跳下来的两个青年也汗流浃背,气喘吁吁地来到台柱面前扑通跪倒:

"阿玛,出事了!"

台柱一看是两个儿子回来了,忙说:"起来吧,有话慢慢说,那边出了大事,怎么就瞒着我一个人!你三叔到底是怎么死的?"

杨吉砮叩头站起来说:"我跟阿哥就是回来向阿玛禀告这件事。额其克的死,鄂岱哥们儿嫌疑最大。现在他又自立为主,把我跟二阿哥赶出来了。"

第十三回　柴河劫寨太杵授首　开原贡市捏哈丧身

---

① 即东辽河。

清佳砮帮腔道:"阿玛应该出面,不然,叶赫要乱了。"
台柱用手捋一捋雁翅胡,嘿嘿冷笑几声,说:"到咱爷儿们出头露面的时候了,你们操家伙,跟我回珊延城。"
这一来有分教:

  同室操戈皆争利,
  骨肉相残为夺权;

要知台柱父子回到珊延城有何行动,且待下回再叙。

第十四回　立英主二碚领叶赫　纳美妃温吉入哈达

且说鄂岱驱逐了杨吉砮兄弟，自立为叶赫部长还不到十天，就听有门军来报：

"主子大事不好！东城二爷带了数百人马来到城外，指名叫主子去见他，奴才做不了主，请主子拿主意吧。"

鄂岱一听，二叔台柱来了，这时候他带兵来此，定是来者不善。不见吧，他又是长辈、自己的亲叔。见他吧，如果问起三叔捏哈的死因和二砮兄弟被逐事又难以说清楚。他正在举棋不定、犹豫不决之际，身后转过来二人，对鄂岱说："阿哥你不能去，我哥俩儿去见二叔，看一看他来的意思。要是善意，就大开城门，请他进来；若是不怀好意，阿哥拒住城门，挡他回去。"

鄂岱见是两个亲弟弟，二弟硕色，三弟萨布禄，两人均不过三十几岁年纪，也是他们兄弟装鬼谋杀捏哈的骨干。并且，兄弟二人胆量过人，处处比鄂岱强，鄂岱即依靠他们为心腹，又时时提防二人将来会和自己争权。从算计捏哈那一天起，亲兄弟之间就产生了隔阂。

今见二人要出城去见台柱，鄂岱心里明白，此去凶多吉少，说不定二人会被扣留。可他还是同意了：

"好。你们见了二叔，问他此来何意。按着叶赫纳喇的祖宗家法，长房为尊，族人都得维护祖宗家法，违者便是叶赫纳喇的不孝子孙。你们就说，这话是我说的，记住。"

二人是个愣头青，没有鄂岱心眼多，他们不知利害，真把这番话对台柱说了：

"二叔今儿个来不是要夺我阿哥的位吧？我阿哥继承阿玛位子可是祖宗家法规定的。二叔你不会反对吧！"

台柱听这兄弟二人说话太不中听，本来就没好气，更加火上浇油，厉声喝道："小兔崽子，谁叫你这么跟我说话？一点规矩没有。你滚回去，叫鄂岱出来见我。"

硕色笑道："我阿哥现在可是一家之主啦，不能听你随便叫来叫去，二叔你还是回去吧。"

台柱一听，气得半死，正要发作，只见二人打了个千道："二叔还有话说吗？我们可要走啦。"

"站住！"

台柱见二人要走，气更大了，吩咐手下："把他俩抓起来！"

硕色二人一怔，随即笑道："吓唬谁？这话倒是应该我们说，你不听召唤，私自带兵回来，就该用家法处置。"

"就地斩首！"台柱咆哮着。

不管二人如何喊叫，硕色、萨布禄兄弟顷刻身首异处，所有在场的人都无比惊骇，杨吉砮想阻止已来不及，事情发生得如此突然。台柱叫过硕色的随从，把人头交给他们，令他们带回去交给鄂岱。

这又是一场骨肉相残的血腥事件，发生得又如此的意外。

鄂岱看见二弟硕色和三弟萨布禄的人头，当时惊得半死，瘫痪在坐榻上。

叶赫纳喇家族是一个大家族，支多人旺。当听到太杵两个儿子被台柱斩杀这件事后，齐集堂子跪向祖宗牌位，谴责、声讨台柱。不管鄂岱兄弟做的对不对，作为亲叔，无故杀死亲侄，这是人们无法接受的。

鄂岱此时已被这一突发事件吓破胆，加上本身害死亲叔捏哈又做贼心虚，他无可奈何地仰天大呼道："报应，报应啊！早知如此我何必争这个权位。"

无疑问，鄂岱的部主宝座，便主动放弃了。

叶赫一时无主，台柱顺利进城。

可是台柱不受欢迎。族人对其杀侄夺位，十分鄙视。并且，谁也不同他见面。台柱得不到族人的支持，气恼中旧病复发，没过一月，便一命呜呼，清佳砮、杨吉砮兄弟也无心在珊延城呆下去，便将父亲棂柩运回东城，卜地安葬了事。

叶赫发生一系列惨祸，全由鄂岱引起。消息传入哈达，传闻却走了样。

万汗听到的是：叶赫首领捏哈去开原贡市，回来的路上，遇见叶赫几代先人亡灵，有齐尔哈纳、祝孔格、太杵，带了无数恩都力、瞒尼，拦住捏哈，让他去哈达报仇，捏哈不肯，就被这些鬼魂、瞒尼杀死了。万汗半信半疑，没有亲见，只是传闻，真假难辨。一想到捏哈新立，对自己还算忠顺，一朝无端被害，不管出于何因，总该出面，安抚一下他的子孙。叶赫还需要立新主，无论如何，也不能叫太杵子孙掌权，他们同哈达有杀父之仇，他们要是强盛了，会对哈达不利。但，万汗最关心的还是叶赫那三百道敕书，如今落在谁的手里。

不久又听说，太杵儿子自立为叶赫之主，台柱起兵杀侄夺位，不久又病死，叶赫一时无主，族人反映强烈，部属人心浮动。

一定要稳住叶赫，防止其分崩离析。万汗决定亲去叶赫平乱，即令大将白虎赤点起三千人马，随他北上叶赫。

哈达兵临珊延城，叶赫无人敢抵抗，只有打开城门，放万汗进来。

万汗由白虎赤带领百余亲兵护卫进城，大军扎在城外。进城之后，首先令白虎赤捉拿鄂岱，召集叶赫纳喇全体族人，他要当众选择叶赫新的首领。

几十位叶赫纳喇氏家族成员不敢不到场。万汗首先宣布："很早以前我就说过，太杵反明盗边，获罪于朝廷，爵位早已革除。你们为什么不遵朝廷法度，鄂岱为主，这是谁的主张？"

众愕然，默不作声。

"你们听好，鄂岱自今日起，废为依尔根①，部主我当择贤者立之，你们也可以在族中推荐。"

万汗的话如金口玉言，从此太杵子孙在叶赫历史上永远消失。对于鄂岱，万汗只是废了他，并没有伤害他。万汗不想再结怨，因为叶赫、哈达已经数代世仇，南北关结怨够深的了。

捏哈的被杀，硕色兄弟的惨死，万汗也不去追究，反正是你叶赫内部的事，家族内讧、蛮触相争②。局外人惟有听之，任之。

在捏哈的四个儿子烟州、阿布、牙林、牙兰几个人中，万汗没有看好一个，谁也不是理想的人选，一个也不想立，收回了他们的敕书，赐给土地、城寨安置了事，也算对捏哈有个交代，就连被废黜的鄂岱及其兄弟子侄，也给以土地牛马，迁居附近堡寨存身，还过他们的贵族日子。众人皆服，赞誉万汗英明。

那么，叶赫的新主选谁？祝孔格三子均已不在世了，他二弟哲铿额有六子，三弟哲赫讷有三子，因其不是直系，当然排除在外。那么，祝孔格一系只有太杵二弟台柱的儿子了。

台柱斩杀了太杵的两个儿子，激起了纳喇氏家族的愤怒，群起声

① 平民，自由人，地位略高于阿哈（奴隶）。
② 指同国之人因争利而内斗（语见《庄子》）。

讨。他不但没能当上部主，惊气引发旧病，死于珊延城。他有三子一女，长子齐纳黑，早亡；次清佳砮，明人呼为逞加奴；三子杨吉砮，明人呼为仰加奴，皆音讹所致。二子皆凶悍，而有智谋，杨吉砮更为出色，见父亲斩杀硕色兄弟，知其必招众怒。果然受到全族谴责，气恼忧愤而死。兄弟二人扶榇返回，从此隐居不出，却在暗中窥测叶赫的动向。

当年杨吉砮去哈达时，万汗就看出他是个人物，有意立他为叶赫之主，不料他固辞不受，却推举了捏哈。从现在的形势看，这叶赫之主是非他莫属了。

奇怪的是，二砮兄弟不见踪影。他们哪里去了呢？细问之下，方知被鄂岱驱逐，近日扶柩归葬其父，估计不会离开东城田庄。

万汗派出使者，由叶赫人带路，来到百里之遥的龙首山城，这就是叶赫早期的东城，非后建之东城也。使者找到了兄弟二人，说明汗王仰慕之意，请他们回去商量叶赫部事。清佳砮一听，表示立即同使者一块返回，却被杨吉砮阻止："二阿哥清佳砮不过是个舍人①，我是田野白身②，不能参与大事。叶赫由谁做主，与我们兄弟不相干。况且，父丧未逾百日，重孝在身，回去实在不便。"

使者回报万汗，转述了他的原话，万汗更为称奇。这回他派出大批使者，向二砮传达万汗的旨意："请杨吉砮台吉同叶赫主政，袭职为塔鲁木卫指挥使，并向朝廷请敕。"

不料，二砮兄弟不为所动，依然不肯领命。

有人向万汗提议，二砮兄弟情深，相互依靠，要来，就二人都来，不来就都不来。万汗领悟，又派使请二砮同回，二人才来见万汗。见兄弟二人皆不同凡响，万汗改变了主意。原来是让杨吉砮继捏哈主叶赫部事，现在又不想让杨吉砮独掌叶赫，而是让兄弟二人共掌叶赫。杨吉砮起初不很理解，万汗单独对他解释道："按序，你阿哥清佳砮当立，但他才干不如你。舍兄而立弟，你阿哥心里恐难平衡，兄弟产生芥蒂，于叶赫不利。望你兄弟二人共同管好叶赫事，天下升平。"杨吉砮点头服从。这就出现了一部二主的怪现象，一直维持到最后共同消亡，这是后话。

---

① 无职衔的部卫首领之子称为舍人。
② 没有身分地位的人，一律称白身。

万汗安定了叶赫内部家族，把从鄂岱手中索回的三百道敕书分做两下，每人一百五十道敕书，可以共同组织贡市，也可以单独贡市。这就是万汗的奸险处，把一个叶赫分成两股势力，也给他们争权夺利埋下伏笔。

万汗立二姇兄弟共掌叶赫，还不放心，叶赫毕竟是世仇，两代首领死于哈达之手，如今尚有四百道敕书，十三座边城没有归还，也是万汗一块心病。归还敕书，又削弱了哈达的势力，以后无以在海西女真中发号施令。归还城寨，族人又不依，说是先人打下的江山，不能说丢就丢。弄的万汗左右为难。

一日，他来到城北，察看扩建的城池，正在修筑的地道，这是当年旺济外兰兴建的工程，工程因旺济外兰意外被杀而停顿下来。万汗又继续动员工匠役夫，按原计划进行。另外，他还派人到北京画了图纸，把旺济外兰设计的宫殿又扩大一倍修筑得金壁辉煌，命名梜椐宫。落成之日，嘉靖皇帝遣使来哈达祝贺，并带来了皇帝御笔亲书"梜椐官"三字匾额，高悬于宫门上方。自此，万汗声威日高。

如今这叶赫成了他肘腋之患，吞并归入哈达，朝廷又不准，塔鲁木卫是成祖文皇帝所封之国，百余年来，其主可易，而国不可废，其地可移，其名号不可褫。为今之计，使之听命于自己，做哈达国的附庸，方为上策。可是这二姇兄弟，终非人下之人，杨吉姇尤甚。一旦风云聚会，必能翻江倒海，受害的还是哈达。

且说万汗为叶赫事而犯难多日，忽然想出一个万全之策，同叶赫和亲。两部结姻盟之好，化解世仇宿怨，叶赫必忠心耿耿依附于哈达矣！

看官，你道哈达同叶赫和亲怎么和法？原来万汗现有五子三女，长女已经十七岁了，万汗看中杨吉姇将来必定是叱咤风云的人物，一旦招为额驸，以后必为我所用。这样一来，哈达就会永远立于不败之地。万汗向来做事雷厉风行，说办就办，经过他的操作，哈达、叶赫两部正式和亲，杨吉姇娶万汗之女为福晋。其实，也不过重演当年旺济外兰嫁女与太杵的故事。迎亲这一天，女真人有个风俗，就是父母不能亲自送女出嫁。有叔伯可由叔伯代行，将女送到男家，并同男家父母相认，叫做"会亲家"。无叔伯则由哥哥代行，若连哥哥也没有，就要从家族内或近亲中找一位年长者。总之，不能让女儿自己去。

当下万汗请德喜代送女儿，另有长子扈尔罕陪行。哈达格格出嫁叶赫部主，其喜庆场面非同一般。从此杨吉姇借万汗声威，大力发展叶赫

第十四回　立英主二姇领叶赫　纳美妃温吉入哈达

势力，诸部益加畏服。这是后话。

单说哈达大阿哥扈尔罕，与堂叔德喜去叶赫送亲，受到了叶赫的隆重款待。杨吉砮的家人，都出来同他相见。扈尔罕在叶赫女眷中，发现一个美女，生得面如桃花，眼如秋水，唇似丹珠，发比青丝。真是顾盼生风，千娇百媚。扈尔罕妻妾成群，女人也见过不少，从来还没遇到过这么艳丽的女孩子。问过之后，始知名叫温吉，是杨吉砮的妹妹，刚刚过十六岁的生日，人称温吉格格，扈尔罕心生爱慕，但自己是哈达汗的世子，不敢在礼仪场合失掉身份。他强压欲火，对着温吉格格深鞠一躬，赔着笑脸说："嫩格格①，欢迎你到哈达去做客，那里有风景如画的山川，金光灿烂的宫殿，我会像爱护沙里甘②一样爱护你，保你流连忘返。"

温吉格格脸皮一红，转身走了。扈尔罕讨了个没趣，也只有讪讪离去。

回到哈达，扈尔罕脑里经常浮现出温吉格格美丽的身影。他不时在父汗面前提起叶赫格格的美丽。万汗开始并没在意，听的次数多了，便问究竟是怎么回事。扈尔罕连夸温吉格格艳丽无双，并表示了倾慕之意。万汗找来德喜，了解一下他去叶赫的见闻，提出要德喜作媒，去叶赫为扈尔罕提亲，德喜笑道："大阿哥话语轻狂，已引起叶赫人不满。我敢断言，叶赫格格肯定不会嫁大阿哥。"

万汗来了傲气："哈达求婚，是抬举他叶赫，二砮还敢抗拒不成！"

德喜只得带着万汗的口谕，去叶赫提亲。二砮兄弟对这门亲事没有异言，他们也想反复联姻，能获得万汗的更大支持，以实现他们的远大抱负。同妹妹温吉格格一提，不想温吉格格坚决反对，誓死不嫁扈尔罕。杨吉砮劝道："扈尔罕可是万汗的世子，未来的哈达汗王，这对叶赫有好处。"温吉格格说："扈尔罕不是干大事的人，平庸之辈，这样人我半拉眼睛也看不上。"

杨吉砮急了："那哈达的求婚，推不得呀！现在叶赫力量弱小，哈达汗王是万万不能得罪的。阿嫩③，你要替叶赫着想啊！阿哥求你了。"

温吉格格沉吟半晌，落下几点泪来，她说："阿玛去世后，阿哥把

---

① 小姐妹妹之意，是对他姓少女的尊称。
② 爱人，妻子。
③ 阿妹。

我抚养成人，恩重如山。如今阿哥有难处，我岂能袖手旁观？哈达的亲事我应了。不过，扈尔罕我是决不会嫁的。你不说万汗得罪不起吗？那我就嫁万汗。"

"你说什么？"杨吉砮怔住了。

温吉格格十分认真地说："要嫁，我就嫁万汗。"

"这怎么可能？"杨吉砮一时心慌，没了主意："万汗已年老，前不久我又娶了他的女儿。这，这恐怕不合适吧！"

温吉格格笑了："当今天下，万汗是真正的英雄，女真中盖世无双的巴图鲁，嫁这样的人，比嫁个年轻的草包强十倍。他年老，更知道疼爱我，自古都是英雄爱美人的。"

杨吉砮听妹妹讲出这一番道理来，不由心里暗暗折服。一个十六岁的小女子，如此谈吐不凡，实在是他不曾预料到的。于是他说："既然如此，阿嫩，那就委屈你了。"

二砮兄弟商量一番，决定遵从妹妹意愿，将温吉格格许配万汗。请出哈达使者德喜，表述叶赫此举并非轻慢世子，而是格格自己的心思。德喜被弄得哭笑不得，扈尔罕的求婚之事没办成，又带着叶赫的联姻意向返回哈达报与万汗。这意外的变化，令万汗、扈尔罕父子都惊异不已。起初，万汗也很为难，应了叶赫亲事，又怕伤了扈尔罕之心，父子产生矛盾。不应又拂了叶赫一番好意。况且，所有见过温吉格格的人都绝口称赞她美丽无双，年轻漂亮。他问德喜，此事该如何处理。德喜道："我原来就说过，叶赫格格绝不会嫁给扈尔罕，今果应我的预料。格格愿嫁阿哥汗王，这门亲事可以应下，扈尔罕那里，我去讲清利害，他向来都很听我的话。"

哈达、叶赫两部又一次联姻，万汗送了婚帖，纳了聘礼，德喜往来于南北关之间。择了吉日，杨吉砮亲送妹妹温吉格格去哈达成婚，哈达城，梜楉宫里里外外又是一番热闹。

万汗纳温吉格格，扈尔罕虽感到心里不痛快，经过德喜讲今比古的劝说，也就算了。不料却引起一个人的不满，这人就是万汗的生身母亲董鄂姬。

自从绥哈城迁入哈达后，随着万汗势力的发展，地位的飙升，董鄂姬被尊为妈妈①，称董鄂妈妈。哈达宫中是如此称呼，国人还是习惯称

---

① 祖母，这里含有太后之意，女真俗，尊称加在姓名之后。

董鄂姬妈妈。万汗是个孝子，念阿玛英年惨死，额娘年轻寡居，特在哈达城中，给她建了三处行宫别墅，男女阿哈成群伺候。后来桄榔宫落成，又特辟一室，给其备用，以便其随时下榻。

董鄂姬妈妈年过六十，身板硬朗，体态丰腴，满面红光，看上去并不见老。由于生活单调，孤独感与日俱增，性情逐步改变。原来的善良、仁慈、开朗的性格不见了，冷酷、狠毒、残忍的本性愈来愈甚。尤其到了老年，脾气也变坏了。甚至达到每日拷打下人，折磨使女取乐的程度。她听惯了男人的号叫、女人的啼泣，看惯了皮肉上渗出殷红的鲜血。无缘无故，每天都有挨打的，每月都有送命的，哈达城里人人自危，桄榔宫内个个心惊；国人怨声载道，家族多有异言，万汗也拿她没办法。

万汗纳温吉格格为小福晋，他那些妻妾全部失宠，都对温吉格格不满，少不了到董鄂姬妈妈面前说三道四，搬弄是非，董鄂姬妈妈本来就不满意这门亲事，怕万汗荒淫酒色，耽误大事。她连叶赫格格的面也不见。温吉格格成婚，免不了拜见婆婆，董鄂姬妈妈不见。桄榔宫里又传出流言蜚语，说叶赫格格本是嫁扈尔罕来的，被他阿玛看中了，硬是夺到手的，董鄂姬妈妈听后大怒，叫来万汗训斥道："你背着我，瞒着我，干的好事！"

"不知有哪件事，让额娘生气。"

"别装糊涂了！"董鄂姬妈妈说："我问你，这叶赫女到底嫁的是谁？你这么做，扈尔罕怎么办？"

"这叫我怎么说呢？"万汗向来都在额娘面前唯唯诺诺，不敢有半句反驳的话，他更无法说清这件事情。他只好倍加小心解释道："一切变化都是意外，其实，这么做并非出自儿的本意。"

"住口！"董鄂姬妈妈更生气了："你还在骗我，欺我老了是不是？当初来的时候，我就不愿意，你说要恢复祖业，干一番大事，我依了你。在绥哈城时，干了些荒唐事，那时你年轻，我原谅你。怎么现在胡子一大把，儿孙一大帮，还花心不死？哈达那么些好女子，还不够用，又上叶赫去找什么格格！你要江山还是要美人，今儿个你给我说清楚。"

"额娘，看你说哪去了，同叶赫结亲，是两部联姻，这是为了哈达的事业。"

"我不信！"董鄂姬妈妈一口咬定，万汗这是父纳子妻，夺人之爱。

"嫁给扈尔罕，不也是两部联姻吗？"

"叫我怎么说好呢？我说不清楚，额娘亲自问一问温吉格格就知道了。"万汗转身要离去，董鄂姬妈妈喝道："上哪喀？你给我站住。"

"建州的使臣已经来两天了，他一来祝贺两部联姻，二来商谈贡市的事，明朝又关闭辽东马市，建州请儿出面协调。弄不好，要出乱子，哈达也消停不了，我得去见他。"

董鄂姬妈妈没有做声，万汗忙忙走了出去。

见万汗出了屋子，董鄂姬妈妈气更大了，你不是让我问她吗？好，我就问问她到底怎么回事。她们到现在还没有见过面。她命人去叫温吉格格。不多时，温吉格格被领来了。

"给妈妈请安。"温吉格格行了一个打千礼。

"罢啦。"董鄂姬妈妈打量一下，见温吉格格年轻貌美，光彩照人，先有几分不喜欢。"你是叶赫来的吗？"

"是。"

"叫什么名字？多大了？"

"叫温吉，十六了。"

"你年纪轻轻，干嘛来这嫁个半大老头子？"

温吉格格感到人格受到了侮辱，强忍心中的悲愤，认真地回答道："汗王英明盖世，这正是我心目中的畏根。侍奉汗王，是我的福分。"

"哼！"董鄂姬妈妈一扭脸，对身旁的侍女说："看她那副德行，听她说的话吧，她就是个狐狸精，狐狸精专会迷人，你们知道不？"

一个侍女不知好歹，想使董鄂姬妈妈高兴高兴，就接言道："这叶赫格格有才有貌，稳重大方，汗王爷能娶过来，这也是你老人家的福气。"

董鄂姬妈妈勃然大怒，骂道："这里哪有你插嘴的份儿？我说她是狐狸精就是狐狸精。你敢反驳我，真是大胆。来人！"

应声进来四个戈什哈："嗻"。

"把这个贱皮子，给我吊到马棚上，重打五十皮鞭。"

"妈妈，侍女没有错，请饶过这一次吧。"温吉格格做梦也没想到，仅仅因为一句并不算错的话，招来这么大的祸事。她为侍女求情了。

董鄂姬妈妈冷笑一声："真没规矩。还是一国的格格呢！这是我们哈达纳喇氏的家法，谁犯了都一样。"

温吉格格有生以来，都是在娇生惯养中长大，从没受过半点委屈。

今天受此侮辱，她如何受得了？董鄂姬妈妈今天的举动，分明做给她看的，头一次见面就如此难堪，这以后可怎么处？她一会儿也不想呆在这屋，又不敢走，真是坐也不是，站也不是，走也更不是。

四个戈什哈把被打得浑身是血，满脸青肿的侍女拖进来，扔在地当中。侍女已经昏迷，连呻吟的力气都没有了。温吉格格见此惨状，她瞅瞅遍体鳞伤的侍女，又望望董鄂姬妈妈，一股复杂的心情油然而生。就在她抬头望董鄂姬妈妈的时候，正好和她的目光相对，董鄂姬妈妈似乎从温吉格格那双水汪汪的眼睛里看到了什么，不由倒抽一口凉气，心里说：这个小妖精怕是不容易对付，我非得杀一杀她的傲气不可。

"没事啦，你可以回喀啦。"

温吉格格像遇见大赦一般，转身就走，她恨不得远离这间屋子。

"回来！"董鄂姬妈妈没好气地说："一点规矩都没有。"

温吉格格只得转回身来，双腿立定，两手扶膝，对着董鄂姬妈妈一躬腰："给额莫克①请安。"这时，被鞭挞的侍女清醒过来，发出轻微的呻吟声。温吉格格觉得她是为了我才受到重责，也不管董鄂姬妈妈同意不同意，吩咐随行侍女道："把她扶到我的房中，给她洗一洗，上点药。"

她们走出。董鄂姬妈妈望着温吉格格离去的背影，轻蔑地唾道："光会哀拉达拉密②，还贵家格格呢！"

温吉格格刚一进哈达宫廷，便受到婆婆的刁难，还有那么多的女眷，以后可怎么处呢？她心中忐忑不安。

光阴似箭，转瞬三年过去，温吉格格为万汗生了一个小儿子，取名孟格布禄③，万汗欣喜异常。

这一日大将白虎赤来见万汗，向他禀报说，叶赫杨吉砮兄弟已经建国称王了。万汗闻报大惊。

正是：

---

① 婆母。
② 打千。指光会简单的打千礼，什么大礼都不懂。女真妇女不懂礼，便被人瞧不起。
③ 明人呼为猛骨孛罗。

蛟龙本非池中物，
风雷迅至必上天！

要知叶赫如何建国，且看下回。

第十四回　立英主二舒领叶赫　纳美妃温吉入哈达

第十五回　两城筑就叶赫建国
　　　　　十年纳聘蒙古践约

上回书说到万汗听白虎赤向他禀报，叶赫清佳砮、杨吉砮兄弟二人已经建国称王，心中实感惊异。二砮终非人下之人，他早已看出来。正是觉得他们是个人物，万汗才与叶赫反复联姻，百般庇护，极尽拉拢，为的是能为我所用。他们公然建国称王，这是从来没有想到过的。白虎赤建议："二砮敢公然背叛主子，与哈达分庭抗礼，可发兵讨伐，向二砮问罪。擒二砮，平叶赫，不费吹灰之力。若等他势力养成，就更难制了。"

"不忙。"万汗说："我料二砮兄弟现在还不敢背叛我，等几天再说。"

果然不出万汗所料，几天以后，叶赫派使前来，奉上二砮的表章，向万汗献忠心；表示建国之举，实为统一叶赫政令考虑，决无背离哈达之意。贡市献纳，仍如以往，叶赫将永赖汗王生存矣。万汗得表放心了，并不想去干预叶赫事务。白虎赤提醒他说："二砮这是缓兵之计，一旦羽翼丰满，那就什么都晚了。"万汗不听，他只是吩咐白虎赤："你给我注意叶赫的动向，一有情况，赶快报我。"

且说自二砮分领叶赫以来，励精图治，经过几年的努力，把一个濒临灭亡的叶赫部治理得井井有条，日益强盛。他们原来各有五百护寨军，扩建之后，各自不下三千人，成了一支举足轻重的武装力量，四境无敢抗衡者，二砮声威日高，诸部畏服。

叶赫部城珊延城，又作为塔鲁木卫城，原为齐尔哈纳所建，后经祝孔格加固，成为一个方圆仅有三里的小城。依山傍水，靠近贡道，当年是通往镇北关入开原贡市的要塞。叶赫强大了，纳喇哈拉人口众多，经过几次变乱，珊延城已残破不堪，不能适应新形势的需要。兄弟二人将珊延城留给捏哈子孙，另在附近叶赫河北岸依山傍水处修筑一座宏大、坚固的城池，称叶赫寨。城分内外二重，内城筑于山顶，居高临下，形势雄伟。叶赫城竣工之后，生出了事端。万汗令他兄弟二人分领叶赫部，后来在万汗的保荐下，又都获得了朝廷的任命，兄弟二人皆授职为都督。这城主应该由谁担任？叶赫眼看又要出现权力之争，正在这紧要关头，温吉格格回家省亲，并参观两位阿哥建筑的城寨。她是个十分聪明的人，城是筑好了，可两位阿哥的心思却沉重了。不用问，这叶赫部的第一把交椅由谁来坐，是摆在目前的当务之急。两人势力均衡，旗鼓相当，官职地位平等。两人分领，同居一城，谁管事说了算？天无二日，民无二主的道理谁都明白。同居一城，会引发矛盾冲突，容易发生流血事情。温吉格格衡量一下两个阿哥情况，清佳砮为人老实，沉默寡言，性格阴沉。杨吉砮聪明机警，又桀骜不驯，有谋略，有勇力，文武全能，清佳砮肯定不是他的对手，她给想出个好办法，让他们再修筑一座城堡，土地人民分做两下，有事统一行动，没事分别治理，互不干涉各家私事。她的提议，立刻被两位阿哥所采纳，于是在叶赫河南岸，也选一依山傍水之地修筑城池一座。新城竣工，两城隔河东西相望，间隔不过五里。老城称西城，新城称东城，兄居西城，弟迁东城。温吉格格的建议虽然缓解了权力之争的矛盾，避免了可能发生的流血斗争，但它却削弱了叶赫的综合实力，制约了它的发展。

　　两城筑就，叶赫愈强。他们共有大小堡寨几十座，所属十五部，人口几十万，算是海西女真中的强大部落。

　　杨吉砮见叶赫城高池深，部落众多，人烟稠密，便同清佳砮商议道："哈达建国称汗，明朝并没干预。我叶赫也不能久居人下，老受别人控制。我兄弟守住这点祖业是远远不够的。我们要独立自主，计划分四步走：第一步，建立叶赫国；第二步，灭哈达，报先世之仇；第三步，并海西辽东，一统女真；第四步，反明，进兵中原，争天下。阿哥你看如何？"

　　清佳砮听了，好半晌才开口："这四步，一步也不可行。这第一步建叶赫国的事，哈达就会干涉，明朝更不能答应。弄不好引火烧身，祖宗留下这点家业，就都要断送了。"

　　杨吉砮笑道："阿哥心地太老实了。改部为国，已有先例，明朝不干涉哈达，也不会干涉我们叶赫，这是我们女真自己的事。我们只建国，不称汗，依旧朝贡与明。对哈达，仍奉万汗为盟主，表面上更要恭顺，万汗念亲戚之谊，也不会反对我们。哈达不来捣乱，那就万无一失。等我们稳固了，再行第二步。"

　　清佳砮依然心中没底："建国改号，万汗不会不干涉，他不可能让我们同他并列。"

第十五回　两城筑就叶赫建国　十年纳聘蒙古践约

杨吉砮还是坚持己见："我说了，改号不称汗，只称贝勒。自古以来，百里可以为国，夷狄可以为君。当此天下沸腾之时，正是我们建功立业的好机会。机不可失，时不再来，叶赫前途，在此一举。阿哥不要再犹豫了。"

"哈达万汗那边，如何应付？"

"不用阿哥担心，这一点，我早已想好了。"杨吉砮说："首先给万汗上表称臣，麻痹他一下，再派人去见阿嫩格格，让她在万汗面前替我们多说好话，这第一步棋准赢。"

清佳砮知道弟弟足智多谋，也就不再异言。于是，兄弟二人建国自称贝勒，派使奉表去哈达见万汗。万汗见二砮兄弟并无轻慢自己之意，也就不去过问。自此以后，叶赫拓地、练兵，行动自如，势力越来越强。白虎赤探知叶赫二砮野心已著，又去见万汗陈述利害，让提防二砮，万汗不以为然。万汗自有他的一套见解：他认为，叶赫虽然名义上建国，也成不了大气候。如果他敢篡改名位，加尊号，不用我不答应，朝廷也不会容忍他们。清佳砮居长，又懦弱无能；杨吉砮为次，但乖戾不驯，他们将来谁坐头把交椅啊？弄不好就得窝里斗，还用得着我操心吗？

白虎赤又是一种看法，他说："叶赫能不能反朝廷，这很难预料，哈达与它为邻，将来受害的是我们。不如趁他羽毛未丰，剪灭他们，以绝后患。"

"为时过早，为时过早。"万汗始终不听白虎赤的建议，只是让他继续观察二砮动静。

"汗王不要忘了，养痈贻患的教训。"白虎赤生气地走开。

"养痈贻患……"万汗琢磨着白虎赤的这句话，心乱如麻，信步回到后宫，来到温吉格格的房中，见温吉格格正在喂养一对白鸽。万汗本来心情烦闷，使劲一跺脚："你倒好自在！"温吉格格正聚精会神地喂鸽子，没有注意有人进来，吓了一跳。

"汗王！"她忙跪地请安。

万汗把她拉起来，让她坐在自己的身边。"温吉，你从现在起，不能再称格格，我赐你改称温吉姐姐①，如何？"

"谢汗王赐号。"

---

① 对有身份女真妇女的尊称。

从此，温吉格格改为温吉姐姐，简称为温姐。

当下温姐谢过万汗赐号，好比皇帝敕封贵妃，这在女真部落中也是极荣耀的事。万汗问道："我对你如何？"

"天高地厚。"

"我对叶赫你两个阿哥如何？"

"没有汗王庇护，就没有他们的今天。"

"嘿！你真会说话。"万汗两眼一瞪，对着温姐："可你知道吗，你阿哥背着我，僭越改号，建国称王，这不是与我分庭抗礼吗？"

温姐一惊："国家大事，我不明白。不过，阿哥决不会背叛汗王。"

"这我知道。你哥杨吉砮这小子鬼点子多。我也是不放心哪！"

温姐笑了："三阿哥就是长一百个心眼，也不敢打汗王爷的歪主意。我来哈达前，常听他对祖宗发誓，反明复仇。"

"他常想着这件事？"

"汗王忘了，我们也算蒙古人，蒙古大元朝是被明朝灭掉的。"

"那跟你们有什么关系？你们祖先是女真进入蒙古的。"

"所以，我们算蒙古人也可。"温姐说："再说啦，翁姑玛法做明朝的官，又叫明朝给杀死了，叶赫人几代都想报仇啊！"

事情已过三四代了，叶赫人还念念不忘，不用说，旺济外兰杀死祝孔格，万汗又斩杀太杵，他们对哈达的仇恨更不会忘了。万汗心中怏怏。

冤仇可解不可结。这冤冤相报，何时是了！万汗心想，不能再结怨了，不能叫子子孙孙在仇与恨中消磨时光，我当做出榜样来。

不说万汗对叶赫二砮实行退让政策，再说叶赫二砮自建国称王之后，不见哈达有任何反响，这后顾之忧基本就算解除。兄弟二人商议道，哈达势力再强，若没有明朝做后盾，也是不在话下。灭哈达必须牵制住明朝，使明朝自顾不暇，无力问津辽东事务，哈达势孤，方可出兵击灭它。牵制明朝，叶赫本身的实力不够，必须借助外援。蒙古与明朝世仇，只有联合蒙古，才能威慑明朝。对哈达暂且不动，更不要让万汗察觉叶赫的意图。他们一面给万汗贡献礼物，一面派使到蒙古各部活动，联合蒙古反明。

这时蒙古已不再是一个统一的整体，而是分割成若干部落，互不统属，各自为政。明设卫所分别治理，大多数蒙古部族不接受明朝的任命，明朝只在靠长城以东到辽西一线设立三卫。即：

泰宁卫，包括土默忒、阿鲁特、前科尔沁等部；

第十五回　两城筑就叶赫建国　十年纳聘蒙古践约

129

朵颜卫，包括喀喇沁、敖汉、奈曼、翁牛特、巴林、克什克腾等部；

福余卫，包括后科尔沁、郭尔罗斯、杜尔伯特、扎赉特等部。

三卫各部，皆元代乌梁海故地，称内蒙古。明太祖洪武十一年，朱元璋第十五子朱植被封辽王，驻广宁，管理辽西，地在今辽宁省北镇县城内。洪武二十二年，始设三卫。封十七子朱权为宁王，驻大宁统辖其地。洪武帝朱元璋死，立孙允炆是为建文帝。太祖四子燕王朱棣不服，起兵反，称"靖难"之师。建文帝深虑乌梁海三卫蒙古骑兵，皆骁勇善战，恐怕宁王朱权和辽王朱植同燕王朱棣合谋，下诏召二人从海道回南京。辽王朱植应诏回去，宁王朱权心生疑忌不敢去。建文帝大怒，下诏削去宁王护卫，严加申斥。再要不回，就削爵位。就在这个时候，燕王朱棣单骑来到大宁。见了朱权，拉住他的手大哭，说什么，"你为我的事情，受到严谴，我心里实在过意不去。其实我并不是反对朝廷，是要除掉皇帝身边那些奸人，他们离间我们骨肉。今天我特地来找你，咱俩一块儿去南京面君，你替我向皇帝求情，咱俩就都保住了。"这些鬼话，谁听了也不会相信。可是心地善良的宁王朱权，就上了他这位野心勃勃的同父异母哥哥的当。当宁王朱权亲自送他哥哥燕王朱棣出城准备去南京的时候，遭到了暗算，突然伏兵齐起，将宁王朱权挟持到北平。然后命令被他收买的三卫首领，率蒙古铁骑洗劫大宁城，一座重镇，变为废墟。接着，燕王朱棣利用三卫骑兵，打到南京，夺了侄儿建文帝的宝座，血洗南京城，迁都北平，改称燕京，后改北京。朱棣夺得帝位，改元永乐，是为成祖文皇帝。

永乐帝感谢异族帮助他夺得帝位，厚待蒙古、女真诸部。乌梁海三卫不再设镇，由蒙古人自己治理。这样一来，北京城直接暴露在蒙古人的眼下，边患迭起，中原岁无宁日。这就是永乐皇帝朱棣为篡国夺权，不惜勾引外族帮凶的恶果。永乐帝将大宁都司迁到保定，三卫故地割给蒙古。洪武时所筑诸城也下令拆除废弃了。以后蒙古另一部鞑靼建国称汗，永乐皇帝反而派使前去祝贺，承认其独立。不久，又封蒙古卫拉特部首领为王，极力巴结。但是，蒙古人始终不忘灭国之仇，经常从三卫故地出兵攻明。三十年后，英宗正统十四年，卫拉特首领额森又一次南犯，英宗朱祁镇亲自率兵出京御敌。倒霉的是信用一个太监王伦，错传军令，陷入敌伏，于土木堡兵溃，全军覆没，连英宗皇帝也被蒙古人俘虏，史称"土木之变"，地在北京怀来县境。"土木之变"后，北京城赖兵部尚书于谦捍卫，免陷敌手。不久，奉郕王朱祁钰监国摄政，是为景泰帝。八年后，蒙古人放英宗回。复辟以后，先杀抗敌有功的于谦，极力推行媚外投降政策，利用太监当国。对内实行高压，横征暴敛，明朝开始走下坡路，朝政日非。蒙古人看到明朝君臣如此腐败，也采取和战兼施，时降时叛的办法，扰得明廷无一日安宁。明朝对付不了蒙古人的威胁，便对女真实行"羁縻"，广设卫所，许愿封官，贡市赏赐，百般拉拢。其目的无非是利用元灭金，女真人同蒙古人的种族矛盾，互相制约。用他们自己的话来说，就是"犬牙交错"、"蛮夷自攻"。这是制造两族磨擦最阴险的一招。可是女真人并不同蒙古人对抗，而是乘机发展自己势力，甚至有的建国称汗称王，蒙古仍然是明朝的最大威胁。直到后来蒙古内乱，各部互相仇杀，才对明朝减轻一点压力。这就是明代同蒙古关系的真实面貌。

叶赫的祖先原居于涞流水，避难迁于蒙古土默忒，元朝时被"视同蒙古"，便以其居地为氏改姓土默忒。几代以来，同土默忒等部保持良好的关系。土默忒属泰宁卫，科尔沁、阿鲁特部也同叶赫结好。

叶赫同土默忒部还有一段悬案尚未了断。早在十年以前，还是太杵主政时，土默忒首领黄台吉向叶赫提出两部结亲的要求。黄台吉有子已十岁了，提出要聘叶赫格格为儿媳。太杵本来无女，可他为了取得蒙古势力的支持，公然答应了这门亲事，并且接受了黄台吉的聘礼。太杵无女拿什么嫁蒙古？原来他打的是二弟台住之女温吉格格的主意。温吉仅有五六岁，根本不知道有这回事，她还什么都不懂。后来太杵被杀，此事也就不了了之。不想事情过去十多年，黄台吉之子已长成，土默忒派使来叶赫履行婚约，提出为小黄台吉同叶赫格格成亲，这使二䝨兄弟犯了难。其妹已嫁哈达万汗，这可如何是好？蒙古势力强大，得罪不起，在他们看来，当年太杵许婚，并非己女，他一死，婚约自然无效，可谁能想到，十年之后，黄台吉还当真了。清佳砮说："当初我也想到这一点，就怕有今日的麻烦。"杨吉砮眉头一皱，计上心来，他说："这事好办，阿哥不必担心，你看我的。"

当下杨吉砮回到东城，叫过札尔固齐白斯汉如此如此吩咐一遍，命他随蒙古使者去土默忒。

白斯汉到土默忒见了黄台吉，向他告知，哈达万汗已纳叶赫格格为妃子，蒙古的婚事无法践约。黄台吉生气道："你主之妹，不是同我家订亲了吗？为什么又改嫁哈达？"

白斯汉道："是啊。所以我主遣我来向贝勒道歉，并解释事情原委。"

第十五回　两城筑就叶赫建国　十年纳聘蒙古践约

黄台吉吼道:"道歉有什么用?解释又有什么用?你叶赫叫我如何见天下人?"

"这里有隐情,贝勒可能不知道吧?"

"什么隐情?你说!"

白斯汉不慌不忙地说:"当年老都督①订的这门亲事,我家主子岂有不知?可是贵部十余年没有消息,哈达万汗又依仗势力强大,硬行聘娶,我叶赫弱小,敢不遵从吗?这件事儿,我做臣下的不便多言,贵部不妨到叶赫去问我家主子便知。"

这更激起了黄台吉的愤怒,他点起了五千精壮骑兵,昼夜兼程,驰往叶赫国。

蒙古土默忒兵临西城,清佳砮大惊,立派人去东城叫来杨吉砮:"黄台吉果然不答应了,你看怎么办吧!"

杨吉砮微微一笑:"黄台吉来了就好,我还怕他不来呢。"

"听说他带五千蒙古精兵,叶赫怎么能抵挡得了!"

"他不是来打仗,他是为儿子讨媳妇。"

"阿嫩已嫁哈达,我们拿什么应付他?"

杨吉砮哈哈大笑道:"阿哥,你也太实心眼儿了。温吉现在哈达宫中,叫他找万汗要人去嘛!"

"找万汗要人?"

"是啊。"杨吉砮胸有成竹地说:"我既然能把黄台吉引来,我就有办法把他打发走。"

清佳砮听了,仍是不得要领,又增加了一层忧虑:"万汗要是知道温吉曾与土默忒订过亲,他会放过我们?"

"阿哥请放宽心,我这就去见黄台吉,保管哈达有一场好戏看。"

正是:

兄愚弟智已分明,
大事临头更从容。

不知杨吉砮用什么妙计去见黄台吉,且待下回再叙。

---

① 指太杵。

第十六回　杨吉砮巧计促联姻　董鄂姬变态信邪教

　　话说杨吉砮单人独马来到城外，看见土默忒的营帐紧紧相连，果然是人强马壮。他心里高兴又惊恐。蒙古果然不同凡响，怪不得连明朝都惧它几分，一个小小的叶赫就更不在话下了。同蒙古密切关系，这对叶赫的发展壮大，至关重要。他一路胡思乱想，很快来到了蒙古营栅门前，对守营门的军士说："快去通报你家主子，叶赫贝勒杨吉砮求见。"

　　军士报入里边，黄台吉问道："他带了多少人马？"

　　"一个人，一匹马。"

　　黄台吉一怔："他是来打仗？"

　　"不，不像。"军士说："他没带兵刃。"

　　"我去看看。"

　　黄台吉出帐上马，跑出栅门，远远望见有一人骑在马上等候。

　　"那位是叶赫贝勒杨吉砮吗？"

　　杨吉砮早已看清楚了，此人正是土默忒部长黄台吉贝勒。以前曾见过他的面。那是小时候，伯父和父亲都在世，两部结盟。大概自那次结盟不久，祖父被杀，叶赫破灭。之后黄台吉永没有来过，倒是伯父几次去蒙古联合，都没有成功。温吉格格的亲事，也就在他某一次去土默忒时订下来的。伯父已死，时过境迁，叶赫人早已没有印象，谁想黄台吉却认真了。黄台吉如今可并不认识杨吉砮，当初他不过是个小孩子，现在已是三十几岁的人了。

　　杨吉砮马上一拱手："拜见部长。"

　　黄台吉并不还礼，一伸手："请。"说完回马便走。这是蒙古土默忒人的一种性格，试一试对方的胆量，看他敢不敢随后跟来。黄台吉回到帐前下了马，杨吉砮也随之下了马，并且从容得很，气不长出，面不改色，心不乱跳。黄台吉暗暗佩服，果然是有胆量。

　　进了帐篷，八个蒙古武士手按刀把分列两边，像泥塑的一样，一动不动。那威严的气概，足以令人生畏。杨吉砮就像没看见一样，泰然自若地走上地毯。

　　蒙古人的习俗有的和女真人差不多，没有椅子，都席地而坐，有身

133

份的人，就座在地毯或毛皮垫子上。主人不坐，客人不准先坐，坐了就算失礼。往往都是主人向客人道了声请，便首先坐下，客人待主人坐定，才按次序就座。今天奇怪的是，黄台吉走上地毯，站在皮垫前，好半天也没有坐。看样子，是要难为客人。他们对不欢迎或瞧不起的客人都是这样，以示轻蔑之意。杨吉砮如何不明白，他首先打破僵局：

"部长领兵到此，是打仗啊，还是迎亲呢？"

黄台吉一瞪眼："打仗怎么着？迎亲又怎么着？"

杨吉砮微微一笑："打仗么，我叶赫虽小，可调集五六千人马还是容易得很，足以同部长较量个高低。要是迎亲么，先人许诺之事，一定如约办理，部长决不致兴师动众，空来一回。"

黄台吉一听，心里说："什么如约办理，你们叶赫最无信，你们不是把格格嫁给哈达万汗了吗？"他瞅瞅杨吉砮，冷笑一声说道："我当然是为迎亲而来，但不知令妹现在何处！"

"我已经派使者通知你了，叶赫格格已嫁哈达汗王，都三年多了。这不能怪我们背约，因为十多年来，两家断了联系，我们认为蒙古对这门亲事已悔。我们不去责问，已经顾及到部长的面子。应该说，负约不在叶赫一方。"

黄台吉被驳得无言可答。是啊，十年来内乱外患困扰着土默忒部，好不容易安定下来，未免太晚了。这不能全怪叶赫。可是他依恃蒙古势力强大，仍怒气冲冲地说："那我不是白来了吗？"

"那怎么会呢。"杨吉砮依然平静地说："你将得到一个更漂亮的儿媳，她是我们女真中的白天鹅，保你满意。"

"你叶赫无信，既悔婚约，又成心戏弄我。"

"你还没等我说明白呢。"杨吉砮拿眼睛溜了帐中侍立的武士几下，欲言又止。黄台吉明白他的意思，一摆手："你们都退下！"武士纷纷走出，帐内并无别人。

杨吉砮不慌不忙地说："哈达万汗，恃强凌弱，威逼叶赫献女和亲，我不敢不许。不过当时我对他说了，我妹温吉已纳土默忒聘礼，如果黄台吉来迎娶怎么办？万汗说的明白，'黄台吉算什么？他要是真来娶亲，把我的女儿给他一个不就得了。'我看此事可行。哈达是东方强国，女真盟主。同哈达结亲，对土默忒大有好处。这样，你不但娶美女，又结强盟，蒙古诸部，谁敢小看你土默忒？说不定还会是你统一蒙古的外援力量呢！"

杨吉砮编造的这一套谎言，黄台吉居然信了。他素有统一蒙古诸部的野心，杨吉砮却也说到点子上，他被打动了。黄台吉久闻万汗大名，雄踞海西，号令诸部，有意结识，但无门路。这次如果能同哈达结亲，那是再好不过了，他不但完全相信杨吉砮，并且还对他抱有希望。这时，黄台吉那络腮胡子的脸上，绽出一丝笑容，一扬手：

"贝勒请。"他迅速坐在垫子上。杨吉砮这才坐在他的侧面。

"黄台吉部长，你看此事可行吗？"

"很好。这事情还得有劳杨吉砮贝勒从中撮合。"

"那当然了。"杨吉砮一笑说："我妻的妹妹，年方十六，乃汗王三女，由我做媒，一说准成。"

黄台吉大喜。一天乌云全散了，赶紧命令摆酒，上全羊席，款待客人。席上，杨吉砮又给黄台吉出了一个主意，说哈达是女真强国，为了不失体面，必须如此如此，方保万无一失。黄台吉应下。宴罢，黄台吉亲送杨吉砮出帐，又亲自给他牵过马，互道珍重，执手话别。从进帐到出帐，这两种截然不同的礼遇，如此巨大的反差，可以看出杨吉砮足智多谋，又善机变，胆识过人。

第二天，杨吉砮点了一千叶赫兵，杂在土默忒人马中间，直奔哈达，紧贴城门，把营寨扎住。

哈达万汗突然听得蒙古兵围城，吃了一惊。心想：我同蒙古人并没有过节，他为什么公然来犯？忙下令坚守城门，整军备战。

这时有人来报："禀汗王爷，叶赫贝勒杨吉砮到。"

"嗯？"

万汗一听是妻兄兼女婿来了，心里也就明白八九分。这蒙古兵的突然来犯，怕是叶赫搞的鬼。

"请他进来见我！"

杨吉砮进来拜见了万汗："阿玛汗在上，我有一急事，特来禀告。"

万汗心里老大的不高兴："什么急事呀？这土默忒的人马，不是你带来的吗？你这是搞的什么名堂呀？"

"是的，我正为此事而来。"杨吉砮叩了一个头说："真是没想到哇，我叶赫先人同土默忒部原来还有一宗姻亲之约，如今先人们都不在世了，是真是假，是有是无，我们也不清楚。黄台吉突然领兵到我叶赫，拿出先人信物，要迎娶温吉去蒙古，同他儿子小黄台吉成婚。这，这事可怎么说呢。真如晴天霹雳，弄得我手足无措，只好告诉他，温吉格格

第十六回　杨吉砮巧计促联姻　董鄂姬变态信邪教

已入哈达后宫,以前我们并不知道有这回事。再说,那是十几年以前的事,先人故世前也没提过,你叫我履行婚约,毫无道理。可是黄台吉不答应,非要温吉不可,这可怎么是好?"

"那么,他为什么又来哈达?"

"黄台吉已经探听明白,说哈达恃强凌弱,逼叶赫献女;叶赫为了投靠哈达,毁蒙古婚约,甘心这么做,你看,这不是没有的事儿吗?所以,他挟持我来哈达,务必讨还温吉。"

万汗"啪"的一拍案子:"岂有此理!"万汗准备同蒙古人决斗一场,吩咐人去把白虎赤找来,叫他领兵御敌。白虎赤来到后,见地下跪着杨吉砮,心里就明白了。他对万汗低声说:"蒙古兵无缘无故来哈达,肯定是叶赫在捣鬼,现在要立即扣住杨吉砮,杀退蒙古兵,叫他知道哈达的厉害。"

万汗刚要令白虎赤出去点兵,杨吉砮似乎听到他们的低声议论,觉得不好,忙大喊道:"不可!蒙古兵势大,绝对抗拒不得。惹恼黄台吉,他血洗哈达城,只怕玉石俱焚了。"

"他带多少人马来?"

"说是一万人。我看最少也有八千,还有四万人马驻扎辽河套,随时都会赶来增援,我们决难抵挡。"

白虎赤指着杨吉砮道:"你别吓唬汗王;你那些鬼话,只可骗汗王,你骗不了我。"说完要走,万汗叫住他:"等等。"杨吉砮见万汗稍有犹豫,趁机说:"我有个好办法,可以化验为夷,不知阿玛汗肯不肯听?"

"讲。"万汗深知蒙古人势力雄厚,黄台吉、恍惚太、炒花、煖菟等部都有十万之众,的确也惹不起。他真希望能有个妥善解决的办法:"你有什么好办法,说出来看。"

"要退蒙古兵,除非同他和亲。"

"和亲?"万汗仔细琢磨他女婿这句话,或多或少,活了点心:"怎么个和法?"

杨吉砮解释道:"黄台吉此来,不过是为儿讨媳。温吉即入汗宫,当然不会再去蒙古。阿玛汗可选一哈达女,由我从中做媒,许给他,此事就会圆满解决。"

万汗听了,沉吟不语。虽然也认为是个解决问题的好办法,但这拥众围城,威逼许婚,总觉有些不体面。杨吉砮何等乖巧,早已看出了岳父的心理活动,又进一步半是威吓半是解劝道:"阿玛汗英名远播,哈达势力方强。东方诸部，无不顺从；蒙古诸部，久慕威名，早有通款结纳之意。土默忒乃蒙古强部，黄台吉有十万之众，现已徙帐辽西，逐水放牧，以五万兵驻扎辽河套，已有窥伺海西之意。一旦东来，海西无人能抵。阿玛汗要给一哈达女，结黄台吉之欢心，则蒙古诸部无不归附，蒙古、女真两族交欢，则大业可成，望阿玛汗三思，不要错过此天赐良机。"

一番话，说得心高志大的万汗非常高兴："如果此事可行，那就照你说的办。"

杨吉砮看万汗已上钩，又磕了一个头请求道："阿玛汗要能以亲女与黄台吉联姻，那就更十全十美，今后天下无人敢小看哈达了。"

"黄台吉的儿子是怎样一个人啊？"

"听说少年英俊，文武双全，蒙古人中的骄傲，被誉为草原雄鹰。"

杨吉砮其实连小黄台吉的面都没见过，他这纯属信口胡说，万汗信以为真："那就好，我愿意将三格格许给他，你替我从中撮合吧。只要不失哈达体面，我欢迎同土默忒和亲。"

站在一旁的白虎赤，看事情变化得这样快，总觉得杨吉砮在愚弄万汗，他提醒道："蒙古的亲事，应当慎重。并且，我们还没有见着黄台吉，大军压城尚且未解，战备不可松懈。"

万汗长出一口气："还是干戈化玉帛吧。"

白虎赤叹息一声自去，从此对万汗心怀不满。

杨吉砮达到了目的，高兴地拜辞万汗，出了哈达城，回见黄台吉，说万汗以前的话算数，愿意同蒙古联姻。经过杨吉砮的穿针引线，这两个毫无内在联系的部族首领，结为姻亲。黄台吉备了厚重的聘礼，又选上好蒙古马二百匹、牛羊五百头，献与万汗。万汗大开城门，张灯结彩，迎接黄台吉，又在椵椙宫中设宴招待。犒劳蒙古军兵，皆大欢喜。闹腾了几天，选择吉日良辰，由德喜萨满主持，三格格拜辞祖先，拜辞供俸的恩都力和瞒尼，拜辞阿玛、额娘和家族长辈，被黄台吉用毡车拉走。三格格远嫁，特别带上一尊托亚哈拉的雕像，她要把火种传到蒙古去。

三格格出嫁那天，温姐也出来相送。她一看什么都明白了，这一切的安排，都是她阿哥杨吉砮一手包办。她也为远嫁的三格格祝福，暗地无限伤感。作为女真姑娘，只能作为政治交易的牺牲品，完全由不得自己。

第十六回　杨吉砮巧计促联姻　董鄂姬变态信邪教

这次蒙古、女真联姻，纯属意外和偶然。杨吉砮是最大的赢家，他不仅凭着机智化解了土默武给叶赫带来的不利影响，却把祸水引向哈达，促成两部结盟。从此，蒙古诸部同叶赫的关系更加密切；哈达万汗也对他另眼看待。他左右逢源，如鱼得水，威望日高。叶赫凭借同黄台吉的关系，从蒙古买到大批好马，武装自己的军队，为以后反明朝，侵哈达积蓄力量。

万汗十分感谢女婿杨吉砮，认为给他办了一件好事。几次有意想把从前掠夺的敕书还给叶赫，又想撤出占领叶赫的十三寨，均遭到家族和部下一致反对而作罢。

哈达同蒙古和亲，不仅海西诸部感到不安，就是对建州女真的震动也很大，他们深恐万汗借蒙古势力吞并他们领土。于是都进一步向哈达靠拢，甘做附庸。万汗的势力范围又空前扩大了。于是乌拉、辉发、叶赫等扈伦四国皆奉万汗为女真国汗王，哲陈、王甲、董鄂、讷殷、朱舍里、浑河、毛怜、建州诸部皆奉表称臣。就连远在东海的瓦尔喀、库尔喀、虎尔哈、嫌真、渥集、内河、木伦、那木都鲁等部也遣使贡献土产。哈达至此已发展到登峰造极，如果万汗能利用这一大好形势。统一女真，建立新的王朝，顺应历史潮流，则中国历史就会改写。可是万汗没有抓住这一历史机遇，而是鼠目寸光，始终忠于那个腐朽没落的朱明王朝。不久，万汗又因胜而骄，自己在腐败的路上越走越远，自毁基业，女真离心，终于土崩瓦解。这是后话。

再说自黄台吉大兵压境，城下逼婚的事情过去后，万汗高兴没有几天，家里又出了烦心事。万汗母亲董鄂姬妈妈马上就要过六十六岁大寿了。哈达宫中自然又是一番忙乱，筹备大寿庆典。不知从什么时候起，董鄂姬妈妈的宫中来了一个游方的道士，自称是江西龙虎山张天师的单传弟子，能呼风唤雨，禳灾祛病，到哈达传播道教。他又说能前知五百年，后知五百年，说得董鄂姬妈妈活了心，命人在寝宫旁修了一座道观，把这个游方道士像神佛一样供养起来。游方道士讲的那一套，都是同女真人的信仰迥然不同。女真信仰萨满，信奉万物皆有灵，道士却说人间天上就一个神，那就是张天师，张天师能制服世间一切妖魔。更令哈达人不能容忍的是，他说萨满就是妖魔。因此哈达人到德喜处告状，要求德喜驱逐妖道。德喜找万汗下令抓捕妖道，省得他妖言惑众，侮辱神祇。可是有董鄂姬妈妈保护，万汗出令不行。

筹备六十六岁生日大典，少不了道士的参与。道士说他能算出人的吉凶福祸，国家的胜败兴衰。他说哈达国王是白虎下凡，明朝皇帝是青龙转世，他们的根基都在江西龙虎山上清宫，他要叫哪个先回去，哪个就得先死。裌椚宫里人都说这个道士是疯子，满嘴胡言乱语。有董鄂姬妈妈挡住，谁拿他都没有办法。

寿诞越来越近，万汗已通令全国，让臣民孝敬。就是扈伦几国、建州诸部、东海野人，都派去专使邀请。

董鄂姬妈妈自信了道士的话以后，每天服用一次道士炼的丹药，叫长命丹，说吃上一百天，能活一百年；长期服用，能长生不老，消除百病，身体永健。可是董鄂姬妈妈原本是体魄健壮，从不生病的人，服了道士的丹药之后，越来越觉身体不适。道士先说，凡人服用仙丹，开始都不适应，慢慢驱除了凡胎，换上仙体就好了。又说大明皇帝嘉靖，就是服用了他炼的丹药，现在已成仙体，长生不老。董鄂姬妈妈更深信不疑，她早就听说明朝嘉靖皇帝常年在宫里炼丹服药，求长生不老之术的事。可是，董鄂姬妈妈的病势反而越来越加重。

温姐一日入室请安，见董鄂姬妈妈面色萎黄，一副病容，便问起服丹药的事。温姐说："额莫克本来身板儿好好的，现在弄成这个样子，纯是误服了道士的丹药所致，停止服丹，赶走道士，自会好的。"

董鄂姬妈妈一听大怒："我炼长生不老，你让我赶走神仙，简直是盼我死，我偏不死！"

温姐说："妈妈只要调养心态，自能延年益寿，不要信妖道胡言乱语，自古以来，长生不老是不可能的。"

"你给我滚出去！"董鄂姬妈妈气更大了！"再敢说神仙的坏话，我割下你的舌头！"温姐不敢再言，转身离去。正好道士向这边走来。温姐斜了他一眼："妖道！"道士装作没听见，直奔内室，对董鄂姬妈妈说："妈妈身边有妖气干扰，服丹才会出毛病。妈妈要长生不老，得驱除汗宫以内的妖魔，妈妈的身体才能健康。"

"是啊，我也觉得宫内有妖气，你给我好好找一找。"

道士笑道："贫道早看准了，汗王的小妃子，就是妖魔转世，她要不除，这哈达国早晚有一天要遭横祸。"

董鄂姬妈妈"啊"的一声说道："怪不得，自打她进宫以后，这哈达国出了多少大事，都是那小妖精在作怪。你给我除掉她！"

"妈妈要除掉这小妖怪不难，只怕汗王爷……"董鄂姬妈妈没好气地说："你只管给我消灾，出什么事有我担着。"

第十六回 杨吉砮巧计促联姻 董鄂姬变态信邪教

"那就好。"道士说出一番话来,别人听了心惊肉跳,可董鄂姬妈妈听了却心花怒放,连说"很好很好,就这么办。"

正是:

　　国运隆昌祥瑞现,
　　社稷将倾妖孽出。

不知道士给董鄂姬妈妈出了什么坏点子,且待下回再叙。

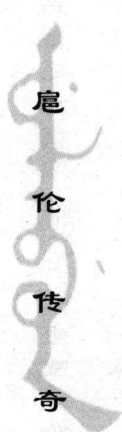

第十七回　董鄂姬祝寿伤天理　康古鲁飞火救情人

上回书说到哈达董鄂姬妈妈误信了一个游方的江湖骗子，冒充江西龙虎山上清宫张天师的单传弟子。她也不辨真伪，听那道士吹嘘能前知五百年后知五百年的事，预测人的吉凶祸福，又能禳灾除病，服丹药能使人益寿延年，长生不老。几个月过去了，董鄂姬妈妈服丹药不仅没能消火祛病，反而铅汞中毒，身体日渐消瘦，疾病缠身。按实说她应该醒悟了，妖道的骗术很容易揭穿，谁知这董鄂姬妈妈老年变态，谁的话也听不进，惟有对道士深信不疑，期望他能使自己长生不老，返老还童。温姐劝说不听，她和道士都对温姐恨之入骨。这妖人又编造一套蛊惑人心的谎言，说梜椙宫里有妖魔，妨碍丹药的效果，指出这妖魔就是汗王小妃温姐。本来董鄂姬妈妈就不喜欢这个年轻貌美的儿媳，不管她是不是妖魔转世，先利用道士除掉她，就遂了几年来的夙愿。当下道士对董鄂姬妈妈说："过几天就是妈妈您的六六大寿，到了那一天，可让汗王当着祝寿客人的面儿。将温姐活活烧死，给妈妈献礼。汗王要是不遵，那就是不孝，他便在天下人面前抬不起头来。到时不管他愿意不愿意，只要妈妈传出口谕来，他遵也得遵，不遵也得遵，他不敢在众人面前露出半点不孝之意来。您说，这一招儿厉害吧？嘿嘿。"

"太好了，太好了。"董鄂姬妈妈高兴了，又赏了道士一些银子，安排他那天做法事，驱魔，禳灾，借寿。

道士又说："您要想长生不老，六六大寿那天，还要吃三对童男童女的心，最好挑三到五岁之间的。太小了不行，太大了也不行。现在就得派人去买。"

董鄂姬妈妈乍一听，也觉为难。可一听说三对童男童女是六个人，应六六之数，六六三十六，六六三百六，起点数都是六。以后继续吃，配合丹药，吃够一百个童心，保证延年益寿，长生不死，返老还童。道士他又说自己已经"二百五十岁了，就是用此法，才长生不老的。"

董鄂姬妈妈更信服了，决心也要效仿一下。

"这好办。"董鄂姬妈妈说："传令下去，叫下边供奉不就得了。"

"那得汗王爷下令，只怕他不肯。"

141

"他敢违拗我的旨意？"

万汗为额娘筹备六六祝寿大典，已基本就绪。他觉得，额娘一辈子活得不容易。阿玛死于家族之难，额娘带我逃离虎口，隐居锡伯绥哈城二十余年，现在纳喇氏终于振兴了。哈达领有辽东、海西，自己建国称汗，是仅次于明朝皇帝的女真国之主。额娘已年老，去日无多，这六六大寿一定要办得隆重、热闹，让额娘高兴、开心，尽一点儿子的孝道。当然万汗也有烦心事，额娘迷信了江湖道士，给桬椆宫里添了乱。修道观、炼丹药，闹得城中宫内多有怨言。作为儿子，还不便过分干涉。万汗心情矛盾，又很苦恼。

祝寿日期临近，万汗来到董鄂姬妈妈宫中，向她陈述筹备情况。董鄂姬妈妈说："我还要一样东西，你得赶快去办。"

万汗赔笑道："额娘要什么都能办到，几样都可以。"

"我要三对童男童女，最好都是四五岁的。"

"童男童女？"万汗心里疑惑，遂问："做什么用？"

"这个你就别问，我要你赶快去办！"口气不容置疑，这更令万汗心生疑惑，他非要知道详情不可。遂说："宫里找几对孩子，也不是难事，额娘看哪个好，就找哪个好了。"

"不行！"董鄂姬妈妈生气了："你能舍得，我还舍不得呢！"

"什么舍得舍不得，不就是一会儿工夫吗？"万汗以为，祝寿庆典那天，为了图个吉祥，让男孩女孩两边一站，象征着王母娘娘两边的金童玉女。可他怎么也不会想到，这是江湖道士给她出的一个十分恶毒十分残忍的坏点子。

"你办不办吧？"董鄂姬妈妈不满意了。"你不办，我自己也能办！"

"办是能办，可我得知道干什么用，好对人家的阿玛额娘说明。"

"说明人家还能献出孩子来吗？"

听了这句话，万汗预感到事情不妙，不由联想到道士终日在宫内神出鬼没。他想到了道士炼丹的事，是不是道士炼丹要用孩子的血肉合汞铅水银入炉？一想到这里，万汗心惊不已。

"到底要童男童女干什么用？"万汗心情激动，说话声音都变了。

"我要长生不老，神仙点化我，吃童男童女的心一百个，就会返老还童。生日那天必须应六六之数，以后每天一个，百天之后，就出奇迹。"

原来是这样！都是那个妖道的鬼点子，这还了得。遂说："这可不行。那太造孽了！"

一句话气得董鄂姬妈妈大发雷霆："好哇，你敢说我造孽？世间哪有你这不孝的儿子！不让他额娘长寿，盼我早死。我不过生日了！我死给你看……"她发起疯来，又哭又闹，以头撞墙，侍女拼死拼活地拉住。董鄂姬妈妈放声大哭："我从小把你拉扯大，当了汗王，你就什么都忘了，竟然怕我长寿，盼我早死，我还活着干什么……"

梜椙宫里人差不多都惊动了，纷纷跑过来劝说，万汗十分尴尬地站在那里。董鄂姬妈妈房里房外挤满了人，谁也不敢错说一句话。

道士分开众人，进了屋子，微微一笑："无量寿佛。妈妈不必如此，一切都是天意，否极泰来……"回头又冲着万汗一龇牙："汗王爷天性纯孝，必能体察慈母仁爱之心，定能将功补过，遂妈妈长生之愿。贫道告辞，汗王爷好自为之。"说完分开众人走了。

万汗见董鄂姬妈妈情绪稳定一些，忙跪下道："万儿不孝，惹额娘生气。额娘放心，一定按额娘盼咐去办。"

万汗果然令侍卫到乡间搜寻到三男三女六个孩子，送到董鄂姬妈妈的房中。

董鄂姬妈妈祝寿的时辰到了。各国、各部、各卫所、各城寨祝寿的人络绎不绝。有的派使者带了礼品，有的亲自登临，万汗母亲六六大寿，谁敢不来孝敬！正朔这天，一大早，董鄂姬妈妈在侍女的伺候下，梳洗打扮，穿上了明朝皇帝赐赏的一品命妇朝服冠带，脚登一双木底高履，很不协调。梜椙宫的正殿粉刷一新。明柱贴上了"福如东海"、"寿比南山"的字幅。正殿的"梜椙宫"匾额下，挂着一个斗大的"寿"字。因"梜椙宫"乃当今天子御笔，"寿"字只能挂在匾额的下边。一派笙歌悦耳，钟鼓齐鸣。万汗为首，率领家族长幼男女，给董鄂姬妈妈三跪九叩行大礼拜寿。依照纳喇家族规矩，按照亲疏、辈分，依次行叩拜礼。最后是女眷，先由格格，次由尾伦①，也是依辈分，依身份，逐一行礼。之后，方由亲戚、各部使节、部属头人，依次献礼祝寿。道士站在后边，注视着这一切。

大礼依程序进行到最后，董鄂姬妈妈有点支持不住了，险些晕倒，侍女们赶紧上前搀扶，才没有倒地。

万汗一声盼咐："送妈妈回宫休息。"不想董鄂姬妈妈一摆手："不

---

① 结婚的女子称尾伦，即媳妇。

可。大事还没有办完，我不能回宫。"

"大事？还有什么事？"万汗已经意识到，这老太太不定又有什么怪主意。心说，不管她提什么，我都要答应她，别在各部使臣面前给我下不来台。

"仙长请你过来，你跟他说一说，当着大伙儿的面儿，看他是真孝心还是假孝心。"

"额娘，看你说哪去了。"万汗怕坐在远处的各部使臣听见，急忙小声说："额娘吩咐什么，一切照办，一定让额娘高兴。"

董鄂姬妈妈并不理他，回头对着道士："仙长给他说一说。"

"汗王爷是这样。"道士望着万汗，阴阳怪气地说："贫道得吾师张天师真传，善辨人间妖魔邪气。贫道早已看出，汗王爷宫中有妖邪在作祟，太妃妈妈的病体实因此所得，下一个该轮到汗王爷了。"

万汗吃了一惊："妖邪在哪里？"

"就在汗王爷身边，只要汗王爷能割爱，不但太妃妈妈病体能康复，对汗王爷也有好处，哈达就从此免灾了，万古千秋。"

"你指的谁？"万汗有点愠怒，他知道这个江湖骗子不会有好主意。

"就是汗王爷的小妃子，叶赫国来的那个妖女。无数邪魔，都附在她身上，不得了啊！"

万汗刚要发作，一想到前两天那一幕，如果在这种场合再演一遍，自己的汗王地位如何能巩固？各部如何能尊重？他只有压住火，对道士说："仙长所提之事，待祝寿庆典完了，再从长计议。"

"不行！"

董鄂姬妈妈撒泼似地说："这样给我祝寿，还不如我早点死了好。一个小妖精你都舍不得，还装的哪份儿孝心！"

万汗一听，完了，这回又要出麻烦。无论如何，不能在各部使臣面前丢面子。他只好忍气吞声地说道："除妖去邪，当用何法？"

"其实也没什么。"道士说："妖邪附在小妃的身体上。架上干柴，点上火，把小妃放在上面烧一烧，熏一熏，妖邪烧掉，我保你小妃丝毫无损。汗王宫里从此就太平无事了，太妃妈妈病体很快就会康复。"

万汗一听，恨不得将这个江湖术士碎尸万段。可他对额娘言听计从，一时也不知如何是好。

董鄂姬妈妈厉声道："就照仙长说的办！"

万汗左右为难。人架到火上烤，说是光烧掉妖邪之气，不能伤人，

根本不可能的事。女真人有火炼金神，火烧不坏身体，那是有瞒尼下凡附体，只有大萨满才能做到，普通人是不可以的。当然，万汗深知董鄂姬妈妈的险恶用心，她是想方设法除掉温姐，因为她从来就不喜欢这个儿媳，必欲置之死地而后快。

万汗请求道："温姐自入宫以来，没有什么过失。要是按道长所言，架到火上一烤，这凡胎肉体，一旦出现意外，留下个哈哈珠子，额娘的沃莫洛①，可怎么办？"

"这个我不管！"董鄂姬妈妈一扭头："请仙长给我办好这件事，我倒要看看这个小狐狸精有多大的道行。"

道士似笑非笑地双手一合掌："太妃妈妈吩咐下来，贫道可要遵旨照办了。汗王爷，您说呢？"

万汗被逼无法，只得命人在殿外架起干柴，传来温姐："为了额娘的健康，为了哈达国的兴旺，只有委屈你了，你不要怨恨我，你就早日升天吧。"

温姐不哭也不闹，只是冷漠地望了一眼万汗，走向干柴堆。

祝寿的各部使臣见此场面都莫明其妙，怎么生出这样的变故，实在扫兴的很。焚烧活人的事各部差不多都有，那是举行殉葬仪式。没有听说祝寿有焚人之举的。这哈达倒是与众不同，居然能搞出这样热烈的场面来，都对万汗敬畏十分。

干柴被点着。

温姐一声不吭，慢慢走向烈焰飞空的柴堆。屋里所有的人都出来了，特别是宫廷侍卫和女眷们都暗骂妖道害人，恨董鄂姬妈妈心肠冷酷，但谁也不敢说一句话，生怕被董鄂姬妈妈听见，就会灾祸临头。

大多数人还是看热闹，在当时的女真社会里，都认为这种行为是壮举，是只有王室之家才能有的大典。

道士念念有词，然后高声唱道："送王妃升天——妖魔化为灰烬，太妃益寿万年。邪魔赶去，国泰民安！"

两个武士上前架住温姐，温姐摆脱，斥道："闪开！我自己会去。"说着走上台阶，毫不犹豫地纵身跳下。正在这千均一发之际，突然从旁蹿上一个人来，从后面把温姐拦腰抱住，借着惯力，从烈焰上飘过，轻轻地落在了正在燃烧着的柴堆旁。

第十七回　董鄂姬祝寿伤天理　康古鲁飞火救情人

---

① 孙子。指温姐所生之子孟格布禄。

满场皆惊。

一阵惊愕之后，四周又发出一片喝彩声。万汗定睛一看，这救温姐的是一个二十几岁的青年壮士，他的儿子康古鲁。

前文书提过，万汗在绥哈城时，同一锡伯女私通，生一子名康古鲁。万汗把他带到哈达，称做外妇子。康古鲁从小聪明伶俐，长成一表人材，万汗甚是喜爱。康古鲁自知额娘出身寒微，不被纳喇氏家族所容，自小立志要强，习文练武，样样超过几个阿哥。特别学会了一宗飞檐走壁，空中飞人的功夫。据说麻雀从头上过，他一纵身就能伸手抓住。因同温姐的年岁相当，康古鲁出入宫廷，也不避忌，逐渐萌生感情。今日见董鄂姬妈妈庆祝六六大寿，节外生枝，以驱邪魔为借口，串通道士，意欲烧死温姐。温姐心甘情愿，无怨无悔地走向篝火，欲自焚求死。他有点看不下去了，就在温姐纵身一跳之际，他一个空中飞人的动作，顺势抱住温姐，落在安全之地。

温姐见关键时刻是康古鲁救了她，一时百感交集，扶在康古鲁身上放声痛哭。

万汗弄的十分难堪，事情越弄越糟，简直无法收场。

董鄂姬妈妈惊得呆了，道士也望着渐渐熄灭的篝火发怔。这小子是谁？如此胆大包天，敢搅太妃妈妈的好事。

董鄂姬妈妈一声怪叫："来人！把那个小杂种给我带上来，交给仙长发落。"

一句话提醒康古鲁，他推开温姐，一个箭步蹿到道士面前，抓住他的衣领，照着脸上，啪啪啪一连打了几十拳，一甩手把他扔在了火堆里："你这邪魔，看你还敢不敢害人了！"

因宫中人恨透了道士，大家谁也不去救。

"快把仙长拉出来！快，快拉出来。"董鄂姬妈妈怎样呼喊，谁也不动。万汗心中暗喜，康古鲁胆大为宫里除了一害。他却说道："额娘，道长已炼成仙体，人间凡火是伤不了他，不用替他着急，他自然会回来。"

道士被康古鲁打了个半死，又被扔进火堆，无人肯救，刹时皮肉烧焦，气绝而死。

康古鲁跪到董鄂姬妈妈面前："沃莫洛向妈妈请罪。这妖道不是神仙，是神仙不会被烧死。他是哪里来的奸细，祸害咱哈达国来了。"

奇怪的是，董鄂姬妈妈反倒不闹了，她唉了声说："这些天，我糊涂了,也不知道怎么闹的。都说神仙不是凡体,不会死,他怎么会死了!"她又叫过来温姐,拉住她的手说道:"你是我的好尾伦,心甘情愿去赴火,我知道你的孝心。都怪额莫克信了他的话,委屈你了。"

"额娘!"温姐跪地叩头,恸哭不已。宫中男女侍从女眷亦皆伤心。

董鄂姬妈妈又盼咐道:"把那六个哈哈呵呵给我送来,我要亲眼看着应没应六六之数。"

少时,六个人抬着三个大条筐,放在了大殿中。拿过盖在上面的苫布,每个筐里坐着一男一女两个小孩,背对背,四支手拴在一起,嘴里塞着东西,哭都发不出声音来。一个锅头拎着一把尖刀,走上来打了一个千说:

"回太妃妈妈,按照你老人家的盼咐,金童玉女已够六六之数,请问何时上膳享用?"

"那还用问吗?我今儿个做寿,还用问吗!"

"一次都用,还是分开用?"

董鄂姬不耐烦了:"你看着办吧!我要连用一百天,才能长生不老。"

"明白。"锅头一挥手中刀:"抬走!送膳房。"

万汗低声喝了一声:"回来!送膳房做什么?"

"汗王爷明知故问,太妃妈妈六六大寿,吃童男童女心才能长生不老。"

万汗咚地跪在董鄂姬妈妈面前:"额娘,使不得,这都是那妖道出的坏点子,额娘千万不要相信它。"

"你答应过我的。"

"答应是答应,那不过是哄额娘开心。咱们女真人没有金童玉女之说,孩子心肝万万吃不得。"

董鄂姬妈妈情绪本来不好,见万汗又阻止她吃童男童女的心,不觉沉下脸来:

"我的事不用你管!"说完起身盼咐锅头道:"你该怎么办就怎么办,你要听我的。"她也不管祝寿大礼还没进行完,各部使臣都在座观望,在宫女的搀扶下,回寝宫休息去了。

万汗跪在那里怔怔地发呆,他不知如何是好。

这一下都被康古鲁和温姐看在眼里,多么可怕的棪楷宫啊!温姐悄声对康古鲁说:"孩子一到膳房就没命了,你快想法子救救吧。"康古鲁

很觉为难，他已经闯过一次祸了。温姐急了："传汗王的话。"康古鲁猛醒过来，起身去追，追到膳房门口，追上了锅头，宣谕道："汗王有旨，谁敢动一动孩子，汗王就诛灭他全族！"

锅头愕然。

六个孩子被放开，藏在密处，不能让董鄂姬妈妈知道。锅头想出个变通的法子，将羊心当童心烹调献上，董鄂姬妈妈不辨真伪，反而夸锅头孝顺，好手艺呢！

单说柀棺宫里的一切，各部使臣一无所知。他们听到的是，道士妖言惑众，也被烧身亡。太妃妈妈要吃小孩心肝的事没有透出半点风声。六六祝寿庆典以悲喜剧结束。董鄂姬妈妈从此不再服用丹药，她对道士一年来在宫中所作所为，产生了怀疑，也不再相信他是江西龙虎山上清宫张天师的单传弟子了。可是她却相信了道士所说的吃一百个童男童女心就能长生不老，益寿延年之说，除了每天吃一个猪羊代替的假童心，并经常派人，一般都是宫里的心腹亲信外出猎取三到五岁的幼儿。怕在近处被人发觉，多打发去远处，采取偷、抢、拐、买、骗等手段，向宫里源源不断地输送幼小的生命。于是海西、建州，甚至开原边内汉人地区，也常有小孩丢失。

正是：

老年变态性乖张，
行为残忍近疯狂！

要知董鄂姬妈妈能否延年益寿，众小儿的命运如何，且待下回再叙。

第十八回　建州道王杲救儿童　媳妇山黑春遭伏击

上回书说到董鄂姬妈妈六六大寿,听了一个道士的挑唆,以驱邪魔妖气为由火烤温姐,被康古鲁救下,道士却命丧火堆。这真叫善有善报,恶有恶报,蓄意害人,反而自食其果。意外的是董鄂姬妈妈没有翻脸。为什么?因为道士曾自我吹嘘,说他已二百多岁了,炼就金刚不坏之身,已脱凡胎,变成仙体。仙体怎么能烧死?董鄂姬妈妈开始产生怀疑,对道士的信任大打折扣。相反,她没有责备康古鲁,破天荒地安慰起温姐,改变了对温姐的不好印象。

可怪的是,她却相信了吃一百个童子心就能长生不老。坚持让锅头为她烹调供奉,每天一个。是康古鲁假传万汗旨意,救出了六个孩子。锅头虽是太妃的亲信,对她这种行为也十分反感,无辜残害儿童,伤天害理。经康古鲁一吓,不管万汗的口谕是真是假,就此住手。他知道,董鄂姬妈妈病入膏肓,不会活多久,汗王父子却是得罪不得的。他是厨子,烹饪手艺精湛,每天给董鄂姬妈妈供奉假童心。

祝寿大典几经波折,好歹收场,各部使臣散去。万汗非常懊恼,好好的一项祝寿庆典,生出这么多事端,令他丢了面子。他赌气回到桭椐宫,上了白玉楼,想安慰一下温姐,虽然没有烤死她,也足以令她心惊胆战。他刚迈进门,就听见里边有哭声。细听,是温姐的声音,听声音还有一个男子的哭声。

"是谁在里边桑咕?"

宫女老老实实回答:"禀汗王爷,是康古鲁台吉。不知什么原因,他一来就同福晋伤心痛哭不止,劝也劝不住。"

万汗明白,他们经历了那么大的风险,怎么能不悲恸?

万汗每到温姐房中,不准通报,说来就来,说走就走,习以为常。康古鲁从小养在宫中,进出随便,也不回避。温姐虽与康古鲁有母子名分,但二人年貌相当,名副其实的金童玉女,久已心心相印。只是惧怕万汗威严,不敢有越轨行为。今日一场灾祸,化险为夷,两人情感勃发,一时苦辣酸甜齐聚心头,回到楼中,抱头痛哭。万汗进来,他们谁也没有发觉。

"温吉!"

相抱痛哭的二人陡然一惊,见万汗站在跟前。二人赶快松开,双双跪在地上:

"汗王爷吉祥!"

"阿玛汗吉祥。"

万汗对二人平时嬉笑打闹随便倒是司空见惯,可双双抱在一起却是头一回。他心里老大的不愿意,又不好说什么。盯了他们好一会儿,唉了一声说:"你俩起来吧。温吉,事情都过去了,太妃也原谅了你,她想吃小孩心就叫她吃去吧!"说完,万汗转身自去。温姐、康古鲁二人怔了一会儿,心中有些害怕,不知万汗什么意思,心里想的是啥。过了些日,不见万汗有什么异常表现,二人反倒胆子大了起来。山盟海誓,暗结情缘,偷寒送暖,惜玉怜香,俗话说的不错,色胆能包天,情场不要命,二人背着万汗做了露水夫妻。后来万汗死,康古鲁公开娶了温姐,这是后话。不提。

董鄂姬妈妈一心想返老还童,继续搜寻小孩,这哈达万汗老母好吃孩子心的事很快传开,各部人心惶惶。消息传到建州,恼了一个大人物,右卫都指挥使王杲。

前文书提过,王杲的父亲多活洛贝勒在哈达饮酒赴宴回到家后,突然得疾病身亡。王杲怀疑万汗酒中下毒,害死了阿玛。这只是怀疑,找不到真凭实据。听人们流传梜椙宫里有人活吃小孩心的事,他更相信阿玛的死,肯定是被哈达暗害。心生怨恨,报复心愈强。他传下号令,不管在哪里发现哈达人,一律扣住,送来见我。

一日,王杲率随身侍卫到边境上巡视,发现通往哈达的大路上有一伙人,赶着驮子,走的很急。王杲心想,现在不是贡市之期,这伙人是干什么的呢?这要是往常,王杲不可能管这闲事,任他自去。自从听到人们传言之后,他不能不怀疑这伙人的来路。

"上!截住他!"王杲一马当先,追了上去,那伙赶驮人见有人来追,走的更快。王杲一行追了好几里,才在一个山弯豁口处把他们拦住。

"你们是哪来的?驮的什么东西?"

为首的那个头目模样的人,翻了王杲一眼:"赶路的,你管得着吗!"

王杲大怒："兔崽子，敢跟你玛法这么说话，给我抻①下来！"两个侍卫上前，一人扯住一只胳膊，像提小鸡似地从马上抓过，摁到地下。"

"说，干什么的？驮子里装的啥？"

那人老实了："我们是哈达人，给汗王爷办山货的。"

"那你跑什么？"

"天快黑了，赶路呗。"

"什么山货，我看看。"

那人一听说要看看，心里发毛，哀求地说："这可不能动，汗王爷怪罪，奴才担当不起。你放了我吧。"

"打开！"

那伙人一听要察看驮子，抛下了马匹，钻山逃走。

他们一共四个人，四匹马上驮着箩筐。王杲侍卫揭开箩筐一看，都大吃一惊，每个箩筐里坐着一个四五岁的小孩，有男也有女，一共是八个。小孩手脚捆住。嘴里塞着兽毛，发不出声音。王杲全明白了，证实传言不虚。

"你不说，办的山货吗？这是什么？"王杲恨不得一刀砍了他。

"不关奴才的事，小人是奉命办事。"他见事情败露，只得实说："奴才是奉达妈妈②之命，来辽东买四五岁小孩，送到宫里，做什么用奴才就不知道了。"

"造孽！"王杲踢了一脚地下那人："滚！小孩归我了。"

王杲将八个男女娃娃带回古勒寨，令人精心照料，并寻找他们的父母。

哈达那个头目跑回梜楛宫，向董鄂姬妈妈禀报买的小孩途中被劫。地点是在哈达通往建州的山路上。董鄂姬妈妈骂他没用，命人将他吊在马棚上打个半死，从此再也不敢派人去辽东了。

王杲救了小孩，对万汗母子更加仇恨。

王杲在建州女真中被称做"罕王"。这是怎么回事。原来王杲本名叫阿秃，他又是多活洛贝勒长子，女真人以罕为长，部落首领，家中长子，皆以"罕"冠名后。如果是部落酋长，那么"罕"的意义与"汗"同。所以王杲初称阿秃罕，继而称为杲罕，到他势力强大时，辽东女真

第十八回　建州道王杲救儿童　媳妇山黑春遭伏击

---

① 强拉。
② 高祖母，对董鄂姬的尊称。

人干脆称他为"罕王",或"老罕王"。王杲自幼聪慧,机智敏捷,通晓女真、蒙古、汉、朝鲜各种语言文字,又受到异人点拨,精通一种预测卜卦的本领,名为"日者术",定吉凶祸福,灵验如神。他巡视边境路遇哈达人驮小孩,就是他用"日者术"测出来的。

王杲反明有两个原因。远因是明朝早年杀了他的祖先凡察父子,使他们这一部族首领沦为平民,几代不得翻身,家产全被毁;近因是明朝边吏贪苛,虐待女真人。开市大权掌握在他们手里,他们说开就开,说关就关。女真人本来通过贡市贸易互通有无,不开市就等于断了女真人的活路。明边吏的任意贪苛、极大的伤害了女真人的感情,他们找王杲投诉,请王杲为女真人做主,王杲自然地成了辽东女真人的领袖人物。正好叶赫首领太杵与明有害祖之仇,同哈达有杀父之恨,他既反明朝又反哈达。王杲与之结盟,南北配合,共同行动。后太杵死于柴河堡,王杲负约未出援,两家关系疏远。十年之后王杲失败,走倚哈达万汗,未敢奔叶赫,与此不无关系。

建州右卫的东边有个毛怜卫,指挥加奴、加哈兄弟二人,同王杲友善。加奴、加哈积聚大批人参,明朝市易关闭,货物无法销售,保存无方,参都起斑长毛,最后烂掉,毛怜卫遭受重大的经济损失,人民生活困苦异常。加奴、加哈兄弟更加痛恨明朝,起兵攻抚顺,掠明境。明兵出动,捉住兄弟二人,处以极刑。王杲痛失良友,决心为二人报仇。兵临抚顺关,杀死抚顺守将彭文殊,并将东州、会安、一堵墙各城堡焚掠一空。明朝才知道王杲的厉害,急令辽东副总兵黑春出兵辽阳,征剿王杲。

王杲兵势正盛,驰骋于辽东无人能抵。辽东诸城,望风归附,王杲往来于宽甸、叆阳、清河、抚顺、草河诸城,如入无人之境,并准备越过摩天岭,进攻辽东首府辽阳。

且说辽阳副总兵黑春,率领大军五千,浩浩荡荡越过孤山,一路闯关夺寨,很快进入摩天岭地区。过了连山关,就离辽东重镇凤凰城不远了。黑春的军事部署是坐镇凤凰城,控制全辽东,把王杲的人歼灭在辽东山区。然后从草河城北上,直取苏子河口,一举荡平建州女真,到抚顺城祝捷。黑春知道,当年武靖侯赵辅会合朝鲜康纯的部队就是走的这条路,李满住授首,建州卫破灭。这条路成了女真人灾难之路,死亡之路。

黑春的算盘打错了。今天所遇到的对手不是当年的李满住,今日建州女真的势力也不同于七八十年前仅有千余贫困人口的建州部落。王杲是一位深孚众望，能在辽东呼风唤雨的大首领。黑春行军中，遇上几股女真人马，稍一接触即溃。黑春见女真人不堪一击，便产生了轻视王杲之心。部下有提醒他，这小股女真盗匪莫不是王杲的诱敌之计，让他小心，不可大意。黑春不听，继续穷追。正追之间，来到一处山高林密的狭谷，黑春不识路径，询问当地土人，此处何名，山叫啥山，土人说，此山名叫尾伦阿林①，谷叫撒黑②谷。过山仅有一羊肠小道，除了猎人，别人很难通行，进山必定迷失方向。黑春不懂女真语，听说叫什么杀黑谷，觉得很别扭。杀黑谷又与他黑字相犯，此不吉之兆，忙传令后撤。大队人马掉不过头来，只好后队做前队，前队做后队，队形已乱。撤不几里，突然一声号炮响彻山谷，四周吹起了别喇，不知有多少人马，从四面八方杀出。王兀堂、牤子胜、李碗刀、来力红各率本部人马从四个方向杀过来。明军五千兵马被围在一起，队伍立刻溃散。王杲站在高处，手执令旗指挥。明军进退两难，只好拼命。黑春素以英勇著称，他如何肯认输，率领千余明军突围。女真人马越聚越多，黑春部下越来越少，终于剩下黑春一人，被女真兵捉住。

王杲得知捉住黑春，心中大喜，邀各部首领齐聚凤凰城，大摆庆功宴，祝贺他们有史以来的最大的一次胜利，歼灭五千明军，活捉统帅黑春以下百余名大小军官。辽东震动。

王杲在凤凰城聚会辽东女真各部首领，商量对黑春等明朝被俘将官的处理办法。王兀堂主张放了黑春一伙，让明朝知道女真人的厉害，从今不敢小看建州也就算了。其他人都坚决反对释放明将，放与不放，明朝对女真人不会改变歧视政策。王杲笑道："加奴、加哈兄弟就是死于黑春之手，今日捉住他，正好还要给加奴兄弟二人报仇呢！我怎么会放了他？我是说，是把他就地处死，还是押到抚顺关外斩首，他是死定了！"

王兀堂极力阻止道："不可。黑春是辽阳副总兵，要把他杀死，朝廷一定会调来重兵为黑春报仇，女真人又要遭殃了。"

王杲不听，决心要处死黑春，令把黑春带上来。黑春不过四十几岁的年纪，升任辽阳副总兵还不到一年。也是因为轻敌和刚愎自用，中了

---

① 媳妇山。
② 野猪。

第十八回　建州道王杲救儿童　媳妇山黑春遭伏击

埋伏。今日被擒,实不服气。"

武士把黑春推上来。王杲喝问道:"你见了本都督,为什么不跪?"

"本帅上跪天子,下跪辽东总督,从来不跪你们这群蛮夷丑类。"

王杲大怒:"被擒之人,还敢无礼谩骂我,真是该死!"

黑春冷笑道:"本帅误中奸计,兵败被擒,有负皇恩,只有一死以报朝廷。"

王兀堂又暗中拉了王杲一下,低声对他说:"此人气度不凡,不能杀。"王杲还是不听。

"你不是想死吗?那容易。"王杲一声命令:"推出去!"

黑春回头骂道:"你们这伙反贼,死期也不会太远,你等着吧!"

王杲被激怒了,他吩咐把黑春砍头之后,肢解尸体,砍成六块,吊在城门上示众。接着,进兵辽阳,掠孤山、汤岗子。辽阳指挥使王国柱等大小军官数十人战死,辽阳几乎陷落。明朝只好从各处抽调人马。对辽东实行坚壁清野,步步为营。对王杲围追堵截,王杲才稍有收敛。辽东地区山环水绕,沟深林密,地形复杂。王杲机动灵活,在辽东山区如鱼得水,明兵也是奈何不得。时土蛮大举进犯广宁,明军又调往辽西,防御蒙古,辽东的紧张局势才有所缓解。朝廷制服不了王杲,又重演"以夷制夷"的故伎,遣使带着礼物去哈达,要求万汗出面,制服王杲。声称只要王杲停止搔扰,接受招抚,既往不咎,并许贡市如常。

万汗带了大将白虎赤,领兵两千,亲入建州,说服王杲。王杲虽对哈达有怨气,目前也不敢慢待万汗,因他是女真诸部盟主,地位举足轻重。

王杲不肯就抚,对万汗说:"明朝边将,没一个好东西。他欺负我们女真人特甚,不杀光他们,难出我这口怨气。"

万汗说:"边吏可恶,这是有的。可朝廷还是能为我们女真人做主的,你不好向朝廷告状吗?"

王杲说:"告状?告状顶什么用!他们官官相护,狼狈为奸,谁肯替我们女真人主持公道?"

"女真人自己的事,用不着别人主持公道。"万汗说:"我们遵守朝廷法度,不犯边,不扰民,定期贡市,天下不就太平无事了!"

"汗王,你是不知详情。"王杲也想把憋在胸中的怨气当万汗诉诉苦。他慨叹地说:"本来,我也不想得罪朝廷,按时进贡,定期贸易,求得女真人平安地生存。谁想明朝这帮狗官,太可恶了!入贡时,必先用厚礼贿赂边将,打通关节。不然,他就百般刁难,不开关放行。贸易时,他们又极力压低人参、貂皮、珍珠、鹿角的价格。只要你把货带去,卖也得卖,不卖也得卖,不卖也不准带回。更可气的是,女真人卖货得了几个钱,又被他们领到热闹街去睡土炕①,钱被下去②。白卖了几个钱,光溜溜而回。有的女真人也真不争气,唉,谁让他们穷,娶不起沙里甘呢。"

万汗又问道:"听说你大骂过抚顺贾守备,有这事吗?"

"不错。"王杲说:"我骂过那个守备贾汝翼。那一年我去抚顺马市,建州卫十几个头人都随我去了。我们选的是上好的马匹入市,这个贾汝翼说什么,马膘不好,太瘦了。有的人拉的瘦马,因为给他重贿,就给作高价。这还不算,朝廷制度,开市时,女真各部首领都要和明官一起坐到堂上,共同议论价格。可是这个贾汝翼,却叫我们站在阶下,由他一个人坐在堂上,说多少就是多少。有人不服,他还拍案骂,叫军士打。你想想,这口气谁能受得了?所以,我声言反明,各部都响应。"

万汗听了王杲的陈述,也深表同情。可是他对明朝忠心不二,到此还是替朝廷说话:"朝廷的法度是不错的,错就错在边吏没能体察上意,胡作非为,没把事情办好。"

王杲不服:"就算朝廷的法度是好的,可到了下边,不去照办,受害的还是我们女真人,朝廷能知道细情吗?"

万汗默然良久,说道:"明边吏的做法不对,可是你也有错,不该对他们无礼。"

王杲一下跳起来:"我无礼?纯粹是叫他们逼的!"

原来万汗很早就听到一些关于王杲的传闻。说抚顺明边吏垄断市场,压制建州女真,交易不合理、不平等,引起建州诸部不服。王杲为建州诸部首领,又桀骜不驯,屡屡为女真人打抱不平。带兵闹事,同边吏争执。有一次开市,守备贾汝翼高坐堂上,一边喝酒一边论价。王杲实在看不顺眼,跳上堂去,一把抢下酒壶,自己喝上了。又假装喝醉,摔了酒壶,坐在贾汝翼对面大骂起来,净骂些难听的话。这些传闻,不知是真是假。万汗也觉得明边吏对待女真人未免太过分了。

"我都知道了。"万汗说:"这回我给你做主,我领你去见巡抚辽东

---

① 当时抚顺的暗娼,都在低矮的草房里接客,称睡土炕。
② 骗去之意。

都御史张学颜张大人。他对我们女真还是同情的,朝廷方面,他也能替你说好话。"

"什么张学颜李学颜,我都信不过。"

万汗笑道:"你的事,张学颜大人早已查清上奏朝廷。贾汝翼已被撤职治罪,赦免你杀官掠夺烧城的罪过,只要你放还所掳人口,其余一概不究。这样总算给你最大的面子了吧!"

正是:

> 忍让求生非善计,
> 造反方能立军威!

不知王杲能否就抚,且待下回再叙。

第十九回　勒碑刻石抚顺订盟　背土筑城乌拉建国

话说王杲听了万汗传达的朝廷招抚条件，也觉得该见好就收，适可而止。连杀死副总兵黑春这么大的事，朝廷都原谅了，既往不咎，遂同意受招抚。各部首领得知王杲受抚的消息，非常不满，纷纷指责他，我们跟你起事，为争女真人生存。明朝是靠不住的，受抚必定受害。王杲不听，他一切都按万汗的吩咐办，释放被俘的明军将士，放还所掠人口，召集各部酋长，随万汗来到抚顺关下。巡抚辽东都御史张学颜，特地从辽阳赶来。由万汗监誓，双方订盟于抚顺关下。王杲就抚，并立石碑一座，镌刻铭文以纪其事。盟约规定，建州女真自今之后，遵朝廷法度，永不盗边。双方各守疆界，彼此互不相犯。双方皆不准容纳逃人，开清河、抚顺、叆阳三处马市，自由贸易。双方指天为誓："此石不烂，此盟不渝；一方毁约，天即殛之"。张学颜好言抚慰王杲，并答应为之请敕。王杲也感恩拜谢，双方皆大欢喜。

王杲就抚，这是万汗的功劳。明朝为了酬谢，给了哈达很多金银、制钱、布匹、绸缎、粮食、盐铁、瓷器、农具等。得实惠的是万汗，受约束的是建州，诸部头人同王杲离心。

万汗安抚了王杲，又引起了轰动，海西诸部更对哈达畏服有加，甘为附庸。

相安无事不多日，董鄂姬妈妈病重又在哈达传开。

董鄂姬妈妈庆祝完六六大寿，不觉病势日渐沉重。她已服用道士炼的丹药，铅汞中毒，深入骨髓，行动越来越不灵活。她仍然坚信吃一百日童心，就可延年益寿。厨子给她每天奉上假童心，她信以为真。宫中没有人敢当她透漏半点实情，整个椵椙宫人人心知肚明，只瞒着她一个人。椵椙宫内小孩越聚越多，先后收来了四十多名，这么多的孩子放在一个密室，显得拥挤。宫内无人敢做主，给这些幼儿找一个安身之所。时间一长，未免走漏风声，董鄂姬妈妈听人传说她每天吃的不是孩子心，是猪心羊心。这一气非同小可，令人把为她庖厨的锅头叫来。锅头突然被召，也预感到事情可能败露，大祸临头，他不敢不去。他一进董鄂姬妈妈的宫门，即被两个侍卫拿下，摁在地上。

157

"你每天给我供膳供的是什么？"

"不瞒太妃妈妈说，奴才也是身不由己啊。"

不用多问，事情全明白了。董鄂姬妈妈追问道："你一个奴才，谅你也不会有那个胆子。说，是谁指使你这么做的？"

厨子叩了一个头："别人的话，奴才如何肯听。可这汗王爷的旨意，奴才要是违背，他要诛灭我三族。奴才也是无奈啊。"

"哼！我就知道是他。"董鄂姬妈妈一摆手："你们放开他，不关他的事。"

锅头连连叩头，千恩万谢地退出去。

常言说："人之将死，其言也善；鸟之将亡，其鸣也哀。"

董鄂姬妈妈在梜椐宫里倒行逆施，特别是几年前她在六十花甲祝寿时，她发现一个宫女用目斜视她，被她下令挖了那个宫女的眼睛，同时警告说："不论是谁，谁瞪我，我就挖谁眼珠，你们都看着了，这就是样子。"从此以后，梜椐宫里没有一个人敢斜眼瞅她。

北方有一句谚语："人到六十六，不死掉块肉"。董鄂姬妈妈最怕应了这句话，千方百计，不惜伤天害理要吃小孩心，保她益寿延年。小孩心没有吃成，恶名却传扬出去。梜椐宫内外，哈达国城乡，都知道这件事，各家小孩，都严加看管，闹的人心惶惶。

董鄂姬妈妈经过数次变故，似乎悟出一点道理：生死有命，成败在天，不可强也。病势日渐加重，自知大限已到，命人叫来万汗，向他嘱托后事。万汗明知额娘所做所为不得人心，也只能在她身前身后尽最后一点孝意。

董鄂姬妈妈临终前有三个遗愿要万汗照办。你道什么遗愿？现在听起来都会觉得稀奇古怪，不近情理，那时候却是平常得很，第一遗愿：死后不入纳喇氏祖坟，不火葬，遗体送回娘家董鄂部；第二个遗愿：令侍奉她的八个宫女全部陪葬，到地府继续侍候她；第三，要青牛白马各五十，烧成骨灰伴她返回董鄂部。

万汗并不了解他老娘这三个遗嘱的真正含意，感到办起来很难，不能一帆风顺。这头一件就难在家族中通过，纳喇哈拉祖制，"女不入，妇不出"。什么是"女不入，妇不出"呢？按照女真人的当时风俗，已嫁出去的姑娘，如果死在夫家，不准归回娘家安葬；同样，娶回的媳妇也不准送灵回老家。董鄂姬妈妈公然破坏这一习俗，正是她老年变态，心里空虚的反映。其他两项，也都和第一点有关。几十年前，塔山前卫同董鄂部联姻，她嫁给彻彻穆时，带来八个陪嫁的侍女。几乎全死于塔山之乱。另送妆奁的青牛白马各五十，也早已不存，董鄂姬妈妈就是要在她终后原物同归。

万汗当即表示了一定按额娘的吩咐去办，过后却没那样做。董鄂姬妈妈遗体依然按哈达之俗，火化后埋骨灰罐于祖茔。他也没用八个宫女陪葬，至于青牛白马各五十，也未用生物。这一切他全听大萨满德喜的安排，找一个纸匠铺，订做了八个纸人，穿上彩衣，扮成宫女模样，供在灵前的两侧；另扎青牛白马各五十，做得精巧，如活的一样，出灵时全抬到墓地烧掉。从那以后，哈达纳喇氏便传下来个用纸人纸马陪葬的习俗。

八个侥幸活下来的宫女，无不感激万汗。其实，她们哪里知道，这全是小妃温姐给万汗出的主意，让他效仿叶赫的做法，以纸人纸马替代活人活物。董鄂姬妈妈死后不久，几十名男女婴儿也被发现，除留下少数传授技艺外，大部分遣送出宫。董鄂姬妈妈生前为江湖术士建的道观也被扒除拆毁，一场长达十年之久的悲剧加闹剧，至此落下了帷幕。哈达家族，柒楛宫内外，全城乃至全国人民，才松了一口气。

万汗坐镇哈达，遥控建州，远抚东海，踌躇满志，心生骄傲。又加上年纪将老，便不思进取，满足现状。开始敛财，大肆搜刮。贪图享受，扩建柒楛宫，修御花园，亭台阁榭，点缀其间。搬熔岩为山，引清河为池，耗费大量银两，多取自民间。百姓苦不堪言，人多贰心。万汗不察民情，反而派出大批爪牙，巡行各部落，以考察民心为由，大肆镇压有反抗情绪者。所派遣之人，每到各地，部落首领、城寨额真、嘎珊头人、卫所镇抚或千百户等官，都必须送上财物孝敬。否则，他回见万汗说了你的坏话，轻则革职，降为阿哈；重则杀头抄家灭族。有很多金银财宝，不等送到王宫，就进了这些人的私囊。万汗不察虚实，专听爪牙们的回报。很快，哈达国的政令不行，一片混乱。一个井井有条的东方女真强国，变成了一个黑暗丛生，腐败透顶的人间地狱。于是，数代以来开创之基业，仅仅几年就败坏得不成样子，哈达的威名一落千丈，诸部开始叛离。

不久，肥河卫首先叛离，于辉发河畔扈尔奇山筑城称王，建立辉发国。这在以后详叙，暂且不提。

第十九回　勒碑刻石抚顺订盟　背土筑城乌拉建国

单说哈达纳喇氏有一个同宗大部,地处松阿里乌拉①,为扈伦国的发祥地,时称乌拉部。

乌拉部自其始祖纳齐布禄创建扈伦国,历经尚延多拉胡其、佳玛喀、都勒希、古对朱延、太栏已历六世。第五世古对朱延时扈伦国解体,领地仅剩有弘尼勒城周围百里方圆。其子有三,长额赫商古早死,遗一子布尔锦已移居他处;次子库桑桑古,出任呕罕河卫都督,史称尚古。这一支也移于虎尔哈河东,今之勃利一带,这一支在库桑桑古死后,其子孙又返回乌拉,安置在西古城②。扈伦国王便由其三子古对朱延继承。古对朱延遵照都勒希的遗言,取消扈伦国号,仍称乌拉部。古对朱延死于嘉靖二十年,死前令其长子太安居富尔哈城,次子太栏主弘尼勒城。后被旺济外兰分做两股势力,兄弟皆称贝勒。太栏是一个无所作为的人,不但扈伦国原有各部卫早已不听号令,就连方圆不过百里的小小乌拉部也分崩离析,各自为政。弘尼勒城日益残破,农耕渔猎范围日益减少,太栏坐困孤城,一筹莫展。勉强维持了十几年,积愤成疾,不久辞世。子名布颜,英武强悍,与其父太栏相比,差别很大。太栏当政后期,乌拉部仅有弘尼勒城及其周围几个小城池,多数也都是年久失修,减弱了防御功能。此时的乌拉部,可以说是岌岌可危,险象环生。布颜临危受命,乌拉部何去何从,纳喇氏家族都在睁大眼睛看他的动作。布颜继位之后,迈出的第一步,将二百里内叛离诸部收回来,有的派使招降,有的用兵征讨,不到三年,境内皆被收服。第二步,扩建弘尼勒城。动员境内军民,在弘尼勒城旧址的基础上,修筑了一座十分坚固的城堡,称内罗城。内罗城之外,又圈筑了一座宏大的城池,称外罗城。筑城的土取自护城河道,就是把挖出的护城河里的土运来筑城,就地取材,节省工力。后引松阿里乌拉水入护城河道中。内外罗城西墙均靠江岸,故二墙合为一体,内外城筑就,又在内罗城里筑一座小城,称紫禁城。紫禁城内建造楼台殿宇,置宫殿,立官衙,制法令,遂于嘉靖四十年建立乌拉国,布颜自称贝勒。

布颜深得民心。修筑内外罗城时,他率领宗族亲贵,同军民一起,挖河背土修筑城墙。军民看首领亲自背土挖河,皆十分出力,所以乌拉

---

① 松花江。
② 地在今吉林市两家子满族乡骆起村,土名西城子,遗址已废。西古城为金代建,乌拉部沿用。此非和龙境内之西古城也。

国的都城修筑的很快，质量也好。"挖河背土筑古城"的佳话一直流传到现在。外罗城、内罗城、紫禁城三位一体的工程完成后，布颜下令将弘尼勒城名号废除，统一改为乌拉大城，简称乌拉城，作为乌拉国的国都。此城遗址尚存，内外罗城尚依稀可见，紫禁城完好无缺，即今之吉林市乌拉满族镇北古城是也。

单说布颜筑城建国称王之后，形势发生了剧变。他不仅征服统一了乌拉诸部，势力不断向外延伸。他采取远交近攻的策略，先后收服了百余部卫，国土面积也由方圆不足二百里扩大到五六百里左右。

一日，乌拉国王布颜正在殿中议事，忽然有人来报："禀王爷，南门外来了一队人马，拉着大车，打着哈达国的旗帜，不知干什么的，让不让进城，请王爷示下。"

布颜一听是哈达国来的，心中大喜，这哈达万汗乃是族兄，他只见过一面，那还是哈达会盟的时候，转眼间已经过去七八年了。哈达由强而弱，乌拉由弱而强，差别如此之大，完全出乎人们的预料。乌拉建国，哈达并没来人祝贺，同宗似乎断了联系。今日哈达来人，不管出于什么动机，布颜也是高兴的。

这时，又有门官来报："哈达来人已到城下，自称是哈达大台吉扈尔罕来拜见王爷。"

"请他进来。"

进来的是两个人，一老一少。老者年近六十，少者三十七八。布颜认识。老者是大萨满德喜，少者乃万汗长子扈尔罕。

"阿浑！"布颜慌忙离坐，同德喜见礼，宗族排列，德喜为布颜兄长。扈尔罕双膝跪倒，口称"额其克"。二人是受哈达派遣，代表万汗，同新建的国家乌拉重申前盟，为加强两国同宗关系，纳礼而来。

布颜请二人坐定，向万汗表示问候。

德喜首先开言道："阿兜建国称王，振兴乌拉，是我纳喇哈拉达玛法庇佑，阿布卡恩都力相助，扈伦还有昌隆之日。今后只要哈达、乌拉两国联盟牢不可破，海西还是我们纳喇哈拉的天下。"

扈尔罕接着说："阿玛罕身体欠佳，不能亲来乌拉，特派哈追①随阿穆齐萨满前来，谨献薄礼，不成敬意，请阿其克②贝勒笑纳。"说罢

---

① 大侄子。
② 即额其克、叔。贝勒汉译为王、王爷。

第十九回　勒碑刻石抚顺订盟　背土筑城乌拉建国

呈上礼单。布颜收下礼,对二人说:"我们两国有通家之谊。哈达国的事也是乌拉国的事,万汗阿浑有事,我必定全力相助,请回去转告。"

二人此来的目的就是怕乌拉同哈达断绝关系,使哈达陷于孤立境地。见布颜痛快地下了保证,二人欣喜,回见万汗。哈达有乌拉撑腰,又继续挑起女真人盟主这面大旗,号令诸部,万汗势力渐强。万汗外有乌拉为后盾,内控制一班爪牙,在国内横征暴敛,残酷镇压人民,腐败加甚,危机在潜伏中。

哈达的局势暂时得到控制,万汗背靠明朝,借助乌拉的力量也暂时稳定了统治地位,谁想辽东又出了乱子,建州首领王杲派人来见万汗,提出明朝负约,边吏违背当年抚顺关下盟誓的规定,容纳他的逃人。问一问作为监誓人的哈达汗,你管不管?你要不管,那我们自己想办法,可不要干预我们。

真是摁下葫芦起来瓢,万汗又处于尴尬境地。管也管不了,不管又不行,谁让他作为监誓人来着呢!

明朝负约这是怎么回事?

单说王杲同巡抚辽东都御史张学颜盟于抚顺关下,勒碑刻石,有万汗监盟,双方倒也相安无事了几年。事情有了变化,王杲手下有一个建州女真酋长哈哈纳,同王杲有矛盾,他带了部下三十多人,背叛了王杲,跑到开原请求内附。按照抚顺关下石碑铭文规定,双方皆不准容纳叛逃者。如果发现有逃人入境,不管什么原因一律遣送或驱逐。开原守备裴承祖却无视这一规定,破坏协约,接纳了哈哈纳等人,并收了哈哈纳送上的贿赂。王杲大怒,点起一千五百人马,直扑开原城下,索讨建州逃人。裴承祖不准,并发炮警告。王杲气愤已极,一面派人去南关报与万汗,一面调集人马准备大举进犯。王杲对部下说:"明朝堂堂大国,做事出尔反尔,首先背盟,我再也不相信他了,万汗作为监誓人,也不替我们主持公道,我们谁也不指望,自己干!"

部下来力红说:"对。一不做,二不休,把它边塞城堡都烧掉,看他明朝能把都督[①]怎么样!"

王杲为难地说:"看样子,开原肯定有备,我们无法下手。"

"开原有备,别处不一定有备,千里边界,我们愿意到哪儿,就到哪儿,明兵全是草包。"

---

① 王杲官衔是指挥使,辽东女真人却称他为都督。

王杲同意了来力红的意见，于是下令："大军取道清河，杀他个片甲不留！"

守卫清河的明将，乃是游击将军曹簋，早已探知王杲由开原回，绕道清河，即伏兵于路旁的山谷中。王杲一心想偷袭清河城，根本没有想到人家有备。行到半路，曹簋领兵杀出。

"王杲反贼，你往哪里走？赶快下马受死！"

王杲大惊，仓促迎战。建州兵见有埋伏，立刻乱了阵脚，被明兵杀了五六名。王杲不知虚实，不敢交锋，急率部逃走。曹簋也不追赶，收兵回清河防守，不提。

王杲一口气跑回建州，派出的使者也从哈达回来，说万汗并无解决明朝容纳逃人之意。王杲更加痛恨万汗。昔日听了万汗的主张，抚顺盟誓，刻石为证。明朝弃盟毁约，万汗都不能出面质问明廷，替女真人说句公道话，争口气，甘当朝廷马前卒。王杲认为上了万汗的当，昔日不该相信立盟的骗局。

王杲决心要报复明朝，更要泄愤于万汗，他传檄辽东王兀堂、李碗刀、大腾克、牪子胜等部，令其出兵响应，共同反明。但应者寥寥，人们都不满他当年抚顺关之盟，认为出卖了他们，从此不再跟他跑了。王杲不见有几个人响应，一时也没了主意。他又用"日者术"占卜一卦，看看吉凶祸福，出路在哪里。卦辞所得："吉在西方，利在南方。"王杲一想，"吉在西方"，西方是蒙古；"利在南方"，南方是明朝。他的理解是，只有西联蒙古，南攻明朝，才大吉大利。他派出使者，带上上好人参、貂皮、珍珠等贵重礼品，西去蒙古诸部活动。因为他知道蒙古人反明复仇心切，不愁找不到同盟者。

过些日，蒙古之一部鞑靼王遣使来见王杲，双方约定，鞑靼在西，建州在东，东西呼应，两下夹攻，先据辽沈，后图辽西，成功之后，以辽河划界，辽西归鞑靼，辽东入建州。择定出兵日期，双方会师辽河岸。

不久，土默忒首领黄台吉也起兵，与王杲遥相呼应，纠集煖菟、炒花、恍惚太等部，袭击锦州。

各路兵起，明廷大震，急令辽东总兵官王治道守备辽西，以御黄台吉等蒙古诸部。另遣使去哈达，邀万汗出兵，捍卫北方，制服王杲。万汗早已侦知王杲的活动与计划，急从乌拉、辉发、长白山、叶赫等部调兵五千，配合哈达兵五千共一万人，守备辽东，以拒王杲。大军沿辽河

第十九回　勒碑刻石抚顺订盟　背土筑城乌拉建国

163

布阵，截断东西两岸的联系。王杲起事后，本欲同鞑靼东西相呼应，夹辽河南下夺取辽沈。因有万汗支柱其间不令合，他们无法靠拢，会师的计划已成泡影。王杲被牵制在建州，蒙古兵也只好撤回本部，没有实现"日者术"的预言。

辽东险情已解，辽西的形势严峻。黄台吉等部攻破锦州得胜堡，辽东总兵官王治道出师不利，战死于得胜堡。黄台吉焚掠辽西数十堡寨而去，总算没有突破长城一线，京师解严。

辽东总兵官出缺，可由谁来接任，明廷议不能决。这时新任的辽东巡抚、都察院右佥都御史方逢时和原任巡抚辽东都御史张学颜共同保举一个人：

"要定辽事，必用此人！"当方逢时、张学颜二人说出这个人的名字时，廷臣满座皆惊。

正是：

> 本为朝廷荐人材，
> 谁知隐患此中来。

此人一出不要紧，整个辽东就要断送了。此人是谁？下回分解。

第二十回 李成梁初镇辽东城 裴承祖夜走建州寨

方逢时、张学颜二人共同推荐的这个人，姓李，名成梁，字汝器，世居辽东铁岭。其先人世袭辽东都司管下的铁岭卫指挥佥事。成梁少年无赖，贪财好色，吃喝玩乐，打架斗殴，在辽东一带是出了名的纨袴子弟，没人能瞧得起他。成梁好说大话，常在众人面前吹牛，可是并没有人赏识他。他自知命运不佳，前途渺茫，到了四十岁还没捞到一官半职，成梁也就灰心进取，更加恣意玩乐，饮酒拈花，走马射箭，时人多避之。成梁常画一张辽东地图，悬挂室内，指手画脚，自诩为统兵元帅，于某处进兵，于某地设伏，于某山筑城，于某河布防，简直是指挥得法，进退自如。人皆以为痴呆，他自己却谈笑自若，藉以开心。

嘉靖末，四十五岁的李成梁，意外地有了出头的机会，被辽东军政大员推举给朝廷，任命为险山参将，驻守辽东，防备王杲。就在那一年，王杲兵犯凤凰城，歼灭辽东副总兵黑春部于媳妇山。李成梁闻讯大言道："朝廷用人不当，我为总兵官断不致此！"这话被辽东大员们得知，险些参奏革职。李成梁也得到一点消息，自己由于口无遮拦，几乎丢官。自思，要巩固权势地位，必立大功，朝廷才会重视，同僚也不敢小看。从此他就没事找事，自任险山参将以后，不断带领部下人马，在山沟里转悠，藉口剿匪，杀害了一些无辜的百姓，然后申报上司，说是击灭叛匪，虚报冒功，以邀上宠。果然收到实效，不久便被提升为辽阳副总兵，接替黑春。时有辽东蒙冤百姓向有司投诉，控告李成梁杀良冒功，残害平民，弄虚作假等等罪行，但无人受理，有的反被追诉为诬告罪。自古以来就是官官相护，何况李成梁正在走红，谁还管你老百姓的死活冤不冤呢！

辽东总兵官王治道战死于锦州得胜堡，辽东失去统帅，方逢时和张学颜二人就把李成梁保荐出来。廷臣一听，多数都不赞成。他们说李成梁乖戾偏激，言过其实，好大喜功。用这种人，恐怕成事不足，败事有余。方逢时自有他的主见，他提倡辽人治辽。李成梁是辽东人，熟悉辽情，对夷人了如指掌，治辽重任，非他莫属。时嘉靖皇帝已死，隆庆皇帝新立，他既无主见，又不了解边情，更不熟悉李成梁这个人。有方逢

时、张学颜二人力荐，他采纳了"辽人治辽"之说，下旨升任李成梁为镇守辽东等处总兵官。

李成梁升了官，知道是多亏了方逢时极力保荐的。他十分感激，特备厚礼，登门拜见方逢时。

略事寒暄，方逢时单刀直入地问道："将军知命之年，荣膺重任，不知有何方略，以守辽土？"

李成梁说："多蒙大人垂青，成梁当为大人效死，以报大人栽培之德。至于方略么，这个，守土岂不是太简单了。卑职的意思是，进取，以进为守，以攻为御，谅来女真诸夷，区区丑类，没有什么治服不了的！"

方逢时一惊："何为进？何为攻？"

"这进么，末将打算奏准朝廷，开拓边境，将女真人赶进山里，画地设防，省得他出来捣乱；攻么，末将亲提一旅之师，威加诸部，使诸夷闻风丧胆，以震天威，辽东可长治久安。"

"将军不可！"方逢时很不满意地盯着李成梁："女真诸部乃东方屏蔽。我朝自成祖文皇帝招抚女真，实行羁縻，设卫贡市，诸夷无不畏威感德。虽有小乱，终无大患。如今女真猖乱，实边吏不善体恤所致，纲纪败坏，政令不行，才有此变。建州王杲造反，哈达王台①尚能顾全大局，力捍边陲。建州三卫，除了王杲，两卫各部，只要贡市如常，皆听号令。你开疆拓土，只图一时之快，逼得他们流离失所，容易激成大变，此事决不可行。海西诸部，事朝廷颇恭顺，王台驭之。如果临以甲兵，激怒了他们，则天朝岁无宁日矣！"

"哈哈哈哈！"李成梁一阵冷笑道："大人过虑了。谅此区区蛮夷，何足道哉！"

方逢时不觉长叹一声道："将军心高志大，欲建此不世之奇功，其志可嘉。老夫再说一遍，不过，我朝立国以来，东方诸夷，岁时朝贡；女真诸部，无不恭顺。虽有王杲之乱，都是边吏不善所激。如果再要威逼他们，则女真诸部联合抗命，不出百年，东陲不复有也！"

李成梁仍不以为然，他说："大人勿虑，下官自有固边之策，决不负朝廷重托之恩，大人栽培之德。"

方逢时知道李成梁固执己见，而且口气也越来越傲慢，由"卑职"

---

① 明人称万汗为王台。

到"末将",最后公然称"下官",他如何能容忍得了?一想到是为了国家大局着想,他忍了。他不再与他争论,二人谈了一些别的。最后又告诫他道:"夷狄为祸,历朝皆有。犬戎覆周,匈奴逼汉,契丹寇唐,蒙古亡宋,这些惨痛的教训,足以令人深思。防止历史悲剧重演,为今之计,应善结诸夷,平等相待,使之感德怀恩,则天朝方能长治久安。一味肆虐,易成激变。我朝分而治之,羁縻方为上策。只要女真人不统一,诸部互不兼并,势力均衡,我朝方无后顾之忧。事关重大,不要看眼前一事一利的得失,望将军好自为之。"

"大人教诲,永不敢忘。"李成梁也察觉自己的言行似有不恭,忙深鞠一躬,谦卑告退。

李成梁走后,方逢时连连跺足,叹息道:"辽东之事,以后必坏此人身上。惜我荐非其人,悔之晚矣……"

李成梁自当上辽东总兵官以后,大修战具,扩军备战,顽固地推行他那套强硬政策。经常率军耀武扬威地在边境上巡视,女真各部不敢犯,就连王杲也安静了许多。贡市如常,辽东秩序稍有好转,基本趋于正常,各族人民相安无事。李成梁的强硬政策初见成效,更使他相信武力,什么羁縻、怀柔等手段统统扔在一边。建州女真安静下来,他暂不惊动他们,便专心对付蒙古。

公元1572年,当了不到六年皇帝的明穆宗隆庆皇帝朱载垕死去,由太子朱翊钧继位,改元万历,是为神宗皇帝。万历帝仅有十岁,年幼不能亲政,由内阁首辅张居正专权。张居正执政勤而严,对内外推行强硬政策,以巩固自己的执政地位。特别在辽东问题上,专任李成梁,谁的话也听不进。只要是李成梁报来的事情,不论真伪,一概相信;只要是李成梁提出来的事情,不管可否,一律照准。这就给李成梁造成了许多弄虚作假、谎报冒功、甚至以败为胜、当罚受赏的机会。李成梁也就既贵且富,专横跋扈,培植私人势力,兄弟子侄皆为军官。贪污受贿,徇私枉法,任人唯亲,杀良冒功,腐化堕落,比比皆是。没用几年,李成梁一门就成了辽东首屈一指的暴发户。当然,其中也有一些是出兵掳掠来的战利品。主帅如此,上行下效,他的部下比那些边吏更贪婪,更苛刻。已经缓和下来的民族矛盾,又开始激化。

到了万历二年七月,建州女真酋长来力红的部下奈儿秃等四人逃亡到抚顺,向抚顺守备裴承祖投降。来力红闻知,追到抚顺关下,向裴承

第二十回 李成梁初镇辽东城 裴承祖夜走建州寨

祖索要逃人。裴承祖拒绝交还。来力红急回去找王杲。路上遇到五个汉人，来力红令将这行路的五个汉人捉去，带回部落一审问，才知道其中有一人是抚顺关守备裴承祖的妻弟。他带着四名家人，从清河购买到一批地产品，准备在七月开市贸易时拍卖。白天行路怕人盯梢，改在晚上走，不想正好碰见来力红率队经过，全被捉去。来力红见有裴承祖的亲戚，立派人去抚顺给裴承祖送信，告诉他五名汉人作为人质，要他送还奈儿秃等四人，双方对换。否则的话，这五名人质就全部处死，一个不留。裴承祖见亲戚被捉，又急又气。怎奈他收了奈儿秃等人的重贿，他坚决不放奈儿秃等女真人，要提兵去来力红寨，准备杀他个措手不及，一举荡平山寨，救出人质。

这时候，正赶上王杲带着五百匹好马，三十驮土产，到抚顺贡市，经过这里。王杲寨在苏子河畔古勒山，来力红寨在萨尔浒山，位于古勒到抚顺之间要路，王杲贡市必经之地。

当下来力红将王杲迎入寨中，备下酒饭，席上劝道："大人，这抚顺贡市不要去了，明朝官吏欺人忒甚，收容我女真逃人。又一次违背当年抚顺关的盟约，我们还跟他贸易什么！"

"你详细说一说，到底怎么回事？"王杲平静地问。来力红就把奈儿秃叛逃抚顺的事，述说一遍。又告诉他已捉了五名汉人。

王杲听了事情的经过，又问道："抚顺关的明将是谁？"

来力红说："叫裴承祖。"

王杲一听，睁大了眼睛："是从前在开原那个裴承祖么？"

"正是他。"来力红说："在开原，那时他就收容过哈哈纳等人，这笔账，到现在还没跟他算。"

"好哇！"王杲叫道。"真是冤家路窄，今天作梗的又是他！"

来力红恳求道："大人，明朝的狗官太多，咱们受不尽他们的气。不杀他几个，难解我心头之恨！"

"你不要着急，我有办法收拾他！"王杲吩咐来力红："传我的令，把各部落人马调齐，就说明边吏刁难咱女真人，把大家的情绪煽动起来，事情就好办了，明白么？"

来力红晓得王杲足智多谋，但不知道他这么做的用意。

"大人，调集人马，去打抚顺么？"

王杲摇摇头："不。明朝这位李总兵防备甚严，咱们打不过他。现在几年平安无事，女真人懈怠了，你不把他们煽动起来，说明边吏又欺负我们，谁肯跟你去造反？"

来力红还是不明白："煽动起来了，又做何用？"

"杀明兵。"

"那不还是去打抚顺么？不打抚顺，哪来的明兵？"

王杲笑道："我去抚顺，把明兵引来，把裴承祖骗来，我叫他自己送上门来。"

"他能来？"

"放心吧，我保管他乖乖地上钩。"王杲又问："你抓的五个汉人，还有裴承祖的那雅尔①，他们都关在哪里？"

"都在哈什②里关着。"

"好。不要难为他们，照我说的去办。"

来力红依王杲计而行，去煽惑部属，不提。

单说王杲布置停当，住了一宿，于次日早下了山寨，带着马匹土产来到抚顺。

七月十六日，是明朝规定开市同女真部贸易的日子，一般市易期限五到七日，三到五日不等。如无马市贸易，有的则只能交易一日便收市。抚顺设有马市，在这三五天中，明朝每年都要从马市买到一些良马，以备军用。女真各部也以马匹、土特产换回一些布匹、农具、食盐、粮米等生活必需品，双方各得其利。

王杲自犯边以来，十余年还是第一次亲来贡市贸易。这次比以往带的马匹、土产多几倍，明朝官吏自然满意。王杲租了旅店，安顿好随行使役人员，他把负责赶驮的头目叫到近前吩咐道："觉昌安，你看好货物马匹，明日一早上市。今晚我要到守备衙门，找裴守备有事。"

觉昌安也是辽东女真一名酋长，所部在苏子河上游赫图阿拉，其先世曾为长白山下一部族首领，后因与人仇杀败落。倭谟果岱主政扈伦称满洲国汗王时，曾授该部酋长福满为都督，令其主部事。福满生有六子，第四子即是觉昌安。明人呼为教场。觉昌安生有五子，长子礼敦英勇无敌。觉昌安深有谋略，他见兄弟子侄人口众多，赫图阿拉一个小小的土堡根本容纳不了，要发展必须打开局面，占领更大的地盘，怎奈苏子河畔部落林立，众多家族各据地称霸，根本难以伸展势力。觉昌安的

第二十回　李成梁初镇辽东城　裴承祖夜走建州寨

---

① 妻弟。
② 仓库，小棚子。女真语均叫"哈什"。

169

母亲是附近大族杜里吉都督之女,杜里吉原为满洲女真国汗王倭谟果岱的部将,派到建州喜他腊地方为都督,因以为氏。杜里吉有女嫁福满,生觉昌安兄弟六人。杜里吉都督有一孙名阿古,在当地很有势力,觉昌安为了借喜他腊家族的势力,亲上加亲,又为其四子塔克世(明人称为他失或塔失)娶阿古女为妻,生努尔哈赤兄弟。明人不察真伪,以阿古做阿突(多活洛子)以至后世史家一直把王杲做阿古都督,错把他当成努尔哈赤的外公。

　　闲言交代几句,无非要澄清史家之讹,压下不表。接下再说觉昌安兄弟急欲开拓领地,但附近有两个较大的家族势力很强,对他们的发展是个障碍。特别是加虎一族,占据临近的觉尔察地,时时威胁赫图阿拉。可是这加虎与觉昌安为远支同族,他有七个儿子,俱强悍勇猛,为争地盘,两家成了仇敌,他们根本不管同族之谊,双方进行一场殊死的搏斗。觉昌安兄弟子侄人多,又有亲属阿古都督的帮助,很快击败加虎,礼敦带领族人攻入觉尔察寨,把加虎一门杀光,无论男女老幼一个不留,斩草除根,加虎一门绝嗣。

　　剿灭了同宗加虎一族,接着又灭掉河洛寨主硕色纳及其九子,先后占据了五岭以东,苏子河以西二百里内地盘,势力发展起来。觉昌安弟兄六人,各筑城以居,时称"宁古塔①贝勒。"

　　王杲父子兴起,觉昌安由于弟兄分业,势力孤单,时长子礼敦已死,觉昌安父子归附右卫,成为王杲的部下。后来为了依王杲为靠山,觉昌安把礼敦遗女嫁给王杲之子阿台,两家又结为姻亲。王杲看觉昌安果敢干练,把他留在身边做事。这次贡市,王杲是投入血本的,把偌大的一笔财产交给他,令他负责赶驮。

　　觉昌安揣测主人的用意说:"以前贡市,明官吏苛扣压价,我女真人吃了很大的亏。主子这回是要提前通融不成?"

　　王杲笑道:"比这事情大得多!我想要裴承祖那狗官的命。"

　　觉昌安吃惊道:"咱们的货物都在城里,如果出了事,那不全完了!"

　　"正因为货物都在城里,裴承祖那狗官才能上钩。"王杲说,"舍不得血本,就干不了大事。"

　　"城中都是人家的人,主子要多加小心。"

---

　　① 宁古为六,塔即达的音异,意为长即首领。贝勒一词为后人附加,实际塔(或达)也可译为贝勒。朝鲜人称之为"林古打",即"宁古达"。

"知道。不用担心,我自有办法。"王杲嘱咐道:"你不要睡觉,一定等我回来。"

吩咐完毕,王杲选了几棵上好的人参,用绫子包着,一个随从也不带,自己一个人来到守备裴承祖的公馆,首先送上人参:"守备大人,王杲感朝廷赦罪不杀之恩,今年亲来贡市,多带货物,特来拜见大人,求大人于市价上行个方便。"说完,他打开包裹,指着人参道:"今年挖得一棵五品叶上等好参,孝敬大人,这是一点小意思。"

裴承祖看到王杲送上的人参,心中高兴,表面却装腔作势地说:"易市论价,此乃朝廷制度,下官岂能不秉公办事?"

"谢大人。"

"看坐。"裴承祖忽然问道:"你卫所属各部头人都来了吗?"

"近几年各部落光景不好,他们都没有来。我从各部征收上来的土产,全带来了。良马五百匹,人参、珍珠、貂皮、水獭、毛皮、药材,还有山货,共三十驮,请大人过目。"王杲说完,把货单呈上。裴承祖没有去看货单,他想着心事,沉吟不语。因妻弟被捉,现在生死未卜,夫人为救弟弟,刚才还和他大哭大闹,弄得他无精打采,心绪烦闷。

"来力红来了吗?"裴承祖没头没脑地问了一句。

"提起来力红,令人可恼。他不该抓了大人的亲属,又不来贡市。"王杲装作愁苦的样子说:"以前犯开原,偷袭清河,都是来力红的主张。我这个指挥使徒有虚名,部酋不听号令,真拿他们没办法。"

裴承祖听得王杲埋怨来力红,心里想:"只要你们二人离心,那就好办。"于是说道:"来力红苛待属下,所以奈儿秃等人来投。来力红不思悔过,反而掳去我几名汉人做人质,真是怙恶不悛,罪大恶极!待过了贡市之期,我要亲去讨他。王指挥,到时你可不要同我为难哪!"

王杲见他一步一步地上钩,觉得是时候了,忙急迫地说:"大人,我也正为此事来见你。我过来力红寨时,听他亲口对我说,劝我中止贡市。他要在开市这天,杀死五名汉人,然后把人头送到抚顺来。"

"啊?"裴承祖大惊:"坏了!我妻弟之命休矣!"

王杲唉声叹气道:"大人要救五人之命,今晚必须送还奈儿秃等人,要等到明天,一切来不及了。"王杲说完,起身要去,"大人也该歇息了。我要回下处①,准备明日一早上市贸易,我那三十驮子五百匹马,

第二十回 李成梁初镇辽东城 裴承祖夜走建州寨

---

① 即下榻之处,指旅店。

171

还真够我卖几天呢！"

"请稍候。"裴承祖探询地说："那么，来力红有何准备？"

"他就准备明天杀人。他说，明朝官兵都关心贡市，不可能出来。他今晚在寨内杀猪摆酒，全寨痛饮，现在恐怕早已醉倒了。来力红这个人，就是贪杯，一喝酒就醉，酒醉还好杀人，这点我是知道的。"王杲说完，辞别回到馆舍，见了觉昌安说道："明日不要上市，开城时，你就把货物送到城外，到马圈把马赶出来，有人来接。"

王杲走后，裴承祖忙叫来部将千总刘承奕、刘仲文二人商议道："来力红掳我五人，明日将杀之。今晚他饮酒作乐，寨必无备，王杲又在抚顺城里，这正是偷袭来力红寨，救我五名汉人的好机会。现在点兵，立刻出发。"

刘承奕道："王杲谲诈异常，不能轻信他的话，以防中他的奸计。"裴承祖说："我不是没有想到王杲反复无常。可是他现在带着大批货物来贸易，这么大的一笔财产，他怎能当成儿戏！"

刘承奕又说："还是多加小心好。"刘仲文明白上司为救妻弟心切，遂纵容道："大人判断是对的。事不宜迟，应马上行动。"

裴承祖急调三百骑兵，摘去鸾铃，带着二将，悄悄开了城门，踏着黑路，连夜去偷袭来力红寨。

来力红的寨堡建在浑河流域的萨尔浒山上，距抚顺城不到百里，半夜刚过就到了。顺着山路，登上山巅，很快来到来力红寨外。来力红寨仅是一个临时用土石木栅垒起的土堡，没有城的规模和设施。寨门是两扇木板，刁斗无声，里边静悄悄的。裴承祖对二将道："王杲必不骗我，给我夺门，活捉来力红！"刘承奕劝阻道："大人且慢，这寨上连一个人影也没有，怕是其中有诈。"裴承祖不听，一马当先闯进寨，二将率军紧随。进去一看，寨内连一个人也没有，原来是座空城。

正是：

事前不听良言劝，
陷入绝境悔已迟。

不知裴承祖能否脱险，且待下回详叙。

第二十一回 杀明将来力红施暴 讨建州李成梁出兵

裴承祖率军闯进来力红的寨中,寨内鸦雀无声,搜寻了几座房屋,不见一个人影,原来是座空城。刘承奕大惊:"大人,我们中计了,快出去!"

一言未了,寨外一声炮响,震撼山谷。夜静更深,格外令人恐怖。牛角号吹起,无数人马从山谷、树林里钻出,把一个小小的萨尔浒寨围了个水泄不通,你就是插上翅膀,也难飞出去了。

刘承奕见情况危急,对裴承祖说:"一时疏忽,致有此变。大人沉住气,死守寨子,坚持到亮天,以待外援。"裴承祖到此才知上当受骗,把王杲恨得要死。明军在寨内,来力红人马在寨外,出也出不去,进也进不来。双方隔寨墙对峙,都等天明。

王杲在抚顺探知裴承祖果然出城去夜袭来力红寨,即占了一回"日者术",得的又是"万事如意"的吉卦。亮天开城他第一个溜出来,急忙去见来力红,知道已将裴承祖困在寨中。来力红说:"他要拒住寨子,我们也不得入,明军来援可怎么办?"

王杲胸有成竹地说:"放心吧。我只要能叫他进去,就有办法叫他出来。"

王杲令部众围紧寨子,不准放走一个人。然后同来力红带了百余人去叫寨门。裴承祖见是王杲,厉声质问道:"你为什么骗我?"

"这是哪里的话。"王杲笑了:"我在抚顺听得有变,特意赶回,原来这是一场误会。"

"你还在骗我!"裴承祖大怒道:"你说,你为什么设空城计,把我诓来?"

"大人何必这么大的火气,这不干我事。"王杲喊了一声:"来力红!今天的事,你对裴大人解释一下。"

来力红将马向前一提说:"守备大人,你收了我四个逃人,我抓了你五名人质,我不得不防。你们明军惯于偷袭营寨,这我是知道的。我要是不撤出去,昨晚肯定吃亏了。我们对大人没有恶意。"

"胡说!"裴承祖问道:"那么我问你,部众围寨是什么意思?"

173

王杲接过说:"大人不要害怕。我等部众皆山野之人,听说大人到来,都要瞻望丰采,现都在外面跪地等候见你,请大人出来安抚一番吧。"

裴承祖一想,事情已坏到这个地步,不管是真是假,我出去见一见他们的部众再说。也许将计就计,混出寨去,另做打算。

"那好,我出去同大家见见面。"

刘承奕从旁劝阻道:"大人千万不能出去,我们坚守待援。"

裴承祖心里有他的打算,那就是侥幸突围。对他不便明说,决定要开门出寨。刘承奕扯住他的衣襟,恳求道:"大人,你不能亲自去冒险,要去,我代你去见他们。"

王杲冷笑一声,对寨墙上说道:"你代大人来见?你倒算个什么东西?我数千部众,跪在露水地上,要见的是守备大人,你配么?"

来力红见裴承祖尚在犹豫,便帮腔道:"告诉你吧裴大人,今天的事,是你自己要来的,不是我请你来的。你既然来了,就得出来见见他们。你见也得见,不见也得见。你要是不出来见,冷了部众的心,他们可要闯寨了。你想指望救援,那不是做梦么!"

裴承祖向外一看,见有无数女真人匍匐在堑壕外面。山弯里杀气腾腾,不知还有多少人马隐没在晨雾中,知道无法脱身。当前只有出来见他们,方可找机会逃出去。于是命令:"打开寨门,我去见他。"

刘承奕、刘仲文二将保着裴承祖,三百兵丁紧随,开门出来。

不想寨门刚开,裴承祖等三人冲到寨门,王杲、来力红迎头赶上,把他们堵在门口。三人要出不能,要退不可,三百明兵已紧跟在后,回城里的路已被堵死。裴承祖大惊道:"你们这是干什么?"

王杲狞笑一声:"干什么?请你下马!"

裴承祖知道这回又上当了,忙令:"给我往外冲!"

来力红大手一挥:"大家给我上!"

女真部众齐声呐喊,从四面八方钻出来,把明兵堵在寨门口。寨门挤得滴水不进。明兵皆下马步战,有的从寨墙跳下,不是落进壕沟里就是被杀。明兵不敢再跳,只有从寨门拼命往外闯,怎奈女真人越聚越多,根本无法逃出去。经过半个时辰的格斗,明兵死了大半,女真人也伤亡近二百。刘承奕、刘仲文二将不敢离开裴承祖,结果三人都被来力红捉住。三百明兵,仅跑掉十二人,其余非死即伤,还被俘了近百名。

一场短兵相接的拼杀终于结束,寨里寨外尸横遍地,血染沙石,双方损失都很惨重，来力红懊丧不已。王杲进寨，命带上裴承祖等三人。王杲冷笑道："裴守备，你从开原就同我为难，三番两次收容我逃人，践踏抚顺盟约。今日总算逮着你了，你还有什么话说！"

刘承奕一旁骂道："反贼王杲，罪恶滔天，我们误中奸计，有死而已，何必多言！"

裴承祖低着头，一言不发，刘仲文面如死灰，浑身战栗。

来力红本来因部下伤亡太重，心中懊恼。他领着管下酋长郎忙子、佟保、咬当哈、王太、李指挥等五人从外边走进来。刘承奕骂王杲的话全被他听见，便气不打一处来，一刀刺中刘承奕的腹部，刘承奕飞起一脚踢中来力红的手腕。来力红"嗷"地一声撒开手，向后倒退了几步。刘承奕一伸手将腹中刀拔出，对准来力红甩出去。来力红急躲，刀从耳边闪过，只听"哧"地一声。来力红的左耳已被削去，刀当啷一声落在郎忙子面前。郎忙子拾起刀来，刚要上前去砍，刘承奕已扑倒在地，气绝身亡。

来力红不顾耳根还在流血，对着刘承奕的尸体连砍了七八刀，仍没能解恨，招呼几个头目："都给我上！杀光这帮狗官。"

裴承祖、刘仲文二人都被杀死，身首异处。王杲一直看着他们动手，见三人已死，才说了一句："便宜了他们！"于是王杲下令：把裴承祖的心肝给我剜出来，我要看看他的心是红的还是黑的。裴承祖死后被剜了心肝，当时震动很大，明军中流传着科罕①乃吃人心肝的魔鬼，闻者不寒而栗。

来力红杀红了眼，被俘明兵无一幸免，皆抛尸于山涧中。

裴承祖原任开原守备，后调任抚顺关。近来朝廷已有旨意，因其守边有功，擢升抚顺游击，职未就而人已殁，岂非意外！

这场变故，明军方面死了裴承祖以下二百多人，女真人的伤亡也很大，损失极为惨重。

来力红心情特别沉闷，感到自己吃了大亏，好处却没捞到。而王杲埋怨来力红，不该把寨子困死，应该网开一面，诱出城寨再收拾他们。他们又没有想到明兵会如此勇敢拼搏，死战不降。来力红对王杲也不满，这么大的损失全是他计划欠妥所致。萨尔浒寨已脏乱不堪，无法居住，他只好领着部属另寻新的落脚点，重筑堡寨以居了。

---

① 王杲的别名。

过两日，觉昌安从抚顺逃回，向王杲禀报道："明兵知主子杀了裴守备，他们劫去了马匹和驮子，我好不容易钻山才逃得性命，求主子开恩。"

王杲一惊："什么！货物都损失了？你怎么不早点回来！"

觉昌安叩头在地："主子，明兵势大，我赶着驮子走得慢，就被他们追上了。赶驮阿哈全被杀死，我走在最后才逃出躲过一劫，钻山迷路，今日才回。"

"废物！"王杲一跺脚，长叹一声："人算不如天算，没想到出了这么多差错。可惜我多年积蓄，毁于一旦。我必杀尽明兵，掠尽明境，以补偿我的损失。"

觉昌安又说："辽东总兵官李成梁，是裴守备的安布玛①，他要知道，决不能答应，主子要多加防备。"

王杲点点头："听说这李总兵很厉害，可我偏要会会他，看他长了三头还是六臂。以前人都传言，明将最厉害者，一个是黑春，一个是杨照，可他俩的脑袋不照样丢掉了么！"

觉昌安见王杲一副因胜而骄的口气，言不由衷地恭维道："都督神威，无人能比。不过……"王杲一扬手，示意他不要往下说，觉昌安忙知趣地打住，留神王杲脸上的变化，他知道，这位首领是喜怒无常的。

方才王杲提到杨照是何许人也？原来当年王杲于媳妇山大破明辽阳副总兵黑春，明廷令辽东总兵官杨照放弃对土蛮的围剿，回兵讨伐王杲，结果中了王杲诱敌之计，误入芦苇滩，兵败被杀。因这部书讲的是扈伦四部传奇故事，与此无关的事情故而略去不言，所以前文未做交待，现补叙片言只语，算做提示吧。正因为王杲有那两次胜利，才产生了轻视明兵的傲慢心理。他制止了觉昌安把话说完，沉默一会儿对他说："我知道你要说什么：不过这李成梁可不一般，厉害得很，是不是？"

觉昌安松了一口气，说："都督还是要小心为好。"

"你说的没错，小心为好。"王杲这时才说正题："这次损失货物，也不能全怪你。'千金散后去复来，一切都由天安排'。你赶紧返回赫图阿拉，给我募集三百人送来，越快越好。"

"嗻。"觉昌安起身要走，刚走到门口又转回来："都督，小罕子好

---

① 姨父。

久没见他阿玛了，这次我想带他回去住几天，再跟我回来。"

王杲使劲摇头："没这个必要。谁不知他后额莫①待他不好，回去也是受气，你就叫他安心呆在我这吧，吃穿不愁。"

觉昌安明白王杲的意思，他是怕把小罕子领走不再回来，无疑是把这个孩子作为人质，省得觉昌安父子有贰心。

小罕子是谁？他就是觉昌安的孙子，名努尔哈赤，乳名叫小憨子。后来因努尔哈赤创业成功，打下江山，成了清朝开国太祖皇帝，史书遂改憨为罕，这是后来的事。要知道，在当时是不可以的，在建州，只有王杲可以称罕，在扈伦，王台可以称罕，即万汗。努尔哈赤母即喜他腊氏阿古都督之女，在他十岁时病死。其父塔克世又娶哈达万汗养女为继室，谁知这哈达格格貌美而心苛，看不上前妻所留的两个孩子。塔克世恋美妻而薄其子，只得把努尔哈赤送到古勒城，给王杲当马僮。王杲也就留住努尔哈赤，从而牵制住觉昌安父子，令他们不敢有异心。

觉昌安提出要带回孙子，王杲不允，他们各有心思，彼此不言自明，觉昌安也就不再强求，自己去了，从此对王杲产生戒心，表面上又不敢忤逆他，暗下决心，有朝一日脱离王杲而自立。

杀了抚顺关守备，王杲、来力红损失惨重，也使他们后悔莫及，知道明军不会就此善罢甘休，很快就会报复。他们集合部属，整军备战，天天派人探听明军的消息。左等无消息，右等也不见动静，而王杲认为明军不敢出来，李成梁徒有虚名，和王治道、黑春、杨照比没什么两样。这工夫他一边修缮城池，打造兵器，一边从各部落搜罗美女，广纳姬妾，恣意享乐。

原来明朝得知王杲杀官作乱，暂不去理他，下令断绝建州女真各部贡市。关闭抚顺、清河、瑷阳、宽甸所有马市，封锁边关，禁止女真人任何货物流入境内，亦不准边内汉人向女真地区出售任何物品，对建州女真实行坚壁清野，企图把王杲困死在辽东山沟里。

明朝这一招煞是厉害，女真人就怕断绝贡市，禁止货物交流。尤其是辽东山区，除了土产，没有手工业，一直靠市易互通有无。这贡市一停，市场一关，不仅王杲部落生活日益艰难，就是整个辽东地区女真人的日子都不好过。各部皆知这是王杲惹的祸，但又都怕他，不敢抱怨，只能找他诉苦，求他拿主意，想办法，摆脱困境。

---

① 后娘。

觉昌安向王杲建议道："大人，这么下去不行，我们要被困死在山沟里。得及早想想办法，以安众心。"

"是啊！长期这么下去，部众要有贰心，我必须得想办法。"王杲又问觉昌安："依你的意思，该怎么办？"

觉昌安说："最好的办法是向朝廷上表谢罪，请求朝廷开恩，宽恕主子过激的行为……"

"啪！"不待觉昌安说完，王杲一拍桌子："不行！我想的办法只有一个：出兵。"

觉昌安一惊："还出兵？"

"对。"王杲咬牙切齿地说："我算看透了明朝那些狗官，他们就是欺软怕硬，不出兵骚扰他们，他们也不知道咱的厉害。"

"不行啊大人。东有朝鲜，西有哈达，北有辉发，南有明军，咱们如果失利，无路可走。那李成梁还了得，咱们肯定不是他的对手。大人要三思。"

觉昌安向以足智多谋著称，王杲也很相信他的话。遂问："上表谢罪，这个我做不到。我已决定出兵，你看看怎么个出法？"

觉昌安见王杲决心已下，谅来再劝也没用。碍于亲戚关系，令他不得不替他考虑个万全之策。他说："要摆脱困境，必须联合外援，共同起事，闹得明朝首尾不能相顾，咱们起事才能成功。"

"外援？外援靠不住。"王杲道："以前，我和鞑靼王约好，两头起来，东西夹攻，结果成了泡影。打那，我就不相信外援。"

觉昌安笑道："那是哈达万汗从中作梗，横在中间，不令会合，所以没能成功。现在好了，我同万汗已成亲戚。万汗养女已嫁我儿塔克世为继室，我三阿哥索长阿的儿子也娶了哈达女，亲上加亲。主子要起事，我去见万汗，求他高抬贵手，别与咱们为难，我看还可行。"

王杲点头应允："这当然很好，那就劳你辛苦一趟，去哈达活动活动。"

"那外援也少不得。"觉昌安说："叶赫杨吉砮，与明结怨太深，又与我们建州有旧约，可以派人去联络，他必能起兵相助。另外，蒙古土默忒部长黄台吉，屡被李成梁打败，我们约他攻明，他必乐意。泰宁卫将军速巴亥，与明久有宿怨，只要联合，都能助我。各部齐动，大事可成。"

"好！就照你说的办。"

王杲每次决定大事，都用"日者术"测验吉凶，这次也不例外，得的又是吉卦，王杲大喜，遣人分头去办，觉昌安专程去哈达，王杲静待佳音。

不多日，派出的使者先后归来，给他带来各路的信息。叶赫答应从北面出兵，攻取威远堡、中固城，牵制开原明军；土默忒、泰宁诸部，攻击辽沈，两面配合。又过了几日，觉昌安从哈达回来，带来万汗的口谕："指挥起兵，恕难相助；如有不测，可来相投"。觉昌安把几天来在哈达的见闻告诉他：原来哈达已不是昔日的哈达，外部压力日甚，国内民怨沸腾。万汗只管寻欢作乐，无心国事。他自顾不暇，哪里还能参与别人的事情呢？王杲说："他不助我，已在我预料之中。他能中立，不跟我作对，这就够了。待我击败李成梁后，再进兵哈达，捉住万汗父子，解我心头之恨。"

王杲有上次窥辽塞因万汗支柱其间，打破了他同鞑靼王会师辽河的教训，这次能争取万汗中立，他也解除了后顾之忧，集合建州女真各部，大肆骚扰明境。抢关夺寨，洗劫屯堡，掠夺人畜，焚烧房屋，闹的比以往任何一次都凶。

王杲犯边的消息报入辽阳，总兵官李成梁聚众将商议道："如今王杲纠集各路人马犯境，叶赫一路不要理他，有海西王台，可保无事。传檄辽西各军，坚守广宁，不令黄台吉窜犯辽河，这一路也不足为虑。我今专门对付王杲，必活捉此贼，给裴承祖报仇，诸公以为如何？"

众将齐声恭维："总兵大人料事如神，区区建夷小丑，何患不能殄灭！"

"不过，王杲雄据建州，深得人心，诸夷都随从他。此贼不可轻视。这次无论如何，不能叫他漏网。所过之处，不分老幼，只要是女真人，统统杀掉，我叫他灭门绝种！"

众将又是一阵拍马屁："大帅天赋神威，建夷何愁不灭……"

李成梁见士气高昂，立刻点兵派将：

"副将杨腾！"

"末将在。"杨腾向上双拳一抱，微微低头，等候派遣。

"你领五千人马驻防邓良屯，阻止王杲过境。五天后，接到命令赶往建州，从北面围住王杲寨子。砍光树木，不使女真人有藏身之处。"

"遵令！"杨腾走出去。

李成梁向右边瞅瞅：

第二十一回　杀明将来力红施暴　讨建州李成梁出兵

"参将王维屏，你率军赶往马根单城，听到北面炮响，速领兵杀出，从南面包围王杲寨。切断水源，寨中无水必乱，然后听命令攻寨夺门。"

"明白！"

"清河游击曹簠，你率本部人马从大冲入浑河谷，寻找王杲挑战，只要把他吸引过来，就是你头功一件。然后你抛开他，奔向寨子。他必急回，你放他过去，随后跟进。绕道东面，围住寨子，封锁山中各个路口，不令女真人走脱一个，明白吗？"

"末将明白。"

最后，李成梁叫过长子李如松吩咐道："你领一千人从西面包围王杲寨。王杲寨西面临水，你隔河呐喊，专收拾从寨内逃出来的人，一个活口不留，以后论首级赏功。"

分拨已毕，李成梁自统大兵深入建州，总计出兵六万，分做五路。所过之处，见人就杀，见房就烧，一路上女真屯寨荡然无存。

王杲正率三千建州兵四处窜扰，听得明军大举出劫，焚烧女真老寨，急回军抵御。正走之间，前面发现明军。探得明白，乃是曹簠的清河兵。王杲一想到往年偷袭清河，中了曹簠的埋伏，就气不打一处来，下令接仗。明军且战且走，王杲随后赶来。明军进了山谷，都不见了踪影。王杲看见此处地势险恶，急问左右："这是什么地方？"部下说："此处叫五味子冲，以产五味子得名，山谷口小肚大，四面环山，是个绝地，大人不能再往前走了。"

"你真会说话！绝地？我看是你的绝地！"王杲对准那部下"咔"地就是一刀，那部下血光一闪栽下马来，众皆骇然。

"看谁敢胡言乱语，说不吉利的话！"王杲怒气未息，忽听一声炮响，四周山顶齐声高喊："捉住王杲，可别叫他跑了！"王杲不敢进谷，率军退走。清河兵并不来追，而是向浑河方向奔去。王杲说不好，明兵打我山寨的主意，赶紧撤回，看住老家。

前行不远，便来到了邓良屯，明将杨腾已将道路堵死，一骑也通不过。王杲无奈，只有绕道马根单城。明将王维屏早听见了北边的炮响，正陈兵以待。王杲不敢交锋，急收兵夺路而走，奔向山寨。各部也得到命令，纷纷返回，退保王杲山寨。这一来正中了李成梁之计，当他们退入山寨时，各路明军已经跟踪而至，把他们全困在山寨中。

王杲聪明一世，糊涂一时，李成梁没有趁山寨空虚去夺取，偏要诱他回去，其目的是一网打尽，不使他外逃。而王杲却钻进了他设下的圈套。

正是：

狡黠一世枉聪明，
偏偏钻入圈套中。

不知王杲能否摆脱困境，且待下回分解。

第二十一回 杀明将来力红施暴 讨建州李成梁出兵

第二十二回　破坚城父子同逃命　陷敌营祖孙双保全

话说王杲被李成梁用疑兵之计诱回山寨，四路大军接踵而至，将寨子围住。

王杲寨建在苏子河畔的古勒山①上，青山屏蔽，绿水绕城，城墙坚厚，壕堑纵深，加上断壁绝岩，沟涧交错，居高临下，错节盘根，是建州女真诸部中最大、最险、最坚固的山寨。当年王杲之父多活洛贝勒就看中此处山峦起伏，地势险要，遂霸水为酋，控制了苏子河的水运和渔业。经父子两代营造，山寨已设施齐全，功能完善，成为建州名城，称古勒寨。

王杲依仗寨子坚固，地势险要，易守难攻，没有把明军放在眼里。他认为，明军粮食供给都成问题，粮食一断，不战自乱。用不着打，自己就滚蛋了。

王杲想的并非全无道理，可是他低估了对手，李成梁是一个比他还诡计多端、奸诈十倍的人。

明军四面围城，并不攻城。不几日，林木已被砍光，全运到城对面的高峰上，犹如一座小山压在头顶。又过几日，城中惟一的水源被切断，水道被堵死，护城壕开始干涸。但王杲早已防着这一手，他在几年前就在山的豁口处挖了地沟，暗引苏子河水，地沟凿成涵洞，石板为闸门。如遇紧急情况，吊起石板，河水就会流入寨内。几千人马饮水，用之不竭。王杲只令部下坚守，自己躲在家中不出，终日同二十多个妻妾饮酒作乐，守城重任全交给了来力红。

寨内望见明军积薪断水，情知不妙，禀告王杲，叫他提防。王杲又用"日者术"占卜，忏语是"逢凶化吉，遇难呈祥"，令部下不要慌，明军不战自乱，不久即可退走。觉昌安见明军久围不攻，知其有更大的阴谋，忙来见王杲。

"大人，明军远道而来，久围不攻，又断水积薪。城外林木已被砍光，用意险恶，他要放火怎么办？"

---

①　古勒山本古埒山的讹称。

王杲笑道:"他在城外,我在城里,放火只能烧他自己。再说,现在青枝绿叶,他能点着么?放心吧,我的粮食可够半年用的,他们好几万人,粮食运不上来,吃什么?不过几天,他非饿跑了不可!李成梁想进我古勒寨,等下辈子吧!"

李成梁久困古勒寨围而不攻,转眼两个月过去了,明兵于九月初十发兵,现在已到冬月,树木枯萎,河水结冰,堆在山头的枝柴树木已经干燥。觉昌安心急如焚,又去见王杲道:"明兵至今不退,眼下冬天来临,草木干枯,提防李成梁放火。"

"不要理他!"王杲仍不以为然。觉昌安出来叹道:"我等要死无葬身之地了!"他说服不了王杲,去找来力红:"都督每日饮酒作乐,全不把山寨安危放在心上,这么下去,大祸就要临头了!"

"我去找他!"来力红也心怀不满,忙到王杲府第去见他。正赶他拥着众妻妾饮酒取乐,心中老大地不乐意。他一脚踢开屋门,见王杲搂着一个美女调笑。来力红一拳捶到桌面上:"你好自在!敌兵压城,人心惶惶,你却在家享清福。我问你,城破你打算怎么办?"

王杲推开身旁一个美妾,一跃起来,瞪着来力红:"你想干什么?我自有退敌之计,神灵佑我。你给我出去!"

"好哇!"来力红气呼呼地说道:"咱们今儿个把话说明白,我们替你看家护院,你在屋里享福。我不干了!"

王杲也怒道:"事情是你惹出来的。要不是你杀裴承祖,李成梁怎么会来这里?我活一天,就乐一天,反正我都快五十岁的人了,还怕什么死……"

"你不怕死,那好几千男女老幼怎么办?"

他们的吵嚷,惊动了各部头人,李指挥、咬当哈、佟保、王太、郎忙子以及觉昌安都进来了。觉昌安忙过来劝解。他是怕王杲吃亏,这几位都是来力红的人。

"哎呀,这是何苦来?大家要想想退敌之策,怎么能自相冲突?这要坏事呀!"

诸部头人也过来相劝,把来力红拉到门外,来力红愤愤而去。王杲自知理亏,望着来力红的背影,自言自语道:"你走吧,你出去吧,你杀戮边吏,看明兵能饶了你……"

觉昌安看王杲内乱,知道他难成大器,即有心脱离他,便乘机进言道:"大人,明兵之来,无非是为报裴承祖之仇,那是来力红干的,不

第二十二回　破坚城父子同逃命　陷敌营祖孙双保全

干大人的事。大人只要答应从今以后不再扰边,送还裴守备尸骨,捕获来力红,明允许照常贡市,从此两不相犯,李成梁必能撤围。"

"也好。"王杲说:"明朝要能退兵,我再投降一次。"

"主子英明,能屈能伸,以后必成大器。"觉昌安言不由衷地说完,即请求道:"为了主子一家安危,我拼上老命去见李成梁,向他转达大人之意。"

"那更好。你去我还放心。"

觉昌安出城,来到明营,高叫:"王指挥使者有事要见李总兵。"

李成梁叫放入。

李成梁见进来这个人,年纪有六十左右,精神饱满,体格健壮,眉目清晰,相貌不凡。一身女真头人打扮,特别显眼的左胯挂着一个长筒鹿皮烟荷包,里边插着一根长杆烟袋,外面还露着铜嘴儿。只见他不亢不卑地一拱手:

"参见李总兵大人!"

李成梁瞅了他老半天,突然问了一句:"你来干什么?"

"讲和。奉主人王杲之命,特来讲和。"

"讲和?"李成梁呵呵一阵冷笑:"来人!"

"有!"应声过来几个刀斧手。

李成梁一捻髭须,身子一偏:"把这个反贼王杲的说客,给我推出斩了,首级交给他的随从,带回去交给王杲。"

觉昌安仰面哈哈一阵大笑。

"你笑什么?"

"总兵大人,别作戏了。"觉昌安说:"你想试试我的胆量,是不是?"

李成梁一惊:"何以见得?"

"总兵大人,你身为主帅,又是辽东名将,岂能不知'两国交兵,不斩来使'之理?你不问情由,先杀使者,给后世留下笑谈,这是真的么?"

李成梁笑了,这回是真的开心一笑:"女真首领,果然不同凡响。本帅心理,你全猜透了。请。"

觉昌安被让座坐下之后,对李成梁说:"总兵大人,王杲一意孤行,部族中人多不满。女真人本不想同天朝为难,我祖上曾有功于朝廷。只因王杲管领建州,被迫胁从。如果大帅肯怜悯建州女真,我愿意为大帅出力。"

"你是哪部的？你叫什么名字？你的先人是谁？"

"小人是苏克素浒河部人，赫图阿拉城主觉昌安。祖先孟特穆都督，为朝廷守边有功。"

李成梁"哦"了一声，说："原来是这样，对不起，险些冒犯，请原谅。"

"大帅言重了。"觉昌安欠一欠身。李成梁又说："贵首领先人有功于朝廷，为什么甘心受王杲役使？"

觉昌安说："我部属建州右卫，这也是朝廷法制。"李成梁点点头道："卫所之设，没想到其害深远。豪酋借朝廷之名，号令诸部，广罗余党，聚众造反，才有今日王杲之乱。我当奏准朝廷，裁撤卫所。女真各部，各自独立，安分守己，长治久安，方为上策。"

"大帅所言极是。如此，则女真诸部永感朝廷之德，岁时朝贡，再也没有犯边作乱的人了。"觉昌安敷衍了几句，话入正题："大帅，王杲指挥今已悔过，愿意同朝廷和解，从今永不犯边。杀害裴守备的凶手，连同裴刘三位将军尸骨一并交还，恳请大帅撤兵。"

"你是不知道。"李成梁瞅一瞅觉昌安说："王杲反复无常，其部众又十分凶悍，朝廷非常震怒，已决心要剿灭此贼。我已围寨两月，岂可无功而返。不日云梯火炮就能运到，小小山寨，不久即可攻破，贼氛指日可靖。念你是诚实君子，先人又有功于社稷，指给你一条生路；你不要回寨了，赶紧回你的部落，约束部众，效忠朝廷，安抚边境，本帅决不亏待。至于王杲么，他是插翅也难飞出去了。"

觉昌安大惊："恳请大帅开恩，准王指挥率众投降。"

"你不要再说了。"李成梁一摆手："送客！"

"大帅请容禀！"觉昌安站起身来，向上一揖："小人爱孙现在寨子里，无法脱身。城破之日，望大帅开恩。"

李成梁问也不问，起身要走。觉昌安不能再说。心里想，这李总兵也算够意思了。我为王杲也尽了心，又脱离了虎穴，两全其美，我还回寨干什么！惟爱孙小罕子尚在王杲家中，放心不下，那只有听天由命了。想罢，他向李成梁一拱手："大帅，以后有用着我的时候，一定效力。告辞！"

"后会有期！"

李成梁送出帐外，二人话别。

第二十二回　破坚城父子同逃命　陷敌营祖孙双保全

觉昌安见漫山遍野，平川陆地都是明营，一眼望不到边，深感明军势大，意识到不久将要发生大祸。当然不能回城寨，他带着从人，快马加鞭，一直奔向自己部落，呼兰哈达①赫图阿拉，从此脱离了是非之地。

王杲城寨被围已有两个月，攻城器具调运齐备。时初冬，冬月上旬，树木枯萎，柴草干黄，王杲被困寨中，束手无策。城内有土石高台一座，王杲以三百弓箭手每日登台监视明军。发现攻城即放箭。寨墙上加强巡逻，总觉得万无一失。

觉昌安出城求降一日夜未归，王杲心想：他是被李成梁扣留了。无论如何，他也想不到觉昌安会脱离他而去，因为觉昌安的孙子还在寨内。

晚间，东北风越刮越大，寨内人总有一种不祥的预感。

寨外忽然炮声震天，满城惊慌，明军开始攻城了。霎时间，火箭、火炮都往寨里射。高台上三百弓箭手借着火光看的明白，他们箭如飞蝗，射向明军，阻止明军进攻。明军跃过壕堑，爬过护城河，护城河早已无水。他们砍倒圈在外围的木栅，很快靠近城墙。守寨兵拼力拒敌，死战不退。

另一侧，后山上树木柴薪已被点燃。堆积如山的林木枝柴早已晾干了，加上风大，大火很快烧红了半边天。风吹火舌，噼啪直响。明军在山上将捆住林木的绳索砍断，像圆球一样的干柴从高处向下滚去，有的撞到寨墙上，迸出一团火花。有的则借助风力凌空飞入寨墙里，整个城寨大火冲天。高台上三百弓箭手无处躲藏，均葬身火海。寨门被打开，明兵抢入寨内，见人就杀，见房就烧，寨内的粮仓、草垛、房屋庐舍全被点着，浓烟蔽天，火光盖地，啼叫呐喊声混成一片。王杲宅院很大，计有五百间房子全部化为灰烬。明兵在寨内共杀女真人一千三百多口，老幼妇孺皆无幸免。俘获三百余人，其他多在混乱中逃出，乘筏渡水者皆被李如松截杀。古勒寨整个城堡被毁。战斗停止，李成梁令灭了火，将俘虏送至大帐逐一审问，但是不见王杲及其儿子阿台。王杲活不见人，死不见尸，李成梁心中懊恼，令人再查。有人报告，王杲带着家眷，趁天黑混乱中逃出去，李成梁不相信。在他看来，数万军队四面合围，他是逃不掉的。

---

① 即烟筒山。

杨腾捉住来力红，推他来见李成梁："大帅，此贼就是杀害裴守备的凶手，叫来力红，他是朝廷通缉的要犯，请大帅发落。"

"啊，待找到王杲，一并给裴守备报仇。"

来力红冷笑道："王杲你是找不到了，他早已出城了。"

李成梁半信半疑："啊，是吗？"

"王杲要听我的话，也不致如此。他倒便宜了，我替他倒霉。"

李成梁仔细一看，这个人一只耳朵，感到好奇，遂问道："来力红，你左耳朵呢？"

"大帅，我知道。"俘虏中一人站出来，就把来力红刀刺刘承奕，被刘承奕抛刀削去他的耳朵之事，略述一遍。并说他在场亲眼所见，他说完跪在地上。

"原来是这样！"李成梁愠怒了。

来力红回头一看，原来是自己部下头人咬当哈。

"大帅，来力红确是杀害裴守备的主谋，奴才是受他指使，才干了坏事，求大帅开恩。"咬当哈连连叩头。来力红狠狠唾了一口，骂道："怕死鬼！女真人的败类！"

李成梁本打算把他们带走，待捉住王杲一同解决，现在他改变了主意，他要大开杀戒。

"来力红！你已死在眼前。本帅给你留条活路，只要你说出王杲的去向，协助本帅将他擒获，就饶你不死。"

来力红用鼻子哼了一声说："李成梁，别做梦了。王杲已到了安全的地方，你永远找不到。你对我们女真人太刻毒了，我就是死也不能告诉你王杲的下落。"

李成梁火冒三丈："被擒之夷酋还这么放肆，把他给我剐了！"

刀斧手上来当场将来力红衣服撕掉，绑在帐内一根锯了头的树桩上。两个人手执牛耳尖刀，把来力红的皮肉剔掉，最后剜了眼睛，剖出心肝，割了头颅。两边看得毛骨悚然，可来力红经过半个时辰的折腾，始终咬紧牙关，瞪着双眼，没哼一声。连李成梁也不得不叹服："实属罕见之贼酋！"

处置完来力红，李成梁点名把李指挥、佟保、王太、郎牤子等人叫出来，跪到咬当哈旁边。

"你们方才都看见了吧？来力红罪大恶极，死有余辜。你们都是胁从，本帅要从轻发落。"

"叩谢大帅!"

李成梁手捻髭须,嘿嘿一声冷笑:"来人!将这五个杀官造反的夷酋,拉出去斩首示众!"

"大帅饶命!大帅饶命……"尽管咬当哈喊破喉咙,仍无济于事。两名刀斧手拖住一手,押出帐外。

俘虏人中,有个十四五岁的童子,他看见了剐来力红这恐怖场面,早已吓得魂不附体。李成梁命提出来,跪在地上,不住叩头。

"不要害怕。"李成梁问道:"你是王杲什么人?"

"小的是王杲养马家奴,请老爷开恩。"

"你叫什么名字?"

"小人叫努尔哈赤。"

"努尔哈赤?女真语是什么意思?"

"就是野猪皮。"努尔哈赤战战兢兢地回答。李成梁觉得可笑,又问:"是谁给你取这么个怪名字?"

"是玛法,就是小的爷爷。爷爷说,将来让我像野猪皮那样坚硬。"

"呵呵,真新鲜。"李成梁又问:"你爷爷是谁?"

"小的爷爷叫觉昌安。"

"觉昌安?"李成梁忽然记起了觉昌安说过,有个孙子在寨中,八成就是这个童子。

"你是哪里人?"

"小人家住赫图阿拉,离这老远老远。"

"那你为什么到这里来干活?"

努尔哈赤叩了一个头道:"小人部落,隶属王杲的建州右卫,我们全家都归他使役。"

李成梁见这个少年口齿伶俐,又是觉昌安的孙子,便有几分喜欢。又问道:"你小小年纪,为什么也来到这里,给王杲当家奴?"

"小人家事,一言难尽。"努尔哈赤流下泪来:"我也是不得已呀!"

"有什么话可对本帅详说,本帅看你怪可怜的,也可能饶你不死。"

"是。"努尔哈赤又叩了一个头说:"小人十岁丧母,继母虐待。我在家里呆不下去,才来到王杲家,给他当马童。"聪明的努尔哈赤,始终不敢说出他是王杲的亲戚,瞒过了李成梁。

李成梁听了努尔哈赤的话,连连点头:"你的身世也挺可怜。你会饲养马吗?"

努尔哈赤看到一线生机，忙果断地回答："是的老爷，小人很会养马。"

"那么，本帅留你给我饲养马，你可愿意？"

乖觉的努尔哈赤，又叩了一个头："老爷恩典，小人一定尽心去做。"

"好吧。"李成梁高兴了："从今以后，你就跟随我。本帅不会亏待你，怎么样啊？"

"多谢老爷！"

"你起来吧。"

努尔哈赤叩头站起。李成梁微微一笑，告诉他道："哈赤，你爷爷觉昌安是我的老朋友。他已经脱离了王杲，回赫图阿拉去了。你不用惦念他了，安心跟本帅到沈阳去，明白吗？"

一听爷爷已平安回家，努尔哈赤一颗悬着的心放下来。他很感激李成梁："老爷大恩，小的永不能忘，一定尽心侍候老爷。"

从此，努尔哈赤跟李成梁当了马童，李成梁见他乖觉伶俐，更加喜欢他了。

正是：

灵芝隐没蒿蓬里，
金盆陷落泥淖中。

李成梁下令，把俘获的女真人，不分长幼，一律处决，抛尸于沟涧中，然后奏凯班师。要知后来情形，且待下回再叙。

第二十二回　破坚城父子同逃命　陷敌营祖孙双保全

第二十三回　聚完颜王杲重起事　走哈达阿台自脱身

明神宗万历二年冬月初，辽东总兵官李成梁统兵六万，对建州女真进行一次大围剿。火烧古勒寨，刀剐来力红，总计杀死女真男女老幼二千余人。建州女真又一次遭到重创，从此一蹶不振。

王杲没有死。

王杲当年修建古勒寨时，发现后山有一岩洞，连接沟涧，直通山外，是一个天然的隧道。所以足智多谋的王杲，就把宅院修建在靠近岩洞入口处，在院中挖了地道，与岩洞相通。上边用土石封死，外边任何人也看不出来。明军围寨，他并不着慌，就是因为有地道。在万不得已时，可从地道逃出去。今天果然到了这步天地，明军总攻时，王杲一家五十余口，在亲随侍卫的保护下，从地道出城，翻山越岭，逃之夭夭。宅院起火时，他已到了东山梁。站在那里遥望古勒寨火光冲天，连说完了完了，数十年苦心经营，毁于一旦。他咬牙切齿地发恨道："大明朝、李成梁，我和你誓不两立，早晚必报此仇！"

王杲一行远离明军包围圈，顺着山梁向东走了五十多里来到一座建在高岗上的城寨。天已经大亮，寨的主人开门把他接进去，安置在一处较大的宅院里。

顺便交待一下：此寨名叫章嘉城，是觉昌安六弟宝实的城寨。觉昌安兄弟六人，他排行老四。兄弟六人各筑一座城寨以居，距赫图阿拉近者三五里，远者不过二十里，各有产业土地人民。老六宝实就修筑了这座章嘉城，因地近章嘉河故名。宝实一家也隶属建州右卫，算是王杲的部下。宝实生四子，次子阿哈纳素与王杲友善。他从古勒寨逃出来，首选的避难所就是章嘉城。阿哈纳迎接王杲在家里住下，派人探听明军动向，不提。

回来再说李成梁，虽然一举荡平了古勒寨，铲除了建州右卫巢穴，可是王杲下落不明，活不见人，死不见尸。如果确系逃走，那城中可能有地道，从城门他是逃不出去的。地道在什么地方，无人知晓。全城被烧得面目全非，乌烟瘴气，满目断壁颓垣，到处是死尸，根本无法查找地道口。俘获的人，除了留下一个童子努尔哈赤外，全被杀死。寨内连一个活人也找不着。李成梁明白,城内肯定有通外面的地道。这地道口在什么地方?是个绝密。恐怕除了王杲自家人,别人谁也不知道。努尔哈赤只是一个马僮,当然更不会让他知道。否则,他何以被俘?想到这里,也就算了。都怪自己失策,没能多留下几个女真人。善于欺上瞒下、夸大战功的李成梁,只好向朝廷奏报:"全歼渠匪王杲部,毙敌三千余。惟王杲下落不明,可能死于乱军之中。我辽东大患已除,建夷诸部从此不敢藐视天威。"

明廷在内阁首辅张居正的主持下,褒奖辽东将士,当然李成梁为首功,其子如松亦授参将之职,其他各将赏赐有差。

王杲杳无音信,李成梁终久是块心病。王杲一日不死,辽东早晚是害。他派遣了几支人马,沿途巡逻,探询王杲的消息。

果然不出所料,到了转年二月,已有王杲动静。王杲在章嘉城阿哈纳家度过一冬,阿哈纳帮助他向外联络。王杲旧部一听他现在还活着,都纷纷同他联系,章嘉城就成了王杲聚集女真残部的据点。经过几个月的准备,王杲又搜罗了一千余人,重新起事,打起了"反明复仇,活捉李成梁"的旗号。

过了年,王杲复仇心切,率部出动,开始掠境盗边,杀掳抢劫,血洗屯寨,进行报复。李成梁闻报大喜道:"我所虑者,怕他不出,如大海捞针,没处去找他的踪影。他今已出来,捉他就不难了。"遂调集各军,追踪王杲,实行围歼。

王杲感到自己力量不够强大,把队伍拉向东边。距此不到二百里有一个大部落,号称完颜部。首领原是金朝完颜氏的后裔,故称完颜部。完颜部地当董鄂河北岸,长白山西南。山谷幽深,地势险要,是一个外人罕至的地方。完颜部一向归附王杲,王杲又得千余人,队伍扩大到二千多人。这回王杲认为可以和李成梁较量一番了。

阳春三月,积雪融化,天气转暖。王杲决心要报破城烧寨之仇,大举出动,侵入明边。王杲长子阿台,诡计多端,不逊乃父,他见父亲复仇心切,建议道:"李成梁老奸巨猾,阴险毒辣,知道阿玛复出,必不能容我,他肯定早已布置好。不如先收复诸部,复修堡寨,等力量强大了,再复仇不迟。"王杲不纳。他说:"我数十年经营,毁于一旦,此仇不报,我这口气怎么能出?李成梁因胜而骄,必然松懈。正月我掠夺他一次,他没敢出来碰我,这我就不怕他了。"

阿台说:"那时他不出,是不知阿玛是否还在,不知虚实,不能轻

第二十三回　聚完颜王杲重起事　走哈达阿台自脱身

出。这回知道阿玛的准确消息,他不会不出来。"

王杲笑道:"我趁此机会,大闹他一番,就是让他知道我还在世上。明朝知道我还在,必怪罪他谎报军功,将他革职,那辽东还有谁能斗得过我!"

"阿玛小心为是。李成梁非一般可比。他要是早有准备,咱们的计划就落空了。"

王杲还是不听。

事情果然应了阿台之言,王杲这次出兵骚扰明境不很顺利,明兵层层设防,李成梁又调几路大军围剿。因为王杲暴露了目标,行动受到牵制,不多日,便被明军围困在一个山谷里。王杲才知儿子阿台的话是正确的,深悔没有听从。

时当初春季节,冰雪消融,山路陡滑,人马行走艰难。王杲等本来以流窜为习惯,现在被围,吃粮都成问题。王杲出兵从来不准备粮草,走到哪里吃到哪里,吃完抢光再换地方。东西抢的多了,再派人往山寨运。这回被围在山谷里,二千多人马聚到一块,上哪里去找粮食?部下随身携带点食物又很快吃光。相持了几日,见明军不退,只好突围。明军在高处看的明白,王杲身披金甲,穿大红蟒袍。他走向哪里。明军就向哪里聚拢。因此终也脱不得身。

阿哈纳此时在王杲身边,看见明军盯住穿红袍的,忽然开悟,即对王杲说:"都督身穿红袍,太显眼,难得脱身。你把它脱下来,就容易逃出去了。"王杲恍然大悟,急脱下金甲红袍,同阿哈纳换了。王杲穿上阿哈纳的灰布袍,阿哈纳则穿起王杲的金甲红袍,王杲向西北,阿哈纳向东南,两个人向相反的方向奔去。明军只顾盯着穿红袍的人,看不见他们换衣服,不住在山上喊:"王杲奔向东南,这回别叫他跑了!"令旗晃动,明军涌向东南,都争着捉王杲立功。王杲趁此机会,带着家眷,从西北方向钻出包围圈,慌忙逃去。

明军前堵后截忙乱了一阵,将阿哈纳抓获。明军以为红袍金甲者就是王杲,逮他去见李成梁献功。

"启禀总兵大人,反贼王杲已经捉到。"

李成梁听说捉住了王杲,心中大喜,忙传令:

"押上来!"

李成梁认识王杲,见推上来这个人年仅三十几岁光景。而王杲已经五十来岁了,他认定此人不是王杲。心里说:不是王杲,可能是王杲的儿子。别人怎么会穿蟒袍金甲。于是喝问道:"你是什么人?竟敢假冒王杲!"

"我叫阿哈纳,是王杲的戈什哈。"

李成梁大惊失色,急问道:"快说,王杲在哪?"

阿哈纳摇摇头:"不知道,反正他跑了,你不用想抓住他。"

"你为什么穿他的衣甲?"

"王指挥临走之前,将衣甲脱下,交给我保管。我看携带不方便,就穿上了。"

李成梁气的须发颤抖:"误事!误事!又被这狡猾的贼子逃走了!"

部下战战兢兢地上前:"大人,他,他不是王杲?"

"混蛋!一群废物!你们受骗了。"李成梁嘿嘿冷笑两声:"来人!"

这是李成梁的习惯动作,只要部下看到他眼睛一眯,嘿嘿冷笑,知道他这时又要杀人了。刀斧手立时跑上来:"伺候大人!"

李成梁一捻髭须:"你们把这个假王杲,吊在旗杆上,乱棍打死!"

阿哈纳并不恐惧,回头对李成梁道:"用我阿哈纳的命,换得王指挥逃出虎口,死也值得!"

打死阿哈纳,李成梁气犹未息,又令将俘获的王杲部下女真人,就地处决,割下人头用大车拉回沈阳,吊到城外,昭示战功,以掩盖被王杲逃脱失误之过。

为早日捉住王杲,李成梁传令所有边境堡寨城关隘口部落,不得放王杲一人一骑过境,违者给以严厉惩处。并令人画了王杲图像,四处张贴。有捉献者,赏白银三千两;窝藏者,抄斩满门。

回头再说王杲的队伍被冲散,仅剩下几百人。幸亏亲随阿哈纳替换衣甲,吸引明兵,才得以走脱。王杲和儿子阿台,保着眷属,逃离战场,到一个小山噶喇①隐藏下来。这是一个交通闭塞,信息不灵,几乎与世隔绝的小部落,住着几户女真土人。整个部落没有一间标准房,靠近山边沟旁架了几处塔袒。部族以狩猎为主要生活来源,贫穷落后无异于原始社会。王杲部下加上眷属尚有好几百人,拥挤在这一憋死牛的地方,吃粮无法解决,根本就生存不了。王杲一边推算"日者术",一边派人去打探明军动静,知明军防守极严,又有图像,悬赏捉拿,心里

---

① 狭窄的地方,后来讹作旯旮。

说:"坏了!这回全完了。"这就是一招棋走错,满盘皆输。李成梁的厉害他至今才领会到。以前没有把他放在眼里,是一个严重的错误。

过了几天,李成梁收兵回去时大车拉着数百人头,阿哈纳已被俘处死的消息传来,王杲既悲且恨,发誓道:"如果我王杲有恢复元气那一天,我必领所有诸申奋发图强,创建我们自己的事业,永远摆脱尼堪的压迫,要用李成梁的血来偿还被害同胞之命!"

按王杲原来计划,这次打算投奔泰宁卫将军速巴亥。他们是好友,又有旧约。他已答应共同起事,说不定已到辽河西岸了。可是通往各处的道路全被堵死,明军封锁极严,西走不成,王杲十分焦虑。阿台出主意说:"西北的路已被截断,不如南走,返回建州,投奔赫图阿拉觉昌安家。慢图恢复。"

王杲叹道:"去年破城后,我从完颜部致书觉昌安,请求援助,被他拒绝了,很有轻我之意。我在阿哈纳家呆了好几个月,距离不过十余里,他都不去看我一次。如今兵败逃亡,再去投奔,不但令人耻笑,还有很大的危险。"

阿台道:"我们是亲戚呀,他不会袖手旁观吧?"

"亲戚?亲戚也不一定靠得住。"王杲说:"觉昌安为我入明营请降,他却一去不回。跟李成梁勾搭上了也不一定。我今要去,不是自投罗网么?他看我兵败势孤,拿我献功也未可知。"

阿台说:"明军追捕甚急,也得找个安身之处,不能呆在这里,束手就擒啊!"

王杲想了一会儿,忽然想起一个去处:"有了,为今之计,不如北走哈达,投奔万汗。昔日抚顺会盟,我们双方约定,他主海西,我领建州,奉万汗为盟主,彼此互不侵犯。去年起事我派觉昌安去邀他,他给我带来口信,不能相助,如有不测,可来相投。如今建州已失,投奔他去,总可以给我一个安身养老的地方。"

阿台反对道:"去不得,去不得!哈达万汗,久有依仗明朝吞并建州之心。再说,阿玛虽与万汗有抚顺盟约,由于阿玛几次犯边,盟约已毁。万汗一定怨恨阿玛毁盟失信,怎么能投奔他去!"

"犯边,毁约,罪不在我。明朝容纳我逃人,首先败盟,人所共知。"王杲对儿子又像是对自己:"万汗难道不知道这些事情吗?他应该主持公道。"

阿台坚持不走哈达,他认为万汗亲明,又为人谲诈,此去凶多吉少。

父子二人意见相左，谁也不肯妥协。王杲还有他另外的想法：当初万汗许诺过："如有不测，可来相投"的话。如果他真的不能相容，可以向他假道，通过哈达经过叶赫境去泰宁卫，这点面子，万汗总可以给吧。

阿台还是反对走哈达："他要不肯容纳，也决不肯假道。去哈达凶多吉少。"

王杲沉默良久，也觉得儿子之言有一定道理。他自言自语地说道："凡事取决于阿布卡①的意志，人不可强求，我推算一卦，看看吉凶如何。"

王杲又推算一下"日者术"，得出五个字的卦辞。你道哪五个字？却是：

出亡不即死。

王杲大喜道："阿布卡恩都力助我事成；此行决无危险，快奔哈达。"

左右问道："大人，这是什么意思？"

王杲解释道："出逃哈达，不能死，这是大吉之卦，我每次占卜，无一次不验。"

阿台摇摇头："那要是这么解释呢——'出亡，不，即死'，是吉，还是凶呢？"

王杲一听，激灵打了个冷战，怔了一会儿，又坚定地说："那种解释不合卦理。我意已决，休得妄言，赶快收拾，奔哈达国，事不宜迟，立刻就走！"

阿台不愿随行，自携妻儿子女及几十名部曲，返回苏子河。招募土匪流氓，收罗女真残部，清理被明军焚毁的古勒寨，挑壕为堑，立栅为屏，广聚金银财宝，养兵屯粮，壮大势力，继续与明为敌。阿台之弟阿海也从毛怜卫归来，在古勒山不远处修筑一座山城，称沙济城，与古勒城形成犄角之势。兄弟二人势力崛起，不久又称霸辽东，女真部众又重新集结。这是后话，暂且搁下不提。

回头再说王杲自儿子阿台去后，更觉势孤。派人去哈达求见万汗，也不见回来复命。王杲部众仅剩百余人，白天不敢行，只有晚上贪黑走

---

① 天。

路,以防被明军发现。这天他们来到一处地方,只见山势低平,谷阔路宽,小溪流水,春草萋萋。虽无百花盛开,却也燕雀争鸣。辨认一下,此处正是建州、哈达、辉发三部的交界处。沿山梁北走,不远便是叶赫国的地界。道路四通八达,十分便利。这是当年各部市易的贡道。通广顺关、镇北关、开原、清河、抚顺均极方便。来到十字路口,王杲犹豫起来,他想临时改变主意,走叶赫,这样还须三四天的路程,而进入哈达只须一天就够了。王杲坐在山坡路旁休息,思绪万千。自己也是女真首领,一世英雄,今天弄得流离失所,狼狈不堪。有家难奔,有国难投,带着一群老小,无处栖身。又一想,成败自有天数,说不定以后还会东山再起,我王杲仍然是威震辽东的女真巴图鲁。到那个时候,建州、海西诸部谁敢小看我!大丈夫能屈能伸,胜败乃兵家常事,想到这里,他又提起精神,下令从山梁直走西北,奔往叶赫方向。

他决定了刚要动身,忽然一阵乌鸦的叫声,从头顶盘旋而过,向正西方飞去,王杲命令暂停,先不要忙于北走。你道为何?原来女真之俗,乌鸦是种吉祥鸟。它飞向哪里,哪里便是宝地!它离开哪里,哪里必生是非。王杲见乌鸦从北方飞来,在头上盘旋又向西方飞去,这不明明预示他北方有事去不得,西方平安可行么!他想,北方叶赫一定去不得,若去定是凶多吉少。西方哈达才能保平安。他临时改变路线,还是走哈达。

忽听山弯处有马铃声,王杲大惊,以为明军来了。再一听号角声,不像明军。王杲不知哪里人马,正在惊疑处,一队骑兵驰到近前。为首一将,头戴羊皮帽,身穿羊皮袄,大开气儿露出前胸毫毛。镶边儿的裤角,马鞍上横着一条镔铁大棍。只见他跑到王杲面前,翻身下马,双拳一抱:"王指挥受惊了!"王杲一见,喜出望外,也滚鞍下马,急忙还礼:

"你怎么来了?"

正是:

徘徊歧路遇故友,
意外相逢喜可知!

要知此人是谁,因何到此,且待下回再叙。

第二十四回　速巴亥不屈斥故友　扈尔罕定计捉元凶

王杲认得此人，正是他要投奔去的泰宁卫将军速巴亥。

速巴亥本是蒙古阿鲁特部首领。因势力强大，威胁明朝北境的安全。明朝采取武力征讨和利诱拉拢两面手法，速巴亥也就时叛时抚。明朝又恢复了已经废弃多年的泰宁卫，封速巴亥为将军，令其兼辖土默忒等部。土默忒部长黄台吉始终坚持反明，根本不受速巴亥约束。有时他们还联合出兵，共同反明。上年王杲起事，曾约黄台吉和速巴亥一同起兵，出察罕①，犯喜峰口。时戚继光平定倭寇②之后，调任蓟北总兵官，防守甚严，连败进犯之蒙古兵。黄台吉又联合朵颜卫首领董呼里又一次侵入长城。戚继光出兵一战，活捉了董呼里弟弟察克图。董呼里为争取释放弟弟，率家族酋长共三百人跪到关下请降，此后朵颜卫不敢闹事。黄台吉势孤，也只得撤兵。速巴亥单丝不成线，无力量扰明。所以，王杲邀他一同起事时，他没有敢轻举妄动，表现不很积极。

王杲城寨被毁，速巴亥闻知觉得过意不去。王杲又仓促起事失败，明军追捕甚急，即亲率五百人马赶来接应，不期途中相遇。

速巴亥寻到王杲，高兴地说："明兵前堵后截，这里不可留，赶快随我去泰宁卫，我帮你慢慢恢复。"

王杲说："我也正是这个意思，咱们就走。"

"那就赶快，随我从原路回去。"速巴亥调转马头，准备从来路返回。王杲却不动：

"走叶赫？"

"是的。"速巴亥说："只有通过叶赫边境，才能安全。"

"不。"王杲摇头道："方才我占卜一卦，又有乌鸦从头顶飞过，两次验证，走叶赫凶多吉少，惟有走哈达才安全。"

"走哈达？"速巴亥略一思索，说："也好。哈达万汗大台吉扈尔罕，和我有交情。我去求情，他们一定会给点面子，准许我们假道过去。"

---

① 察罕，又作察哈尔，即今河北省张家口地区。

② 日本海盗。

"这就更好了。"王杲说:"万汗以前有话,让我在万不得已时去投奔他。就这么办。"

速巴亥一抱拳:"我先走了,你们找地方住下,等我的消息。"

一阵銮铃响过,速巴亥带着四名骑兵飞驰而去。其余留下保护着王杲一行进入哈达境内,在一个边境嘎珊暂住下来,静待速巴亥回音。

等了几日,一不闻明军来捕,二不见速巴亥影子,连一点儿消息也没有。王杲焦急地等待,心中纳闷:这是怎么回事?可他哪里知道,哈达国主万汗早已和李成梁约好,正在定计捉拿他,准备向明廷报功呢!

再说速巴亥来到哈达城下,声言是大台吉扈尔罕的好友,泰宁卫将军速巴亥要见汗王有要事相商。守门军士报入王宫。万汗已经探听明白,知道王杲兵败,逃离建州,在速巴亥的接应下,进入哈达国境内。这速巴亥以前到过哈达,他力量大,武艺好,在蒙古、女真诸部,威名远震。李成梁传檄哈达,请求万汗帮助捕捉王杲,勿令他流窜蒙古。一向忠于明廷,依靠明廷的万汗,自然照办。捉王杲倒易如反掌,对速巴亥却是不大容易对付。派兵围剿恐怕不是他的对手,大将白虎赤又不在身边,哈达城中无良将可选。弄不好打草惊蛇,王杲逃走,不好向李成梁交待。朝廷要是怪罪,说是有意卖放,那怎么能担待得起。万汗对明朝忠贞不贰,他知道,没有明朝的支持,就没有他的地位,他受明封为海西卫大都督,女真国汗王,赐敕书五百五十道;共控制贡市敕书一千五百道,所以他今天取得了海西卫扈伦四部的总首领的地位,雄踞海西,遥控辽东,成为女真诸部的盟主。名义上虽然没有恢复祖宗基业扈伦国,但就势力范围而言,已经远远超过当年的扈伦国了。万汗认为,王杲本是枭桀,曾称雄建州,一旦东山再起,势必威胁海西。若不趁此机会,在他穷途末路之时把他铲除,还能让他逃窜吗?他所顾虑者,就怕速巴亥不好对付。今天听得速巴亥来到城下,实出意外。

万汗问道:"他带多少人马?"

"回王爷话,只带四名随从。"

"好。"万汗惊喜道:"你叫他稍候。"

"嗻!"军士出去。

万汗即叫来长子扈尔罕商议道:"速巴亥此来,是为王杲事。你和他有旧交,他来找你无非为王杲疏通。这速巴亥是蒙古有名的巴图鲁,今助王杲。我捕王杲正愁没法制服他,他今送上门来,真是阿布卡所赐。你出去先虚与周旋,乘其不备,将他捉住,随行人等一个不能跑掉，我自有安排。"

扈尔罕初时不肯，觉得有伤义气，失信于人。经万汗再三说明利害，并答应决不会伤害他，只是为了诱捉王杲，不得不出此下策。王杲不除，久后必为海西之害。捉住王杲，建州之地必为我所有，女真就可以一统天下了。听了万汗之言，扈尔罕有点活心，但又不放心。他问："那可千万不能伤害速巴亥。捉住王杲后，要以礼送他出境。"

"一定，一定。"

父子二人周密地计议一番，扈尔罕同意配合诱捉王杲，依计行事。遂令开门放入，他亲自去迎接。

速巴亥被接进了哈达城，安置在馆驿中。扈尔罕陪他到馆驿，假意叙旧。速巴亥说明是为王杲的事而来，说王杲势孤，明军追捕甚急，请哈达准许过境，随他前往泰宁卫暂避，帮他整顿旧部，徐图恢复，将来必有厚报。扈尔罕一一应下，并说："明日领你去见阿玛汗，一切不成问题，此事包在我身上。他李成梁不敢来哈达要人。你先休息几日，我亲自送你和王指挥过境就是了。"

速巴亥表示感谢。

扈尔罕令人摆上酒宴，招待速巴亥，说道："故友重逢，机会难得。今日必须痛饮一番，一醉方休。"

速巴亥说："感谢盛情，我还有事，王指挥还在边境上，盼望我的音信呢！"

扈尔罕笑道："兄勿忧，只要明日见了父汗，一切事情都好办。况且，父汗与王指挥也是故人，从前还有过可来相投的约定，请你放心好了。"扈尔罕端起酒杯："来，今日不谈闲事，故人远来，小弟特地为兄洗尘。来，干杯！"

速巴亥深信不疑。于是二人开怀畅饮，谈笑风生，一直喝到半夜三更。扈尔罕本来能饮酒，并且喝完酒闹事，撒酒疯。可是今天例外，他有使命在身，不敢多喝。假装喝醉，躺下不动。蒙古人的性格豪爽，喝酒时人家醉倒，自己要是不醉倒，那就不够交情。何况，速巴亥也是个贪杯的汉子。已经喝足了酒的他，又饮了几大杯，更是醉上加醉，仰面躺倒，不省人事。他的四个随从也被扈尔罕手下拉到别屋招待。此时也酒足饭饱，沉睡如泥。扈尔罕见速巴亥醉得不省人事，鼾声如雷，悄悄爬起，一敲窗棂，这是号令。霎时，埋伏的哈达兵齐起，闯到屋中，先抬走那条镔铁大棍。速巴亥如同死人一般，毫无知觉，被哈达兵绑了个

第二十四回　速巴亥不屈斥故友　扈尔罕定计捉元凶

结结实实。四个随从,无一漏网。天亮醒来,速巴亥才知中计。此时扈尔罕已不见踪影。

有道是:

自古贪杯多误事,
醒来追悔已嫌迟!

次日天明,万汗得报,知道扈尔罕已将速巴亥捉住,心中大喜,即令送到棪椙宫来。

万汗升堂,武士推进速巴亥。

速巴亥醉意全消,见自己被捆绑起来,知道上了当,气的咬牙切齿,大骂扈尔罕。

万汗久闻速巴亥之名,今日初见,果然勇猛雄壮。心想,要不是把他灌醉,还真制服不了他呢。

速巴亥挺立阶下,左右不住吆喝:"跪下!跪下!"

速巴亥把脖子一梗:"老子从来没跪过人!"

"大胆!"万汗一拍案:"速巴亥,你可知罪吗?"

速巴亥气咻咻地大声吼道:"你非我主,我非你仆,什么知罪不知罪!"

万汗说:"你领泰宁卫,统辖蒙古诸部,不思感恩戴德,报效朝廷,反而拥兵作乱,屡犯边关,其罪一;上年王杲为乱,你却纠土默忒配合王杲,扰乱辽沈,以至贡市关闭,货物不通,蒙古女真各部,深受其害,其罪二;王杲乃朝廷通缉要犯,女真罪人,猖乱多年,杀人放火,扰得辽东不得安宁。朝廷必欲逮之,你却要迎归泰宁,使之死灰复燃,继续为恶,其罪三。有此三罪,按律当斩!你还有什么话可说?"

速巴亥呵呵一阵冷笑:"这与你有什么关系?我和你江水不犯河水,各流其道,你凭什么捉我?"

"朝廷有旨,私放、窝藏王杲者,同罪。"

"那好吧。我既然中了你们的奸计,那就杀剐由你。"

万汗缓和了口气说:"速巴亥,念你也是一个巴图鲁,朝廷卫所长官,又是我儿扈尔罕的好友,我不忍加害与你。你要能帮助我捉住王杲,我就放你回泰宁卫,怎么样?"

速巴亥一听,苦笑道:"你看错人了。我就是死在你刀下,也不会干出那种不义的事情来。不要多说，要杀就杀，要砍就砍，随你的便。我只要见扈尔罕一面，死也能闭上眼睛。"

躲在屏后偷听的扈尔罕，转出来笑道："真不愧为蒙古人中的英雄义士。可惜你错了，王杲罪大恶极，你却助他。"

速巴亥一见扈尔罕，气往上冲，破口大骂："扈尔罕，你这不义之贼，竟敢骗我！我跟你没完！"

扈尔罕说："实在对不起，兄先委屈一下，待捉了王杲，咱们的事好商量。"

速巴亥咆哮起来："你把我灌醉下手，不算真本事。有种你放开我，咱们斗上几十回合，赢了我手中的大棍，我就服你。"

扈尔罕又笑道："知道兄英勇无敌，不得不用此下策。你放心，我们不会伤害你。王杲要无兄相助，他插翅难飞。"

"扈尔罕你这个不义的小人，有你没我，有我没你，我跟你拼了！"

速巴亥挣扎着要扑向扈尔罕，武士按之不住，不得不将他掀翻在地，脚上又加一道绳索。速巴亥还是暴跳如雷，大吵大闹。万汗实在看不下去，猛地一拍案：

"放肆！被擒之将，还如此嚣张，我看你是不想活了！"

速巴亥坐在地上，仰面大笑："杀剐由你，何必耍威风！"

万汗被激怒了：

"来人，给我推出去，斩首号令！"

"阿玛汗息怒。"

扈尔罕近前，对着万汗小声说了几句。万汗点头，乃说道："速巴亥，念你是个有情有义的巴图鲁。又和我儿扈尔罕交好，暂且饶你不死。待捉住王杲后，一块发落。将他带下，严加看管。"

万汗令把速巴亥推进大牢，监禁起来后，并传令绝对保密，不准走漏一点风声。立即派人到沈阳去见李成梁，通报王杲信息，请他指挥明军，虚张声势，向王杲施压，迫他上钩。另外，调兵遣将，封锁要路，暗中监视王杲，不令其远窜。同时告诉叶赫杨吉砮兄弟，控制边境，挡住泰宁卫蒙古诸部前来接应。

当下万汗同扈尔罕父子二人商议停当，定下了捉拿王杲的计策，分头行事。不提。

回文再说王杲。

第二十四回　速巴亥不屈斥故友　扈尔罕定计捉元凶

王杲自速巴亥去后，在边境上又收集一些溃卒。加上速巴亥带来的蒙古骑兵，很快又集中了千余人的队伍，势力又有所壮大。王杲一面纵士卒掠夺哈达、建州接壤地带屯堡的人畜和粮食，一面派兵守住要道，专等速巴亥的消息。如果假道成功，他就拥众北去。王杲每日和二十七个妻妾饮酒作乐消遣，盘算恢复的办法。部下实在看不下去，都到这步天地了，年近五十的王杲尚且贪恋酒色，依旧选纳掠来的年轻貌美女子玩乐，全不把部下死活安危放在心上。部下多有怨言。有的人叛离王杲而去，王杲全然不觉悟，我行我素，一如既往，对被捉回来的逃人处以酷刑。弄得人心更加不稳。有的盼明军早来，他们好哗变，作为内应，捉住王杲献功。

　　在女真诸部中，王杲以严厉出名，部属怕他，都跟随他出生入死，为了开创女真事业。现在情况变了，王杲的几次行动，给女真人带来很大的灾难，事业也一败涂地，人们也就不再服他，部下多生异心。王杲依旧多收美女，广纳姬妾，照样过他的荒淫无度的生活。

　　过了些日，传来喜讯，说哈达万汗答应假道，速巴亥陪万汗父子要来会见王杲。会见后，即刻开放边境，让他同速巴亥将军去泰宁卫。王杲听了十分高兴。

　　紧接着，万汗的使者到来，传万汗口谕，约王杲到离边境二十里的富尔加齐寨相见。并告诉他，事不宜迟，李成梁大兵很快就要来了，晚了怕走不成。本来最近两天王杲也得到消息，说明兵大批出动搜捕他。但是，他并不知道这是万汗同李成梁约定的虚张声势，迫他上钩的疑兵之计。其实，李成梁并不晓得王杲藏匿在什么地方。生性多疑的王杲，居然被瞒过了。

　　当下王杲得知万汗要同他会见，心里说，你领海西，我领建州，爵位相近，年龄相当。只不过你依靠明朝，建国称汗。从前我们两家势均力敌，谅你也不敢小看我。再说啦，阿嫩是你的尾伦，论起来两家还是萨敦①。当我有困难的时候，你总不能见死不救吧！

　　他决定去见万汗。

　　妻妾多人劝阻：速巴亥没有回来，哈达使者的话是真是假，现在难辨。还是不要去，等速巴亥回来再说。

　　王杲说："李成梁的大兵很快就要来了，此时不走，还等什么时候！

―――――――――――

① 亲家。

速巴亥陪万汗来迎我，那还有什么说的！"

妻妾们还是苦劝："那也要等速巴亥回来呀？你常说，万汗与你有怨，现在怎么忘了？"

一句话提醒王杲，他忽然想起了对万汗多年的怨恨。当年阿玛多活洛贝勒从哈达饮酒回来，发病而死，死得不明不白，成了千古之谜。王杲怀疑是万汗下毒暗害，可是无凭无据，怀疑也只是怀疑。

"你们别跟着搅浑了！我心都乱了。"王杲心情烦躁起来："待我推算一卦，看看吉凶如何。"

王杲不听妻妾们劝阻，又用"日者术"占卜一卦，得了个"遇难不死，逢凶化吉"的卦。王杲大喜道："人算不如天算。此术百验无误，无一次不灵。你们看，这'遇难不死，逢凶化吉'是阿布卡恩都力佑我。我几次大难不死，为什么？因为恩都力、瞒尼都在保护我。他们平时都在果勒敏珊延阿林①修行炼道，我有难他们都出来暗中相助，哈哈哈哈……"他近似颠狂状态，立即跪在地上发誓道："眼下我王杲要去泰宁卫，借得蒙古的势力，将来重回建州，荡平海西。打败李成梁，雪我古勒寨之仇；我叫万汗献表称臣，我王杲独霸辽东海西、女真一统天下，谁能奈何我哉！"说完叩起头来，又仰天大笑："我王杲还是我王杲。"叨念完，笑完，即吩咐准备启程，去富尔加齐寨会见万汗父子。

王杲的脾气，妻妾们都深知，每当他心烦或狂喜时，谁也不敢惹。这时，谁要不识好歹触犯了他，不死也得扒层皮。所以妻妾们都不再出声了。这时一个十八九岁的美貌小妾，是新纳的，还不懂得王杲的心思。她战战兢兢地跪在王杲面前："大人，这'日者术'要是不灵，扔下我们可怎么办？大人还是不要去吧！"

王杲一听，勃然大怒：

"你这贱人，敢出此不吉之言，扫你老子兴。来人！"

应声进来几个随从，"伺候大人。"

"将这个贱人衣服剥光，吊在树上，打一百皮鞭！"

小妾一听，大惊失色，忙跪爬上前抱住王杲的大腿苦苦哀求道："大人，奴婢是为你好哇，大人可千万别错怪了我呀……"

"拖走！"

随从上前来拉，小妾死死抱住王杲大腿不放。随从不敢用力，都望

---

① 长白山。

着王杲。

王杲对她胸脯狠力地踹了一脚:"去你的!"

小妾"哇"一声吐出一口血来,仰面摔倒在地,抽搐几下,绝气而亡。众骇然。

"还愣着干什么?拖出去!"

王杲瞪着充满血丝的眼睛,瞅着美妾被像拖死狗一样地拖出去,还恨声不绝地骂道:"这个贱人,便宜了她!"

众人见此光景,谁还敢劝?

王杲上马,带了二十骑随从护卫,直奔富尔加齐寨。他留下心腹,照看家眷,嘱咐道:"等我见万汗回来后,再定行止。晚上也许明天就能有消息。"

三十几里的路程,很快就到了。寨子很大,土木混筑的城墙,石块奠基,坚固厚实。南北各开一门,城周约有三里。王杲一行从后面来,直抵北门外。不见有人来迎,但见吊桥高扯,城上连一点动静也没有。王杲心中疑惑,正待上前叫门,忽听一声锣响,城上竖起了旗幡。

正是:

起事仓促终失败,
假道不成反做囚!

不知王杲一行能否进入富尔加齐寨,且待下回再叙。

第二十五回 解京师王杲受磔刑 存建州万汗制悍帅

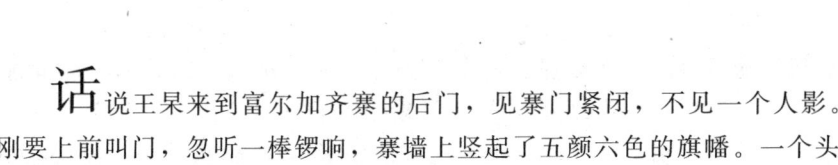

话说王杲来到富尔加齐寨的后门，见寨门紧闭，不见一个人影。刚要上前叫门，忽听一棒锣响，寨墙上竖起了五颜六色的旗幡。一个头目模样的人站在上面，对城下喝道："你们是什么人？"

答曰："建州右卫都指挥使王杲。"

"啊！原来是王指挥到了。赶快请进，赶快请进。"

"约定我今日来见，为什么紧闭寨门，不来接应？"

头目道："我们得到消息，明军要来，不得不防。"

寨门随之大开。

王杲十分机警，他不见速巴亥出来，又不见扈尔罕的影子，心中产生疑惑。他向后退了几步，望着上边问道："速巴亥将军在哪里？"

头目答道："王指挥不要多心。据报，李成梁得知大人今走哈达，他领兵来拦堵，大军已出清河，还是小心为是。请大人早点进城，免生意外。"

王杲不耐烦了："我问你，速巴亥将军现在哪里？为什么不出来相见？"

"啊！你问速巴亥将军，他陪着汗王爷和大台吉，马上就出来。"

王杲怕其中有诈，即说："请汗王改日相见，我暂且回去等候。"说完拨转马头，刚要驰去，忽听城上一声高叫："王指挥何不进寨？阿玛汗已恭候多时了！"王杲一看，见扈尔罕同速巴亥在十余名兵丁的簇拥下，登上了寨墙。

一点儿不差，速巴亥果然同扈尔罕在城上相见。王杲心中甚喜，他刚要同速巴亥说话，只听扈尔罕说："走，到门口去迎王指挥。"一行人急忙下城，寨墙上连一个人都不见了。

远处的山谷里隐约传来喊杀声，王杲不知虚实，疑为明兵。

王杲英明一世，机警过人，可这一回被搞得昏头胀脑。方才又听说明兵已出清河，他就认为喊杀声可能就是从清河方面来的明兵，心里未免着忙。再加上他特别相信"日者术"，所以连一点破绽也没有看出来。这就叫做"当事者迷，旁观者清"。

当下王杲认为扈尔罕同速巴亥下城去接他，他急于要见万汗，稀里糊涂地进了寨门。王杲一马当先，刚进入寨门，吊桥已被扯起，寨门"嚓"地一声关上了。王杲忽然猛省，知道上当了，急转身夺路而走，哪里能转过身去？坐马已被钩倒，几个身强力壮的武士按住王杲，上了绑绳。随行人员也全被捉住。寨门大开，吊桥扯起，哈达兵从寨内涌出，直奔王杲驻地，边跑边喊："王杲捉住了！""王杲捉住了！"王杲手下残兵败将，刚刚聚拢，一听"王杲捉住了"，哈达兵杀来，没人敢抵抗，大伙一哄而散，速巴亥的五百泰宁军也夺路逃回去。哈达兵进入屯寨，把王杲的妻妾连同被掠夺来的美女共三十多人，统统俘获，全送到哈达城。

万汗父子定计捉了王杲，收兵回哈达城。王杲以为是速巴亥出卖了他，可他哪里知道，速巴亥是被反绑着双手，嘴里塞住棉花，由扈尔罕部下押着，从寨墙上一上一下晃了他一下，骗他进寨门。王杲距寨门较远，根本看不清城上的一切细节，就连速巴亥看见他在城下感到一怔，急对他摇头示意他也没有注意到，因而撞入虎口。

王杲被捉，知道这回在劫难逃。可是又想起"日者术"上"大难不死"的话，觉得还有一线希望。无论如何也得争取活命，他在牢内给万汗捎了口信，要求面见一次。万汗准许了，令从大牢内提出王杲，送去见他。

武士推上王杲。王杲看万汗的气势，真是今非昔比，宫殿金碧辉煌，文武两班排列，警卫森严，一派天子威仪。万汗头戴金冠，身穿走线团龙大红蟒袍，端端正正坐在雕龙镂花的高背椅上。从面目上看，比以前苍老了许多。王杲今日成了阶下囚，万汗高高在上，威凌四露，心里觉得不是滋味。他自思，我王杲也是独霸一方的女真豪杰，官居建州右卫都指挥使，与你万汗爵位相等。今日虽然被捉，也不能失去身份。他立而不跪，只是对万汗点一点头：

"你父子买通速巴亥，暗算我。我死也不服，我无罪！"

"你罪大恶极，还满口狡辩。"万汗冷笑道："王杲，你屡次盗边，扰得诸申和尼堪都不得安宁，受到朝廷通缉。往年我入建州，约你和巡抚张学颜盟于抚顺关下，勒碑刻石，恪守誓言。不久你又背盟，扰乱边陲，招致大军讨伐，巢穴被焚。今日还有何面目来见我？你还有何话可说？"

"那也不能怪我，明朝纳我逃人，首先背盟。"王杲不慌不忙地辩解道："双方不准容纳逃人，这是抚顺盟约所规定。我没负约，他先背盟，这怎么能怪我？这还不算，明朝又断绝贡市，要把我困死，我不反抗，哪还有活路？你是监誓人，应该主持公道，也要为我们女真着想啊！"

"狡辩！难道说，你劫掠边民，抢夺美女，这也是反抗吗？"

"怎么会有这等事！"

"你这个反复无常的叛贼，作恶多端，自不认错，非叫你看看对证不可。"万汗吩咐："把人证都送来！"

不大一会儿，武士带进三十多名妇女，有的还哭哭啼啼。

"肃静！"

武士一喝，吓得她们不敢再哭，她们战战兢兢，也不敢瞅王杲一眼。

万汗瞪着王杲："这都是你的眷属么？"

王杲一见妻妾全被捉来，立刻情绪有些激动："自古道，君子不伤人之亲，不夺人之爱，你这是干什么？"

"好一个正人君子！"万汗轻蔑地瞥了他一眼："你不是有二十七个妻妾吗？你仔细看看，站在你面前的是多少个？三十五个，那几个又是你什么人？"

"那是我新纳的。"

万汗令王杲妻妾站在左边，另外几名女子站在右边，共有九名，她们一齐跪倒，等待发落。

万汗说："不要怕，你们要如实回话。你们是哪里人？都什么时候嫁给王杲的？"九名妇女一齐叩头："我们都是良家民女，被这贼子抢来的，求王爷给我们做主。"

"你们家在何处？可有阿玛额莫？"

不料几个女孩说出同样的遭遇来，父母都被杀死，房子被烧光，现在无家可归。

万汗大喝道："王杲！你可听见？你造的孽还少吗？！"

王杲低头不语。

万汗又问："你们愿意回去，还是愿意跟王杲？"

"王爷开恩，我们誓死也不能再跟他了！"

"留你们在这儿，你们可愿意？"

"叩谢王爷大恩。"

万汗侧头叫道："扈尔罕！"

第二十五回　解京师王杲受磔刑　存建州万汗制悍帅

扈尔罕应声上前："在。"

万汗指一指："将这九名女子赐与你吧。"

"谢阿玛汗恩典。"扈尔罕高高兴兴地令人将九个姑娘送回家里去。

万汗嘲弄地对王杲说："王指挥，你有二十七个妻妾，怎么现在少了一个，剩二十六个了？我该怎样发落她们？"

王杲再也沉不住气了，他忙咚地一声跪在地上，连叩三个响头："王杲知罪，求汗王看在昔日哈达会盟的情分上，放我一马，将来必有厚报。"

万汗冷笑一声，鄙夷地瞥了他一眼："晚了。早知今日，何必当初。你自不量力，以卵击石，碰得头破血流，能怪谁呢？我不难为你，将你暂且监禁，待朝廷发落。"王杲一听朝廷发落的话，晓得自己性命难保，又伏地哀求道："王杲今日认输，不求东山再起，但愿混口饭食，老死林泉足矣，望汗王给我留一条生路。"万汗不理他。叫过侍卫，吩咐道："王杲妻妾中有四名年岁大的，把她们放了，给她们银两，叫她们自寻生路。"

话说王杲在女真中有"风流罕王"之称。他生平一大嗜好就是贪恋女色，有的是娶来，有的是抢来，不管出身贵贱，只要被他看中，则无一幸免。他的原配福晋本是东海窝集部酋长之女，后又娶了几个名门望族之女为侧福晋。几乎每年都有新入门的小妾，多半是从本部落奴隶中选。甚至在逃亡流浪中，也本性难改，随时都抢民女取乐，因此渐失人心，众叛亲离。原配大福晋见王杲难成大器，返回东海再也不回来了。王杲实际有妻妾二十八人，自诩为应上天"二十八宿"之数。如今已在身边二十七名，前天最小的一个被踢死，被哈达兵俘获二十六名，算做王杲的正式妻妾。这些妻妾中，四名年纪较大者已四十余岁，其余均二三十岁不等，最小的只有十七，她们对王杲感情淡漠。

万汗放走王杲四名年岁较大的侧福晋，瞅一瞅跪在地下的王杲："你的这些美人，从今儿个起，统统归我啦。我不会像你那样虐待她们。来人，给我送到后宫去，不许难为她们，违令者斩！"

王杲眼睁睁看着自己的妻妾和美女都被万汗分别做了处理，说明白一点就是都被万汗父子分了，他如何能忍此奇耻大辱，刷地站起身来，仰面大喊一声："日者术，你骗了我！"

万汗也不理他，令武士把王杲送到十里外的石头寨监禁。一面通知李成梁，并向朝廷申报，元凶王杲已被俘获，听候朝旨发落。

转眼间秋冬已过，又到了春光明媚的季节，王杲已囚在石头寨数月之久。这一日朝廷旨下，令万汗会同李成梁将王杲解送京师。万汗得旨，不敢怠慢，即令制作槛车一辆，将王杲押上槛车。派兵丁严加戒备。李成梁又令明兵接应，仅二十天的工夫，槛车已到北京，王杲下入锦衣卫大牢。因王杲在石头寨拘禁了几个月的时间，所以此寨后来传为王杲城。

王杲槛车解京，引起了朝野震动。廷议处王杲以磔刑。行刑那天，朝中首辅大臣奉着小皇帝朱诩钧，亲临刑场观看。王杲的威名早已使北京臣民闻之丧胆，这次都要亲眼看一看他长的什么样，这天北京午门以外人山人海。大牢里提出王杲，此时的王杲蓬头垢面，往日风光已失。号炮响过，刽子手将王杲手足头身肢解成六块，一代雄杰，落了个分尸的下场，寿四十八岁。

传说王杲死后，冤魂不散，一股幽灵，飞出京城，越过山海关，直奔东北长白山，化做一种鸟类，同幼年一起上山挖参而失足摔死的小伙伴仇五的阴魂会合，为女真人守护着人参。王杲化身的鸟叫王干哥，他每天早起便叫"仇五"、"仇五"；仇五则回应叫"王干哥"、"王干哥"。它们以参籽为食。采参人进山如果听到"王干哥"、"仇五"的叫声，就知道那里一定会有棒槌①。长白山区至今还能听见这种鸟叫，都认为是王杲的化身。

王杲既死，元凶已除，朝廷论功行赏。首先进封万汗为右柱国，龙虎将军，子孙世袭哈达国王。另授扈尔罕为塔山前卫都督同知；就连万汗幼子，年仅十岁的孟格布禄也授为都督佥事。并赐黄金、绸缎、布匹若干，敕书三十道，万汗一门皆受荣典。这是明朝属国和各族领袖中，第一个获得龙虎将军称号的人。给日趋没落的哈达国政权，又注入一点活力，将他灭亡的时间，向后推迟了几年。其他如都御史张学颜，总兵官李成梁皆赐黄金三十两，奖励他们在剿灭王杲之役中的功劳。

王杲叛乱已平，明朝又下令追查参与王杲起事的有关人员。李成梁派部将霍九皋来见万汗，呈上辽东总兵官的咨文：

哈达国主王台殿下：
　　前王杲倡乱，勾通叶赫杨吉砮与之谋。今枭桀已除，余孽

---
① 上好的人参。

第二十五回　解京师王杲受磔刑　存建州万汗制悍帅

未靖,王详察妥办可也。

镇守辽东地方总兵官
李成梁 顿首

万汗看了咨文,心里老大不乐意。这李成梁也太过分了,王杲既已剪除,还要株连叶赫。杨吉砮是我的女婿,这不是给我难堪么?他考虑了好几天,想出一个对策来。立遣使去北京,向神宗皇帝上谢恩表,另具一折,为叶赫请功。保奏杨吉砮兄弟在平王杲之乱时,立下功劳,拒住了蒙古诸部东来接应,使元凶被擒授首。同时保举王杲之子阿台袭父职管领建州,说明阿台并没有参与其父叛乱,建州右卫除阿台外,无人能孚众望。

表上,十几岁的神宗皇帝朱翊钧本不懂事,倒是首辅大臣张居正有远见卓识。为安抚边外女真部众,准了万汗的奏请,下诏表彰叶赫,赠杨吉砮、清佳砮二人官职,命王杲长子阿台袭建州右卫指挥使一职,代其父继续统辖辽东女真诸部。

回头再说一说万汗父子定计捉了王杲以后,万汗打算把速巴亥同王杲一并解京请功,扈尔罕坚决不肯,让万汗履行诺言,万汗只得依他,释放了速巴亥。不想速巴亥返回蒙古以后,把万汗父子恨得要死,后来他出兵支持叶赫对哈达的侵扰,使哈达终于国弱民疲而灭亡。这就是所谓的"缚虎容易放虎难"。

万汗更大的烦心事还是叶赫二砮兄弟。万汗为他开脱,又保荐他们升了官,可兄弟二人并不领情。他们既恨万汗父子捉献王杲,使王杲受刑京师,又时刻不忘先人被掠去的敕书和被哈达占据的城寨。叶赫自感势力不够强大,他们西联蒙古,南通建州,策动阿台为父报仇,很快结成了一个反哈达的军事联盟。二砮和阿台都是万汗保举提携而升官授职的,反过来他们联合起来反对万汗,万汗如何不气?从此万汗心神恍惚,渐渐患上了一种老年痴呆症。本来就腐败丛生的哈达政权,更加失控。横征暴敛,多行不义,民不聊生,社会动荡,危机四伏。万汗更加不问国事,每日在欰楮宫里深居简出,朝臣都很难见他一面。女真诸部皆知万汗昏庸,从此不再听从他的号令,就是同宗的乌拉国也不再维护他。万汗自戕其国,众叛亲离,哈达末日来临。常言说的好:"百足之虫,死而不僵"。万汗虽在女真中已经臭名远扬,一文不值,但是在大明朝君臣的眼里还是一张王牌。明朝对万汗的信任、依赖有增无减,他们仍然全力支持万汗在女真中的领袖地位,并严令辽东军政当局不惜一切代价为万汗排忧解难,稳定哈达局势。叶赫二酋惧明军打击,不敢过分侵扰哈达,行为有所收敛。他们变换手法,以渗透、利诱来收买哈达官员,分化瓦解,制造分裂,却也收到一些效果。

万汗有病的消息传到建州,他的女婿塔克世偕妻子赶到哈达去探望,并给他带去一位医生。前文提过,塔克世乃觉昌安第四子,原配福晋额穆齐,系他腊氏阿古都督的长女,生努尔哈赤等兄弟三人。努尔哈赤十岁时,额穆齐病死。又娶哈达万汗养女为继妻。万汗养女名叫肯姐,自恃汗王之女身份高贵,一过门便成了塔克世家庭的主宰,她的话无人敢不从。她为人刻薄,容不下前妻所生之子,努尔哈赤兄弟只得投靠亲戚王杲家度日。在王杲寨被焚之时,努尔哈赤被明军俘掳,而幸免于难。后来塔克世得悉儿子在李成梁处,因惧后妻不敢赎回。王杲死后不久,李成梁将他的领地拨给塔克世。而此时王杲子阿台又回到古勒寨,由万汗保荐继其父职。塔克世受地而不敢要,夹在李成梁和万汗之间,他谁也不敢得罪。所以他借探病、荐医为名,实则探听一下万汗对李成梁赠地的态度。

听说塔克世夫妻来探病,万汗精神稍好一些,病势也有所减轻,令他们进栐椙宫见他。塔克世夫妇拜见了万汗,呈上礼品,又把带来的医生向他夸耀一番,说是南朝最高明的医生,医术精良,手到病除。这位医生四十多岁,采药来到辽东,被觉昌安留下,待为上宾。医生自云姓李,江南人氏,走遍天下名山大川,搜集各种草木鱼虫,治疗各种疑难杂症,李医生给万汗把了脉,又看了舌苔,断为阴虚火旺之症,为心情抑郁,忧虑伤肝,兼有风寒侵袭,波及心脑,需用祛邪降浊之法,服药自能奏效。李医生给开了药方,令人自去抓药。万汗听他说得有条有理,载自然心悦诚服,没等吃药就觉得减轻了许多。万汗很感激女婿给他推荐了南朝名医,便同他谈及建州右卫的事。塔克世乘机禀告道:"霍其浑①今有一事不明,请阿布哈②指教。李成梁把王杲领地拨给我,现在阿台又主右卫事,我该怎么办?"

"怎么?"万汗吃惊道:"阿台不是又回古勒了吗?"

---

① 女婿。
② 岳父。

第二十五回 解京师王杲受磔刑 存建州万汗制悍帅

211

"是的。霍其浑正为此事犯难。"塔克世道出苦衷:"阿台,是我阿穆齐礼敦的霍其浑,也算我的阿夫①,他家的地,我怎么好要呢?可李总兵的命令又违抗不得,真是进退两难。"

万汗一听,全明白了,告诉他道:"你就当没有这回事,一切由我安排。"

果然,万汗又向朝廷奏了一本,说阿台既袭父职,当承父业,以安建州女真之心,可保东陲俨然。明朝在张居正的主持下,又准了万汗所请,拨地之议因而作罢。李成梁见外有万汗,内有张居正,自己主张不能实现,他又不敢触犯这两个人。他本是一个不甘寂寞的人,无风也要掀起三尺浪。于是,他又打另一个更恶毒的主意,向朝廷建议,扩展边界,增修六堡。这一倡议不要紧,刚刚安定下来的女真人,又要遭殃了,同时引出一场更大的麻烦。

正是:

追名逐利肥私己,
好大喜功误国家。

李成梁扩展边界,增修六堡,引起一场什么样的混乱,且看下回再叙。

---

① 阿夫,又作额夫,即姐夫。

第二十六回　救故主王兀堂发迹
　　　　　　　徒六堡张学颜巡边

明朝中叶，为了防止女真人西移，在辽东筑了一道边墙。规定，边墙以内，由汉人耕稼；边墙以外，归女真人渔猎，双方都不得越界。又怕女真人拥兵内犯，于边墙险要处筑起城堡，设兵防守。抚顺至叆阳一段，有东州、马根单、清河、碱场等城堡。每隔五十到一百二十里不等，烽堠相望，远近呼应，可以说是铜墙铁壁。成化年间，女真人内犯，明朝与朝鲜联合，对建州女真来一次空前残酷地大扫荡。朝鲜军三万人从满浦渡江，攻入五女山城，杀死建州卫都督李满住及其长子李古纳哈以及家眷二十四口。不久明朝又株连左右二卫，捕杀建州左卫都督董山，建州右卫都督，凡察之孙纳郎哈，从此三卫破灭。史称"成化之役"。直到几十年之后，凡察曾孙多活洛、王杲父子兴起，建州右卫才重登历史舞台。

　　"成化之役"后，明朝又在辽东增建了六堡。抚顺会盟以后，筑柴河至蒲河一段边墙，叆阳至沿江台一段，又修筑散羊峪、一堵墙、孤山、险山、新江沿等城堡。这样，边界又向东推进了许多。明朝为缓和同女真人的矛盾，特于凤凰城、抚顺、清河、叆阳开市，准许女真建州各部定期贸易，同汉人交换实物，互通有无。人参、牲畜、布匹、粮食、油盐由此交流。但有一点，严禁铁器流入女真地区，怕他们打造兵器。辽东的女真人，生活已经很艰难了，可是李成梁却听说辽东山地不仅土质肥沃，而且土特产极其丰富，貂鼠皮、人参、珍珠、鹿茸等名贵产品，都是出自那里。他一时出于利己之私心，藉口王杲叛乱，女真人难制，建议朝廷再进一步拓展边界，把女真人压缩到长白山区极小的范围活动。并迁孤山堡于章齐哈喇甸，改称新甸；险山堡迁于宽甸；其他几堡改迁于永甸、散甸、长甸、长岭等处。这样，南北狭长八百里，东西宽二百里，辽东最富庶的地区，就都圈到边内了。

　　看官读到这里，就会明白李成梁的险恶用心，他是想把建州女真置于死地。可他却打着为国为民安抚边境的旗号，既用心歹毒，又沽名钓誉，这就叫官逼民反，为了生存，不得不反。

　　六堡改迁建成后，明朝派熟悉边情的前任辽东巡抚、都御史张学颜巡边视察,来到宽甸。这便惊动了一个大人物,谁?迤东都督王兀堂。

前文书提到过,嘉靖三十五年春,万汗邀诸部哈达会盟时,众首领之中就有迤东都督王兀堂。在当时,王兀堂和王杲都是万汗的得力助手,为万汗管理辽东大地,成为一方诸侯。因明朝称万汗为王台,加上王兀堂、王杲,时人称呼为"关东三王"。王杲败亡,还剩下一王——王兀堂。

王兀堂何许人也?

王兀堂之先世为建州卫都督李满住的家奴。"成化之役"建州卫破灭,李满住全家几乎都被朝鲜兵杀光。孝宗弘治时,李满住之孙完者秃起,掌建州卫之印,三卫又扬名辽东。王兀堂之祖、父又归其门下,但允许"开户"①。正德之后,完者秃家族绝迹,王兀堂之父才由"家生子"② 的身份彻底解脱出来,成为五女山下一个自由的猎人。

王兀堂生时,其母因患产后风去世,五岁时,阿玛又病亡。小兀堂孤身一人,无依无靠,居然活了下来。兀堂自幼孤苦无依,一年四季,在山里度日。渴了喝涧水,饿了吃野果,稍大一点上树掏雀蛋、捉山雀。他学会了捕鱼、狩猎、攀山、爬树、跳跃、扑斗。走路学蛇行,飞跑学獐狍。严寒酷暑,风雷雨雪,尝遍人世艰辛。久而久之,他练就一身好本领,虽无名师指点,却跟走兽学习,一切都模仿走兽的动作,更兼力大无穷。但是有一点,因为很少看见人,他长到十几岁时还不会说几句话,而且呆头呆脑。

一日,他追踪一只花斑豹来到一座高山下,遇见一伙狩猎人,不慎撞入猎人的网中。猎人以为网住了猛兽,收网一看,见是一个人。问他是什么人,哪个部落的,他也说不清楚,只说自己叫兀堂,连十几岁了也不知道。猎人看他心眼不全,勇猛过人,就把他收留,带回部落。从此兀堂改变了原始生活,不再赤身露体,学会了说话。兀堂很感激猎人,为部落出力不少。到了二十多岁时,猎人把他领到一个去处,这是一座城池,街巷繁华,人烟稠密,秩序井然。这是哈达城。猎人把兀堂推荐给哈达贝勒王中,说他如何勇猛,是个人才。王中收留了,但并不看重,令其为阿哈,帮助王府膳房砍柴。他从山上往府里背柴,比一辆双轮车拉的还多,人皆叹服其神力。这也没引起王中重视,因为哈达城

---

① 女真奴隶脱离主人户籍,另立门户叫做"开户",但与主人从属关系不变。
② 奴才之子称"家生子","开户"也不例外。

中，女真巴图鲁比比皆是，一个阿哈何以能露头角。

大凡英雄出世，都有一段不平凡的经历，或者不平凡的机遇。兀堂是女真英雄豪杰，当然不会终生埋没，定有出头之日，这是阿布卡恩都力的意志，非人力所为也！

一次，阳春三月，积雪消融，和风送暖之时，王中按例每当这个季节，只要有暇，都要举行一次春围。春围有两个目的，其一是游乐；其二是锻炼子女们的狩猎本领，提高战斗力，看一看谁的本事大，射猎的禽兽多。王中论功行赏，多次皆大获全胜，满载而归。今年这次和往年不同的是，王中势力方强，哈达建国不久，纳喇哈拉正在春风得意之时，所以万汗的心情特别好，他要展示一下自己的实力。围场选在依车峰附近的牙钦勒夫活洛①，这是野熊出没的地方，而以黑熊和棕熊居多。熊，当地都叫它黑瞎子。黑瞎子虽属于猛兽类，可同别的野兽不一样，每到冬天来临，它都要"避树"，也就是冬眠。为什么叫"避树"呢？黑瞎子冬眠时，专找枯树洞钻进去，一冬天不吃不喝，呈休眠状态，直到来年天气转暖，山花盛开，它再爬出来活动。冬眠期间就叫"避树"。深山里的枯木很多，树心空虚，都有洞口。口在上者叫"天门"，较小的熊可爬上去钻入里边；口在干中者叫"腰门"，体中者可爬入；口在下贴近地面者，叫"地门"，适于较大的熊爬入。熊瞎子钻入后，都头冲上，尾冲下，似坐非坐，也叫"蹲仓"。如果惊动了地门里面的大熊，它出来会伤人，所以一般猎人不敢冒犯地门，遇见大枯树下有口便远远躲避。黑瞎子这种东西，"避树"期间，你不惹它，它不犯你。一旦把它惹出来，是很危险的。

闲言表过。

单说王中率领子女家将兵丁数百名，来到围场。兵马撒开，真是人人奋勇，个个争先，活动范围越来越大。王中来了兴致，也要逞能，他一个随从也不带，独自一人抖动丝缰，坐下黄骠马向深山密林驰去。四个侍从怕主子有闪失，暗中远远地跟着。王中驰马来到一株很大的枯树下，这是一株上百年的大柳树，树心早已空虚，似有雷击火烧的痕迹。王中好奇，住马仔细观察这棵形状古怪的枯柳，忘记了枯树洞中可能有熊瞎子蹲仓的事。突然，一声沉闷地嗥叫，树洞口窜出一只足有千斤体重的棕熊，将王中的坐骑扑倒，王中毫无思想准

---

① 即黑熊沟。

第二十六回　救故主王兀堂发迹　徙六堡张学颜巡边

备，被摔出老远。王中负痛坐起来再一看，黄骠马已被咬死。这只熊咬死了黄骠马，接着向王中奔来。远处跟随的四个侍从望见大惊，因有一段距离，就是跑上来也无济于事了。正在这千钧一发之际，只听哗啦一声，一垛像小山一样枝柴扔在山坡，一个青年壮士飞身一跃，跳到黑瞎子背上，抓住鬃毛，双脚紧紧夹住肚皮。棕熊抛了王中，拼命奔跑，跑了几步就倒地翻滚，这个壮士手沾鲜血，攥着一个圆圆的东西，是棕熊的心。四个侍从跑到近前，救护王中，王中惊魂方定，看清了，救他免遭熊口之人是府中拾薪阿哈兀堂。兀堂从小练的鹰爪力，不用刀枪就能用手指刺破兽皮摘取心肝，他拾柴路过偶然发现险情，意外地救了王中。

　　春围草草收场，王中败兴而归。为感谢兀堂救命之恩，命其为虾，守护在身边，并赐兀堂王姓，意为完颜，视同族人，从此王兀堂之名遂显。王中见王兀堂独身，特赐一女与之成婚，王兀堂也感恩图报，几年来，为哈达东征西讨，平定叛乱，收服各部，立下累累战功。嘉靖末，王中保举王兀堂为迤东都督，为他守护辽东领地，即今之瑷阳、宽甸是也。

　　王兀堂雄踞一方，威名远震，王中死后，他始终维护万汗女真盟主地位，对明贡市颇谨，声望日高。嘉靖四十年，万汗安排他到京师走一趟，得了个指挥使的官职，又面见了皇帝，赐敕书五道，内庭赏宴。王兀堂开了眼界，同时也领教了天朝的威仪。从此更加忠于明朝，守边安民。辽东形势大好，只是总兵官李成梁好大喜功，没事找事，先逼反王杲，杲灭又逼王兀堂，拓边移堡，将女真人赶入绝地。

　　王兀堂的迤东都督府，建在距瑷阳城二百多里的山上。那里山峦起伏，地势险要，河道纵横，水草丰盛，是一个比较富庶的地区。明朝为了分建州女真之势，于三卫之外，又设迤东都督府，由万汗保举王兀堂为都督，管领瑷阳、宽甸以南到鸭绿江边一带，相当于昔日建州卫和毛怜卫之地。东方女真诸部，北有万汗控制海西；南有王杲管领建州；东有王兀堂驻守江西，形成三足鼎立局面，时称"三王"。在名义上，建州和迤东从属海西，其实王杲、王兀堂各自独立，行动上并不受万汗干涉。王杲勾通海西内部叶赫二酋反明，王兀堂追随万汗，他的手下各部也都是亲明派。

　　王杲灭亡，万汗受封。王兀堂对比一下，更加忠实于明，不敢怀有贰心。可是他万万没有想到的是，平地起风雷，李成梁迁徙六堡，开拓边境，把他所管领的地盘大部分圈到边里，部落被逐，嘎珊被毁，女真人流离失所，纷纷投奔王兀堂控诉明军的暴行。王兀堂一边安抚部下，一边遣使去哈达，请万汗出面为女真主持公道，向明朝请求，停止徙堡占地，维持边界现状。这时的万汗已不是当年的万汗。他变得昏庸、暴虐、腐败，国内危机四伏，自顾不暇，还哪里有精力去管他占地不占地呢！王兀堂求助无门，只有自想对策。他鉴于王杲失败的教训，自己实力不强，决不能同明朝来硬的，要找到一个和平解决问题的办法。他稳定了部众的情绪，劝他们暂且忍耐，不要有过激行为，一切由我王兀堂给你们做主。

张学颜巡边，视察六堡工程，来到宽甸。王兀堂觉得机会来了，可以向这位大人申明利害了。张学颜以前曾任辽东巡抚，在女真人中口碑甚好，为人也比较正义，女真首领们多愿与之打交道。而对李成梁，却避之如瘟神。

王兀堂召集所部头人，计议道："这位御史张大人，我见过他一面，现在我带你们去见他，向他请愿，让他给我们女真一条生路。见了他，你们可不准无礼！"

"愿听都督的。"

"那好，咱现在就去。"

王兀堂率众来到宽甸城外，正遇见张学颜出来。王兀堂一声号令，众人齐跳下马来，将张学颜的马拦住，环绕跪地不起。张学颜见状大惊：

"你们要干什么？"

王兀堂跪爬半步，一手扯住他的马辔环说："大人不必惊慌，我们没有别的意思。属下听说大人来此视察，他们有话要当大人说，下情由卑职禀告。"

张学颜仔细一看，认得，这不就是王兀堂么？心里也就平静了许多。遂说："王指挥请起，你们有什么话只管说，我能办到的，尽量答应你们。办不了的，老夫可代为上奏朝廷。大家都起来吧！"

王兀堂说："李总兵徙堡拓边，将我们赶到不毛之地，诸申无法生存。渔猎之区全圈到边里，堵塞了道路，行围打猎放牧都受到限制。我们不求别的，是求大人开恩，于边墙多开几个豁口，准许我们进边内狩猎、贸易，否则诸申怨望，难保变生不测。卑职蒙朝廷恩惠，授职任

第二十六回　救故主王兀堂发迹　徙六堡张学颜巡边

官,实不敢有异志,只为诸申、尼堪和平共处,社稷安危着想。如果以后有变故,我们愿意纳子为质,请大人明察。"

王兀堂的一番话,句句在理,掷地有声,无懈可击,张学颜心服口服。

张学颜本来也是移堡拓境的支持者,可是他通过视察,到实地一看,方觉得拓境之举未免过分,肯定会激怒女真人。见王兀堂所请仅仅是为了狩猎和贸易往来方便,并没有分外的要求,也觉得可以变通,化解矛盾。但六堡已迁,边墙已筑,朝廷批准通过,无可更改,惟一的办法就是答应他们通市,狩猎之请,给以自由通过边墙出入的方便条件。

他答应了:

"诸位所请,老夫定当上达天听①,望大家静候消息,多多保重。"

"有赖大人庇护。"王兀堂一伙上马自去。张学颜巡边已毕,回京交旨,如实地提出辽东形势严峻,说如不妥善处理,易激成大变,女真人铤而走险,则永无安宁之日。

果然,明朝开辟了五个市场,开原、抚顺、清河、叆阳、宽甸。又放宽了交易的限制,马匹、牛羊猪及家禽类、山货土产类、布匹棉花类、粮米油盐类,都可以入市交易。但明朝仍然执行严格的秘密规定,那就是绝对不许将铁器上市卖给女真人,怕他们买回去打造兵器。即使这样,王兀堂本无野心,买不到铁器,炊用锅勺可以从朝鲜买进,只要能把山货土特产销出去,自由进入边里狩猎,他也就满意了。

拓境徙堡的风波暂告平息。

可是明朝官吏,既贪又苛是他们的本性;腐败骄奢又是他们的共性。险山参将徐国辅移驻宽甸。宽甸为王兀堂贡市之所,王兀堂部狩猎也多从宽甸入边。女真人恪守诺言,围猎时秋毫无犯,贡市时交易平等。汉人、女真各取所需,皆大欢喜。参将徐国辅是李成梁的亲信,惟李成梁之命是听,李成梁对他面授机宜,让他从严控制市场,注意女真人动向,决不让王兀堂等在交易中占着便宜。徐国辅心领神会,令他的弟弟徐国臣管理市场。纵容他欺行霸市,不按朝廷规定,任意抬高汉人销售的布匹、盐油等价格;压低女真人出售的人参、珍珠、鹿茸等价格。女真人感到吃亏不卖。他们就强制收购,去了交税,所剩无几。有的女真人看吃亏太大,携带的货物拒绝交易,逃离市场。结果被他们追

---

① 让皇帝知道,叫"上达天听",天指天子。

回来，人打个半死，货物没收，还要罚金。宽甸市场因此萧条，女真人无敢上市。

拒绝交易也不是办法，女真人本贫困，贡市一断，生计维艰，宽甸徐氏兄弟的作为，激起女真各部的极大愤怒，纷纷去找王兀堂诉苦，让他拿主意，想办法，为女真人做主。王兀堂叹道："徐氏兄弟敢破坏朝廷法度，为所欲为，因为他有根子，有后台。李总兵就是他的根子，咱惹不起。"

部下说："那咱也得想个法子，不能叫他们困死啊！"

"你说的对，咱不能活人让尿憋死！"王兀堂愠怒地说，"我算看透了，辽东有李成梁在，我们不会安宁。明朝上下腐败透顶，气数快尽了。我们不能再维护他了，要走我们女真人自己的路。一句话：造反！"

众皆欢呼雀跃："愿意跟随都督！踏碎边墙，杀尽贪官污吏。"

万历七年三月初，王兀堂集合女真部众一千余人，誓师起义，提出了"反明朝，杀贪官"的口号。王兀堂令部下指挥佟马儿率六百人袭击宽甸、永甸和新甸，自率赵锁罗骨、李剡刀等部七百人攻叆阳。

驻守叆阳城的明将叫王中义，官居指挥使，是李成梁部下一员悍将，听得王兀堂领兵杀来，不慌不忙，整军对敌。出得城外，见女真部众不过六七百人，便没有放在心上。两军用箭射住阵脚，双方各摆开队伍。王中义催马舞刀驰到阵前，骂道："蛮夷草寇，安敢反叛天朝，赶快下马受死！"王兀堂也不和他搭话，令旗一摆："冲！"赵锁罗骨、李剡刀二将分两翼杀出。因为女真人对明将恨到了极点，遇战人人拼命，个个争先。常言说的好，勇的怕愣的，愣的就怕不要命的。女真人为了争生存，早已把生死置之度外了。明兵如何抵挡得了？顷刻被冲散，溃不成军，几百人向城里逃窜。王中义虽勇，部下已溃，也无心恋战，将马一带，突围要走，被李剡刀一棍打落马下，死于乱军之中。王兀堂杀退明军，夺了叆阳城，打开府库，得了一些银两布匹，补充一些军需武器，势力大增。王兀堂在叆阳休兵三日，摆筵庆功，然后起兵杀回宽甸。

宽甸守城参将徐国辅，搜刮钱财是能手，上阵打仗是个熊包。他得知叆阳已失，王中义战死，王兀堂杀回宽甸的消息，早吓得魂飞天外，连夜收拾金银细软，带着家眷，偷偷地逃走。王兀堂兵不血刃进入宽甸，搜索徐国辅不得，料其早已逃走。恰好把他那个管理市场的弟弟徐国臣抓到了。王兀堂高坐参将衙门，命带上来。这小子往日威风全无，

第二十六回　救故主王兀堂发迹　徙六堡张学颜巡边

面如死灰，心里乱跳。他被带进，像一堆泥一样瘫在地上。

王兀堂喝道："抬起头来，看看我是谁？"

徐国臣略一抬头，见是王兀堂，立刻魂飞天外，连连叩头："大王饶命，大王饶命。"

"你兄弟来到宽甸不过二年时间，地皮刮尽，坏事做绝。老天有眼，真是善有善报，恶有恶报。来世再管市场的时候，良心搁正点，不要像今世这么阴损缺德。"

"大王饶命！是我哥哥让我那么干的。"

"来人！"王兀堂命令："把他吊在市场上，让老百姓处置他。"

你想，一个干尽坏事，民愤极大的人，老百姓能轻饶他吗？不出半日，皮肉已被剔尽，双眼被剜，连舌头也被割下，最后剖膛取心。可见人民痛恨到了极点。他临死前不住痛骂他哥哥徐国辅："钱你捞足，我成了替死鬼！"

王兀堂会合佟马儿等，大举进犯长甸和永甸。辽东又陷入混乱之中，才引出李成梁大军围剿王兀堂，屠杀女真人。

正是：

> 名为天朝造盛世，
> 实乃营私树己威。

要知李成梁如何剿灭王兀堂，且看下回分解。

第二十七回　王兀堂败走宽甸城　李成梁设谋总兵府

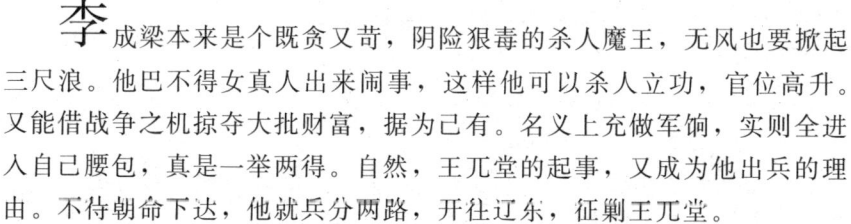

李成梁本来是个既贪又苛，阴险狠毒的杀人魔王，无风也要掀起三尺浪。他巴不得女真人出来闹事，这样他可以杀人立功，官位高升。又能借战争之机掠夺大批财富，据为己有。名义上充做军饷，实则全进入自己腰包，真是一举两得。自然，王兀堂的起事，又成为他出兵的理由。不待朝命下达，他就兵分两路，开往辽东，征剿王兀堂。

这天大军来到宽甸，于城外棋盘岭上正好和王兀堂相遇。王兀堂攻长甸、永甸不克，他焚掠了附近村屯，回师宽甸，与李成梁不期而遇。两军一在岭上，一在岭下，拉开阵势，摆开战场。李成梁升帐，传齐诸将，命令道："辽东二王，我早有心除掉。往年剿灭王杲，被他跑掉。今日务必捉住王兀堂，不使他漏网。谁要放走，军法从事！"大家一听，面面相觑。他们都晓得，这里山高林密，沟壑纵横，是个"九沟十八岔，岔岔有人家"的地方。他若是躲藏起来，上哪里去找？可是诸将怯李成梁的严厉，谁也不敢说什么。

长子李如松很有胆识，上前进言道："父帅，昔年征王杲，围困山寨两月有余。断水绝粮，人多饿毙，结果还是被他逃跑了。这里山岭相连，沟涧相通，女真部落，星罗棋布。王兀堂在这里，如鱼得水。依儿之见，不如派一使者见他，晓以利害，使他畏威感德，双方和解，方为上策。"

"胡说！"李成梁叱道："我提两万雄师，剿此区区小寇，怎么能同他和解？擒斩王兀堂就在今日。你休要多言，退下！"

旁边闪出一个青年将军，向上禀告道："恩帅，王兀堂不过一区区女真小丑，捉他不用费多大的力气。末将愿去破敌，生擒王兀堂献于麾下。"

李成梁一看，此人乃是毛文龙，不久前由侍卫中提拔的青年军官，现居千总之职。李成梁摇头道："文龙，你还年轻，怕不是王兀堂的对手，还是不要去冒险吧。"

毛文龙单腿一跪："恩帅，卑职仗大人神威，正当破贼立功，以报效大人提携之恩。"

"好。"李成梁拔出令箭一支:"此去小心。"

"遵令!"毛文龙接过令箭,叩头站起,刚要往外走。"慢!"李成梁又叫住他:"险山参将徐国辅已弃城逃跑,本帅必参奏革职拿问。你若能擒住王兀堂,本帅保你升任。如果被他走脱了,本帅军法无情,你要听好。"

"晓得!"

毛文龙出帐上马,手提银枪,来到女真营外,高声叫骂:"反贼王兀堂,赶紧出来受死!你不出来,我可要闯营了。"

工夫不大,几声号角,一通鼓响,王兀堂率众出来。毛文龙不认识王兀堂,但见他头戴女真大沿毡帽,身穿明朝官员的金龙滚绣云水翻腾的大红蟒袍。面皮微黑,形如中秋满月,三绺短胡须,一双大环眼,个子不高,体态丰腴,举止沉着,约有四十几岁的年纪。此人虽然打扮的不伦不类,但堂堂仪表,气宇轩昂。毛文龙不敢小看,忙在马上一抱拳:"来者可是迤东都督王兀堂吗?"

王兀堂见是一个少年将军,单人独马,相貌不俗,精神现于外,不知何人。遂笑一笑道:"娃娃,你是谁家的公子?快请你们主帅李总兵出来,我王兀堂有话对他说。"

毛文龙一听,此人果然是王兀堂,觉得立功的机会来了,急忙枪杆一转,两脚一碰马肚,大喊一声:"反贼王兀堂,你赶快下马投降,我领你去见李总兵。如果执迷不悟,你看枪!"

"慢!"

王兀堂身边飞出一骑,此人乃是女真酋长赵锁罗骨,舞起手中大刀,挡住毛文龙。两马相交,刀枪并举,二人就在棋盘岭上一来一往斗了十余回合。毛文龙找个破绽,一枪刺中对方肋骨。赵锁罗骨"哎哟"一声刚要逃走,毛文龙眼明手快,转手又是一枪,从后心刺透,赵锁罗骨尸体栽于马下。

王兀堂见毛文龙枪挑赵锁罗骨,不敢交锋,回马便走。毛文龙不知他的厉害,纵马来追。王兀堂从马鞍桥上取下两个木轮,形同锅盖。这是王兀堂特制的兵器,实际上就是两块硬木板,削成圆形,上面掏了几个透明的槽孔。使用时两个指头支住中心点,手指一动,木轮转动如飞,任何兵器沾上即被抛向半空。这是王兀堂小时在山里同禽兽为伍,从实践中悟出的招数,谁也学不会。他给这种兵器取了个合乎实际的名字,叫做"飞轮"。在辽东地区,"飞轮王"闻名遐迩。毛文龙不知王兀堂有如此绝活，年轻气盛，立功心切，毫无顾忌地追过来。看看追得切近，毛文龙像枪挑赵锁罗骨一样对准王兀堂后心就是一枪。王兀堂一闪身，一个黑乎乎的圆东西转过来，正好挂住枪尖，毛文龙只觉膀子发麻，一松手，枪被甩出几十步开外，落在树丛里。毛文龙大惊，暗说不好，刚要拨马逃回。王兀堂在马上纵身上跳，像一只燕子轻轻落到毛文龙的马前，一把抓住丝缰，回头大喝一声："快撤！"

"都督！"李剡刀惊叫道。

"不要管我，快撤！"

王兀堂见自己人马退入山弯，才对毛文龙说："我本该要你的命，给赵锁罗骨报仇。看你年纪轻轻，饶过你这一次。回去告诉李成梁，我在宽甸城里等着他。"说完，松开手，又飞身一跳，上了自己的坐马，如飞而去。

毛文龙惊魂稍定，回见李成梁，请求趁机追击王兀堂，不叫他进宽甸城。可是李成梁估计错了，他认为王兀堂必退回宽甸死守。然后他几万大军合围，王兀堂就成了瓮中之鳖。可他哪里知道，王兀堂并没进城，而是绕过宽甸，从另一个山口逃出去。等到李成梁发觉，他已经到了叆阳，连败守堡明军。从宽甸逃出后，他对部下李剡刀说："李成梁兵多，我们人少，不撤必被歼灭。我不杀毛文龙留他一条命，怕明军放箭，我们谁也跑不了。"

李成梁记了毛文龙头功一件，下令大军出塞，又犯了见人就杀，见房子就烧，见财物就抢的老毛病。几万大军，所过之处，草木成灰，鸡犬不留。女真人逃得慢的，全被杀死，老幼疾残皆无幸免。李成梁的暴行，激起了辽东人民的极大愤怒。经过几十天的剿杀，他们并没有找到王兀堂。王兀堂解散军队，化整为零，他本人被女真人掩护起来，化装躲避起来，从此下落不明。后来有人发现他过江到了朝鲜。李成梁抓不到王兀堂，毁了他的山寨。大车拉着掠夺的财物，还有一千多个人头，奏凯班师回沈阳祝捷。自然，又免不了夸大战功，虚报成绩，骗取朝廷赏赐。李成梁晋封为宁远伯，儿子如松、如柏、如桢、如樟皆为将军。弟李成才也沾光，得了一个铁岭总兵之职。封典上惟独没有首战头功的毛文龙的名字。李成梁为掩人耳目，特具专折保奏，擢毛文龙为都司。毛文龙原为千总，擢升都司，中间还隔着守备一职。越级提拔，自然感激李成梁，誓为恩帅效死，肝脑涂地。

毛文龙是个孤儿，从小就来到李成梁家。先当僮仆，后改侍卫。由

第二十七回　王兀堂败走宽甸城　李成梁设谋总兵府

于习武练功肯下功夫,学得一身好武艺。李成梁见他才堪驱使,提他当了一名小军官,由外委到把总。后破土蛮有功,又升为千总。毛文龙长期出入李门,善于逢迎。对李成梁的心理,揣摸得又熟又透。对李成梁的家事,了如指掌。他不仅深得李成梁的信任,又招致李成梁的猜忌。

一日,毛文龙办完事,辞别李成梁走出。李成梁问起身边的幕僚:"毛都司为人如何?"幕僚知毛文龙为李总兵的心腹,不敢不恭维说:"毛将军少年得志,文韬武略,定是国家栋梁。大帅知人善任,如伯乐之遇良马,堪为后世楷模。"

李成梁微微一笑:"诸公过誉,言不由衷,本帅岂能不知!"

众幕僚愕然,不知所措。

李成梁不由得长叹一口气,说道:"文龙少年气盛,威棱毕露,恐日后不得善终也!"

后来,果然应了李成梁的预言。五十年之后,毛文龙以古稀之年被袁崇焕斩杀于皮岛。当时的毛文龙一意搏取功名,处处讨好李成梁。

这天毛文龙来到总兵府的后堂,见李成梁坐在太师椅上,聚精会神地观赏一件东西。他不敢惊动,站在旁边,等着李成梁问话。李成梁有个怪癖,他要做什么,哪怕是玩鸟斗鸡,谁也不准打搅他。就是有天大的事,也得等他主动跟你说话,不许人打扰他的兴致。对于这一点,久在府上的毛文龙岂能不知?所以李成梁叫他来有事吩咐,他也不敢造次。可是他看清楚了,李成梁观赏的这件东西是一张女人的画像。画上的女人年轻貌美,体态轻盈,风情万种,千娇百媚。毛文龙暗吃一惊,这不是已经死去三年之久的九姨太牡丹夫人吗?看来,今日叫我来想必与此有关,只怕是凶多吉少。

李成梁观赏够了女人画像,头也不抬地没头没脑地说了一句:"文龙,本帅有难言之隐,想找你聊几句,你可晓得是什么事情么?"

"恩帅,您还在为哈赤的事情伤心吗?"

毛文龙聪明过人,事已至此,回避也没有用,他只有破釜沉舟,以进为退。

李成梁陡然一惊,抬头直视着他:"文龙,你这是从何说起!"

毛文龙一笑:"哈赤为女真异人,乃朝廷之大患,被其走脱,恩帅自然耿耿于怀。"

毛文龙的话像犀利的剑一般刺到李成梁的心上,使他不得不吐出实言:"想不到啊,此子本王杲之奴,俘获后我没有杀他,留为马童。一年之后我才发觉此子乃天生异人,可是,可是……"他说着说着,又盯住那张女人的画像,心情激动,再也说不下去了。

"恩帅,宽心;恩帅,宽心。"毛文龙又是解劝又是安慰:"事情早已过去了,大人功高盖世,这点小事又算得了什么?"好半天,李成梁"唉"了一声:"文龙,你都知道了?"

"是的,恩帅。"

"可是,你光听传言,你可知道其中的细情吗?"

"不十分清楚。光听人们传说,那天晚上的事,是哈赤勾通了九姨太,事发被他逃脱。恩帅一怒处置了九姨太,过后恩帅已有悔意。"

李成梁怒容满面,劈头问了一句:"你说说,人们对这件事儿,还有什么议论?"

毛文龙觉得事情不妙,忙搪塞道:"恩帅,人嘴两张皮,他愿说什么就说什么,恩帅就不要听那无稽之谈了吧。"

"不。"李成梁一扬手,严肃地说:"文龙,你是我的心腹,只有你,才能当我说实话。那天晚上的事,现在也只有你我两个人知情,我今找你来,就是想听听近二年人们都传扬了些什么,我是直接听不到啊!你就把所能听到的,原原本本地对我说说吧。"

"是。"毛文龙硬着头皮,吞吞吐吐地说:"恩帅,恕卑职无礼。从那次事情张扬开以后,人都说,人都说……"

"人都说什么?你不妨直说。"

"人都说,九姨太跟哈赤通奸,被恩帅撞上了,才处死了九姨太。"

"啊?"李成梁惊得呆了:"原来,外边竟会流传出这样的话来!"

不知进退的毛文龙,以为他的话给了李成梁莫大的启示,又补充了两句道:"卑职原来也不相信,认为九姨太不是那种人。后来听人们说,九姨太看见了哈赤睡觉时,金龙绕体,才生此与之通奸的念头来。"

"啪!"李成梁一掌击到案上:"胡说!"

毛文龙慌忙俯地请罪:"卑职该死!卑职该死!"

李成梁喘了一口长气,一摆手:"起来吧,不干你的事。你总算给我透露点实情。人言可畏,事情的真相哪里会是那样的呢!"

事情的真相是这样的。

俗话说,"打碗镘锅子,前碴碰后碴"。前文提过,万历二年秋李成梁大破王杲寨,火烧古勒城,杀光了寨内所有女真人,惟留下一个童子

第二十七回 王兀堂败走宽甸城 李成梁设谋总兵府

没杀。这个童子就是王杲的家奴，努尔哈赤，当年只有十五岁。李成梁喜爱他伶牙俐齿，又十分乖觉，抱住他大腿哀乞不止，又知道他是觉昌安的孙子。出于多种原因，将他留在身边，为他饲养战马。努尔哈赤侥幸活命，从此兢兢业业，勤勤恳恳，讨得李成梁高兴。有时候没事儿干了，李成梁还叫努尔哈赤同他的子孙们一起学习点汉文。一年多的时间，努尔哈赤通读了初学的几本书，什么《三字经》、《百家姓》、《千字文》、《朱子治家格言》之类，他都能背下来。他念了书，识了汉字，便学着看书。李成梁家书很多，《三国演义》、《水浒传》等野史小说，他也能看懂其中的意思。努尔哈赤的聪明好学，引起了李成梁的注意。他曾对最宠爱的小妾九姨太说过："哈赤这孩子很有心计，将来必非人下之人。"九姨太号称牡丹夫人，才十八九岁，比努尔哈赤只大两三岁，与毛文龙年纪相仿。这两个人论聪明、论人材，都令九姨太产生好感，心生爱慕。毛文龙是总兵府帐下军官，努尔哈赤是饲马家奴，二人地位悬殊。但九姨太牡丹夫人是下层出身，并没感到努尔哈赤卑微。她是被李成梁以权势夺来的，又惧他的威严，所以牡丹夫人每天都跟努尔哈赤和毛文龙见面，却连一句话也不敢说。今见李成梁提此话头，不知何意，便顺口答道："老爷，哈赤虽有心计，不过是个女真娃子，养马的家奴，老爷何必介意。"

"不。"李成梁眯起眼睛，寻思一会儿又说："我当设法使他丧志折节，挫其自尊，永为我用。"

过了几日，李成梁见努尔哈赤在场，即令他打来一盆热水。李成梁仰在靠椅上，叫努尔哈赤给他洗脚。自努尔哈赤被俘到沈阳快三年了，洗脚这还是第一次，努尔哈赤不敢违拗，蹲下身子，小心翼翼地给李成梁洗脚。李成梁仰卧在椅上，闭目养神，想着心事。洗着洗着，忽见努尔哈赤"嘿嘿"笑了两声。李成梁睁开眼睛：

"哈赤，你笑什么？"

"小人见大人脚心长了三个红痦子，不觉笑出声来，惊动了大人休息。"

"噢！原来是这样。"李成梁打了一个呵欠，然后炫耀地说："哈赤，你不懂得。有人给我相过，说我脚心上这三颗红痣，名为三星贯极，久后必能大贵。今日果然应验。我能当上辽东总兵，全凭这三颗红痣，你可不要小看这三颗痦子噢！"

"小人不敢。"努尔哈赤又笑道："大人你这才三颗，我脚心上还长了七颗呢！"

"你说什么？"李成梁一惊坐起："这是真的？"

"小人怎敢撒谎，不信请大人看一看便知。"

"快脱鞋子，让我瞧瞧。"

努尔哈赤毕竟年轻，思想单纯，他真的脱了左脚上的鞋子，坐到地板上，将脚一抬："大人请看。"

李成梁不瞧则可，一瞧激灵打了一个冷战。这个女真娃子的脚心上果然摆开七颗红痣，形似七星北斗。看到这里，李成梁不由倒吸一口凉气，连说："好，好好！"

洗完脚，努尔哈赤照旧出去饲养马匹，回归马号①。李成梁心情沉重，半响无言。他从前到京城朝拜皇帝时，朝中有过这样传言，说钦天监②观星观察到一种险象：天狼星现于东北，地煞星投奔西南，紫薇星隐约旸谷③，扫帚星横扫中原，主刀兵水火之灾，有社稷安危之虞。朝廷密谕各地督抚大员注意巡察，如发现有异人异物异象异闻，随时奏报。

从古至今，历代兴亡皆由天数，人力是抗衡不了的。可是历朝历代，不思改善治国之道，以仁德服人，缓解社会矛盾。而是以暴力求治，以杀戮立威。虽也震慑一些人，获一时之安定。然骄奢淫逸不改，腐败痼疾不除，最后没有一个能逃脱历史的惩罚。明朝本来是个最腐朽、最专制的政权，靠特务为爪牙，以恶棍为帮手，与人民形同水火。他们忘记了人民是水，水能载舟亦能覆舟的道理。而视人民如洪水猛兽，刻意防范，最终是防不胜防，一旦时机成熟，王朝必被冲垮，想躲也躲不了。这就是天数。

后来有人说，钦天监观星观的十分准确，紫薇星应到努尔哈赤身上，终于建国称汗；地煞星应到李自成身上，扫帚星应到张献忠身上，他们聚众造反，推翻了大明朝，杀光了贪官污吏，王室贵胄，这都是天意。天狼星应到李成梁身上，相传他是天狼星转世，辽东的事就坏在他身上，没有他对女真人的残酷镇压，便激不起女真人的联合反抗，由分散到统一，成了气候。这也是天数。

第二十七回　王兀堂败走宽甸城　李成梁设谋总兵府

① 饲马人住的屋子。
② 封建王朝时，主管天文、气象、历法的机构，也有通过天象测定社会动乱，人间祸福的功能。
③ 指东方。

几句闲言俚语带过，回文再说李成梁看了努尔哈赤足心七颗红痣，暗说，原来钦天监观测到的应在此子身上。此子不除，将来必是大患。他晚饭也无心吃，到了掌灯时分，他把毛文龙叫来，吩咐道："不许声张，今天晚上三更梆子响为号，你要人不知鬼不觉地将哈赤首级给我取来，不得有误！"

毛文龙虽已提为千总，仍留总兵府侍卫，素与努尔哈赤交好。当下大惊道："哈赤犯了什么过错，求大帅开恩。"

"少要多言！"李成梁低而有力地命令道："你要误了事情，我拿你是问！三更动手，明白吗？"

"是，文龙明白。"

正是：

　　只因一时欠谨慎，
　　惹得杀身祸临头！

毛文龙领命走出。要知努尔哈赤性命如何，且待下回再叙。

第二十八回 弱女子盗令放哈赤 勇将军义愤全友谊

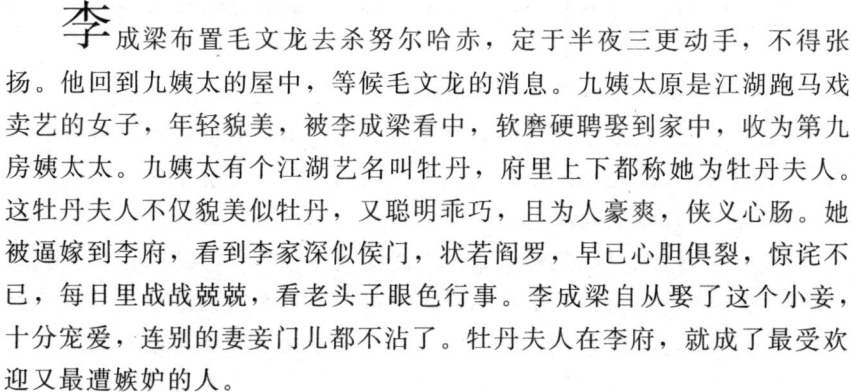

李成梁布置毛文龙去杀努尔哈赤，定于半夜三更动手，不得张扬。他回到九姨太的屋中，等候毛文龙的消息。九姨太原是江湖跑马戏卖艺的女子，年轻貌美，被李成梁看中，软磨硬聘娶到家中，收为第九房姨太太。九姨太有个江湖艺名叫牡丹，府里上下都称她为牡丹夫人。这牡丹夫人不仅貌美似牡丹，又聪明乖巧，且为人豪爽，侠义心肠。她被逼嫁到李府，看到李家深似侯门，状若阎罗，早已心胆俱裂，惊诧不已，每日里战战兢兢，看老头子眼色行事。李成梁自从娶了这个小妾，十分宠爱，连别的妻妾门儿都不沾了。牡丹夫人在李府，就成了最受欢迎又最遭嫉妒的人。

九姨太见李成梁今晚情绪反常，好像有什么心事，不和往常一样的亲近她。她心里嘀咕起来，老爷今晚是怎么的了？莫非出了什么大事情？

一更梆子才敲过，李成梁显得有点焦急，他不上床，坐在茶几旁闭目沉思。九姨太已经脱了外衣，不见李成梁有上床的意思，遂跳下地来，像往常一样地搂住李成梁的脖子，亲昵地说：

"老爷，这么晚了，该上床休息了……"

李成梁不耐烦地顺手将她雪白的胳膊推开："我有事，你先去睡吧，啊！"

"不，我要老爷一块去睡，我一个人睡不着。"

李成梁一手捻着胡须，一手搂住她的细腰，爱怜地望着她："我在这等一个人来。"

"哼！这么晚了，还等谁？"

"一更才过，怎么算晚？三更以后，我要等毛文龙来。"

"毛文龙？"九姨太惊叫道："他来干什么？"

"干什么？干一件大事。"李成梁说的漫不经心，可九姨太听了却如五雷轰顶，心惊肉跳。

九姨太牡丹夫人当然不会忘记，还是去年秋李成梁出兵讨伐王杲的时候，毛文龙留在府内担当警卫。因多年来，毛文龙从小就在李府当侍卫,同李府上下人等无不熟悉,相处也很好。毛文龙机灵,又善于逢迎,讨得李府人皆喜欢,把他当家人看待。九姨太嫁过来后,凭她从闯荡江湖的阅历,一眼就看出毛文龙是个很有前途的少年英雄,再加上他风流倜傥,一表人才,就有意同他接近。但惧李成梁的严厉,她只能埋在心里,连一句话都不敢当毛文龙说。恰好这时候李成梁带兵外出,一去好几个月,是个绝好的机会。九姨太把毛文龙叫到自己房中,表示出对他的倾慕之情。她说道:"凭将军少年英俊,武功盖世,不宜久在人下,低三下四给人看家护院,应出去创事业,求功名。你要肯听我的劝告,我情愿随你浪迹天涯,福祸与共,咱们永远离开这个地方。"

"你是让我同你私奔?"

"私奔又有什么!"九姨太毫无顾忌地说:"昔日卓文君与司马相如;红拂女之与李靖,他们不也是私奔吗?可传为千古佳话。我牡丹虽不敢和古人相比,可我嫁老贼不是自愿的,有人带我走我就可以脱离他。毛将军不嫌牡丹已是残花败柳,情愿以身心相许,望将军救牡丹出苦海。"

要是别人听了这话,都会怦然心动。不料这个对李成梁忠贞不贰的毛文龙,肺都快要气炸了。他正言厉色地斥责道:"九姨太,请你自重。我毛文龙顶天立地,怎能干出这偷鸡摸狗的勾当,贻笑于人。况且,总兵大人待我有知遇之恩,情同父子,我毛文龙当知恩图报,此事绝不可行。对不起,末将告退!"

毛文龙愤愤而去,九姨太满面羞惭,无地自容,怔了好半天,害怕起来。这毛文龙要是把这事儿告诉李成梁,岂不是杀身之祸就在眼前?她一连忐忑了几个月,不见李成梁有异样的表示,她才放下心来。原来毛文龙并没有把这事告诉李成梁,他自己只是多加小心,尽量少和九姨太见面,以示回避。久而久之,这件事情也就淡忘了。牡丹夫人经此一挫,从此也就不敢再生异心,自认命苦,把心肠实实在在地移到李成梁身上。李成梁老年纳了美貌少妻,愈加宠爱,从此也就不到别的房中去了。

今晚李成梁提起他是在等毛文龙,又勾起了牡丹夫人的心事,莫非上年那件事老贼知道了,要等毛文龙当面对质,问个明白不成?但又不像。那么,还能有什么事呢?她依旧心有余悸地说道:"老爷,你老是毛文龙毛文龙的,这么晚了,还等他来干什么!有什么事,不好明日再说?"

"毛文龙今晚给我办一件大事,你妇人家少要过问。"

九姨太一想，什么事儿这么重要？她愈加疑心，更加不放心。越是不放心，就越想知道原委。她想，不管你有天大的要紧事，我也要想办法套出底细来，也一定得让老东西开口。想到这里，九姨太又施展出女人特有的本领，紧紧地搂住李成梁的脖子，娇媚地说："老爷，我不管他毛文龙不毛文龙，大事还是小事，我要你陪我上床睡觉，有事明天再办。"

"不行！"李成梁用手轻轻一推她的腰："你先去睡吧，我一会儿就来。"

"不嘛！"九姨太撒娇地纠缠道："我一会儿也离不开老爷。要么，你告诉我出了什么事儿，我好放心。"

李成梁趁势把她抱在怀中："美人儿，我也离不开你。可是，文龙今晚给我办的这件事，现在谁也不知道。我等他回来复命，才能放心。"

九姨太放心了，今晚的事与她无关。但她还是要进一步知道点情况，遂说："到底什么大不了的事，神神道道的。你不告诉我，我去躺下心里也不坦然。"

牡丹夫人认为今晚没她的事，也不想再去追问。至于李成梁说与不说，都无关紧要了，她找个台阶下准备走开。

李成梁望着桌上明亮亮的蜡烛，外边黑黝黝的天色，他还是说了出来：

"今晚我要文龙去杀哈赤。"

牡丹夫人心里一惊，表面装作平静地道："我当什么天大的事儿呢！杀一个家奴，还用得着这么神秘！"

李成梁"嘿嘿"干笑了两声，说："你是不知道，哈赤不除，久后必为大患。为了大明朝的江山，我不得不这样做。"

"老爷说的话，我怎么一句也听不懂。哈赤不就是个女真娃子、小马夫吗？什么大患、江山的。"

李成梁又捻一捻胡须，审视了一会儿，低声说道："哈赤脚心上长了七颗红痦子，形以七星北斗，此乃紫薇之象，久后必是一朝人王帝主。今被我识破，要不除之，后患无穷。再说啦，钦天监观星已经观测出紫薇现于东方，令我提防。原来应到这个女真娃子身上，真是大明皇帝洪福齐天，这么容易就找到了。"

牡丹夫人一听，心里大吃一惊。她极力掩饰内心的慌乱，连连说道："原来是这样，原来是这样……"

"听着!"李成梁吩咐道:"此事不准对任何人提起,让它成千古之谜,明白吗?"

"嗯。"九姨太应下,又漫不经心地问:"你让毛文龙办的这件事,今晚什么时候动手?"

"三更。三更下手,神不知,鬼不觉,取下他的人头,尸体连夜埋在马圈底下。明日就说哈赤失踪,谁也不会晓得今晚的秘密。"

"啊,老爷有事我就不打搅了。办完了事,你可快点过来。"

"你先去吧。"

二更梆子敲过,李成梁心情陡然紧张起来。他杀人如麻,所过之处尸骨如山,血流成河,他从来没有过紧张之感,今晚这点小事却使他忐忑不安。

牡丹夫人回到寝室,耳边响着李成梁的话,越觉惊疑不已。她父亲是个相士,从小受到熏陶,据说脚心长红痣乃是贵相。李成梁长了三颗,就贵为总兵官。哈赤长了七颗,这不是帝王之相是什么?今晚要是被毛文龙杀了,这不是拗天行事造孽吗?哈赤不明不白地送了命,多可惜呀!

"我既然知道了这件事,就应当想办法救他逃离虎口。"

牡丹夫人想到这里,她横下一条心,顾不得去更换衣服,偷了李成梁紧急时使用的金鈚令箭一支,也不敢教人领路,又不敢打灯笼,慌忙跑到马号,这是努尔哈赤的住宿处,紧贴马棚。时当二更刚过,努尔哈赤像往常一样喂好马,躺在铺上半睡不睡,只等敲三更梆子,他好起来给马上料,四更之前饮次水,然后躺在铺上,美美地睡上一大觉。五更起来,牵马出去遛一趟,然后回来吃早饭。终年都是如此。战马饲养得犹如下山猛虎,出海的蛟龙。辽东军中,都称他能手。

努尔哈赤今晚还像往常一样躺在铺上,静待三更梆子响。他心里有数,大约快到换更时候了。夜静得出奇,马儿刨蹄声,微风吹户声,都听得响动很大。他毫无倦意,靠在行李卷上打盹。忽然外面有人轻微走路的声音,这是谁,半夜三更,莫非是偷马贼?他侧耳细听,门响了,进来一个人。微弱的烛光忽闪几下,虽然看不太清楚,但他看明白是个女人,穿着一身睡衣,前胸好像还在外边裸露。他刚要问,只听来人低而有力地叫道:"哈赤!你赶快走,一会儿有杀身的大祸。"

努尔哈赤一惊,跳起来:"你是谁?这是真的?"

"快走吧!越快越好。"那女人递过一件东西,"这有总兵府令箭一支，你可以叫开城门，远走高飞，快跑吧，不要再回来了。"

努尔哈赤一听，这没头没脑的话更使他蒙头转向，不知这话从何说起。他根本也不会明白李成梁的阴谋，半夜三更取他的人头；他更不会想到无意中暴露了脚心七颗红痣惹的祸。这时他看清楚了，这女人正是李总兵的小妾九姨太牡丹夫人。他忙给她跪下："太太，你说的是什么意思？我怎么一点儿也不明白。"

牡丹夫人一把拉起来："傻孩子，你还蒙在鼓里，一会儿毛文龙就要来，你就没命了！快，快走，出城。"

聪明的努尔哈赤这才意识到事情的严重性，赶快给九姨太磕了一个头，接过令箭，眼泪汪汪地说道："感谢太太大恩，以后得有出头之日，必定报答。"

"什么也不要说了。快走，快走吧！"

努尔哈赤顾不得什么了，忙从槽头拉出一匹马来，连鞍也来不及备，飞身上马，从后门跑出去。

努尔哈赤刚走出去，三更梆子响起，毛文龙手提宝剑闯进屋中。

"哈赤！哈赤！"

牡丹夫人冷笑道："毛文龙，你来晚啦，哈赤，他已经走啦！"

毛文龙大惊："太太，你怎么来了？哈赤他在哪里？大帅等着去交令呢！我得去找他……"

"慢。"牡丹夫人问道："你干嘛这么急找哈赤？你是不是要取他的人头？"

"这是从何说起！"

"不用瞒，我什么都知道了。"牡丹夫人只想拖住毛文龙，争取时间。她说："毛将军，你为何深更半夜，来此枉杀无辜？哈赤勤勤恳恳，兢兢业业，他有哪点不好，你凭什么要害他？"

"这不关我的事，一时也说不清。恕我不能奉陪，我要去传令严守城门，不叫哈赤跑掉。"

毛文龙说完急着要走，牡丹夫人一声断喝："站住！请问毛将军，你知道老爷为什么要杀哈赤吗？"

"为什么和不为什么都不干我的事，我只能执行大帅的命令，请你不要误了我的事。"

说完便要动身，牡丹夫人在前边挡住他道："哈赤脚心长了七颗红痦子，这是帝王之相，所以老爷要杀他。你敢动手，不怕遭天谴吗？"

毛文龙大惊:"末将实在不知。大帅只是吩咐取哈赤首级,并没说出因为什么。"

"这回你不是知道了吗?那你就高抬贵手,放他一条生路,怎么样?我求求你了。"

毛文龙急道:"其实我与哈赤,友谊很深。从心里说,我不愿意对他下手,可这是上命。大帅的脾气,太太是知道的。这可叫我如何是好,我拿什么回去交令!"

"你急什么!我敢做敢当,你就拿我回去交令好了。"

毛文龙突然跪下道:"太太,文龙不敢。如果抓不到哈赤,文龙情愿受军法,决不连累太太。"

九姨太轻轻拉起毛文龙,嫣然一笑:"毛将军,你错了。我做的事情,怎么会连累你?只要你答应我不去紧闭城门捉拿哈赤,我就是死了,也会感激你的。"

毛文龙见一个柔弱女子如此坚定,她能够冒着风险营救一个女真娃子,自己堂堂男子汉大丈夫,反不如一个女子有胆识,枉立天地之间。一时出于义愤,横下心来道:"太太放心,文龙甘愿担当卖放的罪名,决不去追哈赤就是了。"

"那就好。"牡丹夫人这才放下心来。她交待道:"一会儿你回去见老爷,就原原本本地向他禀报,哈赤是我放的。要杀要剐随他的便。之后我也去见他,把一切都承认下来,任他发落。"

毛文龙摇头道:"不要,那样太太会吃苦的,要想一个两全其美的办法,让大帅改变杀害哈赤的念头。"

九姨太"唉"了一声说道:"人心要是泯灭,佛祖也难超度。否则,就不会有今晚事情的发生,不要指望哪个刽子手能放下屠刀,立地成佛。"

"那太太你……"

"没关系。我想,人活在世上一回,能办一两件值得的事情,就是死了,也不后悔,你说是吗?"

"太太胸怀宽广,文龙自愧不如。"

牡丹夫人溜了他一眼,半嗔半笑地说:"哪有的话呢!毛将军有今日之慷慨,我往年并没有看错人。过去的事情,是我不好,毛将军把它忘了吧。"

毛文龙又咚地跪倒:"文龙有眼无珠,不识太太乃女中豪杰,今日认得已晚。如蒙不弃，文龙愿随太太远走高飞，相伴到白头。"

"没这个可能了。如果那样的话，不用说哈赤跑不掉，我们俩不出沈阳城便会被捉住，临死还落了个臭名声，不值得。"

牡丹夫人微微一笑，又激他一句："只要毛将军不是从内心里轻视我张狂、下贱，我虽死无憾了。"

毛文龙跪爬几步，一把抱住九姨太的腰：

"太太……"

牡丹夫人轻轻将他扶起，双手捧住毛文龙的脸，在半明不暗的灯光下盯视了一会儿，然后把头贴在他的胸口处：

"文龙，我终于得到你了，可是，已经太晚了……"

宝剑掉在了地上。

二人依偎了大约半个时辰，牡丹夫人约摸努尔哈赤早已叫开城门，逃之夭夭，遂抬起头来，把他轻轻一推：

"我们回去吧，再晚，老贼该对你有怀疑了。记住，无论事情到哪步天地，他如何处置我，你都不要说什么。就是你承认了，也救不了我，他该杀我还是杀我。不能都白搭性命，你活下来，能把今晚之事传扬出去，让后世也知道这件事，我们的苦心就不能白费，明白吗？"

毛文龙答应。又安慰她道："大帅平日最宠爱太太，我想他不会对你那么绝情。"

九姨太苦笑道："现在你怎么还说这种话！能逃过一劫当然好。不过，从今日起，我已经不再属于他了，我的心中只有你。想来我牡丹命苦，自幼无人疼爱，母亲早死，爹爹送我学艺，让我能挣碗饭吃。谁想又碰上老贼，硬把我娶来。别人看来他很宠爱我，其实我不过是他手中的玩物。他闷来拿我开心，闲时拿我取乐，我这样活着还有什么意思？今晚又出这么大的事，耽误了他挟功邀赏的好机会，他能放过我？"

俗话说的好，世上什么都能买到，就是后悔药没处买。毛文龙听了牡丹夫人自叙的悲惨身世，同情之心油然而生。这时他反倒不着忙回去交令了，恨不能终生伴随牡丹夫人，什么前程，什么功名，这些都是虚的，荣华富贵也不过是过眼云烟。他心情十分痛苦，又很矛盾，不知该如何是好。

九姨太看他怔怔地站在那儿不动，顺手推了他一把："不要胡思乱想了，我们回去吧！什么事儿都是天意。"

毛文龙清醒过来，心情沉重地说："大帅真要翻了脸，我一定豁出命来给你求情。"

牡丹夫人制止道:"千万不可!那样,更要坏事。"

正是:

　　香消玉殒心无悔,
　　侠肠巾帼胜须眉。

要知二人回见李成梁结果如何,且待下回再叙。

谷长春／主编

满族口头遗产传统说部丛书

扈伦传奇（下）

明代后期，东北女真各部落称王争霸，几乎于同一时期建立了哈达、乌拉、叶赫、辉发四个民族地方政权，史称"扈伦四部"。四部相互攻战，争夺统一女真的领导权，终于自我消耗，最后为新兴势力建州女真努尔哈赤所灭。本书就是讲述群雄逐鹿，四部兴亡的传说故事。

呼伦纳兰氏／秘传　赵东升／整理

吉林人民出版社

第二十九回　含羞忍辱牡丹丧身　挟私报怨布库告密

回头再说李成梁。

李成梁坐在案前一边看书，一边想着心事。三更梆子已响半个时辰了，怎么还不见毛文龙来报。难道说，杀掉一个小小的马童，还要费多大的事吗？可是他一想到努尔哈赤脚心上的七星痣，心里老犯疑惑，杀这样一个人，怕也不是那么容易的事。他又犯了多疑症，怀疑毛文龙是不是他的对手，还是被他走脱了？

快要接近四更天气，毛文龙无精打采地走进来：

"启禀恩帅，卑职无能，没有办好这件事，愿受处罚。"

"什么！"李成梁一惊跳起来："哈赤他在哪里？"

"哈赤不在马号。末将各处寻找，都不见他的影子，所以回来较迟。"

李成梁"咚"地声跌坐在椅上：

"怪事！莫非走漏了消息，被他逃脱了？你快去传令，严守四门，在城内给我挨门挨户地搜查，他还能上天入地！"

毛文龙答应一声刚要走，东门守门官一头大汗跑进来报告："总兵大人，三更前后，有马童拿着大人令箭，说有急事出城，小的不敢阻拦。可是又觉得事有蹊跷，特来回禀大人。"

"哈赤？你看准了吗？"

"是的，就是府里马童，决不会有错。"

"他现在哪里？"

"他早已走远了。出城不远就是丛林，找都没法找。"

"啊？"李成梁一拍桌案："大胆！你怎敢私自放他走？"

门官慌忙叩头道："大人，您从前有过吩咐，说不论早晚，凡是手持密令者，都是有急事出城，不准刁难，不准耽搁，违令者斩，小人怎敢不遵！"

李成梁确实有过这样指示，此事也怪不得守门官。

"你们验看明白，确是我的令箭吗？"

"小人查验得非常仔细，确实是大人的密令。"

李成梁"咳"了一声，将手甩两下："没你事儿了，你下去吧。"

237

李成梁十分警觉，他想此事除了毛文龙，没有第二个人知道。毛文龙平日又与哈赤交好，莫不是他有意卖放？可是，他哪里来的令箭呢？再说，毛文龙对自己一片忠心，他也不会做出这违背主子的事情来。那么，还能有谁会走漏消息呢？想来想去，李成梁忽然想起来，此事除了毛文龙外，还有九姨太知道，令箭不就是放在她那里吗？

　　"文龙，你不要走，呆一会儿我还有话要问你。"李成梁吩咐完，赶紧来到九姨太屋中。屋内蜡烛高照，九姨太躺在帐中，好像已经睡了。李成梁也不去惊动她，忙将令箭由桶内倒出，数一数，果然少了一支，十二支令箭剩了十一支。辨认了每一支令箭之后，发现少了一支"子"字令。原来老奸巨滑的李成梁，怕人伪造他的令箭，他按地支十二个时辰制了十二支箭，以熟铜磨制，每支箭杆中间有一圆形枢纽，扁面上刻十二时辰，每支一字。如遇紧急事情，什么时辰派人出城，就交给他刻有什么时辰字号的令箭。别人不知内情，很难仿造冒充，这是李成梁的独创发明。"子"字令代表三更时分，此时守门军见有"子"字令，时辰对应，没人敢怀疑。李成梁这回全明白了，上前一把掀开帐子，也不管九姨太睡着还是醒着，揪住头发拖下地来：

　　"贱人，你干的好事！"

　　牡丹夫人心里有事，自然不能入睡。今见事情已发，因早有思想准备，到此也就不十分惊恐。她自知难免，遮掩是遮掩不住了，她横下一条心，看来只有实话实说。她只穿着睡衣，白花花的大腿还在外边裸露着。

　　"我有罪，只求老爷看往日之情，容我穿好衣服，我什么都告诉你。"牡丹夫人直挺挺地跪在地上，并不求饶。她现在更加看清了李成梁的狰狞面目，她抱定必死的决心。李成梁气更大了，踢了一脚骂道："狗贱人，你说，这令箭哪去了？你偷我一支令箭干什么？"

　　"奴婢偷着送给哈赤了。听说老爷要杀他，他是无辜的。这孩子太可怜了，求老爷开恩，容他这一次吧。老爷要是不肯见谅，奴婢情愿受罚。"

　　李成梁暴跳如雷，照着九姨太的脸上，"啪"地一个嘴巴，骂道："你这贱人，平日恃宠而骄，竟敢坏我大事，我岂能轻饶你。来人！快把毛文龙给我叫来！"

　　这正是：平日开心多宠爱，一朝翻脸不认人。

　　毛文龙像热锅上的蚂蚁，坐立不安。听见传唤，急匆匆走进内室一看，见九姨太跪在地上，身上还是穿着那件睡衣。他的心当时格登一下，晓得坏事了。只得硬着头皮上前：

"叩见恩帅。"

李成梁忽地一转身，眼露凶光，厉声喝问："文龙，你去马号可曾看见这个贱人吗？"毛文龙如同头上浇了一桶冷水，心里都凉透了，不知怎么回答是好。牡丹夫人见状，立刻接言道："我把令箭交给哈赤就回来了，一路上谁也没看见。"

"住嘴！"李成梁对准牡丹夫人腰部就是一脚："我没有问你。"九姨太被踢倒在地，她不哭叫，也不哀求，她对这个总兵府彻底绝望了，她只求速死，死才能解脱。

毛文龙看着这一幕，心惊肉跳。幸好，九姨太的话使他心里有了底，他怯懦地说："卑职想了一下，好像不曾看见有谁。这，这太太是怎么回事？"

"哼！"李成梁愤愤地说："你不要问了。我将这个贱人交给你，拖到门外，乱棍打死，然后扔到茅坑①里。"

"恩帅！"毛文龙大惊失色，咚地跪下："太太纵有过失，请看在平日的份儿上，饶过她这一次。"

"嘿嘿！"李成梁干笑两声，甩了两下手："文龙，这是本帅的家事，本帅也不再深究了。你以后要知恩报效，建功立业，封妻荫子，光耀门楣。至于这个贱人嘛，留下必有后患，我令其全尸而死，就算照顾了。来人哪？"

应声进来四个壮汉："伺候大人！"李成梁眼露凶光手指道："将这个奴才拖出去！打二百军棍。"

毛文龙急得眼泪都要出来了，更使他难堪的还是李成梁派给他的任务是监刑。这是最苦不过的差使，他怎么忍心去看牡丹夫人被活活打死的惨状，而自己怎么能站在一旁监刑呢！他是聪明人，不会看不出李成梁的用意。这是在考验他，这是对他产生了怀疑，李成梁可能会看出一些破绽，今日之所以不杀他，是看中他武艺超群，还有用处，所以留下将来为他效劳。

牡丹夫人惨叫着被拖出去。李成梁气犹未息，又吩咐道："将这个奴才衣服扒光，重重地打！"

---

① 即公共厕所。

第二十九回　含羞忍辱牡丹丧身　挟私报怨布库告密

毛文龙见事情无可挽回，也顾不了许多，又恳求道："大人，太太有罪当死，也不应赤身露体，极不雅观。万一传扬出去，有损大人威名，望大人三思。"

"文龙，你不要多说了。"李成梁狞笑着走到门口，欣赏武士拷打他平日最宠爱的小妾九姨太。那剥光身子的白细嫩肉透出斑斑血迹，那委惋凄厉的惨叫声震夜空。李成梁手捻胡须，好像在欣赏一场游戏。直到呻吟停止，牡丹夫人气绝身亡，他才满意地离开。

站在一旁监刑的毛文龙，几乎痛不欲生。那震撼灵魂的拷打声，那撕裂心肝的哀号声，这些都比不上李成梁那幸灾乐祸的狞笑声令他愤怒，使他颤抖。他的心碎了。但他毕竟是有理智的。他明白，此刻任何一种办法也挽救不了牡丹夫人的生命。她为了放走一个异族的少年，而心甘情愿地忍受凌辱和折磨，无怨无悔地献出了宝贵的青春。

四个行刑的武士不认识九姨太，以为处死一个女奴，遂对毛文龙说："毛将军，这女奴犯了什么罪，干嘛要剥光身子打死？"

毛文龙喘了一口长气："你们不要问了，知道了对你们没好处，都下去吧！"几个人不走，毛文龙向门口瞅瞅，李成梁确实已经不在，他才对几个人说道："这不是大帅府上的女奴，是九姨太太，触怒了大帅，竟被活活打死，太惨了。"几个人不听则可，一听是大帅的九姨太，个个吓得惊魂千里。他们担心以后大帅后悔了，还不得怪罪他们手下没有留情。几个人互相望着，面面相觑，暗恨自己摊上这倒霉的差使，心里害怕起来。

毛文龙取过那件睡衣盖在鲜血淋漓的尸体上，指挥四人靠近墙根挖了一个坑，将尸体放在坑里，又找来一块门板遮在上面，将她埋了。当四个武士走去的时候，东方已经大亮。毛文龙再也抑制不住内心的悲痛，他跪在坑边，流下泪来：

"九太太，你死的好苦，你死的冤枉啊！我毛文龙今生不能救你，愿来生与你地下相见……"

不久，沈阳城里传扬开这件事，人们做了种种猜测，什么说法都有。若干年后，努尔哈赤果然当了大清朝开国皇帝，定都沈阳，缅怀九姨太救命之恩，下令，八旗人烧香修谱祭祖时，立下这么一个规矩：供俸九姑太太①灵牌，开祭这天晚上不点灯，摸黑吃饭，叫"背灯"，意

————————
① 也有称做"九太妈妈"的。

思是悼念九姨太被赤身露体处死,带有一种崇敬而回避的性质。此风俗一直延续到今天。现在有的满族人烧香办谱,还有"背灯"一项仪式,晚间还吃"背灯肉①。"

事情已经过去几年了。九姨太的惨死,也已在人们的头脑中逐渐淡漠。李成梁时有悔意,大错已经铸成,再无挽回的余地。所以每当闲暇无事时,他就拿出牡丹夫人的画像,留恋观赏。毛文龙的话刺到了他的痛处,他心情沉重地说:"我今已悔之,那年不该将她衣服剥光处死,难免引起人们议论和猜疑。再说啦,我也怕事情传扬出去不雅,三日后我已借故将那四个武士打发上路了②。知道此事者,只有你我两个人,我想你不会背后说我的坏话吧?那还有谁能传扬这件事呢?"

"恩帅家里人不可能不知道九姨太一夜之间就失踪了的事。再说处死了四个行刑者尚隔三日时间,只要其中有一人说出去,那一传十,十传百,大人想想,结果会是如何?"

李成梁点点头道:"是啊,都怪我一时疏忽。我要杀哈赤,不是哈赤有淫乱行为,因他心怀叵测,后必为患,我为社稷着想,不得不然。谁想出了那么些无稽之谈。"

毛文龙一想起那天晚上那血淋淋的一幕,仍心有余恨,再故意刺他一下:"请问恩帅,有人说九姨太看见哈赤睡觉时金龙缠身,才私放他逃命,果有此事?"

"一派胡言!"

毛文龙毫不退缩,又问道:"还有人说,哈赤脚心长了七颗红痣,久后必乱天下,这是真的?"毛文龙毕竟乖觉,没敢公然说出必得天下,而是用个乱字。这回说到李成梁心里去了,他眯起一只眼睛:"这倒是真的。你是听谁说的?"

"军中流传很广,大概是从府上传出来的。"

李成梁"唉"了一声道:"都是那个贱人坏了我的事!"

毛文龙心里明白,努尔哈赤两次大难不死,又有异相,久后必非凡人,无怪这位威震辽东的总兵官忧心忡忡了。他思索一下,宽慰他道:

---

① 其实,"背灯肉"是满族先民的古俗。古代火非常珍贵,人们崇敬火,"背灯"是珍惜火、崇拜火的一种形式,与救清太祖的传说无关。

② 即杀死,上路就是走上阴间的道路。

"恩帅勿虑,谅哈赤不过是个女真娃子,辽东有恩帅坐镇,坚如磐石,他成不了什么气候。"

"不。此子不除,我寝不安席。一定再找机会,斩草除根,以绝后患。"

这次谈话以后,李成梁对毛文龙的猜忌之心,日甚一日。毛文龙也格外小心,他在辽东军中是出了名的,李成梁还颇费思索。踌躇了多日,李成梁终于想通了,把毛文龙推荐给蓟辽总督,派他去驻守居庸关。从此毛文龙离开了李成梁,两人算是善始善终。过后,李成梁又命令军政司,把毛文龙的名字从辽东军籍中注销,就算是不曾有过这个军官。所以,后来在辽东档案上查不到毛文龙的名。毛文龙在李成梁死后,独树一帜,成为辽东举足轻重的实力派人物。在努尔哈赤称汗席卷辽东,明朝丢失全辽不利的形势下,毛文龙退居海岛,控制水上交通,始终与后金政权为敌,直到被袁崇焕杀害。可以说,毛文龙是大明朝的忠臣,并没有因与努尔哈赤有过交往以及他脚心生七颗红痣而投降后金,终生坚持反金立场,效忠明朝。有一首毛文龙晚年作的《边塞》诗为证:

　　孤臣白发映寒旌,
　　一上秋风海上城。
　　霜拂铁衣银浪动,
　　电开金匣玉龙惊!
　　三更月冷将军幕,
　　万灶烟沉壮士营。
　　塞曲数声人尽泪,
　　萧萧边马皆悲鸣。

回头再说李成梁,他为了"眼不见心不烦"叫毛文龙远离他身边之后,从此一意培植家族势力,兄弟子侄皆为军官,专权怙势,一手遮天,谁也奈何不得。他是个闲不住的人,手握生杀大权,没事也要搅浑池水,有他在辽东坐镇,女真人如何能过平静的生活?他派出大批奸细,专门刺探女真人的动向,密谍遍布,时时送来情报。所以李成梁对女真人的一举一动皆了如指掌。

万历九年冬,李成梁得到探子报告,说建州夷人又有反情,他们聚兵屯粮,筑城修寨,有犯辽沈之意。李成梁听了心中窃喜,这回又有了升官发财的机会。他也不管消息可靠不可靠,立即给朝廷上了一道奏折,把女真人阴谋聚众造反的事说得活灵活现。朝廷准了他的奏请,同意他率师征讨,便宜行事,务使夷氛日靖,渠魁授首。李成梁获得朝廷准许,大修战具,定于转年春暖花开之时,兵伐建州。

　　压下李成梁准备兵伐建州暂且不表,回头再说一说建州女真的事。

　　建州右卫都督王杲几年前命丧京师,建州女真势力锐减,连一个挑头的人也没有了。李成梁要吞并建州之地,驱赶夷人出境,明朝怕激成大变,仍旧实行怀柔政策,坚持"以夷制夷"的方针。准了哈达万汗所请,立王杲长子阿台为建州右卫首领,袭封都指挥使,阿台收集残部,重回古勒。没用三年的工夫,把古勒城修筑得铜墙铁壁一般。女真人又重新集聚,各部落均投奔阿台,建州女真又死灰复燃,阿台成了辽东女真社会的领袖人物。阿台之弟阿海也搜罗了一些人马,在古勒城斜对面的山上,筑了一城,叫沙济城。两城如犄角之势,可彼此策应。兄弟二人势力渐强,一想到阿玛的惨死,一腔怨恨,无处发泄。他最恨两个人,一个是火烧古勒寨的李成梁,一个是捉献他父亲王杲的万汗。万汗保举他为都指挥使,也没有平复他心中的不平。他派人去叶赫国,活动杨吉砮、清佳砮两贝勒,让他们从北面出兵,攻击哈达。叶赫二砮久有报怨哈达,收复失地,索回敕书之心。见万汗年老,国事日非,便与阿台约定,南北两处同时动手,灭哈达后平分其地。阿台自有他的打算,他报父仇心切,反明是第一宗旨,他煽动叶赫出兵哈达,主要是为了牵制李成梁。这时他招兵买马,广聚财物,表面上按兵不动,背地里同心腹密谋,打乘机夺取抚顺关的主意。万历八年,阿台派出一支五百人的队伍,潜入辽西,会合土蛮,袭扰广宁。李成梁首尾不能相顾,被他掠取了不少财物,血洗了几处屯寨,胜利而返。有了这一次得手,阿台便产生了轻视明军之心。之后小股窜犯边境,没有遇到什么抵抗,阿台更加坚信明军软弱无能,李成梁并非不可战胜。

　　女真人窜犯边境,李成梁不是不知。他不掌握是哪地女真人如此大胆,怀疑是古勒寨的阿台,又没有证据。除阿台之外,赫图阿拉的觉昌安父子也是怀疑对象,只不过他们行动诡秘,没有留下把柄而已。

　　李成梁计划兵伐建州女真,到底先从哪里入手,正在举棋不定的时候,这天门上通报,有一位女真首领来见,有要事禀告。李成梁即命领进大厅。进来这个人约五十左右的年纪,中等个儿,面皮白净,体态稍胖,唇上两撇八字胡。穿着女真头人的裤褂,举止沉稳,二目有神。李

第二十九回　含羞忍辱牡丹丧身　挟私报怨布库告密

成梁不认识，遂问道："你是何人，有何事要见本帅？"

只见那人不亢不卑地回答："在下是图伦活吞达①，佟佳哈拉布库，特来向大人通报一件大事，关系到辽东的安危。请屏退左右，以免泄漏。"

"你说吧，这都是本帅的心腹，用不着回避。"

布库左右瞅了瞅："既然如此，那我就直说吧：古勒山阿台章京，筑城屯粮，广招部曲，扬言要为他阿玛报仇，准备明春起事，夺取辽沈，请大人提防。"

李成梁漫不经心地问道："你是怎么知道的？让我怎样才能相信你的话？"

布库见李成梁如此傲慢的样子，心中十分不快，他起身向上一揖："我也是听人传说的，信不信全凭大人做主，在下告退。"

"慢！"李成梁一扬手："你说的是真情，本帅自当厚报；如果戏弄本帅，骗我上你们的圈套，你可知道本帅的厉害！"

"嘿嘿！"布库冷笑道："我真是没事找事，跑这来干什么！算我没说，再会！"

李成梁站起离坐，仰面"哈哈哈哈"一阵大笑道："本帅与你开个玩笑，女真人都有这个倔脾气。请坐，请坐。"

布库弄得坐也不是，走也不是，他还是站在那里。李成梁一挥手："都退下！不叫不许进来。"布库这才平静一下，坐下说道："大人，古勒山阿台，日夜思报父仇，已经做好准备，等到各部落都归附以后，就起兵夺辽沈，这是千真万确。我所以特来禀报，怕祸及全体诸申，重蹈王杲覆辙。"

"好。"李成梁道："阿台之事，本帅也有耳闻，但拿不准。今日首领所言，本帅自当珍视，决不能叫他为乱辽东。"

布库起身道："在下不便久留，告辞。"

李成梁也起身道："首领能助本帅剿灭阿台，为辽东除害，本帅当奏准圣上，恢复女真满洲国，令首领为满洲国主。海西王台已老，去日无多，就由你统率女真诸部，与天朝永修盟好，岁时贡市，彼此共享太平，你看如何？"布库一听李成梁答应他为满洲国主，心中高兴，他认为没有白来一趟，只要阿台一除，我布库便可成为女真人的国主，说不

---

① 城长、城主。

定还能干出一番大事业来。

正是：

　　干戈才息三五岁，
　　眼前又现血光灾！

这回李成梁又要讨伐古勒城了，要知阿台如何应对，且待下回分解。

第二十九回　含羞忍辱牡丹丧身　挟私报怨布库告密

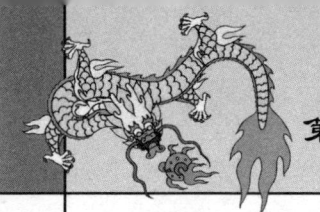

第三十回　李成梁阴谋袭古勒
　　　　　　　觉昌安受骗入抚顺

　　上回书说的是图伦城主布库向李成梁通报了阿台章京占据古勒寨，思报父仇，策划反明的事，并提供起事的准确日期是在万历十一年春。李成梁得到这一情报，立即调动人马，准备以迅雷不及掩耳的手段突袭古勒寨，荡平建州女真，铲除阿台势力。

　　书中交待，布库何许人也？他和阿台有什么难解之怨恨呢？他跑到沈阳向李成梁告密的目的又是什么呢？

　　布库，就是史籍所载，人口所传的尼堪外兰。尼堪外兰不是他的本名，却流传很广，本名叫布库，反而无人知道。布库意为小鹿羔子，用动物命名，女真之俗，除了小鹿羔子之外，布库还有另一个意思，即摔跤。女真人管善于摔跤的孩子也叫布库，可见布库从小就是一个女真勇士。布库祖籍孙札甘居阿林①，地近佟佳江，以地为氏，传为佟佳氏。布库之父名叫都尔图葛，原是猎人，后投奔王杲，死于苏子河。布库留在王杲寨中，继续为王杲做事。就在王杲败亡的前一年，看中了布库之女，强娶为第二十七房小福晋。布库女只有十六岁，布库不同意，可是王杲势力大，为人又严厉，硬被抢到王杲府成亲。布库一气之下跑回佟佳江，脱离了王杲。王杲被万汗父子捉献京师，家眷没入哈达宫廷，布库女生死不明。布库思念女儿，怨恨王杲。王杲虽死，他儿子阿台势力兴起，他就把一腔积愤转移到王杲儿子身上，必欲除之而后快。他又回到苏子河，先投赫图阿拉觉昌安，后因觉昌安与阿台是亲戚，过从甚密，布库又离开觉昌安，自己招募一部分流散的女真人，筑图伦城以居，自成部落。布库自感城小人少，实力不强，便凭着他能说会道，周旋于各部落之间，颇受欢迎。就连觉昌安的兄弟子侄中也有与之交好者，这就引起了觉昌安父子的疑忌。布库心里明白，辽东有阿台和觉昌安两股势力存在，自己便永无出头之日。他想，要想干番事业，必须依靠强大的明朝。反明的人都没有好下场，而万汗亲明哈达才能壮大，他决定向明朝靠近。他一个女真小头目，名不见经传，怎么能引起人家重

――――――
　　① 今之桓仁五女山。

视，只有对明朝有所表示，给明朝多少出点力。因此，他注意阿台兄弟的动向，侦知他有反明犯边计划后，亲自跑一趟沈阳，找李成梁报告这一机密。

当年破王杲时，李成梁到过古勒山，就是因为不熟悉地理环境，才费时数月之久，耗费钱粮，损失兵马，最后以火攻取胜，结果还是被王杲走脱。事情隔了十来年，今日的古勒山非比寻常，恐怕比起王杲时代更加艰难险阻，没有个熟悉路径的人做向导，怕是还要费更大的周折。想到这里，李成梁便问道："阿台的寨子是在原来的古勒山上吗？"

布库回答道："此寨正是筑于古勒山上，不过比起当年王杲寨，扩大了几倍，又十分坚固，依山临水，从岭连绵，地势非常险要。对面山上又有他兄弟阿海筑的沙济城，首尾呼应，易守难攻。没有知道情况的人引路，很难到达他的寨子。"

李成梁沉吟半响，又说道："本帅几次辽东讨叛，都因为那里山势险恶，道路不熟，损失了不少人马。看来，这第二次对付古勒寨，可能比头一次更要费周折了。你能不能协助本帅，马到成功，保奏满洲国主之事，本帅决不食言。"

布库慌忙拜谢："在下一定为大人效力。"

"那好。"李成梁说："你熟悉那里情况，请你给大军当向导如何？"

"这个……"布库支吾不肯答应。他想，自己是女真人，引导明军讨伐女真人，以后还怎么在女真中立足？就是明朝支持当上了满洲国主，那女真人如何能服？他脑子转了几下，终于想出来个移花接木，实际也是借刀杀人之计，他说："这个向导？关系重大，在下倒是愿意为大人效劳。不过，在下久已离开古勒。阿台筑城之后，又从没有去过。向导重任，实难从命，在下保荐一个人，要破古勒寨，非用此人做向导不可。"

"哪一个？"

"赫图阿拉的觉昌安，阿台之妻就是他的孙女。阿台修建古勒城时，他还助过力。"

李成梁一听，立时想起那个腰带上挂着烟荷包的女真老头儿，便说："好哇！觉昌安和我有点交情，我想他一定会为我出力。不过，他同阿台是亲戚，这就不好办了。"

布库诡秘地笑道："好办不好办事在人为。他只要能和大人见面，那就什么事情都好办。"

第三十回　李成梁阴谋袭古勒　觉昌安受骗入抚顺

247

常言说:"人怕见面,树怕扒皮。"凡事当面都好谈。可是这觉昌安能来和他见面吗,李成梁心中没底。努尔哈赤从他这逃走,回去之后,要是把那天晚上的事说出去,他祖父一定会提高警惕,不会轻易相信谁的话的。考虑到这,李成梁毫无信心地说:"只怕这老谋深算的觉昌安,不一定肯来。"李成梁真正的顾虑,没敢当布库明说,更不能透漏一点哈赤脚长七颗红痣的事。

布库说:"大人放心,凭我这三寸不烂之舌,他就是木雕泥塑,我也能说服他来见大人。至于他肯不肯当向导,那就看大人的了。"

"他肯来沈阳?"

"这倒不一定。"布库说:"大人领兵扎营抚顺,拉开攻打古勒山的架式,在下说动他到抚顺来见,还是可能的。"

"那么,本帅就依你前往抚顺。你可不要令本帅失望噢!"

当下布库辞别了李成梁,回到图伦城,静待明兵的消息。时当正月下旬,天气尚寒。等了几日,果然传来李成梁亲统两万精兵,出抚顺关,准备讨伐建州的消息。布库这才备匹快马,带了两个随从,奔向呼兰哈达东侧的赫图阿拉而来。

说到这里,还有一段隐情,需要交待一下。

说的是金朝灭亡的时候,蒙古人捕杀了大批女真贵族,除了完颜氏皇族遭到沉重打击,就连皇亲国戚也未能幸免。时有一皇亲,原是渤海大氏后裔。为逃避蒙古兵的追捕,逃至长白山区,隐没在深山密林之中。长白山下人烟稀少,很远才能看到一个小部落。这里土著民族,皆为生女真,文风滞后,民智未开,尚处于原始状态。人们不事农商,以狩猎捕鱼为业。沟壑纵横,烟火相望,人们老死不相往来。金皇亲的到来,给这里增加一点奇闻,人们争相供养,可见这里民风之淳朴。不知过了几年,金皇亲认识人多了,也逐渐适应了当地的风俗习惯。附近有一村寨,住着几户人家,其中一户生了三个女儿。因该地人烟稀少,很难见到一个男人,一夫多妻是很自然的了。

这三女中最小者名佛库伦,一日上山挖野菜,于山涧中洗浴,偶然遇见这位金皇亲,二人彼此悦慕,就地野合。野合是当地女真人习俗,不想佛库伦怀孕。野合虽在当地受到尊重,但有一点,凡野合的男女必须结为夫妻。金皇亲怕暴露身份,不敢娶该女,于是逃离此地,远走高飞,不知所终。佛库伦无夫而孕,难免着人议论。好不容易盼到分娩这天，居然生下一个男孩。待几年之后，孩子稍长，不知父是何人。其母佛库伦抚养一个无夫之子，又见这孩子聪颖过人，像貌奇伟，知其来历不凡。一日，叫过孩子，告诉他道："汝是天生，汝生于布库里山洞，名字就叫布库里雍顺。汝母是天女，生汝以定世乱。此地荒山野岭，难有出头之日。现汝已长大，就出去到外面创业去吧。"

布库里雍顺拜辞母亲上路，他乘着木筏，顺流而下，冲出山谷，来到一个叫俄莫惠的地方。适遇当地三户家族为争领地，连年械斗，各不服输，互不相让，部民深受其害。这一日，有一女子河中汲水，见一男孩坐于蓬蒿之上休息，回去报告穆昆达。穆昆达听了觉得好奇，遂率众争相往视。布库里雍顺见来了不少人，便对他们说："我是天女所生，特来定世乱。"众皆称奇。三姓族长一商议，我等连年争斗，何时是了？此儿相貌不凡，谈吐不俗，又是天女所生，来定世乱，我等何不顺应天命，奉他为主，永远息争罢战，大家共享太平。众皆称善。于是，部民用胳膊搭成肩舆，将他抬回部落。三姓族长各率本族人，同拜于地，奉他为主。从此，布库里雍顺便创建一个部落联盟政权，他也成了清朝皇帝的始祖。

这也只是传说。可是不知什么原因，在后来的史籍中，又无端生出"三天女沐浴于天池，佛库伦误吞朱果而怀孕"的神话，越来越荒诞不经。有一点大概不会有错，清始祖发源于长白山地区，这是没有问题的。

布库里雍顺建国之地在勒福善河西岸渤海国旧部鄂多哩城，今之敦化敖东城是也。当时建立的国名亦不可考，其后人称之为满洲国。"满洲国"实"满住国"的音异，满住即女真人王者之称。传几世以后，布库里雍顺的子孙暴虐，部民叛，在某年六月攻破鄂多哩城，杀其阖族子孙，仅逃出一幼儿范嚓，从此隐遁不知所终。

又经历了两代，大约明初时，范嚓的曾孙孟特穆，为报祖上灭门之仇，将仇人后代子孙三十余人，用计诱至苏子河边，杀其半，放其半，索还被掳财产，自此遂兴。孟特穆的势力并不大，但他却使这一家族翻了身，为后世的发展壮大奠定了基础，因而被清朝尊为肇祖原皇帝。孟特穆始筑赫图阿拉城，生二子，长褚宴，次充善。充善生子锡宝齐篇古，锡宝齐篇古生子曰福满，福满生六子，各筑城以居，四子觉昌安守祖业，留住赫图阿拉。其他兄弟五人皆环卫赫图阿拉，相距三五里二三十里不等，已经形成一股家族势力。王杲在时，他们归属建州右卫，现

第三十回　李成梁阴谋袭古勒　觉昌安受骗入抚顺

249

在名义上仍算阿台部下。明廷原议把王杲领地拨给塔克世，塔克世不敢受，到哈达请万汗给拿主意，经万汗奏请朝廷，王杲之地由儿子阿台继承，这既化解了塔克世、阿台亲戚之间的争业纠纷，又使阿台感激塔克世父子，给他们以更大的自主权，从此，觉昌安、塔克世父子只是名义上隶阿台部下，实则不到古勒做事效力。

回头再说李成梁与布库约好，屯兵抚顺，等待布库给他找向导，以便进兵古勒，讨伐阿台。

等了几天，忽然有人来报：赫图阿拉城主觉昌安到。李成梁又惊又喜，心里说：这布库果然不凡，说到做到。遂传令请进。

觉昌安怎么来的这么快呢？

前文已经提过，觉昌安同王杲家是亲戚，阿台的福晋就是觉昌安的大孙女，其父礼敦乃觉昌安的长子。他们成亲十几年来，生有两女一男，都已十多岁了。自阿台重筑古勒时觉昌安助过力，之后便很少同他来往，两家亲戚出现冷淡，进而疏远。

这天布库来到赫图阿拉，见了觉昌安，述说自己是从抚顺来，受大明辽东总兵官李成梁的委托，请他到抚顺去有要事相商，至于商量什么事，他没说。

觉昌安惊疑道："李成梁真的在抚顺？他来抚顺所为何事？你真的见到他了？"

"没错，李总兵确实到了抚顺。抚顺关内外，扎了大营，足有好几万人马，只怕这回来者不善。"布库说到这，又自言自语地叨咕："是啊，自杲罕死后，我辽东建州诸部安静了十多年无事，现在怕是又要动刀兵了。"

布库的话，更增加了觉昌安几分疑虑。他猜测，这八成又是打的建州诸部的主意，准是谁得罪了大明朝廷了？布库见觉昌安犹豫不决，又神秘兮兮地说："贝勒爷，我听到一个消息，不知道可靠不可靠。李成梁这回出兵辽东，是为阿台章京而来，打的是古勒城的主意。"觉昌安也怀疑到这。李成梁是夜猫子进宅，无事不来。辽东女真诸酋死的死，跑的跑，惟阿台尚能支撑局面。他又侵犯明境，扬言为父报仇，锋芒毕露，太显眼了，李成梁能让他消停吗？大兵要是讨伐古勒，阿台决难招架，孙女一家就会大祸临头。想到这里，觉昌安又问布库："既然他要对付阿台，那他让我去抚顺又是为的什么？"

"可能也是为阿台的事儿。"

"好。"觉昌安抖动花白的胡子说:"豁出我这把老骨头,我去抚顺见李成梁。"

一旁转过四子塔克世,阻止道:"阿玛,抚顺万万不能去。李成梁阴险奸诈,对我们女真人太残忍了,他请阿玛去,决不能怀好意。"

"不。"觉昌安果断地说:"不管他好意还是歹意,既然他捎信儿来请,还是看得起咱爷们儿,我一定去见见这位总兵大人。"塔克世劝阻不成,他不放心,也要随行。动身前,塔克世又劝阻道:"阿玛,此事非同儿戏,要慎重。是不是告诉小罕①子一声?"

"不用了。我们走后,有人去北砬背给他送个信儿就可以。"

布库见觉昌安父子决定去抚顺,他的任务完成了,剩下的事便与他无关。他辞别道:"贝勒爷放心地去吧,保你无事。小人还有点家事,恕不奉陪,告辞!"他给觉昌安行了一个打千礼,上马自去,返回图伦静待变化,不提。

单说觉昌安父子带了几名戈什哈,当天赶到古勒山,阿台迎入城中。觉昌安便把布库的话对他说了,叫他提防,千万不要走他阿玛王杲的老路,好汉不吃眼前亏,收敛一下锋芒,向明朝上表谢罪。不料阿台却蛮横地说:"玛法,别听人传言。李成梁不是要来么?正好,我早就想找他算账,古勒山的沟沟岔岔都是他的葬身之地!"

"明兵势大,咱们抵不过,你阿玛当年又怎样!"

阿台还是不以为然:"当年是当年,现在是现在。当年阿玛若是听我一句话,也不能落得那样结果。"

"可你阿玛当年就是不听良言相劝,一意孤行,才有此祸。"

阿台听了这话,心里咯噔一下。是啊,一意孤行,不听良言相劝。古勒山再高,也挡不住明兵久困,城寨再坚,也抵不了明军久攻。阿台沉吟一会儿道:"我听玛法的,您老人家见了李成梁,告诉他,他要是和,我就跟他和,从此不再犯边。他要是打,我就跟他斗到底。随他的便,别以为我怕他!"

觉昌安见阿台口气有点松动,又趁机开导他几句,什么审时度势,什么能屈能伸,什么韬光养晦,这些都是他从汉文书上学到的。可是阿台光能说汉话,不读汉文书,这些话一句也听不懂。

① 努尔哈赤小名。

第三十回 李成梁阴谋袭古勒 觉昌安受骗入抚顺

觉昌安勉强住了一宿，次日及早上路，冒着初春的寒风，踏着厚厚的积雪，驰过多少荒山野岭，穿过多少茂密森林，太阳偏西时分，来到抚顺城下。七八年前，明军讨王杲时，觉昌安为王杲当说客见过李成梁一面，他对李成梁的印象还不错。今日相见，似有故旧重逢之感。不想李成梁只是礼节性地点点头："你们来啦！"一看李成梁这种冷淡的模样，觉昌安心里凉了半截，心想：今天的事情要麻烦，无论如何也要沉住气。遂答道："听说大人传唤，特来拜见。"

"啊！"李成梁摆一摆手："坐吧，坐吧。"

觉昌安见李成梁如此傲慢无礼，简直气冲两肋。他强压怒火，坐在了椅子上，塔克世侍立在身后。他带来的几名戈什哈，连大厅都没让进，留在了门房里。李成梁手捻胡须，慢条斯理地说道："你来的正好。本帅让布库带去口谕，请你今天来，是想让你们立功效力。事成之后，本帅奏闻朝廷，褒奖从优，不知肯不肯答应？"

觉昌安听了，心里很觉不是滋味，但是已经来了，又不好不问明白就走。他压一压火，问道："大人有何训示，只请明讲。"

李成梁不去正面回答他，且跟他谈今论古，搞的觉昌安父子"丈二和尚——摸不着头脑"。只听他说："在中原，自古以来就有大义灭亲的事情，名垂青史。可是，也有藏匿罪犯，株连九族的。这两者之间，只在一念之差，不知你们女真人明白不明白这个道理？今天请你来，就是让你在这两者之间，进行选择。这也是你报效朝廷，立功受勋的好机会。本帅与你多年交情，当此紧要关头，不得不坦诚相告。"

觉昌安听明白了，正如布库所言，李成梁拐弯抹角打的就是阿台的主意。可是，他为什么跟我说这些？他的葫芦里到底卖的什么药？遂说道："大人的话，我怎么越听越糊涂？小老儿山野草民，见识有限，大人讲的那些典故，好像与我无关。有什么吩咐，大人不妨直说了吧。"

李成梁哈哈笑道："你真不懂还是装不懂？那本帅就对你实话实说了吧：王杲为患多年，终被铲除。朝廷有好生之德，放过其子阿台，又让他管领建州。他却不思感恩图报，却仍效法乃父，作乱盗边，为害辽东。朝廷震怒，本帅奉旨誓殄灭此贼，以安社稷。本帅兴师五万之众，料他古勒城小小弹丸之地，毁巢在即。阿台同你有姻亲关系，亦在株连之列。念你与本帅多年友谊，不忍加诛，特给你一个立功的机会。待阿台授首之后，其城寨土地人民财产全赐予你，并保奏你为建州都督，你看怎样？本帅还是讲义气吧！"

这一番软硬兼施的话，使觉昌安不胜惊骇，孙女之家真要大祸临头了。但李成梁这不仅仅是对自己说这些。他左一个立功，右一个保奏，究竟什么目的？沉吟半晌，觉昌安才说话了："感谢大人关照，但不知我能为大人做点什么？"

"当向导。"

"当向导？"觉昌安实在意想不到，心里说，你去打我孙女家，让我当向导，这不是强人所难吗？李成梁看他狐疑不定，严肃地说："本帅大军剋日出师，听说阿台扩建了旧寨，那里山高林密，雪大路滑，本帅不熟悉路径。所以特请你来给大军带路，你可不要错过这次立功的机会，更要休谅本帅的一片苦心噢！"

这种毋庸置疑，十分傲慢的口气，觉昌安肺都要气炸了。常言说，站在矮檐下，怎敢不低头，如今李成梁数万大军压境，稍有不慎，不仅阿台大祸临头，自己一家也跟着遭殃。权衡利害，只有忍气吞声，争取缓解。想到这里，他说："老朽已是土埋脖颈的人，还谈什么功名不功名。我倒愿意为大人效力，请问，解决阿台，除了刀兵血火之外，还有没有别的办法？"

"除非他洗心革面，向本帅投降。"

觉昌安一听，似乎有了一线转机，忙接过说："大人，老朽可以当向导，大军到达古勒山之后，暂不要攻城，我进城去劝降，让阿台出来向大人谢罪。"李成梁不阴不阳地应了一句："那也好。"这一来有分教，管叫它：

　　刀光剑影古勒寨，
　　血雨腥风苏子河！

要知阿台能否投降，李成梁怎样破古勒城，且待下回分解。

第三十一回 明将军平毁古勒寨 哈达汗扩建柭楉宫

明神宗万历十一年二月下旬，李成梁统率明军两万，由觉昌安父子引导，进兵古勒山。这次他没像攻王杲时从南面围山，而是选择了北面，隔着苏子河扎下了大营。觉昌安约定进城去劝降，带着塔克世走了。

李成梁叫过沈阳副将秦得倚吩咐道："对面山上有个沙济寨，是阿台兄弟阿海把守。给你五千兵马，听我的号令，两地同时进攻，隔断他们的彼此呼应。得手之后，毁掉城寨，助攻古勒。"秦得倚点军自去，李成梁坐等觉昌安父子的消息。

且说觉昌安来到古勒城的北门，将塔克世留在城外，自己叫开城门，进入城里，来到阿台宅院，叫来阿台劝慰道："明兵数万困住北门，古勒城小，决难守住，为今之计，只有暂时放弃抵抗，随我出城投降，可免灭门之祸！"

"玛法，你老人家好糊涂！你不应该把明兵带来。"阿台愤愤地说："你不给他带路，他不会来得这么快。你坏我的事了！"

"我带不带路，明兵必定来。我跟李总兵约好，只要你出城投降，就什么事都没有。"

阿台摇头道："李成梁的话你也相信？那是个杀人不眨眼的魔鬼，我不会听他的谎言上当受骗。"

觉昌安见阿台不肯投降，估计到古勒城将有一场恶战，遂提出要把阿台妻小带走，送到安全地方，也被阿台拒绝。觉昌安急得像热锅上的蚂蚁，对阿台的顽固态度束手无策。一想到，约定时间是落日之前，落日前不回报，明军便要攻城。无论如何也要再拖一拖，力争说服阿台，他对阿台说了："你先冷静地想一想成破利害，我去见李总兵求他宽限一日，千万不能凭一时冲动。"

不想阿台冷笑道："玛法，你老人家现在不能走。都七十来岁的人了，奔波了好几天，也该歇歇腿了。"

觉昌安一听，这是要扣留自己，立时大怒："阿台，你？"

"玛法别上火，等我破了李成梁后，亲自送你老人家回赫图阿拉。"

阿台叫道："来人！送老贝勒去后宅休息。"

城外等候的塔克世，见阿玛进城很长时间不出来，也没有一点信息，心里疑惑。他深知这位侄女婿的脾气，老爷子劝降可能遇到了麻烦，他便进城探听虚实。谁知，他不仅没有见到阿玛的踪影，自己也被限制起来，把他送到一处空置的哈什内，外有军兵把守。说是眼下要打仗，怕有危险。

阿台扣留了觉昌安父子，加强了防御，决心同李成梁拼个高低上下。他倚恃古勒城建在丛山峻岭之巅，三面临水，悬崖峭壁，即险峻又威严，易守难攻。城内广聚粮草，外围又有廓城为屏蔽。又在原来的瞭望台上增高了许多，上置瞭望哨，弓箭手，从城的任何一面发现敌人攻城，都会被射杀，比当年他父亲王杲时防守更严十倍。阿台就是倚恃古勒城池坚固，地势险要，加上兵精粮足，防守严密，才没把李成梁放在眼里。

李成梁等到黄昏，不见觉昌安父子回报，便下令攻城。同时给秦得倚发去信号，同时动手。灯笼火把照耀如同白昼，喊杀声震撼山谷。阿台军居高临下，明兵仰攻只能从北门迂回，进城只有这一条道，东南两面铁壁绝岩，虽然苏子河水尚在冰冻，可雪积山谷，深浅难辨，明兵就是插上翅膀也飞不过去。明兵攻了两天两夜，一点进展都没有，反而伤亡了几百人。李成梁见部下无论如何拼命也难接近城门，心中懊恼又焦急。正当他束手无策之时，捷报传来，对面的沙济城被秦得倚攻下，阿海被杀。秦得倚移师古勒，协助李成梁攻阿台寨。军威大振，明兵人人奋勇，个个争先，都要争取头功。形势发生突然地变化，明军逐渐占了上风。古勒城中也看到了沙济寨陷落的情形，阿台军心动摇。因为已抵抗了两昼夜，人困马乏。明兵人多，可以轮番替换；阿台人少，能战者不足一千人，无法替补，抵抗自然减弱。不久，城中水道已断，水源枯竭，军心更加慌乱。事情已到了紧急关头，阿台迫于形势，请出觉昌安，同意投降。

李成梁见觉昌安回来了，带来了阿台愿降的消息，命令攻城暂停。

"阿台投降可是真心？"

觉昌安保证说："如今沙济城已破，外援已失，除了投降，别无他路可走。阿台畏大人神威，从此不敢再冒犯了。"

李成梁冷笑道："谅一个小小的古勒寨，弹丸之地，阿台纵有乃父王杲那样狡黠，也难逃我的手心。"

第三十一回　明将军平毁古勒寨　哈达汗扩建棫楷宫

觉昌安担心地问道:"可是,阿台还是不放心。投降以后,怕大人追究。请大人给我一个保证,保证阿台一家的人身安全,如何?"

"那是自然。"李成梁说:"阿台只要悔过投诚,从此不再扰边,本帅保证他永为建州之主,仍修前盟。"

觉昌安吃了一颗定心丸,拜辞了李成梁,回古勒城。约定傍晚阿台率部出城,亲到明营投降。

他们上当了。

李成梁恨阿台入骨,必欲置之死地而后快。他老奸巨滑,鉴于当年破王杲时,火烧古勒寨,结果还是被他走脱。城中有地道通山外,如果阿台见大势已去,从地道钻出去,更无法捕捉。准降是诱他出来,放弃钻地道的打算,以便聚歼。觉昌安走后,他微微一笑,叫过秦得倚及长子李如松、次子李如柏吩咐道:"你们各带两千步兵埋伏在城外的山坳里,待城门打开时,两支兵向城里冲杀,一支兵堵住城门,不使一个女真人漏网,斩草除根!"

李如松劝阻道:"父帅三思。自古以来,杀降为不义之举。况且,那位女真老爷子已经同父帅约好,如今突然变卦了,恐失信于人。"

李成梁怒道:"什么失信不失信,胜者王侯败者贼,消灭敌人,胜者就有理。"

李如松不敢再言。秦得倚开言道:"对阿台这种丑类,就应斩尽杀绝。不过,那个女真老向导,带路有功。大军进城以后,天黑难以辨认。乱军中误伤怎么办?"

李成梁一挥手,狠狠地说:"管不了那么多!我只听你们得胜的消息。"诸将领命自去。

再说觉昌安回到城中,见了阿台,说明李成梁已经准降,并保证人身安全,世领建州。阿台时年四十岁,聪慧不亚乃父。他让觉昌安出城请降,随即反悔。觉昌安带来李成梁的口头承诺,他根本不相信。他已命人清理地道口,但地道年久失修,早已壅塞。他只有另做钻山逃走的打算。他决定在夜间趁天黑混乱之机,缒城从沟涧里出逃。觉昌安认为不可,当年王杲出走,最后还是惨死北京。今日纵然侥幸逃出去,也无处安身,难免落入虎口。现在只有委曲求全,以待时机。

委曲求全,以待时机,这未尝不是一条良策,可阿台信不过李成梁。他说:"李成梁阴险毒辣,对我们女真人的血腥屠杀还少么?他的话是绝对靠不住的。"

两人各自坚持己见,看看已近傍晚,约定的时间到了。阿台自去做夜间突围的准备,城外明兵开始叫门,要阿台出城。觉昌安自认为已和李成梁有约,谅他不会食言,不待阿台同意,下令开城。他根本没有想到,明兵已埋伏在城边,栅门一打开,明兵蜂拥进城,见人就杀,见房子就烧,古勒寨立时大乱。火光冲天,浓烟滚滚,鸡鸣犬吠,人喊马嘶。明军高呼:有捉住阿台者,令为古勒城主。时有不明真相的女真人,贪图富贵,帮助明兵找到阿台住所。阿台猝不及防,连同妻子儿女皆被杀死。时已天黑,明兵不分青红皂白,见女真人就杀,因有李成梁命令,投降也无一幸免。凡有向城外逃者均被明兵挡回,真是横尸遍地,血流成溪,连觉昌安也在劫难逃,被明兵杀于寨门旁。时塔克世仍被阿台羁于哈什内,破城时看守他的人已逃,门从外边锁住无法脱身,被大火活活烧死。是役,古勒城内二千二百多兵民仅逃出三十几人,其余全被杀光,这是李成梁对女真人犯下的又一罪行。古勒城被平毁,山石草木皆赤。以后每到晚间阴风惨淡,鬼火粼粼,成为无人区,从此,建州右卫彻底消亡。

李成梁奏凯班师,少不得吹嘘剿灭阿台的战功,并称"豪酋授首,巢穴殄灭,辽东悉平",已被明朝封为宁远伯的李成梁,又得了个锦衣卫的头衔。

李成梁用大批女真人的鲜血与尸骨筑就了他通向权力巅峰之路,也破坏了有明以来对女真人一贯的"羁縻政策",为日后女真人的兼并铺平了道路。

李成梁回到沈阳,觉得阿台兄弟已除,觉昌安父子已死,布库要搞什么"满洲国",由他去吧。这是他们女真人内部的事情,只要顺从朝廷,不作乱扰边,横竖由他折腾。李成梁自思辽东局势已平静,女真名酋所剩无几,自己位极人臣,并且年事已高,准备告老还乡,回家享清福了。他想推荐长子如松为辽东总兵官,可又恐朝中无人肯内应,怕自己一旦撒手,大权旁落。若使自己子孙顺利接班,世代掌权,看来还得费一番周折。为此,他日夜谋划,踌躇不决。

一日,门上来报:"哈达贝勒歹商求见。"李成梁不阴不阳地说:"他来干什么?"门丁说:"他说来给大人上寿,敬献贺礼。"一听"敬献贺礼"四个字,李成梁喜上眉梢。他知道哈达为扈伦强国,历史悠久,宝物不少。歹商新立,此来是寻求庇护,一定会倾库以献。遂命:"请进。"歹商手下抬进礼品盒,真是珍珠翡翠,人参鹿角,金银玉器,钻

第三十一回 明将军平毁古勒寨 哈达汗扩建柈楷宫

石玛瑙,琳琅满目,应有尽有。把一个以贪狠称著的李成梁,喜得手舞足蹈。

"贝勒请坐。"李成梁客气地让着这位年轻贝勒,还不住表白:"你祖父万汗是我的故交,当年他为朝廷出力,捕捉元凶王杲,经老夫保奏,你们一家皆受荣典。想不到你祖父撒手尘寰,你父又天不作永。基业传到你手,困难一定不少,老夫当尽一切力量扶助哈达,定使万汗的基业永存,也不枉老夫与你祖父交谊一场。"

听到这里,歹商慌忙离座,一手扶膝,一手下垂倒地,前腿一屈,后腿一蹬,行了一个女真人的打千礼。未曾开口,泪如涌泉:

"大人,真是一言难尽!哈达受到威胁,先人基业难保。求大人看在玛法的面上,助晚辈一臂之力。"

李成梁一惊:"免礼,有什么话,请只管说,老夫一定尽力而为。"

歹商要说什么,暂且压下不表,事情的原委还须从头交待。

书接前文。

话说当年万汗捉献王杲,受了封赏,却受到了女真人的指责,所附诸部,离心日甚。不想李成梁要斩草除根,株连叶赫,幸被万汗顶住,叶赫二酋反而承袭祖职为塔鲁木卫都督佥事。这一来惹恼了李成梁,从此二人关系疏远,李成梁也就不再过问海西诸部的事,全力经营辽东。

前文提过,万汗自获得龙虎将军,哈达国汗王的名号之后,冲昏头脑,私欲膨胀,而且骄横不可一世。在国内横征暴敛,奢侈腐败,贿赂公行。从上到下,形成一个盘根错节的关系网;非亲莫用,庸人当道;加上赋税盘剥,人民水深火热,怨声载道。万汗不自省,反而将搜刮来的人民血汗,用于享乐,大兴土木,扩建夹棍宫。夹棍宫始建于旺济外兰主政时期,工程未竟而旺济外兰被杀。万汗入主哈达进行改建,他派人去北京按照皇宫样式画了图纸,虽然规模小一些,但在塞外也是独一无二的宫殿,金碧辉煌,雄伟壮观。因依夹棍山而建,故名为夹棍宫。自从嘉靖皇帝亲笔题写"夹棍宫"三个大字匾额之后,这里便成为万汗统辖女真,颁行政令,处理军国大事的场所,更加警备森严。万汗到了老年,昔日那种励精图治的精神风貌不见了。纳了叶赫温吉格格,收了王杲姬妾,不仅荒淫酒色,而又变得性情残暴。为了享乐,花了大批银子扩建夹棍宫。各城堡屯寨首领、头人不顾部民死活,大肆搜罗,取悦万汗。从此,更加腐败透顶。不知从何时起,哈达国形成了一种不成文的制度，每有诉讼打官司者，看你行贿的钱多少。多者无理也胜诉，少者有理也败诉。哈达国变成了人间地狱，毫无公理可言。万汗派使巡行诸部，各部头人必得孝敬财物。否则，回去奏上一本，说你的坏话，轻则革除爵位，贬为阿哈；重则抄家，拘禁，以至杀头。国人有犯罪者，则处以剁手、刖足、凿鼻、剜眼等刑，这是轻者；重则斩首，抄家，灭族。国内财宝搜刮一空，实在勒索不出什么值钱的东西，连猪、狗、猫、鸡都得奉献。人民在忍无可忍，无法生存的情况下，惟一的求生希望就是逃跑。于是大批哈达人民越过边界，向叶赫、辉发、乌拉诸部逃难。叶赫为了瓦解哈达，偏在边境上设立接待站，专门收容、安置哈达国的逃人。从前所附各部不再听命于哈达，一个十分兴旺发达的女真政权，很快走了下坡路。土地荒芜，民生凋敝。万汗深居简出，对外面的事情全然不晓。每天在群小的阿谀奉承，溜须拍马，一片歌功颂德声中，大兴土木，扩建柀椐宫，前后历时三年，建成了一座塞外独一无二的人间天堂，宛若仙境。据史料记载，万汗的柀椐宫在柀椐山下旧址，山石围成宫墙，周围四面各有门。正门在南，共有三道大门，两侧墙角各有一小门，计有五门。东西两面各开一大两小三个门，惟后面只留一大门。宫城南墙与哈达王城北墙相连，形成一体。门外古树参天，松柏成林，挑护城壕宽有五丈，引清河水环绕。另外有暗沟，设铁蒺藜，梅花桩，以防有奸细偷渡。宫城并不很大，但设计得巧夺天工。有宫楼二十余幢，正殿前有顶天抱柱，基座为巨石镶砌而成，有台阶十九级。阶两旁有铜鹤、鱼池、鼓楼，还有敲击传令用的云牌楼一座，小巧玲珑。整个大殿建筑宏伟，雕梁画栋，彩绘描金，脊顶金钟、金铃，在微风中琅琅入耳，如空中奏乐。

这就是万汗上朝、议事的勤政殿。勤政殿两侧各有偏殿八间，为大臣、众将、侍从、头人议事、休息、候见、饮茶，以及办理杂务之所。各偏殿门前也有铜鹤、鱼池、花榭、雀笼之类。过正殿，有一朱墙相隔，中有正门入内。内院为万汗深宅，外人不得入。正门两侧设有武士房、兵备房，为万汗看家护院，防守内廷。正门往里，石板铺路。石板路两边是莲花池，池中红鲤嬉水，池畔绿草蛙鸣，一派自然景象。长长的石板路两侧的莲池岸边，分别建筑了八个歌亭。八栋歌亭错落有致，风格迥异，各有特色，分别命名为彩凤、鹤鸣、神雀、画燕、虎威、豹尾、醉狮、戏熊等。前四亭以飞禽命名，每亭有女官当值，女奴侍候。各亭内设三十名乐女，奏歌乐。后四亭每亭则有男官当值，男奴侍候，

第三十一回　明将军平毁古勒寨　哈达汗扩建柀椐宫

亭内各有男士三十名，平时作舞，多是空齐舞，模仿野兽的动作，配以管弦箜篌之乐，威武雄壮，气撼山岳。每亭的彩绘画廊，均绘着以亭名为内容的图案，栩栩如生，形象逼真而又惟妙惟肖。凡是万汗出入宫廷，迎送宾客，国中大典，八亭各献绝技，简直如入神仙洞府一般。过了八亭，迎面一座较大的宫殿式建筑，上竖立一匾额，镶嵌"颐安宫"三个镏金大字，并配以女真文。此处不亚"阿房宫"，藏美女三百，随时以备侍御。宫外草绿花红，小溪流水，蝶舞莺啼，满园芬芳。四周围绕高大的红墙，里边的人连柣椙山都看不见了。绕过"颐安宫"的红墙，便到了后城，这里才是万汗及众妃、家属居住的地方。早年太福晋董鄂姬妈妈居住的宫室及其所修的道观早已被拆除，原址上增建了四个宫楼。小妃温姐所居之"白玉楼"，位于中间，筑楼材质选用江南玉竹和燕山白玉石雕琢而成，玲珑剔透，别具匠心，是万汗特为温姐而造。万汗诸子中，只有幼子孟格布禄和外妇子康古鲁住宫内，其他如大台吉扈尔罕等诸子皆在宫外，各人另有府第，差不多都拥有哈达城中最好的宅院。

　　女真人崇神敬祖，哈达纳喇氏更为典型。万汗筑宫享乐之时，不忘祖先的业绩，特在正殿之后，后宫之前的空地上修筑了一座高大庙廊式的大厅，称做"堂子"。万汗的"堂子"可与普通女真人家的堂子大不相同，它和明朝皇帝家的太庙一样，里边供着起自纳齐布禄、多拉胡其，经佳玛喀、绥屯到克什纳，彻彻穆历代哈达先人的画像。倭谟果岱、旺济外兰是哈达的开创者，也占有一定位置。他如非直系撮托、都勒希、札尔喜、速黑忒等人也给以供俸灵牌，堂子就是一座庞大的家庙。在堂子的对面，有一所青砖灰瓦的建筑，称为"神宫"，里边供着祭祀用具。雪白墙壁，彩绘着狼虫虎豹、龙凤熊貔、风云雷雨、水火霜雹诸神祇，表现女真人多神崇拜的特点。本来在柣椙宫内，另给穆昆达兼大萨满德喜筑宫室一所，请其居住，以便随时主持祭祀，但德喜以年老行动不便为由，拒不前来，仍住石头寨旧宅。只是国中有庆典，族中有祭日，万汗才派人将他接来小住几日。

　　闲言不表，书归正传。

　　且说万汗花了几百万两银子，历时三年，扩建柣椙宫的浩大工程方才告竣。从此万汗终日在宫里享乐，沉湎酒色，不理政务，国事日非。臣下只知诣媚取悦，歌功颂德，粉饰太平。

　　叶赫探得万汗失政，二酋兄弟认为天赐良机，向哈达讨还敕书，报先人世仇的机会到了。兄弟二人从东西两城各抽调一千人马，侵入哈达境内。杀掠一阵，并没遇见抵抗。二菪兄弟更加气焰嚣张，兵锋所至，田庐为墟。可怪的是竟无人告警，棫楒宫依旧歌舞升平，管弦不绝于耳。哈达城内，人心惶惶，可又毫无办法。

这时恼了一个人，谁？大将白虎赤。白虎赤为海西将领中有名的巴图鲁，几十年来，为哈达国的兴盛，东征西讨，立下了汗马功劳，在国内享有盛誉，就是万汗也敬重几分。本来，近几年来他见到万汗蜕化变质，倒行逆施，杀戮同胞不遗余力，早已为之不满。他看得出，再要这样下去，哈达就会走上灭亡的道路。

"不行！我得见汗王殿下说明白，这哈达国的大好河山你还要不要？难道就这样丧失在叶赫二菪之手吗？"白虎赤满腔怒火，去棫楒宫求见万汗，不料被门上挡驾："汗王有旨，现在不见任何人。"

"请禀汗王殿下，就说我白虎赤有要事求见。"

"嗬！什么白虎赤黑虎赤，谁也不见！"

白虎赤大怒："小兔崽子，你这是跟谁说话？我见的是汗王，又不是见你！"

"见汗王你就想法儿去见，管我什么事儿！"他说完，"咣当"一声把宫门关上了。任你如何喊叫，就是不开。白虎赤束手无策。随行有人提醒道："将军想要见汗王，门上这一关非常重要，你不给他好处，他不给你通报，光发火是没用的。"

"没想到。"白虎赤长叹一口气道："那就扔给他几两银子，打发他们这帮小人。"

正是：

国家兴旺贤者进，
社稷将倾小人出。

不知白虎赤能否见到万汗，且待下回再叙。

第三十一回　明将军平毁古勒寨　哈达汗扩建棫楒宫

第三十二回 白虎赤叛投叶赫国 扈尔罕继主哈达城

上回书说到哈达大将白虎赤要面见万汗，却被门上挡在宫门以外。幸有随从提醒，少不了拿出几两银子疏通，才答应给他进去通报。其实守门人也根本见不到万汗，他只能向内侍传达，再由内侍传与宫女，经宫女到万汗寝室通报。然后再由宫女回告，见还是不见。这一套繁琐的奏事制度，实在耽误事。依白虎赤的性子，不知他怎样练就的克制力，勉强等到内侍的传话：

"汗王有谕，传白虎赤晋见。"

白虎赤实在感到不舒服，他以前见万汗随便，从没有人敢阻拦过，更不用通报。今非昔比，现在不行了。为了哈达国的江山社稷，他硬着头皮被领到后殿。

"拜见汗王殿下。"

"平身！"

这纯是君王对臣下的口吻，白虎赤看看坐在正位，一边一个美女搀扶的万汗，心里凉了半截。

"你有什么要事，敢闯我的后宫禁地，我看在昔日的情份上，不怪罪于你。你要说什么，就快点说吧，我实难久坐奉陪。"

白虎赤一看这副架式，知道说什么也没用。可既然费了很大的劲来了，又不能一句话不说就走。他也只能长话短说："殿下，叶赫兴兵犯界，国内人心浮动。你又久居深宫，不理朝政，这么下去不行啊！"不想万汗只说了一句："知道了。"就抬手示意，让他退出。再一看，万汗离座，扶着两个女官，从后门走出去。白虎赤尴尬地退出，怏怏回归自宅。

过了两天，梜楉宫传出谕旨，说白虎赤行为乖张，近似狂悖，私闯禁宫，当予重处。念其随驾多年有功，罚守季勒寨，以御叶赫。这真是是非颠倒，一个被处罚的人，居然让他防御叶赫，驻守边城，可见万汗已昏聩到了顶点。白虎赤对哈达一片忠心，好心未落好报，花了银子得到通报，反落个私闯禁宫的罪名。他收拾行装，带着部曲家眷，悲愤地离开了哈达王城。

不多日,叶赫杨吉砮贝勒兵临季勒寨。得知守寨头目为哈达名将白虎赤,先有几分胆怯。他同白虎赤打过数次交道,深知其骁勇,不敢轻敌。令军士离寨十里扎下大营,派人探听寨内动静。

次日晨,不料季勒寨城门大开,一员大将率领数百人马驰到叶赫大营前,自称道:"季勒寨活吞达白虎赤,向贝勒献城投降。"杨吉砮闻报,开始还不太相信,惟恐其中有诈。后来见他把家眷都带出来了,才放下心来,出营相见。杨吉砮同白虎赤行了抱见礼,又跪在尘埃,指天为誓,求恩都力和瞒尼为证,以示彼此之诚意。叶赫不费吹灰之力收复了季勒寨,款待白虎赤。白虎赤说:"哈达万汗父子昏庸,忠奸不分,离灭亡不远了。只要贝勒长驱直入,哈达众叛亲离,国土将来都是叶赫的。"杨吉砮大喜道:"叶赫有将军相助,如虎添翼。将来全部占领哈达国土以后,当析置土地人民归将军,永世为哈达之额真。"白虎赤拜谢,并表示一定为叶赫效犬马之劳。杨吉砮重赏白虎赤,白虎赤感恩,帮助杨吉砮收复八城,十三寨中尚有五城控制在哈达手,大批土地、牲畜被掳去。这还不算,白虎赤手里拥有敕书一百五十道,至此也落入叶赫,哈达地位近一步被削弱。有白虎赤的引导,叶赫兵随时都会到哈达领土上骚扰,哈达无力抗拒。万汗无奈,便派使去乌拉、辉发两部征调兵马来援哈达。不料谁也不应召,都拒绝出兵相助。内外交困,走投无路,万汗年老体衰,又急又气,竟至一病不起。

万汗生六子,扈尔罕居长,次为萨穆哈图,明人蔑称为三马兔,三名纲实,还叫旺锡。四名那木台,也叫燧太。康古鲁为奸生子,排第五。六子名孟格布禄,也有人叫他猛骨孛罗,他是温姐所生,时年只有十七岁。

一日,大萨满德喜来到梜楣宫,为万汗跳神祛灾,祈求阿布卡恩都力保佑,赐予万汗永寿,国运兴隆。祈祷完毕,进入万汗卧病的宫中,坐在病榻前。万汗此时神志比较清醒,对德喜说:"我近来常常做噩梦,有时梦见太杵,有时梦见王杲,他们都来向我索命,恐怕我不久于人世了。现在我口授遗言,我死之后,请照此办理。"

德喜心里明白,他下神附体时看见了万汗阴债太多,鬼魂缠身,向他讨命。就是阿布卡恩都力也不肯宥赦这样一个罪孽深重的人,面对此情此景他无话可说,只能敷衍几句安慰的话。女真人的萨满多数都能沟通人、神、鬼之间的信息。某人行善作恶,结局下场萨满下神时往往都能看见。根据萨满根底深浅,有的过后能记起,有的则清醒之后全然不

第三十二回　白虎赤叛投叶赫国　扈尔罕继主哈达城

晓。但在下神时，他所说的话，他所唱的歌，只要仔细听，就能知道其中内容，所以萨满下神时的一切表白都是很灵的。德喜是纳喇氏家族道行高深的大萨满，不仅能通人神鬼三界，还能上天廷入地府沟通信息，并且还有特异功能。每次跳神后醒来，所经之事历历在目，一般萨满很难达到如此境界，被人公认为活神仙。他知道万汗寿命到了，哈达的气数也尽了，便问道："兄罕百年之后，当由何人继承？"万汗长期以来，为了继承人一事，也伤透了脑筋。原来已立长子扈尔罕为世子，授大台吉、贝勒，已是当然的继承人。可是这扈尔罕不争气，酗酒无度，性情粗鲁，脾气暴躁，又和他一样贪财好色，怕是难成大器。其他几子，皆平庸无足取，有的还不是嫡出。康古鲁智勇双全，一表人才，但是外妇子，不被族人所接受。幼子孟格布禄也比较聪颖，又是温姐所生。温姐又极力撺摄万汗立己子，万汗有心立幼子，又怕他年纪小，驾驭不了局面，怕引发内乱。此事反复衡量，久不能决。现在若是再不确定下来，只怕将来为争位问题而同室操戈。万汗希望德喜给他拿主意。德喜见屋内并无别人，遂低声说："自古以来，废长立幼乃取祸之道。"

这是一个月以前的事。

万汗听了德喜的话后，考虑了几天，终于决定，他叫来诸子，当着德喜的面口授遗嘱：立长子扈尔罕为继承人，未来承袭哈达基业。并一再教诲，先人创业不易，子孙一定要守住，兄弟们不得争权。诸子领命退出，德喜被安排到别殿休息。到了晚上，万汗叫过温姐说："我治理哈达三十年，不想晚年将遇烦心的事。白虎赤背叛我投向叶赫；你兄二荟欺我年老，屡屡来侵。当年灭王杲时，他亦是同谋。我不庇护他们，能有今天吗？如今恩将仇报，太可恨了！"万汗说到此，不觉心跳气短，光喘粗气。

温姐时年三十五岁，十六嫁给万汗，已二十年了。二十年的哈达宫中风风雨雨，她早已厌倦。哈达同叶赫每有磨擦，温姐都会南北关奔走，从中斡旋。但她心中恋着康古鲁，希望从康古鲁和孟格布禄二人中立一汗位继承人，也算了却一桩心愿，获得最大安慰。谁想，一切希望都破灭了，万汗公然又立那个庸庸碌碌的扈尔罕，过去在他耳边吹了那么些风都白费了，她对万汗产生了怨恨。她巴不得万汗早死，所以对于两个阿哥兵犯哈达无动于衷。见万汗提起叶赫兴兵的事，并不答言，只是低头想着心事。

万汗有气无力，只是盯着温姐的花容月貌，产生出一种难舍难分的感觉。温姐不时瞅一下那张苍老干瘦的刀条脸，心中产生一种厌恶。万汗突然问道："我死以后，你怎么办？"温姐毫无思想准备，不免心中一惊："没想过。"继而又应付道："哈哈济孟格布禄阿哥已有爵位领地，我还怕挨饿不成！"

"我想，我想把你托付给扈尔罕，永享富贵……"

不等万汗说完，温姐连连摇手道："不，不用你费心，我自有打算。"

"你……你……"万汗手指温姐，气的说不出话来。温姐不再理他，忙叫一声："来人！"四个宫女闻声进来："福晋有什么吩咐？"

"照顾汗王爷好好休息。"

说罢，温姐头也不回，推门自去。

当晚，万汗薨于梜椙宫，寿六十八岁，时乃明神宗万历十年春三月之事也。

万汗死，讣告达于诸部。时年已六十六岁的纳喇哈拉穆昆达兼大萨满德喜率众告祭于堂子，遵万汗遗命，立扈尔罕为哈达国汗王。有德喜出面主持，族人无不服从，也不敢不服从。

扈尔罕即位。他一面为万汗治丧，一面向明朝上表，奏报万汗逝世的消息。明廷念万汗捍卫东陲之劳，追封万汗为上柱国，海西卫大都督，女真国王，赐葬银三千两，并派使致祭。同时，授扈尔罕塔山前卫都督，承袭扈伦哈达国汗王；以孟格布禄承袭龙虎将军衔。另赐敕书各十五道，颁铜印两颗，令兄弟二人分别收掌。明朝对万汗身前身后，也算在藩属中优异无二了。扈尔罕为了表示孝道，治丧期间又恢复了已被万汗明令废除的人殉制度。在万汗生前宠幸的姬妾中，选四个年轻貌美者以备生殉。哈达实行火葬，生殉就是把活人在死者陵前以火焚之。女真人崇火，以火葬人表示尊贵，陪殉者也身价倍增，受人崇敬。可是在出殡这天，扈尔罕又临时改变了主意，他说先王已有明令禁止生殉，自己应该遵守方为孝道，他改用了纸人，其实他看中了这四个少女貌美出众，留备后宫。四女侥幸保住了性命。哈达人殉之制从此也就彻底废除了。

扈尔罕继位哈达汗王，又受明封为塔山前卫都督。孟格布禄承袭龙虎将军衔，宗族与诸子侄均无异言。只有一个人不服气，谁？康古鲁。康古鲁见兄与弟均得到爵位，惟独没有自己的份儿，心里着实不平衡。万汗火葬之后，康古鲁急忙来到温姐房中，说："老头子终于死了，你

第三十二回　白虎赤叛投叶赫国　扈尔罕继主哈达城

我今后就不要偷偷摸摸地来往了,我要正式娶你做福晋,咱们名正言顺地过日子,看谁以后还敢轻看我!"

"你急什么呀!"温姐不同意,也有她的理由:"我还得为那老东西守孝三年,这是家规。"

"哎呀!三年太长了。到那时说不定有啥变化,你能不能变通一下。"

"这样不是很好吗?"温姐说:"就是等不了三年,最低也得过了百日再说。现在就操办这事儿,恐怕你什么也捞不着。"

温姐自有她的道理。

顺便交待一下女真人的婚姻习俗,就会知道康古鲁为什么急于要和温姐成亲,温姐又为什么暂不同意,他们都是各有深意。

原来女真人婚嫁不讲伦常,不问辈分。子可娶父妾,兄可纳弟媳,都视为合法。这要在汉族,儿子娶父亲的小老婆被认为是乱伦,受到道德的谴责。有的家族还会干涉,官府也会处罚。可这在女真人里都是合情合理又合法的事,民族间文化的差异很大。不过有一点,女真人严禁族内婚,即使出了五服也不行,男婚女嫁全由穆昆达掌握,丝毫不紊。

康古鲁急于要和温姐成亲,打的是万汗财产的主意。按家法,万汗已死,康古鲁就必须搬出栋楷宫,他没有分到领地便无容身之处,同温姐一结婚,便可名正言顺地久居宫内。同时,他和温姐还能分到一大笔财产,他也就名副其实地成为万汗家族中人,提高作为"外妇子"在这个家族中的身份。

可温姐自有她的想法。按纳喇氏家规,夫死有守孝期。贵族一至三年,平民亦须百日。寡妇可以再嫁,但必须过了守孝期。万汗为一国之主,当然是三年孝期,否则便不会被族人所接受。因此,他们也就丧失了财产继承权。温姐劝他不要着急,等待时机。

康古鲁实在等不得,又提出要去找扈尔罕分哈达王室遗产,温姐也不同意,扈尔罕不可能让他沾着一点光。康古鲁见温姐不支持他的主张,心生怨恨,他即有心抛弃温姐,另打主意。你道他打什么主意?原来万汗第三子旺锡已于几年前病亡,他的妻子孙姐现在寡居。孙姐亦三十几岁,与康古鲁年纪相仿。他这位三嫂久已羡慕康古鲁的一表人才,对他情有独钟。康古鲁正恋着温姐,对孙姐不屑一顾。现在,康古鲁是饥不择食,所以又打起了孙姐的主意。他有此念头,没费多大劲儿就办成了,孙姐成了他的福晋。孙姐因是万汗儿媳,自然没有守孝的义务,反认为这是好事儿。旺锡的遗产不多，也全归了康古鲁，康古鲁也就离开了梜楉宫，搬入旺锡府，与孙姐同居。

过了一个来月，康古鲁觉得孙姐帮不上他什么忙，而且旺锡也和他一样，因无爵位，并无领地，仅得了个台吉①虚名，哈达国是扈尔罕的一统天下。康古鲁心烦时对孙姐说："你看大阿哥那副德行，还能当上一国之主，这阿布卡恩都力是不是看错人了？阿玛汗是怎么想的！"孙姐本来对旺锡分得的财产少有意见，便鼓动他说："你也是阿玛汗的骨血，为什么家产没有你的份儿？他大阿哥凭什么独得？"

"你说的对。"康古鲁受到了启发，精神为之一振："我这就去找大阿哥评理，我要和他分业！"

康古鲁说到做到，他忙回到梜楉宫，找到扈尔罕的住所。扈尔罕已继承汗位，搬到梜楉宫居住，但是他只能在外廷，内廷仍由温姐及孟格布禄和万汗众姬妾居住。此时万汗所有的姬妾都成扈尔罕的宫人，任其挑选轮流侍寝，仅温姐等几个有身份者除外。

康古鲁的到来，扈尔罕实感意外。长期以来，二人很少接触，也并无来往。今日见了，扈尔罕很是冷淡。

"你不是搬出宫去了吗？怎么又回来了？"

"我有事情才来找你。"康古鲁公然提出："哈达国是先人开创，土地人民先人所留，先人基业人人有份，阿哥不能独占，要分一半土地人口城堡畜产与我，这才公平。"

"你说什么？"扈尔罕愠怒了。"你再说一遍！"

"先人基业，人人有份，你不应独得！"康古鲁也不示弱，又重复一遍。

扈尔罕一听，气得暴跳如雷，拍案骂道："你不过是我阿玛汗的外妇私生子，顶多只能算个带犊子。你有什么资格争先人产业？赶快给我滚开！今后我不想再见到你。不然的话，我宰了你！"

康古鲁不敢再争，怕扈尔罕真的会下毒手。他讪讪退出，一路思前想后，觉得同孙姐厮守没有什么出路，还是温姐保险。他转入后宫进了白玉楼，来到温姐房中。

"你又来干什么？"温姐已知道康古鲁纳旺锡福晋孙姐的事，本想不理他，可一想与他相好多年，情深意笃，看到他垂头丧气的狼狈样儿，

---

① 女真效法蒙古人，称王子为台吉。

还有点不忍心。康古鲁就把方才同扈尔罕闹翻的话如实说了。温姐说："我劝你不要去找麻烦你不听，偏要去惹事。这下可好，你还怎么在哈达呆下去？扈尔罕本来就恨你，他随时都会找借口杀了你。你的事我管不了，还是找你孙姐去吧！"康古鲁扑通一声跪在温姐面前，抱住温姐的大腿哀求道："这可怎么办哪？看在昔日的情分儿上，你给我指条生路吧。"

温姐转过身去，不理他。

康古鲁急的眼泪都要下来了，用劲抱住大腿不放："看在我俩十几年的恩情上，你不能见死不救啊？你不说我永远是你的爱根吗？"

温姐不会忘记，十几年前，那个刁蛮任性的额莫克董鄂姬妈妈六六大寿时，要火烤她，多亏康古鲁飞身相救。从那时起，便以身心相许，暗中往来至今。但是一想到他又与孙姐同居，心里便来了气："我没法救你，让你那孙姐想办法吧！"康古鲁将脸贴在她的腿弯处，发誓道："我寻思三阿哥有多少家业，才纳她。他们也同我一样，一无所有。找大阿哥分家业，就是她给出的主意。从此我再也不到她那去了，我和孙姐彻底分离，指天为誓。"

温姐扑哧一笑，转过身来，将他轻轻一推："起来吧！"

康古鲁马上站起，嬉皮笑脸地去搂温姐的脖子，温姐嗔怒道："放尊重点！都什么时候了，没正经。"

"好好，我听你的就是了。"

温姐叹了一口气道："眼前只有一条路可走，那就是北关叶赫，投奔我阿哥。请他们助你一臂之力。借得兵来，重返哈达，大事可成。"

"去叶赫？"康古鲁摇头道："不行不行，我一去就难回来了，我怎么舍得把你一个人抛下？还是另想别的办法吧。"

温姐啐了一口说道："恋儿女私情的人，成不了大事。你爱哪去哪去，我再也不管你的事儿了。"

康古鲁怔了半天，伤心动情地说："去北关倒是一步好棋，可把你一个人留在哈达，我实在放心不下。我不能没有你啊！老东西刚死，你我正应该做长久的夫妻，我怎么忍心离去？"

温姐眼圈一红，深情地望着他那张白晰的脸，也有一种难割难舍之感。康古鲁是哈达出了名的美男子，温姐和柹楉宫里不少女子都倾心于他。现在已经三十多岁了，还未脱满脸稚气。但温姐是个心高志大的女人，知道万汗子孙成不了大事，而自己儿子又小，惟有这康古鲁是个人才,所以决心助他干一番事业。她平静地说:"你去吧,我阿哥不忘哈达几代的世仇,定能助你成功。只要你借得兵来,重回哈达,到时咱们还不是……"刚说到这里,宫门侍卫一声高叫:"汗王爷驾到!"

康古鲁一惊:"不好,扈尔罕来了!"

正是:

> 嗣王宝座尚未稳,
> 养子无端又生非。

要知扈尔罕来后怎样,康古鲁能否走出去,且待下回再叙。

第三十二回 白虎赤叛投叶赫国 扈尔罕继主哈达城

第三十三回　子纳父妾温姐再婚　弟争兄业哈达内乱

上回书说到康古鲁在白玉楼同温姐正商议去叶赫的事，内侍忽然传报汗王扈尔罕来了。康古鲁大惊，温姐却沉着地说："你慌什么！到后边先躲一躲。"

康古鲁刚离开，扈尔罕就进来了。他四十多岁的年纪，长的五大三粗，一脸横肉，两撇燕翅胡，每边仅有几根，嵌在唇上，其余都拔掉，这是女真之俗。由于酒色过度，面皮萎黄而无血色。扈尔罕同温姐有点渊源，前文亦曾交代过。原来扈尔罕早在二十年前同堂叔德喜送妹去叶赫成婚时，就看中了叶赫公主温吉格格，提出要娶此女。怎奈温吉格格没有看中扈尔罕，提出要嫁万汗。这一来阴差阳错，要嫁儿子的温吉格格却被他父亲娶去，扈尔罕始终对此事耿耿于怀。温吉格格嫁万汗，并不是心甘情愿，迫于形势，甘做牺牲。她又嫌万汗年老，只能背着万汗和康古鲁偷情。后来生了儿子孟格布禄，温吉格格地位也上升，宫中改称温姐。扈尔罕不住宫中，对宫里事也心知肚明，但他却接近不了温姐。

他今日突然来临，是有深意，他先用女真礼节打个千："额娘吉祥。"

"大贝勒免礼，请坐。"温姐不慌不忙地应酬着，观察他的动向，揣摸他的来意。

扈尔罕不坐，他站在屋地当中说："汗王阿玛去世，额娘寂寞孤单，哈哈珠子①又不在身边，额娘有什么吩咐，只管提出，阿追②当照办。"

"多蒙关心，谢谢了。"

扈尔罕注视了温姐好一会儿，才说："康古鲁来过么？"

"没看见。"

扈尔罕终于说出了此来的目的："康古鲁是阿玛汗养子，公然要跟我分产业。我看在额娘的面上，饶过他这一次。他再不识好歹的话，就

---

① 小儿子，指孟格布禄。
② 儿子的自称。

别怪我不客气！"

温姐无动于衷地说："这是你们兄弟之间的事，跟我说也没用。"

扈尔罕碰了个软钉子，他并不死心，他的目的是要拆散康古鲁跟温姐的关系，又说道："额娘再要见着康古鲁，劝他最好离开哈达，免得出事。"

温姐"哼"了一声扭过头去，不再理他。扈尔罕自讨没趣，讪讪告辞。临出门还叨念着："他要不走，我就谁的面子也不看，别怪我不讲情谊。"

扈尔罕的话，康古鲁在里边听得清清楚楚，出来对温姐说："看来，哈达我是真地呆不下去了。我听你话，马上去北关。"

温姐叹了口气道："汗王才去世几天，你们兄弟就闹到这个份儿上，真叫人寒心。"

康古鲁决心要奔叶赫，但他又踌躇起来："去北关，拿什么做见面礼？空手去，二莟兄弟能重视我吗？"

温姐说："我早给你准备好了。当年叶赫敕书被哈达掳来，至今不还。叶赫为讨敕书，费尽心机。汗王在世时，交给我十道保存，你就拿去做见面礼吧。"

康古鲁欢喜道："那太好了！"

温姐从箱中取出敕书，交给康古鲁。康古鲁接过敕书，落下几点伤心泪来，呜咽着说："此去天各一方，归期难定。叶赫要是不出兵相助，有扈尔罕在，我是永远也回不来哈达了。"

温姐说："你只管去吧，哈达的事，我自有主张。"

二人真的要分别，还确实有一种难割难舍的心情。康古鲁抱住温姐，万分留恋。次日一早，康古鲁拉出战马，上路北去。

康古鲁先来到西城。西城贝勒清佳砮，是东城贝勒杨吉砮之兄。前边提过，叶赫原来没有东城西城，只有一座珊延城。珊延城地近白马山，俗称白山，女真语叫珊延阿林，此城亦随山称，命名珊延城。珊延不仅以山命名，珊延的另一个意思还是贵人。该城为塔鲁木卫首领所居，珊延城又有贵人所居之城的含意，因而还被叫做珊延府城。叶赫第三代齐尔哈纳以珊延府城为据点，扰乱边境，被明军捉去，斩首于开原市。齐尔哈纳子祝孔格，也因作乱扰边被哈达贝勒旺济外兰所杀，并掠去叶赫七百道敕书和十三座堡寨，从此结南北关世仇。祝孔格子太杵继承以后，又犯了掠境盗边的老毛病，被哈达万汗击毙于柴河堡，南北关

仇恨愈深。万汗统辖海西，受明制约，不能兼并叶赫，他抛弃太杵子孙，而是选择了他的弟台住①的两个儿子为主，这就是清佳砮和杨吉砮兄弟。一国二主，意在分其势。于是兄弟二人选择险要之地各筑城以居，时人称东西两城。清佳砮居西城，又称老城；杨吉砮居东城，又称新城。当然，是以筑城时间的先后而分。叶赫一国分为两股政治势力，无疑会产生矛盾和纠纷，也难免自我消耗。这就是后人所说的"老城就在河东北，新城更筑南山侧。""中叶参商兄弟争，操戈没羽伤同室"，这一严重后果都是"土地人民自此分②"造成的。闲言少叙。

再说康古鲁来到西城，见了清佳砮贝勒哭拜于地："贝勒爷救命！"

清佳砮不认识康古鲁，即问道："你到底是何人？为什么事来到叶赫？慢慢说。"

康古鲁叩了一个头，抽泣道："我确是哈达汗王之子康古鲁台吉。阿玛汗刚死，阿浑扈尔罕独吞阿玛汗遗产，还要杀害我们，特来投奔，望贝勒见怜。"

清佳砮早已听说万汗有个外妇子，生得一表人才，今日见面，果然名不虚传。清佳砮并不清楚康古鲁私通温姐的事，看他伏地乞哀，甚是可怜，忙命人扶他起来。又问他万汗死后，妹妹温吉格格同外甥孟格布禄的情况。康古鲁为了激怒叶赫，求他出兵帮助自己，便带有煽动性地说："贝勒爷要问起这件事，真叫人一言难尽。扈尔罕依仗是长子，又有穆昆达德喜萨满为靠山，全不把宗族兄弟放在眼里，孟格布禄母子的日子也不好过，我就是奉了汗王福晋温吉格格之命来叶赫求援的。"

清佳砮表示怀疑："你的话，我怎样才能相信？怕不是扈尔罕派你来探我叶赫虚实的吧！"

"贝勒爷若不信，这有福晋温吉格格让我带来的信物，贝勒爷一定喜欢。"康古鲁说着，打开包裹，取出十道敕书，说道："这都是叶赫之物，当年被哈达所夺，福晋叫我送还给贝勒爷。你不喜欢，我即去东城，交给杨吉砮贝勒。"

"且慢。"

清佳砮以为康古鲁真地要去东城，他如何肯舍得这到手的东西，立即对康古鲁礼遇有加，另是一番看待。康古鲁心里暗自感激温姐，还是

---

① 有的叶赫纳喇氏宗谱上记为"台坦住"。
② 见杨宾《柳边纪略》。

她想的周到，如果没有敕书做见面礼，这次叶赫之行恐怕要白来一趟。

看到康古鲁送上的十道敕书，清佳砮不由勾起了许多陈年往事。昔日旺济外兰攻入叶赫寨，掠走叶赫敕书七百道，使叶赫丧失了很大的经济利益，这敕书问题一直困扰着南北关，矛盾无法化解。康古鲁带来敕书虽然不多，然皆叶赫先人之物，清佳砮如何不动心？即说道："往年白虎赤来投，带来敕书一百五十道，现在东城吾弟处。你这暂放在我处吧，我不会亏待你的。"

清佳砮留住康古鲁，又好言劝慰一番，答应帮助他。叫他不要着急，先在叶赫安下身来，等待时机。过了几天，清佳砮来到东城，同杨吉砮商议，决定招康古鲁为额驸，把长女嫁给他，支持他分裂哈达，同扈尔罕争万汗的基业。并且告诉康古鲁，不要性急，等待机会，将来一定送他回哈达。康古鲁从此也就在叶赫二砮兄弟的卵翼下，暂时忘掉了对温姐的思念，在西城过上了灯红酒绿、纸醉金迷的额驸生活。不久叶赫格格有孕，生一子名古莫台州，这是后话。

单说康古鲁在叶赫度日如年，一来想着温姐，二来不知哈达局势。他急于要回哈达同扈尔罕分产业，怕错过机会落入他人之手，自己再想回哈达就更难了。无奈，眼下有扈尔罕在，他没有回去的机会。叶赫二砮兄弟自招亲康古鲁之后，只是在生活上照顾他，从来不提出兵帮助他返回哈达的话。几个月来，他在叶赫呆的心忙意乱，除了玩狗斗鸡捕鱼打猎之外，无有正经事情可干。

一晃半年过去了，看看到了初冬时分。一日，有人来报：哈达贝勒扈尔罕饮酒中毒暴亡，子歹商继立为贝勒。又说，孟格布禄受明封为龙虎将军，承袭万汗，同歹商共领哈达。康古鲁一听，他们都得到了爵位，还是没有自己的份儿，心中实在不痛快。他反复琢磨了好几天，如何改变这种形势，自己如何能在哈达占有一席之地。琢磨来琢磨去，觉得目前只有一条道可走：拉过孟格布禄，孤立歹商，哈达基业可得。要拉住孟格布禄，第一步棋就是回去娶温姐为妻。有母子这层关系，孟格布禄自然会倒向自己。主意已定，他忙忙去见岳父清佳砮贝勒请求道："孟格布禄受明封为龙虎将军，可是又让歹商承袭塔山前卫都督，继任哈达国贝勒。自古以来，国无二君，况二人都年少，被人调唆，容易出事。我当回哈达，助孟格布禄一臂之力，免遭歹商这小子暗算。"清佳砮兄弟本来对哈达仇恨万分，想报复万汗子孙，巴不得挑起他们内讧，制造混乱。扈尔罕已死，时机已到，叶赫决定打出康古鲁这张王牌，立

第三十三回　子纳父妾温姐再婚　弟争兄业哈达内乱

刻答应借兵五百，护送他返回哈达国。

大明神宗万历十年冬，康古鲁带着五百叶赫兵，回到哈达城。他进了棶榿宫先去见温姐。二人分别半年之久，见面分外亲热。而且，万汗百日忌辰已过，扈尔罕已死。按照女真习俗，更无所顾忌，二人的关系由偷偷摸摸转为公开。可是康古鲁并没有告诉温姐在叶赫招赘的事。娶了她的侄女，怕温姐对他有戒心。

康古鲁问道："扈尔罕怎么死的？他得了什么病？"

温姐告诉他说："上个月，扈尔罕勾通兆嘉城主李岱，攻取建州的瑚济寨，被建州兵打败。扈尔罕被迫将自己女儿许给建州主和亲，才算了事。扈尔罕连着急带上火，憋气喝闷酒，喝得大醉，睡了一觉就死了。真情如何，谁也说不清楚。"

康古鲁又问道："我听宫里人说，是你给他送的酒，他喝下不到半夜就死了，死时还鼻孔流血。"

"哼！"温姐嗔怒道："全是谣言！如果是那样的话，宗族也不会答应。"

"算了。"康古鲁说："不管是什么真情，他死了就好。这回我又能住在棶榿宫了。一来和你做天长地久的夫妻，二来也是为了哈达基业，实现我们的夙愿。"

"不好办。"温姐说："歹商继阿玛、玛法之基业，名正言顺，得到朝廷承认。宗族势力也很大，看来都支持他，而你孤掌难鸣，成不了大事。"

康古鲁不以为然地说："现在是群龙无首，称王争长的时代，谁有力量，谁就能成气候。"

温姐说："不行。我们力量单薄，弄不好就没命了。"康古鲁哈哈笑道："我这有五百人马，叶赫答应全力支持。加上孟格布禄，我们是多数。孟格布禄也是汗王亲生子，又有龙虎将军衔，继任哈达贝勒也名正言顺。内有你，外有我，叶赫做后盾，歹商这小子一定会乖乖地交出宝座。到那时，哈达的天下就是咱们的。"

二人又密议了多时，分别半年，自然又有一番亲热。

没过几天，哈达城里传出新闻，温姐同康古鲁举行婚礼了。纳喇氏族人明白，他们的结合，完全是打哈达国基业的主意。

穆昆达德喜萨满知道这件事后，意识到哈达将乱。腐败丛生，国弱民疲，再遇上乱事，后果不堪设想。他忧心如焚，而又别无他法。当初是他建议万汗立扈尔罕不动摇，但扈尔罕执政仅八个月的时间，不施仁政，一味好杀，以严厉镇压人民的反抗，局势进一步恶化。他忧虑成疾，竟致一病不起。扈尔罕的暴亡，使他精神受到了刺激，病势加重。忽又传出康古鲁娶父妾温姐的消息，更如火上浇油。他把两个儿子约兰和夏瑚叫到榻前嘱咐道："哈达离灭亡不远了，纳喇氏子孙不肖，不久将有一场战乱。你们兄弟要闭门度日，不要介入，不要争权夺势，等待将来有英主出世，你们才会有出头之日。"德喜嘱毕，不治而亡，寿六十六。

约兰、夏瑚二人果遵父命，退居民间，不问国事。直到后来努尔哈赤进兵哈达，他们才起而投靠，其家族子孙在清代均得到重用。可见德喜大萨满有先见之明和预测功能，人们说这是瞒尼附体来点化，大萨满德喜道行高深，预知哈达必亡，清朝必兴。

德喜去世，宗族没有头人，大权落到两个少年的手里，叔侄共治哈达，众人忧心忡忡。

康古鲁同温姐一结婚，形势发生了变化。孟格布禄以母亲的关系，自然倾向康古鲁，他们联合到一起，同歹商对立。康古鲁羽毛渐丰，势力将大，于是提出三分哈达国土，每人一份领地，废除统一政令，只存哈达国号的主张。宗族、部民各自归属悉听其便。歹商年轻又软弱，受到康古鲁和孟格布禄两个叔父的压力，为了不引发同室格斗，被迫把国土一分为三，自己退居旧城；新城让给康古鲁与温姐；石城分给孟格布禄。哈达原来三处都城，如今各有得主。谁知康古鲁占据柫椙宫以后，撕毁同歹商达成的协议，公然自称哈达汗王，联合孟格布禄，出兵攻击歹商，声言要收回这一部分领土。歹商势孤力单，抵不住两支力量，即遣使到开原向明朝告急求援。开原守臣不敢做主，随即驰奏朝廷。朝廷得到开原的奏报，下令辽东守臣解决哈达内讧，解决的方针也作了批示："立歹商，和二酋，平叛乱，防叶赫。"明朝辽东总督周咏亲临哈达，召见歹商、孟格布禄二人。见二人年轻，歹商又软弱，很表同情。向他们宣示了朝廷旨意，令他们息争和好，共同报效朝廷，镇抚海西。二人唯唯从命。周咏又向朝廷为二人请敕，明廷感万汗一世忠贞，毕生效忠朝廷，特降旨恩待他的子孙。为确保哈达在海西女真中的盟主地位，特立歹商为哈达国汗王、扈伦贝勒。孟格布禄以龙虎将军衔领海西卫大都督，令其辅助侄儿歹商，统辖海西诸部。孟格布禄惧怕明朝干涉，不敢不遵，只得同歹商和好。歹商、孟格布禄又回归哈达城。周咏

第三十三回　子纳父妾温姐再婚　弟争兄业哈达内乱

又单独召见康古鲁，诫慰道："念你也是万汗之子，朝廷不忍加诛，以后要改邪归正，共扶社稷，有功必赏。若再生异心，藐视朝廷王法，定严惩不贷！"训诫完了，又严令他取消汗王僭号，仍称台吉。

歹商被立为哈达国汗王，孟格布禄又晋秩为大都督，朝廷的恩典没有他的份儿，康古鲁如何能咽下这口气？朝廷是太偏心了！同样是万汗子孙，别人都获重赏，惟独轻视自己。不服，就是不服！不服也没用。可是他不明白，明朝是中原大国，是天朝，它继承远自秦汉以来历代王朝的传统道德。不用说康古鲁是外妇子已经没有合法身份，连他娶父妾温姐也为朝廷所不齿。康古鲁是女真人，行为衍习夷风，他哪里懂得天朝大国乃礼仪之邦，容不下他这种子纳父妾被看做是乱伦的行为呢！加之孟格布禄又倒向歹商，康古鲁日益孤立。桬楒宫也不是避难之所，说不定歹商哪一天向他算账。这回他背着温姐，连侍从戈什哈也不带，单人独马又跑到叶赫，因为叶赫还有他一个安乐窝。

哈达局势的变化，早已被叶赫二贝勒兄弟探听得明明白白。哈达内乱平息，孟格布禄和歹商叔侄和好，这是他们最不愿意看到的。见明朝屡次庇护哈达，目前又让两个小孩子主政约束诸部，甚觉不平。但二贝勒兄弟明白，明朝势大，冒犯不得，祖先三代就是因为冒犯明朝罹祸受刑的。兄弟二人接受祖上的教训，谨慎行事，不敢轻举妄动。

叶赫毗连蒙古各部。自从杨吉砮引蒙古土默忒部长黄台吉兵临哈达向万汗逼婚以后，叶赫同蒙古诸部的关系更加密切起来。杨吉砮明白，若反明朝，灭哈达，没有蒙古铁骑的支持不行，只有取得蒙古的帮助，才能挡住明军。

万历十一年正月，叶赫二贝勒得知李成梁出兵抚顺关，攻打古勒寨，谅他抽不出手来对付海西，认为这是进攻哈达的绝好机会，即邀来蒙古科尔沁各部首领翁阿岱、煖兔、恍惚太等率万余骑向哈达发动进攻。同时令降将白虎赤配合康古鲁为前锋，攻击哈达边城巴吉寨，大军四路侵入哈达境内。

歹商得知叶赫又来犯境，这回又有蒙古人的帮助，声势浩大。他一面向明朝告急，一面同孟格布禄整军迎抵。

当下孟格布禄急率两千人马，驰援巴吉寨，顶头遇见白虎赤。孟格布禄骂道："你这叛贼，我阿玛汗待你不薄，为什么甘心叛国帮助叶赫？"

白虎赤欺他是个少年，冷笑一声道："不要多言，你小孩子懂得什么！快回去叫歹商出来投降，方能免祸。"

孟格布禄大怒："反贼你看枪！"一抖手中亮银枪直取白虎赤，白虎赤并不还手，急忙躲开。孟格布禄一连刺了三枪，也没有刺中，火气就更大了。他要举枪再来，不想白虎赤一声大喝："住手！"声如沉雷，孟格布禄吓了一跳。白虎赤说话了："少将军，我看在汗王的面上，已经让了你三枪，再要不识好歹，可别怪我出手无情。你还是回去吧，叫歹商那兔崽子出来。"

不知进退的孟格布禄，以为白虎赤年老可欺，不由呵呵笑道："白虎赤！你这老不死的，歹商的名字也是你叫的么？我今天非惩罚你不可！"说着又是一枪。白虎赤这才举刀相迎。两人一来一往斗了十余回合，白虎赤只以防守为主，很少进攻。孟格布禄初生牛犊不怕虎，步步紧逼，招招直取要害，他不懂得白虎赤这是拖延时间。正斗之间，白虎赤虚砍一刀，败下阵来。孟格布禄随后赶去，催马拧枪，口中连喊："叛贼，你往哪跑！"一直追了二十多里，白虎赤转过山口就不见了。孟格布禄率两千人马刚要进山口，部下有人提醒道："都督不要追赶，其中有诈，这是诱敌之计。"全凭血气之勇，没有实战经验的孟格布禄，哪里听得进这些话，仍率军跟进，意欲活捉白虎赤。又赶了几里，远远望见白虎赤一行人马在白雪中穿行。

"快！捉活的。"孟格布禄又赶了一阵，白虎赤又不见了。旁边沟壑处闪出一支人马，横住去路。为首一人哈哈笑道："哈哈珠子，你看我是谁？现在你已走入绝地，还不下马投降？看在你额娘的份儿上，我不会难为你。"

此人正是康古鲁。

孟格布禄知道中计，也不答言，传令队伍后撤。正在这时，忽听山崩地裂地一声炮响，四周吹起了牛角号，无数人马从各个山谷里杀出来。左有翁阿岱，右有恍惚太，后有煖兔，白虎赤又杀回。杨吉砮手执令旗站在高处指挥，把两千哈达兵困在垓心。

正是：

政坛败北皆失策，
疆场丧师多轻敌。

要知孟格布禄能否逃命，且待下回再叙。

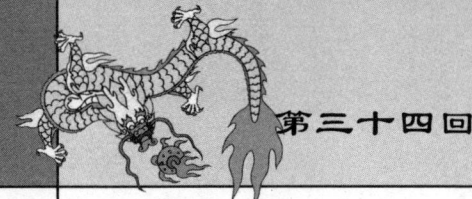

第三十四回 霍九皋调停叶赫寨 杨吉砮夜袭威远堡

话说龙虎将军孟格布禄只顾追赶白虎赤，被诱至山坳中了埋伏，两千人马被困在宽不过二里、长不到十里的狭谷里。叶赫兵、蒙古兵如排山倒海之势杀出，喊杀声震撼山谷，两千哈达兵很快被冲散。孟格布禄拼命杀开一条血路，落荒而逃。士兵仅随他逃出去三百多名，丢失甲胄一千多副，阵亡约五百人，其余非窜即俘。叶赫、蒙古联军趁势夺取巴吉寨，长驱直入哈达，掳掠、烧杀，洗劫屯寨，运走了粮食，迁走了人口，如入无人之境。

哈达受此重创，元气大伤。歹商、孟格布禄闭城自守，任其蹂躏国土，无可奈何。

叶赫数次侵扰哈达，这次是给哈达造成灾害最重的一次。

叶赫取得了胜利，用厚礼送走蒙古兵之后，从此便带兵经常骚扰哈达。所过之处，房屋、柴草通通烧光；牲畜、家具、粮食、男女通通抢光。哈达无力自卫，特别是孟格布禄领地损失惨重。

明朝接到歹商的告急，见叶赫兵恣意焚掠哈达，李成梁进兵古勒寨又难以分身。为今之计，只有暂时安抚叶赫，遂遣威远堡守备霍九皋携带一些布匹、绸缎、陶瓷、铁锅、油酒等物，以劳军为名，到叶赫进行调解。霍九皋传达朝廷旨意，令杨吉砮兄弟二人"悔过自新"，放弃对哈达的攻击，还像从前那样，受哈达约束。清佳砮听了，不置可否；杨吉砮听了断然拒绝，态度十分强硬地说："让我不进攻哈达也可以，他必须答应叶赫提出的条件，不然的话，就是我答应了，叶赫的子民，各部落的头人也是不肯答应。"

霍九皋压一压火，问道："都什么条件？"

"其实也没什么。"杨吉砮说道："哈达要送还叶赫被掠去的敕书，从今以后听命于叶赫，就这么简单。"

清佳砮又补充道："还有一点：朝廷要废除歹商，立康古鲁为哈达之主，叶赫便会听命。"

霍九皋说："这几条需要上奏朝廷请旨定夺，某实做不了主。"

杨吉砮冷笑道："既然大人什么也做不了主，那还来此调停干啥！

请大人转达我们的请求，这都是合情合理的事。"

霍九皋见二笤兄弟如此蛮横，也不多辩，回报李成梁。

李成梁剿灭阿台，胜利班师，正在沈阳城中痛饮庆功酒。听了霍九皋的禀报，即对众将说："北关两个小丑，先让他闹去，早晚本帅非要他的命不可！"

霍九皋说："大帅，当务之急是制止叶赫的骚扰，稳定南关局势。现在哈达主弱民疲，恐难支撑多久。"

"你不用担心。"李成梁胸有成竹地说道："扈伦分治，这是朝廷的法度。没有朝廷的旨意，任何一方想吃掉另一方都是不可以的。叶赫恃强凌弱，不过死了几个女真人，这是他们内部的事，没什么大不了的，先让他闹去。"

霍九皋着急道："如此则南关危矣！"

"我都不着急，你急什么！"李成梁还是一副漫不经心的样子："本帅征建州刚回，累了，待我歇几天再说。"

霍九皋又建议道："大帅无暇亲往，也应派一位将军领兵去挡一挡。"

李成梁"咳"了一声，说道："可惜毛文龙不在我身边，去年调防居庸关了。他若是在军中，破阿台何必花费这么大的力气。现在，我是无将可遣，无兵可调啊！"

与会诸将听到这话，都感到很不是滋味。特别是首先攻下阿济城射死阿海的副将秦得倚，他挺身站出："大帅，末将愿同霍守备去开原，对付叶赫二笤。谅此区区鼠辈，何劳大帅分神。"

李成梁一扬手："不可。叶赫二笤不足为虑，可是他勾连蒙古不得不防。解决二笤，当思良策，叫他先闹几日吧。"

霍九皋走时，李成梁一再叮嘱，先不要管南北关的事，注意变化，加强防守。

霍九皋走后，秦得倚不明白李成梁的用意，遂探询道："大帅对建州女真，大张挞伐，不遗余力。而对海西女真却一再忍让，末将实在不解，望大帅开导。"

李成梁手捻胡须，微微一笑，慢条斯理地说道："建州枭雄辈出，皆与朝廷为敌，凡察李满住之流，作乱东隅；董山纳郎哈之辈，侵犯辽西。故实行天讨，犁庭扫穴，以绝后患。然又有王杲父子，作乱三十年，几成席卷之势，本帅提兵，十年乃平，建州从此无巨酋矣！海西则

第三十四回　霍九皋调停叶赫寨　杨吉砮夜袭威远堡

不同。自太宗成祖文皇帝设置卫所，实行羁縻，允其扈伦分治，相互制约，犬牙交错，朝廷方无后顾之忧。本帅之初衷，扶其顺者，抑其豪强，令其自耗，蛮夷相攻，使之人口锐减，方不构成天朝之患。相机行事，歼其桀骜，令诸夷闻风丧胆，方能坐收固圉之功。你们明白么？"

秦得倚等听了李成梁这一番高论，皆拜俯于地："大帅高瞻远瞩，神机妙算，某等茅塞顿开，如梦方醒。天生大帅于辽东，实朝廷之福也！"

且说叶赫清佳砮、杨吉砮二贝勒，也正像李成梁所说的那样，只能出兵掳掠哈达领土，却不敢吞并哈达国。他们只能采取蚕食的办法，以达到哈达国名存实亡。或者，树立一个听命于叶赫的傀儡政权，康古鲁便是他们惟一的人选。可他们也知道这一点，明朝只承认歹商和孟格布禄，康古鲁不被朝廷看好。若达到使康古鲁坐稳哈达汗王宝座的目的，首先要动摇明朝对哈达现当权者的信赖，使明廷对歹商、孟格布禄两个小子产生疑心，抛弃他们，另选新主。清佳砮认为能做到这一点，康古鲁主政哈达是水到渠成。杨吉砮不这样看，他认为康古鲁难以获得明朝认同，他娶父妃的事在女真人中被认为理所当然，在中原汉人中就被斥为有伤风化、悖伦理。杨吉砮博览番汉典籍，懂得汉人文化。他的想法就是灭哈达，吞国土，取而代之。那么，明朝在这个问题上，对待叶赫又是什么态度呢？霍九皋不过是个小小的守备，他的话能代表朝廷吗？李成梁的态度又如何？都不得而知。

就在霍九皋劝和不成返回不久，诡计多端的杨吉砮对乃兄清佳砮说："探一探明朝的动静，再出兵哈达一次，看他有什么举动？李成梁的老猫肉①还能装到什么时候！"

"那好，事不宜迟"。清佳砮贝勒出西城兵五百，交给杨吉砮。东城出兵五百，共一千人，连夜进入哈达，焚掠哈达边境十一个堡寨村屯，杀死哈达人三百多，掳走一百余户，焚掠五日而回。

明军又无动静。

这次是叶赫单独出兵，没有蒙古人援助，而且出兵的数量也不多，仅一千人。叶赫这次出兵本来是试探性的，故意拖延时间，是给明朝看。不见明兵出来干涉，认为明朝软弱可欺，遂产生了轻明的思想。杨

---

① 女真之俗称懒惰的人为"装老猫肉"。

吉砮为了吸引明兵出来干涉，还大造声势，扬言要灭哈达，捉歹商，为先人报世仇。待歹商、孟格布禄整军反击时，他们赶忙退走。

杨吉砮收兵回到叶赫，对清佳砮说："果然不出咱们所料，明朝就是欺软怕硬。现在看歹商不行了，从今再也不会扶持他了。"

清佳砮说："明朝真的抛弃歹商，能让康古鲁主政哈达么？"

"不可能。"杨吉砮摇头道："天上掉下菠箩大的雨点儿，也淋不到康古鲁身上。那还有孟格布禄，他是海西大都督、龙虎将军，明朝一定会扶持他为哈达之主。"清佳砮听兄弟这么一点明，自己的女婿康古鲁还是没希望，不觉心情忧郁地说道："孟格布禄这个依诺①，从来跟那克出②不亲近，他要掌权，恐怕连郭罗妈法哈拉③都忘了。"

"小兔崽子不用他咋呼④，将来有他桑姑那天。"杨吉砮也来了情绪。

"最好，把明朝这个根儿给他掐断了，他就一个巴掌拍不响。到那时，他就会认得那克出是他的亲人。"

"哼！"杨吉砮冷笑道："这不难。离间孟格布禄同朝廷的关系，我自有办法。"然后，杨吉砮如此这般地说了一遍。清佳砮点头称赞，遂依计而行，各去准备。

万历十一年冬的一个夜晚，清佳砮、杨吉砮兄弟二人率领两千叶赫兵，偃旗息鼓，战马摘去铃当，悄悄溜到边城威远堡的后门。威远堡在开原东北五十里，在叶赫西南约百里，东南靠近哈达，是明朝北边军事重镇开原的前哨。地当南北关交通要冲，是海西女真人入境贸易的必经之路。明朝设备御一员，守堡兵四百七十六名防守，并配有火器。现在的备御就是不久前出使叶赫的五品守备霍九皋。

半夜三更时分，叶赫兵到达城下，叫门要进关。守城巡逻兵不敢怠慢，忙跑进守备住所报给霍九皋，说城外来了一支人马，不知是什么人，叫关甚急。霍九皋一惊，问道："大概有多少人。"

"黑乎乎一大片，天黑，看不真切。"

"你先回去，叫他们稍候，我这就去。"霍九皋穿戴停当，忙登上寨

---

① 外甥。
② 舅舅。
③ 意即姥姥家姓。
④ 逞能之意。

墙，察看情形。果然一大队人马，黑黝黝的铺天盖地，望不到边。天黑又冷，寒星闪烁，一片迷茫，不知是什么人。霍九皋高声问道："你们是哪里人马？深更半夜，来此何干？"

城下答道："哈达国都督、孟格布禄，有事要去开原，请开城放我们进去，见将军有话说。"

霍九皋一听，什么，孟格布禄？这声音好熟悉。他想了想，啊？这声音好像是叶赫贝勒杨吉砮的声音。因为二砮兄弟都通汉语和女真语，并且也懂蒙古语。不久前他们在叶赫见过面，谈过话，所以还能有点印象。那么，他半夜三更，领兵到此，冒充孟格布禄意欲何为呢？想到这，又高声问道："既然是孟格布禄都督，去开原不进广顺关，绕道我威远堡却是何意？"

"见你们霍守备，有要事相商。"

"半夜三更，黑灯瞎火，上头有令，不准开门。有事等到天明，请孟格布禄都督就地宿营。"

"快快开门！有急事要见你家主将，别耽误我们的大事。"城外一片喧哗，并且向城门蠕动。

霍九皋在城上看到，他们不但不退，反而向前靠拢，他低而有力地命令一声："再不后撤，开炮警告！"

杨吉砮在马上了望城墙上影影绰绰有几个人在活动，小声对清佳砮说："一个小小的威远堡，能有几个兵，我们杀进去，烧他个片瓦无存。明朝不答应，叫他找孟格布禄算账去吧！"

清佳砮刚说了一句："攻城！"突然火光一闪，震天巨响，一连响了五下，沙石铁弹从头上嗖哨而过。虽然没有打中人马，也把这一行人吓得呆了。知道城上有备，火炮厉害，杨吉砮说声："不好！快撤！"二砮领着人马向远处逃去。

明军示警开炮，驱退叶赫兵，也不出寨追赶，任他远遁。

跑出很远，清佳砮收住丝缰说道："好厉害！天朝不可犯哪。"杨吉砮恨声不绝地说："他们有火炮，没想到。可也不能白来一趟，向南关，开拔！"于是兄弟二人率领两千叶赫兵，驰入哈达境内，又是一阵烧杀掳掠而返。

冒充孟格布禄偷袭威远堡，是对明朝实力来一次试探性的冒险行动，也是嫁祸于孟格布禄的离间手段。结果适得其反，偷袭被驱逐，冒充被识破，掳掠哈达更被明军确定纯系叶赫所为无疑。叶赫锋芒毕露，诡计多端的杨吉砮低估了明军的力量，不仅此行失策，反而暴露了自己。这就叫自作聪明。

回头再说哈达贝勒歹商，虽承父、祖之业，可国事日非。叶赫兵三天两头来侵，孟格布禄迎抵战败，主力丧失，困坐城中，束手无策。哈达领土上还驻有五百叶赫兵，那是往年康古鲁从北关带来的，为他看守庄园。三分哈达之后，只有康古鲁的领地受到保护，歹商和孟格布禄领地被叶赫兵践踏的残破不堪。歹商实出无奈，聚部下文臣武将和城寨头人商议对策。歹商对部下说："叶赫兵屡来杀掠，明军又不来援。山河破碎，人民苦难，哈达亡在旦夕。诸位多是先朝老臣，玛法、阿玛倚为臂助，对于目前危局，有何良策，当进一言。"众人听了，你瞅瞅我，我望望你，谁也不知道该对这位小汗王说些什么好。大伙知道，问题是从他们家里闹起来的，才把事情弄到这个程度，引出叶赫插手哈达事务。歹商见众人不肯献策，急的放声痛哭，一边哭一边说道："哈达百年基业，眼看要断送在我手里了，我有何面目去见先人……"

老臣穆泰是旺锡福晋孙姐之父，他本来对康古鲁既纳孙姐复又弃之心生怨恨。康古鲁背后有叶赫撑腰，梜椙宫里有温姐做后盾，歹商拿他毫无办法。制住康古鲁，必须斩断叶赫这只黑手。他在会上把想了好久的计策说出来了："叶赫如此放肆，是辽东总兵官李成梁纵容所致。李成梁兵强将勇，纵容叶赫，我相信是二砮兄弟给他送了好处。李成梁为人贪婪成性，求他出兵，必须备上厚礼，以重礼贿赂，打动他。他要是收下了，就会助哈达，制叶赫，二砮可除。"歹商虽然也贪婪吝啬，但为了巩固自己的宝座，为了哈达祖先开创的基业，也只有忍痛割爱。他从库藏里挑选出几件上等珍品，亲自跑到沈阳，向李成梁献宝求援。述说饱受叶赫蹂躏之苦，先人基业难保，请求明军帮助。并说："我的叔叔孟格布禄都督领土被毁坏怠尽，他已无法立足，最近远走江上，投奔乌拉国去了。"

见钱眼开的李成梁，得了珠宝，受了贿赂，自然表现积极。其实，朝廷早已下旨，令他尽快制服二砮，稳定南关局势，他就是顶着不办，故意拖延，这就是一个腐朽政权的通病。

当下李成梁对歹商说："贝勒勿忧。老夫久闻哈达受害，早有提兵相助之意，可是须奉朝廷旨意，近日朝旨刚到。就是贝勒不来，老夫也

第三十四回　霍九皋调停叶赫寨　杨吉砮夜袭威远堡

283

定会出师，一定要除掉二兄，以靖海西。"

除掉二兄，李成梁考虑了两个办法。其一，提重兵长驱直入叶赫，效法兵围古勒寨的故事，来一个烧寨毁城。可是这么做又非朝廷初衷，朝廷是"制二兄，存叶赫，南北关分立"的怀柔方针，使海西不相统一，分而治之。另一个就是定下一个万全之计，诱二兄上钩，将其除掉，叶赫另立新主。办法虽好，但计无所出。

李成梁正在为叶赫事犯难之时，突然又节外生枝，抚顺关守将派人来报，建州夷人又拥兵犯境，向边吏索要害父、祖之仇人布库，请示如何答复。

"建夷是个什么样的人？"李成梁心中纳闷，阿台剿灭不久，建州女真居然还有人敢犯境，索要什么害父、祖仇人。他自然想到了那年背他逃走的哈赤身上。来人说："是个年轻的女真壮士，手下也不过三五百人。"越来越像那个女真马童，已经七八年时间了，一定长得很高了。李成梁不放心，即要亲去抚顺，看一看是不是他。沈阳离抚顺仅几十里，很快就到了。上了城楼，望见关外果然有女真营寨。

"叫你们头目近前回话！"

不大工夫，一队人马，约有百余名，为首一位青年将军，驰马到城下。李成梁一看，果不出所料，此人正是努尔哈赤。他现在长大了，一想到他脚心长的七星痣，李成梁不觉倒吸一口凉气，此子不可小看，将来必是人杰。

"来者可是努尔哈赤么？"

城下的努尔哈赤循声向上望去，见敌楼下站着一员老将，金甲红袍，认得，曾在他府上呆了二年来，现在比以前老多了。努尔哈赤一想到父、祖就是死在他的手，恨得咬牙切齿。他心里虽然有恨，目前却不敢得罪他，只有把仇恨埋在心里，在马上一拱手道："总兵大人，晚辈给您请安了！"

"哈赤，当年你不辞而别，本帅深觉惋惜，你准是听信什么人的谣言了。"李成梁说："你离开这几年，本帅时有思念。今日又得以相见，你长大了，本帅也老了，后生可畏啊！"

"大人，过去的事儿，就算过去了。"努尔哈赤说："我此来别无他意。我父、祖对朝廷有功，结果被大人害死于古勒寨，不能就这么算了，我要讨个说法。"

"令父、祖被害，实属误杀，并非本帅初衷。本帅已经申奏朝廷，从优抚恤，重加赏赐，以示补偿。"

努尔哈赤又是一抱拳："感谢大人成全。我今此来，还有一事，也请大人行个方便。"

"讲。"

"父、祖被害，大人是误杀。可是挑动这场灾难的罪魁祸首，原本是我们女真人中的败类，叫做布库，大人想必记得此人。"

"认得。"

"我别无他求，只要找着布库，为我父、祖报仇。"

"你可以找。"

"他的图伦城已被我攻破，听说他逃入明境，我请大人把他交出来。"

李成梁回头问抚顺边吏："布库来抚顺了么？"边吏否认："他根本没来到抚顺，听说他现在跑到鹅尔浑城去了。"

李成梁也不是不知鹅尔浑城就在距抚顺关不远处，他却对城下说道："本帅给你问明白了，布库现已跑到鄂勒劝城去了，你去到那找吧。"

"鄂勒劝城在什么地方？"

"在西北方，大约有一千五百多里，脑温江的原野上。"

李成梁错指鹅尔浑城为鄂勒劝城，是有深意的。努尔哈赤如果要去，必经之路有哈达、叶赫、蒙古科尔沁等部，说不定会同谁闹起纠纷，相互仇杀，不等到地方恐怕他这几百人也就所剩无几了。

努尔哈赤到底年轻，不知这是李成梁在哄他。更兼要急于捉布库报仇心切，连忙拱手称谢，鞭梢一指，大军北去。

李成梁望着远去的建州人马，仰天长叹一声：

"此子将来必是大患，吾老矣！"

正是：

　　机关算尽是与非，
　　天意人心不可违！

不知努尔哈赤此去能否找到布库，且待下回再叙。

第三十四回　霍九皋调停叶赫寨　杨吉砮夜袭威远堡

第三十五回 李成梁巧设市圈计 杨吉砮关王庙被杀

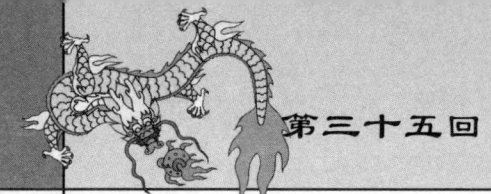

前面已经表过，万历十一年正月末，李成梁兵伐古勒寨，杀死阿台兄弟。进城劝降的觉昌安、塔克世父子也命丧城中。噩耗传到赫图阿拉，满门悲痛，惊恐万状，众人皆无主意，不知如何应付这突发事件。觉昌安生有五子，长子礼敦已病故，塔克世被祸，尚有次子额尔衮、三子界堪和五子塔察篇古，兄弟几人及其子侄们把凶信通报给宁古塔贝勒各城族人。时塔克世长子努尔哈赤已分家另住，带着他的妻室儿女居住在距赫图阿拉十里之远的波罗密城①。他从沈阳李成梁处逃回不久，与继母关系不好，不为父亲所容，给他娶了媳妇佟佳氏，令其居于一个破旧的废弃山寨，叫做波罗密城。这年他已二十五岁了，闻得父、祖凶信，急奔赫图阿拉。到了祖父家中，院中已经搭了灵棚，供了木牌位，黑幛白幡，人们赶做孝服。哭声阵阵，阴风惨惨，全族人都浸没在悲哀之中。努尔哈赤哭拜于灵棚之内，当问及尸体，方知已被明军得去，没有运回。努尔哈赤大怒，明军无故杀人，还不送还尸体，也太霸道了，声言："我去讨要！"家人劝说，明军势大，咱惹不起，现在只有忍了。

给觉昌安父子及阿台夫妇治丧追悼之后，因无尸体，不能安葬，只是象征性地卜了一块茔地，埋葬了木牌，刻了块石碑为记。努尔哈赤发誓道："早晚必报此仇！"

过后，努尔哈赤得知，父、祖是在布库的诱惑下去古勒寨的，否则不会摊上这样祸事。又听说明朝支持布库替代阿台管领建州，将来做满洲国之主。努尔哈赤心中一动：李成梁我惹不起，明军我也不敢碰，那我就拿布库开刀，讨伐布库为父、祖报仇，谅你明军不会干涉，待我有力量时再找你算账。想到这，他把族中近支的长辈请到父亲塔克世的家中，说出了他的想法："害死阿玛、玛法，是布库的道眼②，我要捉住他报仇！"没有想到，在座的人皆沉默不语。他的提议，没有人支持。在座的人中，有不少人已同布库暗中勾通。努尔哈赤十分孤立，但他没

---

① 又叫北砬背城。
② 鬼点子。

有泄气，他当众坚定地说："诸位长辈不肯帮助我办这件事儿，我们兄弟自己也要干。求各家出三两名户下人，帮我成立队伍，事成之后，一定归还。若有伤亡，加倍抚恤。"

还是没有人应。

这时，一个公鸭嗓的人发话了："小罕子，你真不知天高地厚，那布库是李成梁的大红人，你也敢动？你可别给这个家族找麻烦了，大伙谁也不能跟你去送死。依我说，就认了吧，好好过几天太平日子得啦！"

努尔哈赤一看，说话这个人是龙敦，三伯祖索长阿之子。努尔哈赤知道他在家族中很有威望，便争取他说："都音额其克①，您是穆昆达，觉罗哈拉遭此不幸，您应该给拿个主意。不能报此血海深仇，便是不孝。"

龙敦白了他一眼，"嘀嘀"两声，站起身来："我管不了你这份儿闲事，爱咋闹咋闹去吧！"一甩袖子，走了。众人看龙敦走出，也都站起来，纷纷离去。

宗族会议流产，不欢而散。努尔哈赤得不到族人支持，回去只好求助元配妻子佟佳氏。因佟佳氏娘家是辽东的首富，可以从佟佳氏家族中得到资助。这一招果然灵，佟佳氏家族给了努尔哈赤一些钱，但他们并不知道努尔哈赤用这笔钱打造武器，去追杀另一佟佳氏布库。在抚顺城里的当铺里，还当着阿玛塔克世的十三副盔甲，也用这笔钱赎出来。经过几个月的筹备，招集了四五百人，于同年五月间突袭图伦城。不想布库提前知道信，率家人部下逃走，努尔哈赤第一次扑了个空。既然已经发难，就不能半途而废，无论如何也要坚持下去，不抓获布库是决不罢休的。经过多日访察，得知布库已逃入明境以内，他才率领人马去抚顺叩关，向明边吏要人。边吏做不了主，才急报李成梁的。

且说努尔哈赤率领几百人马，被李成梁诓向北方，行了两天，这天来到叶赫东城。叶赫是海西女真大国，努尔哈赤不敢造次，即派人入城假道，自己率队在城外等候。工夫不大，只见叶赫城门大开，把努尔哈赤迎接进去。东城贝勒杨吉砮在议事厅接见了努尔哈赤，不但允许假道，还表示对他提供帮助。杨吉砮允许假道，并不知道他北去的用意，估计他可能去行围狩猎。努尔哈赤告诉他说："去抓捕害死阿玛、玛法的仇人布库。"杨吉砮问道："你怎么知道布库跑到北边去了？"

---

① 四叔，龙敦为索长阿第四子。

"李总兵李成梁亲口对我说的,他说布库已跑到一千里地以外的鄂勒劝城。"杨吉砮大笑道:"你上当了。布库要做满洲之主,他怎么会跑出那么远去躲藏呢?是李成梁传错了,还是你听错了,我敢肯定布库决不会离开辽东。"

努尔哈赤恍然大悟,暗骂一声李成梁这个老狐狸,害了我父、祖还要骗我。于是决定收兵南返,不再去北方了。杨吉砮见努尔哈赤处事英明果断,知其非同一般,以后定会干出一番大事业来,于是想同他结为姻亲,亲自提出要把小女儿孟古许给他为婚,待长大成人后迎娶。杨吉砮有两女,孟古是次女,年仅十岁。努尔哈赤因得不到族人支持,他就靠联姻、结亲的手段扩大势力。这叶赫是女真强国,这门亲事真是求之不得。他怕叶赫格格太小,日久有变,即公然提出:"感谢贝勒美意,如若结亲,何不将年长的格格许我?"杨吉砮笑道:"我非不想许以年长之女,可我的长女才貌平平,惟有这小女聪明伶俐,将来定能使你满意,所以我宁肯晚一些成亲,也要把小女奉献。"努尔哈赤不好推辞,当即叩头拜谢,认了这门亲事。歇了几天,不敢耽搁,辞别了杨吉砮,率军返回辽东,继续追捕布库,不提。

消息传到李成梁耳中,这一惊非同小可,他的计策落空了。努尔哈赤半途折回,他精心设计的圈套,被叶赫识破,两家又结了亲,他如何不恼?除二砮之心更加强烈,日夜思谋。

万历十一年腊月,也就是叶赫二砮假冒孟格布禄夜袭威远堡的一个多月后,杨吉砮请来蒙古煖菟、恍惚太、速巴亥、黄台吉等部万余骑,对哈达又来一次烧杀掠夺。阻塞哈达入明贡市通道广顺关,挟兵邀贡敕,声言不讨还敕书誓不罢休。巡抚李松对总兵官李成梁说:"北关二砮频频侵犯哈达,无非是索取敕书,我看他不得敕书是不会罢手的。那么就将计就计,答应还给敕书,可在还敕书时除掉他俩。"李成梁自收下哈达贝勒歹商的礼物后心里如同压了一块石头。常言说的好,拿人钱财,替人消灾。拿了哈达的重礼,不给人家办点事儿,也真有点说不过去。他认为李松的办法可行。二人又商量一些细节,计划周密,保证二砮看不出破绽,到时免得出岔。李成梁调动两万人马,埋伏于开原西南四十里的中固城,李松率众将到开原部署一切。

腊月初十,李松到达开原城,诸将前来参见。李松问道:"你们当中有熟悉北关情况、认识叶赫的人吗?"守备霍九皋上前禀道:"卑职曾出使过南北关,认识叶赫两个酋长。"李松大喜道:"好。那就派你再去北关一趟,无论如何你也要想办法,把二酋给我诱到开原来。"李松交待了任务,又说出了办法,即以还敕书为名,令他们腊月十五贡市之日,亲自前来领取敕书。霍九皋应下,即来到叶赫,向二酋兄弟传达李总兵口谕:"从前被哈达夺去的敕书,现已由李总兵保存。只要叶赫答应从今以后不再侵犯哈达,敕书可全部归还。你们如果有诚意,可以亲自去取。"杨吉砮问:"到什么地方取?"

"开原城里关王庙。"霍九皋说:"李总兵在那恭候二位贝勒。"杨吉砮又问:"李总兵现在何处?"

"已到了开原,某就是奉李总兵之命而来。"杨吉砮不放心地问:"那么敕书呢?"霍九皋不慌不忙,依着事先编好的假话,哄骗他道:"事情是这样:哈达贝勒歹商、孟格布禄二人,被你们攻急,向李总兵求救。李总兵说:'你还给人家敕书不就了事啦吗?南北关连年仇杀,都是敕书引起。你不还给人家敕书,我也救不了你。'所以,南关答应送还敕书,开市那天,在关王庙面交李总兵,请他调解你两家的纠纷。"

杨吉砮听了他的话,半信半疑。他想,李成梁的话是靠不住的。可是霍守备谈的也很有道理。哈达受不了叶赫打击,亡在旦夕,他留敕书又有何用?委托李成梁调停也有可能。想到这里,杨吉砮又问了一句:"哈达真的能把敕书送去么?"

霍九皋斩钉截铁地说:"这决不会有错。李总兵向他保证两条:一,以敕书换和平,从此两家息争,各守疆土;二,叶赫要是不来取,南关把敕书带回,防止路上出事,李总兵保证派兵护送。"

杨吉砮沉吟不语。

霍九皋看他还在犹豫,又逼他一句:"李总兵说过,这次调解不成,他就要以武力稳定南北关局势,确保扈伦各国不受侵犯。"

霍九皋这一套软硬兼施的伎俩本来是瞒不过人的。女真人头脑简单,性格直爽,再加上索取敕书心切,杨吉砮居然信了,答应腊月十五去开原贡市,接受以敕书换和平的条件,同意李成梁的调解。霍九皋假意恭维客套一番,又编了几句骗他上钩的话,辞别返回开原向李松报告,李松即派快马加急通报李成梁,不提。

明代的开原不是现在的开原,在现在开原东北二十里,东北距叶赫东西两城约百余里,东南距哈达亦百里之遥。城建在扣河和清河的入口处,与南北关均有水路相联。城南靠近清河,可通辽河运送军粮,集散

第三十五回 李成梁巧设市圈计 杨吉砮关王庙被杀

货物。在开原城内，设立三万卫和辽海卫，还有一个安乐州衙门。明朝自永乐皇帝广设卫所以来，开原就成为女真和蒙古诸部的活动中心。正统后，辟开原为交易场所，并有马市，定期与夷人贸易。到了开市之期，女真人的土特产、蒙古的马，都可入市。但明朝有一项规定，入市得凭敕书，否则过不了关。这就说明，谁控制的敕书多，谁就垄断市场，获得最大的经济利益。所以女真诸部多视敕书为命根子，千方百计多得到敕书，这就难免发生抢掠劫夺之行为。当年旺济外兰攻入叶赫寨，杀了祝孔格，掠取了叶赫祖上传下来的几百道敕书，使叶赫的经济利益长时期受损。叶赫继承者都把索还敕书作为首要任务，即基于此因。明朝为了交易时有序地进行，在交易市场，四周都筑起围墙。交易在中间，沿着围墙摆摊设点，马市多在城外。城内的称做"市圈"，开原的"市圈"中央有一座关王庙，在南城的中心，庙内供奉着蜀汉名将关羽的塑像。每逢初一十五香火隆重，上市交易的女真人也多有烧香叩头者，据说关王还能保护人民挣大钱，他又成了百姓的财神爷。

开市日期已到。李松令开原驻防军官李宁、宿振武、刘言、李维藩、李光等埋伏于城南两侧和瓮城内，又拨精兵分守四门，命令叶赫人前来市易，只许放进，不许放出。李松自与副将任天祚坐在南城楼上，举旗为号。规定，如果叶赫二贝勒兄弟进城进入"市圈"，即鸣炮为号，众军听到炮声按计划行动，封住城门不令一个叶赫人跑掉。假设他们不进城，以树旗帜为号，各军见旗勿动。另外，与李成梁约定，叶赫人进城则点燃烽火，以烽火台狼烟为号。诸军解甲易服，人民互市照常，还和平常一样，不让外界知道一点消息。

杨吉砮也不是傻瓜，他也防备了一手。他约来蒙古土默忒部和科尔沁部骑兵五千，又点起三千叶赫人马，共八千人到开原贡市讨还敕书，大有以兵挟邀贡敕的架式。杨吉砮心里想，我有精兵八千人，你一个小小的开原城，有变化又能如何？倒是清佳砮心里没底，沉思一下说："我看此事要慎重。李成梁足智多谋，心狠手辣，咱们不能不防。"

"阿哥不要多虑，此事我也考虑好几天了。我不是对这里没怀疑，可是仔细一想，腊月十五是各部落头人定期市易的日子，各部首领也都会到场。在这种场合下，他李成梁敢有什么举动不成？"

清佳砮说："事情倒是这样，我看还是小心点好。"

杨吉砮留次子纳林布禄守东城，令长子哈尔哈玛随行；清佳砮让长子布寨留守西城，带上次子兀孙孛罗。令大将白虎赤护卫，共八千人马奔向开原。

大军沿着那木川①南行,这是叶赫通往开原的贡道。过了落罗寨,又行三十里就来到镇北关下,二笤兄弟上前叩关,声明是去开原贡市。不大工夫,关门一开,霍九皋走出来,双拳一拢,笑道:"卑职奉李总兵将令,在此迎候二位贝勒。"

"李总兵在哪里?"杨吉笤勒马上前问道。

霍九皋又是一副笑容:"李总兵现在开原城里,招待贡市的各部首领,特派我代劳。"

"好。"杨吉笤一挥手:"进关!"

"慢!"

霍九皋也一扬手,横在杨吉笤马前说:"杨吉笤贝勒,你是来取敕书,还是来打仗?"

"这叫什么话!"杨吉笤横了他一眼:"李总兵不是叫我来取敕书么?"

"那当然。"霍九皋说:"既然二位贝勒是来取敕书,那么你们带这么多兵马进关,恐怕不太方便吧。"

"此话怎讲?"

"今天是贡市的日子,各部首领都来市易。开原城小人多,你带这么多人马进关,能行吗?"

清佳笤觉得苗头不对,即对杨吉笤说:"我们不进关了,返回去!"

"不。"杨吉笤说:"咱们干啥来了,既然来了,就不能半途而废。"

霍九皋怕他们真的返回去,又编了一套唬骗他们说:"哈达的敕书今早就送来了,李总兵正当着大家的面儿清点。就等二位贝勒去取,了结你两家多年的纠葛,机会难得啊!"

杨吉笤得敕书心切,怎肯半路而返。他说:"这样吧,请转告太师玛法②,我们带三百亲兵进城,其余留在关外。"

霍九皋同意了。

杨吉笤令蒙古兵扎在白马山外的谷口,叶赫兵留在边墙外的山梁上,形成犄角之势,只带亲兵护卫一共三百一十一人进了镇北关,由霍九皋为前导,引向开原城。

镇北关到威远堡三十里,二笤兄弟偷袭威远堡时被霍九皋鸣炮吓

---

① 即叶赫河。
② 叶赫人对李成梁的称呼。

退，可他们并不知情。过了威远堡，直到开原城又三十里的路上，不见有往日那种熙熙攘攘的繁荣景象。贡市日子怎么这么冷清，一路上也看不到几个人。

霍九皋怕引起二酋怀疑，便哄他们说："各部首领早进城了，就等二位大驾光临。"

这种种反常现象，如果二酋兄弟能够看出某些破绽，临时改变主意还来得及，不致于损失那么惨重。可惜的是，敕书对他们太有诱惑力了，这就叫当事者迷。

清河水早已封冻，不用上吊桥。来到开原城南门，霍九皋要求他们下马步行。杨吉砮不同意，争执结果，只准二酋父子和亲随十一人骑马，其余三百人牵马进城，白虎赤随身护卫。

霍九皋引导他们进了城门，东侧正中是关王庙，"市圈"就设在那里。霍九皋领着他们绕过围墙，进入"市圈"。杨吉砮发现，"市圈"里边连一个人影也看不到，心里犯了狐疑：不是贡市的日子吗？怎么市内没有人呢？忙问霍九皋："敕书在哪里？"

"在李总兵处。"

"玛法太师何在？"

"在关王庙内，一会儿你就见着了。"

他们来到关王庙前，这时里边出来一小股明兵，喊道："总兵大人有令，进市圈者一律下马，违者重惩不饶！"

杨吉砮两眼一瞪："放他娘的臭屁！谁敢让我下马！"

霍九皋上前拦住杨吉砮："这是朝廷的制度，谁都得遵守，你也不能例外，痛快下来！"

杨吉砮知道事情有变，一边打手势，让清佳砮率子侄先退出去，一边给白虎赤以示意。白虎赤拔出腰刀，对准霍九皋就砍，霍九皋一闪身，刀刃划在臂膀上，挑透了棉甲，浸出殷红的血来，众明军上前救走。杨吉砮喊道："快，快进关王庙，捉住李成梁再说。"他们闯入关王庙一看，里边空无一人，方知上当受骗了。叶赫兵亮出兵刃，急往外冲。就在这时，号炮响了，鼓声大振，炮如惊雷，四面八方，伏兵齐起，把二酋父子及三百叶赫兵围在了"市圈"里。四周是围墙，人马冲不出去，只有从圈门往外闯。圈门狭窄，人马拥做一堆。即使侥幸逃出去几个人，也出不了城，城门已被关闭。清佳砮埋怨道："早听我的话，哪有今日之事。"杨吉砮后悔不及，知道逃不出去，他掩护阿哥和子侄等人，令白虎赤当先开路，硬往外闯，闯出一个是一个。怎奈明兵围个里三层外三层，你就是有三头六臂，长了翅膀，要飞出开原城去比登天还难。杨吉砮受了多处箭伤，仰天叹道："恩都力你在哪里？你为何对我叶赫这么不公平！"说罢自刎而死，一代女真豪杰，为讨敕书，遭人暗算，亡年只有四十八岁。

叶赫人看杨吉砮自杀，军心更乱。哈尔哈玛失声痛哭："阿玛！"一箭飞来，射中脑门，跌落马下而死。清佳砮见兄弟父子二人惨死，痛不欲生，忙命儿子兀孙孛罗随着白虎赤突围，自己断后吸引明兵。叶赫兵身处绝境，舍命冲杀，明兵也伤亡数百人。终因众寡不敌，冲出市圈也出不了开原城。白虎赤全身中箭，像个刺猬。清佳砮反复冲杀，筋疲力尽，吐血而亡，被明兵砍去首级报功。兀孙孛罗等二十几人重伤被俘。

一场血腥杀戮，历三个多时辰，满街横尸，血盈沟渠，积雪都变成了红色。

李松指挥的这场屠杀获得全胜，他已令点起烟火向李成梁报信。部将宿振武将俘获的二十几名叶赫兵送来，为首一个少年将军，浑身是血，也就是二十几岁光景。李松问道："你是谁？叫什么名字？"只见那个少年冷笑一声："李成梁你听好，我是刽子手，叫杀人魔王。"兀孙孛罗不认识李成梁，光听说此人的名字，没见过，今日他把李松当李成梁了。李松听了，对宿振武说道："人皆言叶赫凶悍，今日果然。一个女真娃子，败军被俘之将尚且如此桀骜不驯，久后必会为乱。"说着二目凶光一闪，大喝一声："带出去！通通斩首！"

就这样，兀孙孛罗及二十多名被俘的叶赫将士，全被斩首于城门边。是役，共杀死叶赫两城贝勒父子及大将白虎赤以下共计三百十一人，一个也没有逃出去。

开原城里发生的一切，镇北关外的叶赫、蒙古联军一无所知，天已黑，因空中乌云密布，虽是十五也透不出一丝月光，叶赫统兵大将依尔当和白斯汉心中焦急，贝勒父子只带三百人去开原，到现在一点消息没有，一旦出现意外，如何应付。二人踏着积雪，登上附近一座高山瞭望，只见远处烽火台上升起了狼烟。二人连说不好，事情有变，赶紧下山准备通知蒙古兵绕道奔开原，接应贝勒父子一行，结果迟了，明兵已将他们包围。原来伏兵中固城的李成梁，知二砮已入城，即令两万人马出击，趁着黑天围歼叶赫兵。叶赫、蒙古联军毫无防备，意外地遭此重创，四散败逃。这一仗，又杀死蒙古兵一千多人，夺得战马一千七百多匹。科尔沁残兵溃退，从此不敢再来。整个战役，叶赫、蒙古联军损失惨重，死亡两千二百五十人，失掉战马三千来匹，并牺牲了清、杨两贝勒的性命。这是李成梁一伙对女真人犯下的又一罪行。

正是：

　　　　心狠计毒非良士，
　　　　邀功难免成罪人。

李成梁乘胜追击，兵围叶赫城。结果如何，且待下回再叙。

第三十六回 仗义直言智挫悍帅 歃血钻刀两关会盟

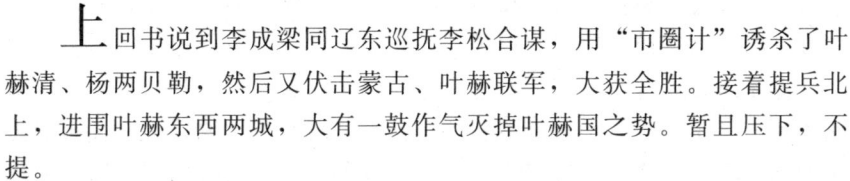

上回书说到李成梁同辽东巡抚李松合谋,用"市圈计"诱杀了叶赫清、杨两贝勒,然后又伏击蒙古、叶赫联军,大获全胜。接着提兵北上,进围叶赫东西两城,大有一鼓作气灭掉叶赫国之势。暂且压下,不提。

回头再说叶赫东城纳林布禄台吉。自阿玛带兵于腊月十五凌晨,顶着凛冽的寒风上路,去开原讨敕书,他就一直心神不定,似有一种不祥的预感。昨天晚上,他没有睡好觉,下半夜又被人马惊扰,更难入寐。待人马走后,他实在困得不行,便倚在枕边打了个盹儿①。他做了个梦,梦见阿玛杨吉砮率领无数叶赫兵,同明朝军队交锋,明兵被打得大败而逃。叶赫兵紧紧追赶,追来追去,明朝军队不见了。杨吉砮继续追赶,纳林布禄着急道:"阿玛不要追了,这是诱敌之计!"

"台吉醒醒,台吉醒醒,怎么魇住了?"

宫人把他叫醒,纳林布禄翻身坐起,揉揉眼睛,出了一身冷汗。纳林布禄呼了一口长气,问道:"我刚才睡着了吗?"宫人笑道:"大阿哥不知做了什么美梦,吵吵什么不要追了,外头的人都能听得见。"纳林布禄苦笑道:"我也不知怎么的了,迷迷糊糊就做了个梦。"

正说话,咚咚跑进来一个人,满脸冻得红紫,喘出一股长长的白气,连说:"真冷。这么冷天,阿玛干什么去了?"纳林布禄一看,此人乃是三弟金台石,他只有二十五六的年纪,是他们哥儿几个之中的老三。

"别问了,我也不太清楚。那天来了个明朝官儿,说今儿个还敕书,到开原城去取。是真是假谁知道?阿玛就信了。"

金台石脑袋一扑棱:"还什么敕书?我敢打赌,全是假话!阿玛上当了!"

纳林布禄说:"上当也没什么要紧的,阿玛也防着这一手,点了三

---

① 女真语:似睡非睡叫打盹儿。

千人马，还有五千蒙古兵相助，他一个小小的开原城，又能怎么样！可是，我还有点心中没底。"金台石说："这没事儿。"转身走了。

纳林布禄心情烦闷，离开贝勒府，出了宫城的正门，信步来到外城。宫城凭山修筑，外城建在平原和谷地，城墙顺着地势以石木混筑，商铺居民皆在外城。纳林布禄本来心神不宁，他这瞅瞅，那看看，以排遣心中的烦恼。他已快三十岁了，机智类似其父，胆量却显得不足，遇事好谋无断，杨吉砮并不怎么喜欢他，倒是喜欢勇敢果断的长子哈尔哈玛和第三子胆大直爽又桀骜不驯的金台石。杨吉砮曾说过，纳林布禄无柔无刚，注重感情，并好谋无断成不了大器。他想把哈尔哈玛培养成他的继承人，所以经常带他行军打仗，锻炼儿子的能力和胆量。正因为这样，开原之行赔了他一条命。

纳林布禄对阿玛的心情十分了解，但他并不计较。他是个重感情的人，又特别孝心。开原讨敕书，他已经意识到可能是个阴谋，几次想提醒阿玛，他都没有张口，走后又特别挂念。

东城很是繁荣。已到了腊月十五，再过几天就是"小年"① 了，街巷比较热闹，卖年货的已摆出了床摊儿。山货、特产应有尽有，人们不顾寒冷，叫买叫卖之声不绝于耳。纳林布禄正走之间，发现前边的街边拐角处挑着一个白布幌，上面写着汉字，是"中原铁嘴张"五个字，下半部画了一个大圆圈，圆圈里并排写着"神算"两个大字。纳林布禄明白，这是南方的尼堪跑江湖的术士。他不懂汉人这些事，也不信爻卦算命之说。他相信恩都力，相信瞒尼，相信阿布卡决定人的一切。他瞅了一眼这个满脸白胡子的江湖术士，向前走去。

"吉凶祸福，荣辱兴衰，生死存亡，富贵贫贱，全在我的铁算中。"

纳林布禄觉得好奇，又转回来，走到这位老术士面前："请问，你这铁嘴张是什么意思？"

"有啥说啥，不瞒不藏，是谓铁嘴，老叟乃九宫山门下，张真人是也。"

"那好，你给我算一算，近日有没有什么大事。"

铁嘴张盯了他一会儿，便问了一句："公子，你是自己算，还是给别人算？求财还是问事儿？"

"都有吧。"

---

① 女真人管腊月二十三叫小年。

铁嘴张摸过一个签筒，推给他："请抽一根。"纳林布禄不明白这是什么意思，顺手抽出一根竹签，放在案上。铁嘴张拿在手上，又望了他一眼，微微皱起眉头。纳林布禄通晓汉文，看这竹签上是一个"景"字，纳林布禄不懂，即问："仙长，这个字能说明什么？"

道士说："休生伤杜，景死惊开。景者，井也。井字四周有框，物落井中主凶，景字下边是死字。请问公子是何方人氏？你家最近可能要出大事。"

纳林布禄惊问道："会出什么样大事？"

"这就很难说了。你家有人可能要出塌天大祸，还怕有血光之灾。你也得躲一躲。不然，也怕有性命之忧。"

纳林布禄一听，吓的亡魂皆冒，咚地一声给道士跪下："先生，可有免灾避祸的法子？请指点，必有重谢。"

铁嘴张又问道："最近你的家人有没有外出的？要有，让他赶快回来。要没有，两日内不可出门，出必有事。"

纳林布禄一听此言，更加心惊肉跳，他给道士叩了一个头说道："实不相瞒，我是叶赫国二台吉。今早父王带兵去开原，我实在放心不下，怕出现意外。"

道士一听是叶赫国的王子，忙将他扶起，说："外边天冷，请进屋里说。"

纳林布禄随他进了一间楼的小屋，一铺小炕，炕上放着一个铜火盆。铁嘴张拿起铁钎子扒拉出炭火，伸出手来烤了一下，边烤边说："天真冷。这么冷的天，王爷上开原干啥？"

"嘿，别提了。"纳林布禄心情烦躁地说道："不瞒先生说，大明李总兵捎信儿来，让阿玛罕今儿个去开原，取敕书。"

铁嘴张说："怎么选这么个日子！今天是癸未年最后一个十五，还逢大寒，日子不对。开原在西南方向，按八卦九宫定方位，休门为坎是北方；生门为艮在东北；伤门为震主东方；杜门为巽是东南；景门为离是南方；死门为坤主西南方……公子求得景字签，王爷此去开原，定是凶多吉少，必陷重围之中，如虎落陷阱也。"

"还有没有另外一种可能？"

"另外？"铁嘴张微微摇摇头道："也有这个可能。那么公子爻一卦看看，可否有转机。"

道士摸过一个圆筒形的卦盒，里边放着三枚铜钱，叫纳林布禄如何

第三十六回　仗义直言智挫悍帅　歃血钻刀两关会盟

摇动，并且还要虔诚。纳林布禄一边摇卦盒，心里祷告：阿布卡、恩都力、达玛法，保佑……如此摇动六遍，每次倒出铜钱，道士都记下一次简单的符号。纳林布禄看不懂。摇完六遍，道士收起卦盒，开口便说："这是'离为火'的卦象。离在六十四卦中主凶，天灾人祸，水火刀兵之灾，皆此卦主之。伏羲先天八卦曰离中虚。周文王后天八卦亦曰离中虚，两个离中虚，即上下分离，左右分离。上下分离乃君臣父子分离；左右分离则是夫妻兄弟分离，此大凶之卦，配合求签所得，决非偶然，此乃天意，望公子好自为之。"纳林布禄急问："可有解救的法子？"道士说："快把王爷追回来，或许可以免祸。"

纳林布禄惊得目瞪口呆，怔在那里不知所措。还是道士提醒一句："公子快回去想办法吧，只怕时辰一过，什么也无济于事了。"

纳林布禄如梦方醒，急忙辞别道士回府。临出门还不忘说了一句："回去让内侍送一张貂皮来，我身上没带银子。"

"不必了。"

出事以后，纳林布禄真的带着貂皮和银两，来酬谢这位铁嘴张，可是怎么也找不到，更无人知其下落，人皆传为神仙。

回头再说纳林布禄台吉，半信半疑地回到贝勒府，越想心里越不安，他忙派快马沿路追去，又到西城将占卜的结果告诉堂兄布寨。布寨虽不全信，为了防备万一，也派快马去阻止开原之行。然而这一切都无济于事，当两城派出的人追到关外的时候，他们已经进入城里了。

傍晚噩耗传来，清、杨两贝勒及其儿子皆在开原城遇难，叶赫兵死亡上千人，连蒙古兵也被杀回草原，天塌般的大祸终于发生了。

两城彻夜无眠，全沉浸在悲痛之中。突然又传来明军围城的消息，这真如在伤口上撒盐，痛中加痛。布寨恨声不绝，坚决要跟明军硬拼。纳林布禄虽然恨得咬牙切齿，这时他反倒有了主意。他劝布寨不要鲁莽行事，并说："现在我们兄弟孤立无援，阿穆齐、阿玛已经遇难，国内人心惶惶，难与明军对抗，咱们现在只有投降，等待以后恢复了，再报仇雪恨不迟。"众家族头领们也不主张打仗，再打叶赫就要亡国灭种了，都主张目前只有忍辱求生，徐图再举。

叶赫纳喇氏家族长幼几辈大小头领数十人，一致同意投降，布寨也就不再坚持异议。

接下来是何人去明营见李成梁，商谈投降事宜。在坐诸人互相观望，谁都不敢去。李成梁以杀戮出名，都怕投降不成，丢了性命。清、杨两贝勒的惨祸，已使整个叶赫王族胆战心惊，没人敢去冒这个险。

布寨说："是祸躲不过，我去见李成梁。"纳林布禄一看，着急道："阿哥不能去，要去，我去吧。"二人争着要去，谁也不肯退让。布寨说："我们两个一起去吧，生死由命。"纳林布禄认为不妥，一旦哥俩都被李成梁扣留，叶赫就连主心骨都没有了。大家也都认为哥俩都去危险太大，再发生清、杨两贝勒那样的事，叶赫就彻底覆灭了。

正当众议不决，东西城两位新主争执不下的时候，堂子①外面走进一人，流着眼泪说："你们不要争了，我去见李成梁。"

"姑妈妈②！"

纳林布禄眼尖，早已看见来人即是姑姑温吉格格，又惊又喜，众人连忙离坐问候。温姐说："没想到会出这么大的祸事！我早就劝过他们哥俩，不要锋芒毕露，以免出事，就是不听，今日果然发生了这样事儿，又面临着灭族的危险。我既然赶上了，就不能不管。我出城去见李成梁吧，他不能把我奈何。"

叶赫家族都知道这位姑奶奶胆大心细，豪爽开朗，她的到来可为家族解了围。事情紧急，温姐也不敢拖延时间，出城直奔明营而去。

温姐是怎么来的呢？

因为自从她下嫁康古鲁之后，同歹商、孟格布禄三分哈达基业。各自经营自己的领地。康古鲁勾连叶赫二酋，经常掠夺歹商和孟格布禄的田庄。孟格布禄乃温姐所生之子，母子关系，温姐渐渐对康古鲁不满。她不去康古鲁占据的哈达旧城，不肯离开棫楉宫。叶赫对哈达实行破坏性的掳掠，孟格布禄领地损失尤甚。温姐便对两个阿哥清、杨二贝勒产生怨恨。舅舅掠夺外甥领地，也太不顾亲戚面子了。她便来到叶赫，准备说服两位阿哥放松对孟格布禄的威胁，不料途中听说了开原事件，两位阿哥都死了。到达叶赫时，又见明军在城外扎营，大纛飘扬一个斗大的李字，知道是李成梁来了。她绕道进了西城，赶上了宗族会议，她在外面听了一会儿，便挺身而出，去明营会一会那个杀人不眨眼的总兵官李成梁。

且说辽东总兵官李成梁伏兵中固击破叶赫、蒙古联军之后，驱兵北上，袭击叶赫城。他想趁叶赫遇到丧事人心混乱之际，一鼓作气拿下叶

---

① 女真王族的宗祠，每当出现大事都要在堂子里商议。
② 即姑奶奶。温姐并非纳林布禄的姑奶奶，这是女真人对出嫁格格的尊称。

第三十六回　仗义直言智挫悍帅　歃血钻刀两关会盟

赫城。到达叶赫一看，没有想到叶赫河谷地带并立着三座城池，两大一小，形成三角距离，他不知虚实，不敢贸然重点攻击哪一座，只是远远地安营扎寨，探探各城的动静。一切尚未停当，有人来报："禀总兵大人，叶赫方面派人来求见，现在帐外等候。"李成梁心里说：这么快！即问道："什么样人？来了几名？"

"只有一名女子，带着两个仆人。"

"叫她进来！"

李成梁第一次见着温姐，温姐也是头一回目睹李成梁，二人各自惊异不止。温姐不亢不卑地道了一声："总兵大人万福。"就站在了一边。李成梁注意观察一下，见这个女人年约三十几岁，虽步入中年，却风韵犹存，算得上是一个美女，他不认识，以为是二酋之中哪一个的妃子。

"你是何人？见本帅有何事？"

"我是何人，并不重要。说出来你可能会吃惊。"温姐说："我此来是劝你二家讲和，不要兴此不义之师了。叶赫两贝勒，并没有冒犯朝廷，你却将他们杀死，这还不够，又引兵来攻叶赫，你不觉得过分吗？"

李成梁大怒："你是谁？敢跟本帅这样讲话！你不怕脑袋搬家吗？"

"这我知道。"温姐发出轻蔑地一笑："大帅神威，我久已耳闻。也莫说我一个弱女子，就是让成千上万人的脑袋搬家，大帅也不费吹灰之力。可是我要提醒你，女真人你是杀不光的。"

"大胆！"

"我要不是大胆，就来不到你的大帐了。"温姐面不改色，从容地说："久闻李大人功高盖世，我请你不要枉杀无辜。"

李成梁心想，这个女人不简单，女真中会有这样奇人，她到底是什么人？有何来历？于是换了一副面孔，温和地说道："你是叶赫的妃子吗？来此想为叶赫说情吗？只要你说出道理来，本帅可以考虑。"

温姐一笑道："我不是叶赫什么妃子，我是杨吉砮贝勒之妹温吉格格，哈达万汗你大概认识，那就是我的畏根——用你们的话说就是丈夫。这回你知道我是谁了吧！"

李成梁久闻哈达万汗小妃温姐是叶赫的公主，今日一见，果然不同凡响，他忙站起身来，谦恭地说道："原来是汗王爱妃，失敬失敬，刚才多有冒犯，幸勿见怪，请坐，请坐。"

温姐瞅了他一眼，并没有坐，而是问道："李大人，我的二位兄长并没有得罪朝廷，为何被杀于开原？"

李成梁"咳"了一声说："一言难尽。开原所发生的一切，老夫并不知情，那是巡抚李松大人的事。不过，二酋兄弟背叛朝廷，勾引蒙古为乱，今已被除掉，这也是为了你哈达安危着想。"

"既然这样，又为什么兵临叶赫，难道要斩草除根不成？"

"二酋已死，其子尚在，他为何据城不降？"

温姐斥道："总兵大人，你忘了，叶赫是朝廷所封的塔鲁木卫，哪有朝廷的臣子向朝廷的官员投降之理！何况，他的子孙并没有叛离明朝，你兴此无名之师，又是何道理？"

温姐步步紧逼，把李成梁追问得蒙头转向，这个女人不但厉害，还抓住理不放。李成梁明白，叶赫是明朝所封之国，扈伦分立也是朝廷制度，他想随便灭一个女真藩属小国也是不允许的。他此来也不是要把叶赫斩尽杀绝，不过要震慑一下这两个继承人，让他们以后规矩些。李成梁想，我就借坡下驴，把这个人情送给这个女人，她是南北关的核心人物，两方都离不了她，她能左右南北关的局势。他笑一笑，说道："你说叶赫是朝廷所封之国，不能向朝廷官员投降，不合法制。那你说该怎么办？"

"讲和。"

"讲和？"李成梁正色地说："怎么个讲和法？"温姐胸有成竹地回答道："南北关的冲突，实由上代引起。如今两位阿哥已死，他儿子是无辜的，望大人网开一面，给留一条生路，不绝叶赫宗祀，使之与南关和好，年年奉表，岁岁纳贡，永赖朝廷庇护，从此各过太平日子，大人以为如何？"

李成梁大喜道："如此则甚好，老夫并不想株连无辜。我把哈达两个少主请来，由你做个见证人，我叫他们盟誓结好，永息争端，你看如何？"

温姐拜谢道："大人恩泽，南北关一定感激图报，从今不会再有争端了。"

李成梁最后说："请汗王妃转告两城新主，当今天子圣明，恩德及于海内，只要你叶赫永远息兵罢战，退还侵占的哈达领土，放还被掳人口，可以永存宗祀，照常贡市。不过有一点，哈达要返还叶赫敕书，以免将来再有贡敕之争，重新燃起战火。"

温姐不再要求什么，领命退出，返回城里。

叶赫城中自温姐去后，惊恐并没减轻。布寨、纳林布禄二人也顾不得失父之痛，他们跪在祖先牌位前祈祷，求阿布卡恩都力，求瞒尼，求大玛法①保佑姑姑平安回来。如果求降不成，他们准备破釜沉舟，决一死战。宗族会议的所有人都没有离开，各个都为叶赫纳喇氏的安危担心。他们一直等到温姐回来，才松了一口气。

温姐见了布寨等人，喘了一口长气，未曾开言，落下几点伤心泪来。她说："李成梁那老扎力②也太额喝③了！我们暂时只有顺从他，保住叶赫纳喇哈拉不绝统绪，目前先委屈点儿。"

宗族见李成梁准降，也就不再说什么。布寨、纳林布禄兄弟二人先按叶赫国俗，经宗族合议立为贝勒，成为合法继承人。之后，便以国王的名义昭示两城臣民，向明军投降。

次日清晨，叶赫西城南门大开，布寨、纳林布禄率领纳喇氏宗族众首领，出城跪于路旁，迎接李成梁入城。李成梁下马，亲手扶起二人，说了几句安慰的话，然后登上石阶，进入贝勒府中。李成梁初次到叶赫城，见叶赫贝勒府比起古勒寨的王杲父子府第胜强十倍，虽比不上京都皇宫殿宇，却也雕梁画栋，金碧辉煌，大有塞外都城之气概。李成梁看了叶赫王城之形势，十分叹服，对海西女真产生了敬畏之感。

不久，哈达两位年轻的首领歹商、孟格布禄被召到叶赫。歹商心里有底，他知道给李成梁送珠宝没有白送，终于除了二酋，解除了威胁。孟格布禄对歹商的所作所为并不知情，他是从乌拉国避难方回，想不到局势变化如此之大，哈达又可以号令诸部了。他们接待了李成梁派去的使者，随之来到叶赫。在李成梁的主持下，同叶赫两位新主会见。两国重新修好，哈达叔侄答应送还从前掠去的北关敕书，叶赫退还侵占的南关土地，放归被掠人口。由李成梁监盟，温姐作证，按照女真之俗，杀了青牛白马祭天，举行"歃血钻刀"仪式。先由布寨双手捧着杀牲带血的刀，举过头顶，发誓道："两国和好，瞒尼共鉴，今后渝盟，此刀为证！"然后，交给兄弟纳林布禄，也照样做了一遍；最后交给哈达两位少主歹商、孟格布禄依次做了一遍。誓毕，将青牛白马的血混在一起，用刀蘸了一下，各用舌头舔一舔，嘴唇上沾了血，示给在场的所有人看，以示诚意和隆重。这就是"歃血钻刀"的全部仪式，也是女真人最

---

① 即祖宗，与达玛法同。
② 即汉人所说的奸贼之意，女真人对最痛恨的人往往称之为"扎力"或"扎勒"。
③ 凶狠。

重要的仪式,还叫"刑盟",盟誓完了,叶赫表示从今永远听从哈达约束,布寨、纳林布禄兄弟永远受歹商、孟格布禄指挥。然后,大摆酒宴,款待李成梁等明军及歹商、孟格布禄等人。李成梁许诺向朝廷为二人请封,可以袭父职为塔鲁木卫都指挥使。

两天以后,李成梁率明军撤退。歹商、孟格布禄也回哈达去了。布寨、纳林布禄兄弟二人才开始为他们的父亲办丧事。叶赫东西两城全城挂孝,国人举哀,相邻诸部也派来吊唁使者。遗憾的是,明军并没有送还清、杨两贝勒及其儿子尸体。李成梁只答应回开原去找,找到后必送回安葬。可是,叶赫始终也没有接回二贝灵柩,尸体不知去向。人们都议论李成梁心毒手狠,年初杀了阿台兄弟、觉昌安父子;岁尾又残杀清、杨两贝勒,女真和蒙古诸部无不痛恨明朝。所以,当后来努尔哈赤起兵反明的时候,蒙古诸部纷纷归附;女真各部也相继合并,组成一股强大的反明势力,席卷松辽,这是后话。

南北关"歃血钻刀"会盟后,温姐也要回哈达。她万分悲痛,想到阿玛早死,是两位阿哥抚养成人,今日突然暴亡,联想到叶赫一连四代都有被杀者,究其原因都是反明造成的。她临行前一再告诫布寨、纳林布禄兄弟,千万不要反明盗边,同南关和好、休养生息,不能重蹈先人覆辙。兄弟二人虽口头应下,当温姐走后,他们率领家族跪在堂子前,发誓道:"翁姑玛法、阿玛在天之灵共鉴:几代的血海深仇,久后必报!不捉住李成梁给阿玛祭灵,便不是叶赫纳喇子孙!"

忙乱了好一阵子,就到了大年除夕。按照祖传家规,大丧之年不接神,但要在接神的时辰烧"瓦单"。什么叫"瓦单"?女真人的"瓦单"就是用纸糊成钱褡子形状;里边装满用箔金纸叠成的小元宝,外皮上写上先人的名字,一般多在门口焚烧。今年又新添清佳砮、杨吉砮二人的名字,更显得悲哀、沉重。布寨、纳林布禄、金台石三人又对天发誓,必报杀父之仇,决不妥协。仅仅几天的"歃血钻刀"誓言,就被抛在九霄云外去了。

过了年就是大明万历十二年甲申。正月十五这天,平常年月这正是元宵佳节时期,满城都会张灯结彩,到了晚上还要玩"抹画眉"游戏,王子与臣民同乐。今年不行了,国有大丧,所有娱乐项目都取消了。布寨、纳林布禄、金台石等人仍然重孝在身,两城还是被悲哀笼罩。

忽然有人来报:哈达使者一行三人,有重要事情来见贝勒爷,现已到了宫门外。纳林布禄一听,意外地惊疑,他们干什么来了!

第三十六回　仗义直言智挫悍帅　歃血钻刀两关会盟

"请他们进来!"

不大工夫,三位哈达使者被领进大厅。他们礼貌地打了一个千儿,然后双拳一拱,齐声说道:"恭喜贝勒爷。"

正是:

去岁丧期尚未过,
今春喜事又何来。

不知哈达使者说出什么喜事,且待下回再叙。

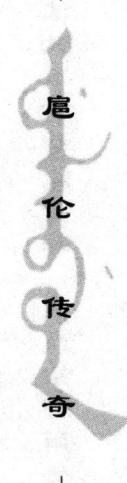

第三十七回 践前约顾养谦均敕　嘱后事康古鲁病亡

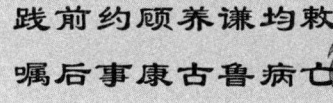

哈达使者说:"纳林布禄贝勒:我家主子有一额云格格①,年已二十,意欲与叶赫结亲。我家歹商贝勒闻知纳林布禄贝勒乃当世出名的巴图鲁,特遣我等前来提亲,请贝勒爷给以答复。"

"姥姥的②!"纳林布禄一听此言,火冒三丈,当面斥道:"今儿个是我阿玛一个月的忌日,这当儿提亲,是何道理?来人!"

"嗻!伺候贝勒爷。"

"从哪里领进来的,还从哪里领他出去!"

"慢!"金台石出来了。他先问一句哈达使者:"你家歹商贝勒许婚可是真心?"

"当然了,决不会有假。"

"那好。"金台石对其兄说:"哈达的美意,你领了吧。"纳林布禄不允道:"重孝未除,纳聘许婚,会被天下人耻笑。"金台石说:"阿哥,如今南关势力方强,我北关士气低落。歹商能上赶着求婚,这是抬举我们叶赫,若不答应,不用说得罪了哈达,恐怕李成梁也会认为我们积怨未解。只要南北关一联姻,叶赫的威望就会提高。几年以后,海西的主人就是咱们兄弟。"

"你懂什么!"纳林布禄还是不允,"服丧期间,缔结姻缘,家法不容,此事断不可为。"

这时候哈达使者冷笑一声插话道:"纳林布禄贝勒此言差矣!据我所知,南北关姻亲已经持续数代。昔年祝孔格被难时,其子太杵娶了哈达旺济外兰之女;太杵罹祸后,万汗又嫁女与杨吉砮贝勒,也就是二位贝勒的额娘,你们的祖宗家法又在哪里?他们都是在服丧期间结亲,你又做何解释?别忘了,我家格格可是大国的公主,非是巴依新③之女。"纳林布禄被诘问得闭口无言,回头征询金台石意见。金台石将阿哥拉过一边,小声说:"应下这门亲事。李成梁知我服丧中结亲,必认为我心

---

① 即姐姐。
② 女真人表示反对的语气。
③ 指平民百姓。

无大志，就会放松对叶赫的监视。我们趁此机会，积蓄力量，为报先人之仇做准备。"纳林布禄深服兄弟的胆识，马上来一个大转弯，满口应下哈达的亲事。

南北关一结亲，消息传出，有一个人坐不住了，这个人就是康古鲁。南北关"歃血钻刀"盟誓时，由温姐作证，李成梁监盟，两国四方，没有他的份儿，他心里自然难以平衡，准备找个借口，再挑事端。事有凑巧，歹商的部下，头人巴吉同歹商产生矛盾，率领所属二十余人，投奔康古鲁处。歹商索要逃人，康古鲁拒绝交还，两家又燃起战火。歹商欲趁此机会统一哈达，便向康古鲁发动大规模的进攻。康古鲁抵挡不住，只有弃了庄园，逃往叶赫。

再说楱椙宫里温姐得知歹商赶走康古鲁的消息，非常恼火。虽然她已同康古鲁分居，可是二十多年的感情，况且又名正言顺地嫁给了他，只差康古鲁朝秦暮楚，不像从前那样对她一往情深，先讷旺锡之妻孙姐，复又弃之；又在叶赫招赘，娶了大阿哥清佳砮之女。从叶赫回来后，又要和孙姐复婚，可这时孙姐已带家产改嫁给旺锡之兄萨穆哈图之子吴巴太了。康古鲁同吴巴太争夺孙姐，险些酿成流血冲突。最后吴巴太补偿给康古鲁两头骆驼十只羊，算是解决了。对这一切，温姐心生怨恨，不再同康古鲁联系。没有温姐的支持，孟格布禄也不再助他。康古鲁势孤，惟有逃亡叶赫这条路可走。叶赫西城贝勒已换人，他的岳父清佳砮已死，大舅哥布寨便不再看重他。康古鲁在叶赫被当做逃亡者看待，随时都有被驱逐的危险。倒是温姐念旧日之情，亲自去找歹商，给康古鲁说情。

歹商如今的腰杆硬了。他自用重金买通李成梁，发生开原关王庙事件，又入叶赫"歃血钻刀"盟誓之后，便不再把叶赫放在眼里。国内政令必须统一，正好借巴吉叛逃的事发难，首先拿康古鲁开刀。康古鲁逃往叶赫，下一个目标就是孟格布禄。还没等他行动，温姐即找上门来。

歹商见温姐怒气冲冲地跨进门来，忙站起礼节性地打了一个千："给妈妈①请安。"温姐劈头厉声喝问道："歹商！哈达才平静几天，你又无故制造事端，还嫌哈达乱得不够啊？"

"妈妈这是哪里话！"歹商不服地反驳道："一个国家，四分五裂，各自为政，成何体统。康古鲁勾结叶赫，败坏先人基业，理应受到惩

---

① 女真人称呼祖母为妈妈。

罚。窝莫洛看在妈妈的面上,任其出逃,已经做到仁至义尽了。"

"今日赶跑了康古鲁,明天就该轮到孟格布禄了是不是?"

"宁古额其克系玛法亲生,又受封为龙虎将军,他当为纳喇哈拉基业着想,不会眼看哈达就这样分裂下去。"

"住口!"温姐大怒道:"你一个小孩伢子,懂得什么基业不基业。哈达是先人留下,纳喇家族人人有份儿。你想独吞,办不到!"

歹商也不示弱,他对这位庶祖母改嫁康古鲁便有轻视之意,听她口口声声向着康古鲁说话,便要成心气她一气。他先笑一笑说道:"纳喇家族人人有份儿,也说得过去。可是这康古鲁是不是纳喇家族,还很难说。我阿玛活着的时候说过,康古鲁是外妇子,没有继承权。妈妈应该明白这一点,向情向不了理啊。"

"你敢教训我?"温姐气的肋痛胀满,面色煞白,站立不住,倒于地上。左右慌忙上前扶起,揉胸捶背。待她苏醒过来,觉得前胸乳房处微微作痛。原来方才倒地时胸部刮了一下案角,从此乳房做下疾病,始终没治好。几年后因此而送了命,这是后话。

歹商命人扶温姐回柟楅宫。温姐走时,回头瞪着歹商:"你等着,我惹不起你,有人治你!"

歹商无知,他看不到温姐对南北关是多么重要,只是因为温姐改嫁康古鲁而轻视她,更主要因康古鲁是外妇子,没有名分。

温姐在歹商处碰了钉子,她企图使歹商从叶赫召回康古鲁的打算不能实现,反被歹商奚落一顿,气的胸满肋痛,乳受轻伤。她的火如何能消?休养几日之后,又一个计划在心中形成。歹商你个小兔崽子,你不是教训我吗?这回我狠狠地教训教训你。她派人召回儿子孟格布禄,让孟格布禄到叶赫请求援兵,讨伐歹商。孟格布禄听了母亲的话,亲去叶赫见西城贝勒布寨,共同商讨如何对付歹商。叶赫本来对哈达充满仇恨,敕书至今不还,连李成梁的话也不听。哈达三方现有两方反对歹商,这正是吞并哈达的好机会。他也不顾"歃血钻刀"的誓言仍在耳边回响,即点了两千叶赫兵,配合孟格布禄所部,又有康古鲁当向导,大举攻入哈达。歹商的人马不堪一击,再加上歹商酷肖其父,酗酒无度又残暴,国人离心。在叶赫的打击下,军心不战自乱。歹商的领地大半丧失,他只得弃了城池,逃往开原,哈达被叶赫占领。

南北关又起纠纷,开原守将成逊急报李成梁,请示处理办法,李成梁不在沈阳,这时他驻守广宁预防土蛮。李成梁有三个驻地,辽东总兵官原驻辽阳，后又迁驻沈阳，又兼有防御土蛮的使命，还常驻广宁。广宁在辽西，近广宁大山，今之北镇是也，广宁大山即医巫闾山，地当蒙古、辽西通往关内要冲，为拱卫京师之门户。

李成梁不在，辽东的事务便由监察御史顾养谦统管。顾养谦来到开原，令人到南北关找来歹商、孟格布禄、康古鲁、布寨、纳林布禄、金台石等六人，了解这次南北关冲突的起因。歹商坚持哈达政令必须统一，决不能分裂成三下。孟格布禄凭龙虎将军印信，要主政哈达。康古鲁则自称万汗亲子，享有继承权；布寨、纳林布禄抱怨李成梁说话不算数，答应归还叶赫的敕书，到现在也没有兑现。他俩表示，只要敕书到手，以后决不侵犯哈达，老老实实地凭敕入贡。

顾养谦听明白了，不仅南北关的纠纷系由敕书引起，就是哈达的内乱也实因敕书造成。解决好敕书问题，方为长治久安之良策。他想出个好主意：均敕。

敕书对女真部卫的重要性，前文已经提过。除了凭敕入贡之外，还要凭敕验马。在女真马市上，明朝规定，每一道敕书，可验马一匹。自由买卖，官府收购，也由官府定价，敕书也等于马的执照。敕书越多，卖的马也越多，得的实惠也就越多。控制敕书多少，就成为富强与否的标志。明朝自成祖永乐年间起，对东北女真诸部实行"羁縻"，广设卫所，赐印颁敕，到万历时共颁发了敕书一千四百九十九道。光南北关就九百九十九道，其余五百道由建州三卫、辉发、乌拉分领。顾养谦的均敕主张，双方首领们也都同意。歹商为了保住哈达国汗王地位，以后叶赫不再干扰，宁愿送还北关的敕书。他们在顾养谦的主持下，言归于好。双方现有敕书统一分配，哈达五百道，叶赫四百九十九道。相差一道，表示还是以哈达为主。顾养谦当众宣布：布寨、纳林布禄、金台石、孟格布禄、康古鲁，统统服从歹商，并由歹商约束入贡，确保歹商的哈达贝勒地位不动摇。

一片乌云又散去，干戈再化为玉帛。顾养谦自认为处理得当，稳住了歹商的地位。可是他最大的失误却是在南关的均敕上。他在南关均敕的目的，是为了平息哈达内乱。哈达存在三股势力，尽人皆知。顾养谦是怎么分的呢？他分给孟格布禄一百八十二道，分给康古鲁一百八十一道，而作为哈达贝勒的歹商，仅得了一百三十七道敕书，他的地位不但没有加强，反而被削弱了，歹商是有苦难言。

叶赫兄弟三人达到目的，当着顾养谦口头下了保证，高高兴兴地返回。顾养谦特别关照一下哈达三个首领，嘱他们和睦团结，不要败坏万汗的基业。又令孟格布禄、康古鲁二人以叔父身份，尽力辅佐年少的侄子，莫生异心，更不要有非分之想。三人各揣心腹事，勉强应下，告辞离去。

这次均敕并没有解决实质性的问题，仅仅消停了一年来，战火又起。

事端还是由哈达内乱引起。哈达五百道敕书重新分配以后，歹商只分得一百三十七道，同两个叔叔相比，差了四十多道，自然会削弱其势力和地位。本来连一道敕书也没有的康古鲁，居然得了一百八十一道，比具有龙虎将军头衔的孟格布禄才少一道，远远领先于歹商。他又联合孟格布禄，占据柙梏宫，逼歹商让位。歹商忍无可忍，发动旧臣、宗族的支持，起兵讨伐康古鲁，哈达内战又起。孟格布禄本来说好是帮助康古鲁的，可一打起仗来，他怕康古鲁势力扩大了对他不利，便又转向了歹商，共同对付康古鲁。康古鲁抵挡不了两股势力，率部逃出哈达国境。

康古鲁逃到了叶赫，这是他惟一的避难所。叶赫的布寨、纳林布禄两兄弟同他们的老子一样，利用康古鲁搞乱哈达，自然又出兵帮助康古鲁击败了歹商，孟格布禄又外逃。

明朝见万汗的子孙这么不争气，便有意抛弃他们。开原兵备使成逊看的明白，南北关纠纷不断，哈达内战不止，康古鲁就是罪魁祸首。只要把康古鲁制服，海西就会安静许多。

"先捉住康古鲁再说。"

成逊定下一条妙计，他不动声色，派人去请康古鲁，说是朝廷最近下了一道御旨，让康古鲁到开原去接。康古鲁不知是计，以为明朝这回可能正式让他当上哈达的国主了。他高兴地来到开原兵备使衙门，见了成逊便迫不及待地问道："御旨在哪里？"成逊说："在后堂，你随我来。"康古鲁没有丝毫警觉，跟随他来到后堂。成逊一声断喝：

"康古鲁跪接御旨！"

康古鲁一惊，这接御旨必然是跪着的，他也懂得。他不情愿又不敢不跪下说："臣康古鲁叩请圣安。"

"康古鲁怙恩悖乱，为祸南关，着即拿问！"

康古鲁大惊，知道上当了。刚要站起，即被明军按倒在地，上了绑绳。

"你假传圣旨！"

成逊笑道："圣旨岂可假传？李总兵已有明谕，先捉住你正法，御旨随后就到。"

一听"正法"二字，康古鲁亡魂皆冒，连连叩头，乞求饶命。

"暂且押下去，待朝旨到时再处置。"

康古鲁被押入牢中，成逊行文上司，并奏报朝廷不提。

消息传入南北关，叶赫闻知康古鲁被捉，忙收兵不再出。哈达夕商又解除了威胁。惟有温姐在桄榔宫里听说康古鲁被下到开原狱中，知道他屡借叶赫势力惹恼明朝，这回性命难保。她一想，如今没人能救他，只有自己豁出一切，去冒这个险了。温姐做事向来雷厉风行，说到做到，想到必做。她并不考虑后果，骑上快马，只身来到开原。成逊久闻万汗有个小妃叫温吉，是叶赫的公主，这个女人厉害。康古鲁在哈达兴风作浪，南北关自由往来，靠的就是她的门路。成逊早想捕获她，不想自己送上门来。今日正好，叫她同康古鲁一样，尝尝天朝牢狱的滋味。成逊吩咐下去：

"带她来见我！"

不大工夫，一个中年女子被领进来。成逊未等开口，她却先发言了："你就是兵备使成逊成大人吧？"成逊把她上下打量一番，果然名不虚传，算得上个女真美人。虽然温姐已近四十岁了，看上去也就三十岁上下的光景。成逊光顾端详温姐的容貌，却忘了回答她的问话。温姐又主动进攻道："我今儿个是有事来找成大人，你为什么把我的畏根骗来，下到大牢里，我来找你是让你放人。"

"畏根？"成逊不懂女真话，他似笑非笑地反问道："什么叫畏根？"

"畏根，你们话就是丈夫。"温姐遂又解释道："我原是万汗福晋，万汗去世，我再嫁康古鲁，这是我们女真人习俗。"

"噢！知道，知道。"成逊遂即变脸，厉声说："康古鲁狂悖作乱，其罪当诛，眷属亦不能赦免。你今日来投罗网，省得本官费事捉拿。来人！"

"伺候大人。"

"把这个反贼之妇押进大牢，待奏明朝廷一并正法。"

温姐用鼻子"哼"了一声："你敢！"

"捉个夷人之妇，就像捉个母鸡，有什么敢不敢的！把她押下去！"

温姐又笑一笑道："看来，你这四品乌纱帽，也快戴到头了。只要我说句话,你就得滚出开原,你信不信?"

成逊大怒道:"你这妖婆如此无礼,左右快给我拿下!"温姐从容地说道:"我话还没说完,你发的什么火?我给你看一样东西。"说着,从袖中掏出一个红绫子卷,里边包着一帖黄绫子用墨笔写的敕书。成逊展开仔细一看,确是内阁手笔。这是万汗逝世后,明廷颁给哈达宫廷的恩诏,全文如下:

奉天承运皇帝制曰:

　　查海西都督、哈达汗王,敕封龙虎将军王台,效力边陲有年,克勤王事,忠贞不贰。今尔升遐,臣民共悼。兹尔覃恩,以其子袭封之外,凡哈达子孙眷属,除谋逆十恶者,无论犯有何等过错,均着恩宽免勿究,以报王之忠顺也。于戏。

钦此!

大明万历十年九月初三日

成逊看的目瞪口呆,下意识地双拳一拢:"臣遵旨。"

敕书是哪来的?这类敕书是颁发荣典、授勋、嘉勉、特赦所使用的,它和授职、任官,用于贡市凭证的敕书不同。万汗死后不久,明廷派大臣临哈达祭奠,接着又特颁敕书一道,优待万汗子孙和家眷,也就是说,只要不造明朝的反,什么过错都可以宽免勿究。此件由梜楉宫收藏,归温姐保管。为了救康古鲁,温姐特找出带来。

当下成逊看了温姐亮的敕书,内心惊异不止,马上换了另一副态度:"汗王妃谅解,下官多有得罪,惭愧,惭愧。"温姐收起敕书,平静地说道:"成大人,我没有工夫跟你论谁是谁非,康古鲁犯了什么罪,你倒是放还是不放?你不放人,我这就去找李成梁要人。他答应我有事去找他,我就看他说话还算数不算数。"说完,转身要走。成逊急忙拦阻道:"李总兵现在广宁,抽不出身来开原。王妃要去,千里迢迢,登山涉水,多有不便。下官一定会办好这件事,康古鲁权且委屈几日,我保你安然无恙。"

"那你什么时候放人?"

"十天之内,保证,保证。"

温姐为人胆大又心细,她想事情已有转机,到了这个份儿上不能再弄僵了,她便客气地对成逊说:"成大人是朝廷命官,说话办事我当然信得过。我有一个小小的请求,康古鲁现在关在哪里?我想见一见他,请成大人行个方便。"成逊不敢不答应,他更要做个人情,吩咐手下安

排温姐去探监,会见康古鲁。

温姐被领到开原牢狱,见到了康古鲁。康古鲁一见温姐,大哭道:"我寻思今生再也见不着你了,你是怎么来的?"

"不要问了。"温姐并不想多说什么,只告诉他:"暂时窝憋①几天,过两日就放你回去。"

果然没过多日,成逊打开牢房,叫出康古鲁,向他宣布朝廷的命令,释放他回哈达。成逊当着温姐的面儿,说了一段语重心长的话:你也是万汗骨血,万汗一生效忠朝廷,对于他的子孙后代,虽犯罪而不忍加诛。你要体察圣上的苦心,帮助你侄儿歹商,共同把哈达的事情办好,千万别受叶赫的煽惑。"又嘱温姐道:"你是有胆有识、深明大义的女人,一定要替他们叔侄当好南关这个家,继承万汗遗志,朝廷多有依赖,也能替你做主,你就发挥你的聪明才智好了。"

温姐、康古鲁二人聆教心服口服,表示永远不背叛朝廷,政令统一归歹商,与叶赫断绝往来。

二人回归哈达,康古鲁的态度来了个一百八十度的大转变,从前同歹商对立,现在改变了;从前同歹商争权,现在变得服从了,诚心拥护歹商做哈达国的贝勒。哈达由连年战乱而转向和睦团结,国内又勃发生机,一个繁荣富强的哈达即将实现。

凡事都是天意。就在哈达由乱到治的转折时期,起关键作用的康古鲁突然得了重病。开始时浑身发痒,搔破之后,毒性感染,全身出了水泡,医生诊断为痘疹。痘诊多发于小儿时,成年人则很少。原来康古鲁小时没有出过天花,毒在体内,开原牢狱虽然才呆了几天,但受到潮湿,引发病毒。时在春夏之交,正是发病的季节,康古鲁日渐加重,医生束手无策。大约过了七八日,康古鲁出现幻觉,梦中谵语。温姐知道他命在旦夕,整日守候在旁。

这一日,康古鲁出现视力模糊,自知生命即将终了,便对温姐嘱咐道:"我一生做了几件错事,现在悔已无及。我死之后,你要记住我的话:永远不要背离中国②,哈达要团结,要统一,要富强,都离不开中国的帮助。"温姐一一记下。傍晚,康古鲁即病殁于梜栂宫,寿四十四岁。

---

① 委屈。
② 从前外族称中原王朝为中国。

正是：

  半生漂泊方悔悟，
  嗟尔命短赴阴曹。

要知康古鲁死后哈达局势如何，且待下回再叙。

第三十七回　践前约顾养谦均敕　嘱后事康古鲁病亡

第三十八回　逼温姐火烧桵榻宫　讨布库一打界凡城

上回书说到康古鲁出水痘,毒性发作,病死在桵榻宫。温姐万分悲痛,亲自给他料理后事。忙乱了半个月,安葬于祖茔。康古鲁两个儿子,古莫台州、图满,均非温姐所生,他们长期住在叶赫西城,很少回哈达。温姐感激明朝的宽大,遵从康古鲁遗言,与歹商释去旧怨,支持他治理哈达。歹商也向这位庶祖母认错,上尊号为太王妃。因为他是明朝的藩属,不能称太后或太皇太后,只能尊为太王妃,这也是最高规格了。

在哈达,歹商要坐稳江山,却是难上加难。从前是三足鼎立,康古鲁是始作俑者。他虽死,还有一个竞争者,那就是孟格布禄。孟格布禄和歹商年纪相仿,都二十几岁。从前孟格布禄受他母亲温姐的摆布,时而支持康古鲁,时而帮助歹商,自己毫无主见。自从康古鲁死,他态度强硬起来,决定同歹商争夺哈达汗王的宝座。他有龙虎将军头衔,与康古鲁不同。康古鲁在明无官职,入贡也只能以舍人身份,而孟格布禄乃是堂堂正正的朝廷二品大员,龙虎将军,牌子亮。正因为如此,他才有争夺哈达王位的野心。康古鲁死,孟格布禄要继承他那一百八十一道敕书,要以绝对多数压倒歹商。不想敕书没在哈达,而是让康古鲁带到叶赫。孟格布禄大失所望,以为是他母亲温姐的道眼,母子于是离心。

叶赫布寨、纳林布禄二位贝勒,虽在顾养谦的调停下,收回了前代被哈达掠去的敕书,也并未因此而同哈达解怨。常言说的好:冰冻三尺,非一日之寒。叶赫的先人,两代死于哈达之手,这血海深仇,代代相传,如何能忘记?这股仇恨就锁定在他们后代身上,歹商、孟格布禄就成为叶赫当权者的攻击目标。康古鲁已死,他们失去一个盟友和内应,兄弟二人一商量,不能让哈达两个小子和好,必须拆散他们,叫他继续内讧。布寨是一勇之夫,遇事全听堂兄弟纳林布禄做主。纳林布禄本是好谋无断的人,他的兄弟金台石智勇双全,处事果断,东城的家他能当一多半。金台石主张联合孟格布禄,支持他取代歹商在哈达主政,帮他斗垮歹商,坐稳哈达汗王宝座,他必感激叶赫,哈达以后就会听叶赫的摆布。纳林布禄认为这个主意不错,马上派人去哈达,向孟格布禄表达叶赫两贝勒拥护他主政哈达的意向。孟格布禄一听叶赫倾向于他，心中有了底。他并不把歹商放在心上，他怕叶赫帮助歹商，因为歹商的姐姐嫁给了纳林布禄。

当年五月，也就是康古鲁死后一个月，孟格布禄向歹商发动突然袭击。歹商毫无防备，抵挡不住，只得弃了城池，只身逃出，家眷皆陷在城里。孟格布禄进了王城，搜查歹商后宫，准备接收他那一百三十七道敕书，但不知藏于何处，遍寻不见。孟格布禄找不到敕书，心中懊恼，正好看见歹商福晋哈什吞格格年轻貌美，才十七八岁的年纪，便强掠走，霸占为妻，算是对歹商的报复。此事被他额娘温姐知道，把他叫去一顿痛责，令他放回哈什吞格格，与歹商和好，共同治理哈达，振兴先人基业。孟格布禄拒不听从，我行我素。温姐气的乳疾发作，整日躺在白玉楼里呻吟不止，孟格布禄却不能看视一下生身的母亲，忙着跟歹商争夺领地，扩充自己的实力。

过了些日，传来了确切的消息，歹商从蒙古、辉发、建州等部借得几千人马，开原的明兵又出动相助，一时声势大振。孟格布禄自知不是对手，决心弃哈达投向叶赫。他来到梜棤宫，见了多日不曾问候的额娘温姐，说明歹商勾结他部，来势汹汹，自己要保存实力，去叶赫避一避风头。温姐没好气地说："都是你惹的！我叫你同歹商合好，对明朝忠顺，你不听，才有今儿个的麻烦。"孟格布禄着急道："都什么时候了，还提那些干啥！暂时只有一条路可走，去叶赫，投奔大阿哥布寨。"温姐说："怎么没有别路可走？你将歹商的福晋哈什吞格格送还人家，发誓辅佐歹商，事情就迎刃而解了。"

"不行不行！"孟格布禄断然拒绝。"我是额其克，我凭啥辅佐他？"

"歹商是你阿哥嫡子，明朝承认的哈达国汗王，名正言顺。你不遵先人遗命，便是不孝；背叛明朝，便是不忠。不忠不孝之人，怎能君临天下？"

孟格布禄勃然大怒，他也不顾还有戈什哈在场，说出了十分苛刻的话来：

"额娘的教训，阿济听了觉得十分可笑。忠孝之言，亏额娘说得出口！依阿济看，天下最不忠不孝的人，恐怕就数额娘了，我阿玛罕九泉之下，也还怨恨额娘对他的不忠呢！"

温姐一听亲生儿子如此奚落她，气的胸腔胀满，乳疾加重，俯在炕上，痛哭起来。孟格布禄冷冷地说道："你也别桑姑了，我没有工夫跟

第三十八回　逼温姐火烧梜棤宫　讨布库一打界凡城

315

你扎曼①，歹商要回来了，我们得赶快离开。"

"要去你走，我是一步也不离开楗椙宫。"

孟格布禄催促道："楗椙宫，我也不想要，可我也不能留给歹商。咱们走后，拖亚哈拉②就会来显灵，还是快快离开这灾难之地吧。"

温姐大惊道："怎么？你要放火烧楗椙宫？这是纳喇氏几代经营的王宫，你可不要造孽啊！"

孟格布禄冷笑道："留着也没用。我不烧它，歹商也守不住，倒不如一把火烧个痛快。"

"我不走！"温姐哭着大喊道："你就连我也一块儿烧了吧！"

孟格布禄令军士强行拉起温姐，扶她上马，随队伍离开哈达城，朝叶赫遁去。孟格布禄命令点火。一座塞外独一无二的宫殿园林，纳喇氏几代经营的辽东明珠，被烧成一片瓦砾。大火足足着了七天七夜。虽比不上当年楚霸王项羽火烧阿房宫那样壮观，却也是关东大地少见的惨景。这也是女真社会自金朝火烧上京之后，又一次显现拖亚哈拉的神威。

歹商率军回到哈达城时，楗椙宫已经化成灰烬。全城大乱，死人无数，靠近宫城的街道民房也遭殃了。山上的树木也被波及，灾害之大，为亘古所未有。歹商命人扑灭了火，维修城垣，召回难民，从此他只能在贝勒府中处理军国大事，楗椙宫彻底消失。

且说孟格布禄将他母亲温姐挟持到叶赫，安置在西城布寨的贝勒府。布寨对这位姑姑感恩戴德，毕恭毕敬。那年要不是她胆大冒险去闯李成梁的中军帐，叶赫就完了。怎奈温姐乳疾加剧，得知楗椙宫真被孟格布禄放火烧了，又急又气，天天痛骂孟格布禄。请了多少名医，终不见好转，延迟到七月中，乳疮迸裂，惨叫而死，寿四十五。这种病，现在医学叫做乳腺癌，可那时称之为乳生花，生气便会加速死亡。

歹商又能坐稳哈达汗王宝座，他要感谢帮助他、支持他的人，给蒙古小黄台吉送了珍宝，给辉发送了金银，给开原明将选了二十匹上好的鞑子马③。这种马稀奇珍贵，用普通马五到十匹才能换一匹。给建州部送什么？歹商寻思来寻思去，觉得这建州部首领努尔哈赤是位了不起的

---

① 吵架。
② 盗火的女神。她从天宫盗火下凡，把火种传给人间。此句是暗示放火之意。
③ 是一种蒙古马与女真马杂交而产的混种马，这种马有蒙古马耐寒、善跑的性能，有女真马膘悍肥大的形象，在当时是少有的优良品种，俗称"鞑子马"。

人物，他称霸辽东，灭布库、定浑河、取王甲、破章佳，连明朝都不能小看。我何不同他结为姻亲，引为外援，看以后还有谁敢欺负我。想到这里，歹商找来他身边惟一的谋士，也是万汗时代的老臣，名叫巴哈达，叫他去赫图阿拉提亲。歹商有一同父异母妹，名叫厄敏，年已十六，人称厄敏格格，要嫁与努尔哈赤为妻。巴哈达原是辽东人，曾在建州右卫王杲部下做事，后投哈达，但不被万汗重用。此人在哈达一直默默无闻，到歹商主政时才初露头角。每当歹商遇到困难，出现危机，他都给出主意，想办法，几次化险为夷，转危为安。如重金贿赂李成梁，帮助除叶赫二酋，使歹商尊重温姐，争取孟格布禄，这次又借各部人马驱逐孟格布禄，都有他的参与。歹商部下都称他为"赛神仙"。当卜巴哈达一听贝勒让他去建州提亲，愿意把妹许嫁努尔哈赤，遂笑道："贝勒爷你忘了，当年先王①在世的时候，已经将嫩格格②许与建州主努尔哈赤了，现在已到了成婚的年龄，叫他来迎亲好了。"歹商大喜道："我真的忘记阿玛汗许过这门亲事了。如此则更好，那就请他择日前来迎娶吧。"巴哈达认识建州人多，又熟悉辽东情况，欣然领命动身而去，暂且按下不表。

回头再说一说努尔哈赤的事儿：努尔哈赤被李成梁错指引向鄂勒劝城，去找布库，行到叶赫被点破折回，并在叶赫订下了一门亲事，不想杨吉砮贝勒兄弟就在他订亲的当年腊月被杀于开原关王庙。布库的落脚点也已打探明白，不是鄂勒劝城，而是距苏子河不远的鹅尔浑城。鹅尔浑城是浑河部一个小山城，城主是布库的好友，城又距抚顺关不远，往来联系也较方便。抚顺守将传出话来说李成梁已经奏明天子，同意布库为满洲国主，国都定在甲版城。甲版城靠近抚顺，城垣颓圮，需要重新修筑。布库得此消息心中大喜，在鹅尔浑城主的帮助下，动员部属，招募流民，修筑扩建甲版城。建州三卫遗民得知女真人又有首领了，也纷纷来投，各城寨也争先恐后来主动联络，布库的声望和势力大增。界凡城主巴穆尼，马尔墩城主纳木占、萨木占兄弟，萨尔浒城主卦喇、诺米纳、奈喀达兄弟，还有努尔哈赤的同族，兆嘉城主李岱等均是布库的拥护者，加上明朝做后盾，这满洲国虽没建立，可声势却造出去了。布库

---

① 指扈尔罕。
② 妹妹公主。

第三十八回　逼温姐火烧楑椙宫　讨布库一打界凡城

又用金钱收买、拉拢爱新觉罗家族一部分人,看来他当满洲国主的计划是万无一失。可是就在这紧要关头,出了裂痕,萨尔浒城主卦喇听信传言,说布库在李成梁面前说了他的坏话,说他们弟兄是阿台的遗孽,将来要受到追究。卦喇不听闲言犹可,一听到这种闲言,联系到从前服从阿台,受他支配。说是阿台死党,也不算过分。可这只有布库最清楚不过,他不说出去,李成梁会知道吗?因此,对布库产生怨恨。他找来两个兄弟,对他们说,"布库出卖我们,我们不能再服从他了,不如投奔努尔哈赤,帮助努尔哈赤消灭布库,叫他满洲国主当不成。"诺米纳、奈喀达两兄弟依了阿哥之言,转向了努尔哈赤。努尔哈赤见他们兄弟来投,心中特别高兴。他邀来昔日好友嘉木湖城主噶哈善哈思虎,沾河城主常书、杨书兄弟,宰猪杀羊,共同盟誓,一致对付布库,决不能让他成立什么满洲国。双方力量对比一下,基本上不分上下。

经过一番准备,努尔哈赤跟各城寨首领约定,每城寨出兵二百名,联合一起,共同前去攻打布库。事情被四叔龙敦得知,他即派人把诺米纳、奈喀达兄弟找去,好一顿教训。龙敦说:"现在大明朝正帮助布库在甲版筑城,让他做满洲国主。小罕子借为父、祖报仇之名,同布库争天下,没人支持他,他能成功吗?你们跟着他胡闹,能有好结果吗?噶哈善、常书是小罕子的妹夫,叫他们帮他闹去,你们可不能搅合在里头,快去投奔布库,才有出路。"诺米纳兄弟本来开始是拥护布库的,听了龙敦一说,又改变了主意,毁了与努尔哈赤等人之盟约。

起事这一天,杨书、常书兄弟、噶哈善哈思虎如约而至,独萨尔浒城没有来一兵一卒。努尔哈赤知道诺米纳兄弟变卦了,心里的气可就大了。他说:"萨尔浒的人看来不会来了,他不来,咱们干,不能改变计划。咱们分兵两路,一路打鹅尔浑城,一路攻甲版城,布库不会离开这两处,这回一定要抓住他,不能再叫他跑到别处去。"当下分工,令部将领宜都、安费扬古带兵一百,随常书、杨书兄弟去打鹅尔浑城;自己带一百人同噶哈善哈思虎去攻甲版城。可他哪里想到,诺米纳兄弟既然不加入他们的同盟军,一定会转向布库,自然会把他们起兵的计划和行动日期透露给布库,布库撤走甲版城驻兵,又邀来界凡城主巴穆尼、马尔墩城主纳木占等人出兵,加强了鹅尔浑城的防守。结果额宜都等人和常书兄弟三百人攻城受挫,伤亡四十五名。鹅尔浑虽是小城,但地势险要,易守难攻,又有外援助守,最后只有败退。努尔哈赤一路突袭甲版城,倒是没遇到抵抗,很快攻入城内。只发现有筑城的民夫,不见一兵一卒,是座空城。不久,消息传来,攻鹅尔浑城失利,额宜都等已败退撤兵。努尔哈赤一听火冒三丈,要移兵鹅尔浑,被部下劝止,士气已经低落,待休息整顿之后,徐图再举。

这一次军事行动无功而返。

布库击退了努尔哈赤的进攻,声威大振,他的盟主地位又得到加强。他召集各城主开会,重申三条规则:第一是坚定依靠明朝,要想干大事业必须取得明朝支持,建州历代反明的人都没有好下场,这是教训;第二是女真人必须有自己的国家,满洲国要取得明朝的承认。甲版城筑完,就宣布建国;第三是必须消灭努尔哈赤及其同盟者,他们干扰满洲国的建立,破坏女真人的团结。会后,布库派人四处活动,到远近各城寨进行拉拢、联络。因他平时人缘好,能言善辩,辽东多数酋长都与他友好。再加上他有经济实力,又受到抚顺佟佳氏富商的暗中资助,明朝又给以关怀。可想而知,建州女真的新首领是非他莫属。

当时在布库划定的满洲国的版图内,是原来建州三卫的地盘。三卫消亡后,该地区分裂成五个部落:即苏克素浒河部,在苏子河流域,努尔哈赤家族属于该部;完颜部,又称王甲部,在苏子河以东通化县境内,佟佳江上游;董鄂部,又称栋鄂部,在董鄂河流域,即今之浑江西岸。董鄂部和完颜部都是传承多代的女真部族,以前曾隶属建州卫,万历时各自为政。浑河上游的哲陈部,苏子河入浑河交汇处的浑河部,从前曾是右卫地盘,如今也各不统属,这就是当时著名的满洲五大部。在努尔哈赤与布库的角逐中,谁能征服、控制这五部,谁就胜券在握。闲言少叙。

再说努尔哈赤以三百兵攻鹅尔浑城受挫,他们把诺米纳兄弟恨的了不得。他们的背约,导致行动的失利。努尔哈赤发恨道:"萨尔浒城主卦喇本来拥护我们,就是他那两个兄弟从中作梗,破坏盟约,我非讨灭他们不可!"噶哈善哈思虎说:"阿哥,此事不宜声张。诺米纳现在不知道我们已掌握他背约的事,我们正好利用这机会麻痹他一下,出兵攻打界凡城,叫萨尔浒城出兵相助,乘机收拾他。"努尔哈赤一听大喜道:"此计甚好,就这么办。"他们又组织了四百人的队伍,向西进发,一路扬言,讨伐界凡城主巴穆尼。

兵到萨尔浒地区,派人通知诺米纳,令他践盟约,带兵来会。诺米纳现在还不知道努尔哈赤已经掌握了他给布库通风报信的事,点起二百人马前来会合。两支人马到达界凡城的山下,努尔哈赤对诺米纳说:

"上次出兵你没到,现在该你打头阵,请带你的二百人马攻城吧。"诺米纳推托道:"巴穆尼城主是我们的朋友,我们出兵只是给你助威,不能真正跟他决斗,你还是自己去打吧。"努尔哈赤说:"诺米纳城主很讲义气,我也不勉强。可是你看看,我们这四百人,盔甲兵器不足一半,怎么攻城?"诺米纳向他的队伍里一望,果然是衣甲不齐,兵器不足,遂笑道:"这样狼狈怎么能打仗?我看还是回去吧。"努尔哈赤也笑了:"咳,实在没办法。我本来是指望你诺米纳城主给我出点力,谁知你也很为难。我们爬山越岭不能白来一趟,不论打输打赢,总得见见阵势,还得请诺米纳城主帮一把。"

"我都说了,我不能跟巴穆尼对阵,你叫我怎么帮你?"

努尔哈赤看他毫无戒备之心,遂说道:"请把你兵的盔甲兵器借给我用一下,你们在山下观阵,我去冲他一冲,不论胜败,用完如数奉还,咱们也算盟誓一场。"诺米纳一听,心里直犯嘀咕。仗又不能打,这兵器盔甲要是不借,恐怕努尔哈赤会产生怀疑,不妨借给他用一用,这也比上阵伤人好的多。想到这里,便笑道:"借用一下是可以,不过损失了可要赔偿。"

"那是自然。"

诺米纳一声命令:"卸盔甲!"萨尔浒兵即把盔甲卸下,交给努尔哈赤士卒换上。扎束停当,又接过借来的兵器,一切就绪,努尔哈赤一声断喝:"动手!"

噶哈善哈思虎、常书、杨书立即率兵把二百萨尔浒人马围住。额宜都、安费扬古上前把诺米纳从马上拖下来。诺米纳大惊道:"你们这是干什么?"

"干什么?要你狗命!"努尔哈赤冷笑道:"诺米纳城主,你给布库通风报信,使他有备,伤了我四五十人。你背盟负约,恩都力都不会宽恕你。把他就地处死,把尸首扔到沟涧里!"

"努尔哈赤!你这奸险的小人,你这……"一句话未喊完,早被额宜都一刀砍下头颅,死于非命。萨尔浒兵看主子被杀,又被包围,纷纷跪地投降。努尔哈赤从降兵中挑出四十名,命令杀掉,其余一百六十人编入队伍里,警告他们不得有异心,杀这四十名是给这一百六十人看的,使降兵永远不敢背叛他。

不料这时跑了一个人,谁?诺米纳之弟奈喀达。奈喀达在队伍的后边,诺米纳答应借盔甲的事他不知道。他看见军士卸盔解甲,想阻止已来不及。他意识到有变，就溜向树林，果然出事了，他也顾不得阿哥的安危，策马加鞭，一口气跑上了界凡城。

努尔哈赤率兵攻山的时候，界凡城早已严密布防。巴穆尼城主手下三百人登上寨墙，戒备森严，旗幡招展，虎视眈眈。额宜都上前叫阵："巴穆尼城主，赶快开城投降！要执迷不悟，诺米纳就是你的榜样。"巴穆尼站在敌楼前，手扶城堞骂道："努尔哈赤！我和你井水不犯河水，为何无故兴兵来侵？你玛法、阿玛被难，不去报仇，却来残杀末泥哈拉①，你真是吃红肉屙白屎的牛呼力②！"

努尔哈赤在城下听得真真切切，心中火起，向额宜都一挥手："给我上！捉住巴穆尼，千刀万剐。"额宜都以武勇出名，领兵攻城，抢夺城门。城上石矢如雨，根本靠不近，伤了几名军士，只好退下。常书、杨书看额宜都不能得手，欲率所部继续攻城，努尔哈赤急忙制止。只听城上欢声震动，笑声不止。巴穆尼叫道："努尔哈赤，你滚蛋吧！以后别来逞能了！"努尔哈赤催马来到近前，未及答言，忽从斜刺里嗖地射出一支冷箭，努尔哈赤躲闪不及，啪一声射中肩胛上，努尔哈赤哎哟一声翻身落马。

正是：

　　自古明枪容易躲，
　　向来暗箭最难防。

要知努尔哈赤性命如何，且待下回再叙。

---

① 有的说成吟尼哈拉，即同姓，意为本民族。
② 狼。

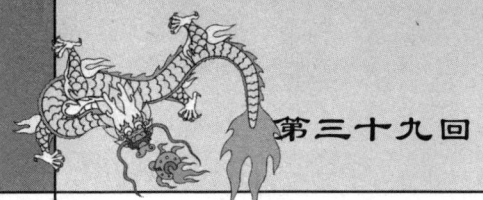

第三十九回 取界凡巧施诈降计 进沈阳误入虎狼窟

上回书说的是努尔哈赤攻界凡城被冷箭射中，经部下救起，退到山下。这是一支带倒须的铜镞箭，拔箭头时带出一块血肉。急忙敷上创伤药，血倒是止住了，但疼痛难忍。撤兵以后，努尔哈赤日夜同部下商议取界凡之策。噶哈善哈思虎献上一计说："阿哥今日受了箭伤，界凡城的人必然松懈无备，我们派人去诈降，就说阿哥伤重，士气低落，人心涣散，巴穆尼必然相信，那时来个里应外合，破城报一箭之仇。"努尔哈赤认为此计可行，但不知派谁去诈降为好。噶哈善哈思虎、常书兄弟是亲戚，当然不便前去，那么就是找一个使他们毫无戒心的人，这时只听一人应声而出：

"我去！"

大家一看，乃是安费扬古。安费扬古，祖籍觉尔察，以地为氏。其地有名加虎者，生子七人，被觉昌安讨灭，安费扬古尚在襁褓中，随其祖移居瑚济寨，归附宁古塔贝勒，受觉昌安役使。安费扬古常随其父完布禄出入赫图阿拉，同努尔哈赤相识，结为少年好友。古勒城之变，觉昌安父子被害，努尔哈赤势孤力单之际，安费扬古仗义来投。同时来投者，还有额宜都，姓钮祜禄氏，世居果勒敏珊延阿林，后投奔其姑夫嘉穆湖城主穆通阿。穆通阿之子就是噶哈善哈思虎。他们联合沾河寨主郭络罗氏常书、杨书兄弟一齐来投。努尔哈赤将三个族妹分别嫁与额宜都、噶哈善哈思虎和常书，结为亲戚。就是因为安费扬古没有同他们结亲，他才说："我同巴穆尼素无交往，又与主子非亲非故，我去诈降，他必不怀疑。咱们约定个攻城日期，到时里应外合，准能成功。"努尔哈赤大喜道："你去甚好。"几人商量了破城的办法，制定了行动方案，安费扬古辞别上路。

且说界凡城主巴穆尼自击退努尔哈赤的进攻以后，杀猪宰羊庆贺胜利。布库也带了从人，前来祝贺。热闹了两三天，布库要回甲版城，准备当满洲国主。临行再三嘱咐巴穆尼，千万不要小看努尔哈赤，应加倍提防。只要五城联合，等满洲国一成立，赫图阿拉等六城一归附，剩下努尔哈赤孤树不成林，早晚必被消灭。万一不慎被他打开缺口，那一切计划全被打乱，后果不堪设想。巴穆尼虽口头答应，心中却不以为然。他击退了攻城之敌，又射伤努尔哈赤，产生了轻敌思想。

当时同布库联盟的五城是：鹅尔浑城、马尔墩城、萨尔浒城、界凡城和兆佳城。五城中，界凡城的位置十分重要，位居建州三卫通往抚顺的咽喉要路上。城筑于山巅，地势险峻，有甲兵四百，粮草充足，布库特别看中这里的易守难攻，五城枢纽的地理位置，没少给巴穆尼送银子，坚定他的信心。努尔哈赤也看中了它的重要性，出兵先打界凡城。

这天巴穆尼城主正在和奈喀达合计为其兄诺米纳报仇的事，忽然守城兵来报："波罗密城大将安费扬古投奔主子，现在城外，不知主子准不准许进来。"巴穆尼一听，来投我？是真是假？奈喀达说："努尔哈赤的人都是死党，他来投奔不可信。令军士放箭，把他射杀于城外，不能叫他混进来。"

"不。"巴穆尼说："努尔哈赤身负重伤，他的部下弃他另投新主也是可能的，放他进来问问情况再处置不迟。"奈喀达虽不乐意，却不便阻止，自己毕竟是客人。

工夫不大，安费扬古被领进来。他打了一个千儿："参见巴穆尼城主。"巴穆尼问道："你为什么来到我这小小的界凡城？是努尔哈赤派你来的么？"安费扬古不慌不忙地说道："努尔哈赤箭伤很重，现在躺在炕上叫唤，部下人心惶惶。我看他性命难保，所以特来弃暗投明。"

"你说的话可是真的？"

"我先来看看巴穆尼城主能否容纳，额宜都还要来。除了噶哈善哈思虎、常书、杨书兄弟是他的亲戚顽固到底而外，其他旁不相干的人都有异心。城主能容我在这呆下，他们都能过来。"巴穆尼一听大喜道："阿布卡恩都力助我，助布库成功也！"

巴穆尼容纳安费扬古的归降，奈喀达心里始终不安。他根本不相信这是真的，忙派心腹骑马下山，去找布库报信。

当天夜里，界凡城下又来了一伙人，天黑看不清楚有多少人马。巴穆尼在梦中被惊醒，忙问出了什么事？部下说城外来了一队人马，不知是干什么的，要通报城主。巴穆尼心中一动，莫不是额宜都他们来投，即令叫过安费扬古，让他上城辨认。此时最警觉的还是奈喀达，他感到事有蹊跷，寸步不离巴穆尼，眼睛盯住安费扬古。一行人上了城楼，城外有无数人马叫门。巴穆尼向下问道："你们是什么人？深更半夜，来我界凡城有何事？"城下答："我们是波罗密城额宜都扎尔固齐部下，来

第三十九回　取界凡巧施诈降计　进沈阳误入虎狼窟

此投奔安费扬古夸兰达。"安费扬古站在城上问道："额宜都在哪里？"

"额宜都在此！"

"小罕子怎么样了？"

"活不到亮天。我背着噶哈善他们，偷着把队伍拉过来了。巴穆尼城主为人怎么样？不行我们去投奔马尔墩。"

"巴穆尼城主礼贤下士，你别打错主意了，跟我一块干吧，赶快进城休息。"

巴穆尼听着他们的讲话，认为努尔哈赤果然旗倒兵散。他要扩充实力，不能叫这支队伍投靠别人去，忙命令："开城！"奈喀达这时不能沉默了，他婉转地劝阻道："我看先叫他们在城外休息几个时辰，待亮天开城再放他们进来不迟。"

城下听完了，骂道："放你额娘狐骚屁！你要冻死我们怎么的？走，不进了，上马尔墩去！"

安费扬古急道："不能让他们走啊，巴穆尼城主，这事得你拿主意。"

巴穆尼一声命令："开城！"

城门在黑暗中打开，城外人马呐喊着拥进来，见人就杀，见房子就点火，一时人声鼎沸，全城大乱。

巴穆尼知道中计，忙往城下跑。安费扬古拔刀在手，大喝一声："巴穆尼！你往哪里走？"巴穆尼两手空空，无法抵挡，被安费扬古手起刀落劈于城下。奈喀达趁慌乱之际逃出城去，奔回萨尔浒城。

界凡城被占领。当布库得报后，急得满头大汗连夜奔向界凡城时，他晚来了一步，界凡城已经失守，巴穆尼被杀。布库跺脚捶胸，唉声叹气，连说误事、误事。可见，界凡城对他是多么重要。

努尔哈赤用诈降计夜袭界凡城，又乘胜进兵萨尔浒城。奈喀达战死于城外，萨尔浒城主卦喇腿脚不灵，是个瘸子，被杀于家中。

努尔哈赤连夺两城，声威大震。暂时按兵不动，在家养伤。转过年，箭伤痊愈。只是铜箭镞有毒，浸入骨髓，终身不愈。

布库搞的五城结盟，两城已破，他慌了手脚。此时要不给努尔哈赤一点颜色看看，他就难在辽东站住脚。他跑到马尔墩城，找着那木占、萨木占兄弟，让他俩无论如何想办法，也要压住努尔哈赤这股气焰，找机会教训他一下，挫一挫他的锐气。

也是该当出事。因日久无事，努尔哈赤邀来的同盟者要回归自己的城寨，那里有他们的家眷，日久在外，思念亲人，这也是人之常情。常书、杨书兄弟回归沽河寨；噶哈善哈思虎也要返回嘉木湖城。临行前，他们约定秋后起兵，到时各领本部人马来会，确定攻击目标。噶哈善哈思虎青年英勇，武艺出众，对努尔哈赤忠心耿耿。努尔哈赤特别看重他，把自己的亲妹妹嫁与他为妻，他更加感激涕零，舍身相报。

这一日，噶哈善哈思虎告别了大舅哥努尔哈赤，带了几名戈什哈，急回老家嘉木湖城去看分别日久的妻子。从努尔哈赤住地波罗密山城到嘉木湖城全是山路，丛山峻岭，地势险要。噶哈善哈思虎一心想回家，不知不觉走上了一条山路。他没有任何思想准备，忽听一声断喝："站住！"噶哈善哈思虎吓了一跳，定睛一看，认识，原来是萨木占带着两个壮汉挡住去路。这两人也认识，一个叫讷申，一个叫完济汉，都是马尔墩城的人。因萨木占是妻兄努尔哈赤继母的弟弟，噶哈善哈思虎便叫了一声："那克出，你在这干嘛？"

"干嘛？小兔崽子，要你的命！"萨木占吩咐二人："上！"

"这是怎么回事，我并没有得罪你啊。"

"少废话！你和小罕子是一党，残杀诸申，攻城夺池，你额其克龙敦叫我收拾你。"

说实在的，要凭对打，萨木占他们三个也不是噶哈善哈思虎的对手。他们走了几个照面儿之后，萨木占三人跳进树林。噶哈善哈思虎无心去追，赶紧上路。走不几步，一声梆子响，无数支冷箭从树林内射出，噶哈善哈思虎无处躲藏，被射中头颅倒地而死，年仅二十三岁。

噶哈善哈思虎的随从逃下岭去，报与努尔哈赤。努尔哈赤突然听到妹夫遇害的消息，真是悲愤交加，召集家族人等，商量去现场收尸。家族人等均表示沉默，无人肯响应。努尔哈赤气愤到了顶点，大声说："你们不去，我自己去！"龙敦说话了："你得罪了那么多人，人家才杀了你妹夫，是给你看的。你自己要去收尸，不是白白送死吗？"努尔哈赤听了这话，更加满腔怒火，他跨上战马，向事发地点驰去。跑到岭下又转回来，进入赫图阿拉城里，边跑边喊："要杀我的人快快出来，我在这等着他！快快出来，不敢出来你是孬种！"族人惊诧不已，没有一个人敢出来答话。努尔哈赤才同亲族兄弟去南岗收回噶哈善哈思虎的尸首，隆重安葬。后来，努尔哈赤将寡妹改嫁给杨书，不提。

且说龙敦唆使萨木占截杀噶哈善哈思虎，其目的是铲除努尔哈赤的亲信，削弱他的势力，压一压他的气焰，结果没能奏效，努尔哈赤反而新仇旧恨，一起清算，坚决同布库斗争到底。龙敦召集宁古塔贝勒各支

第三十九回　取界凡巧施诈降计　进沈阳误入虎狼窟

子孙五十余人跪于堂子，对祖宗发誓道："爱新觉罗家门不幸，出此逆子，将会使宗族罹祸，辱及先人。今阖族人等，对达玛法发誓：铲除逆子，以靖门户，同心同德，始终不渝。"

堂子聚会设誓以后，在龙敦的策划下，搞了一系列暗杀勾当，皆未能得手。努尔哈赤势力在一天天扩大，一时文臣武将云集。努尔哈赤也就离开狭小的波罗密山城，另在呼兰哈达山下离赫图阿拉不远处，筑一城堡，称做佛阿拉①。新城草创以后，定国政，立法度，自称贝勒。时有舒穆禄氏扬古利自东海瓦尔喀来投；雅尔古寨主佟佳氏扈拉瑚率其子扈尔汉来归附。附近城寨闻风丧胆，有的脱离了布库，投向佛阿拉，布库的势力被削弱。

万历十四年七月初，努尔哈赤经过充分准备，集中六百人马，又向布库盘踞的甲版城发动进攻。布库调集了满洲五部落人马共八百人，前来迎抵。两军相遇于噶哈岭，排开了阵势。由于努尔哈赤占据岭上，居高临下。布库晚来了一步，被挡在岭下。交锋时努尔哈赤军如猛虎下山，布库队伍很快被冲散，被杀大半，其余四散逃窜，钻入密林。布库在山下望见五部联军不耐一战，自感大势已去，遂仰天长叹，逃回甲版城里。努尔哈赤乘胜追击，途中又会合常书兄弟四百人来援。

自万历十一年五月开始，以报父、祖仇为名，历时三年半，共出兵四次，双方交战互有胜负。自从界凡城被攻破以后，布库失去了战略枢纽要地，便走了下坡路。明朝看布库难操胜算，也产生动摇，所以布库的满洲国始终建立不起来。目前他只有潜伏于甲版城内，等待时机。当努尔哈赤率领一千人马向他袭来时，他已无力抵抗，带领家眷子女逃入明朝境内。努尔哈赤率领部下再一次攻入甲版城的时候，仍同上次一样，扑了个空，布库全家已不知去向。抚顺关外各城寨均已收服，布库能藏到哪里去？肯定进了明边，明朝能庇护他，现在只有向明朝要人。他知道抚顺雄关如铁，难以冒犯，便对部下说："我阿玛、玛法未损明朝一草一木，却被他们害死。我自起兵以来，亦未损害明朝寸土，他们却百般刁难，袒护布库。今儿个我偏要惹他一下，叫他知道咱的厉害。"他不打抚顺城，绕道杂木寨，偷越鸡冠山，奇袭柴河堡。这里是哈达与明边的接壤地带，守备空虚，是个薄弱环节。奇袭果然成功，有额宜都、安费扬古、扬古利、扈尔汉以及常书兄弟等人英勇善战，边境明军

---

① 初时叫"阿拉"，迁入赫图阿拉后，才改阿拉为佛阿拉，俗名"老城"。

被打得落花流水，深入明境百余里，如入无人之境。

警报传入沈阳，李成梁大惊，忙派人到军中，责问努尔哈赤，为什么兴兵犯境？努尔哈赤答道："你回去告诉李总兵，我信了他的话，往返一个月有余，奔波一千余里，没有找到布库。他又不能上天入地，不是明明在你们那里还能在哪里？这次我要亲自查遍辽东各城寨，找不到布库，誓不罢休！"

来使无言可答，忙回沈阳向李成梁报告。李成梁一想，坏了，常听人们传说，女真人满万便不能抵，而今他攻城夺寨，仗着一股锐气，目前无人可以遏制他的势力。守军不是对手，若被他占的城堡多了，朝廷知道，如果怪罪下来，不仅前功尽弃，还要受到处罚。若统兵亲去征剿，又怕不能取胜，贻笑于世。"这个女真娃子，如今翅膀硬了！"他正在进退两难，主意不定之时，部将李宁揣摸透了他的心思，便进言道："大人，建州夷人起兵无非是索取布库，他们曾扬言，古勒之役，叫场、他失①被杀，系布库所为。大人正好将计就计，将布库交出，释建夷之怨。"李成梁说："本帅何尝不想这么做，可这布库现在什么地方，一时难以找到啊！"李宁献计道："大人，可一面差人去制止努尔哈赤进兵，答应他一定捕送布库；一面行文各城堡关卡，打听布库消息。只要他不出辽东，总会有下落的。"

"也只有如此了。"李成梁说："那么就劳你一趟，去见哈赤，传达本帅的意思。让他停止进犯，等候几日，找到布库一定给送来。"

李宁领命，来到边境，见了努尔哈赤，转述了李成梁的话。努尔哈赤说："不进兵可以，可是我不能撤回去。一日见不到布库，我便一日不撤军，我也不怕他李成梁缓兵之计。"李宁立誓，下了保证。努尔哈赤又说："我本无意冒犯天朝，只是布库逃入边内，我不得已而入境。请你回去告诉李总兵，这次如果再要欺骗我，可别怪我新账老账一齐算，我现在有五千披甲，取沈阳不费吹灰之力。"

李宁唯唯而退，回沈阳如实回禀。李成梁也许还记得哈赤脚心的七颗红痣，投鼠忌器，始终回避与他正面交锋。他左思右想，觉得除了捕送布库没有更好的办法。反正是他们女真人内部的事，我何必搅在里头，便多派人去打听布库的行踪。

事有凑巧，偏偏这布库听说努尔哈赤兴兵犯界，估计是为自己而

---

① 即觉昌安，塔克世，明人多如此叫。

来。他想探听一下明朝的意图,是否真的叫他去做满洲国主,便自动找上门来。他本来住在辽阳,有辽东巡抚庇护,这回他背着辽东巡抚,特意跑到沈阳,去找李成梁,请求他出兵帮助恢复丢失的地盘。

李成梁得知布库来了,心中大喜。真是踏破铁鞋无觅处,得来全不费工夫。一边吩咐手下亲兵如此如此,一面传令:"有请。"

布库丝毫没有怀疑,得意洋洋地骑马进城。不想过护城河吊桥时,坐马突然受惊,后腿蹬空,一只后蹄掉在桥下。幸亏是一匹良马,不然的话,连人带马就都翻到河里去了。布库拢住丝缰,立在吊桥中间,惊魂稍定,他犯了寻思:马失后蹄,险些落水,这可是不吉之兆,便有意退回去不进城了。这时迎接他的李成梁手下差官①看出他这个意思,回头说道:"快去回禀大人,客人已到"。这是一句暗语,意思是布库已经来了,进不进城尚在两可,让李总兵快拿主意,不要使他跑掉。从人会意,先走入城。差官回过身来一把拉过布库坐马的缰绳,安慰他道:"城主受惊了,为什么不换一匹好马?骑这等劣马,岂不是耽误事?"布库一摇头:"不,我这是上等好马,今日莫非时辰不利?改日再来吧。"差官紧紧拽住缰绳不放,硬是一步一步把马牵过吊桥。布库刚一过桥,吊桥就被扯起,想要回去,已不可能了。差官又陪笑道:"城主,李总兵奉了朝廷的旨意,准备退了哈赤兵之后,送你回满洲为五部之主,今日就是商议此事。"利欲熏心的布库,至死不悟。马失后蹄的凶兆又被他忽略了。他极力巴结明朝的目的,就是要当满洲国主。听差官这么一说,又勾起了他的欲望,精神为之焕发起来:"是真的么?"

"怎么不真,见了李总兵就知道了。"

一边说着话,早已进入城内,布库又想起刚才坐马失蹄,恐非吉兆,心里不觉又忐忑起来。怎奈不知不觉地已经进了城,只得硬着头皮被领到总兵衙门。

差官把他领进辕门,让他在此稍候,自己进入大堂,有护兵把布库监视起来。

这时报信人早已见过李成梁,免不了又临时安排一番。沈阳城已如铜墙铁壁,就是有人长了翅膀也难飞出去,布库尚蒙在鼓里,还做他满洲国主的美梦呢!布库虽处此危境,但有他的想法,我布库一心一意效忠明朝,要代明朝治理建州,你总得对我的忠心有所回报吧?

---

① 临时派出办事的军人,一律称差官。

不大工夫，大堂门一闪，里边一声吆喝："李总兵大人有请图伦城主。"出来两个差官，把布库领进大厅。只见李成梁居中高坐，旁边设一坐位。见布库进来，李成梁略点点头："别来无恙。"布库连忙鞠躬："总兵大人一向安好。"

李成梁轻轻一挥手："请坐吧！"

布库走了几步，近前坐下。他看得出来，李成梁今天神色异常，眉宇间透出一股杀气，他感到毛骨悚然。

李成梁咳了一声说："前几年，我办了一件错事，到现在是块心病，久治不愈。今天请你来，帮我除病消灾。"

布库躬身答道："在下不懂医术，大人何不请名医调治？"

李成梁苦笑道："谁也治不了我的病，非你不可。"

布库心中暗暗吃惊，说道："大人请讲病情。"

李成梁又笑道："其实倒很简单，努尔哈赤三番两次出兵骚扰，攻城夺寨，是我一块心病。"

布库说："那好办，以大人之神威，大军征剿，可一鼓荡平。"

"哼！"李成梁的鼻孔里，勉强挤出这个字音，随即说："没有那么容易吧！"

布库愕然，不知如何是好。李成梁锐利的目光，忽地落在他的脸上："你投奔我以来，我待你怎么样啊？"

怎么样？布库心知肚明：我连失五座城寨你都不能助我一把，落得我一家逃亡在外，还问什么怎么样？但他不敢表露一句，只能违心地说："大人待我天高地厚。"

"那你要替我分忧，帮我退哈赤之兵。"

"我？"布库张口结舌，简直坐不住了："我现在手下没多少人了，抵挡不住他。"

"不。"李成梁鹰隼一般的眼睛盯住他："你一个人就可以退敌。"

布库脸上的汗刷地淌下来了："请问大人，当用何策？"

"用你的脑袋就够了！"

布库一听魂飞天外，伏地叩头，连连哀告："大人饶命啊，布库誓死忠于朝廷，大人千万不能这样做。"

"这个我知道。可是你给朝廷找了麻烦，以至兵连祸结，边境永无宁日，你是死有余辜。"

布库知不能免，站起来骂道："李成梁，你背信弃义，卖友媚敌，

第三十九回　取界凡巧施诈降计　进沈阳误入虎狼窟

329

将来不得好死！小罕子早晚要葬送大明朝的江山，你养痈贻患，成千古罪人！"

"这个我不管。"李成梁喝令："来人，给我拿下！"

正是：

> 方才还是座上客，
> 转眼变成阶下囚。

要知布库性命如何，且待下回再叙。

扈伦传奇

第四十回　布库受戮建州报怨　孟古出嫁叶赫联姻

且说努尔哈赤在边境上等了几天，不见音讯，便将队伍撤离，距抚顺关三十里安营扎寨，天天派人到关上打探消息。正等得不耐烦之际，明军传出话来，告诉努尔哈赤："布库已经找到，明朝是天朝大国，不能随便交人。要布库，你们自己派人来捉吧。"谁都明白这话的意思，明朝既要出卖盟友，又要保住天朝大国的面子，不能由他手上交人，而是要变通一下，允许入境自己捉拿。努尔哈赤就知道布库已成被缚的羔羊，只等宰割的命运。他叫过侍卫斋萨吩咐道："布库已被明朝捕获，你带四十名士兵，到关上妥善处置，相机行事，千万不能叫他再跑掉，将他活捉来见我。"

斋萨领命，来到抚顺关外，等着明军开关交人。工夫不大，关门开了一道缝，几个军士把布库从门缝推出来，然后把门关上。布库欲攀垣登墙逃跑已不可能了，浮梯已被抽去。手忙脚乱又惊恐万状的布库，急爬墙欲逃，不想脚下一滑跌坐在地上，还没等他翻过身来，即被斋萨按住。众军士一拥上前，将他推入槛车，向东驰去。

努尔哈赤得知斋萨押解布库回来，心中大喜，忙令刀斧手伺候。大开营门，刀斧手站立两边，亲兵卫队擎着刀枪，齐刷刷像树林一样。押送布库的槛车，从密布的刀枪丛中钻过，这个阵势，不用说槛车内的布库惊得半死，就连推槛车的士兵也吓得腿肚子转了筋，因为他们从来未见过这个阵势。

斋萨跑步上前，单腿跪地，双拳一抱："禀告主子，布库现已捉到，请主子发落。"

"很好。"努尔哈赤一扬手："带上来！"

刀斧手打开槛车，拖出布库，瘫坐在帐前，努尔哈赤以刀触地，恨声不绝："你这贼子，无缘无故害我阿玛、玛法，也有今日！"

布库昏昏沉沉，勉强睁开眼睛，向上一看，只见正面端坐一个青年，一脸怒气，两边排列十余名将士，虎视眈眈，个个威武雄壮。不用问，那个青年准是努尔哈赤了。小时他见过，前不久在噶哈岭上，他们还交战过。当时没能胜了他，如今落在一个晚辈手里，是死定了。他闭

上眼睛,无话可说,只求速死。

努尔哈赤冷笑一声:"哼!想死?没那么容易。我要剜出你的心肝,祭我二老的亡灵。"

布库辩白一句:"你阿玛二人的死,与我无关,当时我不在古勒城里。"

"不在城里也是你勾引明兵杀的,我有证据。"

布库知辩解也没用,索性闭上眼睛等死。

努尔哈赤当时并没有处置布库,下令大军拔营撤回,押着布库,回归赫图阿拉。大队人马沿着苏子河,穿山越岭,缓缓而行。两天以后,来到距赫图阿拉十里的尼雅满地方,大军扎住,不往前行。并派人骑快马回赫图阿拉报信,让宗族人等都来观看处置害父祖仇人布库。赫图阿拉城里城外,纷纷传扬,布库被捉住了。宗族里有暗中支持布库的,有给布库通风报信的,这些人当然不会来,但也有少数好奇之人跑去看热闹。

时当七月,进入伏末,骄阳似火,天气比较炎热。尼雅满地方地势开阔,苏子河边平坦沃原,既有肥美的良田,又有茂密的森林。就在河边不远处长着一棵大树,临近路旁。

努尔哈赤停止行动后,他下了马,走向这棵大树,树的旁边,草丛里闪出一座坟墓,墓上也长满了蒿草。努尔哈赤令部下清除蒿草,墓虽不大,却很显眼,众人看得清楚,一块不大不小的墓碑露了出来。墓碑阴刻着两行汉字:

宁古打贝勒赫图阿拉活吞达觉昌安玛法　暨其子塔克世阿玛之墓

这是怎么回事?

原来三年以前,觉昌安、塔克世父子双双遇难之后,经过努尔哈赤几番交涉,李成梁奉明皇帝旨意,答应岁给白银八百两,蟒缎十五匹,另赐敕书、官印,并送还觉昌安父子二人的棺木。努尔哈赤亲到抚顺关迎接祖、父二人灵柩。回来的时候,走到距离赫图阿拉二十里的山弯处,突然有人来报,说布库带着大队人马从后面追来,不但要追回棺木,还要捉拿努尔哈赤。努尔哈赤身边没有几个人,又不知道这消息是真是假,未免心里着慌。他考虑到明朝答应送还棺木,转而反悔,令布库途中拦截也是有的。好容易把二老遗体运到此地，决不能再叫他们追回去。他催促拉着棺木的马车又跑了一段路，就听见远处的山谷里传出喊杀声。不好，果然有人追来，怎么办，情急之下，看见路旁一棵大树，树根处有一洞穴，深不见底。努尔哈赤急中生智，忙撬开棺盖，将父、祖两具尸体取出，放入洞穴内，上面又覆盖一层泥土，扔上几把干枯的蒿草做掩护，然后押着空棺走了一段，空棺也抛弃了，努尔哈赤带着几个随从，好不容易逃回波罗密山寨。

过了些日，平安无事，努尔哈赤又回到原地寻找父、祖遗体，棺木早已不见，路旁的枯树还在。扒开洞穴，两具尸体已经腐烂。因为明朝给他们穿了同样的衣服入殓，根本也就无法辨认哪个是觉昌安，哪个是塔克世了。

李成梁破古勒城阿台部是在二月初，还是天寒地冻千里冰封时期，觉昌安是被箭射中而死，塔克世是被火烧死。明兵奉令将他们尸体运到抚顺，厝于城外，令人好生守护，以备建州来人认领。努尔哈赤领回两副棺木时已到三月，天气转暖。现在又埋藏树洞好几日，受到潮气的侵袭，尸体已不成形，两具粘在了一起，气味难闻，想取出火化也不可能了。努尔哈赤实在没有办法，只好下令就地埋葬，两具尸体埋在了一起，才有了那块奇怪的墓碑。十几年之后，有术士给努尔哈赤相祖茔墓地，说尼雅满后边的山有十二山峰，状如巨龙腾飞，是一股龙脉，龙头止于苏子河，正应了"遇水而止"的吉象，久后必出帝王，可能传十二世。努尔哈赤信其言，将凡是能找到的祖先遗骨，都移到这里，建成了初具规模的墓区，此万历二十六年之事也。明天启二年，也就是努尔哈赤大金国天命七年，迁都辽阳后，又选中城东阳鲁山建陵，移父、祖及兄弟子侄墓于此，称东京陵。三十几年之后，清顺治十一年，定尼雅满墓地为永陵①，又将觉昌安、塔克世遗骸迁回，分别埋于福满②墓侧，追谥帝号，即景祖、显祖是也。

这些都是后来的事情。

闲言带过，回头再说努尔哈赤，今天带着大队人马，押着布库，来到这里，万分感慨，流了一回泪，心中发恨，暗道："害我二老的仇人

① 据史料载，当时称为"兴京陵"，顺治十六年改称永陵。
② 福满为努尔哈赤曾祖，追谥为兴祖直皇帝。

第四十回　布库受戮建州报怨　孟古出嫁叶赫联姻

李成梁，我惹不起你，今儿个就拿布库代替你……想到这里高叫一声："请大察玛①主持祭神！"

无人回应。

一个人上前轻声说："大察玛没来。"

"那么，就请穆昆达②。"

"主子，他们都不肯来。"

听见此言，努尔哈赤的气更大了。他知道，穆昆达龙敦一贯反对自己，又与布库勾通，当然他不会来，那么大察玛包石是自己的六叔祖，与自己并无宿怨，为什么也不来。有人小声对他说："是不是再派人去一趟，请他们务必来应个景③？"

"不必啦！"努尔哈赤愤愤地跪在土冢前，祷告道：

"玛法、阿玛亡灵在上，不孝子孙努尔哈赤，经过近四年工夫，终于抓到害我二老的仇人布库。现在献俘于灵前，我玛法阿玛魂若有知，当体谅儿孙的一片苦心，可以瞑目九泉了。"

祷告完毕，就在坟前设了座位，将布库剥得精光，绑在一个木桩子上。他又默念一遍：李成梁是杀我父、祖的仇人，我惹不起，今儿个只有拿你祭灵，也给那些与布库勾通的人看一看！

"谁给我动手，割了这个贼子。"

额宜都、安费扬古应声而出："末将愿为主子代劳。"

努尔哈赤一摆手："不用劳你二位。斋萨，还是你来吧！"

斋萨拔刀在手，走向布库。

"备酒！"努尔哈赤狞笑道："今儿个我要痛饮一番，喝一杯胜利酒。"

这布库五十来岁，长得肥胖，浑身雪白，早已惊做一团，闭目等死。斋萨用牙咬住刀背，在布库的胸脯上按了按。努尔哈赤一摆手："慢！"说完，他斟上一杯酒，用手指蘸了一下，向上弹了弹。如此三次，然后向坟头一洒："献给我玛法。"又斟了第二杯酒："献给我阿玛。"斟上第三杯酒，他双手擎起，向头顶连举三次，仰面朝天，一饮而尽，扔了酒杯，轻轻一抹嘴角："动手！"

---

① 即萨满。
② 族长。
③ 方言，即凑个数，或象征性的意思。

千余名军士列队站排,都睁起惊骇的眼睛看着这一幕。

斋萨刷地一刀,把布库的胸脯割去一块。"啊唷"一声惨叫,白皮肤就被血染红了。接着又把另一侧胸乳削掉,这布库就像杀猪似地,嚎叫不止。众军士毛骨悚然,有的背过脸去,不敢看。斋萨对准心窝刚要刺入,努尔哈赤一摆手:"停一下!"他站起来,走到近前,一阵狂笑,拍了布库头顶一下道:"感觉怎么样啊?你不是要当满洲国主吗?你讨好李成梁,谋害我玛法的时候,没有想到能有今儿个吧?啊?你那威风哪去啦?"

"你,你割下,我,我的头吧,我求,求你了……"

"你忙啥的。"努尔哈赤吩咐道:"先把他的舌头割下来,再叫他搬弄是非,挑唆害人。"

布库骂道:"你这个豺狼不如的畜牲!我布库到阴间也要向你索命,叫你也不得好死!"说完一狠心,将舌头咬掉,"噗"地声吐向努尔哈赤,努尔哈赤猝不及防,鲜红血点溅到脸上,他本能地向后退了几步。

有人取过一个钩子,撬开布库的嘴,将他舌根勾出来,一刀割下,这时布库满嘴喷血,声音嘶哑,渐渐地没有了声息,光有喘气的动静。

"把眼睛剜下,他这个人有眼无珠,没看到咱们,敢和我作对。"

努尔哈赤一边擦着脸,一边又说:"手脚给我剁掉!"

布库还是没有死。

努尔哈赤环视一下众将,又说道:"我叫他所有的罪都遭够,所有的苦都尝遍,才能叫他死,这就是反对我的人的下场。"

布库终于被挖出心肝,祭了觉昌安和塔克世的墓。布库尸体被抛入苏子河,顺水漂没。

这惊心动魄的一幕,对他的部下起到了震慑作用。他们看到了这位主子心狠手辣,此后无敢冒犯者,他们都一心一意地跟他建功立业,誓死不渝。

努尔哈赤处死了布库,不知是心虚还是天热,他出了一身透汗,浑身酸软无力。

这时,部将安费扬古、额宜都、常书兄弟上前请回师。努尔哈赤浑身无力,令人砍倒捆绑布库那棵沾满血迹的枯木桩,又令众将跪地对祖墓磕了三个头,大军缓缓返程。在马上,努尔哈赤对众将道:"中原汉朝时代有过人彘,我倒想要布库也当一回人彘,可这里没有茅房,便宜

第四十回 布库受戮建州报怨 孟古出嫁叶赫联姻

335

这贼子了。"

"什么叫人彘？主子给我们讲一讲。"众将没读过汉文典籍，不懂得这段历史。努尔哈赤趁机卖弄起来："中原汉朝开国皇帝刘邦，先娶个元配妻子吕雉，后来又娶个小妾姓戚。刘邦当皇帝后，吕雉是皇后，戚氏称夫人。刘邦最爱戚夫人，有心立戚夫人的儿子为太子，这就使吕后恨死了戚夫人。吕后娘家势力大，刘邦未敢立戚夫人之子如意，封为赵王，派到外藩。刘邦死后，吕氏的儿子为帝，大权落到吕后手里。吕后开始报复戚夫人，将戚夫人灌上哑药，使她出不来声，砍去手脚，剜去双眼，扔到茅厕里，这就叫人彘。"

诸将恭维道："主子圣明，通今博古。这布库得罪了主子，真是罪该万死。"

努尔哈赤忽然想起了什么，仿佛记得"我布库到阴间也要向你索命"的话。他沉吟一会儿，对众将说："你们记住，方才处死这个人不准叫布库，给他起个好听名字，叫尼堪外兰。"

"尼堪外兰……"

所以在清代的史籍上没有布库之名，而有尼堪外兰之号。

附带再交待一笔：努尔哈赤剐布库活祭祖墓这是千真万确。可清朝修史时觉得残忍难书，无从下笔，改成明朝将尼堪外兰"付斋萨斩之以报"这么简简单单的一句话，真相便被隐去了。努尔哈赤下令起营，返回佛阿拉，大排筵席，庆贺胜利，军兵放假三天，部下各有升赏，从此威名远播，投者日众。

李成梁捉送布库不要紧，震动了边外诸国各部，都认为明朝依靠不得，说不定什么时候就会出卖你。他们又认为努尔哈赤是当代的英雄，居然能够令李成梁乖乖听话。

消息传入叶赫国，西城贝勒布寨同堂弟东城贝勒纳林布禄商议道："我们的祖先三代都死于明朝和哈达之手，阿玛又被李成梁杀害。几代深仇大恨，怎么能报？如今看来，李成梁就怕一个人，建州努尔哈赤。咱弟兄要能取得他的援助，那李成梁就不敢威胁叶赫了。"纳林布禄更是年轻狂躁，听了阿哥的话，也不加考虑，满嘴赞成，并说道："努尔哈赤要帮助咱们，那当然好。咱们再借用蒙古各部势力，足以反明，活捉李成梁，为阿玛和阿牟其报仇，也像努尔哈赤捉住布库那样，挖出李成梁的心肝，祭二老之亡灵。可就是不知道努尔哈赤肯不肯帮助咱们。"

布寨说："四年以前，努尔哈赤追赶布库的时候，曾到过叶赫，额其克当时把阿嫩孟古许他为婚。现在孟古已经长成,他们一成婚,努尔哈赤看在亲戚的份儿上,准会帮助咱们。"纳林布禄一听小妹成婚的事,心情立刻沉重起来。他吞吞吐吐地说了他的顾虑:"这个办法当然好。不过,已经有人抢在咱们前头,咱们晚了一步。"

"此话怎讲?"

纳林布禄说:"去年夏天,努尔哈赤已经娶了哈达歹商之妹,我的福晋是她姐,还去送亲了呢!"

布寨笑道:"那就更应该成全这门亲事。我们不能叫哈达自个儿沾光,冷落了咱叶赫。我看,这回你亲自送孟古去建州,论咱两家,你是他的阿浑;从哈达论起,你和他又是哥离①,比歹商更近乎一层。"

纳林布禄一听此言有理,同意这么办,遂入后堂见额娘,商量此事。

纳林布禄的父亲杨吉砮当年娶哈达万汗之女为福晋,生了一个儿子叫哈尔哈麻,和他父亲同在开原城遇难。杨吉砮因怨恨万汗叔父旺济外兰杀死祖父祝孔格,并掠去叶赫敕书,对万汗女儿便不很尊重,不久又娶蒙古恍惚太之女乌云琪琪格为侧福晋,宠爱有加,冷落了万汗之女。乌云琪琪格生了两个儿子,即纳林布禄和金台石。杨吉砮另有两个女儿,长女是哈达纳喇氏所生,小女为乌云琪琪格所生,取名孟古。孟古与蒙古音同,意为蒙古之女。杨吉砮死那年,孟古刚满十岁,如今已经十四了。孟古不仅生得花容月貌,一表人才,而且性情温顺,端庄大方,更兼知书达礼,相者都称其为贵相,久后定非凡人。可是也有术士见了孟古,则私下议论:人不能完美无缺。俗话说,人无完人,金无足赤。观此女实难觅一短处,恐非福相,其寿必不永。

时人品评议论暂且压下。

回文再说纳林布禄来到后堂,见了额娘乌云,提出了送妹去建州完婚的主张。他母亲说啥也不同意,认为女儿太小,千里远嫁,实在舍不得。纳林布禄再三解释,说明送妹成婚之后,以便借建州兵的帮助,反明讨伐李成梁,为阿玛报仇。乌云听说联姻是为了报仇,也不再反对了。本来她对李成梁恨之入骨,只要有人肯为之讨伐李成梁为夫报仇,她什么都可以答应。纳林布禄派出使者,到佛阿拉通知努尔哈赤,叶赫纳林布禄贝勒定于万历十六年戊子之夏,亲送妹到建州完婚。

第四十回　布库受戮建州报怨　孟古出嫁叶赫联姻

---

① 连襟。

二十九岁的努尔哈赤,这时已经娶了四个福晋,生了五男三女,是八个孩子的父亲,叶赫纳喇氏孟古格格依顺序是第五房。此女年纪虽小,因出自叶赫王族之家,前贝勒之女,现贝勒之妹,自然受到格外尊重。当纳林布禄率领送亲车队到达建州境上时,努尔哈赤身披彩红,骑着高头大马,率领家族各头目,文武各官员,迎到百里以外。杀猪宰羊,祭祖敬天,大宴成礼,款待纳林布禄一行叶赫送亲者,招待国内众来宾,喜气洋洋,好不热闹。纳林布禄在佛阿拉住了几日,留心观察一下建州的形势,但见衙署、兵营、工艺作坊、官署民宅,有条不紊,文武官员各司其职,一派繁荣景象。纳林布禄心中欢喜,以为结了这样亲戚,对叶赫未来的发展,是大为有利的。

　　亲事办完,纳林布禄也要返回叶赫了。努尔哈赤率领众文武、众族人,送到边界上话别。纳林布禄临别时拉住努尔哈赤的手,语重心长地说道:"当年阿玛将十岁的孟古许给你,足见他老人家眼力非凡。可惜,阿玛中了李成梁的奸计,惨死在开原。他老人家的深仇大恨,看来只有你能让他瞑目了。"努尔哈赤先是一惊,继而干笑道:"既然咱们成了亲戚,那还分什么你我?老人家的仇,咱们都有责任,谁也推脱不得。叶赫的事,就是我的事,请阿哥放心,我一定不会袖手旁观。"

　　"好。"纳林布禄高兴道:"有你这句话,我心里就有底儿了!"

　　到了分水岭上,努尔哈赤等送行队伍停止了脚步,目送叶赫人马车队下山。纳林布禄忽然又转回来,走到努尔哈赤的面前,在马上一抱拳:"阿哥要你最后一句话,叶赫屡被李成梁欺侮,阿玛、阿牟其、大阿哥都死在他手,我要报仇,力量又不足。如果贝勒能以建州之兵支援一下,我回去就敢起兵攻开原。"努尔哈赤随口说道:"叶赫与建州,已结姻亲,阿哥只要攻明报仇,我们不能坐视不管,请放心去干吧。"

　　"多谢了!"纳林布禄在马上一揖,又说了声"后会有期",拨马驰去。

　　努尔哈赤望着纳林布禄远去的背影,在山冈上立了良久,若有所思。忽然,他仰天大笑,笑过之后,抬头望了望西斜的太阳,吩咐道:"时候不早了,回城!"

　　再说纳林布禄把努尔哈赤一句应酬的话当成诺言,兴冲冲地返回叶赫。他直接进入西城,去见布寨,向他讲了在佛阿拉的见闻,又说得到努尔哈赤的许诺,叶赫出兵反明,他定来相助。布寨是促成送妹完婚的始作俑者,目的无非是通过联姻取得建州的支持,反明报仇。今日听了纳林布禄一说，他反倒犹豫起来。努尔哈赤这么爽快就答应了，连个交换的条件也没提，他不相信。纳林布禄坚持反明立场，认为现在正是报仇的时机，错过这个机会，将来形势一变，那就更遥遥无期了。他认为，有建州的援助，我们怕什么！李成梁不是就害怕努尔哈赤吗？我们就用努尔哈赤来对付他。布寨说道："你去建州这几天，我反复考虑过，先人之仇不是不想报，可时机未到。咱们力量有限，努尔哈赤的话也不足凭信，如果轻举妄动，有害无益。明朝是中原大国，咱得罪不起，弄不好还会像先人一样，落了个身首异处的下场。"

"阿哥！"纳林布禄大声道："主张的也是你，反对的也是你，这么前怕狼后怕虎，能干成什么事？"布寨没有发火，平静地说："我看，还是慎重些好。"

"这一点阿哥请放心，只要我们这边一动手，建州人马就会赶来支援，这不会有错。"

布寨沉吟不语。纳林布禄急道："你倒说话呀？到底干还是不干？"布寨还是不放心地说："努尔哈赤新近和明朝修好，他的志向是吞并建州各部，发展他自己的势力。这个时候，他为我们去得罪明朝，合算么？"纳林布禄笑道："这么顾虑起来，先人之仇何时能报？努尔哈赤亲口说的，文武官员都已听见，我想他堂堂一国之主，不能说了不算。"

"既然有把握，那当然好，不过也要防备万一。"布寨说。"我们没有同努尔哈赤共过事，对这个人还缺乏了解。"

纳林布禄一听，觉得阿哥的话也有一定道理。他一晃脑袋，想出一条妙计："我看这样办。咱们不直接起兵反明，还是采取老办法，出兵哈达，看一看明朝的反应。他要出兵援哈达，再看一看努尔哈赤是不是真的支援我们。建州不出兵，我们再从哈达撤兵不迟，反正咱们也没侵犯明朝。"

"出兵哈达，什么理由？"

纳林布禄说："孟格布禄现在咱叶赫，他的领地被歹商占据。咱们借给他兵马，帮助他收复领地。这样歹商必不答应，他们叔侄打起来，叶赫以调解哈达纠纷为理由，出兵占领哈达，就把明兵引出来了。"布寨说："引出明兵倒很容易，建州兵要是不出动可怎么办？"

"放心吧！"纳林布禄很有把握地说："努尔哈赤不像是说话不算数的人。这一点，我比你清楚。"

"如果真是这样，那当然更好。我总心里没底，万一……"

第四十回　布库受戮建州报怨　孟古出嫁叶赫联姻

纳林布禄笑道："万一他不来援助叶赫，我去向李成梁谢罪。"

布寨同纳林布禄商量了起兵事宜，第一步先借一千兵给孟格布禄，支持他返回哈达，收回自己的田庄土地人口畜产。这孟格布禄有了叶赫的支持，腰杆又硬起来。他并不以收回昔日领地为满足，还要夺取原属于康古鲁的领地，烧掠歹商田庄，扬言要接管哈达城，驱逐歹商。歹商在走投无路的情况下，一面整军备战，抵制孟格布禄；一面遣使去开原、沈阳两处告急，请明兵支援。一场内部纠纷，演变成一场大规模的武装冲突。形势的发展基本上按照纳林布禄的思路进行，其结果却是令他们预想不到的。

正是：

谋事在人凭智慧，
成事在天听自然。

要知纳林布禄惹出的这场乱子如何结局，努尔哈赤出兵与否，且待下回再叙。

第四十一回　顾养谦调解哈达国　李成梁炮轰叶赫城

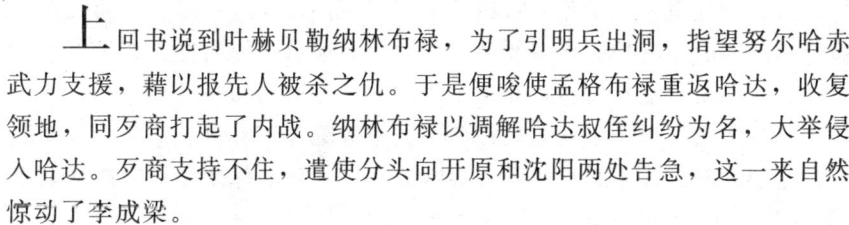

上回书说到叶赫贝勒纳林布禄，为了引明兵出洞，指望努尔哈赤武力支援，藉以报先人被杀之仇。于是便唆使孟格布禄重返哈达，收复领地，同歹商打起了内战。纳林布禄以调解哈达叔侄纠纷为名，大举侵入哈达。歹商支持不住，遣使分头向开原和沈阳两处告急，这一来自然惊动了李成梁。

哈达刚刚平静不久，忽然又出内乱，李成梁便亲自跑到辽阳，向巡抚辽东都御史顾养谦报告扈伦内乱情况。同时，他这也是给顾养谦难堪。本来，在处理海西女真问题上，两人意见分歧。顾养谦主抚，贯彻朝廷"羁縻政策"，反对一味穷兵黩武。他认为这样会把女真人逼上绝路，容易联合起来，共同抗命，那可不得了。李成梁好大喜功，主张把女真人斩尽杀绝，以杜后患。

在李成梁到来之前，辽东巡抚衙门上上下下已经知道扈伦内乱的事，顾养谦不改初衷，还是考虑以怀柔手段平息内乱。未料到李成梁这么快就登上门儿来。二人寒暄已毕，李成梁开口了："顾大人，想必不会忘记往年海西均敕的事吧？均敕虽是善策，只能维持一时的平静。要想长治久安，非武力围剿不可！这不是，南关才消停几天，又出了乱子，不知大人还有何策？"

顾养谦一听，心中十分不满，你怎么这么跟我说话！太狂妄了！他把火埋在心里，假装笑脸说道："是啊，当年老夫均敕实奉旨而为，非敢擅自专断。南关内乱，实因叔侄不和引起。听说歹商的妃子已被孟酋霸占不还；歹商又占据孟酋领地不退。纠纷不可避免，这都与均敕无关。只要孟酋归还歹商妃子，歹商让出孟酋领地，叔侄重新和好，共主哈达，矛盾即可化解。"

李成梁冷笑一声，说道："愿听大人高见。"

顾养谦道："其实说难也不难，向他们宣谕朝廷旨意，即可奏效。"

"那好。"李成梁站起来说："卑职在河边钓几天鱼，休息一下，静待大人佳音。"说完，告辞出来，回到他原来的总兵府里。

顾养谦派人到哈达，找着孟格布禄，向他宣布朝廷的谕示："和歹商"。孟格布禄背后有叶赫撑腰，拒绝顾养谦的调解，抵制明朝的宣谕。纳林布禄得知明朝调解不成，更加有恃无恐，又从福余卫恍惚太处请来两千人马，攻入哈达西境。叶赫兵分头出击，大肆掠夺哈达的人畜财产粮食，歹商田庄烽火连天，房屋多被点着，烈焰冲霄，经夜不息，连孟格布禄的领地也未能幸免，哈达几乎国将不国，一片狼藉。叶赫兵在焚掠哈达的同时，又控制住镇北关、广顺关的通道，使乌拉、辉发以及东海诸部入明贡市无路可通，断绝了明朝与北方诸部的联系。

消息传入辽阳，正在养病钓鱼中的李成梁并不着急，他要看一看顾养谦这场好戏。你不是反对我穷兵黩武么？那就叫你用怀柔手段去解决问题吧。他躲起来不会客，称病不出。顾养谦反倒沉不住气了，亲去总兵府，对李成梁说了好些客气话，李成梁才坐堂视事。李成梁一针见血地指出："孟格布禄为乱，背叛朝廷，实在是叶赫唆使。叶赫二酋，凶悍过于其父。他们要是不除，北边没有太平日子。"顾养谦至此不得不拥护李成梁的主张，同意武力征剿。

于是，李成梁调兵遣将，克期出师，大军直指叶赫。顾养谦不解其中之意，问道："汝器①兄，叶赫二酋侵扰哈达，大军不去哈达解围，直取叶赫却是为何？"

李成梁笑道："顾大人，'围魏救赵'的故事，卑职欲试一下。"

顾养谦也笑道："高。如此则二酋必从南关撤兵，回保巢穴。我军以逸待劳，免得追奔逐北，疲于奔命。"

李成梁打的进攻叶赫的主意，但在行动上特别诡密，没人知道他要去打仗。他采取黑夜行军，白天隐蔽，几天工夫，抵达北边军事重镇开原。到开原后，又派使去哈达秘密通知歹商，令哈达军配合，约定哈达兵在左肩上钉一块白布为记，以免发生误会。计划妥当，明军突然袭击。天不亮，大军从威远堡出发，人不呐喊，马不摇铃，悄悄地来到叶赫边境。

多日以来，叶赫只顾焚掠哈达，左打听李成梁在海州养病，右打听顾养谦在辽阳休息，根本也没有人知道明军昼伏夜行的情况。纳林布禄等得有些急躁，天天盼着明军出兵哈达的准确消息。他连去建州求援的使者都安排好了，只待李成梁大军一有动静即可去建州报警。

叶赫边境上有一寨堡，守寨头目叫做落罗，是西城贝勒布寨的表

---

① 李成梁字汝器。

兄,故此寨称落罗寨。落罗几次接到命令,叫他注意防守,注意开原方面明军的动向,发现异常情况及时报告。他留神注意了多日,并没有什么动静。传来的都是叶赫兵焚掠哈达田庄的消息,戒备也就有些松懈。这天还没起炕,守寨军士来报,不知从哪里来的明兵,把寨堡给围上了。落罗闻报,大吃一惊,赶紧起来。还没等他想好对策,明军使者叫门要见他。放入明使,传达李总兵的口谕,召他去见李总兵面谈。如果不去,大军攻破寨子,鸡犬不留。落罗不敢不依,只得大开寨门,迎接明军,自己随明使去见李成梁。李成梁命令在寨门上树起一面旗帜,以十八名卫兵守护。明军不准进寨,寨里人也不准出来,里外不准通气。然后,挟持落罗和他的两名亲随共三骑,引导明军人队向叶赫城进发。

　　路上,李成梁对落罗说:"你是布寨的亲戚,如果你能招降布寨,使我兵不血刃进入叶赫,就算你的头功一件,子子孙孙可永为落罗寨主。"落罗形同俘虏,哪里敢不答应,可他心里没底。

　　寨堡距离叶赫西城仅有三十里,亮天就到了。明军人不知鬼不觉地将城池围住。西城半在山上半在平地,范围较大,地形复杂,城高池深,易守难攻。布寨虽然不在城中,防守却十分严密,明兵无懈可击,只能远远围困。

　　明兵围城的消息当天传入哈达,布寨和纳林布禄闻报大惊,他们只注意李成梁会来哈达解围,没有料到他不救哈达却出兵叶赫这一手。兄弟二人怕老窝被端,急从哈达撤兵。派使上路,去建州找努尔哈赤求援。

　　叶赫急急退兵,歹商在另一路明军的配合下,向孟格布禄发起反攻。孟格布禄失去后援,战败逃出哈达。歹商因有明军帮助,又击退了福余卫的蒙古兵,他们均向叶赫境内逃窜。哈达的局势,又暂时稳定下来。

　　回文再说布寨、纳林布禄兄弟,怕王城失陷,急忙率军返回。到了距离都城十里左右,登上山头一望,见明军围困西城。布寨凭着骁勇善战,根本不把明军放在眼里。他带头冲下山去,向明军攻击。怎奈明军人多势众,叶赫兵仅有千名,众寡不敌。西城被围得铁桶似的,无法靠近城池。布寨只得弃了西城,同纳林布禄进入东城,坚守不出。

　　李成梁攻西城不下,移师东城。他说"擒贼先擒王",只要捉住二酋,两城不战自克。明军调动的时候,叶赫兵还没有撤完,明军尾随叶赫兵之后,一个忙着进城,一个忙着围城,两军同行,各不相扰,成为

第四十一回　顾养谦调解哈达国　李成梁炮轰叶赫城

战争史上一道奇观。叶赫兵进城完毕,明军也把东城围上了。李成梁登上一座高冈,察看东城形势,只见这座山城比西城更加雄伟。城分三重,城墙高厚,外以巨石环城为廓,城中央一高峰突起,四周陡峭。四面以木为栅,栅外以石为护。栅内斗拱飞檐,雕梁画栋,不用问,这是贝勒的王宫了。外城也是半在山边半在平地,以山势走向地形变化而砌筑,坚固又险峻。

李成梁不由倒吸一口冷气,知道此城比西城还要难攻。他下得山冈,回到中军大帐,聚众将商议道:"叶赫城坚难拔,我军远来,利在速战。若等敌援军来到,里应外合,我军更难取胜。不知哪位将军有破敌之策,制服二酋?"

一旁闪过游击将军吴希汉,向上一秉手:"大帅,末将以为,若出奇制胜,必须引蛇出洞。它要负隅顽抗,于我的确不利。末将愿领本部人马,前去叫阵,引二酋出来,可聚而歼之。"

"你去甚好。"李成梁说:"二酋凶悍,甚于其父,又狡狯异常,将军此去小心。"

"是。"

吴希汉率领本部人马,冲到城边,高声叫道:"布寨、纳林布禄二人听着:识时务者,快快出城投降,免你一死。若痴迷不悟,大军破城之后,玉石俱焚,草木不留,悔之晚矣!"

守军报入城中。纳林布禄说道:"先不要理他!等建州援兵一到,那时候里应外合,杀他个片甲不留,活捉李成梁那老东西!"

"贝勒爷,闭门不战,是软弱的表现。明兵远来,疲惫不堪,不如趁此机会,杀他第一阵,挫一挫他的锐气,也好叫他知道我叶赫的厉害!"

纳林布禄一看,此人原是福余卫恍惚太派来的大将,蒙古人,叫做巴当亥。这巴当亥长期留在叶赫,纳林布禄令为守卫王城的将军,待之甚厚。

"你的话也有点道理。那么就请你去挡他一下,给他个下马威看看。不要恋战,速去速回。"

巴当亥一拱手:"请贝勒爷放心,我这就去。不捉住明将,不回来见你。"

巴当亥点了五百人马,摇旗呐喊冲出城来。明将吴希汉正等得不耐烦,突然听见城中一声炮响,城门大开,一队人马涌出来。过了吊桥,两军射住阵脚。巴当亥一马当先，挥动一把大刀冲向明军。吴希汉一看这个人，容颜丑陋、面目凶恶、身体粗壮、膀大腰圆，知道是一员悍将。他把枪向后一甩，这是命令，明军齐向后退了五十余丈，然后一拍马迎上前去。巴当亥也不答话，对准吴希汉，挥刀便砍。吴希汉用枪一拦，"当啷"一声架开，随手顺势给他一枪。巴当亥见枪尖对准右肋刺来，一闪身，伸手抓住枪杆，左手用力将刀向对方腋窝推去。吴希汉见这一招煞是厉害，忙撒手弃枪，将马往后一倒，险些没有捆到袍铠上。吴希汉的弟弟吴希周一看哥哥要吃亏，立刻率明军冲过来。吴希汉回马指挥明军就要往城门里闯。叶赫兵人少，赶紧退过吊桥。过了护城河，回身向明军放箭。吴希汉躲闪不及，面颊上中了一箭。吴希汉脑门突遭重创，眼冒金星，跌下马来。巴当亥回马抡刀来取他的性命，吴希周舍死拼命来救，挡住巴当亥，明军一拥上前，抢回吴希汉，又向叶赫兵包抄过来。巴当亥势不能敌，拍马过河。城上扯起吊桥，矢石如雨，明军死伤很多，难以得手，只好退去。

　　李成梁见头一仗就吃了亏，游击将军吴希汉受了重伤，只得令他回去调养，改由其弟吴希周代他的职务。同时，调动大队人马，由李成梁亲自指挥，猛攻叶赫城。

　　纳林布禄见巴当亥胜了头一阵，心中大喜，重赏巴当亥，传令固守待援，等待建州努尔哈赤的援兵。

　　李成梁亲统大兵，昼夜猛攻，挖地道，埋炸药，均不能奏效。叶赫兵虽少，各个勇敢善战，已经胜了一阵，士气受到鼓舞，人人以一当十、以十当百。再加上城廓坚固，地形有利，易守难攻。纳林布禄坐在全城制高点八角明楼上，明军重点攻哪里都看得清清楚楚。令旗挥动，叶赫兵随令旗指挥，明军一点便宜也占不着，反而被城上的滚木擂石、灰瓶炮子击伤数百人，有些还被流矢射中，不但攻不进城去，就是想靠近城墙也不可能。叶赫东城确是一座百劫难摧的坚固堡垒，李成梁束手无策。两昼夜下来，士兵伤亡惨重，将帅疲惫不堪，李成梁只好下令停止攻城。

　　李成梁攻城受挫，只得拿出他看家的本钱，最后一拼，他立即差人驰回辽阳，让顾养谦把他从西洋红毛夷①手中购进的一种新式武器火速送来。

---

① 明时称荷兰人为红毛夷。

这种新式武器是生铁铸造，长约八尺，外套红衣，时人称为"红衣大炮"。大炮不打炮弹，装上火药、石子、铁蛋、铅沙之类。上有一孔，安上药捻，用火点燃，威力很大，能摧毁远处目标，锐不可挡。李成梁为了对付东北诸夷以及北房①，特从洋人手中购入两尊这种炮，放在海州以备应急。今日他计穷情急之下，要动用这种宝贝以试身手了。

李成梁调取"红衣大炮"的使者一走，他即命军士砍树锯木造云梯，要求云梯的高度同城墙持平，必须坚固结实。几个云梯相连，上铺厚木板，大家皆认为是攻城之用，他们背后议论，造云梯也没用，连河都过不去，凭什么攻城！

过了几天，顾养谦押送"红衣大炮"来到叶赫，他还不忘嘱咐李成梁"适可而止"。李成梁令将大炮脱去炮衣，动用上百名士兵，才把这两个笨重的玩艺儿弄上浮梯，部下军兵这才知道砍树造浮梯的用途。

放炮还有个说道。大炮是铁铸，被尊为"黑虎之神"。放炮之前，先祭"黑虎神"，李成梁亲率众将跪地焚香磕头祷告，否则怕"开后堵"、"炸膛"。李成梁焚香叩拜已毕，瞅一瞅顾养谦："大人请！"顾养谦一听，这简直是让我下令开炮，你不敢造这个孽，我也不当杀人凶手，于是他说："汝器兄，以老夫之见，再给北关二酋一次机会，天朝要做到仁至义尽。"

"也好。"

李成梁令人站在高处向城里喊话，令他们投降，否则后悔就晚了。城上的叶赫兵，不知道大炮的厉害，他不去回报，反而趾高气扬地答道："造云梯我们也不怕，有本事你就来攻吧！"李成梁大怒，骂道："真是怙恶不悛，死到临头还不悔悟！"于是下令："开炮！"

"轰隆轰隆"几声巨响，山摇地动，城楼立时倒塌，城里的八角明楼下周围的木栅也被穿透。叶赫人哪里见过这种怪物，碰上便死，沾上即伤，没死没伤的赶紧躲避。

纳林布禄见大炮煞是厉害，没有想到明军会弄到这样玩易儿，忙问布寨："建州方面到现在连一点消息也没有，是不是正在半路上？再坚持几日，等等努尔哈赤人马一到，立刻开城反攻。"

布寨未及答言，派往建州的使者回来了。纳林布禄眼睛一亮，急切地问道："建州兵来了么？来了多少？"使者无精打采地说："回禀贝勒

---

① 指蒙古人。

爷,奴才到了佛阿拉,呈上了贝勒爷的亲笔信,额驸看了,什么也没说,就把奴才打发回来了。"

"废物!"纳林布禄骂道:"你连话都没问明白就回来了,他倒是来还是不来?"

"额驸没说来,也没说不来,只吩咐奴才:你先回去吧,我现在抽不出身来。奴才只好回来。"

纳林布禄恨声不绝,"好你个努尔哈赤,你诓我,我跟你誓不两立!"布寨不住摇头:"我早说过,努尔哈赤的话是靠不住的,建州兵咱们指望不上,再不投降,一家老幼就都完了。"

"不能轻易投降!"纳林布禄吼叫道:"建州兵不来,李成梁毁我外城,他也进不了我内城。城中粮草充足,足以支持一年,怕什么!"

纳林布禄不听哥哥布寨的话,命令巴当亥集中人马,守住城门,堵塞豁口,拒明军入城。

不想明军连发大炮,轰破城门,城堞数处被毁,明军在大炮的掩护下,从毁坏的城门往里冲。巴当亥率兵拒抵,顶头碰见吴希周杀进来。吴希周认识巴当亥,一心想给哥哥报一箭之仇,拼命冲杀。明军依仗大炮的威力,士气旺盛,叶赫兵害怕大炮的威力,士气低落。巴当亥所部五百五十四人全被明军杀死,巴当亥再勇也双拳不敌四手,被吴希周斩于马下。明军扫荡守城的叶赫兵后,并不往内闯,又都退出城去。

叶赫东城自杨吉砮建造以来,又经过纳林布禄修缮加固,几十年间,这一次算是受到了前所未有的重创。城中人无分老幼,尽皆号泣,预感到今日已面临灭顶之灾,炮火威力无法阻挡。一些年老者跪于内城外面的石壁下,哀号痛哭,恳请贝勒爷赶快投降,免遭灭门之祸。纳林布禄不予理睬,还企图凭借城坚池深与明军相持。

李成梁见叶赫城仍在坚守,遂令调整炮位,直接向城中的王宫八角明楼开炮,这一招煞是厉害,纳林布禄再也坚持不住了。布寨说话了:"往年,李成梁围我西城,有姑姑挺身而出,阻止明军,为我们解围。如今姑姑不在了,没人能为我兄弟分忧,非投降不可了!"纳林布禄垂头丧气,不敢去见李成梁,怕被杀头。布寨说:"咱们走又走不了,打又打不过,为了保住叶赫纳喇不被灭族,你我弟兄只有再丢一次砢碜①了。"纳林布禄默然不语。布寨令人打着白旗,出城请降。李成梁停止

---

① 再受辱一次之意。"砢碜":女真语,耻辱的意思。

进攻，传出话来，非要叶赫二酋亲自出城投降，否则不予受理。布寨、纳林布禄兄弟二人，亲自率领家族头目和部下文官武将数百人，大开城门，到明军大营乞降。

李成梁高坐帐中，兄弟二人被领进来，跪在下边，叩头求饶。李成梁喝道："你兄弟二人可知罪！"纳林布禄不答。布寨叩头道："我兄弟二人获罪于天，今后甘心听从大帅指挥，叶赫永不背叛朝廷。这次得罪，是因歹商不能容他叔叔，叶赫实是帮助哈达叔侄和解，并没有冒犯朝廷之意，惊动大帅，劳师远来，叶赫果有不当之处，也请大帅开恩。"

"胡说！"李成梁站起身来，倒背双手，来回踱了几步，忽然转过身来，指着布寨道："你还说没有得罪朝廷？你勾连蒙古入侵哈达，这不是反抗朝廷是什么？"

纳林布禄看到这副架势，冷笑一声，忽地站起来："我们今日兵败，有死而已。要杀就杀，何必这么强加罪名！也不是我叶赫兵去打你们，是你们依仗西洋大炮的厉害，和我叶赫作对。脑袋掉了不过碗大的疤瘌，再过二三十年还是一条汉子。"

李成梁被激怒了："真是有其父必有其子，你不愧是杨吉砮的儿子。你不是要死吗？那容易得很。来人！"

应声闪过几名刀斧手。

"将这两个反复无常的畜牲推出去，斩首示众！"

李成梁刚要伸手拔令箭，忽听帐后有人叫道：

"且慢！"

正是：

  兵败城破身当死，
  谁知绝处又逢生。

要知来者何人，叶赫兄弟能否获救，且待下回再叙。

第四十二回　明朝做媒东哥许婚　叶赫迎亲歹商中计

李成梁要斩纳林布禄兄弟二人，帐后闪出一位官员，原来是巡抚辽东都御史顾养谦。他是从海州押送"红衣大炮"来到军中。李成梁毕恭毕敬地双拳合拢，一躬到地："大人有何谕示？"

李成梁虽然同顾养谦意见不合，但顾养谦官阶比他高一级，负有监军使命，是他的顶头上司，官场上，他不敢不退让三分。顾养谦慢慢踱着步子，思索片刻，停下脚步，对李成梁说："叶赫先人，数辈死于明。武宗正德时，齐尔哈纳正法于开原，杨吉砮兄弟也死于开原，叶赫与明，积怨深矣！今天二子穷蹙乞降，若再杀之，不仅使诸夷畏惧天威，心生恐惧，口服心不服，中原后患为期不远矣！况且，杀降为不义之举，也难免被国人指责，朝野弹劾。"

李成梁说："二子凶悍，过于其父，纳林布禄尤甚！今若释之，纵虎归山，必是后患。不若斩二人之首，另择贤者立为叶赫国主如何？"

顾养谦将手一摆，表示不同意他的主张。他走近布寨、纳林布禄二人："你们谁是杨吉砮的儿子？"

"我。"

纳林布禄瞅一瞅这个老头子，认识，他就是上年主持均救的顾大人，他叫了一声："顾大人！"顾养谦打量他一下，说道："久闻你父杨吉砮贝勒也是一位英雄，只是因为背叛朝廷，才遭横祸。你兄弟二人不吸取先人的教训，继续与朝廷为敌，今日落到这般光景，还逞什么能耐？"

布寨看出一线生机，便说道："愿听大人教训。"

顾养谦捋了一把花白的胡子，"嘿"了一声，慢慢开导说："只要今后忠顺朝廷，赏赐不会亏待。东方诸部向朝廷贡市，必经叶赫，你们还能得到人参、貂皮的好处，坐收停居之利。你们所用的布匹、盐、铁、农具都靠贡市取得，你们好处多了。近几年你们一闹，这些好处都得不到了。江上诸夷，入贡无路可通，对你们怨恨大了，请求朝廷讨伐你们，所以才有今日。你们好好想想吧，这到底能怪谁呢？要死要活，你们自己拿主意吧，老夫无能为力了。"

听了这番话,纳林布禄如梦方醒,觉得他的话句句在理,忙给顾养谦跪倒:"大人说的有理,叶赫从今永不反对朝廷,我指天为誓。"

"请起。"顾养谦拉起纳林布禄,对李成梁说:"二子今已悔过,望将军开恩。"李成梁笑道:"塔鲁木卫乃先皇所封之国,末将焉敢废弃?方才不过是吓唬吓唬他们,并非真地要杀他们。"

方才还杀气腾腾,转眼便握手言和,一天云彩全散了。李成梁令摆酒为叶赫兄弟二人压惊。布寨、纳林布禄兄弟保证从今不再干涉哈达事务,开放镇北关入贡通道。李成梁就地焚毁云梯,班师回归辽沈。叶赫从此也就死心塌地地忠于明朝。

叶赫的问题得到解决,哈达的局势也稳定下来。因有顾养谦的阻拦,没能除掉布寨、纳林布禄兄弟,李成梁感到不满足。顾养谦对他说:"将来建州努尔哈赤必为朝廷大患,现在留下北关兄弟二人,使叶赫国继续存在下去,可以用来制约努尔哈赤。建州夷酋,势力方强,未来恐非天朝之福。"李成梁恨恨地说:"若不是顾大人求情,我非杀了他们不可。这两个小子,脑后有反骨,更兼有杀父之仇,以后他们也不会老实。"顾养谦笑道:"今非昔比,时过境迁。当年你杀了杨吉砮兄弟,今日又赦了纳林布禄兄弟,此一时也,彼一时也!古来殛鲧用禹,足成治水之功,在于因势利导。"李成梁这才心服口服,认为顾养谦有远见卓识。但是他还不十分放心,又问了一句:"如果叶赫再有反复呢?"

"放心吧。"顾养谦胸有成竹地说道:"老夫敢断定,北关二酋的仇敌不是明朝,不是你李总兵,而是建州努酋。"李成梁惊疑道:"何以见得?"顾养谦说:"据老夫所知,北关二酋闹事之前,曾同建夷努酋联络,努酋许以援助。大军围城之后,建州援兵始终不到,二酋束手受降。以后他们会报德于朝廷,报怨于建夷。他们会有一场内讧,天朝做壁上观,坐收渔人之利可也。"

"大人高见。"李成梁更加佩服,又问:"南关内乱不已,即使没有北关插手,哈达亦岌岌可危,当用何策稳定南关局势?"

顾养谦"唉"了一声,说:"王台英明一世,子孙不肖。虽有朝廷保全,终不争气。歹商又软弱无能,多疑好杀,国人不服,众心皆贰。最好的办法是让南北关联姻,借北关势力,以固南关,让他们联合起来共同对付建夷努酋。"李成梁说:"此计甚好,我令开原速去办理。"

回头再说叶赫布寨、纳林布禄二贝勒,正如顾养谦分析的那样,因建州援兵没来，城破投降，险些被杀。要不是顾养谦说情维护，二人早已人头落地。一股怨气，都对努尔哈赤发来。布寨说："这哪还有一点亲戚意思，分明是把我们往虎口里送，这是借刀杀人。有朝一日，待叶赫元气恢复了，誓报此仇！"纳林布禄拔刀砍石，砍得火星乱迸，更是恨声不绝，大骂努尔哈赤不已。

忽一日，门上来报，开原兵备使成逊同哈达贝勒歹商来到。布寨亲自出城迎接，并知会东城纳林布禄来会。成逊表示是奉了李总兵的命令，前来促成南北关进一步合好，永为朝廷藩篱，释去前嫌，缔结新盟。布寨大摆酒筵，款待成逊、歹商二人，纳林布禄作陪。留居叶赫的孟格布禄也被请来，令与歹商释怨。酒过三巡，成逊提议道："久闻布寨贝勒有女东哥，才貌双全；哈达幼主歹商，少年英俊，宫位久虚，你二家正好亲上加亲。由我做媒，大贝勒的女儿东哥公主许与哈达国少主歹商，南北关从此永结盟好，共享太平。诸位意下如何？"

布寨一听，心中不乐。因为他清楚地知道，歹商为人无知而又残暴。他的姐姐就是纳林布禄之妻，连他姐姐都不喜欢这个弟弟。成逊是奉李成梁的命令而来，明朝出面做媒，他又不敢违拗。他抬头瞅一瞅弟弟纳林布禄，探询他的主意。纳林布禄说话了："既然成大人有此热心，我们弟兄只有从命。"布寨一听弟弟答应了这门亲事，也只得违心地表态："小女东哥粗俗，年仅九岁，不懂礼仪，侍奉哈达国主，恐怕难以称心。如果少贝勒不嫌弃的话，那就是她的福分了。"

歹商慌忙离座，对着成逊，行了一个女真人的打千礼："感谢大人成全，感谢大贝勒厚爱。"

成逊手捻髭须哈哈笑道："痛快！这样，你们二家就纳聘礼吧，老夫的月下老，当定了。"

布寨说："小女年幼，再等几年，待她长大，我当亲自送到哈达，给小汗王完婚。"

歹商又是一番拜谢。

坐在一旁的孟格布禄默默地听着他们谈论婚事，一言不发。他心里想的是另一个问题：歹商若是和北关结了亲，有叶赫的帮助，势力强大起来，不用说我的领地要保不住，只怕想回哈达，我也难上加难。此事绝对不可行，我得想方设法拆散他们的婚姻才是上策。想到这里，他假装笑道："南北关结新亲，有成逊大人做媒，这倒是好事儿。不过，我侄歹商先前已经娶了两位妃子，这叶赫公主成婚以后，放在什么位置

上,这却值得商量。上国之女,岂能充做偏房?"歹商一听,勃然大怒,手指孟格布禄:"你,你……"却说不出话来。一时屈辱、忿恨齐上心头。他是娶了两位福晋,内战中都被孟格布禄掳去,几经周折,在明朝的干预下,孟格布禄不情愿地勉强放归两个侄媳。不想回到歹商处,险些被歹商杀死,经臣下求情,两福晋才保住了性命,至今还囚在土牢里。

成逊明白歹商发火的原因,立刻和解道:"过去的事情不要再提起,朝廷对你们叔侄,期以厚望,请好自为之。"

歹商才压住火,瞪着孟格布禄。

纳林布禄望了阿哥布寨一眼,又环视了在坐之人,慢条斯理地说道:"两家既然诚心结亲,其他就不必计较了。哈达国主总不能让我叶赫公主去当阿哈吧?"

纳林布禄心里明白,自己的妹妹嫁给努尔哈赤,就是第五房,可努尔哈赤另眼相看。本来在女真社会一夫多妻的年代里,讲究的是家族和部落的利益。至于女孩放在什么位置上,给什么名分并不重要。这是女真人由自主婚姻向政治婚姻倒退。

闲言少叙。

再说布寨听了弟弟纳林布禄的一番话,也就不再多说,亲事就算订了下来。

订亲,会盟已毕,成逊又开导歹商、孟格布禄一番,令叔侄二人释去积怨,共同治理哈达。二人表面又算和好,彼此各回领地。成逊也因促成南北关释憾会盟之功,不久被明廷调升他职。

且说孟格布禄回到自己的领地,见土地荒芜,人民疲敝,房倒屋塌,一片残破景象。这本来是叶赫焚掠造成的,当然也有歹商兵燹之灾。他不怨恨叶赫,却怨恨歹商。歹商又和叶赫联姻,他更觉不安。左思右想,想出一条计策,忙修书一封,派人送到叶赫西城,交给布寨。上面写道:

> 叶赫国大贝勒布寨麾下:哈达经连年内乱,国势已弱。歹商继其父之暴,久失国人之心。况且酗酒无度,嗜杀成性。部众皆贰,军民叛逃,某实忧之。哈达为先父开创之基业,曾雄长海西,扈伦授命。继而疲敝凋零,子孙不肖。若贝勒肯念昔日之好,仗义援师,使哈达早日结束分裂局面,当岁输白粟,并让通

塞之税，则哈达与叶赫，永结盟好，永固邦基也！

哈达国主

龙虎将军孟格布禄顿首

大明万历庚寅年　秋九月

布寨得书，反复看了几遍。本来，他对哈达这门亲事，一百个不同意，只是碍着成逊的面子，他代表明朝做媒，不好拒绝，又加上弟弟纳林布禄极力撮合，勉强应允。可是这一年来，哈达人民经常越过边界，逃往叶赫。询问才知道，歹商残暴，以杀为乐，酗酒为快，文武部曲都有怨言，军民皆怀贰志。孟格布禄书中说的一点不差。他骑上快马，来到东城，去见纳林布禄，把信送给他看了，看看他的态度如何。常言说的好，人是会变的。纳林布禄本来是性情软弱，好谋无断之人，经过多次大起大落的磨砺，使他变得性格坚强，又足智多谋，布寨反倒依他为主心骨，大事小情都要同他商量，几乎到了言听计从的程度。

当下纳林布禄看完孟格布禄的书信，放下说道："歹商这小子，死期到了！"

布寨吃惊道："这是从何说起？"纳林布禄冷笑说："国人皆叛，民怨沸腾，他还能长久么？"

布寨长叹一声："那当初就不该应下这门亲事。"

纳林布禄又笑道："应下自有应下的道理。孟格布禄真要重修旧好，这件事我倒有办法处理。"

"你有什么好办法？"

纳林布禄如此这般地说了一遍，并说此计万无一失，神不知鬼不觉，永远是谜案。布寨听了，点头同意，一切靠他去布置。

且不说叶赫国兄弟二人定下计策，解决歹商。回文再说哈达贝勒歹商自北关会盟，又订了亲事，加上明朝做后盾，腰杆又硬起来，渐渐地又骄横不可一世，他把成逊告诫的话，又扔在耳门以后。

一日，歹商聚众议论道："哈达国土是玛法汗开拓，阿玛汗继承，我继玛法、阿玛之基业，应当统一版舆，不应该分成两个部落。天无二日，国无二君，额其克①现今占据西北城寨数十座，自立为汗，成何体

---

① 叔叔，指孟格布禄。

统！我要以武力合并，你们认为可行吗？"

大臣赫舒德谏阻道："不可。哈达在先王时代，为女真强国，诸部盟主。就是因为汗王爷去世以后，骨肉相残，几年时间，把好端端一个哈达国，闹得国弱民穷。五贝勒孟格布禄受明朝册封为龙虎将军，哈达部长，名正言顺，讨之不利。"

歹商心中不满，但碍于他是先朝老臣，不好发作。忍一忍，说道："自古以来，都是嫡亲继承大统。额其克乃支派，而且爵位已被革除，还讲什么名正言顺？"

赫舒德解释道："五贝勒革除爵位，那只是李成梁的倡议，朝廷并无明令。哈达刚刚平静了几个月，再要大动干戈，纳喇哈拉的事业就一败涂地了！少主兴此不义之师，不仅难以奏效，还容易引来外患，那时便将不国……"

歹商"啪"地一拍案子："住口！念你是先朝老臣，不忍加责，可你仍不知自爱，满嘴胡言。我纳喇哈拉的事业完与不完，与你何干？退下！"

赫舒德见这个小国主当众黑儿乎①他，他哪里受过这样羞辱？就是万汗在世时，对他说话都是十分客气。一个黄嘴丫儿没蜕的小孩子竟敢如此无礼，便哈哈冷笑道："我东方诸国从来不讲什么嫡系不嫡系。治国安天下惟有德者居之，无德者失之。老王爷万汗就不是旺济外兰之子，这就是哈达的先例。"

歹商大怒道："你是想找死吗？给你脸不要鼻子，你还有完没完？滚出去！"不想赫舒德一屁股坐在地上，当众嚎啕大哭，边哭边数落："汗王爷在天之灵，你睁眼看看吧，你这不孝子孙把你的基业败坏到什么样儿，老臣今儿个追随你去了……"

这一来，把歹商和众首领造的②万分尴尬，骑虎难下。歹商眼露凶光，一声断喝："把这个老不死的给我拿下，拉出去砍了！"

武士上来从地上架起赫舒德，拖向门外。赫舒德还不住喊："老臣年过七十，还怕什么死？只怕我死以后，你年轻轻的小命也快活不长了……"

"快快砍了！快快砍了！"

---

① 斥责。
② 搞得。

没人敢上前讲情。歹商盛怒之下，什么事都干得出来，部下谁也不敢多说一句话。

不大工夫。武士提着赫舒德的头进来验看，众皆失色。歹商气犹未息，令"吊在城门上，示众。"

歹商自做主张，决定兴兵讨伐孟格布禄。

一切准备停当，忽然猛省过来。不久前叶赫会盟，有兵备使成逊做监誓人，他明确提出叔侄共治哈达，南北关缔姻结盟。如今再掀起内战，明朝以败盟为借口，出面干涉，叶赫再毁掉婚约，事情就麻烦了。最好的办法就是争取叶赫默许，不再像以往几次都出兵助孟格布禄。亲事虽订下了，没娶过来就不算数，随时都可以变卦。沟通叶赫，求得布寨，纳林布禄兄弟谅解，许以提前完婚，才是上策。

歹商决定亲自去趟叶赫。

正在这个节骨眼儿上，恰好门军来报："叶赫使臣来到，要见贝勒爷。"

歹商一听，心中一怔：哦，这么快，我还没有动身，他们就来了。他们到底是干什么来了呢？

叶赫使臣进来，传达西城贝勒布寨的口谕，请歹商即刻到叶赫去迎亲，用女真话说就是去授室。授室的仪式就是在女方娘家结婚，婚后再送回来。

歹商先是一惊，马上高兴起来。去叶赫授室，这可是个好机会，尤其是在这个时候。他重待来使，约定日期，订于万历十九年辛卯春正月十五前往迎亲。

时光很快，转眼到了来年正月初十，距离十五只剩五天时间，他备了颇为丰盛的礼品。迎亲是次要的，他主要的是要探听一下叶赫的口气，对他将来讨伐孟格布禄持什么态度，是不是还像从前那样出兵干涉，趁机掠夺哈达。歹商满有信心，他以为只要到那里成了亲，取得叶赫支持是不难的。他选定日期是正月十三从哈达出发，带领三百马队保护，大车拉着礼品，十四到叶赫西城。

歹商准时离开哈达王宫。这王宫是歹商后建的贝勒府，原来的楱楉宫已经变为一片瓦砾，再也无力恢复。他出了内城，刚要离开城门，忽然另一条街上驰过一匹马，远远就招呼："停下，停下！"马上一人，驰到近前，翻身下马，一把扯住歹商的马辔环："主上，去不得！"

歹商一看，此人穿着一身棉甲，头上扣着狐狸皮的大耳帽，胡子尖

第四十二回 明朝做媒东哥许婚 叶赫迎亲歹商中计

上沾满了白花花的霜。认得,此人是哈达国有名的军师,绰号赛神仙,名叫巴达哈。

"什么事?"歹商不高兴地问:"你不知道我去北关迎亲么?"巴达哈喘吁吁地说:"主上,十五到叶赫迎亲,其中有诈,不可不防啊!"

歹商一团高兴被打消,懊恼地说:"怎么会呢?"

巴达哈说:"叶赫公主年仅十一岁,不宜早嫁,这是一;公主乃金枝玉叶,出嫁必十分隆重。如今仓促成亲,不合礼法,亦不是一国公主之所为;第三……"他停住不往下说了。

歹商不满地盯住他:"第三是什么?你快说呀!"

巴达哈迟疑了一下,还是鼓起勇气说:"叶赫一向支持五贝勒,据我所知,叶赫会盟以来,五贝勒从没间断同他们书信往来。所以,正月十五日迎亲,怕别有意图,还可能是一场骗局。"

歹商并不是听不懂他的话,可他有他的打算。他一心想争取叶赫支持自己,好回来对付孟格布禄。只要到那里成亲,就一切都好办了。他也从心里感激这位老臣对他的忠心,遂对他说:"你放心,一切没有坎儿①。我同叶赫盟誓订亲,有明朝做证,他叶赫敢翻盘子②不成!"

"主上,还是慎重一些好。"巴达哈还是不放手,死死攥住缰绳。

歹商的马就地打了个转转,可是前进不了一步。歹商有点不耐烦,声色俱厉地斥道:"你回去吧!不要误了我的时辰。"

"主上,你听我一句吧,北关去不得呀!"

"闪开!"歹商向马屁股狠抽一鞭子,马往前一窜,挣脱了,巴达哈被带个趔趄,险些跌倒。歹商也顾不得他的安危,率领人马蜂拥出城北去。

他们来到叶赫东城外,歹商吩咐停下,他要进城去看望姐姐。纳林布禄的福晋是哈达汗王扈尔罕的长女、歹商之姐。歹商打算在东城住一宿,次日再去西城娶亲。进了东城,来到王宫,里边传出话来,说贝勒爷和福晋都在西城操办婚礼事宜。歹商只得前往西城。

东城、西城相隔五里多,中间有两排柳树,同大路并行有一条结了冰的河川,这就是叶赫河。由于地势不平,加上雪滑,行走非常困难。

---

① 问题,难处,女真土语叫"坎儿"。
② 赖账之意。

歹商离东城的时候，太阳已经西沉。一行人走了不远，西城巍峨的城墙已清晰可辨。随行有人提醒道："城门好像关着，不像有迎接客人的样子。"

一句话提醒了歹商，忙吩咐"停下"。他刚要派人去打探，忽听一声梆子响，万箭齐发，哈达兵猝不及防，当时就乱了营。前头的纷纷中箭倒地，伤亡数十名。战马惊窜，又有一些掉进河川崖下，连拉礼品的车也翻到沟里。歹商知道中计，抛了护兵，单人独马落荒而逃。

正是：

良言只当耳旁风，
而今身陷虎穴中。

不知歹商能否逃得性命，且待下回再叙。

第四十三回 殪杀亲侄哈达统一 屠戮堂叔辉发政变

且说歹商抛弃了护卫的队伍，单人独马掉头落荒而逃。转过一个小山头，两边是一片密林，羊肠小道，雪深没膝。战马嘶鸣，野鸟惊飞。歹商多次来叶赫，道路比较熟悉。只要过了狭谷，上到山梁，就是通往开原的大道，他一心想奔开原，控告叶赫负约，伏击他的人马。好不容易爬出狭谷，前面是开阔地带。他舒了一口长气，额头汗珠被冷风一吹，凉彻肌肤。天已经昏暗下来，求生的欲望使他鼓起了勇气，顺路奔驰。跑出不到五里，一支人马有数百人，拦住了去路。有人厉声喝道："歹商！你这畜牲，还往哪里跑？"虽天昏看不清面孔，那熟悉的声音歹商是听出来了，分明是五叔孟格布禄。歹商全明白了，果然是五叔勾结叶赫所设的阴谋，迎亲只是诱饵，骗他上钩而已。歹商此时只有一个念头：逃出去！他慌不择路，不想连人带马跌入山涧之中。歹商弃了战马，摸黑向上爬了一半，到边沿尚有丈余，不料一支冷箭射中头颅，歹商"哎哟"一声跌进沟底，接着又是一阵乱箭，歹商浑身变成刺猬，惨死在山涧中，时年二十六岁。

次日，叶赫找到歹商尸体，假惺惺地为他发丧，并放出风来，说歹商迎亲途中遇到山贼，劫财害命，射死歹商。一场精心策划的谋杀案，就这样轻轻掩盖过去了。明廷虽有怀疑，抓不到证据，也便无可奈何。

歹商既死，孟格布禄在叶赫的支持下，登上汗王宝座，哈达分裂近十年之后，又走向统一。孟格布禄感谢叶赫帮助之谊，搜刮几近枯竭的府库，给布寨、纳林布禄兄弟送了厚礼，从此，哈达变成了叶赫的附庸国。

布寨、纳林布禄帮助孟格布禄复国，统一哈达，在海西女真扈伦四部中震动很大，反映强烈。各部主动同叶赫联系，叶赫成了继万汗之后的海西实际盟主。叶赫声望越高，布寨、纳林布禄两兄弟越加与明朝修好，走同他们先人截然相反的路子，取得了明朝的信任。

正月刚过，叶赫两兄弟为了扩大势力，准备邀集各国诸部卫首领聚会叶赫，建立以叶赫为首的女真联盟。邀请书已写好，还没等派人分头去送，突然传来一个坏消息：辉发国发生内乱，王室流血，部民叛逃。

面对这突变的局势,叶赫只得取消计划,关注辉发事情的发展。

过了两日,有大批辉发国难民逃入叶赫境内,不少王族也来投奔。逃难人中有两名辉发国的台吉,举家来投。他们是亲哥俩,兄名吴巴世,弟叫萨碧图。哥俩见了布寨哭拜于地,痛陈他们堂兄拜音达里夺权篡位,屠戮宗族,请求叶赫仗义出兵,平定辉发内乱。布寨、纳林布禄二人本有出兵境外炫耀武力之心,正好利用辉发变乱,展示一下实力,以便称雄于诸部,便满口答应,帮助辉发平乱,匡扶王室。

现在该交代一下辉发国的来龙去脉了。

这部《扈伦传奇》,讲的就是乌拉、哈达、叶赫和辉发四部兴衰的故事。三部都表述过了,只有这辉发部还不曾提及。

辉发部又称辉发国,是"扈伦四部"中一个大国。为什么叫"扈伦四部"呢?就是扈伦国走向衰败时,群雄并起,瓜分了扈伦国的领土,各自称王争长,到嘉靖末,在扈伦领土内同一时期分别建立四个王国,统称"扈伦四部"或"海西四国"。

辉发国在叶赫国的东方,地当长白山余脉辉发河流域,这里也是扈伦始祖纳齐布禄的祖居地。

辉发部始于辽代,辽代在回跋江地区设有"回跋部女真大王府",后避辽兴宗耶律宗真讳改女真为女直,发音还是女真。回跋江又称回波江,就是后来的辉发河,今之吉林省辉南县境。历经时代演变,该地名号犹存。其主更迭几易,到明朝后期,建立了辉发国。

辉发国始祖昂古里·星古力,姓益克得里氏,原居黑龙江①岸之尼马察部,明初隶属弗提卫,后由该卫分出,载木主②举家南迁。移到渣鲁地方,投奔扈伦国所属之张城,同张城嘎珊达噶杨噶图墨土会合,宰七牛祭天,两族合并,改姓纳喇。昂古里·星古力生二子:留臣、备臣。留臣生子纳领噶。备臣生子耐宽。纳领噶生子别里格,别里格生子拉哈,受明朝任命为肥河卫都督。拉哈都督死,其子哈哈占继任都督。哈哈占都督时肥河卫演变,首领更替,其子齐纳根失去了承袭的资格,成为一个无职衔的部族首领,通称达尔汉。齐纳根达尔汉生三子,长名奈瑚;次名王机褚,三名旺弩。王机褚智勇双全,率领家族和部民八百

---

① 松花江下游依兰至入黑龙江口一段,古时亦称黑龙江。
② 女真人用木雕刻的祖先神偶叫木主,女真平民供奉的祖先神龛——祖宗板也叫木主。

第四十三回　殪杀亲侄哈达统一　屠戮堂叔辉发政变

户,南渡辉发河,选择河宾扈尔奇山据险筑城以居,周围部落纷纷来投,势力渐大,遂建国称王。辉发建国称王,得到了哈达万汗的支持,所以尊万汗为盟主,奉哈达为正朔。蒙古察哈尔部札萨克图土们汗率两千铁骑来攻,王机褚集中五百人冲下山,把蒙古兵打得大败,五百辉发兵只伤亡了三名,而蒙古兵却死伤数百,就连图土们汗也带伤逃走,从此再也不敢来。辉发城的险要坚固,辉发兵的勇敢善战,名扬海西。

王机褚贝勒生八子,长子叫拉丹达尔汉,次子叫莽古思,三子拉尔海,四子古禄逊,五子玛岱,六子玛纳海哈思瑚,七子哈巴思,八子瑚锡布。长子拉丹达尔汉在筑城监工时受了风寒,不久病故。其余七子皆英武强悍,弓马纯熟。王机褚晚年得了一种瘫痪病,半身不遂,并且语言不清。他的七个儿子将来由谁来继承他,他事先没做安排,现在又无力安排,辉发王室忧心忡忡,不知如何是好。七个儿子中,四子古禄逊和八子瑚锡布比较出色,家族们密议。一旦贝勒殡天,从他两人中择一立为国主。可是二人得知这个消息以后,均表示坚决不受,他们拥护三兄拉尔海,因二兄莽古思长年疾病缠身,实难当此重任。

就在为了继承王位你推我让的时候,变生不测,一场血腥的宫廷政变发生了。

原来王机褚长子拉丹达尔汉死时,留下一子名叫拜音达里,已经长大成人。拜音达里为人奸险而又残暴,王机褚最初有把他培养成继承人的打算,后来发现他这个孙子并非仁义之主,难得民心,怕他败坏了辉发国的基业,打消了这种念头。就在他准备从七子中择贤而立的考察之际,突然发病,谁也不知道他心里想的是什么,王位的继承人落到谁的身上。拜音达里自知继承无望,他不甘心,用重金收买死党,培植几名亲信,日夜密谋,想方设法夺取王位。时有两名女真巴图鲁被他收买,封官许愿,答应事成之后,广赐土地人民,分享辉发国的军政大权。两名勇士一个叫克充格,一个叫苏猛格,都有万夫不当之勇。克充格能上山捉虎豹,苏猛格能下海擒蛟龙,被拜音达里待为上宾。

这一日,拜音达里从玛法处探病回来,将二人叫到密室,告诉他们老王爷病势加重,恐怕活不了多久。如今王位空虚,若不及早下手,将来大权旁落,以前所有的打算都成泡影,让二人帮着出个主意,如何能在老王爷升天后顺利登上王位。克充格说:"先下手为强,现在就应当把王位夺过来。要等老王爷死后,继位人就轮不到咱们了。"拜音达里本来已有打算。近几天看着玛法病势日重,他心里酝酿着一个恶毒的计划，发动宫廷政变，夺取国王宝座。要实现这一目的，必须有人支持，特别是克充格、苏猛格二人。克充格既然提出了先下手为强，那怎么个下手法，事关重大，需要周密商讨。苏猛格提出，扫清一切障碍，先登上王位再说。拜音达里说："这么怕是不行，宗族长辈不会赞同，他们要联合起来，还真难对付。"克充格狠狠地说："先发制人！先把反对者，统统杀掉，看谁敢不服！"苏猛格也说："要干，就干彻底，干净利落，不留活口。"拜音达里大喜道："你们讲的，也正是我心中想的，那就事不宜迟，今晚动手。"

三人又密谋了老半天，然后分头去行事。

天交二更时分，王机褚的七个儿子家都得到了通知，王爷召众位台吉入宫嘱以后事。接到命令，谁敢不去？第一个先到的是两个较大的台吉即次子莽古思和三子拉尔海。他们都已四十多岁了，急忙来到宫廷内。他们没有任何戒备，一进门便被武士拿下，二人莫明其妙，不知这是为何。四台吉古禄逊为人机警，他对晚间嘱后事有点怀疑，估计可能要出事故，但事故的严重性他是万万没有想到的。根据家法，他不敢不去。临行，将两个儿子通贵和巴丹太叫到跟前，嘱咐道："晚间急召进宫，事有蹊跷，万一发生不测，你兄弟赶紧带家人出城，不要管我。"

七个台吉全被骗到贝勒府，都被捆绑起来。

院中灯笼火把，松油明子，照耀如同白昼。整个宫院，被苏猛格带领甲士围困得像铁桶似的。

拜音达里从内宫出来，宣布王机褚贝勒遗嘱："莽古思、拉尔海、古禄逊、玛岱、玛纳海哈思瑚、哈巴思、瑚锡布结党营私，图谋篡逆，为纳喇氏不孝子孙，着斩首示众，以儆效尤。王孙拜音达里，久著孝思，仁德宽厚，当承统绪，以振家声，是嘱。"

七个台吉一听，根本就不相信这是真的，他们要看遗嘱，并要到阿玛的病榻前看个究竟。拜音达里阴森地冷笑道："这由不得你们了！玛法的遗言，谁敢不遵！"瑚锡布还没有侄儿拜音达里年龄大，才二十几岁，平时同拜音达里玩耍嬉戏，叔侄二人感情尚好，他根本想不到拜音达里会对他下毒手。不料拜音达里一声命令："动手！送他们上路。"克充格、苏猛格领着三十余名死党，一阵乱砍，七人身首异处，鲜血染红石阶，一场残酷的宫廷政变发生了，也结束了。拜音达里用血腥屠杀的手段取得政权，登上了贝勒的宝座。是夜，王机褚不明不白地死在了寝宫的病榻上，一代英雄，结局悲惨，并给家族带来了惨祸，这也是当断

第四十三回　殪杀亲侄哈达统一　屠戮堂叔辉发政变

不断，犹豫不决酿成的苦果。

尽管拜音达里严密封锁消息，王宫内院发生的一切还是泄漏出去，各家长幼齐集宫门，要看一看各家的主人。当得知七个台吉全都命丧宫院的时候，哭声震天，全城哀号。这时辉发河上卷起了龙卷风，冲过铁壁绝岩，将王宫院内高处的望江亭连根拔起，掀入河中。人们多认为不吉之兆，神祗示警。拜音达里没有丝毫悔过之意，高高兴兴地登上王位，还要捕杀他七个叔叔家的子女眷属，以绝后患。苏猛格谏阻道："现在应为老王爷治丧出殡，以安民心。再要枉杀无辜，国人不服，难免出乱子。"克充格也提议"应缓图之"，拜音达里才暂时收敛。

拜音达里听了苏猛格的话，为王机褚大办丧事，为了震慑家族和部曲，他捡拾起来古代曾盛行一时的人殉制，共杀了八名男女奴隶为王机褚殉葬。

拜音达里残杀叔父夺取王位，又施暴政于国民，人民不服，宗族反抗，拜音达里依靠克充格、苏猛格二人手下的千名死党到处搜捕镇压，杀死了上百名反抗者，才控制住局势。

就在辉发宫廷流血事件发生后，四台吉古禄逊的儿子通贵、巴丹太二人遵循他父亲的安排，趁混乱之机，把一家男女老幼带出城去，逃往哈达境内。他的弟弟康喀拉年纪幼小仅有十岁，却随家将南逃建州，投奔了努尔哈赤。在后来努尔哈赤灭辉发国时，康喀拉出了不少力，他成了大清国的开国功臣，这也是因果报应。

拜音达里见宗族和部民逃亡日甚，便立下一条法令，凡叛逃之家属均被拘捕，限十日内找回叛逃之人，十日不归，诛其全家。禁令难以奏效，以后的叛逃出境多是全家一起。当然，也有一些行动泄密，被就地捕杀；还有的被斩首于境上，反过来又株连亲友。辉发国成了恐怖世界，人间地狱，从此走了下坡路。

除此以外，拜音达里还采取暗杀手段，对付其家族。哈巴思的眷属，瑚锡布的一家，晚上被来历不明的蒙面匪徒闯入，杀死在屋内。瑚锡布年轻妻子容颜美丽，没入王宫，拜音达里据为己有。因此瑚锡布的幼小儿子伊哈纳、苏扎库得以保全，免遭屠戮，并传有后代。

相反，莽古思、拉尔海的家眷便没有这么幸运，他们均被灭门，几乎连使女阿哈全被杀光，莽古思两个儿子吴巴世和萨碧图九死一生逃到叶赫，就是本回开头讲过的，哀求叶赫西城贝勒布寨出兵那两兄弟。

当下叶赫贝勒布寨听了辉发两兄弟的哭述，好言抚慰他们，让他们不要急,安心住在叶赫,将来一定寻找机会,出兵帮助他们回国。

谁知,辉发的逃人越来越多。令人探问过之后,才知道拜音达里遭到国人反对,全国到处燃起反抗的烈火,有些据住城池、占住山寨,不听拜音达里的号令。盗贼蜂起,社会动荡,到手不久的政权摇摇欲坠。拜音达里派克充格为使,南去建州,请努尔哈赤出兵帮助平叛。努尔哈赤很爽快地答应了,派额宜都、扬古利、安费扬古三将,以三弟舒尔哈齐为统帅,督兵援助拜音达里。行前努尔哈赤授以密计,令其按计行事。你道什么密计?从建州兵到辉发的所做所为就可以知道。原来四人率两千建州兵到达辉发国以后,不论是叛者还是平民,见辉发人就杀,拿住的都当做叛匪和逃人,一律处死。无辜的辉发百姓被杀了上千名,以至听到建州兵来都逃入深山密林,躲藏起来。拜音达里没有想到努尔哈赤会来这么一手,以帮助平叛为名,行种族灭绝之实,他后悔亦来不及。为退建州之兵,他拿出好多珠宝,送了好多物品,才把建州兵打发回去,辉发更加大伤元气,国势日衰。

拜音达里受此打击,心情烦闷,为稳定人心,不得不停止迫害家族。经过半年多的恢复,辉发国内秩序有所好转,社会走向正规。

转过年来,已到春暖花开的季节。辉发国内山青水秀,田园肥美。在辉发城的西南方百里之遥有一座海龙城,海龙城倚山临河而建,是一座古城。王机褚原来曾有过在这里建都的打算,因古城规模太小,又不够险要,遂东移渡辉发河选择了扈尔奇山,筑城以后。海龙城作为西南门户,又经过重新修缮,屯兵设署,拱卫都城。

拜音达里见国内安定,宝座已稳,令克充格坚守都城,自己带上苏猛格护驾,率兵五百来到海龙城狩猎。辉发城周围不远皆是丛山峻岭,茂密森林,拜音达里为什么偏要远离都城百里之遥,来到这海龙城射猎呢?原来拜音达里以前曾来过这里,见这里山川秀丽,女子容颜娇美,他是以射猎为名,到这里选美女来了。

他来到这里一看,果然美女如云,沿途所见,尽是年轻貌美的小格格。他干脆在城里住下,也不射猎了,叫过苏猛格吩咐道:"人多传言,这疙疸①出美女,我撒目②着,美女真不老少,你给我挑选一百名,带回宫里伺候。"

---

① 这地方,这里之意。另,较小的物件也叫"疙疸"。
② 观察。北方女真人又称沙木,意思相同。

苏猛格一听,心里老大不乐意,沉吟半晌,才说道:"贝勒爷,这一带美女是不少,可是这里的风俗,从小各自指婚,十三四岁的格格,每人都有霍其浑。她们不爱荣华富贵,贝勒要是把她们选进宫里,恐怕人民不服。引起内乱,反倒不好。"

拜音达里一听,心中大怒:"怎么,我作为一国之主,哪一个臣民不是我的?你赶快去给我办好这件事,若有不服者,立杀无赦!"

苏猛格只好硬着头皮,派手下人到乡间去选美女。这海龙城里城外的居民,刚过几天平静日子,一听说国王要选美女,有女孩者都闻风躲藏起来,有的跑到大山沟里,有的向邻近部落逃窜。来不及逃走的,都被军士抓去。一时间鸡飞狗跳,人民怨声载道。苏猛格有意让女子远逃,他先造成声势,实际行动却很迟缓。十来天光景,仅抓到十来名女子。送到拜音达里处,一看,立时扫兴。拜音达里问道:"我在田野上、市肆间看到那么多美女,怎么才弄到十来个人?还是丑陋粗俗的。"苏猛格陪笑道:"贝勒爷,美貌年轻者有的是,她们听说要选进王宫,都连夜逃跑了。"拜音达里大怒,喝道:"给我搜!搜出来,女子入宫,她的阿玛、额娘斩首,看她还躲藏不躲藏。"苏猛格无奈,只得去办,派军士挨门搜寻。拜音达里住在海龙城里,整日花天酒地,玩弄捉到的少女取乐,并扬言务必选够一百名,少一个也不离开海龙。

消息传入叶赫,纳林布禄忙和布寨商议道:"而今拜音达里强抢民女,国人不服,四散叛逃,这正是我们出兵的好机会。如今出师有名,叫做'吊民伐罪'。"布寨道:"拜音达里本来就是篡夺王位,屠戮宗族,早该讨伐。现在他离开辉发,住进海龙,是天助我也!"

你道布寨为何说出此话?原来逃亡到叶赫的辉发王族,请求叶赫出兵相助,叶赫迟迟不敢发兵,是何原因?就是因为辉发城坚地险,当年蒙古铁骑败于城下,叶赫不敢轻易冒险。一旦也像蒙古察哈尔土谢图汗①那样败于辉发城,那他扈伦盟主地位就会动摇,更叫海西、建州诸部耻笑。如今拜音达里倒行逆施,离开都城抢美女,这真是天赐良机,不在这时活捉拜音达里还待何时?可是他还有顾忌,这辉发国一向讨好哈达,南联建州,北结乌拉,若引起诸部的干涉可怎么办?还是纳林布禄足智多谋,他分析道:哈达分裂日久刚刚统一,孟格布禄急于稳定内部,根本也无力管辉发的事。建州已经帮助过辉发一次,拜音达里还敢

---

① 即图土们汗。

请努尔哈赤援助吗？所虑者，只有乌拉一路，怕就怕乌拉国出兵帮助辉发。纳林布禄也有对付乌拉的办法，起兵之前，派使去乌拉，给乌拉国王满泰送上厚礼，争取他中立就可以了。一旦辉发灭亡，分一部分国土给乌拉，他也会满足的。

哥俩正议论间，忽然走进一个人来，乃是金台石。两个哥哥的谈话，他都听见了，即进来建议道："扈伦四国，天子所封，如果灭掉一个，朝廷不会答应。依我看，捉住拜音达里，为辉发王族报仇，在辉发另立新主，天下之人就会刮目相看我们。"

"好。"布寨首先赞同："就照你说的办。"

兄弟三人计议妥当，决定由布寨统率精兵三千，用大将宜尔当为先锋，以辉发王族吴巴世为向导，兵伐海龙城，去捉拜音达里。令大将尼喀里护卫金台石，带兵一千巡视东南境，注视哈达和建州的动向；令大将白斯汉率兵一千，摆在东北面，监视乌拉兵犯叶赫。纳林布禄坐镇叶赫，居中调度。一切调遣完毕，少不了派出去乌拉送礼的使者。纳林布禄认为一切虑事周详，万无一失，只有坐待捷报佳音了。

正是：

　　欲诛无道行天讨，
　　任尔吊民伐罪来！

要知叶赫出兵海龙结果如何，且待下回再叙。

第四十四回　讨暴君兵困海龙城　结强邻求援乌拉国

且说叶赫贝勒布寨统率三千精兵，用辉发王族吴巴世为向导，昼夜兼程，几天的工夫抵达海龙，离城十里，安下营寨。布寨聚集众将道："拜音达里无能之辈，没有多大的本事。听说他手下苏猛格可是一员勇将，不可轻敌，谁敢去打头阵？"一言未了，先锋大将宜尔当应声愿往。宜尔当生得赤红面、黄胡须、高鼻梁、大环眼，满脸横肉，膀阔体壮，有力挽二牛之勇，手使两柄八楞紫铜锤，重有百斤，是叶赫国第一名将，不亚当年白虎赤。布寨说道："你去可要小心，苏猛格骁勇异常，不可轻敌。"宜尔当哈哈大笑道："大贝勒放心，我去把苏猛格和拜音达里一并捉来，献于帐下。"

宜尔当点了五百人马，直抵海龙城下，指名要苏猛格出来一决高低。

拜音达里只顾掠夺美女，饮酒淫乐，做梦都没想到叶赫兵来得如此神速。城上来报，叶赫兵正在攻城，一员丑将指名要苏猛格将军应战。苏猛格说："主子不必担忧，这叶赫国多年以来受到明朝打击，谅它也没有多大的能水，我去杀他个片甲不归，叫他知我辉发的厉害！"

苏猛格本是辉发名将，武艺高强，只因帮助拜音达里屠杀宗族，篡权夺位，而在海西败坏了名声。他点了五百马队，一声炮响，大开城门，来抵宜尔当。二人并不答话，彼此心中有数，格斗时不敢疏忽大意。苏猛格武艺虽好，可哪里是宜尔当的对手。战了十余回合，渐渐支持不住。宜尔当的铜锤一摆，照准对方后心就砸下来。苏猛格见来势凶猛，无法招架，忙甩蹬离鞍，来一个蹬里藏身，只听"咔嚓"一声，铜锤砸在鞍鞒上，把马鞍砸的粉碎。战马脊背受到重创，支撑不住，扑地一声倒了。正好附近有一条小水沟，把苏猛格甩到了沟里。苏猛格就地一滚，连泥带水沾了一身，他顾不了许多，趁势爬上对岸，只身逃走。辉发兵见主将败下阵来，不敢迎战，蜂拥进城，高扯吊桥，紧闭城门，坚守不出。宜尔当追到城下，城上射下乱箭，不能靠前，收兵回营。

苏猛格去见拜音达里，战败请罪，不想拜音达里并无责怪之意。他反倒安慰起苏猛格:"胜败乃兵家之常事。你们交手时,我在城上迈呆儿①,都看清楚了。叶赫兵强将勇,咱们不是他的对手。你先下去歇歇腿儿吧。"苏猛格拜谢,自去休息。拜音达里亲自督兵,上城巡视。

叶赫兵胜了头阵,士气大增,布寨立即挥军前进,把一个小小的海龙城围住,日夜猛攻。辉发兵虽少,却能以一当十,叶赫连攻两昼夜,也没能攻进去,反而伤了数十名。布寨下令停攻,缩小包围圈,紧紧困住城池,不许放走一个辉发人,拜音达里已是瓮中之鳖,城破被擒,只是迟早而已。海龙是个小城,又不够险要。原来只驻有一百多人,加上苏猛格带来的兵马,总共才六百多名。困守孤城也不是办法。拜音达里聚集手下商议道:"叶赫兵远来,利在速战;我应坚守才是上策。怕就怕敌人断我粮道,断我水道。粮水一断,军心必乱。那时城破被俘,做阶下囚,受此奇耻大辱,有何面目去见玛法!"苏猛格说道:"不能坐而待毙,目前惟一的办法,就是求援,请求外援帮助退敌。"

一听请求外援,拜音达里的气就不打一处来。他想到上年请建州兵外援,帮助镇压宗族反抗和国内叛乱,结果给辉发造成那么大的损失,这样的外援还敢搬请吗?拜音达里想来想去,只有北方邻国乌拉可以求助。

两国中间隔着一座大山,东北西南走向,绵延千里。两国友好相处,从无争端。自从拜音达里用残暴的手段登上国王的宝座以后,乌拉不仅坐视不管,还陈兵边境,禁止辉发臣民逃入,因此辉发王族皆逃往叶赫。拜音达里自然对乌拉贝勒满泰有好感。今日被围情急之下,他想到了乌拉,修了一封书信,派了一名心腹,要他去乌拉下书。四面被围,下书人脱身也是个问题。拜音达里诡计多端,自有他的办法。

傍晚时分,他叫过苏猛格,令他率军二百出南门去冲叶赫大营。苏猛格惧怕宜尔当,面有难色。拜音达里说:"你去假装劫营,虚张声势,听见鸣金,赶紧撤回,就是功劳一件。"苏猛格领令,杀出城来。叶赫兵见城里杀出一支人马,急忙报告布寨贝勒。布寨以为拜音达里突围要跑,即调动所有人马堵截辉发兵。这样一来,东城和北城就放松了,大部兵力调往南城。辉发使者钻了空子,缒城而下,抢一匹战马,顺山路向北驰去。苏猛格避实就虚往来冲杀,在和叶赫兵周旋之际,忽听城上鸣金,撤兵令下,即跳出圈外,退回城里。布寨中计上当却没有察觉,

第四十四回　讨暴君兵困海龙城　结强邻求援乌拉国

---

① 女真语:观看之意,亦作卖单儿,皆同音异写。

还认为阻止城内突围打了个大胜仗哩！

　　收兵之后，宜尔当觉得事有蹊跷，来见布寨："大贝勒，今晚之事有点不对头。那苏猛格已是败军之将，敢来冲阵劫营，只怕其中有诈。怕的是他遣使出城，搬兵求救，钻了咱们的空子。"布寨大笑道："拜音达里丧失人心，没人会救他。纵有救兵来，我还怕他不成！"宜尔当说："不可粗心大意，还是小心点好。"布寨叫过向导吴巴世，问一下海龙城通往各处的路径。吴巴世告诉：海龙城有四条要路，正南通往建州，西面通往哈达，西北通叶赫，东面经辉发城，可通纳殷部。另外，城北有一条小路通到山外，出山即是通乌拉国的大道，翻山越岭也就三天多的路程。宜尔当一拍大腿："坏了！拜音达里这个混蛋准是派人钻山去乌拉国了。"布寨沉默良久，方慢慢地吩咐道："都去歇着吧，明儿一早，多派几伙探马，注意北边的动静。"

　　且说乌拉国自大明嘉靖四十年建立以来，平定了一些部落，收服一些部族，兼并了一些卫所，却也风调雨顺，国泰民安。布颜贝勒以同宗的关系，维护哈达万汗的扈伦盟主地位。布颜卒后，由其长子布干继承。万历十六年，在位十年的布干贝勒突然病逝，寿仅四十九岁。布干贝勒的突然去世，王位空缺，宗族权贵觊觎王位的大有人在，出现了权位之争。布干贝勒兄弟六人，皆自有城堡领地，惟六贝勒博克多留居都城，辅佐乃兄。布干的逝世，人们皆认为王位继承人，非博克多莫属。可是博克多贝勒坚辞不受，主张由布干儿子中择贤而立。布干贝勒生有三子，长曰布丹，次名满泰，三曰布占泰。布丹才干平庸，又体弱多病，难承大统。满泰精明强干，但性情急躁，嗜酒贪财，宗族不喜。布占泰年幼，当不了大任。博克多贝勒力排众议，决定拥立二十九岁的满泰为乌拉国王。满泰嗣位后，觉得宗族权贵皆有城寨领地，也都号称贝勒，国王也称贝勒，显得不够尊严，但这是祖制，不能更改。于是满泰就想在贝勒称号加上"按巴"一词，以示区别。"按巴"一词是女真语，意思为大。"按巴"即由"谙班"转化而来。"谙班"在金语里为尊贵，"按巴"为大，意义相近。谁知这"按巴贝勒"的称谓刚一提出，即遭到了宗族权贵们的反对，满泰也只有暂时作罢。

　　满泰对宗族势力的挟制，无法摆脱，于是决心振作一番，发奋图强，开拓疆土，扩大乌拉国的版图。继立不久，出兵收复锡伯部，兼并原属于哈达万汗领地绥哈城。接着兵临苏瓦延①,灭掉苏完部。苏瓦延部民大多被招抚,可是苏完部长瓜尔佳氏索尔果,与其子费英东率领部属五百户趁混乱之机逃走,南去建州投奔了努尔哈赤。费英东后来为建州出力灭乌拉,平诸部,均立有功勋,成了清朝开国的五大臣之一。

就这样,在短短的三四年的时间内,附近诸部都被收服,乌拉国势力壮大,兵精粮足,满泰的声望日高,宗族也就改变了对他的印象,以前反对者至此也不敢不服从。满泰并不以此为满足,更要寻求扩大影响的机会。

这一日满泰坐在紫禁城的王宫里同宗族大臣们议事,有人来报:城外来了一个骑马的壮士,自称是辉发国使臣,奉辉发王之命,到乌拉下书来了。满泰传令放入。使者连人带马通身是汗,见了满泰,呈上书信。满泰展在案上,信写的很简单,写道:

乌拉国大贝勒满泰殿下:

　　辉发乌拉,山水相连,唇齿相依。今叶赫无端起衅,重兵来困,杀人放火,劫掠资财。辉发连年歉收,国力已疲,无以御强敌而安民心。今遣扎尔固齐哈屯纳奉书,谨达愚意,请贝勒亲提虎豹之师,破敌解围,当割启尔撒河二十部酬谢。

满泰看过信,又询问了使者。辉发使者只说拜音达里贝勒来海龙城狩猎,就被叶赫兵突然困住,至于抢夺美女的事,他只字不提。一看有割二十部落酬谢的许诺,满泰动了心。他说:"辉发、叶赫和乌拉同是扈伦一体,哪有自相残杀之理!"他打发使者先回,援兵随后就到。乌拉国在扈伦四部中,本来势力不大,无足轻重,长期依附于哈达万汗,维护纳喇氏在扈伦四部中的霸主地位。自万汗死后,子孙争权,哈达内乱,乌拉便不再听命于哈达。满泰当政以来,走富国强兵之路,经略四周,开拓领土,扩展边境;东取窝集,北收涞流,平锡伯,并苏完,几年的时间,国土扩大数倍。满泰踌躇满志,有了称霸扈伦、威行海西、取代哈达盟主地位的雄心。所以,他答应辉发使者,出兵解海龙之围。

宗族贝勒大臣们意见不一,多数人都反对出兵援助拜音达里。拜音达里篡夺王位,血洗宗族,尽人皆知。如果帮助这样一个暴君,会被天

第四十四回　讨暴君兵困海龙城　结强邻求援乌拉国

① 又作苏斡延,苏瓦烟。即今之双阳城区。

下人耻笑。再说,叶赫势力方强,兴的是仁义之师,也得罪不得。众议不决,但满泰出兵之意不可改变,他考虑的是由谁领兵挂帅的问题。

正在僵持不下之际,座上一人站起说话了:"要出兵救辉发这是大好事。既然辉发王下书来请,主上就应该亲自领兵去解围,以壮我乌拉国的天威。"

满泰一看,此人乃萨尔达城主,堂叔兴尼牙贝勒。满泰见宗族中有人支持他,心里高兴。说道:"额其克说的有理,我要亲自带兵去辉发解围。事不宜迟,救兵如救火,现在就动身。"

"且慢!"一个嗓音洪亮,声如铜钟的人忽地站出阻止道:"主上不能离国远行,以防奸人乘虚而入钻了空子。解辉发围可以派一个将军领兵前去,国主现在守住紫禁城,以安民心。"此人是满泰贝勒亲叔博克多贝勒,是掌管乌拉城八门八关的雅拉额真①。兴尼牙见有人出来阻止满泰出兵,干笑一笑道:"主上不宜亲征,那就由阿多②贝勒代劳了?"

"我也不能去。"

"那么我去?"

"你?"博克多打量他一下,轻轻摇了摇头:"阿哥还是歇歇,好好养养身板儿吧!"

兴尼牙大怒:"博克多!你今儿个把话说明白,主上不能去,你也不能去,我也不行,到底谁去?"

"当然有人。"

这时从外面走进来一个少年,向他们行了一个打千礼,笑道:"两位额其克不要争了,我替阿哥贝勒带兵去辉发。"

"你?"兴尼牙简直不敢相信,一个二十来岁的毛孩子也能带兵远征。

这个人是满泰贝勒亲弟弟,有美男子之称的布占泰。

这部书中,女真社会里有两个美男子,一个是康古鲁,另一个就是布占泰。这在朝鲜的文献上都有记载,有《李朝实录》为证。关于布占泰的事迹,在这部书续集中有详细的描述,现在只能做简单的介绍。

老王爷布颜生六子,布干居长。布干生三子六女,布占泰和二阿哥满泰同母生,大阿哥布丹同父异母。满泰比弟弟大十余岁,布占泰约生

---

① 即巴牙喇,禁军或亲兵称巴牙喇,领兵首领称额真(意为大人)。
② 又作阿斗,兄弟之意。

于隆庆末。布占泰自幼不爱读书，专好练武，十岁时，就能掌握祖先纳齐布禄的百步穿杨箭法，从小爱惹事生非，打架斗殴。因他是王子，别人都让他三分，他更有恃无恐，常常闹的紫禁城不得安宁。阿玛布干见此子难成大器，从小就不喜欢他。布颜去世，布干即位。庆典过后，又为先王布颜举行隆重的葬礼。忙乱了一个来月，平静下来之后才发现，小台吉布占泰失踪了。查遍全城，访遍全国，几个月过去了，仍然音信皆无。布干国王贴出告示，有知下落者赏以重金，赐土地产畜。告示贴出多日，无人揭榜，人们普遍认为，布占泰的生存可能性不大了。

原来布占泰被一个异人领到一个群山环绕的地方。其中有一高山，奇峰峭立，险峻异常，山上有洞，石壁镌刻有字，曰"九顶铁刹山，八宝云光洞"，这是人迹罕至，于世无争，动乱中的世外桃源。布占泰虽小，胆子很大，只要教他学武功，他什么都不怕。三度春秋，五易寒暑，风餐露宿，吃尽苦头。师傅见他学艺认真，传授生平所学。高山学艺，仅有寒暑之别，没有年节之分，不知不觉已是五年过去，布占泰只记得自己十岁，属猴①。

这一日师傅叫他下山回家，并把他送到乌拉城外，就单独走了。在山上呆了五年，学艺三载，师傅姓什么叫什么他都不知道。后来布占泰当了国王，在奉先堂外另立一神祠，供奉无名师傅就是此人。再说布占泰回到紫禁城里，家里人见他性情大变，长得一表人才，又兼武艺超群，全族长幼皆大欢喜。布占泰先保父王布干，后佐兄长满泰，东征西讨，走上了建功立业之路。

当下布占泰声言要代满泰领兵去辉发，兴尼牙第一个反对。他对满泰说："出兵辉发，非同儿戏。我扈伦领土，被人瓜分。如今群雄并起，恃强凌弱，以众暴寡。国主应大显身手，领兵以救辉发为名，破叶赫，收哈达，恢复我纳喇氏祖宗旧业，他，他布占泰一个头上无角的牛犊，能当此大任么？"满泰被说到点子上，赞许地点点头："我想会会辉发和叶赫的主子们，这倒是个机会。"

"不可！"博克多横了兴尼牙一眼，转过来对满泰说："主上，近来城里城外流言四起，都是对主上不利的话。我想肯定有人散布，居心叵测。这个时候，主上不宜离开，以防有变。"

所谓的流言，满泰也听到一点点，无非说国主昏庸，荒淫残暴，不

---

① 应为隆庆六年壬申，即公元1572年。

宜为君，应让位贤能，等等。这贤能是谁？谣言里没有表明。的确是人心不稳，社会动荡，国主一旦离开王宫，恐怕有去无回。想到这里，满泰犹豫起来。博克多又说："流言蜚语的来源，我正在派人访察，主上放心好了。紫禁城由我率巴雅喇昼夜巡查，万无一失。辉发的事，就交给布占泰。"

满泰最听六叔的话，他不仅对满泰耿耿忠心，又性情温厚，对纳喇氏事业一片赤城。布干的突然逝世，宗族合议时有人提出由六贝勒博克多继承，他坚辞不受，拥立满泰。满泰依了六叔的主意，令布占泰率披甲①一千，驰援辉发，解海龙之围。布占泰欣然领命，当即表示，一定把叶赫兵杀败，捉住他们统帅回来交令。不料博克多叫住他："三阿哥，不可逞血气之勇。你去带兵不是打谁，是调解辉发、叶赫两国的冲突。要使辉发满意，又不要得罪叶赫，相机行事，不可轻举妄动。"布占泰一听，这可难了。领兵不去打仗，那干什么去？博克多再三告诫："调停，要以德服人，不要以力服人。"

"那为什么不派一个能说会道的文官去？"

"你去是最合适了，你是乌拉国主的亲兄弟，谁都不会轻看你。"

布占泰领命出来，点起一千披甲，驰奔海龙城而去。

乌拉出兵的事，已被叶赫派出的细作②探听明白，飞报布寨贝勒。布寨大吃一惊，果然乌拉出兵援助辉发了。即下令猛攻海龙城，力争在乌拉兵到达之前攻下海龙，活捉拜音达里。

拜音达里得到乌拉出兵的消息，心中暗喜。忽见叶赫兵猛攻城池，即令严守待援。在苏猛格的保护下，拜音达里亲自上城巡视。只见叶赫兵挖坑道、架云梯、扒城垣，号炮不绝，喊杀连天。辉发兵奋力抵御，双方相持。拜音达里望见不远处门旗下有一匹白马，马上端坐一人，手执令旗，指挥攻城，正是叶赫西城贝勒布寨。拜音达里高声叫道："那位可是叶赫布寨贝勒么？"布寨抬头向城上一望，见拜音达里站在城上。他催马向前走了几步，用马鞭指一指城上道："拜音达里贝勒，何不开城早降？城破以后，玉石俱焚，后悔也晚了。"拜音达里答道："布寨贝勒，你居叶赫，我在辉发，井水不犯河水，我并没有得罪你的地方，为什么领兵来攻我？"布寨冷笑道："因为你不施仁政，为暴人民，强夺民

---

① 带甲的骑兵。
② 从事间谍活动的人。

女，屠杀宗族，罪不容诛！"拜音达里也笑道："你的话好没道理，我选征美女是在我辉发的国土内，也没到你叶赫去挑选，你这不是狗咬耗子——多管闲事么？你收容我逃人，我还没找你算账呢。"布寨大怒道："真是不知砢磣！自古以来，就是讨伐有罪，你不开城投降，等城破之后，看你还往哪里蹦跶①！"

拜音达里因为得到乌拉出兵的消息，心中有底，他偏要气一气布寨，即说道："李成梁杀了你阿玛，又破了你叶赫寨，这也是讨伐有罪吗？你兄弟有本事怎么不去找他报仇，虎儿巴的②跑我辉发来嘎哈③！"

布寨一听，气得暴跳如雷，也不同他争论，下令加紧攻城，务必捉住拜音达里，碎尸万段，才能出这口憋在胸中的恶气。拜音达里拼命抵御，一定坚守等待乌拉救兵的来临。

海龙城被围数天，城上防御设施本来就很简陋，滚木擂石灰瓶炮子几乎消耗殆尽。叶赫兵架起云梯开始爬城。情急之下，还是苏猛格有办法，他令人把全城民宅内所有食用油都集中到城上，搜集一些破旧衣被棉花，蘸上油点着，将着火的衣物投向云梯，云梯被烧毁起火，烧伤了一些士兵，叶赫兵不敢再爬城，布寨连急带气，无计可施。

双方正在相持不下，忽然叶赫兵后队阵角浮动，有人跑到布寨的马前说了些什么。只见布寨令旗一摆，全军退回。拜音达里在城上向远处一望，只见西北方尘土飞扬，旌旗招展，一支军队风驰电掣般地飞驰而来。他高兴地以手加额道："好哇，乌拉救兵到了，看你布寨贝勒还往哪里蹦跶④！"

正是：

　　　　望眼欲穿盼救兵，
　　　　一朝盼到喜轻松。

要知布占泰来到如何解海龙之围，且待下回详叙。

---

① 逃走之意。
② 无缘无故。
③ 做什么。
④ 即逃窜之意，与蹦跶意思同。

第四十五回
布占泰射雕救辉发
王兀堂失策死建州

话说叶赫贝勒布寨正指挥军士攻城之际,有人向他禀报,乌拉国援兵到了。布寨十分惊疑,忙令停止攻城。大军后撤十里,立住阵脚。又令人出去探明乌拉来了多少人马,领兵主将是谁。呆不多时,忽有乌拉将官来到大营,说奉了主帅布占泰台吉的将令,来请叶赫国主布寨贝勒,明日过营赴宴,并有要事相商。

"回复你家主帅,我准时必到,感谢盛情。"

打发走乌拉使者,布寨更加疑惑,这是什么意思?他是来助辉发,还是来帮我?宜尔当在一旁说:"贝勒爷,乌拉出兵明明是帮拜音达里来打咱们,他请贝勒爷赴宴是不怀好意。贝勒爷千万不要去,以免上当受骗。"布寨是个刚烈汉子,遇事不肯退缩的女真巴图鲁。他哈哈一阵大笑道:"乌拉国的布占泰台吉不过是个娃娃,怕他嘎哈!我要不去,必被他们轻视,说我胆小如鼠。我叶赫上有阿布卡恩都力保佑,下有瞒尼相助,怕过谁来!"宜尔当又说:"如果贝勒爷一定要去赴宴,我带甲士随行,以防意外。"

"也好。"布寨说:"防备点没有坏处。"

次日,宜尔当暗穿铠甲,佩带腰刀,挑了五十名精壮卫士,护送布寨贝勒来到乌拉大营。布占泰亲自迎接,帐中已经摆好了酒宴。席上坐着一人,布寨一看,正是辉发贝勒拜音达里,身后立着一员大将,乃是苏猛格,手按剑把,虎视眈眈。布寨大惊,觉得上当受骗,转身要走,布占泰一把拉住,笑吟吟地说:"王爷勿疑,我奉阿哥之命,不是来打仗,是来给你们二家和解。"布寨看拜音达里坐着一动不动,也只得硬着头皮,勉强入坐。布占泰让宜尔当、苏猛格也坐了,乌拉的几个随行的将士作陪。一切就绪,布占泰向布寨、拜音达里二位深施一礼,笑道:"家兄知二位贝勒失和,特派我来调解。扈伦四国,情同手足,不能自相残杀。如今建州方强,是扈伦心腹之患。自己大动干戈,将来被别人渔利,那时后悔就晚了。二位王爷以为如何呢?"

拜音达里接过说:"我并没有得罪叶赫,他收容我逃人,又虎儿巴的兴兵犯境,真是欺人太甚!"

布寨说:"你暴虐无道,国人皆叛。你又勾引建州,屠杀自己宗族,罪大恶极,我这是吊民伐罪!"

拜音达里仗着有布占泰在场,不服道:"这是我的家事,我还怕你不成?"

布寨大眼一瞪:"你城破被擒,就在眼前!"

苏猛格腾地跳起来,刷地抽出宝剑。宜尔当也甩掉外衣,露出了铠甲。眼看两个就要动手。就在这时,忽听一声吆喝:"不得无礼!"布占泰慢慢站起来,瞅瞅叶赫和辉发君臣四人,微微一笑:"这是什么地方?我请你们来,是饮酒赴宴,不是请你们来打仗。都给我坐下,有话慢慢讲嘛!"

呆了一会儿,二人还是不肯坐,彼此怒视着。布占泰伸手拉住二人胳膊说:"你们这是干什么?都请坐!"说着,双手往下一摁。二人只觉得半侧身子发麻,扑通扑通都坐在地上①了。宜尔当和苏猛格两人都心里暗暗吃惊,他们才知道布占泰的厉害。

布占泰吩咐上酒菜。别扭的宴会勉强进行下去,布占泰不住劝酒。叶赫、辉发两国君臣四人心里有事,不敢多喝,好不容易应酬下来,就要告辞。布占泰道:"二位贝勒还是息争和解为好,扈伦四国不能自相残杀,请给晚辈一个明确答复,也好回见家兄交令。"布寨心想,这明明是向着辉发说话,我大老远兴师动众,难道就白来一趟不成?这决不能轻易答应。宜尔当见布寨沉吟不语,知他有口难开,便从旁斡旋道:"大贝勒,既然乌拉好意来调解,也得给个面子,只要有利于叶赫,不妨多少做一点退让,大贝勒您说呢?"一句话提醒布寨,他当即开出了两项撤兵的条件:"第一,拜音达里知过必改,不得迫害宗族,广施仁政,不再扰民;第二,割让靠近赫尔苏的三座城寨给叶赫,作为酬劳,叶赫就撤兵。"拜音达里心里明白,广施仁政不过是个借口,割让三城才是本意,于是断然拒绝:"土地城堡先人留下,哪能随便割让与人?"布寨怒道:"你不割让,我也能取。"拜音达里自恃有乌拉相助,反而提出向叶赫索还逃人的要求。双方争执不下,各不相让。布占泰从中解劝、拦阻,双方无一肯听,几乎到了箭拔弩张的地步。布占泰年轻,又是头一回遇见这等事,没有经验,一时也不知如何是好。临行时领的使命是调解,不是打仗,布占泰纵有万夫不当之勇,此时也无能为力。

第四十五回　布占泰射雕救辉发　王兀堂失策死建州

---

① 女真人宴会都席地而坐,没有椅子。后来演变成坐炕上吃饭,还能盘上双腿。

正在相持不下、难分难解之际，忽听空中有飞鸟喧叫。布占泰忙问："什么声音？"军士回道："鹞子捕捉小鸟，小鸟成群喧闹。"布占泰心中一动，立刻起身对两国君臣说："请，到外边看看去！我没见过鹞子是啥样的。"四人不敢不依，一同来到帐外。只见空中有一只鹞鹰①，正追逐一只小鸟。群鸟跟在后面喧叫，看样子，生怕同类落入敌手。布占泰笑指天上道："鹞鹰恃强凌弱，小鸟群起而攻之，虽然力不能及，精神可嘉。禽类尚能护己，人何自相残杀！我当助它一臂之力。"说完令取过弓箭，布占泰箭搭弦上，对他们说："我今日凭着上天神灵的意愿，要是射下鹞子来，那就是天神让你二家罢兵。要是射不下来，那也是天神让你们打仗，我谁也不帮助，立刻撤兵回国。怎么样？"布寨答应道："全听小贝勒。"拜音达里也只好应允。

"好。一言为定，不准反悔。"

众人都注视空中，忽听军士喊起："又飞来了，又飞来了！"约离地面百余步左右，折向西南方向。说时迟，那时快，只听"嘭"地一声弓弦响，一只刁翎箭飞上高空，只见老鹞鹰一个跟头扎下来，掉在远处的草坪上。军士跑去捡起来，箭还在膀下穿着，已经断气儿。群鸟惊散，全军喝彩，两国君臣也都暗暗称奇。

布占泰射落鹞鹰，心中得意，呵呵大笑道："这是天神旨意，令你二家和解。咱们有言在先，谁要是不服，那可要得罪了。"布寨问宜尔当："今日的事情，你看怎么办？"宜尔当小声说："布占泰武艺高强，力大无比，我们不是对手。这个人情，贝勒爷就做了吧。"布寨同意，遂对布占泰说："小将军既然说了，我一定照办，从此撤兵回国，不再侵犯辉发。"拜音达里本来希望乌拉兵参战，把叶赫杀个片甲不回。今见布占泰用儿戏的手段给他解了围，虽不乐意，可也别无办法，只好表示感谢，各自告辞。

次日，拜音达里又把布占泰、布寨等请到海龙城里，杀猪宰羊，款待二人，又给乌拉兵送去礼物，作为酬谢。另外，又送了布寨一份厚礼。两国从此和好，双方订立盟约。盟约规定，两国互不侵犯，今后彼此不准容留叛逃者。辉发、叶赫、乌拉从此步调一致，一方有事，相互支援。拜音达里从今以后不准屠戮宗族，另有废除苛政等等。

布寨率领叶赫兵撤回，布占泰也要返国，拜音达里设宴欢送。席

---

① 雕的俗名，是鹰类最凶狠的一种，黑褐色，长翅膀，捕食鸟类。

上，拜音达里说出了他考虑多时的话："小将军少年英雄，可敬可佩。乌拉又是大国，我有一妹，年方十五，愿与台吉结为姻亲，不知你同意不同意两国联姻？布占泰一听，心中很不满意。我领兵来解围，是出于公事。若纳你妹，那不成假公济私了？会引起人们议论不说，这拜音达里名声不好，与他结亲，叶赫会怎么看！想到这里，说道："感谢贝勒美意。不过，这个事情须由家兄做主，末将不敢冒然答应。"拜音达里点点头："也好。我就给你带回一封书信，致意贵国满泰贝勒，双方联姻，他一定会同意。"

布占泰辞别回国，可是他并没有交出拜音达里的信件，亲事也就不了了之。

过了些日，满泰派使去辉发，向拜音达里索要他求助时答应的割地酬谢的几个部落，拜音达里以乌拉兵虽来，并没参战为由，拒不履行承诺。他这一赖账不要紧，在十几年后辉发受到建州努尔哈赤攻击时，又向乌拉求援，乌拉以拜音达里无信而拒绝出兵帮助他，导致辉发国灭亡。这是后话。

再说布寨撤军回到叶赫，把前后经过对纳林布禄说了一遍，纳林布禄一听心中大怒，布占泰不过是个年轻的娃娃，他竟敢用儿戏般的手段促使叶赫退兵，简直岂有此理！布寨道："布占泰虽然年幼，不但武艺高强，而且很有智谋。他说的扈伦情同一体，不能自相残杀，也很有道理。"纳林布禄说："也罢。辉发之行，徒劳无功，以后更不易攻取。那就全力对付哈达，同哈达几代世仇，不灭哈达，此恨难消。"

布寨未及答言，忽一人大叫道："不可！"

金台石进来了。

他们的议论，已被他听见。他说："二位阿哥，如今努尔哈赤兼并辽东，最近又破了鸭绿江部，建州三卫故地都被他占了。辽东五大部都已灭亡，其势头不小。下一步就指向海西了，我们不可不防。"纳林布禄猛醒道："是啊！努尔哈赤最扎力了，终久是咱叶赫的心腹大患。"

布寨沉默一会儿，答言道："看来，布占泰的话是对的。扈伦四部应该抱定一条心，共同防范建州。"

纳林布禄眉头一皱，计上心来，他说："我看，乌拉是个大国，布占泰又是难得的巴图鲁，我想莫如把大阿哥的查尔罕东哥格格许给布占泰，同乌拉联姻。"一句话说到布寨的心坎儿上，他表示同意这门亲事。

大明万历二十年，叶赫的使者来到乌拉，提出将布寨贝勒的女儿，

第四十五回　布占泰射雕救辉发　王兀堂失策死建州

年仅十二岁的东哥格格许婚布占泰,结两国姻亲之好。满泰十分高兴,令布占泰应下,并令他亲自前去叶赫纳聘礼,修两国姻盟之谊。东哥格格也同布占泰见了面,彼此心生爱慕。成亲却订在两年以后,待东哥长大成人。

布占泰射雕救辉发,布寨聘女于乌拉,这两件事在扈伦四部中传开,布占泰也因此而名扬海西。叶赫由于同乌拉结盟,海西诸部益加畏服,叶赫在扈伦四部中的霸主地位,愈加巩固,明朝也把叶赫看做是东北夷的领袖,哈达的继承者,布寨、纳林布禄兄弟声望日高。

叶赫逐渐强盛以后,布寨想起往年李成梁大兵压境,向建州求援,努尔哈赤吞食诺言,并不回应,而是隔岸观火,瞅叶赫部的笑话。这口恶气如何能出?他想联合扈伦四国,向建州发难,雪往日之恨。纳林布禄说:"努尔哈赤攻城掠地,势力方强。我们等一等,看一看局势的变化再说。"布寨是个急性汉子,他实等得不耐烦,派出几位使者,分别到辉发、哈达、乌拉三国,以及蒙古科尔沁、喀尔喀、土默忒诸部活动,一个内容就是如何联合起来,对抗建州的威胁。不久,使者回来,带来了各部应邀加盟的信息,兄弟二人更加趾高气扬,不可一世。

自从万历十八年努尔哈赤出兵宽甸口,攻取鸭绿江部,兼并了该地,辽东大地基本平定。这时长白山西麓有两个大部落,一个叫朱舍里,一个叫讷音①。两部相邻,皆在松花江上源。那里山高地险,道路梗阻,建州兵一时还无力到达那里,他们见努尔哈赤蚕食辽东诸部,深感不安。为求得庇护,朱舍里部酋长裕楞额亲自到讷音部城佛多和山寨,邀讷音部酋长搜稳塞克什同去叶赫国,会见布寨、纳林布禄兄弟,订立了互助联盟,二部表示一切听从叶赫调遣,叶赫保证二部安全,一旦有警,叶赫兵必去相助。两部有扈伦大国做靠山,也就不把努尔哈赤放在眼里,三番两次驱逐建州的招降使者,使努尔哈赤向东北部发展受阻。

叶赫安定了长白山下两部,扈伦各国又不断信使往来,布寨、纳林布禄兄弟觉得是时候了,不趁此大好时机向努尔哈赤讨说法,还等待何时!于是决定,兵伐建州。

金台石出来制止道:"先不忙,再等几天,等各部都答应出兵,那时动手也不迟。"

---

① 有的作讷殷。

纳林布禄说："也好。"布寨是个性急的人，他恨不得立刻带兵去建州，捉住努尔哈赤，问他为何失信。

忽然有一天来了两个辽东人，见着布寨哭拜于地："大贝勒，你可要给我家主人报仇啊！"

"快起来，你家主人是谁？"

"迤东都督王兀堂。"

接着，来人即把王兀堂被害的经过，详细说了一遍。布寨一听，气得须眉倒竖，捶案叫道："竟有这等事！"

王兀堂是如何被害的？听我慢慢地道来。

话说迤东都督王兀堂，于万历七年大破宽甸堡，之后被李成梁败于瑷阳。从此王兀堂销声匿迹，谁也不知道他的去向。王兀堂没有死，他遣散了队伍之后，带着几个心腹戈什哈，逃到鸭绿江边，隐姓埋名，不再露面。隐遁了两三年，不知怎么走漏了风声，他的旧部纷纷聚拢、请他出山，重新起事。女真人饱受迫害之苦，盼望能有个英雄人物领着他们干一番大事业。王兀堂被李成梁击败以后，遣散了各部兄弟们，说是众人在一起目标太大，容易被明军发现，暂时化整为零，潜伏下来，以待时机。众人听信了他，分头隐蔽。可是过了几年，不见王兀堂的指令，部下就忍耐不住了，多方打听他的下落。工夫不负有心人，王兀堂的落脚点被找到。一传十，十传百，辽东女真人还没有忘记他，于是便恳请他重整旗鼓，领着大伙干。可是王兀堂自遭受挫折以后，隐居在距鸭绿江岸不远的一个小山寨，看到形势的变化，知道无力恢复，也就心灰意冷，想终老泉林，了此一生，从今不再出头露面，捕鱼狩猎，伐木种田，混口衣食足矣。怎奈部下拥戴，一致请求他挑起大梁，东山再起，重振辽东。王兀堂盛情难却，只好拉起大旗，占住宽甸口以东靠鸭绿江的几座山头，建了几个堡寨，做了山大王。因地方狭窄，土薄民贫，物资紧缺，为了生计，他们经常结伙越过鸭绿江，到朝鲜境内掳掠边民，受到朝鲜军队围剿，所以始终发展不起来，只好考虑另寻出路。到了万历十八年，几个山寨仅聚集了五百多人。这一年努尔哈赤破鸭绿江部，王兀堂听说建州女真复兴，努尔哈赤是个年轻有为的女真巴图鲁，统一三卫，征服五部，文臣武将云集麾下。王兀堂大喜道："女真中有努尔哈赤这样人，何惧明军李成梁之辈。"努尔哈赤灭了鸭绿江部。回师途经王兀堂的山寨。努尔哈赤久闻王兀堂之名，即在山下扎营，召

第四十五回　布占泰射雕救辉发　王兀堂失策死建州

集众将商议道:"王兀堂也是一方首领,又深得民心。这样人久据辽东,对我们十分不利。今已来到这里,总得想个办法解决他。"将士中有的主剿,有的主抚,意见不一。安费扬古提议道:"王兀堂为女真中的豪杰,威名素著,如果能收在麾下,也是一股力量。"努尔哈赤点头称善,随即派人上山,请王兀堂下来相见。使者走后,何和里秘密对努尔哈赤道:"王兀堂本辽东巨酋,非久在人下之人,主子可要当心。弄不好,反客为主,后患无穷。"

"那你说该怎么办?"

"他要是不来,大军围剿;他要是来了,当机立断。"他没有往下说,只伸出手掌,在眼前用力一抛,做了一个砍切状。努尔哈赤会意,低声对他说:"这事你去安排,不要让硕翁科洛①知道。"

何和里临去时又嘱咐道:"这是千载难逢的机会,主上一定要下决心。"

再说王兀堂在山上听说努尔哈赤平定鸭绿江部回师途经山下,就有下山同他会见之意。部下人多反对,就在王兀堂拿不定主意之时,努尔哈赤的使者来了。使者请王兀堂下山相会,传达了努尔哈赤仰慕之意。王兀堂不听部下劝阻,只带了两名随从,下山来到建州兵的大营。努尔哈赤一听王兀堂来了,又惊又喜,大开营门,亲自迎接。努尔哈赤没见过王兀堂,今日是头一次见面。只见此人约有五十岁左右,赤红面,身材矮小,结实健壮,马鞍上挂着两个木轮。努尔哈赤早听人们传说,王兀堂能登险峰,跳山涧。有飞行树梢之轻功,手缚熊虎之勇力。兵器也特别,善使两块木板,转动如飞,称做飞轮。两柄木轮舞动,任何兵器也接近不了他。努尔哈赤今日一见,王兀堂衣不惊人,貌不压众,却有神奇本领,他不由倒吸一口冷气,假意寒暄一番,让到帐中,同部下诸将相见。努尔哈赤用对待长辈之礼,接待王兀堂。王兀堂心情特别好,他也以长辈自居,对努尔哈赤说:"少贝勒不愧是将门之子,能使李成梁那老贼折服,某实感惭愧。"努尔哈赤敷衍道:"晚辈自遭玛法、阿玛之变后,不得已而起兵,追杀布库,为先人报仇,才有今日,这是阿布卡恩都力的意志。"王兀堂一听他说追杀布库为祖、父报仇,不胜惊骇。觉昌安、塔克世的死明明是被李成梁谋杀,他却说仇人是布库。他默然

---

① 全称是硕翁科洛巴图鲁,意为鸷勇,安费扬古的称号。

良久，又说道："在下与少贝勒玛法、阿玛有一面之识，他们遇祸，实感痛心。仇人不是布库，是李成梁，是明朝。明朝杀我们女真人何止千万，只有我们女真人联合起来，拧成一股绳，才能抵制明军的杀戮。少贝勒天地之表，久后必成大事。从今儿个起，在下投奔少贝勒，助你成就一番事业，也为女真人争口气。"

"不敢当。"努尔哈赤双拳一抱，十分谦恭地说："王兀堂都督乃辽东杰出的巴图鲁，若肯相助，实感荣幸。"

酒菜已经摆好，努尔哈赤请王兀堂坐在西首主位，常书、扈尔汉、扬古利、额宜都等依次相陪。惟独不见何和里和安费扬古二人。努尔哈赤殷勤劝酒，热情洋溢。王兀堂毫无警觉之心，开怀畅饮。酒过三巡，王兀堂有点微醉，只见努尔哈赤一扬手，酒罐"啪"地掉在地上摔得粉碎，这是信号。突然间，帐后闯出十余名武士、何和里几步蹿到王兀堂背后，将他摁翻在地，在坐所有将士都一跳而起，拔出腰刀，逼住王兀堂。王兀堂立时酒醒，大叫道："你们这是嘎哈？"何和里也不多言，指挥军士给他上了绑绳。王兀堂一脚踢翻桌子，挣扎着大骂道："好你个努尔哈赤，小兔崽子，我诚心来投，你却暗算我！"

帐内众将没有人吭一声，待他骂够了，努尔哈赤才来到他的面前，嘿嘿冷笑两声，说道："王兀堂！你是朝廷通缉的要犯，十几年前被你漏网。我是朝廷二品大员，建州都督，龙虎将军，岂能同你这反贼为伍？你今日自投罗网，死有余辜。把他推出帐外，斩首！"

"努尔哈赤，你这女真人的叛徒，不得好死！我到阴曹地府也要告你……"

王兀堂被何和里拉出帐外，砍下头颅，提着献给努尔哈赤验看。努尔哈赤不看犹可，一看这颗硕大的血淋淋的人头，尚瞪着眼睛，众人无不骇然。

安费扬古得知王兀堂来了，已经很晚。他忙跑到中军大帐，想要阻止这一暴行，可是晚来一步，王兀堂已经身首异处。安费扬古跌足叹息着："这是何苦来！一代英雄，就这么完了，可惜。"

努尔哈赤杀了王兀堂，又进军山寨，杀死王兀堂妻妾子女家眷，斩草除根，招降了山寨五百人马，班师回归佛阿拉，庆贺胜利，万众欢腾。

王兀堂孑遗无存，灭门绝嗣。努尔哈赤把剿灭王兀堂的功绩通报李成梁，上奏朝廷，得到了嘉奖和丰厚的赏赐。

王兀堂的心腹逃到叶赫,详述实情,激怒了布寨贝勒,新怨旧仇,义愤填膺,他决心要和建州努尔哈赤较量一番。

正是:

　　旧恨未消新怨来,
　　辽东眼下有兵灾!

要知叶赫对建州努尔哈赤采取什么措施,且待下回再叙。

第四十六回 两番遣使扈伦索地 四部出兵建州拒敌

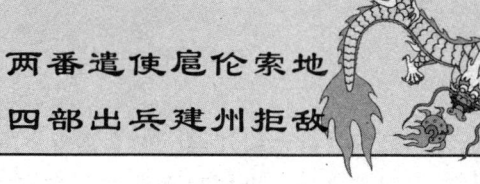

　　话说叶赫贝勒布寨、纳林布禄二兄弟，得知建州势力逐渐强大，努尔哈赤平定辽东，扩大领土，边界及于鸭绿江边，与朝鲜隔江为邻，心中实感不安。他们担心的是，下一步努尔哈赤可能会向扈伦四部伸手，他们祖祖辈辈传下来的基业，将会受到挑战。形势是严峻的。就在这时，来了两个辽东人，向他们哭述了王兀堂被杀的经过，恳请叶赫替他们主子报仇。布寨收留了二人，答应他们一有机会，定出兵建州，叫他们不必心急。

　　布寨是个直肠子的人，性情粗暴，办事却不含糊，粗中有细。军国大事，都靠纳林布禄拿主意，纳林布禄机敏而狂妄。两人虽然差别太大，却兄弟情深意笃。

　　当下纳林布禄对布寨提议道："努尔哈赤最近吞并了鸭绿江部，我们派使去建州，以祝贺他胜利为名，探一探他的虚实。"

　　"怎么探？"

　　"带给他一封信，向他索要一块地皮，看他怎么答复。"

　　"他能给吗？"

　　纳林布禄笑了："当然他不会给。"

　　布寨疑惑道："明明知道不给，还去讨那没趣嘎哈？"

　　"撩一撩他的火气，咱也好出师有名啊。"

　　布寨好像悟到了什么，点了点头。纳林布禄叫东西两城各派一使，去建州下书。西城派了宜尔当，东城派了纳林布禄的亲信白斯汉，带着叶赫国的书信，向建州而去。

　　回头再说一说努尔哈赤。

　　近几年来，努尔哈赤兼并诸部，一面向明朝定期贡市，一面派奸细刺探扈伦各国内情，又联络蒙古南部各部，实行远交近攻，建州势力大增，他创立了黄白红蓝四旗，兵民一体，训练有素。又有额宜都、安费扬古、扈尔汉、何和里、费英东、扬古利、常书一批勇士效命，攻城夺地煞是厉害。各部落、各城寨哪里是他的对手，周围部落，降的降，亡的亡。最近又破鸭绿江部、灭王兀堂，声威大振。努尔哈赤又亲去北京贡市，回来之后，更加踌躇满志，修宫室，建官制，立法度，明赏罚，效仿明朝的样子，设立文武军政各官职，强化牛录制，设立拜它喇布勒合藩①衙门，作为基层军政机构，每牛录辖三百人。牛录以上为甲喇②章京，女真语叫阿达哈哈番，辖五牛录。这时仅仅设立四旗，到二十年后的万历四十四年，他才建有八旗。

闲言少叙。努尔哈赤从北京朝贡回来，大筵群臣，款待部下，费阿拉张灯结彩，一派喜庆气氛。正在兴头上，忽然有人禀报，叶赫国使臣前来下书。努尔哈赤一怔，这叶赫国虽是亲戚之邦，平日素无来往，今日下书，莫非是祝贺我的胜利吗？不管什么事，只有请进来再说。

叶赫使臣宜尔当、白斯汉二人被召进来。宜尔当说："我奉叶赫国大贝勒布寨殿下之命，来贵国祝贺平定鸭绿江部大捷。"努尔哈赤客气地说："多谢！"白斯汉双手呈上一封书信说："我主纳林布禄贝勒捎给都督一封信，要说的话全在里边。"努尔哈赤接过，看见信上是这么写的：

> 叶赫国大贝勒纳林布禄致书建州都督努尔哈赤麾下：
> 尔处建州，我处扈伦，语言相通，势同一国。今所有土地，尔多我寡，实不公平。请将靠近我境之额尔敏、扎库木二地，割一处与我……

努尔哈赤看到这里，方才的一团高兴，全被打消了。他把书信往桌子上一拍："我为建州，你为扈伦；我的你也不必争，你的我也不要夺。土地不能比牛马，哪能随便送人！你们都懂得这个道理，不劝告你们主子，嘎哈来这里办这种无理的事？"

白斯汉道："我主的书信，写的什么，我们并不知道，请都督息怒。"

努尔哈赤心里还在生气，就不客气地说："既然如此，那你们走吧。回去对你们的主子说，建州土地，寸土不与，别叫他们痴心妄想了。"连顿饭都没招待，宜尔当大怒，行前对努尔哈赤冷笑道："哼，你等着，

---

① 牛录章京，后改佐领。
② 原发音为扎兰，后来改参领。

告辞!"

　　宜尔当、白斯汉二人返回叶赫,述说建州之行的经过。纳林布禄说:"我知道索地他不能给,可我偏要碰他一碰,杀一杀他的傲气。你们完成了使命,下一步我自有办法。"遂重赏二人。

　　过了些日,叶赫邀请的哈达和辉发两国使者到达东城。纳林布禄派出亲信尼喀里、图尔德二人为使,随着两国使臣,以祝贺为名再去建州。临行时,纳林布禄又面授了几句话,二人记下。

　　努尔哈赤被叶赫使者下书索地一事弄得好几天不高兴。这天得报,叶赫使者又来了,而且是和哈达、辉发两国使臣同来。一肚子怨气的努尔哈赤,估计到这又是一场僵局。因有两国使臣,也只好接见,设宴相待,亲自作陪。

　　宴会进行中,哈达、辉发二使都致了贺词,说了几句恭维的话。努尔哈赤致词答谢,也说了几句谦虚客套的话,心情有些好转。这时,叶赫使臣图尔德站起来,对努尔哈赤说:"我主纳林布禄有话,让传达给建州,说出来恐怕都督生气,吃罪不起。"努尔哈赤突然变色,勉强克制住,故作镇静地说:"你主有哈①话,你就照实说吧,我不会怪罪你。"图尔德道:"那我就如实说了吧,我主说的,上次要分你的土地,你不给。倘若两国兵戎相见,我们能深入到你们境内,那时看你还给不给地,这是我主的原话。"

　　努尔哈赤一听这话,再也克制不住了,刷地站起来,抽出身上的佩刀,对准桌角,"咔嚓"一声劈断,然后将刀"当啷"一声扔在桌上,冷笑几声,指着图尔德说道:"你的记性很好,我的话你要记住,回去一五一十地传给他们:你叶赫有什么本事?从前哈达内讧,你们乘机掠夺了哈达领土。你们把我比做像欺负哈达那么容易,那你就错了。我要进你叶赫,如入无人之境,白天不来,夜里必到,你们有什么办法抵挡我?你们主子的阿玛被明军所杀,到现在仇也没报上,连尸骨都没得着,还有什么脸面跑到我这里来说大话?真不知道砢碜!"

　　他说完,令贴身书吏把原话记录下来,作为书信,遣使随图尔德等去叶赫,以示对纳林布禄的回答。

　　图尔德一看两家冲突越来越大,他不敢直接去见纳林布禄,把建州的使者领到西城去见布寨。他知道布寨虽然脾气火爆,但性情沉稳,遇

---

① 啥。

事比较理智，轻易不使性子，他不像纳林布禄那样狂躁骄横。

当下叶赫贝勒布寨看了努尔哈赤的文书，他把恨怨之情压在心底，觉得叶赫目前尚无力对付建州，时机还不成熟。询问图尔德建州之行的前后经过，对他说："你做的好，书信要是送到东城，那麻烦就大了，此事暂不必让东城知道。"

布寨留下书信，遣还建州使者。图尔德回到东城见了纳林布禄，只说努尔哈赤刀砍案角的事，传达了努尔哈赤的话，就是不提建州使者随来下书，怕纳林布禄索要文书，激起大规模的武装冲突。图尔德去了建州亲眼所见，他相信布寨的话，叶赫暂时还不是努尔哈赤的对手。还须休养生息，以待时机。纳林布禄虽不知有书信的事，但对努尔哈赤的仇恨有增无减，加紧策划。

正好长白山下讷音、朱舍里二部派使前来，请叶赫支援。

前文提过，长白山下有两个女真部落，三音讷音河一带的部族称讷音部，其东南与之毗连的称朱舍里部。两个女真部落虽靠近建州，却不受招抚、不听利诱、不怕压制，坚决顶住努尔哈赤的势力，站在扈伦四部一边，同叶赫结盟。叶赫答应过，如果有事，一定支援。建州东边有一个洞寨，是群山中的一个据点，地近讷音，也是努尔哈赤通往东北的要道，更是威胁讷音、朱舍里的前哨。洞寨虽小，它却像一颗钉子似地钉在了讷音部的咽喉上，讷音部早就想拔掉它。讷音部长搜稳塞克什为防备建州的吞食，在丛山峻岭中筑了七个堡寨，沟壑相连，壕堑相通，防御措施也相当完善。接着，讷音部采取主动进攻，欲夺洞寨，这才遣使叶赫求援。纳林布禄也不和布寨商量，自做主张，令三弟金台石领兵一千，同讷音联兵，一举夺下洞寨。努尔哈赤失去了东边的哨所，通往东北的道路被阻，也感到有些紧张。努尔哈赤发恨道："朱舍里、讷音、地近建州，却投靠扈伦。将来有一天，我非将他两部斩尽杀绝，叫他知我厉害！"

纳林布禄命金台石援讷音，是对建州进行一次试探，看一看它的实力。袭击洞寨得手后，在纳林布禄看来，努尔哈赤并不像人们传说的那么可怕。朱舍里、讷音两个小小的部落，能够顶住建州的压力，夺取它的堡寨，他产生了自信。

万历二十年，纳林布禄邀请辉发贝勒拜音达里、哈达贝勒孟格布禄、乌拉贝勒满泰各派使臣到叶赫会盟，决定扈伦四部联为一体，共同出兵攻打建州。彼此约定，成功之后，平分建州地盘。他们对天盟誓，统一行动，克日出师。不久，四部各起兵马，由国王亲自带领，杀奔建州。

四部联合起兵的消息传到建州，努尔哈赤问道："各国都出多少人马？"探马回答："乌拉、辉发各一千人，哈达不足千人，叶赫两千，总共有五千人马。"努尔哈赤大笑道："统共才不过五千人，他们七拼八凑，并非一条心。这样的兵马，怕他嘎哈？"遂也调集五千人马，亲自率领，出城迎敌。

扈伦四部的弱点都已被努尔哈赤摸透。

四国虽然统一出兵，各有各的打算。乌拉在北方，距建州较远，又不接壤，胜利了也得不到领土，因此不很出力，只是虚张声势，呐喊助威；辉发国内乱刚刚平息不久，拜音达里丧失人心，想借对外用兵来稳定国内局势，他的兵虽能打仗，却不愿意给他卖命。这一千人马不过是想乘机掠取一点人口财物牲畜之类，更没有领土要求。再说，拜音达里积极出兵，也不完全是为了维护扈伦一体，更主要的是报复努尔哈赤往年以帮助平叛为名，对辉发实行种族灭绝的暴行。哈达的孟格布禄赖叶赫的帮助，得以灭歹商，统一国土，自然要为叶赫效力。哈达的南境与建州山水相连，吞并建州领土，壮大自己势力，也是时机。因此，这一支人马比较出力，同叶赫兵配合的比较默契。

这些不同情况，都被努尔哈赤了解得一清二楚。他对众将说："乌拉、辉发不足虑，惟有哈达同叶赫一心，只要击败哈达孟格布禄，那两国兵可不战自退。叶赫没有后援，他占不着便宜，纳林布禄败局已定了！"

诸将听了，人人振奋，个个争先，都想要抢头功。努尔哈赤分配几伙去抵挡乌拉和辉发的兵马，自己只带安费扬古一人，率领一千人马对付哈达。孟格布禄带领一千哈达兵还没有走出哈达境界，努尔哈赤的大军已提前赶到。靠近建州边境有一个堡寨，叫做富尔加齐寨。城寨险要坚固，依山临河，城墙高厚，土石混筑，是哈达防守建州的前沿阵地，哈达驻有重兵。努尔哈赤见富尔加齐寨易守难攻，即令安费扬古率大军埋伏在大路旁，自己率几十人前去挑战。哈达兵见攻城来的建州人马不多，开寨门来战，孟格布禄一马当先冲杀过来。努尔哈赤要把他诱至埋伏圈内，与孟格布禄战了几个回合便退。他让士兵先退，自己一个人殿后。孟格布禄见努尔哈赤一人殿后，哪肯放过这个机会，凭着自己的勇力，急带两骑从后追来。两骑一前一后，孟格布禄在中间。努尔哈赤本

第四十六回　两番遣使扈伦索地　四部出兵建州拒敌

想诱哈达兵全军来赶,以便聚歼,没想到孟格布禄只带两骑追来。三骑跑的飞快,看看赶上,努尔哈赤忙拈弓搭箭,回身就是一箭。一箭射空,并没命中,三骑反而越赶越近。头前那人伏在马上射了一箭,一箭正好射在努尔哈赤的马肚子上,战马惊叫一声竖起前蹄,把努尔哈赤甩下马来。说时迟,那时快,努尔哈赤的左脚离马,右脚还挂在蹬上,他一个鹞子翻身,又飞快地跨在鞍上。坐马咴咴儿叫了两声,四蹄站稳,努尔哈赤勒马就地转了一圈,又向前跑去。孟格布禄见努尔哈赤的坐马带箭而逃,抛开两人纵马来追。努尔哈赤又拔出一箭嗖地射出去,孟格布禄没有料到,这一箭正好射在坐马的前腿上。战马痛得一声怪叫,三腿不稳,一个前失扑倒在地,把孟格布禄从马上摔下来。努尔哈赤回马来杀孟格布禄,后边两名亲兵有个叫泰穆的勇士,飞马上前,一个蹬里藏身,海底捞月的功夫,从地上把孟格布禄提起,另一个飞马上前扶了一把,就势把孟格布禄挟持到马鞍上,拨转马头,飞驰而去,转眼便无影无踪了。整个过程仅是眨眼的工夫,把努尔哈赤看得目瞪口呆。

　　哈达兵大队人马随后赶来,怕主人有失。见泰穆救了孟格布禄,呐喊着向努尔哈赤杀去。刚刚追到伏击圈,一声鼓响,安费扬古的伏兵杀出,截住哈达兵,双方混战一场,哈达兵因寡不敌众而败走,伤亡百余名。建州兵大胜,也阵亡了数十名。努尔哈赤叹息道:"哈达有能人,救了孟格布禄,看来这个寨子也是不易攻取啊!"努尔哈赤令安费扬古带兵把富尔加齐寨周围所有嘎珊焚掠一空,然后撤军。

　　叶赫兵在纳林布禄的指挥下,进攻的目标是建州的户布察寨,可辉发、乌拉两路军被阻,哈达兵又败于富尔加齐,叶赫兵势孤,也只有无功而返。

　　这次出兵,使扈伦四部看到了建州的实力,也暴露了自身的弱点,四部的首领们,愈发感到努尔哈赤是他们的心腹大患,要不趁此时消灭他,一旦扈伦联盟瓦解,必被各个击破,后果不堪设想。

　　纳林布禄接受了这次出兵失利的教训,他认为低估了努尔哈赤,动员的兵力太少了。

　　经过一番酝酿,一个庞大的计划在纳林布禄的头脑中形成。这次下定决心,倾全国之力,动员各部首领,集中优势兵力,对建州来一次大围剿,拼一个鱼死网破。他又亲修国书,遣使分头去送,调动一切力量,统一指挥,准备一举踏平建州。书略曰:

女真蒙古，情同手足；海西扈伦，势为一体。山水毗连，唇齿相依。方今建州努酋，经略诸部，实藏祸心。一旦羽翼形成，恐非我等之福。若被他广施离间，各个击破，则扈伦四国不保，我辈子孙将无遗族也！今当上下一心，八方一致；携手并肩，联合攻取，收一劳永逸之功，存百代承递之祠。千秋伟业，在此一举，祈共鉴之！

书信发出去不久，各部纷纷响应。首先到达叶赫的是哈达贝勒孟格布禄。哈达在南，为什么孟格布禄偏要北来走弯路多此一举呢？因为四国出兵建州，叶赫不仅没有攻下户布察寨，反被努尔哈赤偷袭富尔加齐寨，哈达受到很大的损失。若不是亲兵泰穆有绝技在身，只怕再有五个孟格布禄也见阎王了。孟格布禄是带着怨气，率领三千人马来到叶赫找纳林布禄讨个说法的。

哈达兵的到来，纳林布禄和布寨大开城门，亲出迎接。孟格布禄一见面便埋怨道："上次各国出兵，有名无实，结果给哈达造成了伤害，使富尔加齐寨数百人被杀。今日此举，贝勒可有几分把握？"

纳林布禄说了好些道歉的话，并保证破了建州之后，把靠近柴河堡和户布察一带地方划归哈达，江上诸部贡市取道镇北关者，改由南关入境，恢复哈达居停之利。有如此优惠的条件，又想到哈达统一全靠叶赫支持，孟格布禄也就消了火。

哈达兵城外扎营，孟格布禄和他的随行将官被请到城中，设宴招待。

正饮宴间，城外号炮连天，金鼓齐鸣。人报：乌拉国兵到。纳林布禄、布寨、孟格布禄、金台石齐出城迎接。只见乌拉国的人马队伍整齐，盔甲鲜明，旌旗蔽日，刀枪放光，十分威武雄壮。门旗一闪，驰出一匹白龙马，马上坐着一员青年将军，白袍银铠，手提一支亮银枪，来到近前，翻身下马，施礼道："阿哥满泰国中有事，脱不开身，特遣末将率兵三千，前来参战。"叶赫兄弟二人认识，这不是上年刚结亲的布占泰么？孟格布禄曾到过乌拉，哈达内战时他曾逃到乌拉避过难，但他同布占泰不曾接触过，今日也算初次相会。纳林布禄上前拉住道："台吉免礼。贵国满泰贝勒可好？"布占泰道："上次出兵，阿哥偶感风寒，身体不适。又兼国中有事，实难亲往，特派末将前来，愿听贝勒调遣。"

"好。"纳林布禄大喜，安营扎寨，众人进城。

第四十六回　两番遣使扈伦索地　四部出兵建州拒敌

这孟格布禄晓得,哈达与乌拉是同宗,同是纳齐布禄的子孙后代,今见布占泰年少英俊,便有意想结识他。席间,孟格布禄问道:"将军为扈伦始祖纳齐布禄的后代,但不知是第几代?"布占泰站起来答道:"去年壬辰①,阿哥满泰主持修宗族世谱,祭堂子,所以我知道从太祖算起,到我属于第九代。"

"这就是了。"孟格布禄又说道:"第三代达玛法佳玛喀硕朱古生有四子,乌拉为长子都勒希之裔,哈达乃第四子绥屯之后。我阿玛万汗为第七代,到我是第八辈。论宗亲,我算你的昌克赤②。阿玛汗在世时,还和乌拉共同修谱,现在已断快二十年了。"布占泰听了,忙对孟格布禄行了长辈礼,认做叔父。

孟格布禄感慨万分,心事重重地说:"自古英雄出少年,愚叔虚度年华,半世无成。上不能定国,以安祖宗基业;下不能保民,免遭劫数之苦,惭愧呀惭愧。"纳林布禄从旁劝慰道:"贝勒勿忧。我各路大军踏入建州之日,就是扈伦诸国振兴之时。来,为我们的胜利,干杯!"这时,士兵来报:"蒙古科尔沁三部人马赶到了,请贝勒爷谕示。"纳林布禄一听,心里更是痛快:"天助我也!毕合以赌阿布卡恩都力③。"

正是:

　　父恨难报敌为友,
　　索地未肯亲做仇。

要知各路人马聚齐后采取什么行动,且待下回再叙。

---

① 即万历二十年(1592)。
② 女真方言,即叔父,与额其克同。
③ 祝福天神。

第四十七回　伐建州九姓集联军　战古勒四部中埋伏

话说纳林布禄一听蒙古科尔沁部人马来到，喜得心花怒放，忙同众首领出城迎接。蒙古兵为首的是科尔沁贝勒明安，他身材高大，气度不凡，约四十岁左右年纪。他以前到过叶赫，同纳林布禄、布寨兄弟见过面，彼此都是老相识。由明安引见，又将科尔沁左右两贝勒莽古思和翁阿岱介绍给纳林布禄兄弟。他两人都是三十几岁的年轻人，威风凛凛，相貌堂堂，皆有万夫不当之勇。随后被引见的是一位身材矮小，年约五十开外的女真首领，名叫扎尔果，是锡伯部贝勒。最后一位中等身材、瘦小精干，是锡伯部同宗、卦尔察部贝勒塔卜。这两部源出苏完瓜尔佳氏，由苏瓦延必拉①之锡伯部析出，移至嫩江西侧，洮儿河流域自成部落，是在明初。后来一部为二，其中一部以姓氏为部名，称卦尔察部，实瓜尔佳之音转也。两部居处蒙古地，受蒙古控制，今日随科尔沁三贝勒来参战，各带一千人马，总共五首领率领九千人来到叶赫。

不久又得报：长白山下两部派使告知，讷音部额真②搜稳塞克什和朱舍里部额真裕楞额各领兵一千来会，他们集结于柴河待命。布寨、纳林布禄起东西两城兵马各五千，祭堂子、放炮、升旗，浩浩荡荡取道哈达，杀奔建州而来。

大军正走之间，来到一座山口，前军来报：前边有一支人马，拦住去路，不知是哪一部的。纳林布禄令停止前进，就地扎营，自和众头领去探虚实。山弯处，果然旗甲鲜明，刀枪密布，一支兵马拦住去路。纳林布禄寻思，邀集诸部均已来到，只有辉发不见动静，莫非是辉发兵到了？正要上前询问，忽从队伍中间驰出一匹枣红马来，马上骑着一个膀阔腰圆的汉子。一边打马一边高叫："来者可是叶赫贝勒纳林布禄么？"纳林布禄答道："正是。来者何人？"那人一听，滚鞍下马，倒提着马鞭子一抱拳："辉发贝勒拜音达里，在此等候多时了。我这三千人马，都是经过挑选的。"纳林布禄大喜，他没有见过拜音达里，今日也算认识

---

① 即双阳河。
② 即大人。又作章京，部落首领。讷音：朱舍里乃小部落，不能称贝勒，只有称额真，意为部长。

了。

众人集到中军大帐内,依次坐定。纳林布禄心满意足,胜利在握。他说道:"各位首领,我军九部三万人马,可一举踏平建州,需要有一个统一的指挥,不能各行其事。大家要是没有异议,不妨推举个盟主,做为统帅,调动诸路兵马。"

孟格布禄倡议道:"叶赫既为戎首,盟主当然是叶赫,诸部愿听调遣。"于是,大家一致推举纳林布禄为盟主,身负统帅之责。这辉发贝勒拜音达里有意要当盟主,号令诸部。今见众人推举纳林布禄,也不便反驳,表面上服从,心里另有打算。只因拜音达里存有私心,关键时刻贻误军机,才导致九部联军惨败于古勒山。闲言带过。回头再说纳林布禄被众推为盟主,拥为正座,谦虚几句,郑重地宣布:"行军要纪律严明,赏罚得当。我军三万余众,一定要听从指挥,服从调遣。闻鼓而进,闻金而退。若有不遵号令者,军法从事!大家还有什么议论没有?"

自然是没有反驳意见,异口同音:"愿听贝勒吩咐。"

说罢,众人离开大帐,来到外面。外边已经备好香案,案上放着一只盛满高粱的升斗,旁边放着一封黄香。案角还放着四个木制长方方形的香碗,上放"拈子香"已经点着。纳林布禄首先跪在案前,众首领依次跪倒。纳林布禄双手捧过黄香,向头顶连举三次,然后打着火,点着香,宣誓道:

祈求阿布卡恩都力保佑:我叶赫、哈达、乌拉、辉发、讷音、朱舍里、科尔沁、锡伯、卦尔察九姓之师,讨伐诸申孽子,建州努尔哈赤,旗开得胜,马到成功。洪都纳德彤苦啦!"①

纳林布禄双手把黄香插入升斗里,虔诚地磕了九个响头。众首领也随他叩拜。拜毕,纳林布禄又领他们宣读誓言:

讨伐建州,同心协力;若有渝盟,天必殛之!

祭天、盟誓完了,纳林布禄升帐,开始了军事部署:
"哈达贝勒孟格布禄听令,你率本部三千人马,出右路,攻取扎喀

---

① 叩头。

关,得手之后,沿苏克素浒河东进,直奔赫图阿拉。"

"嗻!"孟格布禄带兵自去。纳林布禄又令:"辉发贝勒拜音达里,与讷音、朱舍里两部共五千人马,出左路,直取赫图阿拉,相机行事,随时听候调遣。"

拜音达里等走后,纳林布禄又叫过布占泰,令他引乌拉三千兵马做后备,策应两翼,以金台石率两千叶赫兵辅助。最后,纳林布禄同布寨率八千叶赫兵,和科尔沁三贝勒,与锡伯、卦尔察两部,总共一万七千人,作为中路主力,直奔浑河而来。

九部联军兵伐建州的消息,早有探子报与努尔哈赤。很快在建州传开,一时人心惶惶。努尔哈赤派出多起密探,探听联军的动静,一旦发现联军踪影,即刻回报。一面急令扎喀关守将丁虎、山谈二人加强戒备,一面调集诸路兵马,准备迎敌。

等了几天,不见动静。努尔哈赤心绪烦乱,寝食难安。这天晚上有人来报,联军已达浑河北岸扎营,连营灯火映红了半边天,声势浩大。努尔哈赤长长呼出一口气:"终于来了。"他立刻下令,全军将士饱餐一顿,好好休息,明日一早出发。

他就近来到继妻富察氏的房中,说:"不要惊动我,我要好好睡一觉,谁来也不见。"富察氏笑道:"怎么,害怕啦?听说联军一来,看把你吓的!"

"这叫什么话!害怕我还能睡着觉吗?"努尔哈赤一边躺下一边说:"以前我睡不好觉,是不知道他们什么时候来。现在他们来了,我也就放心了。睡好觉,养好精神,再去打仗。"

富察氏是个很有见识的女人,她原是努尔哈赤堂兄威准之妻①,威准死,改嫁努尔哈赤,在女真人叫做转房婚。努尔哈赤嫡福晋佟佳氏死,依次立富察氏为大福晋。她以自己的聪明才智,为努尔哈赤出了不少好主意。当下她扶持努尔哈赤躺下说:"放心睡吧。联军虽然人多,都各揣心腹事。咱们虽然人少,可上下一心,我敢保证,必打胜仗。"

"好。你的话不错,我也是这样想的。"

"别说话啦,好好睡吧。"富察氏怕打搅他的睡眠,自去别屋休息,不提。

次日一早,努尔哈赤刚起身,族人和众将都聚拢来听候分派。这时

---

① 威准系觉昌安三兄索长阿之孙。

派出的探子武里堪跑回来，还带来一个俘虏的叶赫探卒。努尔哈赤问道："你是要死要活？要活，就如实说出你们来了多少人？都是哪些部落？"叶赫探卒叩头道："我实说，求贝勒爷饶命。一共来了九部兵马，三万多人。"众人一听，大惊失色，真是没想到，敌人来了那么多，这可如何是好！于是有人提议通款媾和，有的主张割地罢兵，更有人倡议弃城远走，暂避其锋。对于这些议论，努尔哈赤一概不予理睬。他对众将说道："我自二十五岁起兵，现在已有十年，身经大大小小百余战，什么强敌没见过？他叶赫三万人马，有什么可怕！"额宜都拔出腰刀，对众一指，大声说："我们随贝勒南征北战，无往而不胜。谁要是再出馊巴①主意，我就叫他看刀！"费英东挺身站出来："主上放心，我们一定叫他九部人马片甲不回，叫纳林布禄留下脑袋。"

这时，何和里、安费扬古、扈尔汉、扬古利、常书等纷纷表决心，坚决同九部联军战斗到底。

努尔哈赤见众将齐心合力，决心更大了。他立派额宜都、扈尔汉带兵一千，赶往扎喀关，协助丁虎、山谈二人守关，又令常书、杨书兄弟率部防卫黑济格城。自己统率五千人马，赴古勒山拒敌。

出师之前，先祭堂子，向天地神祇和祖宗灵位祷告道："我和叶赫本来没有怨恨，可他屡次来攻，现在又合九姓之师，为暴于无辜。天地神祇、恩都力、瞒尼保佑，让我杀败强敌，获胜而归。"努尔哈赤又许下愿，这次要是胜利归来，一定烧香祭祖，重修庙宇。

出师之前，努尔哈赤下令，把俘虏那个叶赫探卒，砍头祭旗，众皆欢呼。

努尔哈赤拜辞祖先牌位，放炮祭旗已毕，走出来，刚要上马出发，从后院跑出来两个年轻女子，跪在他的面前。他一看，是他平日最宠爱的两个小福晋，一个叶赫纳喇氏孟古，纳林布禄的妹妹；一个哈达纳喇氏额敏，孟格布禄的侄女。她俩都是十四五岁嫁到建州，现在还不到二十岁。平日很受宠爱，近因同扈伦四部出现争端，二人也受到冷落。今日出征的对于又是她们娘家人，看看她们便有点生气。便说："你们的娘家人合兵来攻我，全不念亲戚之情，你们还有什么说的？"哈达公主额敏叩头道："额其克无礼，打败我阿哥，又来侵主子，帮助叶赫。我请主上一定捉住他，为我阿哥歹商报仇。"

---

① 即坏主意。

努尔哈赤说:"好,你起来吧。"又问叶赫公主孟古:"你也起来。要说什么,就快说吧。军情紧急,我没多大工夫。"

叶赫纳喇氏孟古叩头站起,滴下泪来:"我阿哥屡次构兵,全不念骨肉之情,得罪了主上。今虽兵多,谅他不是主上对手。一旦刀枪相见,主上看在孟古的情分上,不要伤他。"努尔哈赤深情地瞅了她一眼,说了声:"照你说来,我这次出兵是非胜不可了!真逮住了纳林布禄兄弟,我一定留活的见你就是了。"

别了两个小福晋,努尔哈赤满怀信心地跨上大青马,率领五千精兵,出城西去。

深秋九月的季节天很短,大军走了一天,傍晚到达古勒山下。古勒山上有城堡,是当年王杲父子的根据地。两次被李成梁摧毁,今已废弃。努尔哈赤看中这里的险要地势,于山上结营,居高临下,以逸待劳。并命人连夜砍伐树木,搬石块堆于大路,设置障碍,阻止联军进兵。

再说纳林布禄统率九部联军三万之众,渡过浑河,进入建州边境。边境上有一雄关,名扎喀关。扎喀关之意为边关,是建州西到抚顺,北达扈伦的通道,也是建州的门户。努尔哈赤于沿路设三道关,扎喀关为第一关。右路军孟格布禄最先到达扎喀关,率军猛攻。建州丁虎、山谈二将拒险死守,战斗异常激烈。哈达兵几次攻关都被击退,一直坚持到额宜都增援队伍上来。扎喀关攻不下来,联军就不能前进一步。纳林布禄心急如焚,急调左路军放弃深入赫图阿拉计划,助攻扎喀关。辉发兵不听调动,拜音达里一心要进赫图阿拉,掠夺金银珠宝,结果被建州兵阻于半路,前进不得,又后退不得,三部五千兵马被箝制住。

左路军被拖住,纳林布禄火冒三丈,大骂拜音达里。布占泰建议道:"扎喀关既然攻不下,可以绕道直取古勒山,夹河而上,歼敌于赫图阿拉城下。"纳林布禄认为有理,可是他晚了一步,联军部署尚未行动,努尔哈赤已于古勒山上结营了。努尔哈赤傍晚赶到古勒山时,见山寨无兵占领,惊喜道:"这是祖宗有灵,天神保佑,叶赫必败之兆也!"

孟格布禄攻扎喀关不下,听说辉发兵进展失利,已经退出战斗,忙派人去求援。拜音达里便推说,没有纳林布禄的命令,不便参与,只是抢占隐蔽地形,按兵不动,诚心看他们的笑话。

次日天明,纳林布禄得知努尔哈赤扎营于古勒山,令孟格布禄放弃扎喀关,转攻古勒山对面的黑济格城,令布占泰率乌拉兵摆在要路,监

第四十七回 伐建州九姓集联军 战古勒四部中埋伏

视扎喀关的动向,截击建州增援部队。又传令拜音达里配合长白山两部人马随后跟进,全力争夺古勒山。纳林布禄的部署,认为万无一失,胜券在握。自己同布寨、明安、莽古思、翁阿岱、扎尔果、塔卜诸首领,统率两万大军,向古勒山扑来。一路上障碍重重,树枝、木桩、石堆遍地,行进非常困难。纳林布禄只好下令,障碍处牵马步行,这样也进度缓慢,队伍不成行列,纪律自然难保。好容易前锋到达苏克素浒河边,人马已疲惫不堪。纳林布禄传令就地休息,等待后边兵马。

这时努尔哈赤探得联军分三路来攻,心中暗喜。你若集中来攻,彼众我寡,恐怕很难对付。现已分成三路,兵力分散。只要击败一路,其余也就乱套了。努尔哈赤升帐传令:"敌军兵分三路,对我有利。听说主攻大营这一路是以叶赫贝勒布寨为首,纠合蒙古科尔沁等三部兵马,是个劲敌。只要击败他这一路,其他两路就不战自溃了。这一路,由我自去应战。"即令费英东引伐木的五百步兵扼守古勒山大营,防止联军从侧面登山偷袭夹击;令安费扬古统兵一千埋伏于左侧的山坳里,令扬古利统兵一千埋伏于右侧的山弯处,只等敌兵钻进埋伏圈,以号炮为令,同时抄于敌后,截断敌兵退路。又令从扎喀关赶回来的额宜都,返回去挑战,把叶赫兵引诱到山坳下的泥淖草塘处。努尔哈赤又留何和里引兵一千伏于古勒寨的废城中,作为接应的后备军。他自率一千人马,出山前列队以待叶赫兵。联军放弃扎喀关,转攻黑济格城,努尔哈赤并不怕,因为黑济格城比扎喀关还险要,有常书兄弟把守,万无一失。

分派停当,又派一能言善辩胆大心细的巴克什①,跑到辉发军中,警告拜音达里:叶赫胜利了,你也捞不到好处,一旦叶赫失败,你也跟着遭殃,白白送死。又说辉发与建州本是近邻,从来没有冲突,为什么帮助叶赫侵犯邻国,自找麻烦等等。又劝他不要卖力帮助叶赫,将来建州可以同辉发结为姻亲之国。这种分化瓦解的手段真管用,拜音达里本来就对纳林布禄不满,于是更加动摇,约束部下,待机观望,几次拒不执行纳林布禄的命令。

单说叶赫贝勒布寨,同科尔沁贝勒明安等披荆斩棘,好不容易进入古勒山下的苏克素浒河边,沿河边而行。当年的古勒山地区遍地古树参天,草莽藤萝。苏克素浒河两岸灌木丛生,鼠兔出没,通行的大路都被建州军设置的障碍阻死。过了河,联军便拥挤在狭长地带,一边是丛山

---

① 指读书人,有知识的,博士。

峻岭，一边是湍急河流。狭路行军，本来是兵家之大忌，布寨极力摆脱障碍物的困扰，终于进入到开阔地带。大军正走之间，迎面来了一支队伍，大约百余人左右，为首一将，懒洋洋地斜在马背上。布寨笑对明安道："你看，这就是建州兵。"明安心生疑惑，说道："布寨贝勒，我早就听说建州兵训练有素，兵强将勇，这支人马行为可疑。"布寨哈哈笑道"就算他是诱敌之计，这种队伍，有多少又能怎样？我倒要看看他的劲旅是什么样儿。"于是下令出击。建州兵看到叶赫人马杀来，四散逃走。有的弃了马匹，向山里窜去。叶赫和蒙古都是骑兵，不能钻山，只得沿着大路前进。山谷越来越深，道路越来越窄，树林越来越密。明安提醒道："地势险恶，不利骑兵作战，深入重地，怕有埋伏。"布寨正在犹豫，忽听一阵锣响，鼓角齐鸣，山谷里钻出一支人马，旗幡招展，队伍整齐，约有千余人。为首一将，高声喝道："额宜都在此，布寨赶快下马投降！"布寨看这支队伍虽然整齐，但人数不多，仗着自己人多势众，驱兵冲杀过去。额宜都率领建州兵挡一阵，随即败走。叶赫兵随后赶来。布寨抬头望见距离古勒山大营不远，估计不过五里之遥。布寨说："端了他的大营，捉住努尔哈赤，就在今天。"又向前赶了将近一里，只见谷口开阔，是葫芦形。谷口里面，铺满枯枝败叶，杂草丛生。五色山林，枝叶已经枯萎。明安又提议："应该停止前进，派人前去探听明白再说。布寨道："宜快不宜慢，抢占住山头，找着努尔哈赤就好了。"大军继续前进。冲在最前的骑兵，刚进入谷口，马蹄子便陷在泥塘里，原来这是一处泥淖地，被落叶掩盖了。马蹄子陷进拔不出来，士兵只好下马步行。大队人马都从沿山边的荒路逶迤前进，整个队伍不成队形，秩序大乱。刚刚爬过泥塘地，好不容易接近古勒山主峰，只听山坡上有人喊话："建州卫都督请叶赫国大贝勒答话！"

布寨循声音望去，山冈上一支队伍，旗帜鲜明，整整齐齐地等在那里。大纛下一匹大青马，马上端坐一人，威风凛凛，被众人簇拥着。从大旗上书着都督的官衔来判断，那人一定是努尔哈赤了。好哇，努尔哈赤的大营就在这里，"给我上！捉住努尔哈赤有重赏。"布寨一马当先，明安紧随，叶赫兵在前，蒙古兵在后，齐向努尔哈赤奔去。两军刚要接触，忽听一声炮响，震得山谷颤抖。接着牛角号吹起，左有安费扬古、右有扬古利，率领伏兵杀出，把联军队伍拦腰截断。额宜都又回身杀来，四面喊声大起，也不知建州兵有多少，各条山谷杀气腾腾，风声鹤唳，草木皆兵，联军不知所措。布寨知道中计，心里也未免有些惊慌。

第四十七回　伐建州九姓集联军　战古勒四部中埋伏

明安上前说道："不能从原路退了，后面是泥塘，可改道撤回去。"布寨侧耳听听，估计建州兵也不会很多，说道："撤什么！前边就是努尔哈赤，捉住他，什么都好办了。"遂命令部队，拼命向前，不得后退。联军也不示弱，在布寨带领下，很快杀到了努尔哈赤大营附近。但见树桩倒木遍地皆是，士兵不能通过。布寨下令搬掉倒木。叶赫兵下马，齐来搬倒木，倒木太沉，几个人十几个人才能挪动一根，搬动了又没处放，仍然阻挡道路。努尔哈赤将士站在高处，看叶赫兵搬障碍物，还有人指手画脚地讥笑他们。隐隐听上面有人说："那个穿绿袍的就是叶赫大贝勒布寨。"布寨止住军士，急令上马突阵。布寨平日待部下有恩，临阵部下都愿意为他效死。每逢打仗布寨必身先士卒，所以叶赫兵非常顽强。布寨对明安道："我先去试一试，我过去了，你再率大队跟进，今儿个必捉努尔哈赤，不能错过这次机会。"说完，他一手紧握长矛，一手提起马缰，呼地一声，战马跳过一根较大的倒木。布寨看战马敏捷，确是一匹良马，连提几次，战马一连跳过七根倒木，再跳两根，就过去了。就在这时，努尔哈赤拈弓搭箭，对准布寨嗖地就是一箭。布寨听得弓弦响，一抖丝缰，将马一提，战马"咴儿咴儿"一声嘶叫，前蹄竖起。这时正好箭到，"啪"地一声射在马腿上。战马中箭，疼痛难忍，向左侧一窜，"扑通"一声马脑袋触到木桩上，立时倒地，把布寨重重地摔下马来。

　　正是：

　　　　寒风已到蝉未觉，
　　　　暗算无常死不知！

　　要知布寨性命如何，且待下回详叙。

第四十八回 误遭暗算布寨殒命 情仇难解东哥拒婚

布寨战马被冷箭射中，闪跳时头触木桩，仆地不起。布寨被摔下来，一只脚挂在蹬上，被压在马肚子底下。努尔哈赤的侍卫吴谈眼明手快，一个箭步从上跃下，俯在布寨身上。布寨情急之下，用力一拔腿，不想用力过猛，脚脖子嘎吱一声错了位，造成脱臼。布寨也顾不了疼痛，急拔腰刀，腰刀长有三尺，一时拔不出来。不料却被一把匕首刺中咽喉，布寨只"啊"了一声，鲜血顿时流出。吴谈又抽出匕首，对准布寨腋窝狠力刺去，贯透心脏，布寨气绝身亡。这一切来得十分突然，只有瞬间的工夫。叶赫兵见贝勒意外被杀，一时不知所措，全军下马，跪地痛哭。

努尔哈赤鞭梢一指，建州兵冲杀过来。叶赫兵已无斗志，谁还敢抵抗，于是四散逃生。明安见阵容已乱，回马便走，他忘了谷口是泥塘，跑不多远马即被陷住。明安舍了战马，跳出泥潭，抓过一匹无鞍马，俯身马背，沿山边逃去。建州伏兵齐起，前堵后截，联军已被拦腰切断，首尾不能相顾。叶赫兵溃不成军，死的死，逃的逃。科尔沁莽古思、翁阿岱两贝勒找不到明安，也随败兵逃走。锡伯、卦尔察兵紧随其后，他们逃回了蒙古草原。

拜音达里率领三千辉发兵，得知叶赫兵已深入重地，便远远跟进。前军得了便宜，他要分享一点胜利。前军要是失败了，可以随机应变，保存实力。正走之间，闻报叶赫兵已经深入到努尔哈赤大营了，拜音达里催军快走。走不多远，就听见远处炮响，远处山谷里杀声震耳，牛角号声此伏彼起，知道有变。忙令停止前进，令人去探情况。不多时探事的来报，叶赫兵和科尔沁蒙古兵中了埋伏。拜音达里一听，也不问明虚实，下令后队做前队，迅速撤退。讷音和朱舍里两部也受到影响，紧跟其后，逃离战场。

且说坐在中军大帐静候捷音的联军统帅纳林布禄，满望这次出师万无一失，以多胜少，成功在即，专等布寨的消息。金台石提议道："这里山高地险，地形又不熟悉。大阿哥孤军深入，万一失利，军心必定动摇。可令辉发、乌拉两部左右迂回，配合作战，以防意外。"纳林布禄认为有理，即令金台石去调辉发、乌拉两部人马，他自己也离开大帐，率部前去接应。这一来，整个部署被打乱，一场决战变成了很大随意性。纳林布禄率兵走不多远，前军来报："贝勒爷不好了，建州兵杀来了！"纳林布禄一怔：这是怎么回事儿？前边已经喊杀连天，无数建州兵从山谷里杀出，将纳林布禄几千人马挡住。纳林布禄挥刀向前，叶赫兵人人奋勇，拼命冲杀。这时，联军如潮水般地败退下来，纳林布禄所部也被冲散。建州兵如排山倒海之势，将纳林布禄围在垓心。纳林布禄知大势已去，急忙突围。正闯间，只见建州兵里为首一员大将，认识，正是努尔哈赤。纳林布禄并不答话，举刀便砍。努尔哈赤架过，厉声问道："为什么合诸部人马侵犯姻亲之国？"

"因为你无信无义。"纳林布禄说着又是一刀。努尔哈赤躲过，喝道："你是要找死吗？"纳林布禄并不答言，刷地又是一刀砍去。努尔哈赤架过，说："念你是舅兄，让你三刀，你死在眼前了！"说着就是一刀砍去。纳林布禄用刀一架，咔嚓一声，火星乱迸，震得纳林布禄膀子发麻，知道努尔哈赤力气很大，不敢碰硬，避实就虚，两人战了几个回合，纳林布禄觉得不是人家对手，有意跳出圈外。但努尔哈赤步步紧逼，不露破绽，无法脱身。勉强又战了几个回合，正在惶恐之时，努尔哈赤大喝一声："你看刀！"纳林布禄抬头一看，金背大砍刀明晃晃力劈华山的架势，搂头砍来。躲又无处躲，藏又无处藏，只有用平生之力，双手擎刀向上一挡，只听震耳欲聋的一声巨响，两个刀背一接触，原来努尔哈赤想用刀背打他落马，生擒活捉。纳林布禄只觉两手如抽筋一般，眼冒金星，嗓子一热，哇地吐出一口血来。努尔哈赤大刀一转，向上一挑，纳林布禄手一撒，刀被甩出几丈开外。

"不好！"纳林布禄拍马要走，努尔哈赤两眼一瞪："你往哪里走！"大刀一翻直奔纳林布禄脖颈而来。纳林布禄急中生智，多亏战马是平日驯出来的，他赶紧用左脚点了一下马肚子，身子向前一俯，贴在马鞍上。这时战马向右一闪，努尔哈赤大刀忽地一声从他的头顶上削过去，一颗崭新的盔缨飘落下来。纳林布禄只吓得魂飞胆裂，趁势跳出圈外，也顾不了军兵，落荒而逃。努尔哈赤见他躲过了这一刀，勃然大怒，掉过刀来，一催坐下马，随后追来："你哪里跑！"正赶之间，斜刺里突然冲出一匹白马，飞快跑来。马上坐着一位青年将士，手持亮银枪，放过纳林布禄，挡住了努尔哈赤。纳林布禄趁机逃脱，来人是胜是败，他也顾不得了。叶赫的溃兵也追随他逃去。

400

努尔哈赤正欲擒拿纳林布禄，见有人拦挡他，更加生气，骂道："你给我躲开！不然，我要你命，你可别后悔。"来将并不答话，同努尔哈赤厮杀起来。

常言说"兵败如山倒"，几路联军被建州兵杀得首尾不能相顾，败逃中又互相拥挤、践踏，乱成了一窝蜂。哈达兵攻黑济格城受挫，乌拉兵接应被歼。建州人马四面包抄上来，额宜都、扈尔汉、安费扬古、扬古利等直取联军大营。正与努尔哈赤交锋的乌拉统兵台吉布占泰，被四将围在当中。布占泰见队伍已乱，大营已破，不敢恋战。好不容易闯出重围，收集溃军，向北逃去。建州兵随后追杀，一直追到柴河南岸，布占泰被伏兵绊马索绊倒，当了俘虏。

布占泰被俘，建州兵没人认识他，把他送到安费扬古处。安费扬古跟他交过锋，可他也不认识布占泰，只知道他是联军里一个武艺高强的青年将军。

"你是什么人？"

布占泰不敢说出自己的名字，他回答道："请带我去见努尔哈赤贝勒，我对他有话说。"

"你认识我家贝勒？"安费扬古心生疑惑，今日你还同我家贝勒交手，叫你去见他看你有什么可说的！想到这里，安费扬古命人押着布占泰，去见努尔哈赤。

九部联军一败涂地，努尔哈赤大获全胜，一直追到柴河南岸，才收兵回营。这一仗，联军损失四千人，马七千匹，兵器辎重无数，阵斩叶赫贝勒布寨，俘虏大小头目数百人，这就是历史上有名的"古勒山大战"。古勒山之战击败九部联军，从而也敲响了扈伦四部灭亡的丧钟。

建州兵清点人马，也伤亡千余人，另有五百人失踪。诸将报功献俘，布寨的尸体也作为战利品摆放在营前。努尔哈赤对着布寨遗体沉默片刻，对部下说："真没想到，我的舅兄今日见我会是这副模样。"他吩咐手下，叶赫必来收尸，暂不要处理，留几天再说。

安费扬古最后一个返回大营，他把俘虏的布占泰推进来，献给努尔哈赤道："这个人是在柴河堡捉到的，他说要见主上，请主上发落吧。"

努尔哈赤一看，反绑着双臂，被两个军士按着跪在地上的青年将士，认得，昨日还交过手。就是因为他阻挡，才使纳林布禄逃脱。不觉心头火起，喝问道："你是什么人？见我有何话说！"只见那青年将士点

第四十八回　误遭暗算布寨殒命　情仇难解东哥拒婚

了点头,仰起脸说:"我是乌拉国满泰贝勒之弟,厄林①台吉布占泰,昨日马仆地被擒,恐被杀,未敢明言,提出要见贝勒。今即见了,不得不实言相告,是死是活全凭贝勒一句话。"

"你是乌拉国布占泰台吉?你就是射雕救辉发那个布占泰吗?"

"着哇②。"

努尔哈赤笑了:"果然名不虚传,昨日已经领教。如果昨日抓到你,你是死定了。今日见了你,我就不忍再杀你。古人说:生人胜杀人,予人胜取人。我今日赦了你,怎么样?"

"感谢贝勒不杀之恩,容日后报答。"

"好。"努尔哈赤走过来,亲自给布占泰解开绑绳,又脱下自己穿的裘皮大衣,披到布占泰身上:"天气凉了,看把你冷的。"他又叫出来部下将士,同布占泰相见。诸将见布占泰年轻,一表人才,武艺高强,皆十分敬爱。布占泰见过建州诸将,平静一下慌乱的心绪,又心悦诚服地给努尔哈赤叩头拜谢。

这时,有人来报:"叶赫使者到。"

"我知道他会来人。"努尔哈赤吩咐道:"放他进来!"

叶赫使者被领进来。努尔哈赤一看,认识,他是先后两次出使建州的白斯汉、图尔德二人。

"是你俩!"

他们两人是怎么来的呢?

且说叶赫贝勒纳林布禄,幸亏布占泰挡住努尔哈赤,总算逃得了性命。他被败兵裹胁着,一直跑到柴河方敢停住,败退的联军陆续向这里集中,蒙古科尔沁、锡伯、卦尔察三部残兵败将,丢盔卸甲,三部首领也不知去向。乌拉败兵已逃回国,布占泰下落不明。辉发拜音达里同讷音、朱舍里两部据传已不辞而别。来聚者只有哈达贝勒孟格布禄一人,哈达的三千兵也已损失十之二三。伤亡最大的还是叶赫兵,一万人马仅回来七千多,而且前军布寨生死未卜,令人担忧。等到晚上,科尔沁贝勒明安狼狈地逃回,见了纳林布禄哭述道:"贵国大贝勒已经阵亡了。"纳林布禄一听,惊得目瞪口呆,半响才半信半疑地问道:"这消息可靠

---

① 二台吉,厄林又作沃林。
② 对。

么?"明安急道:"出事时我就在跟前,可这太意外了。"他即把古勒山中埋伏计,布寨被冷箭射落马,突然被杀的经过,简单讲述一遍。纳林布禄一听,这是千真万确了。兄弟二人平日手足情深,纳林布禄又是极重感情的人,一时止不住放声大哭,左右无不垂泪。

金台石进来了,他已听说布寨阵亡,但他是个有主见的人。他对纳林布禄说:"光桑咕也没用,得想个办法把大阿哥灵请回来。"一句话提醒纳林布禄,赶忙收泪止涕。是啊,迎回亡灵才是头等大事。这个仗无法再打下去,联军已经解体,叶赫已伤元气,再打断无取胜之可能,那就只有认输吧。

送走明安一行,纳林布禄即派从前到过建州的白斯汉、图尔德为使,重返建州去见努尔哈赤,请求送还布寨尸体。

二人见了努尔哈赤,首先表达叶赫息兵罢战之意,接着请求送还布寨贝勒遗体。努尔哈赤狂笑道:"你叶赫三番二次起兵来犯,今儿个怎么想起息兵罢战来了?有本事再来打啊?我一定奉陪到底!"图尔德见努尔哈赤不可一世的狂傲样子,肺都快气炸了。他瞅一瞅白斯汉,也冷笑一声对努尔哈赤说道:"胜败乃兵家之常事。我国虽败,可还有披甲万人。只不过国出丧事,葬仪为先,暂时偃旗息鼓罢了。"

"这么说,你们是来讨布寨尸首来了!"

白斯汉年纪较大,比较沉稳,他看话不投机,接过来说道:"都督息怒。叶赫与建州,本来是姻亲之国,只是由于误会,才弄的刀兵相见。我家布寨贝勒命丧沙场,今日特来迎接亡灵,归国安葬。从今,彼此引以为戒,永结盟好。"

努尔哈赤瞅一瞅这个老头子,轻轻点了点头。可他又一看图尔德,正怒目而视,胜利者的气焰又高涨起来:"你们的纳林布禄贝勒怎么不亲自来取?这回他又给你们捎来什么话了?"

面对如此无礼的刁难,图尔德年轻气盛,再也无法忍受了。他瞪着努尔哈赤说:"我主没有捎什么话来,可我倒有几句话,不知当说不当说?"

努尔哈赤像被蝎子蛰了一下,立时涨红了脸:"你说!"

图尔德说:"我主战败求和,是为苍生着想;布寨贝勒不幸阵亡,实属天意。我们请求全尸归还,此乃份内,并非无礼。昔日努尔哈赤贝勒祖、父被明兵所杀,李成梁尚能全尸而归,他族都讲信义,何况咱们

第四十八回　误遭暗算布寨殒命　情仇难解东哥拒婚

都是女真人。"

努尔哈赤大怒,可他说的是理,也不好发作,他呼出一口长气,令部下出营集合,当众送还布寨尸体。

诸将、兵丁都已传齐。布占泰也在其中。他怕被叶赫使者认出来,影在后边。

布寨血迹斑斑的尸体被抬出来,尸体已经僵硬。叶赫二位使者跪在尘埃,对尸体叩了三个头。白斯汉老泪纵横,呜咽着说:"大贝勒,我奉纳林布禄贝勒之命,接你来了……"

图尔德愤愤地说:"大贝勒,你在天之灵保佑叶赫强大,打败我们的敌人,为你报仇!"

努尔哈赤勃然大怒,刷地一声拔出刀来,对准尸体,"咔嚓"一声,将布寨尸体从中间一劈两半,血已凝固,并没流出,只是肠子冒了出来,众皆愕然。努尔哈赤伸手抓过半爿尸体,扔给图尔德:"拿走吧!"

这一意外事情的发生只是一瞬间,有人想要阻拦都来不及。在场所有人都被此举吓得毛骨悚然。安费扬古倒吸一口凉气:"何苦来!"

叶赫两位使者目瞪口呆,半天怔在那里,不知所措。有人催促道:"快走吧,快回去吧!"他们才缓过神来。图尔德令随从打开带来的红布,包起半爿尸体,捆在马背上。白斯汉不忘礼貌地打了招呼:"告辞。"图尔德咬牙切齿地一摆手:"好哇,你等着!"

布占泰起先不知道叶赫使者是请布寨尸,出来后方知布寨已战死。还没等他想好对策的时候,就发生了方才那劈尸的行动。他惊心动魄,方才对努尔哈赤感恩、崇敬的心情一扫而光,对他产生了难以平静的怨恨心理,也为他后来终生反对努尔哈赤打上了烙印,这是后话。

叶赫使者走后,布占泰从后面出来,走到布寨半爿尸体前双膝跪倒,默不作声地叩了几个头,建州将士无不诧异。努尔哈赤也被这一举动惊呆了,乌拉同叶赫只不过是军事上的联盟,他今日此举是为了什么?待布占泰站起,努尔哈赤不满地问道:"布占泰台吉,叶赫勾引你们九姓之师无辜来侵,天实厌之,所以前日阵斩布寨。我念姻亲之谊,允叶赫之请,剖尸还其半,也算做到仁至义尽。你被我刚刚赦免,可你心里还向着叶赫,是何道理?"

布占泰自感处境危险,只得实告道:"家兄满泰曾为末将聘叶赫布

扈伦传奇

寨贝勒之女为婚。虽未成亲，他毕竟是我的阿母哥①，末将感亲戚之情，故而叩拜，以尽霍其浑孝道。不想冒犯了贝勒，请恕罪。"说着，即给努尔哈赤跪下。"噢，是这样。"努尔哈赤实感意外，无意中又知道了乌拉和叶赫联姻的事，他立刻在心中打定了一个主意。于是摆摆手说："快请起。台吉情意深重，佩服，佩服。"布占泰叩了一个头站起，紧张的心情又松弛下来。努尔哈赤下令把布寨半爿尸体就地埋了，并命令不留封土，怕以后被叶赫找到。

　　班师途中，努尔哈赤让布占泰随护在他身边，同他攀谈。先问他娶了几房福晋，布占泰老老实实地告诉，已娶三位福晋，生了四个子女。又问："叶赫格格叫什么名字，今年多大了，相貌如何？"布占泰答道："名字叫东哥，今年才十一岁，见过一次面，此女美丽无双。"努尔哈赤自然想到了小福晋孟古，便自言自语地说道："叶赫地方，山明水秀，多出美女，怪不得布占泰台吉为叶赫出力呢！"布占泰不是听不出来他这话外之音，不就是挡了他一下，使纳林布禄逃走，至今还耿耿于怀吗？布占泰也笑道："两军交锋，各为其主。此一时，彼一时。布占泰蒙恩免死，命就是贝勒给的，今后也定当为贝勒效力。"

　　努尔哈赤高兴了，彼此哈哈大笑，笑得是那么开心。笑过之后，努尔哈赤心里说："乌拉、叶赫的婚事，我一定要给他们拆散，布占泰也不能放。"

　　建州取得古勒山之战的最大胜利，班师庆功，暂且不表。

　　回头再说叶赫二位使者，愤怒之下运回了半爿尸体，进入叶赫境内，他们犯了难。这如何向纳林布禄贝勒交代，叶赫臣民如何能忍此奇耻大辱？纳林布禄为等候布寨灵，扎营境上，焦急地企盼。好容易把二使盼回来了，纳林布禄率部下众首领迎接到大路旁。图尔德跑到近前滚鞍下马，忙忙跪下一条腿，一只手触地，低着头说："贝勒爷，奴才无能，没有办好这件事。"

　　"什么！你没接回大贝勒亡灵？"

　　"这倒不是。"

　　"大贝勒亡灵在哪里？"

　　图尔德再也无法隐瞒了，他站起来一摆手，士兵即从马背上卸下那个裹尸的红包，抬到众人面前。

------

① 又作阿布哈，系岳父。

纳林布禄疑惑地的上前盯了一会，看不出这里边包着的是什么，喝问图尔德："这是嘎哈，我问你，大贝勒金身在哪里？"

"这就是。"

纳林布禄一伸手，"哗啦"一下扯开红布，半具尸体露了出来，半个脑袋一只眼睛还睁着，牙齿外翻，一片血肉模糊，观者无不骇然。纳林布禄不看犹可，一看这一幕，"哎呀"一声仰面跌倒，不省人事。左右惊慌失措，上前扶起，叫了好大一会儿，纳林布禄才缓过这口气来，对着半爿尸体，号啕大哭，任何人也劝不止。从此，整日悲啼，加上仰面跌交震了后脑，落了个精神恍惚、怔忪痴呆的后遗症。清醒时尚能处理简单的政务，犯病时连家人都不认得。三弟金台石代行军国大事，辅助阿哥支撑这个艰难的局面。

安葬完布寨，经宗族合议，由布寨长子布扬古继任西城贝勒，并袭职塔鲁木卫都督佥事，保证了叶赫国统治的连续性。从此，纳林布禄、金台石、布扬古对努尔哈赤恨之入骨，北关与建州遂为不可解之仇。

古勒山之战第二年，也就是大明万历二十二年。新年刚过，建州使者来到叶赫西城，向布扬古贝勒表达努尔哈赤之意，说什么久闻布寨贝勒有女东哥，美而且贤，愿聘娶为第八福晋，以释积怨。并威胁说："建州五千人马陈兵境上，静待佳音。"这明明是依势逼婚。布扬古再三申明，小妹东哥已许乌拉台吉布占泰，不能毁约另聘。不料建州使者威胁道："布扬古贝勒，我主知道东哥格格已许布占泰。可布占泰已成我国囚徒，他不可能迎娶令妹了。我主不念旧恶，主动联姻，是看得起你叶赫。你可不要自讨没趣，引起兵连祸结。我主说了，这门亲事，答应也得答应，不答应也得答应。"说着，吩咐手下，把聘礼抬上来，摆在大厅。使者一指礼品："布扬古贝勒，请过目，事情就这么定了。告辞！"

建州使者走后，布扬古望着聘礼发呆，不知如何是好。老臣尼喀里也是到过建州的人，他见此光景，叹了口气说："这也太欺负人了，这事得叫格格自己拿主意吧。"可是布扬古把这一切说给东哥的时候，东哥格格表示坚决不嫁杀父仇人，实在相逼，情愿一死。布扬古知道妹妹恋着布占泰，遂说："布占泰已战败被俘，生死未卜。"不料东哥却说："那谁要能替我报杀父之仇，我就嫁给谁，不论他是贝勒还是阿哈。"

正是：

乘人之危枉逼婚，
烈女情仇更坚贞！

要知后事如何，且待下回再叙。

第四十八回　误遭暗算布寨殒命　情仇难解东哥拒婚

第四十九回　萨尔达宗族怀异志　苏斡延国主被谋杀

上回书说到努尔哈赤为拆散叶赫同乌拉的姻盟，遣使去见西城新任贝勒布扬古，强聘东哥公主为婚，并纳了聘礼。东哥公主性情刚烈，坚决不嫁杀父仇人。布扬古贝勒打心眼儿里反对这门婚事，今见妹妹态度坚决，更增强了他拒婚的信心。但是叶赫新败，国势转弱，扈伦联盟业已瓦解，叶赫正处于孤立无援的困难时期，抵挡不了建州的进攻，他又不敢公然拒绝，退还聘礼，真是进退两难。尼喀里看这位年轻少主遇事难决，提议道："应该告诉东城二爷，看他有什么好主意。"一句话提醒布扬古，忙骑上快马，来到东城，说明建州强聘逼婚、东哥誓死不从的经过。纳林布禄又犯毛病，神志不清。倒是金台石足智多谋，他给出了一个好主意：乌拉婚约不废，建州亲事也应下。成不成亲东哥格格说了算。这一来，让努尔哈赤同布占泰为争东哥而火并，叶赫坐山观虎斗。看他们谁能斗过谁。待叶赫恢复元气，再起兵报仇不迟。布扬古恍然大悟，也认为这是当前惟一应付努尔哈赤的好办法。他即派人去见努尔哈赤，表示满意这门亲事，待东哥长大成人再成婚。后来差不多每年努尔哈赤都派人去叶赫迎娶，均被布扬古以种种借口婉拒。这桩婚事一搁就是二十年，努尔哈赤始终未能如愿以偿。

建州婚事刚刚落定，乌拉使者又来。

乌拉国的使者怎么来的呢？在下一张嘴同时难说两家事，待我一宗一宗慢慢交代。

且说九部联军败于古勒山之后，乌拉兵溃散，大多逃回乌拉城，向乌拉国君臣诉说联军中了埋伏，叶赫布寨贝勒战死，乌拉统兵主将布占泰台吉逃至柴河寨被伏兵绊马索绊倒被俘。满泰贝勒忧心如焚，不知兄弟死活，派出多起密探，一定要探听准布占泰的下落。等了些日，准信传来，布占泰没有被杀，被拘禁在赫图阿拉。满泰稍有放心。既然现在还活着，那就有办法可想。他把宗族大臣们召进紫禁城，商议救布占泰之策。萨尔达城主兴尼牙贝勒主张，乌拉应该联合扈伦四国，重新起兵讨伐建州，救出布占泰。也有一些宗族大臣们附和。这时有一人挺身站出，对满泰说道："主上，此事断不可行，这样做，是害布占泰。"兴尼牙脸色骤变质问道:"你这是什么意思?"

"什么意思?你心里明白。"

兴尼牙大怒:"博克多!今儿个当着族人面儿,你要把话说清楚。出兵讨伐建州,才是救布占泰的最佳手段,你凭什么说这是害他!"

博克多横了他一眼,对大家说道:"老少爷们儿,族人,大臣们都在。大家说,我再出兵建州,与努尔哈赤为敌,激怒了他,努尔哈赤会放布占泰,还是会杀布占泰?出这主意的人是何居心?大家琢磨琢磨。"

他们堂兄弟平时不和,大家是知道的。今日争论关系到国家大事,是非曲直虽然人心有数,可二人都是乌拉国的实权人物,谁也不肯表态得罪另一方,这只有贝勒满泰做最后决定了。

满泰心里早有数,他也特别警惕兴尼牙。兴尼牙的祖父太安,同满泰曾祖太栏是亲兄弟。祖父布颜建国时,太安子孙居富尔哈城,世为贝勒。因人口繁盛,族大支多,子孙部分移居他处。兴尼牙一支移居弘尼勒城东北二十里之萨尔达卫城。萨尔达城地处松花江边,原为尚古家族所居,尚古任呕罕河卫都督,举族北迁,萨尔达城废弃。布颜建国后,见此地重要,重筑城垣,聚民屯兵,兴尼牙移入,称萨尔达城贝勒。到满泰即位,他又在内罗城营造府第,举族迁入,萨尔达城又一次废弃。满泰因其先人建立乌拉国有功,只有忍让。但近年来兴尼牙处处有要挟国王、结党营私的迹象,这就引起了满泰的警觉,暗中多加小心。他依靠三个人,六叔博克多贝勒、三弟布占泰台吉、大福晋都都祜。正是有此三人辅佐,兴尼牙才不敢轻举妄动。

今日兴尼牙的提议,满泰已明白他这是借刀杀人,只要乌拉一出兵,布占泰就会没命了。博克多贝勒是亲叔,满泰也不好公开表示有倾向性,遂表面装做不偏不倚,当众说道:"两位额其克贝勒所言,都有一定道理,是不是应该出兵,等几天再定,看一看建州方面情况。"

宗族会议,无果而散。满泰数次派使去建州,给努尔哈赤送了很多珠宝,欲赎回布占泰,努尔哈赤就是不放,并委任布占泰为管理粮草兵器的牛录额真,成了建州卫都督府中的一员。这时,明廷授予努尔哈赤龙虎将军的敕命印信已颁给,建州的地位和势力又进一步提高。

努尔哈赤不放布占泰,又不杀他,用意很明显,是想用布占泰牵制满泰,瓦解扈伦联盟。果然如此,纳林布禄欲报布寨之仇,于万历二十二年又约集各部,再对建州发动一次攻势。辉发、哈达均已响应,惟乌拉满泰拒绝出兵,主张扈伦四国派使臣去建州同努尔哈赤议和。

兴尼牙的计划落空,借刀杀人的阴谋实现不了,他便在宗族中散布国主满泰丧权辱国、有损祖先声威、不顾手足之情、怕布占泰回来夺位等等。布占泰自射雕救辉发、破锡伯、灭苏完、平窝集之后,声望日高。兴尼牙的流言蜚语还真起作用,一部分纳喇氏宗族权贵还听信他。满泰为了区别与众贝勒称号混同,难分尊卑,提出国王尊号应称按巴贝勒,在宗族合议上被否,遭到兴尼牙等人坚决反对而作罢,满泰在家族中日益孤立,除了六叔博克多,他在宗族中不再相信任何人。满泰原本性情暴躁,从此更加狂躁,酗酒好杀,人心渐失,被国人目为暴君。形势严峻,危机四伏,随时都会出现突发事件。这就给兴尼牙提供了机会,他网罗无赖,暗蓄死党,准备除掉满泰,取而代之。兴尼牙福晋是叶赫远支王族,他暗通叶赫,并派心腹去见纳林布禄,向他许诺,只要兴尼牙主政乌拉国,一定助叶赫出兵讨伐建州,报古勒山战败、布寨被杀之仇。

本来,古勒山之战后,纳林布禄急于要报兄长布寨被杀之仇,多次派使臣联络哈达、辉发、乌拉三国,准备再一次对建州发动进攻。乌拉贝勒满泰考虑到弟弟布占泰的生命安全,不但拒绝出兵,反而遣使去各国说服诸贝勒,共同遣使去建州议和。叶赫报仇心切,恨乌拉从中作梗,便派兵侵入苏完部之刷觇河,蚕食乌拉领土,制造事端。

原来乌拉同叶赫并不接壤,中间隔着锡伯、苏完等部落。

关于锡伯、苏完部落,前面已经提过,现在再简单的交待几句。女真族瓜尔佳氏,是一个较大的部族,为金代古里甲氏分化演变而来。元代中期,其中一支建立了锡伯部,又称锡伯国。元末明初,乌拉始祖纳齐布禄曾在锡伯招亲,娶锡伯王女,当了"额驸"。后来纳齐布禄脱离锡伯王,叛逃自立,建扈伦国于弘尼勒城。锡伯部虽处在扈伦国的腹地,但纳喇氏并没有吞并该部。锡伯王瓜尔佳氏生三子,长子佛尔果,继承锡伯王,次子尼雅哈奇,率部西迁洮儿河,仍称锡伯或席北,三子朱撤,东迁瓦尔喀。历经两个世纪的风风雨雨,西迁洮儿河之锡伯部分化为锡伯、卦尔察两个部落。参加九部联军的锡伯部长扎尔果和卦尔察部长塔卜是同宗。古勒山兵败后,两部也损兵折将逃回蒙古草原。二十几年后,努尔哈赤建立后金时,塔卜之子巴达纳抛弃祖居之地,率部归附,成为满洲旗人。而东迁瓦尔喀之朱撤,其后裔返回祖宗故地,于苏瓦延河建立部落称苏完,苏完即苏瓦延同音。万历十六年,苏完部灭亡,部长索尔果及其子费英东率宗族部属南投建州,依附于努尔哈赤。

锡伯部曾有万汗避难居住过，万汗建国称汗时，锡伯作为万汗领地，长期存在。万汗死，锡伯才为乌拉所并。从此，叶赫同乌拉边界相接，麻烦也就来了。

起初，两国尚相安无事，双方划定以刷俔河为界，河西归叶赫、河东属乌拉，凿石立碑，挖壕植柳，双方各守疆界，称其地为"苏斡延湿栏①"。苏斡延，苏瓦烟、刷俔、苏完皆同音也，实为一地，即今之双阳。"苏斡延必拉②"就是刷俔河，"苏斡延湿栏"也就是两国相连的河流之意。

由于乌拉不参与四部军事联盟，得罪了叶赫。叶赫国采取报复行动，纵容军民越界捣乱，边境麻烦日甚，边民受害深重。从万历二十二年起，叶赫军民不断越界掠夺、填壕砍柳、私移界石，又把当年对付哈达那一套搬出来，加剧两部的紧张关系。在当时流传着一句民谚：说叶赫"打不动牛打车③"。

满泰贝勒开始采取容忍态度，后来看叶赫非但没有收敛之意，反而变本加厉。他要采取行动了，第一步，于万历二十三年秋，派人把布占泰妻子儿女使役阿哈等计二十余人，送到赫图阿拉与布占泰团聚，也表明乌拉同建州永结盟好，给纳林布禄做做样子看。然后于万历二十四年春末，亲率宗族大臣到苏斡延巡边，对付叶赫的入侵，同时派使去叶赫通报情况，进行交涉。国主亲自巡边，不仅在乌拉国是首例，在扈伦四部也是首例。为了稳定边境，他在行前做了充分准备，他让亲叔博克多贝勒代行国政，挑了百余名随行侍卫，令长子绰胡里统带保护。他对兴尼牙留在都城不放心，特令他随护。满泰自认为虑事周详，方方面面都想到了，却不知铸成大错，反而给兴尼牙创造了实施阴谋的条件。临行之前，博克多提醒满泰，兴尼牙久有野心，留在主上身边不利，以防不测。满泰认为，兴尼牙的同谋死党皆在都城，让他远离，以免乘机捣乱。博克多还是不放心，他令平时过从甚密而又对满泰忠心的族兄弟二人同往，暗中监视兴尼牙。这两个宗族兄弟亦皆太安之孙，一个叫佛索诺，一个叫胡斯，他们和兴尼牙是亲叔伯兄弟，属于近支，不会引起兴尼牙的怀疑。

---

① 湿栏又作锡兰，相连之意。
② 必拉，又作毕拉，即河。
③ 意思即碰不动努尔哈赤，却拿自己盟友乌拉出气。

在兴尼牙看来，这也是千载难逢的机会，满泰远离都城，同他的亲信分开，自然势孤力单。不在此时动手，还等何时？他秘密做了种种安排，他人无法察觉。

大明万历丙申年春暖花开之日，万物复苏之时，乌拉国贝勒满泰率宗族大臣来到苏斡延湿栏，立下行宫，扎下营寨，整顿边境，动员当地人工，重新挖壕植柳，驱逐叶赫人，招募逃亡者，推倒的界碑又重新扶起，边境又明确了。满泰在苏斡延驻守了半个多月，边境局势稳定下来。巡边大功告成，满泰准备再呆上两三天，就要返回都城了。

这时，有人从紫禁城来，向他报告一个好消息：囚居建州的布占泰被释放，不久就带家眷回来。兄弟离别三年没见面，他终于回来了。宗族大臣及随行将士听了这一消息，都为之欢欣鼓舞。兴尼牙得知这个信息，心中大吃一惊，他的计划尚没实现，布占泰回来就更难实现了。这就必须抢在布占泰到来之前，把要办的事都办成。

也该当出事。满泰巡边大功告成，马上就要返回去。定于拔营离开苏斡延湿栏的头一天傍晚，兴尼牙来见他。他先恭维一阵国主巡边的丰功伟绩，又说边民都感激国主安抚边境之德。满泰平时对他这位堂叔是戒备心很强的，谁知今晚被他奉承的有点飘飘然，一种骄傲心理取代了平日的警惕。兴尼牙又神秘地说："早就听说苏完的女子美丽，刷觇河是个出美女的地方，主上不想见识见识？"满泰一听，也有点动心。满泰在乌拉历代国王中，是比较清白的一个。历代国王、贝勒、台吉，因为是贵族，有特权，几乎每个人都有众多大小福晋，而满泰没有。这是因为他的福晋都都祜，是名门望族之女，受过异人传授，武艺高强，又知书达礼。但她特别厉害，她辅佐满泰建功立业，南征北战，又对满泰管得特别紧，满泰不敢多娶一个小福晋。他们夫妻成亲二十年，生了五子一女，满泰还没有同另外的女人有过关系。今日兴尼牙一提起美女，他也有点活心。反正不是在宫里，福晋也不会知道。他同意了，令兴尼牙去安排。他想，仅此一回，明日就离开这里。

兴尼牙去不多久，果然找来两名年轻美女。两名女子也不知怎么回事，只是说贝勒爷要她们去。她们不敢不去，被几名军士押着，送入满泰的行宫。

满泰在大帐中等候兴尼牙给他找美女，自己也觉好笑。活了大半辈子，还是第一次干这种荒唐事。

因为国王让找美女，护卫不敢阻拦，兴尼牙的手下一路顺利把两名女子送到行宫里边。满泰借着灯光尚没有看清楚，突然的事情发生了，原来押送美女的几名士兵都是兴尼牙安排的死党，利用护送美女进入满泰行宫。霎时间变生不测，他们拔出刀来，齐奔满泰。满泰知有变，大叫一声："不好！有刺客！"语音刚落，即被砍翻在地，登时气绝身亡。两个女子吓得大哭，也被杀死在帐中。

护帐侍卫听得里边有异常，可是谁也不敢进去。满泰立下一条军令，当他休息时，不经呼唤，任何人不准入内，违者就地处死。这是满泰怕人暗算立下的规矩，不想今日误事，害了自己。有人忙去报告绰胡里台吉，绰胡里不知虚实，急忙跑过来，正好遇见凶手出来，对他一阵乱砍，绰胡里稀里糊涂地送了命。

这一切事情的发生，统共不到半个时辰。兴尼牙自认为一切做的天衣无缝，神鬼不知。他又捉住两个当地青年，杀死于行宫的大帐外。于是军中就传出，贝勒满泰父子奸淫苏完美女，被其未婚夫夜入行宫刺杀身死。兴尼牙贝勒捉住凶手，就地正法，为国王父子报了仇。

忙乱了一夜，次日拔营回城。大车拉着满泰父子尸体，三军痛哭，官兵挂孝，急回都城。

忙中有错，还是冥冥中自有主宰？在返回的路上，兴尼牙才发现，他派出去的四名凶手，只回来两个，另外两人下落不明。密询二人，他们说办完事儿后，各自分头逃出。天黑谁也看不见谁，不知他们从哪条道跑回的。兴尼牙心里嘀咕，这两个人是害怕以后追查逃到叶赫境内去了，还是出了别的意外？再一注意，同来的还有两个人不在军中，佛索诺和胡斯哪儿去了？

佛索诺、胡斯二人，奉了博克多贝勒的密令，暗中保护满泰行宫，重点监视兴尼牙，怕发生意外。边境安定，大功告成，最后这一天他们格外小心。晚上听军中传言，说满泰国王喜欢苏完美女，要选几名带回紫禁城。此事委托兴尼牙贝勒办理。他们听了半信半疑，又不好直接去问，只能暗中留神。他们也不敢进入行宫，只能带手下在帐外巡视。天将半夜，行宫内人声鼎沸，隐隐有人喊叫"拿刺客"的呼声，远远望见兴尼牙带兵急急进入，他们意识到今晚可能要出事。两人这时还不知道满泰父子已被杀，各率手下二十人前去察看情况。这时发现几条黑影，从行宫窜出，各人都半蒙着面，分头逃走。佛索诺悄声对胡斯说道："这几个人可疑，抓住他！"胡斯会意，二人率手下分头追堵，当场捕获两人，另两人逃脱。捉住这两人，似乎面熟，猜想是兴尼牙部下，钢刀上还沾着血迹。二人正在狐疑之际,国王父子被杀的凶信传开了。佛索诺、胡斯二人一切全明白了,他们也顾不了满泰父子是死是活,将二人绑于马上,连夜向乌拉飞驰而去。

苏斡延湿栏距乌拉城三百里左右,佛索诺一行马不停蹄,次日一早就跑到了。他们先叫开博克多的府门,大致说了在苏完的情况,满泰贝勒可能出事了,他们当场捉住两个可疑凶手,怕被兴尼牙发觉,先回来报信,一切细情只等兴尼牙回来便知分晓。博克多惊魂稍定,先让佛索诺等去休息,命将疑犯押入大牢,等候处置。

为了稳定人心,苏斡延的事情没有透漏半点风声。乌拉城安静如常。到了晚上,兴尼牙等人率大队人马返回来,大车上拉着两具尸体,都用旗帜裹着。这时,乌拉城军民人等才知苏斡延温栏发生了塌天大祸,国王父子双双被害。

族人、大臣们齐聚紫禁城,一齐追问兴尼牙祸事是怎么发生的。兴尼牙佯装与己无关的样子,他当众造谣道:"本来早就该回来,可是主上贪恋苏完女子美色,多住几日,谁知道被她们的畏根闯入,刺杀了主上父子。等我得知已经晚了。"

"那凶手呢?"

"已被我拿住,连同女子,一并就地处死,我怀疑他们同谋,是叶赫的奸细。"

兴尼牙的编造,人们听了,也认为有理,也都信了,只是对国王父子惋惜。

兴尼牙也装模作样的自责了几句,说没有保护好主上,没有阻止主上父子的荒唐行为,才铸成大错。随即话音一转说:"主上被阿布卡恩都力召去,不能复生了。国不可一日无君,应从族中长者择立新主,以安人心。"

乌拉国早期在扈伦时代,立新主要经过宗族会议决定,当时叫宗族合议制,是从金朝早期传承下来的。到布颜建乌拉国后废除了宗族合议制,而是实行父死子继的直系承袭法。但又规定,在特殊情况下,仍采用宗族合议制来决定新君。现在国王被杀,世子同死,出现了特殊情况,纳喇氏王族只有聚于宗庙议立新君。有人提议,兴尼牙贝勒能护送先王圣体回来功不可没,就由兴尼牙继承王位。于是有人附议,暂时由兴尼牙贝勒摄政,待安葬了先王满泰后,再议王位继承人。兴尼牙怕有人提出歧议,趁现在有人推举自己,迫不及待表态道:"家有长子,国有长君。长子已死，次子尚幼，我可暂代摄政，待幼子长成，我当退位交还国柄。"

乌拉国突遭剧变，国王被杀，纳喇氏家族怕夜长梦多，发生暴乱。急于早立新君，安定局势，这就叫"饥不择食"。就是平日看兴尼牙不顺眼者，至此也无异言。但是大家也都明白，这么大的事必须有一个人点头才能通过。谁？就是统率乌拉全国军队的额真、铁鞭将军博克多。尽管众人议论的挺热烈，博克多只是盯住兴尼牙，一言不发。众人情知不妙，也就安静下来。

博克多在乌拉紫禁城被称为"六贝勒"，因是老王爷布颜的第六子，满泰亲叔，军中呼为铁鞭将军。在当时，乌拉国王室有三杰：铜锤娘娘都都祜、银枪王子布占泰、铁鞭将军博克多，有此三人辅佐满泰，认为万无一失。没想到，还是出事了，而且还是自纳喇氏建国称王二百年来发生的最大事件，国王公然被杀于境上，至今死因不明。

博克多见大家不再出声，只等他开口，他一看是时候了，遂慢慢起身，说道："立新君不必着急，我这有桩案子，待我当着族人的面儿审完了再说。"说着说着一摆手："带上来！"

门外应了一声："嗻！"不大一会儿，由佛索诺、胡斯二人各押着一名囚犯，推到屋中。众人不胜惊骇，兴尼牙一见，机灵打了一个寒战。

正是：

> 为人莫做亏心事，
> 夜半不怕鬼叫门。

要知博克多审案结果如何，且待下回详叙。

第四十九回　萨尔达宗族怀异志　苏斡延国主被谋杀

第五十回

兴尼牙事败走叶赫
布占泰获释主乌拉

兴尼牙一看带进来这两个人，不由倒吸一口冷气，果然，担心的事情出现了。心中暗骂佛索诺、胡斯两人：你们坏了我的大事！简直远近不分。他稳定了一下情绪，故作镇静地问道："老六，你这是怎么回事儿？"

"怎么回事儿？得让他们自己说。"

博克多叫来武士，把两人衣服剥去，跪在地上。

博克多喝问道："为什么刺杀国主，受谁的指使？"

"奴才没有杀害国主，奴才冤枉啊！"

佛索诺上前踢了一脚："国主被害时你们从行宫跑出来，身上有刀，刀上沾血，铁证如山。你们还有同党，一共几人，都要供出来。"

带血迹的钢刀摆在堂上，让大家验看。

二人见人证、物证俱在，知道抵赖不得，不住地叩头道："奴才该死！奴才该死！奴才见王爷父子强占民女，一时气愤，就闯下大祸，没有人主使。"

博克多大怒，吩咐用刑，一定撬开二犯的嘴，叫他供出实情。

乌拉国的刑法非常残酷，采用古代对付奴隶那一套手段，对犯法者处以各种酷刑。当时各国诸部大致都是如此。

刑具上来，是两把钩。一头穿在木架正中的铁环上，将钩子钩进哈拉巴①缝隙，索子一收，将人吊起悬空，用不上半个时辰，受刑者便什么都能供出来。这种刑有个名字，叫"吊挂"，除非有重大案情，"吊挂"之刑一般是不轻易用的。今日审讯杀害国王的真凶，用此酷刑也是难免的。

起初，二犯尚在坚持，一口咬定没人主使，可是没到半个时辰他们就挺不住了，表示愿招。

二犯被放下来，瘫倒在地。挣扎一下，看见兴尼牙在坐，他们像看到一线希望，忙跪爬过去，不住地叩头道："贝勒爷，救命啊！"兴尼牙

---

① 女真语：意为肩胛骨，也叫琵琶骨，其形状如扇。

看事情要败露，当机立断，忽地站起，眼露凶光，咬牙切齿地说："杀害国主，罪不容赦！"一脚踢在一人的脑袋上，那凶犯咧了咧嘴，一命呜呼。兴尼牙又对另一个狠踢一脚，那凶犯挣扎几下，也断气了。

在场人等大惊失色，博克多要阻止已来不及。兴尼牙一声吩咐："拖出去！扔乱坟岗上，喂野狗。"

一场谋杀案就这样不了了之，兴尼牙虽没浮出水面，他的举动也受到宗族们的怀疑，他的国王之梦又没有做成。博克多向大家宣布："布占泰回来了，以弟继兄，名正言顺。"众皆称善。

第五十回 兴尼牙事败走叶赫 布占泰获释主乌拉

且说布占泰于古勒山之战被俘到佛阿拉，受到努尔哈赤的优待。布占泰自感身处樊笼，处处格外小心。一日努尔哈赤召集众将道："可恨讷音、朱舍里两部，同叶赫狼狈为奸，谁能带兵去讨灭它？"话音刚落，立时闪出额宜都、安费扬古、扬古利、噶盖、何和里、常书六人，齐声愿往。努尔哈赤大喜，即派额宜都、安费扬古为主将，扬古利、噶盖为副，率兵二千，征讨讷音。临行吩咐，斩草除根，不留后患。万历二十一年闰十一月出兵，一接近讷音地面便见人就杀，见房子就烧。时值冬季，草木干枯，江河封冻，讷音部又在万山丛中，江河密布，一处点火，连及四面，几乎到处烟火冲天。讷音部一共有七个城寨，都位于萨因讷音河和额赫讷音河附近的山上，地势险要，易守难攻。讷音部长搜稳塞克什见建州兵放火，急收缩兵力，将七城寨人聚于佛多和城，集中兵力，拼力抵抗。讷音部人非常勇敢，坚持了三个多月，他们指望辉发和叶赫能出兵相救，结果一路援兵也没有来。转年二月，佛多和山城陷落，搜稳塞克什父子战死，讷音部灭亡。

讷音部灭亡，长白山地区还剩下一个朱舍里部，孤立无援，努尔哈赤于灭亡讷音的两个月后，令何和里、常书二人领兵一千征讨朱舍里。大军出发之前，布占泰来见努尔哈赤道："贝勒待我恩深，我来数月寸功未立，今日愿从征朱舍里部，以报贝勒之恩。"努尔哈赤高兴道："如此甚好，布占泰台吉马快枪尖，定能取胜。"遂授其办理军务，做何和里的副手。布占泰又请求道："昔讷音乃一弱小部落，尚能上下同心抵抗天兵达百日之久。原因就是我军不善抚众，专肆杀戮，激起众怒，舍身拼命。此番朱舍里之行，当以讷音为戒，请贝勒明察。"努尔哈赤连声道好，叮嘱何和里等以招抚为要，多抚少杀。

兵进朱舍里。朱舍里在讷音部的东北方，两部山水相连。朱舍里部

417

长裕楞额未敢出兵救讷音，就是怕惹恼努尔哈赤，招致讨伐，结果他还是未能幸免。他的实力不如讷音，更不堪一击。由于建州兵优待归附的人，降者如云。朱舍里部很快瓦解。裕楞额自知不敌，带领家眷钻山逃走，过江流亡朝鲜去了。前后不过半个月的时间，问题就解决了。努尔哈赤更加信服布占泰见解的高明，对他更加器重。长白山两部灭亡，领地并入建州，努尔哈赤从两部首领的家族中挑选两人为该地方嘎珊达。几年后，朱舍里部长裕楞额受努尔哈赤招抚，从朝鲜返回，定居于辽东，以终天年，不提。

转眼到了大明万历二十四年，布占泰羁留建州也已三年之久。去年秋满泰派人送来家眷，布占泰虽然归心似箭，事到如今，也只有做长期定居的打算了。这一年，朝鲜使臣申忠一来到建州，努尔哈赤特安排布占泰同他一起会见朝鲜使臣，双方皆大欢喜。可是谁也想不到，仅仅过了半年，努尔哈赤公然宣布，放布占泰回国。消息一传开，佛阿拉城如同炸了蜂窝一样，上上下下乱了营。何和里、安费扬古首先来见努尔哈赤，探询有无其事。努尔哈赤承认久有此心。安费扬古劝阻道："不可，布占泰决非久在人下之人，在扈伦享有盛名。一旦放归，如龙归沧海，虎入山林，再要制服，可就难了。"

"怎么见得？"

何和里说道："久听人们传言，布占泰在乌拉是出名的花花王子，大小福晋十余人。可是在这三年来，口不多言，目不斜视。此前三贝勒①请他饮酒，以大格格侍奉，他竟不辞而去。由此可见，他心存大事，决非金钱美女所能左右。"

努尔哈赤微微一笑："身在异国他乡，自然要谨慎小心，不敢放肆，年轻人也是难得。你们下去吧，我自有主张。"

二人见拗不过努尔哈赤，只好怏怏退出。他们哪里懂得努尔哈赤的用意，放布占泰，是建州的一步好棋，目的在于争取扈伦四部中最强之国，拆散扈伦联盟，有利于远交近攻。

他叫人去召布占泰。

布占泰留居三年，虽说受到优待，衣食不缺，但是没有自由，连单独出城射猎都不允许，他心生怨恨，表面还得装做特别恭顺，时刻都在寻找机会，逃回国去。乌拉送来他的家眷，他彻底绝望了。逃跑已不可

---

① 指努尔哈赤三弟舒尔哈齐。

能，只有死心塌地长留建州，做一个没进牢笼的囚徒。

今儿个，得知努尔哈赤传唤他，不知什么事情，他不敢怠慢，即来见他。

"叩见贝勒。"

"免礼。"努尔哈赤招招手："坐吧。"

"谢贝勒。"布占泰坐下了。

努尔哈赤瞅瞅他说："布占泰台吉，你在这三年来，感觉怎么样啊？"

"很好。"

"我待你如何？"

"天高地厚。"

"那你以后怎样对待我？"

布占泰站起来说道："皇天后土可鉴：如果我能有出头露日那一天，一定不忘贝勒再生之德，养育之恩。"

努尔哈赤微微点头。又问："你想乌拉吗？"

问到这个敏感问题，布占泰犹豫一下，但他还是说了实话："怎么不想。阿玛罕早死，阿哥满泰为人残暴，皂白不分。同族又多生异心，我实在担心他的安危。"

"好，你这是掏心肺腑话，我听得出来。"努尔哈赤乐了，觉得布占泰对他很诚恳。又说道："布占泰台吉，我送你回乌拉，协助你阿哥，治理好国家。一旦有变，速来报信，我必去援助。"

布占泰一听放他回国，就像是囚犯遇赦一般，既兴奋又突然，忙跪地叩头道："感谢贝勒大恩大德，乌拉永不背盟，世代同建州和好。"

努尔哈赤叫过大将图尔坤黄占，偕同安费扬古，率兵五百，护送布占泰一家回国。因安费扬古主张长期羁留布占泰，特嘱他一定把布占泰平安送回乌拉，绝对不能出意外。二人应下，点齐兵马，保着布占泰一行拜辞而去。行至半路，消息传来，乌拉国出了乱子，国王满泰父子被杀。

布占泰听到这个消息，担心的事情到底发生了。他更加归心似箭，恨不长了翅膀飞进紫禁城，弄清阿哥被害的真相。这天来到乌拉城的南门外，遥望抵楼，巍峨的城墙，遍插旌旗，全是黑白相间的颜色，一派庄严肃穆气氛。看到这离别三年的家园，布占泰感慨万分。这次回来，家中出了这么大的事，族人现在怎么样了呢？他急着要进城。安费扬古

第五十回 兴尼牙事败走叶赫 布占泰获释主乌拉

劝阻道:"布占泰台吉,请你冷静。贵国贝勒遇害,实情我们不晓,冒冒失失地进去,恐怕发生意外。不如派人去把事情探听明白,再进去不迟。"布占泰垂泪道:"阿哥待我情深义重,突然被害,一定内部有奸人勾通,我要早点进城,查个水落石出,为他报仇。"图尔坤黄占也劝慰:"要慎重,不能疏忽大意。"布占泰听了二人的劝阻,暂留城外,扎营驻下。

再说乌拉城里听得布占泰回来了,人心稍稍安定。紫禁城里做好了准备,迎接新国主回来即位。兴尼牙一想,事情到了这个地步,以后苏斡延谋杀案要是查出来了,全家性命难保。看来只有破釜沉舟,再冒一次险,趁其不备之际杀掉布占泰,夺得国王宝座,到时不怕你博克多不服。想到这里,他没有知会任何宗族大臣,自带百余部众出城,去迎接布占泰。他出来一看,几乎惊得掉下马来。你道为何?他看到了城外有建州兵两座大营,知道这是努尔哈赤派来护送布占泰的人马。看来不宜下手,我何不把他骗到我这里再打调停,即使人通知布占泰。布占泰听说族叔兴尼牙出城来接,心中大喜,立即要去相见。图尔坤黄占又提示道:"贵国发生变故,事情没弄明白,还是小心为好。"布占泰道:"他是我的堂叔,我爷爷布颜和他阿玛是叔伯兄弟,你还信不过吗?"图尔坤黄占笑道:"布占泰台吉,你在建州住了三年,大概你也听说过,十几年前,我国贝勒的六爷宝实夜间偷袭赫图阿拉,要害大贝勒的事吧?"

"听说是听说,可是我们乌拉和建州不一样。"

"有什么不一样的?"图尔坤黄占说:"听说台吉远祖克什纳都督,就是被同族巴岱达尔汉杀害的。要记住,同族未必同心。"

布占泰回城心切,不听任何人的劝阻,一定要同兴尼牙见面,了解国内情况。安费扬古见布占泰十分固执,不便再阻拦,遂提出:"既然小台吉非要去见他,我们陪同你去,以免发生意外。"

布占泰不悦道:"那怎么行?给族人看见,那不成押送回来的么?"

由于布占泰的反对,建州二将只好打消陪护的念头,可他们总是疑心有变,待布占泰出去后立命军士备马,隐蔽营门外待命。

布占泰虽然反对建州二将陪护,他也十分小心,毕竟自己三年身处异乡,国中变化一概不知。

兴尼牙本打算把布占泰诱到军中杀掉,见他特别警觉,不好下手,只好和他在两军中间的空隙处会见。一见面,兴尼牙假哭道:"你可回来了!你知道咱家出的祸事吗?"

"听说了。"布占泰行礼已毕问:"这事到底怎么发生的?"兴尼牙说:"跟叔到这边细谈。"布占泰随他走过去。他急于要了解兄长被害经过,此刻他放松了警惕,连兵器都没带,走到兴尼牙的队伍前。兴尼牙看看距离建州兵大营已远,将手一招,他的人马向前移动,百十余人,各个弓上弦刀出鞘,奔向布占泰。布占泰大惊:"额其克,你这是嘎哈?"

"不嘎哈,"兴尼牙狞笑道:"接你回家。"布占泰情知有变,转身返回。兴尼牙叫了一声:"快!"几员部将手托大刀,忽地闯上来,直取布占泰。布占泰说:"不好,我今儿个上当了!"

正在危急关头,突然从对面嗖嗖射来两只冷箭,追到头前的两名部将中箭落马。图尔坤黄占、安费扬古二将率军冲出,护住布占泰。兴尼牙一看事情不妙,领着百余人绕着东门跑回城里。他跑回家中,也顾不得收拾财物,仅抓了几把金银珠宝,领上妻子儿女,向叶赫国逃去。

布占泰被建州二将救住,连说:"惭愧,惭愧,想不到,我的宗族叔辈们会打这样主意。不用说,我阿哥的死,他也是有嫌疑的。"

二将又安慰他一番。

这时,三声炮响,城门大开,全副仪仗,出来迎接新主进城。博克多、佛索诺等宗族长辈率领阖族人等,文武官员,请布占泰继承贝勒位。原来布占泰回来的消息传到紫禁城后,宗族大臣们会议商量,以国王之礼迎接布占泰,在筹备中险些被兴尼牙钻了空子,他提前出城没有人知道。

万历二十四年丙申六月初十,布占泰即乌拉国贝勒位,实行大赦,为满泰治丧,调查苏斡延凶杀案真相,追究主谋策划之人,兴尼牙的余党,见主子已逃往国外,失去靠山,大多数也都越境远遁。剩下几个跑不掉的,只好投案自首,揭发兴尼牙的种种罪行,满泰的案情也真相大白。布占泰下令,按照宗族谋逆出谱的祖制,削去兴尼牙一支纳喇氏宗籍,这是继巴岱达尔汉之后又一支受到削籍惩罚的纳喇氏子孙。为表彰捉住杀害满泰的凶手,布占泰特令佛索诺为富尔哈城贝勒,回到他的祖居之地。胡斯没等酬劳,却病死了,布占泰赏给他家人一些财产,永葆富贵。

建州二将见乌拉国势平定,辞别回国。布占泰赠了很多礼物,酬谢他们卫护之功,并亲自送到城外,江边话别。

到了这一年的冬季,乌拉国的形势基本稳定下来。为满泰治丧事,

第五十回 兴尼牙事败走叶赫 布占泰获释主乌拉

修陵墓，查清苏斡延事件，清除兴尼牙死党，忙乱了好几个月。布占泰一想，这次回来因祸得福，没有遭兴尼牙毒手，多亏建州二将保护。他非常感激努尔哈赤，兵败被俘不杀，又放他回国，支持他取得贝勒之位。常言说的好，知恩当报。在建州时就知道叶赫，哈达早已送女与努尔哈赤联姻，可是努尔哈赤逼婚叶赫，强聘他的未婚妻东哥的事他却不知道。他也不甘落后，想法子也同建州缔结姻盟，借以自保。

就在这时，得到一个确切的消息，努尔哈赤三弟舒尔哈齐贝勒的嫡福晋病故，布占泰认为这正是同建州联姻的好机会，将自己妹妹十七岁的滹奈格格嫁与舒尔哈齐为继室，拉开了两部联姻的序幕。

转过年来，也就是万历二十五年丁酉春正月，布占泰联合叶赫、哈达、辉发三国，各派使臣到建州请盟。叶赫使臣尼喀里代表四国对努尔哈赤说道："我主有言：我们兵败名辱，从今以后，愿永修盟好，各守疆土，互不侵犯。"努尔哈赤见扈伦四国主动请盟，心中实在痛快。按照女真风俗，杀牛宰猪，祭告阿布卡恩都力。用大坛盛酒，将猪牛血和土块混到一起，肉、骨各盛在一个器皿内，摆到桌案上。努尔哈赤同四国使臣跪在地下，萨满敲响神鼓，扭动腰铃，围着桌案转了三圈，嘴里唱起祭天祭神祝辞，祝辞唱的是古老女真语，人们大多听不明白，此习俗已传承数百年了，民间呼之曰"跳神"。这套过程走完了，祭祝官开始朗读誓文：略曰：

既盟之后，苟弃婚媾，背盟负约者，有如此肉，有如此骨，有如此土，有如此血，永坠厥命！若始终不渝，可饮此酒，可食此肉，子孙康泰，福禄永昌。皇天后土，实共鉴之！毕合以奢阿布卡，不拉吉纳德不克打腓，洪吉纳德恒克勒！①

盟完誓，四国使臣站起来，可是努尔哈赤还是继续跪着。使臣看他还做什么。只见努尔哈赤又叩了三个头，重新发誓道："祖宗神灵有知：既已结盟，双方恪守。四国践约，践约则已；或有渝者，待观三年，三年不悛，我自讨之！"

誓毕，立起，各国使臣愕然。

这种歃血为盟的仪式完了，大摆筵宴，隆重招待各国使臣。各国使

---

① 整个意思为敬祭天神，跪地叩头。

臣说了好些恭维的话，盛赞努尔哈赤的功德。但是从内心里，对努尔哈赤方才那几句誓言都感到别扭。谁知，努尔哈赤乘着酒兴，又对四国使臣说道："往年，叶赫使臣图尔德说过：乌拉、哈达、叶赫、辉发和建州总一国也，岂有五王分建之理！你们回去后，要把我的话传达给你们主子，我们女真人，岂有五国分建之理……"

各国使臣听了这番话，目瞪口呆，无言以对。

这次会盟以后，扈伦四部争着同建州和亲，以图自保。叶赫西城贝勒布扬古二妹，也就是同东哥一母所生的布寨之次女，嫁给努尔哈赤的次子代善。亲姐妹许给亲父子，可见当时只讲目的不择手段，尴尬的事层出不穷。为了笼络哈达，努尔哈赤还特许自己二女莽占济格格聘与孟格布禄为福晋。一时联姻之风，刮得乌烟瘴气，结果扈伦四部被吹散。

且说乌拉贝勒布占泰听了使臣回报努尔哈赤的话，深感不安，他在建州羁留三年，对努尔哈赤的雄心壮志、手段谋略是了解的，他更知道努尔哈赤的性格，说到做到，他更看到了建州势力的强大。转而又想，只有扈伦四部恢复联合，才能抗拒努尔哈赤的攻击。他主动同叶赫联系，缓和满泰时两国的紧张关系，第一步是遣使去叶赫，履行婚约，提出迎娶叶赫公主东哥。他万万没有想到，叶赫婉言拒绝，不放东哥去乌拉成婚。为什么？这门婚事不是布寨贝勒在世时亲口许诺的么？怎么现在不算数了？经过多方探听，布占泰才知叶赫公主东哥已改聘努尔哈赤了。布占泰这一气非同小可，他既恨叶赫又恨建州，觉得受了污辱。但是，努尔哈赤以势逼婚的情况他一无所知，仅知道叶赫布扬古献妹与建州，企图自保。布占泰反过来一想，我毕竟是在建州的帮助下得以继承王位。好，你叶赫毁婚，我何不亲去建州会见努尔哈赤，把事情探听个水落石出。

正是：

勾心斗角谈盟誓，
口蜜腹剑倡联姻。

要知布占泰去建州结果如何，且待下回再叙。

第五十回　兴尼牙事败走叶赫　布占泰获释主乌拉

第五十一回

真诚和亲乌拉入赘
假意求援哈达灭国

话说乌拉贝勒布占泰即位的第三年,也就是大明万历二十六年,乌拉国戊戌三十八年冬,带领宗族大臣,亲兵护卫五十余人,前往建州。一来答谢努尔哈赤释放之恩,帮助之谊;二来顺便探听一下叶赫公主东哥格格改聘建州的实情。

努尔哈赤得知布占泰亲自来会,心里十分高兴,从此乌拉倒向建州,扈伦四部不足虑也!他大开城门,率领文臣武将亲自迎出佛阿拉城外。布占泰首先拜谢努尔哈赤帮助回国继承王位的大恩大德,又重申乌拉同建州订盟的决心,双方皆大欢喜。宴会上,布占泰委婉地向努尔哈赤透露自己的心声,他说:"听说都督上年聘了叶赫贝勒布寨之遗女东哥,此女艳丽无双,各部得知此事,均表敬佩,实在是可喜可贺。"

努尔哈赤忽然一怔,他是何等聪明之人,哪里听不出来布占泰语带讥讽,心存芥蒂。他苦笑一下,辩解道:"提起这件事儿,真让我进退两难。布寨死于建州,彼此已成敌国。可是叶赫新主布扬古贝勒非要以妹和亲,没有办法,我只得纳聘订下这门婚事,我现在还犹豫不决,没有迎娶。"

布占泰点点头说:"都督心地宽厚,虑事周详,令人钦佩。"

双方说的都是假话,彼此各揣心腹事。布占泰对布扬古主动献妹之说半信半疑,努尔哈赤以为布占泰已经知道了他依势逼婚的事。为了安抚布占泰的不平心里,努尔哈赤想出个补救的办法,他把养女额实泰格格嫁给布占泰,令其在佛阿拉成亲。

额实泰格格是努尔哈赤的养女,那年只有十五岁。她的生父是努尔哈赤三弟舒尔哈齐,从小抚养于努尔哈赤家。努尔哈赤有一条家规,他的兄弟生女必须送他家抚养。这样,他可以任意指婚,用女和亲。当然,他自己亲生女儿也不例外。努尔哈赤的长女名东果,万历十六年嫁给率部来投的董鄂部长何和里,时年十一岁。二十九岁的何和里已有妻室子女,他的福晋武艺高强,听说以后,带兵来到建州讨伐何和里。努尔哈赤出面对她说了很多好话,赔礼道歉,何和里的福晋气愤而去,从此下落不明。努尔哈赤次女名嫩哲,仅有十岁;三女莽古济,七岁;四女穆库什，三岁；五女刚生，还没来得及取名字。为了同乌拉联姻，消除叶赫婚事对布占泰的影响，目前只有将养女指婚，就在佛阿拉拜堂成亲。住了一些日，布占泰拜辞努尔哈赤，要回国了。努尔哈赤赠甲胄五十副，赐敕书十道，派大臣护送，礼而遣之。

　　布占泰娶了努尔哈赤之养女，消息传到叶赫，纳林布禄大吃一惊，这乌拉要是同建州结了亲，自然对叶赫不利。纳林布禄身在病中，自古勒山之战以后，他连惊带气得了一种怔症，时好时犯，严重时近于痴呆，军国大事全凭三弟金台石做主。纳林布禄嫡福晋是哈达汗王扈尔罕之女，歹商的姐姐，也插手干预东城事务，这就同金台石产生矛盾。福晋见纳林布禄卧病在床，日益沉重，知其去日无多。身后无一子女，福晋想趁纳林布禄在世时，安排好东城的后事。她提议，应为纳林布禄立嗣。立谁呢？第一个选择布寨二弟兀孙孛罗之子武金泰。兀孙孛罗死于开原"市圈计"，遗一子今已长成，想立他为嗣，百年之后好继承纳林布禄。金台石极力反对，他认为武金泰是西城这一支的，继主东城绝不可以。又提出从东城近支中找一个晚辈的，她认为纳林布禄六弟图莫土之子仇古禄，金台石仍不同意，理由是年岁小，难当大任。这样，东城立嗣一事便搁置起来。大福晋哈达纳喇氏心里明白，金台石反对立嗣，是想有朝一日自己取而代之。一想到未来的处境险恶，她为了缓和一下同金台石的矛盾，特将金台石的女儿接到宫中，作为养女，暂时才算平静下来。

　　布占泰建州招亲，娶了努尔哈赤的养女，对叶赫刺激很大，他们确实害怕乌拉同建州联合，那扈伦四部将来都难以生存。金台石灵机一动，有了，西城的东哥格格不是聘给两处如今没嫁吗？那就给布占泰送去，让他们成婚，再看一看努尔哈赤的反应。他把这种想法当西城贝勒布扬古一说，布扬古也认为是条好计，让布占泰同努尔哈赤为争东哥而斗。常言说二虎相争，必有一伤，伤谁都会对叶赫有利。俗语说的好：谋事在人，成事在天。也不知是谁把布占泰在建州招亲的事告诉了东哥，还说布占泰娶的是努尔哈赤的女儿。东哥听到这个消息，十分生气。她偷偷哭了几次，对天发誓，决不能跟杀父仇人的女儿同处一室，坚决不去乌拉成亲，对布占泰表示绝望。东哥格格性情刚烈，远近闻名，她的哥哥布扬古贝勒也拿她没办法。本来，改聘建州就是走错一步，如今与乌拉履行前约，又是错上加错。不管是出嫁建州还是送亲乌拉，东哥都不肯答应，真是进退两难。

第五十一回　真诚和亲乌拉入赘　假意求援哈达灭国

425

叶赫送女去乌拉未成，也怕冷了布占泰的心。纳林布禄和金台石又想出一个办法，遣使去蒙古科尔沁部，为科尔沁贝勒明安的女儿做媒，让蒙古同乌拉联姻，明安女儿许给布占泰。

明安见过布占泰一面，那还是几年前九部联军兵伐建州的时候。古勒山一战，联军溃败，明安险些丢掉性命，骑无鞍马逃回，从此知道努尔哈赤的厉害。事隔几年，叶赫又为乌拉提亲，明安见乌拉是个大国，布占泰又当了国主，他很满意这门亲事。布占泰当然更愿意同蒙古结亲，可以借助他的力量。他派出使臣，带上贵重的聘礼：铠甲、貂皮、猞猁、狐裘、金银、珠宝、驮马等九种，献纳给蒙古。明安很高兴，收下了乌拉的聘礼，两部联姻已定，双方都感谢叶赫的牵线。

谁知这事很快就传到建州，努尔哈赤一考虑，乌拉要是与蒙古联姻，那还了得！他打听一下明安之女是个什么样的女孩。有知情者向他禀报：美而且贤。努尔哈赤发狠道：布占泰，只能同建州联姻，同任何一部的婚媾，都必须拆散！他又用强聘叶赫东哥格格的老办法，派出庞大的使团，带着比布占泰还多、还重的礼物，软硬兼施，硬是让明安改变主意，接纳了建州的聘礼，将许给布占泰的女儿又转许努尔哈赤。

这一变卦，布占泰蒙在鼓里，毫不知情。乌拉几次催促成亲，明安根本不予理睬。布占泰大怒，派遣使臣去科尔沁，责备明安不守信用。明安让使者回去转告布占泰说：因为乌拉靠拢敌国，同建州和亲，所以蒙古女子不能来。科尔沁另外两个贝勒翁阿岱和莽古思劝告明安，不要毁乌拉婚约，明安不听。

布占泰感到受了欺骗，这是莫大的耻辱。他意识到，同任何一部联姻都是不可靠的，惟有建州努尔哈赤才是可以信赖的人，乌拉只有同建州巩固姻盟。反正一不做二不休，我再进一步同建州和亲，给各部看一看。他派使臣去建州，给努尔哈赤送去一封信，全文如下：

乌拉国贝勒布占泰，谨致书于建州都督麾下：

我昔被擒，待以不死，恩养三年，情同骨肉。又礼遣归国，俾主乌拉；更妻我以公主，恩我深矣！我孤恩，曾聘叶赫女，未知已许建州，实属误会；又继聘蒙古女，彼受聘而复悔，责我以亲建州，我甚耻之！今遣使乞再降以女，今后当岁岁从两公主来朝，乌拉与建州，将永为股肱之邦也。

努尔哈赤得书大喜，布占泰果然靠拢建州，同叶赫、蒙古离心。他将另一养女娥恩哲格格许嫁布占泰，派大臣以礼送往乌拉，进一步结好布占泰。布占泰连娶努尔哈赤两个养女，他就把叶赫赖婚和蒙古毁婚的事情撂在一边，把精力放在扩张领土，征服东海的军事上。没用上几年，乌拉国的东境达到海滨地区，隔土门江①与朝鲜为邻。

努尔哈赤两次嫁女，收到了一箭双雕的效果：剪断了布占泰同他部联姻这条线，使布占泰在感激之下，更加坚定地靠近建州，对扈伦各国越来越疏远。扈伦四部联盟，已经名存实亡。

努尔哈赤取得了乌拉的投靠，便把矛头对准其他三国，寻找机会，各个击破。

和乌拉同根一脉的还有一个哈达国，这两部是扈伦联盟的核心。哈达贝勒孟格布禄，和布占泰是叔侄关系。哈达又与叶赫有世仇，争取哈达，孤立叶赫，四部必散；四部一散，各自不保；女真一体，天下统一。努尔哈赤心里装着蓝图大业，他善于牺牲女儿，用联姻手段麻痹各部首领。布占泰已经笼络住，现在又打起了哈达孟格布禄的主意。他的长女、次女已名花有主，如今三女莽古济格格长大了，努尔哈赤遣使去哈达，用三女与孟格布禄和亲。开始，孟格布禄不很同意这门亲事，因为歹商之妹额敏格格已嫁努尔哈赤，自己是他的叔辈。如再娶他的女儿，则努尔哈赤反倒成了他的父辈，他实在不愿意管与他年岁相差无几的人叫"阿布哈"，何况一差就是两辈。尽管孟格布禄并不满意这门亲事，他还是答应了，他不敢不答应。他遣使去建州纳聘礼，自己却跑到叶赫，向纳林布禄、金台石兄弟倾诉苦衷，请他们帮助想办法。纳林布禄病势稍有转机，他十分警惕建州与乌拉联姻如此频繁。他说道："努贼扎力万分，用结亲格拉②我们，千万不要上他的当。"孟格布禄说："我心知肚明，可是又有什么法子？"

纳林布禄堪称足智多谋，他终于想出了好办法。什么办法呢？他同孟格布禄约定，叶赫出兵假装攻哈达，孟格布禄向努尔哈赤求援。因有旧盟，又结新亲，他必出兵相救。这时约会辉发贝勒拜音达里，两国合兵伏于通往哈达的山口，半路截击。如果得手，可趁势杀向佛阿拉，夺他的巢穴。孟格布禄也认为此计甚妙，急回哈达按计而行。

---

① 即今图们江。

② 离间，破坏之意。

哈达经连年战乱，民生凋敝，国势微弱，土地荒芜，人口减少，老百姓连饭都吃不上。可是孟格布禄不顾人民死活，一意扩军备战，日夜思报扎喀关战败之仇，同叶赫串通一气，坚持扈伦联盟这面旗帜，同建州一争高低。

万历二十六年秋，也就是孟格布禄从叶赫回来不久，有一天，忽然城北一条小河沟里无缘无故流起血水，血水足足流了一天一夜，清河皆被染红，人们都认为是异事。有人劝谏孟格布禄，从此要休养生息，不要再打仗了。溪中流血，不吉之兆。老天示儆，哈达国要面临灾祸，应该请萨满跳神祈禳。可是，孟格布禄不听。

当下三国约定，为了对付建州努尔哈赤，他们合演一出假求援的闹剧。

剧幕拉开，叶赫借口向哈达索要兵饷。哈达统一，孟格布禄曾得到叶赫的帮助，每次出兵，叶赫都耗费了大量钱粮，现在该偿还债务了。孟格布禄以国库空虚，无力支付。叶赫便扬言哈达不守信，出兵边境，炫耀武力。

这本来是假相，但哈达国人民不知实情，害怕叶赫来杀戮，纷纷逃出境外。这一来，反倒更加削弱了哈达国的势力。孟格布禄不自反思，依旧我行我素，原计划不变，他派出使臣去建州求援。

努尔哈赤久已垂涎哈达这块土地，苦于没有机会。今见孟格布禄来求助，大喜道："真是达玛法显灵，恩都力相助，阿布卡将哈达赐予我也！"

何和里谨慎地劝谏道："主上，哈达借兵求援，我看其中有诈，不能轻易答应。"

"嗯那呵①？说说看。"

何和里说道："主上你琢磨琢磨②，哈达叶赫山水相连，早上出兵，晚上就进入哈达。现在还屯兵边境，虚张声势。哈达一仗不打，就来求援，此举可疑，主上不要上他们的圈套。"

"高！"努尔哈赤大笑道："我就是因为他们有假，才答应出兵的，他们要把哈达送给我，我哪能不要呢！"

努尔哈赤叫过哈达使者，令他速回告诉孟格布禄，我要亲自率军去

---

① 是吗？
② 考虑考虑。

援哈达。

打发走哈达使者，努尔哈赤即令费英东、噶盖二将统兵两千为先锋，前往哈达驻戍。然后亲统大军，带上诸将众贝勒，随后跟进。

当下孟格布禄得到使者回报，知努尔哈赤亲自来援，立即通知叶赫纳林布禄。纳林布禄急令金台石带领两千人马，会合辉发兵一千人埋伏于要路，准备截击建州军。

在哈达和建州交界处有一座大山，名哈达岭。山岭连绵三百余里。东到辉发，西接明境，像一条大蟒横卧在哈达与建州之间。柴河北流入哈达，浑河南经建州而西折进入明边。山西南有一条大路，是辽东通往海西的要道之一。那年月这条道上车马不断，东海各部入抚顺市易，多从这里入境。近些年来建州女真强盛，垄断抚顺市场，再加上部族之间纷争，此路便车静人稀，荒凉冷落。北去不远就是哈达靠近明边的柴河堡。与建州为邻的富尔佳齐寨就在柴河堡的东南，与建州的户布察寨隔山对峙。

且说费英东、噶盖二将率领两千人马，穿过山口，沿着这条长满荆棘的老路进入哈达境内。时当深秋天气，满地败叶枯草，人马难行，地势越走越险峻，山谷越走越幽深。二将小心翼翼，不敢有半点疏忽。正走之间，忽听一声炮响，震得山谷颤抖，牛角别喇"呜呜"地吹起，无数伏兵从各个山谷里杀出，喊杀连天，像一窝蜂似地把建州军围住。费英东、噶盖见势不好，回军退走，但退路已被截断。二人只好领兵拼命厮杀，怎奈伏兵越聚越多，几次冲锋都被挡回，军兵伤亡上百名。二将拼杀了近一个时辰，仍不得脱。正在危急之际，忽见伏兵纷纷败走，努尔哈赤的大队人马赶到了。

伏兵被杀退，捉住了几个俘虏，审问得知，这伙人是叶赫和辉发的伏兵，奉令半路截击。伏兵中没有哈达人马，努尔哈赤全明白了，这肯定是叶赫同哈达的密谋。不然，他们怎么会知道建州的出兵日期呢？于是努尔哈赤传令，各路人马合兵一处，齐奔哈达城，捉拿孟格布禄。

孟格布禄还在哈达城里盘算努尔哈赤中埋伏的情况，他佩服纳林布禄此计高明，努尔哈赤果然钻了圈套。不料有逃回来的败兵向他报告，建州兵是来了，中埋伏的不是努尔哈赤，是建州大将费英东。伏兵暴露目标，被努尔哈赤的大队人马杀散了。孟格布禄听得这个消息，惊得半响说不出话来。

叶赫败兵连夜逃回，纳林布禄更是惊恐万分，骂道："努尔哈赤真

第五十一回　真诚和亲乌拉入赘　假意求援哈达灭国

是一只老狐狸，实在狡猾得很！"他一面停止对哈达虚张声势的进攻，一面派人通知孟格布禄，让他装做不知道，设法阻止建州兵进入哈达。

努尔哈赤率领建州大军，马不停蹄，很快来到哈达城下。扎营的时候，天色已晚。岂知，突然刮起了大风，飞沙走石，黄尘蔽天，营中连灯火都点不着。孟格布禄怕建州兵黑夜攻城，点起一千人马冲出城来。孟格布禄武功超群，一马当先，冲入建州营中。天黑如漆，咫尺莫辨，加上风大掀起沙土，迷人眼睛。建州兵不知虚实，惊慌乱窜，被孟格布禄杀死数百人。孟格布禄闯入建州兵的中军大帐，顶头碰上努尔哈赤，孟格布禄装做不认识，挺枪追过来。努尔哈赤措手不及，想逃走已来不及，危急关头，旁边冲出一将，挡住孟格布禄。此人是努尔哈赤的妹夫，额驸叶臣。他哪里是孟格布禄的对手，只一个回合，被孟格布禄一枪挑于马下。再找努尔哈赤，早已无影无踪，趁黑夜逃走了。

这一仗，建州兵死伤五百多人，退到离城二十里下寨。

次日天明，风停雾散。努尔哈赤十分懊恼，使人进城去见孟格布禄，责问他途中伏击和夜晚偷袭是怎么回事。孟格布禄答复道："途中伏击并不知情，乃叶赫所为；昨晚偷袭是误认叶赫趁大风天攻城，实属误会，深表歉意。"孟格布禄也派使去见努尔哈赤，说了道歉的话，并说，叶赫闻建州来援，已撤回去了，哈达险情解除，请贝勒班师，多多感谢。劳军之物和误伤抚恤，随后送上。努尔哈赤压了压火，对使者说："我应你主之请，率军远道而来，让来就来，让走就走，天下哪有这么便宜的事情。回去告诉你主，请他来大营相见，他不来见，我是不会走的。"

孟格布禄如何敢来，急整军备战，坚守城池，对抗努尔哈赤。

努尔哈赤升帐，集合诸将，说道："现在真相已经大白，哈达与叶赫同谋，诱我出兵，半路截击。阴谋未能得逞，又偷袭我大营。我今将计就计，一战而定哈达，天赐予人，不能不受。"他命三弟舒尔哈齐前去攻城，又令额宜都、安费扬古二人接应，并告诫他们，哈达虽然不耐一战，也要防备他们破釜沉舟，拼死力抵。攻城要网开一面，能降的便收降，能逃的任其逃走，惟独不准孟格布禄逃出去。

孟格布禄虽然偷袭得手，也自知前景不妙，后悔已来不及。这真叫引火烧身，自讨苦吃，没有打着狐狸，反而惹一屁股骚。心中未免埋怨纳林布禄，都是他出的馊主意，结果把自己推下了火坑。不过，孟格布禄也不示弱，他有一身好武艺，城里还有三千披甲，足以背城一战。他点齐人马，出城迎敌。

舒尔哈齐见哈达兵杀出城来，急报努尔哈赤："城里有兵出来了。"努尔哈赤怒道："你当我是因为他们没有兵才让你攻城吗？他有兵了出来越多越好，可一鼓歼灭，免得后来麻烦。"

舒尔哈齐率部攻城，恰好与孟格布禄相遇。双方混战了大半天，不分高低。额宜都、安费扬古上来增援，孟格布禄才收兵退回城中，坚守不出。建州兵奋力攻城，城上万箭齐发，矢石如雨，建州兵又死伤无数。可是哈达城池不很坚固，终于被攻陷，建州兵破门而入。舒尔哈齐闯到宫中，逮住孟格布禄的家眷和子女，惟有孟格布禄不知去向。努尔哈赤入城后，搜遍全城，踪影皆无。

过了一天，扬古利在城外一个村寨的树林里发现一具上吊自缢的尸体。辨认一下，正是哈达贝勒孟格布禄。努尔哈赤叹道："孟格布禄与我角逐十余年，今儿个落到这么个下场，岂非阿布卡恩都力之意耶？"遂令刑牲祭天，毁哈达堂子。

孟格布禄亡年三十七岁。哈达自王台建国称汗算起，传四世，共五王，四十八年。若从倭谟果岱承袭扈伦贝勒加起来算，已达百年之久，一代雄邦，自此灭矣！

扈伦四部如今灭亡一个，还剩下三个，缺口已被打开，它们还能存在多久呢？

正是：

雄主志大谋一统，
岂容诸部永分离！

要知其他三国怎样灭亡，且待下回详叙。

第五十二回 金台石谋位叶赫国 何和里智克多壁城

话说哈达贝勒孟格布禄同叶赫合谋，设下假求援的圈套，引努尔哈赤出兵，以便半路截击。结果弄巧成拙，反被努尔哈赤将计就计灭了哈达，孟格布禄走投无路，自缢身亡。

努尔哈赤在哈达城驻了七天，然后把哈达王族纳喇氏一网打尽，连同孟格布禄的家眷子女，一并迁往建州，废弃了哈达城。

哈达是明朝所封之国，扈伦四部并列也是朝廷制度，目的是求得均衡，防止女真人坐大。如今被努尔哈赤灭掉一个，明朝如何能容忍，即派钦差去建州切责努尔哈赤"藐视朝廷法度"，严令退还哈达国土，放归哈达人民，恢复哈达王号。努尔哈赤不敢惹中原天朝大国，不情愿又不敢不遵。他又把许给孟格布禄的三女莽古济格格转嫁给他的长子武尔古岱，放他们回哈达，恢复王号，为哈达贝勒。怎奈哈达经长期战乱，早已凋蔽不堪，又连续二年灾荒，有的颗粒无收，有的人家卖幼儿易粟充饥。新国王武尔古岱也不会法术，变不出粮食，被逼无奈，只好以取消国号为条件，换取建州的粮食救济。努尔哈赤迫使武尔古岱偕妻子莽古济迁归佛阿拉，哈达自然沦亡。事在明万历二十九年辛丑腊月也。又二年①，努尔哈赤正式宣布，取消哈达国号。另将哈达王族夏瑚、约兰二兄弟遣回哈达，令其为管理哈达地面嘎珊达。此二人乃哈达都部贝勒，纳喇氏大萨满德喜之子也，因他们最先归附建州。

以上是后话，按下不提。

单说努尔哈赤攻陷哈达城，孟格布禄败死的消息一传开，诸部皆惊。特别是叶赫的纳林布禄，因这一切都是他的安排。当他得知孟格布禄的死讯，仰天叹道："谋事在人，成事在天，不可强也！"从此病势沉重，水米不进。延迟了三五日，自知寿命将终，命将诸弟叫到宫中，嘱以后事。原来杨吉砮有七个儿子，哈尔哈玛居长，已死于开原，纳林布禄为次，依次为金台石、赛必图、阿里玛、图莫土、阿三。纳林布禄已

---

① 明万历二十七年，孟格布禄死，哈达已实际灭亡。其子武尔古岱立，不过是傀儡，仅二年被废。但为了欺骗明朝，到万历三十一年才宣布哈达已不存。诸史皆不记其事。

经说不出话来了，诸兄弟心急如焚。倒是金台石有主见，他说："二阿哥要是殡天，国家不能无主，叶赫要生存下去。你们说，应该立谁？"大福晋哈达纳喇氏乌兰接口道："当然是为大贝勒立嗣，还是立老六的仇古禄阿哥。"金台石横了她一眼，刚要答言，忽听纳林布禄嚷道："阿布卡恩都力，你够搭①了我……"一句话还没说完，哇地吐出一口血来。众人一看，气已绝矣，双目还在睁着。大福晋失声痛哭，诸弟也抽泣起来。金台石喝道："都别桑姑了！赶紧办两件事，为国主治丧，议立新国主。"众人经他一喝，也认为有理，都止住了悲啼。大福晋坚持说："还是那句老话，立老六家大阿哥仇古禄，继承先王。众人都怕金台石，谁也不吱声。金台石说："立主一事，明日召集全族再议，先为国主殓丧要紧。"

尴尬局面暂时缓解。大福晋令人洗净了纳林布禄身体，抬到停床板上。背部垫了元宝，口中放进玉琀，身上盖了黄绫子。火化的木材，盛骨灰的陶罐也已备齐，派人去祖茔选了墓地，一切忙乱过后，已是三天。

就在火化遗体的头一天晚上，叶赫东城的宫廷惨祸发生了。金台石率领武士，将大福晋砍杀于灵堂内，接着又去图莫土的家，把他的十五岁的儿子仇古禄也抓到灵堂就地斩首。这一突变，震动了东西城。宗族会议上，金台石自然被推为东城继承人，如愿以偿地当了叶赫国东城贝勒，并袭职为塔鲁木卫都督佥事。

金台石下令为先贝勒纳林布禄治丧，将大福晋的遗体一并火化，同纳林布禄埋在一起，取名叫"并骨"。仇古禄无辜被杀，就是大福晋主张立嗣惹的祸。

纳林布禄在位十八年，终年四十五岁，一生无子女。

金台石以残暴的手段夺得了叶赫东城贝勒之位，手段虽不光彩，可他是个励精图治的人。他一上台主政，彻底改变了叶赫多年来因受古勒山兵败影响，始终一蹶不振的被动局面，他东和辉发，北联乌拉，西通蒙古，招兵买马，建寨修城，兴办水利，加强贸易，叶赫很快富强起来。布扬古为人老实，性格阴沉，少言寡语，处事不够果断，大事小情都要拿到东城，金台石成了东西两城的实际主人。他立誓继承纳林布禄遗志，誓死不与努尔哈赤妥协，最大心愿是报古勒山布寨被杀之仇。

① 欺骗。

这天东城来了两位使者,是建州努尔哈赤派来的人,带来一个不幸的消息。建州使者说,努尔哈赤都督的福晋,叶赫公主孟古格格病重,临死前想念额娘,无论如何要见上最后一面。他们是来接老王妃去建州看一看病危的女儿。

这事搁到任何人身上都不会阻拦,赶紧安排他们母女见最后一次面。不料金台石对着使者道:"我与你主的亲戚早就断了,他家的人有没有病,与我没有关系,叶赫不会去人见努尔哈赤的。"建州使者听了,不知所措。消息传进后宫,金台石的母亲、老王妃知道了。女儿嫁出去十几年没有见面,由于两国争斗不息,积怨甚深,儿女亲家都断来往。女儿病危,命在旦夕,不管怎么说,也得去建州看一看日夜思念的女儿。金台石见母亲要去,出来阻止道:"十余年来,努尔哈赤从没让我叶赫纳喇氏的人去建州走亲戚。人病到这个份儿上,才想起娘家人。不能去,就当咱们没有他这门亲戚。"不管老王妃乌云怎么心急,金台石坚决不让去。无奈,老王妃打发家奴南太,随建州使者去看虚实。努尔哈赤听说岳母没来,气的咬牙切齿:"好你个金台石,我的福晋病危要见额娘一面都不行,打发个家奴来应付,是瞧不起我,与我绝情也!"实话不敢告诉病人,哄她说:"老王妃年纪大了,车子不敢快走,先派家人报信,额娘不久就到。"孟古左盼额娘不来,右盼额娘不见踪影,延迟了两三天,香消玉殒,气绝身亡,终年二十九岁。时明万历三十一年九月事也。

再说一说建州部。

这时的建州努尔哈赤可不是几年前的那个女真酋长。自从古勒山大破九姓之师以后,仅仅十年的工夫,他灭哈达,收内河,抚蒙古,又同乌拉反复联姻,相对之下,扈伦就显得处于劣势。努尔哈赤越是扩大势力,越要同明朝保持贡市关系,十年五次进北京进献好马和土特产品,从明朝捞取很大的实惠。从官衔来说,已是二品的龙虎将军,建州都督,相当于哈达万汗王台,只差没有公开建国称汗了。努尔哈赤不敢过分张扬,自知力量还无法同明朝大国抗衡,扈伦诸部还势均力敌,他采取个变通手段,不建国号,自称淑勒贝勒,意为聪睿之王。他创立了黄白红蓝四旗,以旗的颜色分属臣民,实行军政合一,平时为民,战时皆兵,由所属旗主召集。住地迁往赫图阿拉,回到祖居之地,营造扩建城池,又令巴克什额尔德尼创制一种新文字,就是后来流行一时的满文。

当时可不叫满文,被称做番字。一切建制,均仿皇室,设置诉讼理事衙门,置辅政文武官员,旗主、贝勒分领旗丁,并置巴牙喇守护庭院,等级十分严密。在家庭方面,他是个有十余个妻妾的丈夫,子女也多。原本宠爱叶赫公主孟古,并生一子取名红歹士,后来改称皇太极。自从万历二十九年娶了乌拉公主阿巴亥之后,努尔哈赤移情别恋,看中了这位年仅十三岁的小格格。小格格是乌拉国已故贝勒满泰之女,被其叔用与同建州和亲,这样,布占泰即是努尔哈赤的女婿,又是他的叔丈人,双重身份,增加筹码。孟古格格眼睁睁所爱被人夺去,从此门庭冷落,长年寂寞,岁月无情。她又是个温和的人,甘苦埋在心中,久而久之,抑郁成疾,得了一种不治之症,当时称做"痨病"。百般调治,均不见效,卧病在床二年来,努尔哈赤都很少进她房中。弥留之际,就想见亲人一面,特别想念母亲,结果还是没有来,抱恨而逝。

　　孟古死,努尔哈赤感到于心有愧,悲痛万分,终日哭泣。一日情绪稍好,他叫过来孟古房中侍奉的四个使女,都二十岁左右。孟古平时待她们很好,四个使女也特别想念主人,日夜悲啼。努尔哈赤叫过她们打量一会,问道:"福晋待你们如何?"四个使女齐答道:"福晋待我们天高地厚,我们真舍不得她走啊!"

　　"那就好。"说到这里,努尔哈赤眼露凶光,一字一板地说:"我让你们伺候福晋,你们可愿意?"四个使女一时没有反应过来这话的意思,顺口答道:"愿意伺候福晋,给她守孝一辈子。"努尔哈赤冷笑一声:"来人!"侍卫跑上来:"伺候贝勒爷。"

　　"让你准备的东西,准备了吗?"

　　"准备了,在这。"侍卫拿出一捆绳子。

　　"叫她们一个一个地走,按照顺序来。"

　　四个使女吓傻了,知道不是好事,齐给努尔哈赤跪下。

　　"你们听好,福晋活着的时候,你们伺候得很好。她走了,也离不开你们,你们就到阴间伺候她去吧。"说完,命令侍卫:"帮她们上路!"

　　四个使女这才明白,是让她们殉死。她们大哭,边哭边叩头:"贝勒爷,放过我们吧,我们愿意一辈子给福晋守灵,添油拨灯①,伺候到老……"

---

① 女真贵族死亡,墓地设有专人看管,叫守墓人,坟墓长年点植物油灯,棉花捻绒线做灯捻,守墓人负责添油、调整灯芯。叫点长命灯。

第五十二回　金台石谋位叶赫国　何和里智克多壁城

说什么也没用。两个侍卫把使女一个一个套上绳子，不消半个时辰，全部勒死，用以殉葬。杀人殉葬，孟古的丧事办得空前隆重，努尔哈赤也以威严称著于建州，部曲族人无敢逆者。

孟古的丧事办完，努尔哈赤就以金台石拒绝额娘探病为由，发兵三千，攻打叶赫国。因为叶赫各城寨早有防备，提前撤退了边境居民，实行坚壁清野。只因兀苏城里流行瘟疫，有二百多人闹天花无法转移。建州兵怕传染瘟疫，不敢进兀苏城，他们烧了一些民房，平毁几个屯寨，赶紧撤退。这次出兵叶赫，基本上是没有得到什么便宜，无功而返。这一来，更增加了叶赫对努尔哈赤的仇恨，已经到了誓不两立的地步，联姻亲情一扫而光。

努尔哈赤攻叶赫未能得手，又把攻击目标指向辉发，理由是辉发背盟，曾同叶赫联合伏击过增援哈达的建州兵马，他们三国串通一气，与建州为敌。努尔哈赤亲率五千人马，令大将扬古利为先锋，征伐辉发国。

这天大军正行之间，来到一座山下。山势巍峨，悬崖峭壁，深山狭谷，河流环绕。山上有城，城分东西两部分，问过当地土人，得知此城属辉发国，名多壁城。城筑在悬崖峭壁上，为古时高句丽人所建，以山石筑就，城坚地险，易守难攻。从前城内无人，荒芜数百年之久。辉发建国后，重新修缮城垣，劈山开路，有了人烟。此城离辉发王都三百里许，近来驻兵两千人，领兵大将一个叫克充格，一个叫苏猛格，皆有万夫不挡之勇。

努尔哈赤听了土人介绍的多壁山城的情况，有些犯难，恐怕坚城难下，有意绕道，抛开多壁城，直取辉发。

"不可！"一人闪出来。努尔哈赤一看，乃额驸何和里，自己的大女婿。他走过来说道："此城乃辉发国的南大门，取了此城，辉发大门已开，我们随时都可以进去。如舍此城去打辉发，等于进了人家院子，被人关上大门，进退两难，决难操胜算。"努尔哈赤道："打这个城，山高地险，也怕劳而无功，被人挡在门外。"

何和里说："硬攻怕是不行，当用智取。"

"怎么个智取法？"

何和里说："守城大将苏猛格原是董鄂部的人，与我有一面之交。我常听人说，苏猛格帮助拜音达里夺了王位，拜音达里答应他事成之后分给他土地人民，又都不算数了，现在又令他们给拜音达里看大门，二人多有怨言。只要有人进城游说，他二人保准活心。"

何和里毛遂自荐，带上两名戈什哈，顺着盘山小路上了山城，见了苏猛格。何和里说淑勒贝勒如何仁义，如何爱才；拜音达里如何残暴，如何言而无信，劝他归附建州。苏猛格本来就对拜音达里不满，信了何和里的话。问题就差一个克充格了，他驻守东城，尚不知西城已接待了建州使者一事。苏猛格保证克充格不成问题，他们二人义同兄弟，并且也对拜音达里吞食诺言而耿耿于怀，他们约定，明日到建州兵大营，去亲见努尔哈赤面谈。何和里指天设誓，下了保证。

次日，苏猛格偕克充格二人带了百余名护卫披甲，来到建州兵大营，会见了努尔哈赤。由何和里彼此引荐，双方都表达了仰慕之意。努尔哈赤当面答应，二人永为多壁城主，待平了辉发之后，分辉发部土地与二人分领，让二人皆称贝勒，允其所部自治。二将大喜，表示感谢。努尔哈赤置酒筵相待，诸将作陪，尽欢而散。

酒饭已毕，天色已晚，二将谢过之后辞别上路，返回山城。当他俩率百余骑登上高山，接近城垣的时候，突然一声唿哨，不知从哪里钻出无数建州兵，不容分说，见人就砍。苏猛格立时省悟，上了圈套，中了埋伏。他跟克充格拼力抵挡，怎奈众寡不敌，均被杀死于路边。建州兵趁势夺城，守城兵得知城主被杀，各自逃入山林中躲避，多壁城顷刻陷落，建州大队人马连夜进驻城里，毁掉城堞，烧光房舍，杀光兵民，胜利班师。

不用多讲，努尔哈赤是用巧计愚弄二人上钩，埋伏于山路两旁，杀人夺城。他上到石城上向下一望，不觉惊心动魄，这的的确确是个一夫当关、万夫莫下的地方，要硬攻是很难攻进来的。他也庆幸自己侥幸成功，给何和里以重赏。

辉发贝勒拜音达里，本来就对克充格、苏猛格二人心生疑忌。二人帮他血洗家族，夺位成功，可拜音达里是言而无信的人，政变答应二人的条件，过后却只字不提，就像他什么也没说过一样。二人时有不满，拜音达里怕留在辉发城里发生变故，就给了他二人两千兵马，令他们去守多壁城。

多壁城失陷，克充格、苏猛格二将被杀，拜音达里也并没有紧张之感，反倒认为努尔哈赤帮他除掉了心腹之患，因为他早有杀二人之心，惧二人英勇难敌，势力强大，又有助他夺位之功，一时还难以下手。

努尔哈赤克多壁城，毁了城防设施，杀光城内兵民，准备进兵辉发

第五十二回　金台石谋位叶赫国　何和里智克多壁城

城，怎奈时当夏季，大雨滂沱，辉发又是个环山绕水的地方，河道纵横，山洪倾泻，河水猛涨，进军实在不便，乃胜利班师。他派人给拜音达里送去一封书信，提出只要辉发从今断绝同叶赫的关系，建州当永保辉发平安无事，辉发和建州可以缔结姻盟，世代友好。看完书信，建州使者说："我主淑勒贝勒久闻贵国世子英俊聪慧，我主有意与贵国和亲，我主四女年方十一，愿与世子通姻亲之好，若无异议，请速备鞍马纳聘。"

拜音达里一听，什么，努尔哈赤要跟我联姻？这可是天大的好事，他果断地应下了。建州使者又说："不过，我主有个小小的请求，希望世子长住建州，三年后在建州成亲。"拜音达里心中不悦，这不明明是要我送儿子去建州做人质吗？这怎么能答应他。建州使者看他犹豫不决，又提醒他一句："我主并无别意，是想让世子在赫图阿拉读书。双方结姻盟之好，以后就不会发生像多壁城那样的事了。"拜音达里自知斗不过努尔哈赤，和亲也是保护辉发的最佳选择，他同意了，备上鞍马，纳了聘礼，派宗族大臣七人，护送他十二岁的儿子随建州使者去赫图阿拉，两部算是结为姻亲，时万历三十二年秋之事也。

辉发这一举动，对扈伦其他两国叶赫和乌拉震动很大。金台石气得咬牙切齿，大骂拜音达里是叛徒，送子为质，讨好建州，这是任何一个首领都做不出来的事情，他开了送交人质的先例，以后便处处受到限制，扈伦联盟就无恢复的可能。金台石考虑了好几天，终于想出了对付拜音达里的好办法。他把以前逃亡来的辉发贵族找来，让他们潜回辉发，策动辉发国内族人、亲友脱离拜音达里，投奔叶赫。辉发王族都痛恨拜音达里屠杀他们亲人，只要是拆拜音达里台的事他们都乐意干。这伙人回去可不得了，已经平静了多年的辉发国，又出现了逃亡热。亲传亲，友传友，宗族找宗族，不到半年，已逃出上千人。逃亡之风愈演愈烈，引起了拜音达里的注意。调查结果，知道是流亡叶赫的家族回来策动的。这样下去，辉发人就要跑光，那时便国将不国。拜音达里下令严守边境，缉拿逃亡，虽然遏制住，却没能从根本上解决问题，零星的逃亡时有发生。拜音达里认为，这是叶赫捣的鬼，彻底制止住国人逃亡，必须把以前叛逃到叶赫的家族索回来，有他们在外勾引，国内不会安宁。他派出使者去叶赫向金台石交涉，让他归还辉发叛族。金台石对辉发使者说："归还辉发逃人，这很容易。你主拜音达里贝勒必须做到他该做的事，不然，叶赫国的大门永远向辉发人民开着。"金台石也不难为辉发使者,他让使者给拜音达里带去一封书信。

辉发国拜音达里贝勒:

窃谓,非我族类,其心必异:海西建州,形同水火,攻杀予夺,不共戴天。尔不辨贤愚,不察利钝。前邀建州兵,镇托国内,引狼入室,开门揖盗,致使辉发尸积如山,血流盈渠,国人背井离乡,逃亡邻部。今又送质与努,屈尊献媚,恐踏哈达覆辙不远矣!扈伦联盟,墨迹未干,尔却逆恩都力之命,背阿布卡之言,迟早会遭报应也!尔欲悔过自新,重践誓约,可将质于努贼之子质我,我当归还尔叛族,则叶赫、辉发、乌拉三位一体,共抗建努,堂子方能千古不废,哈拉永存,以历万世,尔其思之。

塔鲁木卫都督佥事
叶赫国主　金台石
布扬古　具

拜音达里看了金台石的信,心中方有点悔悟。特别提到哈达之亡,他也怕有那么一天,辉发也像哈达一样,被努尔哈赤吃掉。看来扈伦各国还得罪不得。只要金台石能归还辉发的叛族,那就把儿子接回来,送质于叶赫有何不可。接回质子,谈何容易,我必须再亲自走一趟。

正是:

首鼠两端搞投机,
左右逢源反被欺!

要知拜音达里能否从建州接回质子,且待下回再叙。

第五十二回　金台石谋位叶赫国　何和里智克多壁城

第五十三回

拜音达里受辱建州
策穆特黑背叛乌拉

且说拜音达里看了金台石的信后,对送子入质建州颇有悔意。逃亡叶赫的叛族不归还,江山难以坐稳。他决定去建州取回质子,送到叶赫换回逃亡家族,铲去祸根,安定国内。

努尔哈赤得知拜音达里来到建州,深感惊疑,他来干什么?部下纷纷向他提议,说拜音达里是残暴之主,久失国人之心,此来不论他有什么事,先把他扣留,按对布占泰的办法,三年后再放还。也有主张把他杀掉,辉发另立新君的。独何和里认为不可,拜音达里虽可杀,但不能杀,他与格格已有婚约,可以听听他都说些什么。努尔哈赤同意了,他传下令去,要在大厅里亲自接见辉发贝勒。

拜音达里是第一次来到赫图阿拉,见这里地势开扩,气势雄伟,城郭坚固,市肆繁华;三街六卷,井井有条。呼兰哈达山,屏蔽西南,苏克素浒河,环绕东北。四门各有作坊,打造兵器,赶制铠甲。衙署兵营,上下有序。贝勒府在内城台地上,居高临下,气势恢宏。高墙木栅,红门铜锁,雕梁画栋,斗拱飞檐,别有一番气象。辉发的王宫比起来,显得有些狭小。拜音达里觉得建州真是个强盛之邦,名不虚传。努尔哈赤是个了不起的人物,不怪各部都斗不过他。拜音达里本来是个没有主见的人,今天听你的,明日又信他的,反复无常。他进入赫图阿拉城,看见建州如此气派,又产生了疑虑。这次建州之行,又是一次失策。既然来了,也只得同努尔哈赤见一见面再说。他正在胡思乱想,上来两个内侍,把他领进大厅。

大厅里的气氛更令人望而生畏。努尔哈赤端坐正中,两旁排列数十名文臣武将,数十双眼睛逼视着他。看到这个场面,拜音达里心都凉了,不由自主地咕咚跪倒堂下,口称:"辉发国主拜音达里,叩见大贝勒。"

努尔哈赤也是头一次见着这位大名鼎鼎的辉发国主,他们打过多年交道,还从无见面的机会。下面跪着这条汉子,就是辉发国的一国之主,只见他长了一个角瓜型的脑袋,上窄下宽,两腮外乍,颧骨高耸,面如紫檀,红里透黑,两眼呆滞,表情疑虑,厚厚的嘴唇,鹰勾鼻子,鼻下一小撮稀疏的黄胡须，年约四十多岁。从表面上看，一副酒色过度的神态。从相貌上可以断定，这是一个刁钻凶狠之徒。一想到他是靠屠杀宗族夺权篡位的，就对他没有多少好印象。努尔哈赤成心要给他难堪，便半侧着身子拖着长音问道："你就是辉发贝勒拜音达里么？"

"正是。"

"你既为一国之主，为什么跪地不起啊？"

"我有罪。"

"有罪？有什么罪？"

拜音达里叩了一个头说："以前曾侵犯贵部，冒渎天威。"

努尔哈赤冷笑一声说："侵犯我，也不光你辉发一部，还有叶赫、哈达、乌拉。自古以来，争疆夺地，各不相让，惟有德者得之，无德者失之，这有什么奇怪的。"

听到这话，拜音达里认为努尔哈赤有意替他开脱，忙辩解道："敝部得罪贵国，实在是受叶赫等部的蛊惑，非辉发君臣之本意。"

"那么你是来谢罪的啦？"

"一是来谢罪，求大贝勒宽恕。"

努尔哈赤一摆手："起来说话吧！"

拜音达里并不起身，又叩了一个头说："二来有个小小的请求。"

"说吧。"

拜音达里说道："只因我送子质于贵部，引起叶赫不满，它用我之叛族回去煽动国人外逃，金台石提出如从建州接回质子，他即归还辉发叛族。请求大贝勒可怜辉发数世之基业，容我接回质子。待叶赫归我叛族后，再送来与格格完婚。"

"什么大不了的事儿？这事情我答应你。"努尔哈赤站起来相让道："贝勒请起，你我是撒敦①，何须行此大礼。"

努尔哈赤把拜音达里捉弄够了，使他威风扫地，完全失去了一国之主应有的体面，才给他留点面子，毕竟他们已经结为姻盟之好。努尔哈赤为拜音达里摆酒洗尘，待若上宾。宴罢，准许拜音达里接回儿子，辉发父子拜谢而归。

拜音达里走后，建州诸将多言不该放归人质，拜音达里反复无常，他要和叶赫联手，还真是后患无穷。努尔哈赤胸有成竹地对他们解释

---

① 儿女亲家。

道:"金台石不会归还辉发逃人,辉发、叶赫必然反目成仇,待其两败俱伤,我将逐个取之。"

努尔哈赤心里有底,辉发与建州联姻尽人皆知,叶赫怎么可能轻信拜音达里呢?

努尔哈赤判断的没错,拜音达里从建州接回儿子,即派人护送到叶赫,留在东城金台石处。金台石收留人质,却不肯交还辉发叛族,传话给拜音达里,归还逃人,等于送死,叶赫不忍心;叶赫只能保证今后不再遣尔族回去策动辉发人叛逃,亦不再容纳新的逃人就是了。拜音达里感到又一次上当受骗,把金台石恨得要死,想从叶赫接回质子已不可能,他还不敢公开表示对叶赫不满,因为儿子在人家手里。

努尔哈赤得知拜音达里将儿子转送叶赫为质,实感意外。真没想到,堂堂一国之主,竟是这样一个不讲信义、反复无常的人。

"不能叫他倒向叶赫!"

努尔哈赤虽已估计到金台石不会放还他叛族,辉发、叶赫将会有一场麻烦。可是转送质子他却万万没有想到,如果拜音达里死心塌地地投向叶赫,将来会对建州不利。无论如何,也得想办法拆散他们。

正当努尔哈赤考虑如何吞并辉发国,收拾拜音达里的时候,临时又出了一宗事,打断了他的思路,改变了他的计划。原来是派往东海策反劝降的扬古利回来了,给他带回一个人来。这是一个女真头人,名叫策穆特黑,五十多岁,东海瓦尔喀部斐优活吞达。

说起来话长,长话短说。

早在元朝时代,女真人为逃避蒙古官兵的迫害,流入到邻国朝鲜不少,大多居住在北半部靠近图们江一带。日久年深,越聚越多,到明朝初期,建州卫也移入朝鲜。明朝一建立就开始招抚女真人,令其回国安置,设置卫所。有的听抚,回来了。有的已成为朝鲜的编户①,干脆不肯回来。他们祖祖辈辈生活在朝鲜,已经置了产业,习俗已经朝鲜化。到了万历年间,留居在朝鲜的女真人已有六万之众。大多居住在庆源、庆兴、钟城、会宁、稳城、富宁六城周围,被称做"六镇藩胡"。努尔哈赤势力兴起后,感到建州五部人口不多,如果同扈伦四国较量还难占上风。他还害怕扈伦四国拧成一股绳,对他构成威胁。虽有古勒山之战

---

① 指入朝鲜国籍。

击溃九部联军的胜利，那也只是偶然。他除了极力采用联姻的手段来瓦解扈伦四部联盟外，便派人打入朝鲜，活动"六镇藩胡"来归附。怎奈，朝鲜境内女真人都不肯回来，他就派兵过江掳掠人口，引起了朝鲜国的警惕。万历二十六年，努尔哈赤令长子褚英和幼弟巴雅喇与费英东、噶盖带兵一千，深入到安楚拉库、内河二路，试图过江，进入会宁地区，掠夺了几百人，被朝鲜军队赶过江来，再也不敢越境。

万历二十九年冬，乌拉国大将万都里巡边，行至茂山附近，朝鲜军队误认努尔哈赤又派人来掠夺人口，将其射杀于图们江岸。布占泰得报，恨朝鲜有意为敌，发愿报复。他请来叶赫兵一千，乌拉出兵一千，共两千人马侵入朝鲜境内，不仅掠取"六镇藩胡"，连朝鲜的人畜一并掠过江来，安置在探州①。这是万历三十一年的事情。乌拉国的东境已到海滨地区，东海窝集、瓦尔喀、库尔喀三部归属乌拉国。布占泰为巩固东境，派重兵驻守图们江，在古城温特赫设立镇边都统府，令六叔博克多贝勒为镇边都统，率军一万驻守图们江。

温特赫城原是金代温迪痕部，紧邻温特赫城有一奚关城，元朝置总管府统辖图们江女真人。明建国后两城废弃。瓦尔喀部兴起，重修奚关城，置重镇，改称斐优，移富察哈拉二十户守卫之。万历中，瓦尔喀归附乌拉国，东海三部均来投，一时间图们江西、江北诸姓皆争先恐后做乌拉国的属民，受布占泰役使。

万历三十一年，乌拉国第一次出兵朝鲜，掳六千多人而还，次年置镇边都统府于温迪痕，改称温特赫，留兵一万人拱卫东海三部，一防朝鲜，二防建州。

努尔哈赤对东海垂涎已久，那里的珍珠、紫貂、海东青②是贵中极品，他得不到。东海三部归属乌拉国，布占泰垄断东海贸易，令其贡市经叶赫去开原，而不是转建州入抚顺，自然对布占泰心生怨恨。

万历二十六年褚英和巴雅喇虽然掳夺了安楚拉库、内河二路人畜，二部仍不归附建州，死心塌地投靠乌拉。最可气的还是布占泰称汗，举行大典时，两路酋长王格、张格等人去乌拉祝贺，事后又被布占泰引荐给金台石、布扬古，随他们去了叶赫。

这是万历三十三年发生的事。

---

① 今敦化。
② 鹰的一种，体小。

"东海这条道，我一定要想方设法打通它，不能让布占泰把我挡住！"努尔哈赤让大家出主意，献计策。

大将扬古利说道："我家世居东海，我对那里很熟悉，有很多咕出、色音姑出，我为主子走一趟，探一探路子。"

"你去更好。"努尔哈赤大喜，即遣扬古利去东海活动。

几个月后，到了万历三十五年正月，扬古利回来了，给他带来一个人——策穆特黑。

扬古利对努尔哈赤说，这是我幼年的色音姑出，又是我的救命恩人。原为库尔喀部嘎珊达，后附瓦尔喀，现为斐优活吞达。努尔哈赤满心欢喜，立命赐坐，热情招待。问道："你和扬古利虾是同乡？"

"嗯呐①。"策穆特黑恭恭敬敬地答道："我出生在库尔喀部，长大为头人。库尔喀部额真遭到杀害，我帮助扬古利报了仇以后，就跑到瓦尔喀去了。"

努尔哈赤高兴地点点头道："扬古利说过，他阿玛库尔喀部长郎住被害以后，有一个朋友帮他捉住仇人，报了仇，这个人原来就是你呀！"

策穆特黑苦笑一笑道："扬古利也真够额喝的了，他杀了仇人，还要生吃他的肉。那年他才十四五岁。"

"听说了。"努尔哈赤也笑了，说："扬古利投奔我，建功立业，将来名垂青史。你作为活吞达，为什么也千里来投？"

策穆特黑说："久闻贝勒仁义，早想来投，怎奈路途遥远，又无人引领。乌拉国主布占泰又虐待我等，他每年从东海索要大批珍珠、貂皮、猞猁、狐裘，我处贫穷，实在应付不了，特来弃暗投明。"

"好，我收留你。"

策穆特黑拜谢，又请求道："小人家眷三十余口，还有财产若干，请主子替小人叨登②过来。"

"你部能有多少人？"

"共五百多户，两千多口人，城里居住一半。"策穆特黑说到这里，马上给努尔哈赤跪下，磕了一个响头③，恳求道："也请主上一并迁来。"

---

① 是。

② 搬。

③ 以额头触地有声，谓之响头。是女真人以卑对尊最重要的礼节。

"请起。我一定办好这件事。"

扬古利从旁说:"事情要快办,以免走漏风声,给布占泰知道。"

建州众将听说努尔哈赤要派兵去东海搬取策穆特黑的家口,大多数人都坚决反对,认为千里出兵,搬取降人的家口,很不值得,也有危险。

努尔哈赤得知乌拉在东海有驻军,也不敢轻慢,调三千人马,令三贝勒舒尔哈齐为统帅,长子褚英、次子代善为副,随行的有义子扈尔汉、妹夫常书、大将费英东、舒尔哈齐部将纳齐布等,令扬古利为向导,克日出师。

事情很快泄露出去,早有人报知乌拉布占泰。布占泰已经称汗,得知此信,大为愤怒,忙修书一封,派人连夜加急送到赫图阿拉。

> 乌拉国主布占泰谨致书于淑勒贝勒麾下:
>
> 昔扈伦与建州,订盟约好,互不侵犯。我乌拉守盟遵约,未尝损建州一石一木。今闻贵部纳乌拉叛者策穆特黑,并欲劫其城之民,此不单为背盟之举,亦为天理所不容也!贝勒前灭哈达,已存私意;而今又窥乌拉,是何居心?倘盟誓犹在,天理尚存,当执送我之叛者,乌拉与建州永世修好,各守疆域,则天下幸甚!

努尔哈赤反复看了来书,冷笑一声,对乌拉使者说:"责我背盟?你主勾结叶赫,联合辉发,几次向我挑战,这不是背盟是什么?哈达同叶赫串通一气,诓我出兵,半路截击,这是他自取灭亡。瓦尔喀部头人受不了你主虐待,诚心来投,这怎么能怪我?再说啦,瓦尔喀不也是你们恃强凌弱征服的吗?他愿意归谁,由他自己做主,这和你们乌拉国人叛逃是两码事。"

乌拉使臣请求道:"贝勒此言虽是,不过我要亲见策穆特黑一面,才能证明他是自愿归顺贵部。"

"也好。"努尔哈赤诚心要将一将乌拉的使臣,向后一扬手:"请斐优城长来见我。"

不多时,策穆特黑被领进来。努尔哈赤说道:"乌拉国主布占泰派使臣来接你,你可以跟他回去了。"

策穆特黑不明白努尔哈赤的用意,以为这是真的,忙跪在地上,咕

第五十三回　拜音达里受辱建州　策穆特黑背叛乌拉

咚咕咚叩起头来，口里还不住喊："主上救命，主上救命，死在这里我也不回去！"

努尔哈赤又吩咐道："带他去休息。"

策穆特黑被领走后，努尔哈赤对乌拉使臣冷冷地说道："你都看见了吧，回去告诉你主，生人胜杀人，与人胜取人，这是我从前对他说过的话。"

乌拉使臣看到这般光景，再争也无济于事，只好告辞退出，回乌拉复命。

乌拉也做了两手准备，打发使臣走后，布占泰即派族兄弟常住贝勒、胡里布贝勒，火速赶往东海，协助博克多驻守温特赫，防止建州人马北犯。

几天以后，使臣从建州回来，说明努尔哈赤无意送交策穆特黑，建州已派兵去斐优城迁民去了。布占泰十分惊慌，又派出几伙探马去图们江，探听东海方面的消息。

这时的博克多贝勒不在温特赫，从正月十五开始率军巡边，沿图们江上行，注意朝鲜动向，斐优城的事他根本一无所知。这天途中碰到常住兄弟，才知道策穆特黑叛逃建州，这他也没有放在心上，他的使命是监视朝鲜，稳定东海三部，保证贡道畅通。

正月二十，博克多来到扎库塔城①，得到密报，建州已出兵东海，迁斐优城居民，这才引起博克多的警觉。他立命常住、胡里布带兵两千，火速赶回温特赫，拘捕策穆特黑一家，送到乌拉发落，留兵一千镇守扎库塔，自己率大军于通往建州的要路截击。

乌拉大将常住、胡里布二贝勒本是亲兄弟，老国王布干三弟布三代之子，和布占泰是堂兄弟。布占泰称汗后，将宗族弟兄大多数都授为贝勒，弟兄们也对布占泰忠贞不贰。当下兄弟二人率领两千人马，沿着江边大道赶到温特赫的时候，已经迟了。一墙之隔的斐优城里外不见一人，城池被毁，房屋被烧，废墟还在起火冒烟，雪地里还发现少量死尸，大多是老年人和儿童。二将惊得目瞪口呆，这是怎么回事？临近十几里方圆找不到一个活人。据留守温特赫的人说，前天夜里，斐优城进了无数人马，亮天都不见了，那伙人走时放了一把火，不知是什么人。

经过查找，终于发现了目标，根据人马走过的印迹来看，这伙人是

---

① 据说为今之图们市。

从朝鲜方面过江而来，又从原路踏冰而去。

"追！"

常住一声令下，大军冒着严寒而去。

这确实是建州兵干的。

书要从头交代，方知来龙去脉。回文单说三贝勒舒尔哈齐，率领两个侄子：二十八岁的褚英，二十五岁的代善，二人年纪不大，可都是身经百战，武功绝伦，一心建功立业的年轻巴图鲁。加上随行的扈尔汉、扬古利、费英东、纳齐布等人，率领三千精兵北上，直奔东海斐优城，搬取策穆特黑的家眷财产。按照努尔哈赤的指示，为了保密，防备乌拉奸细探去行军日程，大军白天隐蔽，晚上行军，规定每晚要走一百五十里。这天夜里，大军穿越龙冈山。正月下旬的天气，气候特别反常，寒冷的厉害，空中阴云密布，连个星星也没有，人马在黑暗中穿行，山路崎岖，免不了相互碰撞。舒尔哈齐对众将道："为了一个雀蛋大的小城，千八百人口，不远千里，劳师动众，很不值得。"

统帅说这样话，众皆惊异，谁也不敢回答。代善说道："城不在大小，人不在多少，这也是对乌拉国的一次挑战。"

褚英也说："斐优活吞达策穆特黑是我建州的功臣，他给打开了通向东海的大门，又挖了布占泰的墙角，将来天下都是我们的。"

舒尔哈齐一边提马上坡，一边说："不要高兴太早，乌拉国可不是一般，是那么好惹的么？"刚说完，有人嚷道："三爷，这么黑的天，哪里来的光亮？"舒尔哈齐抬头一看，见中军纛旗上放出的光亮，好像一束火把，又像点明子。光白中透黄，黄中透绿，鬼火没有这么大。军兵全都停下，争着观看，好半天，才熄灭。四周更觉黑暗，令人恐怖。

舒尔哈齐一声令下："撤军！"

代善急了："为什么撤兵？"舒尔哈齐长出一口气，说道："我从主上行军打仗这么多年，可以说出生入死，身经百战，从来没有见过这种怪异的现象。这可能是不吉之兆，还是撤回去好。"

褚英也不同意撤兵："行到半路，无缘无故撤回去，怎么向主上交代？"

舒尔哈齐知道阿哥对他不放心，派二子随军监视他，他的命令不好使，还是两个侄子说了算，大军继续前行。

进入图们江地区后，扬古利提出过江从朝鲜境内穿过，路近又好

第五十三回　拜音达里受辱建州　策穆特黑背叛乌拉

走，于是大军改道。也不管朝鲜愿意不愿意，如入无人之境，绕过庆源郡，很快来到斐优城下。进入斐优城一看，这里人口并不多，统共才百来户，五百多人。其余提前知道消息，都跑光了，他们不愿离开祖祖辈辈世居之地，大骂策穆特黑。建州兵强迫所有的人随迁，临行放了一把火，押着这些留恋故土，痛哭流泪的东海女真人，从原路返回。待常住、胡里布带兵赶到的时候，已经晚了一步，建州兵已远去了。二将也急从原路追去，他们不敢进入朝鲜国境，只得顺沿江大道去会合博克多，再做打算。

正是：

行军好比搏棋弈，
一步走错满盘输。

要知乌拉兵能否追上建州人马，且待下回再叙。

第五十四回　六贝勒战死乌碣岩　三都督避难黑扯木

上回书说到乌拉兵不敢过图们江去追赶建州人马，你道为什么？原来布占泰几次从朝鲜掳取了大批女真人之后，又同朝鲜和解，撤回侵入朝鲜的军队，为确保东海三部不受威胁，特设镇边都统府于温特赫。布占泰又向朝鲜国王请得"职帖"五百张分给部下，向朝鲜国王保证永不犯境。什么是"职帖"？职帖是朝鲜国的任命状，类似中国的敕书。凭"职帖"可以进入朝鲜贸易，朝鲜凭"职帖"上的头衔等级，每岁分别给以赏赐。努尔哈赤也看出"职帖"有利可图，曾向朝鲜提出过请求，反而被朝鲜拒绝。这就是建州兵无拘无束地进入朝鲜境内，而乌拉兵却不能的原因。

闲言少叙。

单说常住、胡里布兄弟二人从斐优城返回，见到了博克多贝勒，述说斐优居民已被迁走，城池被毁，房屋被烧。又说建州兵押送居民，大车拉着物品，不能快走，可于途中堵截。博克多即督兵前进，命令部下，一定要把斐优城人截回，不让一个人流入建州。大军行至一个高山下，这是建州兵回去必经之路。山高不长树木，怪石嶙峋，覆盖白雪。山下沟壑纵横，绕山一条大路，通向西南。博克多问道："这是什么地方？"

部下答："乌碣岩。"

博克多贝勒传令，依山结营，专待建州兵从此通过。博克多贝勒的独生子硕色台吉也在军中，他看了一下地势，提出建议："阿玛，山地作战，我们不如建州兵。建州兵生长在辽东，习惯山地。我兵善于平原，应舍弃此不利地形，在谷口开阔地方拦截他。"

博克多向四外看了看，望不尽的崟山峻岭，白雪皑皑，一片茫茫。近处有几个川谷，也都非常狭窄，而且无路可通。看了一会儿，说道："我自幼随先王南征北讨，险山峻岭不知经历了多少，什么地方都可以打胜仗，什么地方也可以打败仗。"遂扎营不动。

建州兵离开斐优城，以扬古利、扈尔汉二人率兵三百，押送东海部民五百来人，加上策穆特黑的眷属，由褚英、代善统领其余兵马，取道

朝鲜，返回建州。五百部民套着大车，拉着生活用的家当，扶老携幼，在雪地上蠕动，走的较慢。当他们从钟城过江进入内地的时候，路已被阻。扈尔汉人少，先令移民躲在远处，自与扬古利依山结营，等待褚英等大队人马。

褚英他们大队人马殿后，护送东海移民，顺便一路所经村寨面里①人畜财物皆被洗劫一空，朝鲜驻军不知虚实，未敢轻举妄动，任其一路焚掠。当他们过江到达乌碣岩地区的时候，天已经黑了。

乌拉兵密探登高望见建州兵的阵势，回来报告："建州兵甚少，其他都是移民，可连夜攻取他的大营。"

一听说建州兵甚少，博克多稍稍放心，遂说道："天黑夜战，兵民难分，误伤人民，岂不罪过！"

次日，舒尔哈齐人马赶到，见路已被堵，知是乌拉兵来了。他登高一望，见漫山遍野都是乌拉兵，旗幡招展，甲亮盔明，军容甚盛。舒尔哈齐见乌拉兵比自己兵多，不愿意打仗，想绕道而行。褚英、代善坚决不肯，一定要打一仗。舒尔哈齐不满地说："要打，你们打吧，我是不打。众寡不敌，还有搬迁的移民，伤了百姓，怎么向主上交差？"

代善道："主上起兵以来，经常以少胜多。乌拉兵再多，怕他嘎哈！"褚英也说："斐优城的百姓，是死是伤，听天由命，谁管了那么多！"

舒尔哈齐当然明白，这两个年轻的侄子，名为副将，实际是发号施令的主将，并且还要监视自己。他也不跟他们顶撞，便说："我都说了，要打你们打，打胜了，功劳归你们；打败了，我到主上面前领罪。我留五百人，剩下的你们带去。不愿意打的就跟我来。"听舒尔哈齐这么一说，建州将士立时分成两派，扈尔汉、费英东、扬古利随褚英、代善去打仗；常书、纳齐布各带一百人留下来，随舒尔哈齐在山下观战，在他们看来，一旦褚英他们有失，这几百人马作为后备力量，可去接应，以免全军覆没。褚英、代善等不明白统帅的苦心，胜利后回去说了他三叔不少坏话，以致兄弟反目成仇，铸成冤案。这是后话。

再说褚英、代善出动全部两千五百人马，冲向乌拉兵的大营。

从早晨以来，天上下着清雪，天气特别寒冷。高寒山区，又经常有冷雾，更显得阴晦的很。

---

① 朝鲜基层单位，等于乡村。

褚英下了一道死命令：只许向前，不许后退，有后退一步者立斩。建州兵每战必胜的原因就是军令特严，凡打败仗的不论将士或兵丁，一律处以酷刑，所以上阵打仗人多拼命向前，舍身奋斗，不敢后退半步，每阵战死者多，被俘者少，而无一肯后退者。

乌拉兵没有料到建州兵会冒雪耐寒前来攻营，被迫还击，一开始就显得很被动。

乌拉兵统帅博克多贝勒提刀上马，迎头遇见代善。代善看是一员金甲红袍的老将，手提大刀当先杀出，问道："你是何人？"

"乌拉国博克多贝勒。我认识你，你不就是努尔哈赤的儿子代善么！为什么劫掠我属下的居民？"

代善并不答话，督兵奋杀，挥刀迎战。两马在山坡上盘桓了两圈，忽然喊声大起，原来是褚英和费英东从后面转山杀过来。扈尔汉和扬古利率三百兵从侧面猛击乌拉兵营。乌拉兵虽多，但没有列成阵势，仓促接仗，挡不住建州兵拼死奋斗。不大工夫，阵脚大乱，纷纷退走。博克多不敢恋战，将马一带，向山下奔去。代善哪里肯舍，纵马赶来。博克多年纪大了，加上山陡雪滑，战马一个前失险些滑倒。博克多大刀向下一拄，马是支撑住没有摔倒，可刀尖插进石缝里。战马一打旋，将刀别住，拔不出来。代善仗着年轻眼明手快，窜到近前，左手拽住博克多的铠甲，右手的刀顺势跟进，从肋间刺进去，穿透心脏。博克多大叫一声，跌落马下，气绝身亡。

硕色台吉见父亲意外被杀，惊叫一声："阿玛！"便坠落马下，被褚英所杀。

乌拉兵见老贝勒父子战死，各个心惊，人人丧胆，四散奔逃。建州兵士气高昂，奋力出击，绕山追杀，乌拉兵死者甚众，积雪都被融化，变成了红水。主将阵亡，无人领兵，不能再战，侥幸者逃回。

常住、胡里布兄弟二人带两千兵扎于另一个山头，闻得主营兵败，急出营来援。刚到乌碣岩下，正遇见褚英、代善杀过来，乌拉兵抵敌不住，二将奋力搏斗，也未能挽回败局，终因无路可退，二人先后都被建州兵俘虏。

这场战争，是建州和乌拉两军空前的一次军事较量。建州兵大获全胜，乌拉损兵三千、战马五千匹、甲三千副。统兵主将博克多贝勒及其儿子硕色台吉阵亡，大将常住、胡里布兄弟等一百余名头目被俘。建州军来不及打扫战场，赶忙押着斐优城强迫迁徙的人口，满载战利品，向

第五十四回 六贝勒战死乌碣岩 三都督避难黑扯木

赫图阿拉而来。从此,乌拉国的势力退出图们江,镇边都统府仅存在三年来就烟消云散了,温特赫、斐优两座连体城又一次废弃。

三贝勒舒尔哈齐,因止于山下观望,见褚英、代善等大获全胜,追杀逃跑的乌拉败兵,伤者也不放过,乌拉兵惨死的很多,尸积满山,血流盈谷,便仰天叹道:"造孽呀,造孽!"遂约束军士,尾随在后,缓缓而行。纳齐布马上问道:"三爷,乌拉兵多,我们兵少,反被台吉抢头功。我们寸功没有,回去可怎么向主上交待?"舒尔哈齐瞪了他一眼道:"他们成功,是冒险侥幸。若不是乌拉主将意外被杀,我看还说不定谁胜利呢!"纳齐布道:"不管怎么说,人家成功了,我们却两手空空。"

"有我,你怕什么!主上要罚,就让他罚我好啦。"常书也说:"主上立法严峻,喜怒无常,从来作战不力者都是要杀头的。"舒尔哈齐冷笑一声,说:"我有一个头,什么都够了。你们尽管放心。若问你们怎么没斩杀敌人,你们就说奉了我的命令,不准动。"

二将无言,但心里总觉不安。

回到赫图阿拉,褚英、代善等纷纷报捷、献功,独舒尔哈齐等不缴一物,不献一俘。努尔哈赤叫过褚英、代善问其故。二人答道:"三叔与常书、纳齐布观望不战,所以不曾斩获。"于是二人遂把从出兵夜间行军,途中旗上有光,舒尔哈齐认为不祥,主张撤兵,至到乌碣岩遇乌拉兵拦截,他又认为乌拉兵多,分兵五百退出战斗,率二人止于山下观望等情诉说一遍。特别加了一句"三叔从心里不愿意跟乌拉兵打仗"的话。努尔哈赤心中大怒,又想起舒尔哈齐近几年来,处处居功自傲,自以为从小跟随身边,南征北战,打下这点基业也有他一份儿,常有同自己分庭抗礼之意。明朝称其为都督,朝鲜称他为"二国主"。种种迹象表明,他将有取代自己之势。这是个隐患,是个危险人物,要不尽早剪除,以后更难制约,这却是个除掉他的绝好机会。

努尔哈赤心中有打算。

论功行赏完了,他叫来常书、纳齐布二人,喝问道:"你们怎么没有缴获啊?"

常书叩头道:"我该死!因见乌拉兵多,没敢冲阵,所以没能缴获,特向主上请罪。"

努尔哈赤又喝问道:"纳齐布!你是怎么回事?"纳齐布浑身战栗,叩头道:"奴才同常书额驸一样,罪该万死!"

努尔哈赤见二人并没有供出舒尔哈齐,冷笑一声道:"好哇?既然你们知道罪该万死，那就是死有余辜。来人啊！把这两个临阵畏缩不前，贻误军机的罪犯，斩首示众！"

武士架起二人向外推去。

"住手！"

舒尔哈齐从外边走进来说："主上息怒，二人临阵观望不前，是奉了我的命令，他们没有罪。要说有罪，那就是我有罪。要杀，你就杀我好了。"

"老三，你……"

"我说的是实情，你不要屈杀好人，一切由我承担。"

"你、你今儿个这是怎的了？"

舒尔哈齐冷笑一声道："其实嘛，乌碣岩一战成功，这是行险侥幸。我看的明明白白，是因为乌拉统帅博克多年老，山路滑，他马失前蹄丧命。所以，乌拉兵突然阵乱，才有此败，这是天意。若不然，谁胜谁败，那就难说了。我作为全军主将，要统筹全局，留一点后备力量，以防万一，这有什么不对？你认为有罪，我领了，你先放了二人。"

一番话，说得句句在理，努尔哈赤张口结舌，良久才命令："放下二人。死罪虽免，活罪难饶，罚常书银一千两，削掉纳齐布两牛录，以儆下次。"

从此，舒尔哈齐被剥夺了兵权，不令他掌管军队，也不让他出兵打仗，并派人暗中监视他的一言一行。

时间一长，舒尔哈齐察觉到其兄对他的限制和防范，心里很是恼火，他发起了牢骚："为了混口衣食，受制于人，这样活着还有什么意思？还不如死了好！"

长子阿布什①提议道："主上多疑，忌阿玛功高望重，屡有剪除之心，如今夺了兵权，形同软禁。只有离开赫图阿拉，才能摆脱羁绊，望大人早拿主意。"

舒尔哈齐道："你的话虽有理，可这城里城外都是他们的耳目，有什么办法可以走得脱？"心腹家将武尔坤说道："三爷，我有个主意，可以神不知鬼不觉地离开城里。黑扯木地方是三爷的领地，那地方环山绕水，形势险要。可以去领地催贡品为名，移居那里，招募勇士，屯粮聚兵，慢图恢复。"

---

① 有的史料上记为阿尔通阿。

"好主意!"

当下舒尔哈齐套上车子,领了妻妾,在家丁阿哈的护送下,偷偷离开赫图阿拉,来到距赫图阿拉百里之遥的黑扯木地方,安顿下来。他走的时候,正赶上努尔哈赤领兵在外。他回来后,发现舒尔哈齐走了,即把平日同他靠近的侄子,也是舒尔哈齐的第二子阿敏找来询问。阿敏为了保全自己,即把他父亲的去向如实地说了,连他哥哥阿布什的话和武尔坤的主意都一一说出来了。努尔哈赤大怒,立召心腹议论此事。何和里第一个发言,他说:"三爷素怀大志,久非人下之人,要不早日铲除,必为后患。"费英东主张兴兵讨伐,防止他同乌拉、叶赫拉上关系。努尔哈赤想了想道:"以兄伐弟,断无此理,我有办法叫他回来。"

首先,努尔哈赤命令查抄舒尔哈齐府,家产、下人全部没收归公,又将留在城里的子女家人全部逮捕。使人传话,限令舒尔哈齐一日内回来。几天以后,不见回报,又将舒尔哈齐长子阿布什、三子卓索克图处死,人头送往黑扯木。还不见回应。努尔哈赤更加震怒,令将他的心腹部下武尔坤,吊在树上,点着干柴,用火烧烤。并吩咐道:"两个时辰以内要是烤死了,照样烤看火的军士。派出快马,去黑扯木传令,限两个时辰回来,两个时辰不到,活活烤死武尔坤,然后诛其全家,重兵讨伐。点火开始,快马驰去。努尔哈赤亲自率众将出城看着火烤武尔坤。

武尔坤是蒙古人,身材高大,被吊在树上,下边燃起熊熊烈火。努尔哈赤在众将的环卫下,端坐在木墩上,看着烟火,计算着时间,听着武尔坤的号叫。

半个时辰过去了。武尔坤的浑身衣服已被烧成灰,青筋突起,浑身起满大泡,惨呼一声比一声高。周围军士有的闭上眼睛,捂住耳朵,实难耳闻目睹这人间惨状。一个时辰过去了。武尔坤身上滴血冒油,惨叫声闻周围数里之外,围观的人心都要跳出来了。

一个半时辰过去了。武尔坤的浑身成了黑炭,前后心起火,惨叫一声比一声微弱。军士怕他死去,提起一桶水向他冒火的身上浇去……

努尔哈赤狞笑道:"怎么样啊?看来,你的主子是不会来救你了,你就为你主子效忠到底吧。"

观者无不酸鼻、落泪,但谁又救不了他,甚至连让他速死都不可能。

终于,两个时辰到了。

远远传来呼喊声："停下！停下！我来了！"一匹快马飞驰而来，马上的人正是舒尔哈齐，奔到火堆旁翻身下马，一脚踢乱了正在燃烧的干柴，望着树上吊着的烤得乌焦巴弓的武尔坤，大哭道："武尔坤，是我害了你……"

武尔坤已经没有模样的眼皮颤动一下，嘴角抽搐一下，嘴里冒出一股白烟，他，已经气绝身亡了。

努尔哈赤正聚精会神地看着这一切，命令把武尔坤放下。看火的军士禀告："人死了。"

"怎么！谁让你烤死的？"

"刚死，已够两个时辰了。"

"啊，那不干你的事，拖走埋起来吧。"

舒尔哈齐眼里冒出火来，一步一步走向乃兄，不远地方停住，劈头问道："主上，你做的太苛毒了吧！武尔坤不过是一名家将，又没有触犯军令。你杀了我的儿子还不算，又用火烤死一个无辜的人，这是仁义之主该做的吗？"

"老三不要发火。武尔坤离间我们兄弟，罪该万死，烤死他，杀一儆百，以防再有人挑拨你我兄弟不和。你我同打江山，共享富贵，咱兄弟之事，好商量。"

舒尔哈齐怒气未息，转身向城里走去。努尔哈赤叫过褚英、代善，高声吩咐道："送你三叔去新宅院歇歇腿儿，要好好伺候。"

舒尔哈齐被引到一个崭新的宅院前停下，守卫军士打开门锁："请三爷进去休息。"舒尔哈齐正在气头上，也没有心思去仔细观察这个宅院的规模和环境，愤愤地走了进去。他刚进门，铁门哗啷一声就关上了，舒尔哈齐这才留神屋里的一切。这是个暗室，地铺石板，壁砌方砖，没有窗户，只在壁上留了两个小方孔，并且加了铁钏。门是铁的，外边上锁，任何人也不能出入。墙壁四角、小孔的边沿都用铅水灌浇，坚固结实。舒尔哈齐这才知道，受骗了。褚英、代善早已离开。

"放我出去！"

舒尔哈齐大声呼喊，搥打门扇，摇撼铁钏，哪里动得一点。守卫军士在外边说："三爷，您委屈几天，我们谁也不敢放你出去，这是主上的命令。两个孔，一个给您送饭菜，另一个往外递便桶。便桶在墙角，你方便完可随时吆喝奴才伺候。"舒尔哈齐这才注意到，黑暗的角落里还有一个便溺用的木桶。

第五十四回　六贝勒战死乌碣岩　三都督避难黑扯木

455

一切都是精心安排的。

努尔哈赤把舒尔哈齐囚禁起来，商讨处置他的办法，怎样既置他于死地，还不给后世留下把柄。侄儿阿敏情知伯父不会轻易放过父亲，想为父开脱罪责，公然节外生枝。他给努尔哈赤叩了头说道："阿玛和主上离心，武尔坤教唆、大阿哥蛊惑这是一方面，最主要的还是我阿玛依仗身边两个毛丫头。"

努尔哈赤知道，舒尔哈齐近来得了两个年轻貌美的小妾，是上年去北京朝贡带回来的两个尼堪女，武功好，懂诗书，成了舒尔哈齐的左膀右臂。当下听了阿敏的话，遂问："这两个尼堪女现在哪里？"

"跟阿玛去了黑扯木。"

"好。"努尔哈赤喜道："你对阿穆齐的忠心，是咱爱新觉罗家的好子孙，将来阿穆齐不会亏待你。"

以后果然，阿敏被努尔哈赤封为二贝勒，成为四大贝勒之一和八旗旗主。

且说努尔哈赤本来贪财好色，听说三弟舒尔哈齐新纳两个年轻的尼堪美女，很有武艺，便想趁机夺过来，收归己有。于是派人去黑扯木，假传舒尔哈齐的命令，令二女回城伺候。二女不知是计，又想急于得到舒尔哈齐准确消息，毫不犹豫地应召返回赫图阿拉。努尔哈赤一见，果然名不虚传，二女姿容艳丽，举止风流，更兼汉女缠足小脚，别有一番风韵。

"叩见主上。"二女给努尔哈赤行过礼，努尔哈赤说话了："你们主子屡犯军令，罪本当诛，但念手足之情，宽宥了他。他不知悔改，又逃脱在外，图谋不轨。现在，我也没有办法救他。你们年轻，色艺无双，不要跟着他胡闹了。从今以后，你们就是我的人了，进入我的宫中，不会亏待，下去吧。"

二女一听，方知上当。又叩头道："三爷在哪里？我们要见见他。"

"他现在不能见任何人，等候发落。你们进宫吧，不要管他。"

二女一听，百般地不愿意，回答道："进宫一事，实难从命。求主上让我们见一见三爷，就是死了，也感谢主上的恩典。"

敢于违抗努尔哈赤的意志，令他实感意外。他强压住火，盯着二女："简直不识抬举！"

"主上开恩。我姐妹既然委身于三爷，祸福当同他一道。中原有句古训，嫁鸡随鸡，嫁狗随狗。请主上谅解。"

努尔哈赤见她们不从，沉吟半晌，实然话锋一转：

"你们可知罪？"

二女大惊："奴婢不知。"

"迷惑你主，图谋反叛，并且要加害于我，这是大逆不道！"

"决无此事！请主上明察。"

"二台吉阿敏可以作证，你们还抵赖什么！"

"啊？"二女一齐站起来。

正是：

　　中原烈女知书礼，
　　甘愿身死节不亏！

要知二女性命如何，且待下回再叙。

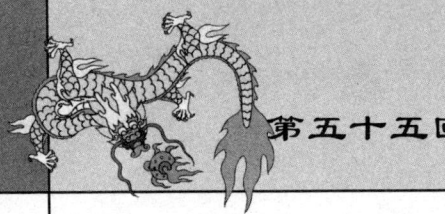

第五十五回 掠辽东邂逅收歪乃 信异象冒雨破辉发

话说二美女听到阿敏可以作证的话，"啊"地一声站起来，冷笑道："我算看明白了，原来你们君臣父子狼狈为奸，陷害无辜，都是这样一群没心肝的畜牲。要怎么就随你们便吧，进宫奉陪你是万万不能。"

努尔哈赤勃然大怒："来人！"

侍卫应声进来。

"将这两个贱人拿下，砍了！"

二女面不改色，纵身一跃，跳到努尔哈赤左右，说道："不必害怕，我姐妹要跑，你是抓不住的。我只求你一件事，让我们见一见三爷，杀剐由你，我姐妹死也瞑目。"

努尔哈赤被搞得威风扫地，狼狈不堪，心想，她们的轻功有独到之处，受过高人传授，可惜不能为我所用。为缓和这尴尬局面，努尔哈赤答应了："我成全你们。"二女才束手就缚。

二女被绑上，努尔哈赤来了精神，一拍桌案，吼道："把这两个贱人拉到三贝勒窗外，腰斩示众。"二女愕然，彼此对视。

二女被推到囚禁舒尔哈齐的墙下，喝令："跪下！"二女明白了，知道舒尔哈齐禁锢在里边，她们像发了疯似地，不顾武士的阻挡，奔向小方孔。

"三爷！三爷！"

往里望去，什么也看不见。努尔哈赤脸孔一板："愿不愿意进宫？还来得及。"

"三爷，你在哪里……"

努尔哈赤像受到了侮辱，狠狠地一跺脚："行刑！"

可怜两个年轻美女，被拦腰斩断，五脏和血洒了满地，尸身分做四处，还挣扎了好大一会儿，武士无不叹息。

舒尔哈齐听到外边的喊声，顺孔向外一看，只见武士牵着自己两个心爱的小妾，不知何意。他已被囚麻木了，喊天天不应，叫地地不灵，本想当面认错，可努尔哈赤就是不见他，他绝望了。今天他的胞兄，身为一国之主的淑勒贝勒，竟对两个无辜的女子下此毒手。"咔嚓"两响，几声凄厉的惨叫,眼前一片红光,舒尔哈齐登时昏倒。

等他从昏迷中醒过来,外面已不见一人。尸体拖出掩埋,血迹打扫干净,并且垫了新土,好像什么事情也没有发生。舒尔哈齐到此才开悟,人生不过是一场噩梦,什么争名夺利,多么残酷的现实。到了晚上,他趴在小孔上,望着天边的月牙,连声发恨,一头撞去,脑袋触壁而死。寿四十八,此万历三十九年八月事也。

打那以后,建州内外盛传舒尔哈齐暴病而亡,明朝皇帝也信了,遣钦使前往吊祭。四十多年后,于清顺治十年为舒尔哈齐翻案昭雪,念其创业之功,追封"和硕庄达尔汉巴图鲁亲王",其墓在今辽阳之阳鲁山,称东京陵。

解决了舒尔哈齐之后,努尔哈赤把全部精力放在对付乌拉、叶赫两国上。一天得报,叶赫、乌拉联合出兵,攻取辉发,辉发国人内附。努尔哈赤大惊,急忙调兵遣将前去迎抵。

说到这里,交代一下,辉发国已经灭亡四年之久了,事情要从头讲起。

话说万历三十五年正月,乌碣岩之战大获全胜之后,乌拉国的势力被削弱。努尔哈赤向辉发施加压力,迫使拜音达里屈服。拜音达里也防着这一手,利用两年时间,把一个辉发城修得十分坚固,分中内外三城,散居屯寨均移入城里,扩充军备,势力加强,渐渐便不把努尔哈赤放在眼里。努尔哈赤要征服乌拉,必先征服辉发,他派使者去见拜音达里,提出履行婚约,让拜音达里的儿子去建州完婚。拜音达里儿子现在叶赫,根本去不了,努尔哈赤便以毁婚、背约出兵讨伐。辉发境内河流纵横,多山多水的地方,尤其都城紧临辉发河。按照多年作战的经验,努尔哈赤行军打仗多选择在冬季地冻封河之期,就可以不必准备渡河船舶和搭浮桥。攻辉发也定在冬腊两月。不料出现一个奇异的天象改变了他的计划。

万历三十五年深秋九月初的一天晚上,赫图阿拉城里人突然发现天空中有一颗长长的亮星,横在北方的天空上,犹如一条彩虹。全城惊动,争相观看。此星一连出现八个夜晚,大家都认为是异象,可是又无人能说得清楚。大家正在迷惑不解之际,忽见一人走出来:"臣能说得清楚。"努尔哈赤大喜道:"只有师傅通晓天文地理,快说给大伙听听。"

这位师傅是谁?龚正陆,江南儒生,是个汉人学者。

第五十五回　掠辽东避追收歪乃　信异象冒雨破辉发

说起龚正陆的来历,更算得上奇闻。

且说努尔哈赤经常统兵掳掠辽东,不分番汉蒙朝人等,一律掳回建州,逐一审问,然后分给众将诸贝勒台吉为奴。一次他领兵来到凤凰城附近一个小山村,屯边有一个农家小院,木栅墙,板大门,小院不大,仅有两间泥巴茅草房,门上贴着一副褪了色的对联,引起了努尔哈赤的注意。

三顷薄田半供衣食半供赋
两间茅屋一藏禾稼一藏书

努尔哈赤正在纳闷,一个中年汉子被部下从院里赶出来:
"跪下!这是我家贝勒爷。"
中年汉子四十左右的年纪,举止文雅,干净利落,不像平常遇见的汉人邋邋遢遢,一见着女真人就吓酥骨了的赖汉子。今天这个人给了他另一种印象,面上虽显惊惧,却是从容不迫,安详地等待问话。努尔哈赤不觉暗暗称奇,先有几分敬意。他问话了:
"你叫什么名字?哪里人氏?"
"学生姓龚,名正陆,江南会稽人氏。"
"你是江南人,到辽东嘎哈来了?"
"学生原本经商,不想途中遇盗,财物被劫,有家难回。只有客居辽东,为友教书混口衣食。"
"教书?你还会教书?"
龚正陆不慌不忙地回答:"学生自幼熟读《四书》、《五经》,少年入泮,屡试不第,华年已过,无意功名,改行从商。"
努尔哈赤仔细听着,他说的话,有的听得懂,有的听不懂。听不懂也不能发问,令人耻笑,也就不懂装懂,顺便问道:"你少年就入了判,怎么还说无心功名?"
龚正陆知他理解错了这句话,遂解释道:"大王,学生入泮是在少年。可是后来屡试不第,也就无意功名了。况且学生年事渐高,对于功名二字,早已心灰意冷,但愿息影蓬门,苟图衣食,了此一生足矣!"
努尔哈赤越听越糊涂,又问了一句:"这就怪了,少年你就入了判官的位置,这不也是功名吗?"

龚正陆一听，心里好笑，又不敢笑，他深知这位女真首领的残暴，稍一疏忽就会丧命。便又进一步解释道："大王，入泮仅仅是取得秀才的资格，由秀才到举人、到进士，才算取得功名，捞到官做。"

努尔哈赤也笑了："我听说南朝有判官之称，寻思入判就算入了判官之位了呢？怎么，南朝做官还经过这么多麻烦，我看你就在我手下，我说一句话就行，说你是什么官就是什么官，甚么麻烦罗嗦也没有。"

"谢过大王。"龚正陆施了一礼："学生山野之民，寸功没立，怎能无功受禄？"

"那没关系，我叫你当什么都可以。可是，我不知道你都有什么本事，都会什么学问？"

"学生身无缚鸡之力，谈不到什么本事。要说学问嘛！学生熟读《四书》、《五经》，诗词歌赋，诸子百家，孙子兵法，也都略知一二。"

"你会《三国》吗？"

龚正陆一听，什么，三国？不觉又要笑出来。他怕脑袋搬家，只得忍住，规规矩矩地回答道："三国、水浒、西游、西厢，乃是坊间小说，不算正宗学问。正派的读书人，都不读它。"

努尔哈赤一听大怒："你说什么？正派人不读它？我就会三国，用兵打仗也是靠三国，你怎么就说我不正派！"

龚正陆看这位首领面色铁青，皱眉翻眼，知道又说错了，凭着他的灵活、机智，深鞠一躬辩解道："本朝立国以来，开科取士，讲究制艺，也就是八股文。考试出题不能离开经书，答题也必须用"四书"上的句子，叫代圣贤立言。除此之外，都认为是异端。《三国》、《水浒》更是如此。"

"这么说来，明朝文官武将也不信《三国》？"

龚正陆笑道："小说不是学问，登不了大雅之堂。"

"怪不得打一仗败一仗，不懂《三国》，怎么会用兵！"努尔哈赤又问道："你会《三国》吗？"龚正陆老老实实地答道："学生读过。"

"好。"努尔哈赤高兴了："我就需要会《三国》的人。"

龚正陆心里说：倒是番邦异域，与中原毕竟不同。他还没有想好要说什么，努尔哈赤又开口了："我令你掌管文书，办理公事，有时间教我子侄们读书。按照中原教的都要教，还要教《三国》。"

在龚正陆看来，三言两语就能当上大官，简直如做梦一般，真不可思议。他叩头表示道："学生不才，蒙恩重用，愿竭犬马之劳，为大王

第五十五回　掠辽东邂逅收歪乃　信异象冒雨破辉发

效力。"努尔哈赤拉住他:"起来起来,咱这只要有才,文能安邦,武能定国,就用他做大官,管大事。"

龚正陆又叩头称谢,站起来。

周围人等听着他们的谈话,有的懂,有的不懂,都觉得可笑。

龚正陆跟随努尔哈赤回到赫图阿拉,开了学馆,令他教子侄们读书,顺便处理文牍。

过了几天,努尔哈赤想给龚正陆一个名号,拟了几个,觉得都不合适。巴克什、毕铁石、札尔固齐①,都不适于汉人。一日信步来到学馆,想和他商量名称的事。忽然想起,这位先生的名字挺古怪,便问道:"你叫什么名字来着?"

"龚正陆。"

"啊!哪几个字?"

"龚是龙下加一个共字,正反的正,陆地的陆。"

"喂呀!好罗嗦的名字,你写出我看看。"

龚正陆提笔写了"龔正陸"三个字呈上。努尔哈赤看了看,除了正字,上下两个字都挺复杂,不好写也不好认。他问左右:"女真字怎么写?"

左右摇头,谁也不知道。又问:"蒙古字怎么写?"还是无人懂得。最后又问:"朝鲜文怎么写?"龚正陆说道:"朝鲜古有文字,现已失传。现在朝鲜国内都用中国汉字。学生会几句朝鲜语,可没见过朝鲜字。"

努尔哈赤大笑道:"什么字也写不出来,这么别扭的名字,还叫他嘎哈?我给你改个名字吧,从今以后,就叫歪乃。"

左右一听,鼓掌欢呼:"歪乃!歪乃!"

龚正陆愕然。什么,歪乃?这,这叫个什么名字……

从此,龚正陆的名字彻底没人叫了,而人人都呼他为"歪乃"。他也不敢不遵,怏怏不快了好些日,最后晓得了,"歪乃"是女真语,即师傅之意。久而久之,他适应了。后来他被最先编入汉军旗内,成了赫图阿拉城中最有声望、最体面的汉人,他是众多贝勒、台吉、阿哥、格格们的老师。

---

① 巴克什意为文学博士;毕铁石为记事官,类似秘书,后来讹做笔帖式;札尔固齐是理事官。

单说龚正陆见众人谁也说不清楚这种奇异天象的道理和亮星成因，他从人群中站出来说："学生略晓一二，臣能说得清楚。"

努尔哈赤大喜道："歪乃博学多才，天文地理，非你莫属。"

龚正陆不慌不忙地说："这种亮星，叫做彗星。彗星一出，主刀兵血火之灾，大不吉利。"

"应在何方？"

"臣观察五个晚上。长星如带，出于北方，而且之尾长如带，形如扫帚，指向东方。此星又叫扫帚星，其帚指向哪里，应在哪里，必有国破家亡之劫。依臣看，它正好指向东北，应在辉发国，应在辉发王身上。"

"好哇！辉发必亡无疑。"努尔哈赤当即下了决心："现在出兵，讨伐辉发。"

"主上当机立断，上合天心，下符民意，必能马到成功。"

"歪乃，这次能灭辉发，记你头功一件。"

努尔哈赤点起了五千人马，带上众将，不顾秋雨连绵，道路泥泞，行军北上。这次出兵辉发，带上了两名辉发王族，他们是拜音达里堂兄弟，通贵和胞弟康喀拉。他们均是十五年前拜音达里夺权篡位时，杀死了他们的亲人，他们逃命来到建州的。通贵原来去了叶赫，请得叶赫兵讨伐拜音达里一次。那次兵围海龙，被布占泰射雕解围，之后扈伦四部又联合一起。通贵看报仇无望，转投建州。这次终于等到了报杀父之仇的机会，要协助努尔哈赤灭掉拜音达里。

身在叶赫的拜音达里儿子，听到建州出兵，向叶赫请求支援。金台石以拜音达里反复无常，遇事投机，毫无诚意，不肯出兵，只将人质放还。拜音达里儿子惦念父亲，急于回国，协助拜音达里守城。拜音达里现在可跟从前不同了，他不仅修筑了三重坚固的城堡，还训练了数千精壮的军队，凭借环山绕水的地势，攻守皆能自如。

努尔哈赤自诩用兵效法《三国》，这一点并非言过其实，的确也有点谋略。他出兵之时，立派快马去乌拉国，邀布占泰从北面出兵，两军夹击，灭掉辉发后平分土地、人口。这时布占泰正为乌碣岩之战而怨恨努尔哈赤，他哪里肯答应他的邀请。他的堂弟噶兰满贝勒建议道："辉发跟乌拉乃唇齿之邦，唇亡则齿寒。不如出兵援助辉发，不使其灭亡，留做屏障。"布占泰认为乌碣岩失利，力量削弱，尚无力抗衡建州。拜

音达里又是出尔反尔的小人,不足以救助,乌拉既不帮助建州,也不支援辉发,在两国斗争中保持中立。这样,谁胜谁负都不得罪。他还是顾及到扈伦联盟,派使去叶赫通知金台石,让叶赫想办法。这样,乌拉、叶赫都不出兵,辉发空前孤立,拜音达里只有孤军奋战了。

努尔哈赤请乌拉出兵是假,争取他中立是真,得到布占泰的承诺,他放心大胆地全力攻击辉发。

努尔哈赤还是防叶赫一手,令扈尔汉、费英东带兵一千,约会蒙古喀尔喀部取道南关,陈兵叶赫边境,防备他救援辉发。

大军进入辉发境内,时值秋雨初停,河水猛涨之时,建州兵受阻于河滨。没有船只,没有木伐,又搭不了浮桥,努尔哈赤和部下诸将皆束手无策。正在进退两难之际,一员大将甩掉盔甲,脱去衣服,扑通一声跳进汹涌的波涛中。众人一看,乃是扬古利。扬古利生在东海之滨,深通水性。他在水里左右上下翻腾了很大一会儿,终于找到水浅处,水深不过三尺。他招呼岸上的人,努尔哈赤一马当先,第一个过去,大军紧随,顺着扬古利指示的方向顺利通过,很快到达辉发城。

辉发城坚地险是出了名的。努尔哈赤督兵攻城,数日不克,反而伤了多名军士。努尔哈赤心急火燎一样难受,他站在附近一个山冈上,遥望悬崖峭壁顶端的辉发王宫,恨声不绝。这时身后转过亲哥俩,上前说:"贝勒爷,我兄弟投奔以来,寸功未立。今儿个愿去爬城,端开城门。"努尔哈赤一看,二人乃东海来投的斐优活吞达策穆特黑的儿子,兄名黑罗,弟名索罗,均三十左右的年纪。其父让他们随军搏取功名。

"你们有什么办法爬城?"

二人说,他们有铁钩,拴着长绳,抛到城上,攀缘而上,百发百中。

到了晚上,兄弟二人潜到东南城角,见无动静,以为城上没人防守,遂将铁钩甩向城头。听听还没动静,二人腾身翻上去。不想刚一落脚,即被几只大手摁住,兄弟二人神不知鬼不觉地当了俘虏。努尔哈赤等了一宿不见音信,料到二人凶多吉少。第二天一大早,果然不出所料,辉发城头高竿挑起两颗首级,正是黑罗、索罗兄弟二人,无头尸体也被扔下城来。努尔哈赤懊丧不已。

大军围城多日,终不能克,努尔哈赤亲自写了一封招降书,用箭射进城去,拜音达里得书置之不理,只令加强巡逻,注意敌军挖地道。努尔哈赤又令人写了给辉发臣民的劝降书几十道，从各个角落射入城中，规定，有捉拜音达里来献者，赏；有杀拜音达里来献头者，赏；有开门来投者，赦；有同城外通报消息者，赦。拒不投降，死守抵抗者，城破之后，诛其满门。还是没有效果。辉发人虽然反对拜音达里，但他们更恨建州兵。当年建州兵应拜音达里之邀，帮助镇压宗族反抗，不想他们杀了那么多无辜的辉发人民，至今尚心有余悸。如今全力抗御建州兵，那是理所当然的。

辉发王族通贵献了一计，可破辉发城。他劝努尔哈赤暂时撤兵山外，辉发城内断薪需出城砍柴，可令军士扮成砍柴百姓，混入城中，夜间放火为号，里应外合，可破其城。努尔哈赤认为是个好办法，传令大军后撤十里，暂缓攻城。

辉发城内兵精粮足，但缺乏柴薪。大军围了多日，城内几乎断炊。今见敌兵后撤，即开放城门，放军民出城砍柴拾薪，以供炊事。这一来却中了努尔哈赤之计。努尔哈赤挑选了五十名军士，扮做辉发城内砍柴的百姓，令通贵、康喀拉做向导，领他们杂在城内出来的兵民中。傍晚，到了闭城的时间，通贵、康喀拉领着五十建州军混入城去。

到了半夜时分，城上数处火起，城外大军突然降临，攻城甚急。通贵、康喀拉分头喧嚷：建州兵已经进城了。辉发兵不知虚实，顷刻乱作一团。康喀拉打开城门，放进大军，外城很快被建州兵占领。通贵率领几十人，直奔王城去找拜音达里。十五年了，这一天到底等来了。

外城已破，拜音达里十分惊恐。只得紧守王城。王城凭扈尔奇山而建，宫院建在山上，外城地处平原，拱卫王城。屏障已失，拜音达里见大势已去，不能等着城破当俘虏，主动投降，方可免祸。他的儿子从叶赫回来不久，坚决反对投降，投降就等于送死。他在赫图阿拉住过很久，深知努尔哈赤为人心狠手辣，绝不会宽宥一个失败者。拜音达里认为，儿子已聘了努尔哈赤的女儿，两家有过婚约，他不会不给自己女婿留条生路。再说啦，只要他准予投降，大不过当个附庸国的君主。留得青山在，不怕没柴烧，大丈夫能屈能伸，丢砢碜事小，保命要紧。打定主意，不听儿子劝阻，派了一个能言善辩的亲信大臣，缒城而出，到建州军中请降。说来凑巧，也是天意。就在请降使者下去的一瞬间，突然下起了大雨。人多认为不吉利，投降必有祸。这当儿下雨，谓之天哭，劝拜音达里不要投降，坚持抵抗到底，拜音达里不听。

正是：

第五十五回　掠辽东邂逅收歪乃　信异象冒雨破辉发

兵精粮足成何用？
铁壁绝岩难御敌！

要知努尔哈赤能否准予投降，且待下回再叙。

第五十六回　扈尔奇山父子惨死　宜罕阿林兄弟自杀

　　且说拜音达里见外城已破，王城难守，不听儿子劝告，派使下城去见努尔哈赤请降。不想使臣刚走，本来是晴天，却突然上来一块黑云，下起瓢泼大雨。人们无不称奇，认为是天哭，必主祸祟。拜音达里不悟，对投降仍抱有幻想，希望能躲过这场劫难。

　　辉发使臣见了努尔哈赤，表示辉发君臣愿降之意。努尔哈赤先是不准，表示必破王城活捉拜音达里。在旁的何和里给他递了个眼神，努尔哈赤会意，对使者说："你先出去一下，待我们君臣商量商量，降与不降呆会儿再定。"

　　辉发使臣出去后，努尔哈赤问："什么意思？"

　　何和里果断地说："可以准降。"

　　"为什么？不杀拜音达里，难出我胸中的恶气，准他降，太便宜他了！"

　　"主上，辉发王城这么坚固，上边防守甚严，居高临下。我军硬攻，少不了死伤。准他投降，可以减少伤亡。"

　　努尔哈赤道："那太令我失望。不杀拜音达里，难消我心中之恨。"

　　何和里笑道："投降就不能杀了么？"

　　"杀降？"努尔哈赤愕然，"自古以来，杀降为不义之举。"

　　何和里摇头道："自古以来，就是胜者为王，败者为寇，没什么义与不义。"

　　努尔哈赤一听，认为有理，即传见辉发使臣准予投降，允许他仍为辉发之主，只要同建州永结盟好就可以了。

　　这样优厚的投降条件，显然有诈，谁也不会相信。拜音达里鬼迷心窍，信以为真。召集家人和心腹大臣，商量投降的办法。不料家人、群臣都不同意投降，认为努尔哈赤的话是不可信的。多数人主张加强防守，城内粮草尚能支持两个月，建州兵是攻不进王城的。

　　君臣正意见分歧，主意不定之时，守城门的军士送进两个人来到王宫。拜音达里认识其中一个，感到十分惊异，这不是十五年前失踪的堂兄弟通贵吗？另一个康喀拉，当年还是一个小孩子，如今长大成人了，

自然他不认得。

"你离家而去这么多年,今儿个怎么回来了?"

二人身上淋了雨,衣服还在滴水。他们随砍柴百姓混入外城以后,晚间点火,引兵破城,哥俩一心要找拜音达里,报当年杀父之仇。他们听说拜音达里派使出城请降,暗说不好,他投降了,主上要是赦了他,这杀父之仇如何能报?不行,待他开城投降之前,把他刺杀。兄弟二人冒险叫开城门,进入王宫。

王宫正在商讨投降事宜,人很多,戒备森严,无从下手。通贵有主意,编造个理由说:"当年我离家出走,投在建州都督努尔哈赤麾下,今随军返回故土,怕阿哥吃亏,特奉令劝你归顺。并向你保证,归降后还为辉发之主。"

他的话是编的,却同使臣说的巧合,拜音达里更信以为真,决定投降。

他的儿子见父亲一意孤行,一定要投降,遂抱住拜音达里的大腿不放:"阿玛,不能降,一投降,落到人手,就没命了。"

"唉!"拜音达里长叹一声,轻轻推开儿子道:"这也是不得已的事啊!"

儿子还是牵衣不放。有的心腹大臣劝阻道:"既然台吉不愿意投降,投降恐非善策,主上还须慎重行事。"

"你们知道什么!"拜音达里气急败坏地说:"内部出了奸细,暗献城门,敌兵才占了我外城。内城再出奸细献门,那什么都完了。为了辉发纳喇氏的基业,我宁肯向努尔哈赤低头。"

拜音达里拒绝多人的劝阻,率领文武官员、家族眷属,下令开城投降。

建州大军进入王城,登上扈尔奇山,占领王宫内院,开始了大搜捕,俘获两千余人,王族大臣们府第为之一空。

拜音达里父子及其眷属被拘禁在一间宫室里,除了他的家人,杂役阿哈全被驱出。外面军兵严密把守,禁止内外通气。

忙乱了几天,城内秩序趋于平静。努尔哈赤登上一座高台,原是望江亭的遗址,现已建成瞭望台。努尔哈赤看到山城倚山临水,天然铁壁,三面悬崖,他十分惊叹,在他见过的所有山城中,辉发城和多壁城是最雄伟险峻的了。他对左右说:"辉发有天时地利之优,拜音达里却守不住,因其丧失民心,不占人和,注定必亡。可见得天下者,当有德者居之，无德者则失之。"

众将恭维道："主上德配天地，每战必取，早晚必成一统之大业。"

努尔哈赤道："歪乃真奇人也，他的话果然应验，回去当给他记功。"

努尔哈赤又叫过康喀拉安抚道："这次破辉发，全赖你兄弟出力，大义灭亲，功在千秋。"

康喀拉拜谢，眼中流出泪来。努尔哈赤问道："你有什么话，说出来吧，我替你做主。"

康喀拉又叩了一个头说："辉发虽破，拜音达里仍在宫中享乐，我阿坞和一家人被杀之仇，不知何日得报。"

"啊！我明白了。"努尔哈赤说："我原打算把拜音达里带回赫图阿拉处置，让他闭门思过。现在我改变了主意。"

努尔哈赤吩咐把拜音达里一家老小三十余口，统统押到台下的空场上。拜音达里母亲已年老，大小妻妾十几人，还有十几名子女，入质叶赫者乃其长子，也在其中。

破城之后，这是拜音达里第一次见到努尔哈赤。同为一国之君，现在已是国破家亡的阶下囚，他跪在这位胜利者的面前，说了好多悔罪的话。可是努尔哈赤似听非听。等他说完，劈头问了一句："我兵临辉发，吊民伐罪，你负隅顽抗多日，城破才降，是何道理？"

拜音达里叩头道："有劳大贝勒远来，望乞恕罪。"

努尔哈赤冷笑道："你聘我女而不娶，转送质子于叶赫，分明是与我绝情，今日你还有何话说？"拜音达里才意识到，投降这步棋是走错了。求生的欲望驱使他气节丧尽，以头碰地哀求道："拜音达里知罪了。从今以后，土地人民全部献出，只求大贝勒宽恕，给留三两屯寨，以延残年就满足了。子孙永世为奴，甘做牛马，终身效力。"伏地乞哀，泪如雨下。

努尔哈赤叫出通贵，问道："他的话你都听见了吧！如何处置这个丢了江山的国主。"

"主上，缚虎容易放虎难，若是放了他，将会失掉民心。"

拜音达里一看同宗兄弟现在落井下石，后心都凉透了。他卡巴几下三角眼，冲着通贵说："你还有点宗族之情么？你说出这话来，能对起列祖列宗么？"通贵嘿嘿笑了："当年你逼宫篡位，屠杀我一家人的时候，你想到过宗族之情吗？家族百余口血染宫院，你能对得起列祖列宗

第五十六回　扈尔奇山父子惨死　宜罕阿林兄弟自杀

吗?"

拜音达里的儿子听到这里,从人丛中一跃而出,指着通贵骂道:"你这纳喇氏的败类!兵败城破,死就死呗,不能受你这种小人的气。"

通贵也骂道:"小兔羔子,你是找死!"回头对努尔哈赤说:"主上,就是这个小杂种,坚持顽抗到底,不肯投降。"

"是么?很好。"努尔哈赤吩咐取过两张弓,交给通贵、康喀拉每人一把说:"念他同我家格格有过婚约,特许全尸,你们看着办吧。"

二人领会了努尔哈赤的意思,执弓上前。拜音达里壮一壮胆,对努尔哈赤说:"投降免死,这可是你答应的。"

"可是你罪孽深重,我也救不了你。"

拜音达里绝望了,他又请求道:"我获罪于天,死不足惜。念我这十七岁的儿子,与贵格格有过姻盟的,请大贝勒开恩赦免,给我留下一条香烟①。"

努尔哈赤"哼"了一声,不再理他,一声命令:"动手!"通贵、康喀拉两手握弓,逼近拜音达里的儿子,但见他伸手将弓推开,"扑咚"跪在拜音达里面前:"阿玛,你不听我的话,偏要投降,我说投降是送死,怎么样?儿子拜别了。"他叩了三个头,站起来,对着他两个堂叔:"来吧!"他不哭也不闹,更不求情,被二人套上弓弦,两下一用力,不大一会儿,两眼翻白,舌头外露,惨死在台下。

拜音达里眼睁睁看着儿子被勒死,心如刀绞,悔恨万分,只有引颈受刑。

勒死了拜音达里父子,努尔哈赤令将拜音达里砍头,首级吊在城门上示众。

到了夜间,努尔哈赤问何和里道:"这几天,一共俘获多少辉发兵?"何和里说:"初步计算一下,共有两千三百五十七名,另外还有五百多老百姓。"

努尔哈赤密令:将俘虏的辉发兵,全部屠杀,一个不留。五百居民,迁往建州,毁辉发城而还。两千多辉发兵暴尸山城,周围数十里人烟绝迹,臭气熏天,数年不散,废墟中常有鬼火闪现,虎狼野兽出没,多年来无人敢往。

处死拜音达里,人们拍手称快。对于处死他十七岁的儿子,人们颇

---

① 即后代。女真人祭祖,点香烧纸,称做香烟或香火。香烟代表后代。

有异言，觉得过于残忍。可是努尔哈赤对部下解释道："此子胜过其父十倍，将来是非常人也。我不能养痈遗患，留下他长大了好报国恨家仇，给我子孙留下隐患。"

众将又恭维一番："主上英明果断，高瞻远瞩，虽阿骨打、铁木真不及也！"

拜音达里父子被杀，史有记载，但其子名字佚缺，民间有传为硕色者，夫硕色之名较普遍，贝勒贵族之子皆可以硕色命名，不能证明硕色为辉发台吉之名号，故而缺如。

王机褚于隆庆初建国，隆庆四年筑辉发城，至万历三十五年灭亡，共两代，存国三十七年。

辉发灭亡后，歪乃并没受到重赏。相反，他从此消失了，连他的家眷子女也不知去向。有人传说，他被努尔哈赤灭了族，因为什么却无人晓得。

第五十六回　扈尔奇山父子惨死　宜罕阿林兄弟自杀

辉发国灭亡，拜音达里父子被杀的消息一传出，无论扈伦四部所剩叶赫、乌拉二国，还是大明朝，都万分震惊。这时候的辽东总兵官还是李成梁，他这是第二次镇抚辽东。同初镇辽东时相比，简直判若两人，一改他对女真部卫的强硬手段，对建州处处忍让，把主要精力放在贪污受贿，搜刮敛财上，不上三年，家资巨万。加上他年老昏聩，已八十多岁，心懒体倦，和辽东税监高淮、辽阳巡抚赵楫勾结，鱼肉百姓，欺瞒朝廷，把辽东的事情，弄的越来越糟，人民称他们为"辽东三害"。辉发被吞并，朝廷震怒，责令李成梁，抑制努尔哈赤势力，防止他席卷全辽。李成梁不敢违旨，拿出早已过了时的"以夷制夷"的老办法，传檄叶赫、乌拉二部出兵，重建辉发国。这就是前回说的，叶赫、乌拉联军夺取辉发的由来。

叶赫和乌拉联军来到辉发，所见到的是断壁颓垣，满地尸骨，田园荒芜，野兽出没，二三百里不见一人。叶赫领兵主将布尔杭古台吉和乌拉主将噶兰满贝勒登上残破的扈尔奇山，望着满地蒿草，绕城江流，发出无限感慨，他们都认为两国君主不救辉发是最大的失策。布尔杭古代表其兄布扬古，噶兰满代表其兄布占泰，在扈尔奇山上对天盟誓，两国永结盟好，共抗建州，遂班师。

努尔哈赤并没把两国出兵放在眼里，辉发国已成废墟，神人也难恢复它的本来面貌。当听到叶赫与乌拉又结成同盟后，他有点坐不住了。

这两个扈伦强国联合在一起，对建州却是个很大的威胁。

部下众将纷纷献策，有的提出先征叶赫，有的主张先打乌拉，也有人建议同时发兵征讨二国，令其彼此不能相顾。努尔哈赤权衡利害，认为暂时谁也不能打。势钧力敌之国家，灭掉一个，谈何容易。他安抚众将道："叶赫、乌拉不能跟哈达、辉发比。哈达连年内讧，自我消耗，国弱民疲，故而一战可定；辉发丧失民心，族人助我，方破其城。叶赫、乌拉二国兵精粮足，一时还难以征服。待他们出现裂痕之后，再见机行事吧。"

转过年，努尔哈赤已到了五十岁知命之年。长子褚英、侄子阿敏向他请求，一定带兵远征，夺取胜利，为阿玛五十寿诞献礼。上年他们的叔叔巴雅喇已深入东海窝集，掳取黑席黑、额穆和苏鲁等部落两千多人，他要从那里取道进入乌拉国的腹地，夺取一两个城寨，给布占泰点厉害。努尔哈赤知二子建功心切，也就答应了。他拨给兄弟二人五千人马，令其北征。临行一再告诫："此行不管攻取哪处城寨，胜即班师，不要深入。所俘军民一律杀死，所破城寨一律烧光，遇到劲敌赶紧撤回，试探一下布占泰的虚实就可以了。"

二人应下。

万历三十六年三月，褚英、阿敏率五千人马，经过十几天的行军，这天来到一座山下，山上有城池一座，名曰宜罕阿林城。山下一条河流，水势湍急。山曰宜罕①，水曰宜罕必拉②。此处距乌拉国的王城不足百里，是乌拉城的东大门。城虽不大，依山临水，形势险要。更兼宜罕阿林一带，山岭连绵，森林茂密。积雪已经融化，百草花卉复苏。褚英、阿敏选地扎营，令人向城里传话，建州大军到此，守城官兵早降，否则破城之后，鸡犬不留。

守城的大将名叫阿斋，是乌拉国汗王布占泰的亲侄。布占泰兄弟三人，长名布丹，次即满泰贝勒。布丹早丧，遗下三个儿子，阿斋居长，次名博奇赫，三名图达里。布丹死时，图达里尚小，布占泰于万历三十年称汗后，令阿斋为宜罕阿林活吞达，赏爵贝勒。他们兄弟举家迁宜罕阿林城以居。原居宜罕阿林城的哈达王族图鲁伦后裔，已改姓伊拉理氏移居他处，从此同纳喇氏失去联系。阿斋贝勒比其叔布占泰还大几岁，

---

① 牛。
② 牛河，俗称牤牛河。

生有一子，因其母为汉女，取名尼堪，现已长成。

阿斋贝勒来到以后，重筑宜罕阿林城，加高加厚，利用山形地势，粮道水源，既得农耕林牧之便，又获渔猎参茸之利。几年的工夫，宜罕阿林城已是殷实富足强盛雄伟的坚城。

自从上年乌碣岩兵败以后，阿斋时刻警惕建州兵的来侵。加固城垣，训练士卒，日夜提防。

这一天突然发现敌兵围城，从旗上看是建州人马。阿斋见敌军众多，盔明甲亮，感到守城兵少，势孤力单，赶紧吩咐烽火台上点狼烟向乌拉报警。

乌拉城中看见了百十里外的宜罕阿林城焚起狼烟，知有敌情。布占泰不知敌兵来了多少，鉴于乌碣岩之败，忙派使去蒙古科尔沁部，向莽古思、翁阿岱两贝勒求援。科尔沁三贝勒中只有明安一人倒向建州，以女同努尔哈赤和亲，其他两贝勒继续保持与叶赫、乌拉友好。

当下莽古思、翁阿岱两贝勒得知乌拉被侵，立即点兵三千，飞一般地赶到乌拉。布占泰迎出城外，犒劳蒙古军。随即令噶兰满贝勒点兵两千，配合蒙古军增援宜罕阿林城。

且说阿斋贝勒发出报警狼烟之后，又把附近城寨守军集中在一起，共一千人，拒守宜罕阿林城待援。褚英、阿敏攻了几次均不能得手，城上滚木擂石齐下，建州兵伤亡了几十名。阿敏说："硬攻不行，城在山上，仰攻太费劲，分兵攻之方能奏效。"

褚英问："怎么个分攻法？"

阿敏提出，将兵分做四起，每起各攻一面，南北西三面各用五百人，重兵攻东门，山上不知虚实必分头防御，可趁势夺东门，破城就容易了。褚英依言，按照他说的分拨调配已毕，自与阿敏督兵三千全力攻击东门。阿斋不知是计，分兵防御，仅有千人的守城部队分做数下。宜罕阿林原来是个小城，阿斋来了以后，又在小城外圈筑一道木石土坯混合的围墙，称做石廓。这样，宜罕阿林就有了两道城墙，分做内城和外城。内城东开一门，外廓开南北两个门。外廓内沿墙壁堆放石块若干堆，墙头上吊滚木数百棵。经过几天的攻守战，滚木也已放光，石块所剩无几。褚英、阿敏仗着人多，猛攻不退。分攻之后，城内防守力量分散。阿斋看得清楚，建州兵攻击的重点是在东门，军士舍马步行爬山，已经爬到半山腰上。阿斋暗说不好，若爬到城根，可不得了。他毫不犹豫，打开城门，率三百人冲出来抵御。建州兵又被赶下山去。阿斋见敌

第五十六回　尼尔奇山父子惨死　宜罕阿林兄弟自杀

兵已退,也不下山去追,急率兵回城。说来也是天意,就在阿斋贝勒返回之际,突然刮起了一阵狂风,满山烟尘蔽天,树木折断,乌拉兵睁不开眼,挪动不了一步。大风足足刮了一个多时辰。待风住,尘土消散以后,再一看,宜罕阿林城上如开水翻滚一样,沸沸扬扬,已被建州兵占领了,守门的博奇赫跳崖自尽。

大风助了建州军,褚英、阿敏趁势抢占宜罕阿林城。阿斋贝勒见大势已去,仰天叹道:"阿布卡赫赫,你坏了我的大事!"遂拔出腰刀,向脖上一横,自刎而死,终年四十五岁。手下三百人仅跑掉十几名,余皆被杀。

褚英、阿敏破了宜罕阿林城,杀死全部守军,共一千多人抛尸山冈。城内居民原来也要杀光,但他们发现了内有阿斋贝勒的家属及兄弟子侄数十人,褚英改变了主意,将他们做为俘虏全数迁往赫图阿拉,向努尔哈赤报功。阿敏不再异议,他们将宜罕阿林全城焚掠一空,毁坏城垣而返。宜罕阿林城从此废弃。

当噶兰满配合蒙古莽古思、翁阿岱两贝勒共五千人马赶到宜罕阿林城下的时候,已经晚了。满山坡尸体,城头冒烟,江水为赤,建州兵已经翻山越岭的不知去向。

噶兰满贝勒气的咬牙切齿:"给我追!"

五千兵马追出五十多里,远远望见建州大队人马急急赶路,转眼间拐过一个山头又不见了。

实在追不上了,三贝勒只好怏怏而回。

褚英、阿敏率军押着宜罕阿林城的俘虏,大车拉着掠来的战利品,离开战场。正行之间,忽见林中钻出数十人来。褚英以为遇到了乌拉的伏兵,一马当先,指挥军士将这些来历不明的人包围在当中。这伙人突遇军队也实感意外,他们也不知这是何方人马,无处躲藏,束手就擒。问过之后,才知他们是叶赫人,一共五十名,奉了金台石贝勒之命,来此采参,兼收猴头①。褚英一听是叶赫人,暗问阿敏怎么处置。阿敏对褚英小声嘀咕了几句,褚英点头。接着命令部下,将这五十名叶赫采参人,一并带回建州,交主上发落。

正是:

---

① 一种树上生长的蘑菇状菌类,为珍贵食品,形状如猴头,故名。

狂风起处破城寨，

回师途中掳参人。

要知这五十名叶赫采参人被带到建州后性命如何，且待下回再叙。

说明：从民间调查上来的扈伦四部后裔保存的纳喇氏家谱记载辉发灭亡时拜音达里没有被杀。《哈达纳喇氏》家谱记载"太祖收抚诸部而征讨远方"时，拜音达里自知不能抵，而"以土地臣民归太祖"投降了。《辉发纳喇氏》家谱记载拜音达里"不忍臣民被杀"而放弃抵抗，将国土之位让于"二贝勒"，自己带家属亲信"弃世守之业"出走了，并遁迹于某山丘，隐姓埋名潜居下来，后代世系不绝，传承至今。

这两部家谱所记，皆与清代官方史书大相径廷，可做治史者参考。

"说部"传承人在讲这段历史时，显然是受了清代史书的影响，又不可能看到家谱所记，如此讲述，也很正常。

笔者如实整理传承人所讲，不做改动，特加附记这段说明，以期反映真实的历史，恢复历史原貌。

第五十七回

遭惨败再娶建州女
布疑兵计退车臣汗

话说褚英、阿敏攻破宜罕阿林城回师的路上,意外遇到五十名叶赫采参人。阿敏出了个主意,将这五十人带回建州,献与努尔哈赤。他们还编造了一套假话,说这是叶赫国派驻乌拉的使者,被布占泰缚献给建州,作为撤兵的条件。又说乌拉兵增援宜罕阿林,见褚英等军容之盛,未敢出战,献出叶赫使者,换取褚英撤军。其实,是他们探得乌拉和蒙古联兵来援,未敢久留,急急毁城而去,他们连乌拉与蒙古联军的面都不曾见过。努尔哈赤居然信以为真,命将叶赫人送到边境上,听候发落。俘获的宜罕阿林城人民,包括阿斋家属和族人均予赦免,阿斋子尼堪及三弟图达里年纪尚小,令与诸子侄一块读书,所有族人皆妥善安置,分别编入旗内。一切安排完毕,才着手处理叶赫这五十名人质。他派人去见金台石,告诉他,你派驻乌拉的使者已被布占泰交给我们了,现在边境上,只等你一句话,你是要活人,还是要死人?要死人,就地处决,将人头给你送去;要活人,必须答应两件事:一是把乌拉派驻叶赫的使者捕送,作为交换;二是割让边城两座,以示和好。只要办到这两件事,我们立即放人。

听了这话,金台石如丈二和尚——摸不着头脑。这是哪来的事情?叶赫与乌拉根本没有派过什么使团,也没有互相交换过什么人质,这使者从何而来?五十人的性命,非同儿戏,一定弄个明白。想到这里,对建州使者说:"你主捕送的五十人,是不是叶赫使者,还无法判定。能不能让我们见一见,以定真伪。"

事先努尔哈赤有话,怕叶赫不信,最好叫他们来人亲眼看看,自然痛快地答应了。

金台石派了两名亲信随建州使臣到了境上,果真见到了这五十人,确实是叶赫人。回去报告给金台石,金台石一听,这就怪了,这些人是怎么到乌拉去的?他们根本就不是使者。旁边一名近侍提醒道:"贝勒爷,您不是派出过两伙挖棒槌①的人吗?是不是他们啊?"金台石忽然

---

① 采参俗称"挖棒槌",女真人管陈年老参叫棒槌。

醒悟，是啊，十有八成是这伙采参人落在了他们手里。好你个布占泰，你竟背弃盟约，捕送我采参人当做使者媚敌，我岂能饶你。他也是火暴性子，一生气什么事都能干出来，他也不管建州大军和五十名人质还在境上，即要点兵讨伐乌拉，找布占泰算账。

"阿玛，请三思。"

金台石一看，拦挡他的人是大儿子德尔格勒。金台石有三个儿子，德尔格勒居长，次名尼雅哈，三名沙浑。德尔格勒刚过二十五岁，武艺出众，一表人才，并有心机。他说出了自己的看法："我采参人只能在山里找宝，乌拉城并不靠山，采参人怎么会到那里去？现在落到努尔哈赤手里，怕是另有缘故。"

金台石冷静地想了想，儿子的话是对的。那么，不论事情真像如何，救回这五十名采参人的性命，待询问清楚再说。

努尔哈赤已开出了价码，若救这五十个人，必须用乌拉使者交换。这一宗，办不到，只能答应割让城寨两座。反复几次协商不成，努尔哈赤坚持两项，缺一不可。这一来，也把金台石激怒了，不就是五十个人吗，随他便好啦！

过了几天，建州兵已从边境撤走，五十名叶赫采参人，尸横境上，身首异处，他们被无缘无故地残杀了。

金台石气得暴跳如雷，简直欺负到家门儿来了。你俘了我的人，杀于何处都属正常，偏偏杀死于我境上，还要敲诈勒索，这不是欺我叶赫软弱吗？

德尔格勒看出一点苗头，他劝慰道："阿玛息怒。依儿看来，努罕①这么做，打的是乌拉布占泰的主意。"

金台石精神为之一振："你说说看。"

"阿玛您想想，扈伦四国，现在就剩下乌拉和咱叶赫两个了，他是怕咱两家联合起来。制造咱两家的仇恨，对他有利。"

"有道理。"

金台石被儿子点到要害处，豁然开朗。这五十名采参人到底怎么落到努尔哈赤手里，这只有向布占泰讨问明白了。

他给布占泰写了一封书信，派快马送到乌拉。

----

① 在女真社会里，后期普遍称努尔哈赤为"罕"或"老罕"，努罕含有轻慢之意。久而久之，随着清朝的建立，就变成了"老罕王"。

布占泰失掉宜罕阿林城，堂兄阿斋贝勒和博奇赫台吉战死，心中懊恼万分，他把努尔哈赤恨的了不得，我与你盟约在先，你却连连侵犯，全不顾念亲戚情谊，亦不讲信义。他以礼送走了蒙古科尔沁两贝勒，决心同叶赫一道，共同抵御建州。恰在这时，叶赫的使臣到了。布占泰心里稍安，立命请进。叶赫使臣行礼已毕，恭恭敬敬地双手呈上国书。布占泰看道：

叶赫国贝勒金台石谨致书于乌拉国主布占泰尊前：

窃闻：盟友交合，信义惟先；敌我构衅，兵戎是赖。吾辈虽夷狄之邦，尚遵中原教化，孝悌忠信，礼义廉耻，犹齐家治国之本也。顷悉建酋努贼，数掠贵国城寨，烽火连天，积尸遍地。去岁有斐优之变，今晨又宜罕之劫，君不能拯民御侮，反而敌友不分，是非颠倒，执我叶赫采参人五十畀努酋，杀于我境上，背盟媚敌，无此甚矣！我扈伦四部，情同手足，今灭其二，唇亡齿寒。惟遗乌拉、叶赫，倘不能同心协力，共御强敌，反而自相残害，弃盟毁誓。试问，待努贼羽毛丰满之日，席卷全辽，我辈欲谋一弓之地，偏安苟且，以奉宗庙，岂可得乎！君其思之。

看到这里，布占泰再也坐不住了。什么，金台石指责我媚敌，执叶赫采参人献与努尔哈赤，这都是哪来的话？我怎么越看越糊涂。他当即叫来堂弟噶兰满贝勒，是他领兵增援宜罕阿林，这事只有他最清楚。遂问道：

"叶赫来书责我背盟毁约，执送其五十名采参人付与建州杀之，这到底是怎么回事儿？这么大的事情，你背着我自做主张，回来也不跟我说一声，是何道理？"

听了乃兄的责问，噶兰满也一片茫然，不知所以。他辩解道："执送叶赫人，决无此事。我赶到宜罕阿林时，已经晚了。山城已破，建州兵已走，我追了一阵也没追上，就回来了。什么人也没碰见，科尔沁两贝勒可作证。"

布占泰似乎悟出了其中的奥秘，这是努尔哈赤使用的离间计，挑动叶赫与乌拉相互仇杀。他不公开挑明，安抚好叶赫使臣，让他回去转告金台石，决无此事，执送叶赫人非乌拉所为，并提出为了消除误会，进一步加强联盟，布占泰之女萨哈连格格许与金台石之子德尔格勒为妻。

打发走叶赫使臣，布占泰对噶兰满道："你给我去趟赫图阿拉，办一件大事。"

"愿为阿哥效力。"

"我听说努尔哈赤的四女儿穆库什格格现已长大成人，以前曾许过拜音达里之子，现仍待字闺中，我请他许婚给我为妃子。"

"这，这事儿可不好办。"噶兰满实在为难："努尔哈赤一连打败咱们两次，他肯同战败之国和亲？"

"这你就不懂了。"布占泰说："咱们连败两次，不想复仇，却去求婚，他肯定会答应。"

"这怎么说？"

"努尔哈赤的为人，我是深知。如果咱打败他两次再去求婚，他一定不会答应，他怕丢碴磣。"布占泰说："现在他正怕我跟叶赫联合，我向他求婚，显然是疏远叶赫，他哪有不答应之理。"

于是，布占泰教噶兰满见了努尔哈赤怎么怎么说，保准成功。

布占泰这么做的真正用意，却一句也没有流露。他这么做的目的有三：一是虽然娶了两房建州格格，却无一是努尔哈赤的亲女，皆三贝勒舒尔哈齐之女，自然比不了亲生；二是娶了努尔哈赤的亲女，减少他们之间的麻烦，努尔哈赤就会放松对乌拉的威胁。万一联姻也不能阻止他的来侵，此女可作为人质要挟努尔哈赤；三是在同建州联姻的假相下，暗中加紧同叶赫的联盟，藉以自保。

人算不如天算，想法挺好，但是最后都不管用，一切计划均成泡影。闲言少叙。

单说噶兰满贝勒奉了堂兄布占泰之命，来到建州，见了努尔哈赤，提出求婚之事。努尔哈赤先是不允，说已经嫁给布占泰两女，可是他还不和自己一条心，始终勾结叶赫，同自己作对。噶兰满就按照布占泰教的说，先嫁两位格格，均非亲女。这次诚心要娶亲生格格，以后建州就变成父汗之国，永为一体。如果求亲不成，乌拉国为了自保，免不了靠近叶赫，对建州就彻底失望了。

"你主真那么打算的么？"

噶兰满笑道："这是明摆着的事，不说也尽人皆知。"

"我把察尔汉①嫁给你主,他真地能疏远叶赫吗?"

"只要贵格格一入乌拉宫廷,叶赫自然就疏远了。"

"我要出兵伐叶赫,你主能从北面支援吗?"

"我可以替阿哥做主,肯定会那么做。"

努尔哈赤大喜道:"好,这门亲事,我应下了。"

从此,十四岁的穆库什格格,就成为乌拉宫中最小的妃子,此万历三十六年九月,宜罕阿林城被克半年后之事也。

这是乌拉布占泰自当政以来,第五次同建州努尔哈赤联姻,也是最后一次。他娶了努尔哈赤亲女之后,心里也没底,仍然担心建州发兵来侵。他加强战备,征集兵员,得五万人。人是有了,兵器、盔甲、马匹不足。十年来损失逾万,特别乌碣岩一战,战马损失五千匹,甲三千副。布占泰于乌拉城四周添设烘炉、作坊、捻掌钉、制衣甲、磨铁镞、造弓箭,诸项均很顺利。仅仅一年时间,真是兵器满库,衣甲如山,应有尽有。美中不足的是,战马奇缺。那年月马是最珍贵的,交通运输离不了它,出兵打仗离不了它,就连狩猎、市易也离不了它。明朝设立马市,女真、蒙古皆来交易,调节供需,互通有无。由于战争需要,马市上买马的人多,卖马的人少,马价暴涨。辽东两个最大的马市均离乌拉较远,抚顺马市由努尔哈赤垄断;开原马市被叶赫控制,根本没有布占泰插足的份儿。乌拉只好从东海和蒙古诸部购买战马,补充军需。乌碣岩之战后,通往东海之路已断,只有蒙古一处货源,是远远不够的。

万历三十八年春,从蒙古来了五百人,赶了上万匹马,一路游牧来到乌拉。领头的是一位青年勇士,要见布占泰,自称是车臣台吉,奉父汗之命而来。布占泰颇感惊慌,怎么,这车臣汗无缘无故地又来犯境,却是为何!

他在紫禁城接见蒙古台吉。

令人意想不到的是,蒙古台吉转达车臣汗的意思,听说贵国急需战马,特赠马万匹,以备军用,并报几年前之恩。

车臣汗赠马万匹,这真是天大的喜事。布占泰款待蒙古台吉,犒劳蒙古官兵,表示万分感谢。他同蒙古台吉不由地回忆起七八年前那次危机,乌拉国几乎不保。

现把当年的事情,回过头来再交代一番。

---

① 女儿,又作沙尔干、沙里甘,皆女真方言。

且说布占泰继承其兄满泰贝勒之位后,一心安抚内部,扩展势力,壮大自己。对叶赫、哈达、辉发、建州之间的纠葛,并不参予,注意力全放在东海和图们江地区,以至国界东达海滨。布占泰觉得实力雄厚,国富民强,遂于万历三十年自称乌拉国汗。

布占泰称汗不久,却发生了一件意外的事情,都城几乎被攻破,乌拉国几乎沦亡。从这件事情上,可以看出布占泰大智大勇,胆大心细,挽救了一次危机。

原来在乌拉国的西方,大约两千里之外,有一个蒙古汗国,号曰车臣。车臣汗自称是元朝皇帝的后裔,拥众十余万,称雄于大草原。车臣汗经常侵扰蒙古其他部族,闹得蒙古各部不得安宁。有的力不能抵,迁徙远遁。也有的几部联合起来同他对抗,大多不是对手。无边无际的蒙古大草原上,一听见车臣汗的到来,都纷纷远避。

车臣汗国是一个新崛起的蒙古部落,部民强悍,牲畜众多。这一日车臣汗带领十万铁骑,拥着家口,来到科尔沁部与乌拉国的交界处。听说乌拉国都城繁华富庶。他通知科尔沁三王,令他们各率本部人马,随他东进,掠取乌拉城财富和人口。科尔沁三王中,二王明安刚同乌拉联姻,他是布占泰未来的老丈人,当然不会去冒犯姑爷。大王莽古思和三王翁阿岱,都跟布占泰交情深厚,更不愿听从车臣汗的号令。车臣汗得不到蒙古各部的支援,依仗人多势众,自己挥兵东进。大军离乌拉城十里,扎下了大营,帐篷依松花江下寨,连营二十余里。城里城外,一片惊慌。

布占泰才从东海回兵不久,蒙古大军突然围城,真是祸从天降。令人哨探,得知是蒙古车臣汗国的军队。布占泰当时想,车臣距离遥远,与我并无利害冲突,千里迢迢,所为何来?他急忙派使者飞奔科尔沁,请求蒙古三贝勒相助解围;一面调兵遣将,守城拒敌。车臣汗看到乌拉城郭宏大,墙高池深,城门紧闭,旗幡招展,金鼓齐鸣,知道是一座坚城。他不容分说,便率兵亲自攻城。城上防守甚严,滚木弩矢、灰瓶炮子齐下,蒙古兵伤了几十名,就是靠不到近前。攻了七八日,城仍固若金汤。车臣汗令抢掠周围村寨的粮食,做久围的打算。

去科尔沁的使者回来,说蒙古三王不敢得罪车臣汗,他们既没有答应跟随车臣汗东侵,又不能出兵助乌拉解围,请予谅解。他们又让使者转告布占泰,车臣汗脾气暴躁、性情多疑,勇而无谋。只要守住坚城,

第五十七回　遭惨败再娶建州女　布疑兵计退车臣汗

略施小计,他就会退兵。布占泰受到了启发,认为蒙古三王的忠告很有道理。

乌拉城地处平原,临江远山,东西北三面离山较近,最近处也二三十里。布占泰派出三员部将,各率军士五十名,带着引火之物,分三拨连夜过江,令他们分别登上三处山顶,广积薪柴,约定天交丑时,举火为号。以中间哈达碰子为令,哈达山上有火起,西边的老虎山,东边的东屏山皆能看得清楚。两山上同时点火,待火点燃,即刻下山,隔江鸣号角,不要接触蒙古兵。待三处山顶起火,城内大军杀出,可获大胜。

不说乌拉兵分头行事,且说脾气暴躁,性情多疑的车臣汗,连攻数日未能得手,更加急躁,他恨不能将乌拉城踏个粉碎。夜晚坐在帐中,独自一人喝闷酒,盘算着破城的办法。

时当夏季,日长夜短,天气闷热,惟松花江沿岸,凉爽湿润,蚊蝇也比较少。车臣汗喝足了酒,和衣躺在了地毡上。但他没有入睡。半夜已过,再有两个时辰就亮天了。忽然有人来报,江对面的山上火光。车臣汗一听,睡意全消,一跃跳起来,出帐外察看动静。果然看见对岸不远处的哈达山上火起。他想,夏天草木青翠,不能失火,必是有人放的。山上火越烧越旺,这时,远处的山上,东边、西边同时起火。车臣汗说声不好,我中布占泰的计了,这是乌拉请来援兵,包围我们。他下令赶快拔营,卷起牛皮帐篷,沿江岸撤走。这一撤不要紧,秩序被打乱。蒙古兵多,互相撞击,自我践踏,伤了不少。布占泰率三千精壮人马,从东、北两门杀出来,号炮齐鸣,鼓声震地,喊杀连天,夜间声闻数十里。号角声连成一片,也辨不出有多少人马,车臣汗来不及收拾物品,仓惶而逃,一直跑了五十余里,当他收住人马时,已经天光大亮。车臣汗一清点家人,他的两个妃子和一个台吉不见了。他嚎啕大哭,台吉是他惟一的儿子,仅有十余岁,从小跟他行军放牧,是在马背上长大,车臣汗非常疼爱,寸步不离。谁想,由于多疑,撤军时夜里失散了,说不定早已做了乌拉兵的刀下之鬼。他不敢再战,物资器械损失惨重,人员仅少许伤亡。士气低落,战斗力自然下降。

车臣汗正在欲退不可、欲进不能的进退维谷之际,布占泰派人送来了两个妃子和台吉,被俘的百余名蒙古兵也一并送还。使者呈上布占泰致车臣汗的信。信是用蒙古文和汉字合璧写的,大意是:乌拉与车臣本无芥蒂,大汗远道兴兵来侵,实属非理。我乌拉城坚,兵精粮足,固守待援十日,昨日三路援军已到,举火为号,故一战而决胜负。我与大汗本无仇隙,所获之福晋、世子特遣使送归,所获人畜也一并释还。愿与大汗永结盟好,递相往来。

车臣汗看了信,只对乌拉使者说了句:"感谢你主宽宏大量,对不起,冒犯了,他日定当厚报。"他立即下令,撤回蒙古草原,从此永没东来。科尔沁、土默忒、扎鲁特、郭尔罗斯诸部不再受害了,这些蒙古部落争相与乌拉国友好。布占泰智退车臣汗的故事,广为传颂。

事情已经过去七八年了,今日赠马万匹,这真是意外的喜讯。布占泰打听一下车臣汗这些年来的情况,台吉告诉他,他们的部落已迁至肯特山一带,蒙古诸部都与他们疏远,内部又分裂,势力大不如从前。车臣汗国不久的将来,就要远徙天山了。布占泰回赠了珍珠、猞猁、狐裘、银马鞍、金器皿,托台吉带给他的父汗。送走蒙古台吉后,布占泰又加紧了驯马、练兵,国势日强。乌碣岩失利,宜罕山屠城,这两件大事令他耿耿于怀,比他古勒山战败被俘更加刻骨铭心。他表面上同努尔哈赤反复和亲,暗中却在较劲,实在是外亲而内忌。

和亲之后,乌拉国平静了不到二年,努尔哈赤对布占泰还是不放心,遂于万历四十年壬子秋九月,出动两万人马,以游猎为名,深入乌拉国境内。提前派人告知布占泰,令布占泰亲自到边境上迎接。不料布占泰对建州使者道:"我与你主已有新的婚媾,理应各守疆土。今又大兵压境,迫我做城下之盟,是何道理?"使者回报努尔哈赤,努尔哈赤大怒。

正是:

　　姻盟难挡战衅开,
　　干戈何能化玉帛!

要知努尔哈赤怎样对付布占泰,且待下回再叙。

第五十七回　遭惨败再娶建州女　布疑兵计退车臣汗

第五十八回 建州主肆虐毁六城　乌拉王积愤幽二妃

　　话说努尔哈赤听了使者的回复，非常恼火，下令进兵。大军沿着松花江岸，很快进入乌拉国的腹地。乌拉国在境内沿松花江两岸修筑了大小城堡二十余座，有的利用古时留下的废弃城堡复修，有的则为新筑。从洪熙年间刘清设厂造船的地方阿什摩崖起，到下游毗连蒙古科尔沁地方止，城堡虽多，但是都在南面。北部同科尔沁友好相处，基本不用设防，重点防御南面，主要城堡有尼什哈、依拉木、郭多、鄂漠、逊札泰、富尔哈、伏勒哈、西兰、萨尔达、金州、罗齐、古汉通、汪拉玛等。这些城堡，分布在松花江的两岸。

　　努尔哈赤亲率两万大军，沿江而下，来到乌拉都城的西门外，隔江遥望西门城楼上彩旗飘扬，令扎下营寨，观察对岸的动静。

　　布占泰见建州兵已到江西岸，知其来头不小。也点一万人马出了西门，沿河东岸演习阵法。他令两个年轻的儿子长子达尔汉，次子达拉穆在前，堂弟噶兰满、辙臣兄弟殿后，上撑黄盖，下鸣钲鼓，吹喇叭、牛角号，沿着江岸，往来冲刺，比武演阵。白天出来演习，晚上回城休息。如是者一连三日。布占泰的作为，深深刺激了努尔哈赤。他见乌拉兵甲胄甚明，军容整肃，兵精马壮，队伍强盛，对部下说："乌拉国确是一块难啃的骨头，我们还是回去吧，待以后找机会再来。"

　　下令回师。

　　部下众贝勒、台吉、大臣、武士一致反对撤军。千里远来，就是要收服乌拉国，已到了他的家门口，为什么不渡河攻城？于是纷纷请战。努尔哈赤说道："我并不是害怕布占泰。他娶了我三个女儿，仍同我离心，我恨不立刻灭了他！可是你们想，乌拉是个大国，与我势均力敌。譬如砍树，不能一下子就砍倒，得一斧一斧地伐，功到自然成。"

　　众将说："那也不能白来，也得给布占泰点颜色看看。"

　　何和里足智多谋，他揣摸着努尔哈赤的心思提议道："主上，布占泰根本就没把咱放在眼里。主上说的对，伐大树得一斧一斧地砍，那就先砍光它的枝桠，留下它这棵孤树，待它干枯了再砍也不迟。"

　　努尔哈赤一听，大喜道："你的话正合我的心意。无民何以为君，无仆何以为主？将他的城堡屯寨统统毁掉，只留下他的大城，看他还敢不敢同我作对！"

当晚，在何和里的倡议下，兵分六路，将江西岸附近的六座城堡围住。哪六城？乜司玛、金州、巴尔琥、洛齐、古汉通、敖毕拉。此六城相距很近，远者十几里，近则二三里。城小，人少，除金州城较大外，均无防御设施，多数都是居民聚居点，如何能挡住建州兵的攻击，仅半夜的工夫，其中五城被攻占，居民夜间被杀。惟金州城高坚固，与都城隔江相望，有千余乌拉兵驻守。建州大将扬古利率三千兵攻了一天一夜才破城。城内兵民均被杀死。何和里的建议收到了很好的效果。他又进言道："城不能留，人不能留，粮草不能留，庐舍不能留，以绝后患。"

这一来，城墙被扒倒，百姓被杀光，牲畜鸡犬被掳走，城里城外，屯寨噶珊，所有房子全被点着。粮食、柴草也付之一炬。沿江上下，百余里火光冲天，浓烟蔽日，鸡鸣狗叫，人喊马嘶声闻数十里。

布占泰感到事态严重，即令噶兰满、辙臣、吴巴海、拉布泰及次子达拉穆随他出城，从西门码头上船，行到江中停住，对岸上喊话："乌拉国汗布占泰请大贝勒努尔哈赤答话。"

"你终于出来了！"努尔哈赤上马，率领众将，来到江岸。见乌拉君臣数人，站在大船上，两边有数艘兵船保护。努尔哈赤一提马，撺入河中，直到水没马肚子才止住。

"布占泰，你有什么话，快说！"

布占泰在船上行了一礼道："拜见父汗。乌拉国乃先世分茅胙土之国，扈伦祖传之业，奈何凭凌致此？"

努尔哈赤道："吾以三女妻汝，尚与吾离心，勾联叶赫，却不诚心归附于我，所以讨伐。"

布占泰道："欲我部归附与你，可以差使赍书求知，彼此商谈。可你却毁吾城堡，焚我粮禾，杀我人民，师出无名，能使我信服么？"

努尔哈赤却不正面回答他的话，反而跟他扯起了渊源。他说道："我爱新觉罗由天上降生，事事顺天命，循天理，从不被辱于人。数世以来，远近钦服。你我先世俱一国之裔，载籍甚明。你纵不知百世以前的事，岂十世之远亦不知耶？十世以来，我爱新觉罗有受人污辱的么？"

布占泰一听，心中不解，即追问道："被辱之说，从何谈起？我不曾侵犯贵国寸草一木。"

"你不要装糊涂！"努尔哈赤指出："你用鸣镝射吾女，又欲娶我已聘之叶赫女，还说没有污辱！"

"根本没有的事儿！"布占泰辩道："也许父汗听了谗言，有人从中离间我们。"

"你不要诡辩！你承认不承认，这都是事实。"

布占泰身边的拉布泰听到这里，觉得不平，他回敬了一句："大贝勒要是为这事兴师动众，那你不妨派人来调查一下，不就清楚了？何必听一面之词！"

"你住口！"努尔哈赤大怒道："你是什么人！哪有你说话的地方！事情已经很明白，我还用调查么？"

布占泰忙制止拉布泰，表示认错，并请熄灭焚烧之火，停止杀戮居民，愿同父汗一心，从此不再同叶赫往来，从已经占据的虎尔哈路撤军等等。努尔哈赤见布占泰承诺了所要之事，也就达到了目的，答应停止烧杀。

翁婿二人，一个骑马在水中，一个站立在船上，就这样展开了一场别开生面的阵前谈判，为亘古以来战争史上所未有。

努尔哈赤最后说："布占泰，你听着！别以为山高路远，你做的什么事都瞒不过我。现在有江水能挡住我，江水有封冻之时，我随时都会来的。"说完，拨马上岸，布占泰乘舟回城。江两岸数万人在观看这种场面，彼此无不骇然。

何和里接住努尔哈赤道："若不是主上距离他太近，我早将布占泰射落江中，乌拉就一鼓而定了。"

"没那么容易。"努尔哈赤一边下马一边说："他们也有弓箭，你没看他后边跟着几只船吗？咱们防他，他也防备咱们。"

"还是主上英明。"

第二天，乌拉城门大开，无数人抬着木箱、筐篓、食盒上船，过江送到金州，以示对努尔哈赤的馈赠与慰劳。接着派噶兰满贝勒来见努尔哈赤，商谈订盟事宜。努尔哈赤提出，要布占泰以亲子一名，宗族大臣之子十七人，共十八人送到赫图阿拉为质，建州也派使者长驻乌拉，双方和好。

努尔哈赤撤兵途中，走到叶赫、乌拉与建州的交界处，望见这里地势险要，遂于伊玛呼山留兵千人，砍树为墙，筑木城守卫，以监视乌拉、叶赫两国的动向。

建州兵虽然退走，乌拉却受到了灾难性的破坏，江西六城皆变废墟，百里村屯化为灰烬。布占泰细想努尔哈赤责问的话，提到"鸣镝射吾女"，"欲娶叶赫女"，这话从何而来？他自然怀疑到他几位来自建州的福晋身上。

布占泰一共娶了三位建州格格，最大的额实泰格格已经三十岁了，与布占泰感情尚好，共生了一男二女，男名洪匡，为布占泰之第八子。次娶娥恩哲格格，不久病殁，无出。此二女为努尔哈赤养女，生父乃三贝勒舒尔哈齐。宜罕阿林之战后，又娶努尔哈赤亲生四女穆库什格格，现在也十八岁了，婚后生一女，只有一岁多。布占泰原来有大小福晋六七名，共生七子五女，均已长大成人。至此，布占泰已是八子六女的父亲。

宜罕阿林失陷后，布占泰又进一步同建州和亲。消息传到叶赫，金台石莫名其妙，这种以敌为友，恩仇不分，实在使他百思不得其解。

正在这时，蒙古有个喀尔喀部，部长介赛贝勒派人来见西城贝勒布扬古，提出婚姻之请，要娶布扬古之妹东哥。布扬古见妹妹已许两家，哪家也不能成婚，已经二十五岁了，青春即将耗尽，他不忍心，便同意介赛的求婚。西城的大事小情全依赖东城，叶赫这个大当家人还是金台石。不料金台石反对这门亲事。他认为东哥一旦嫁给介赛，必招致努尔哈赤和布占泰双方的干涉。明朝开原守臣也派人来阻止，让布扬古留下东哥，以便牵制努尔哈赤和布占泰，令其自相仇杀。布扬古主意不定，金台石主张干脆把东哥送乌拉与布占泰成婚，这样乌拉就会与叶赫一心，共同抵制努尔哈赤。

就这样定了。

布扬古当即派使者去乌拉，提出实践以前婚约。布占泰自从同东哥见过一面后，又闻她誓死不嫁杀父仇人努尔哈赤的事，对她颇有好感，认为此女既美丽又刚烈，十年来始终不忘这门婚姻。叶赫使者来提旧事，他心里十分乐意。但权衡利害，他不敢，他已经两次败给努尔哈赤，现在不能引火烧身，招致讨伐。

布占泰婉言谢绝了叶赫的婚约之请，心里并不平衡。他回到宫里，闷闷不乐。吩咐宫人："拿酒来！"

两位建州格格上前小心地问道："主上，有什么烦心事，整日愁眉苦脸的？"

布占泰瞅一瞅这个年轻岁数小的妃子，没好气地说："都是你阿玛办的好事！叫我两头为难。"大格格额实泰性情温和，从不与丈夫计较，

小格格穆库什就不同了，自恃是建州国主的亲女，名牌的公主，有点不服，两人的隔膜也就越来越大。她见布占泰埋怨她阿玛，如何容得，便顶撞了一句："我阿玛怎么了？我阿玛待你天高地厚！"

"天高地厚？天高地厚，他杀死了我六叔，毁坏了我宜罕阿林城，真是天高地厚。"

穆库什嘿嘿一笑："打了败仗，那是你没本事，能怨我阿玛吗？"

布占泰本来就在气头上，一边独自喝着闷酒，一边想着叶赫的事。他的毛病就是一生气就自己一人喝闷酒。文武官员、宗族大臣、宫人福晋，谁也不敢劝阻。惹了他，重则杀头，轻则吊树上打一顿皮鞭。

额实泰见堂妹说话没有分寸，知道要闯祸，忙用话岔开："主上，乌拉建州本是一家，今后不再动干戈了。明年是我阿玛的周年，咱们都去赫图阿拉，一来扫墓，二来会一会亲人，也免得彼此放心不下。"

布占泰把手一摆："不要说了，我心里烦的厉害！"

额实泰见话不投机，忙给堂妹递了个眼色，赶紧退回自己屋子。穆库什年轻气盛，根本就不在乎。她毫无顾忌地说道："你背着阿玛，背地跟叶赫勾勾搭搭，这叶赫使者又捣什么鬼来了？你咋不说话啊？"

已经喝得大醉的布占泰，嘿嘿讪笑道："我就实话告诉你吧。十年前我已聘了叶赫公主，被你阿玛搅黄了。他也要娶，可是人家不嫁。现在还要同我成亲，叶赫使者就为这事而来。"

"你答应了？"

"本来就是我聘下的，你阿玛不也下过聘礼吗？可我偏要娶她，看你阿玛能奈何我！"

布占泰本来说的是气话加醉话。穆库什信以为真，气得浑身打颤："你，你忘恩负义，不得好报，就该像哈达孟格布禄、辉发拜音达里的下场……"

刚要躺下的布占泰，一咕噜翻身起来，抓过床头放的宝剑，没等抽出，即被侍卫和宫人劝住。侍卫拿走宝剑，宫女劝住穆库什公主。穆库什被宫女扶走，掀开过堂门的帘子，她在门口站了一下，又将了一句："看你这汗王能做到几时，你等着瞧吧！"

布占泰已经大醉，当时酒气往上一涌，气得暴跳如雷。抬头一看，帐上挂着一张铜胎铁背弓，他一把摘下，从箭壶里抽出一支箭，对准穆库什嗖地就是一箭，穆库什听得宫人大喊："福晋快躲！"她身体灵便，急忙一闪，布占泰因酒醉，目标不准，一箭射空，撞到门框上弹回。这种箭是用骨制成，无镞，箭杆带翎，射出有风声，又叫响箭，是平日教习子女用的。这种箭射到身上，虽不致命，也能微伤。众人吓坏了，劝布占泰的劝布占泰，安慰公主的安慰公主，宫里乱做一团。

宫人看事情闹大了，忙去后宫院请来老王妃。她是布占泰的母亲，乌拉前国王布干嫡福晋，已经七十多岁了。她平日只在宫里拜佛求仙，什么事情也不过问。听到儿子和儿媳闹翻了，她出来制止布占泰，向穆库什公主说了很多好话，才平息了这场风波。第二天布占泰醒酒，对头一天的事全然不晓。

不料，布占泰鸣镝射公主，欲娶叶赫女的事情却传到了建州，努尔哈赤借口兴兵讨伐，才发生了半毁沿江六城，火烧房屋粮草的事件。

努尔哈赤撤兵以后，布占泰想到两位建州格格可能暗地里向她阿玛通风报信，即把她们叫出来询问："打发人去建州告密，说我的坏话，造我的谣言，这是谁干的？"额实泰心知肚明，她怕堂妹吃亏，自己承认下来："是我派人去说了主上的坏话，我有罪。"说完跪了下去。布占泰根本没有怀疑她，对她的承认不相信，又问："你都说我什么坏话？当我面儿再说一遍。"额实泰无言以对。

"你出去！"布占泰斥道："别再给我添乱了。"

撵走了额实泰，布占泰叫过穆库什："这就是你干的，你们父女暗中勾结，算计我，是不是？"

"是又怎么样！"穆库什满不在乎地说道："你能做出来，还怕人说？"

布占泰肺都要气炸了，这个刁蛮任性的建州格格，背后仗着强大的老子撑腰，不知天高地厚。他也不再多问了，叫过侍卫命令道："将小福晋送到东院的空屋里，好好看住。没有我的话，谁也不许见她。"

"你敢拘禁我？"穆库什吼道："我阿玛要知道，一定来找你算账！"

"来吧，我等着他！"

不论穆库什怎么哭闹，还是被侍卫送到冷宫里。她生的小女儿，不足一岁的小公主被奶娘抱走。

布占泰拘禁了小福晋，气尚未消。他把宗族大臣们召到紫禁城里，商讨对付努尔哈赤的办法。时有噶兰满、哲臣、延太、库洼、噶尔珠、纳木达里、阿布泰等。纳木达里是前国王满泰的次子，他的妹妹阿巴亥格格于十年前嫁与努尔哈赤。现已被立为大福晋。他出于亲戚关系，反对乌拉同建州动武，提出与努尔哈赤和好，永享荣华富贵。噶兰满从来都和布占泰一条心,他认为共享富贵根本不可能。用不了多久,建州兵必来。乌拉国不亡,努尔哈赤决不会罢休。乌拉国的出路只有两条,要么献上国土,永做臣属;要么联合叶赫,共同抵制。布占泰道:"我扈伦立国,已二百年之久,基业为先人所创,断不能亡在我的手里。我宁肯战而后亡,也不会屈膝投降。"

在座诸贝勒、大臣、台吉们皆愿意为祖宗基业献身,决不同建州妥协。

宗族大臣的会议坚定了布占泰抵抗的信心。他防备努尔哈赤冬季封冻时来犯,募兵屯粮,共调集四万人马加紧训练,凭藉松江天险,确保都城的安全。布占泰知道,光靠自己的力量是远远不够的,只有同叶赫联合,才能阻止建州军的进攻。他赶紧派使到叶赫去见金台石,请求叶赫出兵相助,并请叶赫送东哥去乌拉成亲。叶赫贝勒金台石正对布占泰不敢娶东哥感到迷惑不解,今见他派人来请兵又请婚,他答复道:"你主几次失信于我,今日请盟,未敢全信。你主果有诚意的话,可让他将答应入质建州的人质送于我,叶赫一定送东哥去乌拉,与你主成亲。若有敌军入侵乌拉,叶赫兵闻警必到。"使臣回报布占泰,布占泰有苦难言。无怪人家不相信,脚上泡是自己走的,几次失信于人,谁都会有戒心。他答应金台石的要求,令人通知叶赫,将准备送建州的儿子绰奇纳,女儿萨哈连,以及宗族大臣之子共十七人,订于明年正月十五送到叶赫,同时迎娶叶赫公主东哥归乌拉成亲。

若要人不知,除非己莫为。布占泰自认为幽禁了穆库什,断了建州这条线。可到底还是走漏了风声。人多复杂,不想乌拉军中混入了几个奸细,是努尔哈赤撤兵时留下的,混入乌拉城中,刺探军情,作为内应。他们把这一切报信给努尔哈赤,说布占泰已幽禁了两位公主,很快就要娶回叶赫格格。努尔哈赤被激怒了,点大军三万人马,征讨乌拉。

大明万历四十一年癸丑正月初一,这本是新年头一天。赫图阿拉张灯结彩,锣鼓喧天。突然教军场内传来三声炮响。努尔哈赤身穿金丝棉甲,在诸贝勒众将的簇拥下,率军出发。

军情紧急,昼夜兼程。努尔哈赤坐在马上思绪万千。他知道,这一次出兵,非比往次,将有一场恶战。乌拉是个大国,布占泰武艺高强,是输是赢还很难说。他又想着爱妃阿巴亥,她是乌拉的公主。十三岁嫁到建州,十多年来,倍受宠爱,她年轻美貌,聪明伶俐。临行前的头一天晚上正是大年除夕,阿巴亥听说明天就要出兵攻打乌拉,甚是惊恐。

一时想起母亲和亲人,落下了眼泪。努尔哈赤看到这副情形,便安慰她说:"都怪你那额其克无礼,负约败盟。我这次去打他,若能攻下乌拉城,我一定约束军士,保护好你们家就是了。"阿巴亥止泪谢恩。

一路上,他想到,乌拉国不灭,布占泰不除,终久是建州的心腹大患,一旦和叶赫联合在一起,还真难以对付。他一时又想到了和他打了多年交道的孟格布禄、拜音达里等人,他们不都灭国杀身了吗……

大军前进中来到一座城下,叫孙札泰城,乌拉国大将扎多率兵一千驻守。守城官兵正在欢度新年,没有想到建州兵来的这么快。孙札泰城弹丸之地,又没防备,很快被建州兵攻破,扎多及守城兵全部被杀。

孙札泰城失陷,邻近的郭多、鄂漠两城惶恐万状,不敢拒战,弃城逃走,来不及逃脱的兵民均做了刀下之鬼。建州大军一日连下三城,乘着一股锐气,很快来到富尔哈城下,一场决定命运的大战即将展开。

正是:

> 两军决战富尔哈,
> 元宵节日灭乌拉。

要知乌拉兵如何拒敌,且看下回再叙。

第五十八回　建州主肆虐毁六城　乌拉王积愤幽二妃

第五十九回　布占泰兵败走叶赫　金台石纳友抗建州

且说建州兵连破三城之后，进入到乌拉都城南面不远的富尔哈城。富尔哈城北距乌拉都城仅十里之遥，是都城的前卫城。此城宏伟壮观，墙高池深，江河环绕，地当要冲。城原为金代猛安治所，元明沿用。乌拉国修缮加固，成为一座坚固的堡垒。布颜贝勒伯父太安家族居此，太安之孙佛索诺揭露其堂兄兴尼牙谋害国王满泰有功，布占泰即位后令其返回主管富尔哈城军国大事，赐爵贝勒。现已近二十年了，佛索诺贝勒已老，且有病在身。他有五个儿子，其长子阿尔苏胡、次子阿海执掌军政大权。富尔哈城有驻军两千，附近有小城一座，平时驻兵千人，归阿尔苏胡调遣。

建州大军突然来犯，佛索诺贝勒令闭门坚守不战，等待布占泰的命令。

布占泰得知建州兵来侵，陷沿江三城，进兵富尔哈，这天正好是正月十四。原定于正月十五送人质去叶赫，换取叶赫支援，只差一天，送也来不及了。布占泰集宗族贝勒于议事堂，商议迎抵的办法。噶兰满贝勒说："努酋亡我之心不死，去年已经讲和，不到半年又来侵犯，若不给他点教训，他也不知乌拉的厉害，总以为咱们好欺负。"

次子达拉穆台吉道："外围已失，我军不能出，要全力守城，派快马去叶赫求援。建州兵远来，利在速战，我坚守半月，敌人粮草一断，他必退走。那时出击，可获全胜。"

很多人都同意达拉穆台吉的主张，惟噶兰满贝勒和布占泰主战。布占泰说："如今是冰封季节，天堑已失。建州兵来，可以直接攻城。我们不能挺着挨打，一定跟他决一死战！"

布占泰率众宗族大臣跪于奉先堂前，对祖宗发誓，保卫祖宗之基业，舍命杀敌，誓死不降！

誓毕，令噶兰满率部先行，助守富尔哈城；令次子达拉穆率军五千坚守都城，其余贝勒、台吉、大臣同去富尔哈，布占泰统率三万大军前去迎战。

努尔哈赤听说布占泰亲自率军来战，心里也有点紧张。何和里说：

"这真是天助我也！所虑者，就怕布占泰坚守不出。现在他出来了，真是天意。"

努尔哈赤说："布占泰既然来了，我想派人去见他，劝他归顺，同他讲和，只要臣服于我，可永为乌拉之主。"

代善、阿敏坚决反对，说："我军这么远来了，连年都没过，一仗不打就讲和，哪有这种道理！"于是费英东、扈尔汉、额宜都、扬古利、安费扬古等纷纷请战，决不同意讲和。他们说："我军远来，利在速战，就怕他不出来。他现在出来了，这里是平原旷野，一战就可以抓住他。舍了这个机会不战，调动这么多兵马，耗费那么多的粮草干什么来了！"

还有的说："现在不战，还等布占泰娶了叶赫女，那就更碴碴了。就是以后能把叶赫女夺回来，有什么益处？"

这本是激努尔哈赤的话，可是他并不上火，沉着地说："打这么大的仗，一定要死很多人。所以我反复寻思，不如讲和，让布占泰投降。"

听着大家争论，注意揣摩努尔哈赤心理的何和里，他看出来努尔哈赤是用激将法鼓舞士气，想了想便说："大家说的很对，主上说的也有一定道理。我主天性仁慈，可比那旦乌西哈①。不过，布占泰这个人性情狡猾，反复不定。他调来这么多的人马，决不会跟我们妥协。他即使降了，以后必然翻悔。降而复叛，不如不降。只有彻底把他打败，他才会老实。"

众将听了何和里的话，都欢呼雀跃，拍手叫好。

"还是额驸讲的有条有理，能说服主上。"

努尔哈赤一看，到火候了，便叹了一口气说："我生来受阿布卡恩都力的保护，从小就在军中，遇到强大的敌人，每一次都是单骑冲阵。今儿个带你们身先士卒，并没有什么困难。但是，想到你们跟我这么多年，久经战阵，多立功勋。万一，你们中有一两个伤亡，我是非常痛惜。我讲和是为了你们的安全，并不是我惧怕他。"

众将一听这番话，刷地齐跪在地上，有的感动得流了泪水。

"请主上放心，奴才们为主上宏图大业，抛头颅，洒热血乃是幸事，死也报不了主上知遇之恩，请主上下命令吧！"

"都起来吧！"努尔哈赤果断地说："你们如此心齐，可以跟布占泰一决胜负！"

---

① 北斗七星，即仁慈之星，照亮黑暗之星。

诸将大喜，群情振奋，各个摩拳擦掌，好像都有一种献身的精神。

努尔哈赤又告诫道："征伐大国，非比一般，要谨慎、小心。"众将记下。何和里又献计道："布占泰起倾国之兵来迎，是要决一死战。我想，他的都城必定空虚，可令一军绕道偷袭他的都城，胜即夺门。他的都城要失，乌拉兵不战自乱，布占泰也就非当俘虏不可。"

努尔哈赤点头称善，即令安费扬古率军三千，偷袭乌拉城。又令扬古利督兵二千，围困富尔哈城，防止城内驻军出城援助布占泰。调拨已毕，整军前进。

布占泰看建州大队人马来攻，令士兵舍马步战，排成两个方阵，自己当先带头冲阵，纵横出击。努尔哈赤见乌拉兵以步为阵，也令军士下马步战，冲击两翼。

这是一场前所未有的大拼搏，矢交如雨，箭似飞蝗，刀光剑影，呼声震天，人头翻滚，血肉横飞，努尔哈赤和布占泰都带头冲阵，众军无不拼命。一场恶战，从上午到下午，尸横遍地，血流成河，地上覆盖的白雪都被融化，流着淙淙的红水。两方各自伤亡数千人，布占泰拼死力抵，两军相持不下。天色已晚，双方各自就地休息。

攻乌拉城的安费扬古派人来报，城上防守甚严，实难得手，已经死伤阿兰珠、叶中额两员大将，军士伤亡五百多名，请派兵助攻。

努尔哈赤说："怎么样？我有言在先，征伐大国，非比寻常，不是那么容易得手。"

努尔哈赤焦灼万分，无兵可调，两军呈胶着状态的时候，一件意想不到的事情发生了。扬古利攻下了富尔哈城，乌拉守将阿尔苏胡、阿海投降。

这是怎么回事？

原来这兄弟俩早有投顺努尔哈赤之心。噶兰满贝勒率五千兵增援富尔哈城，帮助抗敌时，兄弟二人闭门不纳。噶兰满只好暂栖城外，静观变化。两军交锋时，噶兰满率队也投入了战斗。扬古利根本没费什么事，阿尔苏胡、阿海就开城投降了，他们迎接扬古利进城。病中的佛索诺贝勒得知两个儿子投降引建州兵进城，气得大骂一声："逆子！"便吐血而死，寿不足六十岁。

努尔哈赤进入富尔哈城，令乌拉降兵脱下衣甲，用扬古利的两千人换上乌拉兵的衣甲，趁着月色，赶奔乌拉城下。行前，吩咐代善、阿敏、何和里、额宜都、费英东连夜向布占泰发起攻击。

再说守卫都城的达拉穆台吉,白天击退了安费扬古的进攻,晚上更加警惕,他站在南门的城楼上,注视着东南的方向。约当半夜,富尔哈方向隐隐传来喊杀声,他知道前方又打起来了。乌拉城坚地广,周围十六里,五千兵分守四门,一千兵守卫王宫,力量显得分散。

大约半夜时分,一队人马急急奔南门走来,到城下齐声叫门,说是从富尔哈前线回来,要进城休息,暖和暖和,亮天还要回去。守城兵借着月色向下一看,果然穿的乌拉兵的衣甲,达拉穆立命开城放入。谁想城门刚一开,安费扬古突然闪出来,当先闯入城门,数千建州兵不知从何处钻出来,跟在安费扬古后面一拥进城。守南门仅有一千人,被这突然的变化吓得不知所措。待他们反应过来,一切都迟了。他们非死即逃,达拉穆台吉见中计丢失城池,跪在城楼上向南叩了三个头:"孩儿不孝,误中奸计,无颜见阿玛,阿玛保重。"他向自己的脖子拉了一刀,翻下坠城而死,年二十八岁。

努尔哈赤进城后,令守住紫禁城王宫,禁止人入内。他登上城楼,关心富尔哈前线战局。

正在同建州兵鏖战的布占泰,富尔哈城的投降已经影响了乌拉兵的士气。忽闻都城失陷,这一惊非同小可!不敢恋战,率残部回救都城。代善等又截杀一阵,乌拉兵越来越少,布占泰到达乌拉城外时,天光已经大亮。他走近南门向上一看,安费扬古手执建州大旗立于城上。他绕到西门,想直接进内城。只听一声断喝:"布占泰!你老窝已失,何不投降!"

布占泰循声望去,见努尔哈赤正坐在城楼上。他不敢停留,此时也顾不得紫禁城里家人的死活了,长叹一声,飞马踏冰过江而逃。一路上收集溃军千余名,奔叶赫国而去。

再说穆库什公主自被布占泰软禁在冷宫之后,并没有亏待她。她也感到自己有些过分,不该对布占泰那么无礼,他毕竟是一国之君哪。额实泰劝她认个错,她也答应了。就在这时,双方发生了激战。一夜之间,乌拉兵一败涂地,都城陷落。城内谣言大起,宫里宫外盛传国主及众贝勒全部战死于富尔哈城外。他们毕竟是夫妻,何况,布占泰对这位小福晋还是宠爱有加的。

努尔哈赤进了紫禁城,看到乌拉国的宫殿,琼霄玉宇,富丽堂皇,不觉万分惊异。努尔哈赤对众将道:"乌拉城有皇家气派,可惜布占泰

第五十九回　布占泰兵败走叶赫　金台石纳友抗建州

不能守,他没有逃脱败亡。可见,天下当属于有德之人。"众将恭维:"主上德配天地,功盖古今,回去当面南称帝,四海归心,万世一系了。"

努尔哈赤大喜道:"如果天命在我,诸位皆是佐命功臣,名垂青史。"

众将山呼万岁。这是建州诸将第一次呼他万岁,不是在赫图阿拉,而是在乌拉国的紫禁城里。

努尔哈赤忽然问:"公主找到了吗?"

一言未尽,一个人哭着进来了:"阿玛,你好狠心!"

努尔哈赤一看,女儿穆库什,怀里还抱着一个女娃娃。努尔哈赤一看到女儿一副憔悴的样子,心里未免怜惜。

"你受苦了。为了孩子你,我才出兵,灭了乌拉国。"

公主大哭大闹,就要以头撞柱,众将拦住劝解。努尔哈赤沉吟一会儿,冷冷地说:"布占泰我没亏待他,他一贯反对我,投靠叶赫。今日败亡,是咎由自取。"

穆库什还是大闹不止:"你不该杀了他,又杀了他的儿子,你太过分了!自古以来,仁君灭国争天下,都要网开一面,不绝人嗣,可是你……"

"这是哪里话!"努尔哈赤一团高兴被打消,又冷冷地说道:布占泰没死,他跑了。他的儿子宗族也都好好的,听说有个儿子自杀了,这不干我的事。"

公主听说布占泰没死,情绪才稳定些,抱着孩子走出去。

她刚走,士兵来报:"大格格上吊自缢了!"努尔哈赤一听额实泰上吊自缢,一跺脚:"竟有这等事!"

都城陷落,属城俱降,乌拉国从此灭亡。努尔哈赤在乌拉停留十日,编户万家,设立牛录,纳喇氏族人俱编到旗内,遂班师。

乌拉国自布颜于嘉靖四十年建立,到万历四十一年灭亡,共三代四王,存国五十一年。若以永乐四年纳齐布禄创立扈伦国算起,计九代十主,总计二百零六年。

努尔哈赤每灭一部,破一城,先毁其首领的堂子,哈达、辉发皆无幸免。惟破乌拉后,他没有毁掉纳喇氏宗祠奉先堂,而令布占泰之第八子洪匡奉乌拉宗祀,号称布特哈贝勒,这也是对其自缢的养女的回报,因洪匡为她所生也。穆库什被接回建州。

返回的路上,努尔哈赤对身边众将道:"年前腊月,有白气起于乌拉,直指呼兰哈达,我就知道乌拉国要有灾难,现在不是应验了吗?"

"还是主上洪福齐天,灭乌拉国也没有费多大的事。回去之后,主上就可以登基坐殿,改元称尊了。"

听了众将恭维的话,努尔哈赤点头道:"天命果真在我,我当受之不辞。可这布占泰一日不除,我总觉得心里是块病。"

"慢慢地打听,迟早会知道他的下落。"

回到赫图阿拉不久,有人来报,说布占泰逃到叶赫国。努尔哈赤决心要得布占泰,得到这一消息,认为可靠。各国均已灭亡,除了叶赫,他还能逃到哪去吧?于是他修了一封国书,派人送到叶赫去。

且说叶赫贝勒金台石,这天正议论乌拉送人质的事,外边来报说:"乌拉国主布占泰已到城下叫门。"

"来了多少人?"

"单人独马。"

金台石心里纳闷,他答应送人质,怎么就他一个人来了?即令开城,放进。

布占泰进来,见了金台石,说道:"我已国破家亡,只身来投,不知贝勒能否容纳?"金台石一惊:"会有这等事!"布占泰即把富尔哈城战败的事,略述一遍,并说家口已陷敌手,不知死活,自己仅率千余败兵突围逃出,部下现留在赫尔苏,自己单人独马来到叶赫投奔。金台石顿足道:"迟了,迟了!都怪我没有及时发兵,以至国主遭此大祸。"布占泰道:"事已至此,悔亦无用,一切都是天意。如今扈伦四国亡其三,惟叶赫尚能支持多久,贝勒能高枕无忧吗?"金台石叹道:"孤树不成林,叶赫未来不堪设想。但我继承阿哥纳林布禄的遗训,誓死对抗建州,同努贼不共戴天,决无调和之理。国主不嫌国小地贫,暂居叶赫,徐图恢复,不知尊意如何?"布占泰逊谢道:"亡国之人,仅以身免,如蒙不弃,得以养命安身,苟延余生就可以了。致于恢复,决不敢想。"

"请放心,我一定竭尽全力,帮助贝勒就是了。"

布占泰表示感谢。金台石把努尔哈赤灭亡乌拉的事,写本章向朝廷报告,并声言叶赫势孤,请朝廷派兵援助。时因形势严重,为保住北关这最后一道屏障,明朝即调游击将军马时楠、周大岐二将率两千人马,

第五十九回 布占泰兵败走叶赫 金台石纳友抗建州

配备火器,助守叶赫两城,这是后话。

金台石又令叶赫全境各城寨加固修葺,增添战具,严加防守。

一日,建州下书的使者到了。

> 建州都督龙虎将军努尔哈赤书达叶赫国主金台石、布扬古贝勒尊前:
> 昔建州与扈伦,歃血订盟,盟后复又背之。哈达阴谋诱我,实由叶赫唆使,所以有孟格布禄之亡也;辉发败盟毁誓,亦因叶赫之蛊惑,是因有拜音达里之诛也!建州与乌拉,本姻亲之国,布占泰背我,实由叶赫之煽动,故天怒人怨,大军一到,玉石俱焚。布占泰只身远窜,亡命叶赫。叶赫容纳此败亡之人,窃谓智者所不取。今遣使索交布占泰,望乞执送,则与尔永释前嫌。以求共处,而宗社可保,惟贝勒详察之!

金台石看罢,怒道:"你建州恃强凌弱,随意征伐,又来吓唬我,难道我怕你们吓唬吗?布占泰今虽败亡,我们毕竟是同盟,你让我出卖色音姑出讨你主子欢心吗?你回去告诉他,别痴心妄想了!"

他不写回信,让使者口传他的话。使者回到赫图阿拉,未敢原话实说,只说叶赫不交布占泰。努尔哈赤不死心,又派人去叶赫,同样也是碰了钉子。努尔哈赤大怒,又派了第三批使者,拿着他措词强硬的信去见金台石。信上有这么一句:"若执迷不悟,坚持不交,披兵燹、荼生灵,汝期无悔。"金台石当着使者的面,把书信扯碎,摔到地上,冷笑道:"三番二次,死皮赖脸。你回去告诉他,有本事他自个儿来,我叶赫不怕他额喝。"他还是不与回书,下令把建州使者逐出去。

驱逐了建州使臣,金台石恨犹未解,想道,我偏要气一气努尔哈赤,看他能奈何我。他到西城同布扬古商议,旧事重提,实践前约,令其妹东哥格格和布占泰在叶赫成婚。布扬古同意,东哥格格等的就是布占泰,自然没有异言。可是跟布占泰一提,布占泰反而推辞道:"今非昔比,我乃亡国之人,再要和公主成亲,会激怒努尔哈赤,招致他的讨伐,叶赫就岁无宁日,我于心何安!"他又建议布扬古把妹外嫁,扩大努尔哈赤的对立面。布占泰在西城同东哥见了最后一面,表示万分歉意,然后便离开,自往赫尔苏河源隐居。布扬古见妹妹青春已误,同意了蒙古的求婚,将东哥格格强行嫁给喀尔喀部贝勒巴罕之子蒙古尔岱台吉。婚后不到半年,东哥绝望自杀,一代佳丽,落了个悲惨的结局。东哥终年三十三岁,此万历四十三年事也。

再说努尔哈赤三次遣使索要布占泰,都碰壁而归,气的火冒三丈,即要出兵攻击叶赫。他怕布占泰真地娶了东哥,给他难堪,等了几天,得知布占泰并没有和东哥成亲,才打消了兵伐叶赫的念头,而是筹备登基大典,面南为君。

万历四十四年正月,努尔哈赤在赫图阿拉登基,立国号为大金,改元天命,自称"覆育列国英明汗",编八旗、定国政、设理事呈讼衙门。封代善、阿敏、莽古尔泰、皇太极为四大贝勒,以额宜都、何和里、费英东、扈尔汉、安费扬古为五大臣,另设扎尔固齐十人,处理日常政务。又立八旗额真掌管军队。一个新兴的女真族政权,诞生了。遗憾的是,创业功高的长子褚英已于前一年被处死。

努尔哈赤登基称汗不久,方得知叶赫公主东哥的死讯,他幸灾乐祸地对群臣说:"此女流毒已尽,知其必亡。哈达、辉发、乌拉都要娶此女,三国因她而亡。此女不归我而转嫁蒙古,是天不让其亡我也!况其红颜消退,已成老女,娶之又何益哉!"众臣又俯地恭维:"陛下洪福齐天,恩都力令此老女远离,免得伤害龙体。"老女之称,自此传出,东哥真名却被隐去。

明万历四十六年秋九月,金台石命长子德尔格勒台吉带兵三千,请布占泰率千余乌拉兵配合,袭击了辉发城。登上扈尔奇山以后,见山城变做废墟,感慨一番随即撤退。此役俘金国驻军四百零七人,斩八十四级,使赫图阿拉受到威胁。努尔哈赤攻击沈阳的计划被打乱,回师抵御叶赫。这仅是一次小小的军事行动,却起了很大的作用,给明朝的军事部署,人员调配赢得了时间。明朝为了酬谢叶赫的贡献,赐白金二千两,彩缎二十匹给金台石,另特召布占泰进京,不料布占泰长期忧虑成疾,出兵辉发又受了风寒,北京未及出行便病死于叶赫①,寿五十一岁。

努尔哈赤为了报复叶赫,于转年正月出兵两万人攻入叶赫境内,因叶赫有备,明兵又出援,无功而返。金兵退去不久,明朝使者又到,明

---

① 另有一说,布占泰去北京见了万历皇帝回来后忧郁成疾而死。还有明人史料记布占泰没死,而是"天朝宣卜台吉于内地",至今仍莫衷一是。但纳喇氏《家谱》却记布占泰"自隐赫尔苏河源筑室修稳"。

朝要出重兵征讨努尔哈赤,令叶赫兵配合作战。金台石大喜道:"这一天终于到了!"

正是:

> 金明决战在此役,
> 兴亡便是转折期。

金兵大破明军于萨尔浒,灭亡叶赫国,皆在下回讲述。

第六十回 灭叶赫两贝勒死义 并扈伦女真族统一

话说金台石击退后金兵不到半年,明使来到,朝廷令叶赫配合明军,对努尔哈赤实行一次大规模的围剿,力图一举消灭后金。

这是怎么回事儿?

原来努尔哈赤建国称汗以后,彻底同明朝决裂。发布"七大恨"誓文,陷抚顺,进犯沈阳。明朝任命杨镐为辽东经略,调山海关总兵杜松、辽东总兵李如柏、辽阳总兵刘𫖯、开原总兵马林分四路进攻金国,还有朝鲜元帅姜弘立兵一万,总计二十多万人,号称四十七万,对金国实行重兵围剿。叶赫出兵一万,配合北路军马林出开原。金台石亲自带兵从开原出三岔口,进驻尚间崖。没过几天,得到的消息都是败报:杜松战死在萨尔浒山,刘𫖯被杀于布达里冈,李如柏败退河西,朝鲜兵投降。剩下北路军马林,只有退回开原,叶赫兵自然返国,白折腾一场。努尔哈赤取得萨尔浒大战胜利后,一鼓作气,紧接着拿下开原、铁岭,总兵马林战死。开原失陷,叶赫就彻底孤立了。

八月下旬,努尔哈赤出兵四万攻叶赫。以四大贝勒攻西城布扬古,自率兵攻东城对付金台石。东西两城皆被围住。攻城战具已备,努尔哈赤亲临城下,对城上喊话道:"我是大金国天命汗,请你们贝勒金台石出来说话。"金台石得报,偕儿子德尔格勒上城。望见努尔哈赤在众将拥簇下,坐在马上,指手画脚。金瓜钺斧,黄盖龙幡,俨然天子气派。德尔格勒抽出弓箭,就要向城下射,金台石急止道:"不许胡闹!"德尔格勒只有退后。金台石手扶城楼明柱,说道:"叶赫国大贝勒金台石在此,你有什么话,就请说吧。"

努尔哈赤看他这种瞧不起自己的样子,心里很生气,遂说道:"我就是想说一句话,要你投降!"

金台石一听,哈哈一阵冷笑:"原来你是对我说这个,我也可以告诉你,我和你同样都是国主,怎么可以向你投降?我宁肯战而后死,也不会屈服于你!"

努尔哈赤大怒,下令攻城。金台石也不示弱,指挥抵御,两军激战,矢交如雨。德尔格勒又领着一支弓箭手,登上城来,矢无虚发,攻

501

城兵被射倒数百名。努尔哈赤看清城上一个青年壮士箭法高超，遂问："这是什么人？"有认识的答道："金台石的儿子。"努尔哈赤顾谓左右道："辉发拜音达里之子，小而有胆识；乌拉布占泰之子达拉穆台吉，少而有勇力；叶赫金台石之子，壮而有绝技。惟哈达孟格布禄之子武尔古岱，庸才耳！"

左右道："这几个人，哪能比了主上的四大贝勒！"努尔哈赤又说："群雄已灭，叶赫亡在旦夕，此子要留下为我效力。"

正说之间，忽然城上一阵大乱，弓箭手纷纷退走。原来德尔格勒被费英东一箭射中左臂，跌倒城上。部下救起，扶下城去。叶赫兵乱作一团。金兵趁势爬上云梯，抢登城头。不想明将周大岐赶到，一阵火枪、火炮、火罐、灰瓶打下来，登城的金兵多被火器烧伤，跌下城去，云梯立时起火。努尔哈赤急令汲取护城河水，浇灭火焰，云梯已被烧坏两架。努尔哈赤见是明军来助，发恨道："我要攻进城去，这明兵一个也不能留！"

金兵继续攻城，努尔哈赤转移到南边一个高岗上观战。

攻了多时，叶赫兵誓死不退，城坚不能拔。何和里想出一个办法，他让攻城士兵分为三组，当先的身披两重铠甲，拿着盾牌，只顾登城，不管战斗；第二组轻装，各拿弓箭，跟在盾牌兵后边只管往城上射箭；第三组拿着装水的器具，跟在最后，专管灭火，防止攻城兵被火烧伤，保护云梯。

这一招果然有效，金台石支持不住，下城回避，外城即陷落。叶赫兵奔散，各奔到百姓家躲起来。努尔哈赤令人举着黄盖传谕，勿分军民，降者免死，叶赫军心瓦解。

外城虽陷，内城坚固，是石城，门为铁铸，挡住了金兵的去路。努尔哈赤正在为难之际，降将中走出一人高声道："我有办法破石城铁门。"此人是叶赫王族，金台石同宗兄弟，名叫刚阿达，他用火药炸开铁门，石城倒塌一孔，金兵趁硝烟未散之际涌入内城。刚要进逼宫城，不料宫城一开，出来两员少年将士，各率百余人冲入金兵里边，倒也把金兵吓了一跳。金兵依仗人多，两位少年壮士及手下全部战死，却也击毙金国将士顾吉纳等十余人。这两员少年将士乃哈达汗王康古鲁的儿子古莫台州和图满①，兄弟二人在叶赫养大，今日舍身以报。

---

① 康古鲁二子：古莫台州、图满，为叶赫西城贝勒布扬古之姑所生。

金台石退入宫城。宫城筑于高地，四周凿山坡为壁，陡峭险峻，无法攀登。宫城最高处有一座八角楼，可俯瞰全城。金台石躲入楼内不肯出来。

金兵围住宫城，劝其下来投降。金台石说道："我石城铁门都被炸毁，我还能战么？我想见一见依诺皇太极①好吗？"

皇太极正领兵攻西城，被找到东城，令他劝降他舅金台石。皇太极不情愿地来到宫城下。他们舅舅外甥从没见过面，见面谁也不认识谁。皇太极向上望见了这位叶赫国主，五十多岁，一脸晦气，立于八角楼前。这就是我的舅舅吗？他进前一步对上说道："我就是四贝勒皇太极，你要见我说什么，就快说吧！"

金台石一听他这个外甥口气如此傲慢，不由倒抽一口冷气，心里彻底凉透了。有其父必有其子，我能在你们这种人面前乞哀活命么？你既然来了，也不能不说一句话："我不认识你，我从来也没见着过我的依诺是啥样，你是真是假，我也无法识别。"费英东在旁说："这还能是假的吗？谁敢冒充四贝勒？你再看看，平常人有这样英俊奇伟的么？"

"你们别够搭②我。"

皇太极既着急又生气，但碍于阿玛汗的命令，只得忍耐。

金台石始终没有听见他叫一声"那克出"，抱定主意誓死不降。他又试探一下说道："你叫我下去，你能收养我吗？下去你们要杀我，我怎么能下去呢？你能保证我一家的安全吗？"皇太极不耐烦了："这个我可保证不了，杀不杀你，那要阿玛汗说了算。"

老臣阿尔塔什从旁说道："老臣从前数次出使建州，努尔哈赤多少会给点面子，老臣去见他探探口风③。"金台石依了。

"那好吧，我派使者随你去见你的阿玛。"

皇太极领着叶赫老臣来到努尔哈赤处，说："金台石派个使臣来，要看一看阿玛汗的颜色④才决定。"努尔哈赤怒道："看我颜色吗？那我就给他看一看。"接着对武士一声吩咐："带叶赫使臣！"阿尔塔什看到这副架势，知道没有商量余地了。他被带进帐内，没等看清帐内一切，忽听一声断喝："你来嘎哈！"

① 依诺即外甥。皇太极为孟古所生。
② 欺骗，还有的方言作户弄（糊弄）。
③ 即心里话。
④ 即态度。

努尔哈赤以前在赫图阿拉曾数次接待他,每次都待以宾礼,与这次迥然不同。常言说,站在矮檐下,怎敢不低头,战败国的使臣自然挺不起腰杆,他忙跪下,俯首听训。努尔哈赤说:"阿尔塔什,你可知罪?"阿尔塔什一听,这是哪里话来:"老臣不知,敬请明示。"

"阿尔塔什!你教唆我查尔甘阿烘①,联合大明,出兵四十万攻我。你昔日往来于建州叶赫之间,专事挑拨,使我们亲戚不睦,罪本当诛。"阿尔塔什心里实在不服,怎么,你们亲戚不睦怨我?这个节骨眼上他不敢反驳,只得叩了一个头说:"老臣知罪。"

"我不杀你,放你回去,告诉金台石,叫他赶快投降,我只能等他一天,过期不下来,我灭他叶赫全族!"

阿尔塔什怕金台石罹灭族之祸,自己又不敢去劝说,他给皇太极出了一个主意,说金台石的儿子德尔格勒在家养伤,带他来,让儿子劝说父亲,贝勒就会下来。

德尔格勒中箭在家养伤,被带来了。皇太极并不认识这位表兄,即命令道:"你去劝说你阿玛,他再不下来,连你也是死罪!"德尔格勒愤懑,被逼来到台下,对父亲道:"阿玛,我们战不能胜,困在台上也不是办法,下来吧,是放,是杀,随他们的便。"反复说了好几遍,金台石还是不下来。皇太极见招降无效,命绑上德尔格勒,就地斩首。德尔格勒力气大,一只手推开军士,嘿嘿一阵冷笑:"我活了三十六岁,没想到今儿个死在你的手里。要杀就杀,绑我嘎哈?"说完一伸脖颈:"来吧,怕死不是巴图鲁。"

阿尔塔什见此光景,忙对皇太极说:"你阿玛汗可是让他招降他阿玛,你杀了他的儿子,他还肯下来么?"

皇太极只好带他去见努尔哈赤,说金台石谁的话也不听,就是不下来。努尔哈赤正在吃晚饭,让二人同桌吃,并对皇太极说:"这是你阿哥,你以后要好好照顾他。阿玛有罪不肯降,当杀阿玛,儿子无罪。"

这个时候,宫城内八角楼里的人慌做一团,金兵数万正在拆毁城墙,掏孔,挖地道,喊杀之声不绝于耳。金台石的小福晋偷偷带着小儿子沙浑往台下跑,侍卫谁也不拦,同情他们,放条生路。不料被金台石发现了,他立即拈弓搭箭,对准小福晋嗖地就是一箭。守台侍卫眼明手快,忙提起一副铠甲甩过去,正好扔到小福晋身上,箭镞啪地钉在铠甲

---

① 妻兄。

上。小福晋携着幼子沙浑赶紧跑下台来。金台石心软了："你们走就走吧，我是寸步也不离开。"

努尔哈赤见金台石说啥也不肯下来投降，怒令："拆毁高台！"

金兵在皇太极的指挥下，拆栅毁台，一片吆喝。台上侍卫见已到绝路，多半放弃抵抗，跑下台来投降。剩下少数人保着金台石，问："贝勒爷怎么办？"金台石往下瞅了瞅，四面挖土凿壁，声如霹雳。金台石抬头望望夜空，满天星斗，一弯月牙，冷雾凄风，一片恐怖，遂仰天叹道："天亡我叶赫也！"周围的人越来越少，家人在八角楼里痛哭，宫室里的人几乎跑光了。金台石心烦又气恼，大喝道："桑咕什么！不就是一个死吗？"侍卫说："贝勒爷快走吧，我们保着你趁天黑逃出去。"金台石苦笑道："难得你们忠心。辉发灭亡时，拜音达里众叛亲离，死后国人拍手称快。我叶赫将亡，还有你们乐意跟随我，我死无憾了。你们都逃生走吧，不要跟我无辜送命。"

侍卫一听，齐跪倒台上："我们不能走，走就同走，死就同死。"

金台石唉了声说："我生于此，死于此可也，我为祖宗基业而死，理所当然。你们同死有何益处？还是逃生去吧。"

忽然有人发现，土台西北角已被挖坍塌了，木障石墙都被毁掉，金兵向上爬墙。金台石令侍卫点火，先从八角楼点起，宫室全被点着。火起后，侍卫们有的跑掉，有的跳入火海，还有的紧随金台石。金台石见宫里烈焰冲天，照亮全城，对着祖先宗祠叩头道："我祖宗创业艰难，孙儿金台石不孝，未能守住祖宗基业，死后无面目见先人于地下，孙儿今儿个同祖宗基业一朝俱尽了！"

皇太极看见台上火起，令军士停止拆台，紧紧围城，不令走漏一人。大火着了多半夜，宫室殿阁统统化为灰烬，金台石举家自焚。皇太极令军士休息，自己带一支人监视现场，怕有人漏网。

天光大亮，军士在八角楼废墟处找到一个烧伤没死的人，送到皇太极处。皇太极突然一怔："啊？是你，你没死？"

正是烧成重伤没死的金台石。他被押到努尔哈赤处。

"金台石！你的巢穴已失，今被捉住，还有何说？"

金台石勉强睁开肿胀的眼睛，斜视了一下，不屑一顾地说道："你不过是建州一个跳梁小丑，侥幸成功。我金台石斗你不过，死后也不会放过你！"

努尔哈赤大怒："绞死他！"

第六十回　灭叶赫两贝勒死义　并扈伦女真族统一

金台石发出一阵狂笑道："我临死前告诉你几句话：我生前抗不了你，死后也找你算账。魂若有知，不使叶赫绝种，将来无论留下一男一女，总要报上此仇。"说完一头撞去，碰得脑裂血流，军士取来绳索时，他已气绝身亡。

努尔哈赤怒犹未息，令刀斧手砍下金台石的头颅，挑在高竿上，号令西城，招降布扬古。

再说西城贝勒布扬古，见东城火起，立命堂弟吴达哈带兵巡察四门，加强防守。大贝勒代善发起猛攻，力争在日出前拿下来。吴达哈抵御中看到了高竿上挑着的金台石首级，大惊失色，他跑回家中，领着妻子儿女开城投降。

吴达哈投降，城防迅速瓦解，叶赫兵扔下武器逃走。布扬古见大势已去，决定弃城西走蒙古。布尔杭古主张投降，也不管阿哥乐意不乐意，即派使出城，手执白旗，去见代善说："我主派我来商谈投降事宜，立等复命。"

代善说："投降就是投降，有什么好商谈的！"使臣说："我主说了，你们保证不杀，才能降。"

"那当然了。"代善又说道："最初劝他们投降，他们不降。到了山穷水尽，走投无路时才降，是不应该赦免。不过要看在亲戚面上，原谅他们一次，他们来吧。"使臣又说："我主有个请求，投降之后，还住到自己城寨。"代善一听火了："这决不行！投降不是讲和，住到哪由我们安置。他若不同意，我们就攻城。"代善为了表示诚意，敦促布扬古兄弟早降，提出一个解决的办法，说他们兄弟怕杀不敢来，可先让他的母亲来。前贝勒布寨福晋，布扬古兄弟之母，她有两女，长女东哥，次女嫁给代善，是在一次冲突后的和亲时。布扬古只得请出六十多岁的老王妃，派亲兵护送去见代善。代善见了岳母，行了礼，设宴款待。老王妃说："你们父一辈子一辈互相争斗，连亲戚都疏远了，我都难得见你一面。"代善笑道："这也是不得已呀。今日之事，只要他们兄弟能出降，别的什么也不要提了。咱们亲戚还是好亲戚。"老王妃说："你要他们投降，可你连一句保证的话都没有，他们敢来吗？我的两个儿子是害怕被杀，不是不愿投降。"代善果断地说："我向额穆哥[①]保证：降而后杀，是我的罪过；说降不降，是他们不是。"

[①] 岳母。还有的叫阿布喝，系女真方言。

老王妃回去见了两个儿子,劝二人出降,免遭杀身灭族之祸。布扬古兄弟开城出见代善,代善仍然置酒宴相待,当面下了保证道:"皇天后土,可以作证:我与叶赫贝勒布扬古兄弟盟誓,投降以后,以诚相待,若渝誓言,天实谴之!"誓毕,把端起的酒杯放在桌中间,拔出佩刀,用刀尖在杯中间一划。然后扔刀,端起杯来,喝了一半放下。布扬古端起,喝了一口,剩下的被布尔杭古一口喝干。扔杯于案,表示投降,众人尽欢,一直到晚上。

住了一宿,次日军士来报,说汗王爷要见一见西城贝勒兄弟。代善说:"见一见也好,我陪你们去见阿玛汗。"布扬古有点踌躇,不很愿意,他从心里对努尔哈赤感到别扭。代善说:"放心吧,有我在,保你没事。"

三人骑马来到东城大营,布扬古勒住马说:"你同兄弟进去吧,我还是不见他好。"

"这怎么行?已经来了哪能不见?"代善挽住布扬古的马辔环,劝他不要泄气,出事由我兜着。布扬古只好同行。

来到大营,代善先进,说已将布扬古兄弟领来了。努尔哈赤问道:"投降是你准许的吗?"

"是的。"

"你在答应之前,怎么不先禀告我一声?"

代善答道:"阿玛汗已有明令,只要投降,不杀一人。"

努尔哈赤"哼"了一声说:"大军到后,不攻自降,方能赦免。现在土崩瓦解,为了活命,穷蹙乞降,心里服气吗?"

"臣儿已同他们划酒设誓了,求阿玛汗开恩,好歹也是亲戚。"

"看在你的面上,我先不追究,你把他们领进来吧。"

代善老大不高兴,把布扬古兄弟领进帐。布尔杭古双膝跪倒,不住叩头。布扬古仅将左腿一弯,膝盖刚点地就直起来,沉默不语。努尔哈赤明白了,他这是不服气。因想道:"我再试探一下,看他还有什么表示。"遂从案上拿一只金杯,满斟上一杯烧酒,赐与布扬古。布扬古又用一只腿跪地,双手接过杯来,起身把杯放在案上,他一口也不喝。努尔哈赤心里老大不痛快,一个亡国之君,竟敢如此无礼,他对代善一摆手:"带他们走吧!"

布扬古回到西城,闷闷不乐。阿敏、莽古尔泰、皇太极已经进城,叶赫兵全部放下武器回家,连布扬古的贝勒府也都换上了金兵把守。

布扬古躺在炕上翻来覆去地睡不着觉,面对国破家亡的现实,他无法接受。到了三更时分,突然闯进来一伙武士,把布扬古从炕上拖下来。布扬古惊问:"你们是什么人!要嘎哈?"

"我们奉汗王爷的命令,送你去见伊勒闷①!"武士们掏出绳子,套在了布扬古的脖子上。布扬古刚说完"我知道你们会这样做",绳扣一紧,霎时毙命,年不到四十。金台石亡年五十五岁。

第二天代善得知此信,已经晚了。他去质问父亲:"为什么绞死放弃抵抗的布扬古?"努尔哈赤辩解道:"本来我不念旧恶,贷其不死,可他不感恩戴德,不叩头、不饮酒、当众羞辱我,我还能饶他不死吗?"

努尔哈赤赦免了布尔杭古,授三等副将,隶属正红旗;德尔格勒亦授三等副将,隶正黄旗。叶赫纳喇氏王族吴达哈、苏纳、瑚钮、阿山、苏巴海等数百人皆跪地投降。惟布扬古堂弟兀金太②愤而自杀于堂子,以身殉国。

两城俱下,努尔哈赤命歼灭助守叶赫的明军。数万金兵把两千明军分割包围在两下。努尔哈赤有令,助守叶赫的明军一个也不留。助守东城的周大岐见城已毁,又同西城联络不上,知道无力抵抗,派人去见努尔哈赤,表示愿意放下武器,要求全军撤回。努尔哈赤答应了,但是必须交出所有器械,轻装步行,从指定地点撤走。周大岐不知是计,交出所有武器,包括火枪火炮战车,被领到埋伏圈里。金兵齐起,一阵乱砍,他们手无寸铁,结果连周大岐在内一千人全被杀光。

西城马时楠得报大惊,命令坚守大营,排列火器,抵御进攻。可是众寡不抵,待火药用完,沙石打光,火器全没用了。他们被金兵攻破大营,经过一场格斗,明军全部战死。马时楠重伤自刎,两千明军没有逃出一人。

努尔哈赤令将叶赫人全部迁于辽东,王族大臣部曲数千家,居民数万户,均编入八旗内带走。叶赫两城宫室殿宇民房兵营全部一火焚之,从此变成一片废墟。

时人谓努尔哈赤杀布扬古,纯是对其将妹东哥格格转嫁蒙古一事的报复,其他都是借口。

自杨吉砮兄弟于万历元年建国,到城毁国灭,历三世六主计四十六

---

① 阎王。
② 兀金太之父名兀孙孛罗,为清佳砮贝勒次子,同死于开原"市圈"。

年。若以齐尔哈纳早期活动于叶赫地算起，则逾百年矣！

从此，扈伦四部皆亡，一个纷争数百年的女真族，走向统一。讲到最后，凑成几句俚语，作为全书的终结：

> 历代兴亡各有因，
> 成功失败耐人寻，
> 风流浩气今何在？
> 尚须民众定乾坤！

笔者整理至此，突发感慨，有一首《叶赫吊古》诗为证：

> 女真豪杰昔有名，
> 金白①二酋尽簪缨，
> 扈伦惨淡群雄灭，
> 北关负隅苦支撑。
> 石城铁门空坚固，
> 天然屏障未邀功，
> 国破家亡皆因果，
> 殉身祖业死犹荣！

第六十回　灭叶赫两贝勒死义　并扈伦女真族统一

---

① 布扬古又作白羊骨。叶赫首领历代承袭塔鲁木卫都督，堪称簪缨之家。

附录

扈伦四部世系（之一）——哈达国世系[*1]

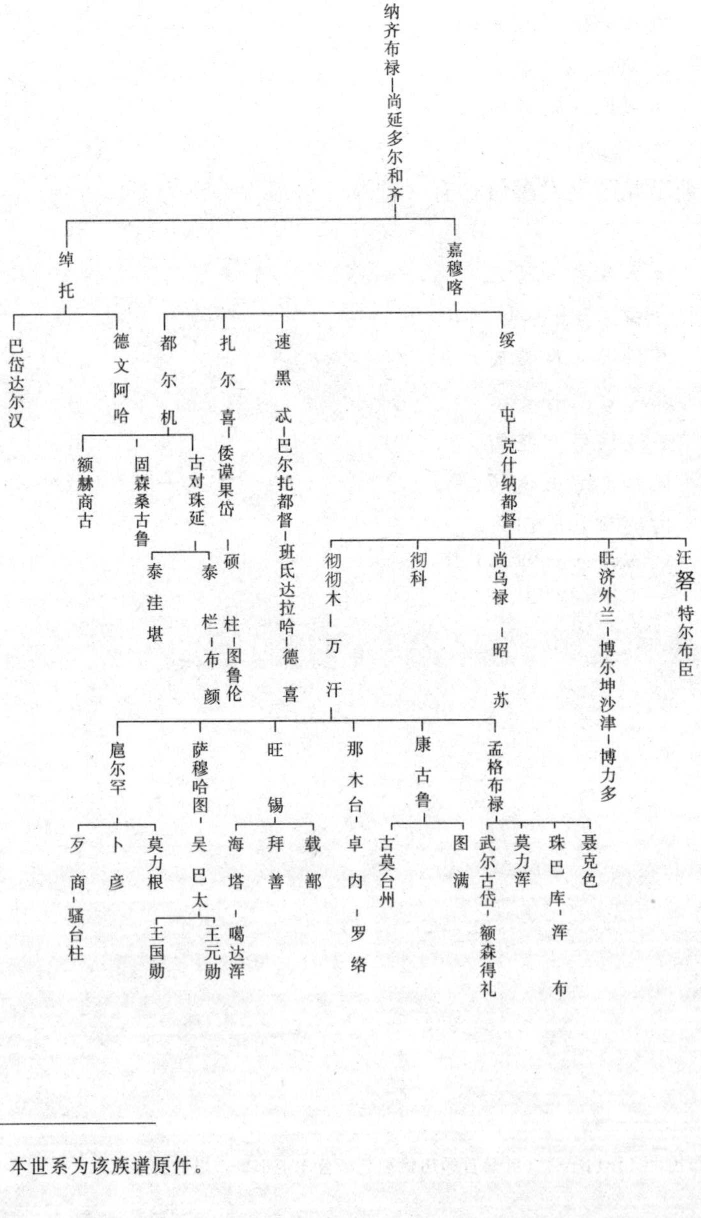

```
纳齐布禄—尚延多尔和齐
├── 绰托
│   ├── 巴岱达尔汉
│   └── 德文阿哈 — 额赫商古
│       └── 固森桑古鲁 — 泰洼堪
│   └── 都尔机 — 古对珠延 — 硕色—柱—图鲁伦
│       ├── 扎尔喜—倭谨果岱—栏布颜
│       │   └── 扈尔罕
│       │       ├── 莫力根—卜彦—歹商—骚台柱
│       │       └── 萨穆哈图—吴巴太—王元勋
│       └── 速黑忒—巴尔托都督—班氏达拉哈—德喜
│           └── 彻彻木—万汗
│               ├── 旺锡—拜善—海塔—噶达浑—王国勋
│               ├── 载鄁
│               ├── 那木台—卓内—罗络
│               ├── 康古鲁—古莫台州—图满
│               └── 孟格布禄—武尔古岱—额森得礼
└── 嘉穆喀
    └── 绥
        ├── 屯克什纳都督
        │   └── 彻科
        │   └── 尚乌禄—昭苏
        │       ├── 莫力浑
        │       └── 珠巴库—浑布
        │       └── 聂克色
        ├── 旺济外兰—博尔坤沙津—博力多
        └── 汪砮—特尔布臣
```

---

* 本世系为该族谱原件。

扈伦四部世系（之二）——乌拉国世系[*1]

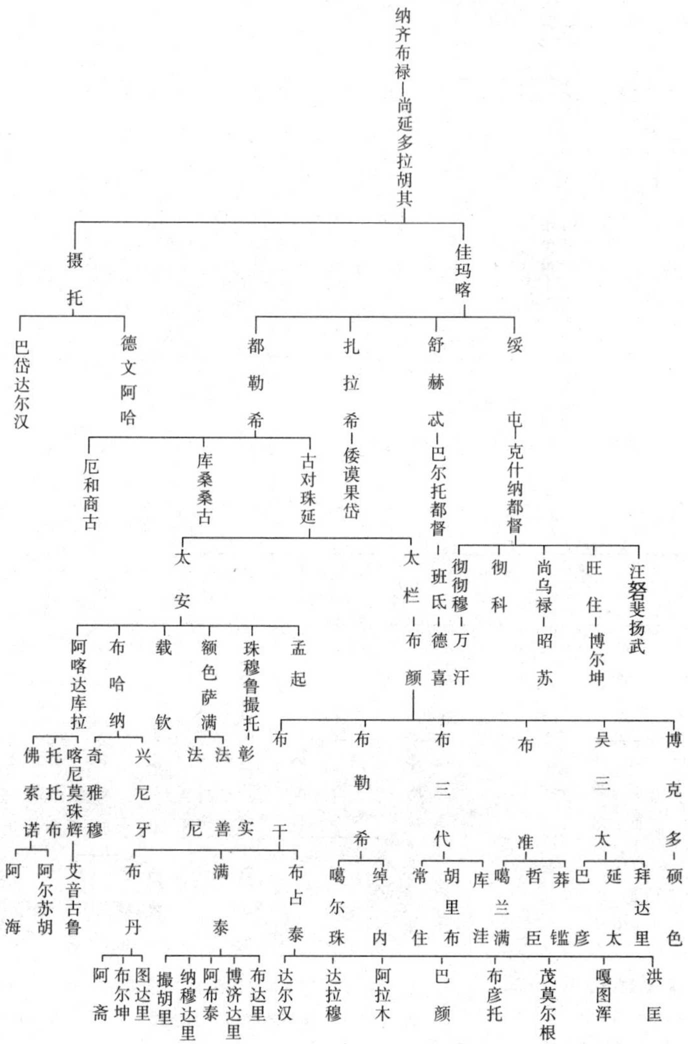

附录

---

* 本世系为该族谱原件。

扈伦四部世系（之三）——辉发国世系[*1]

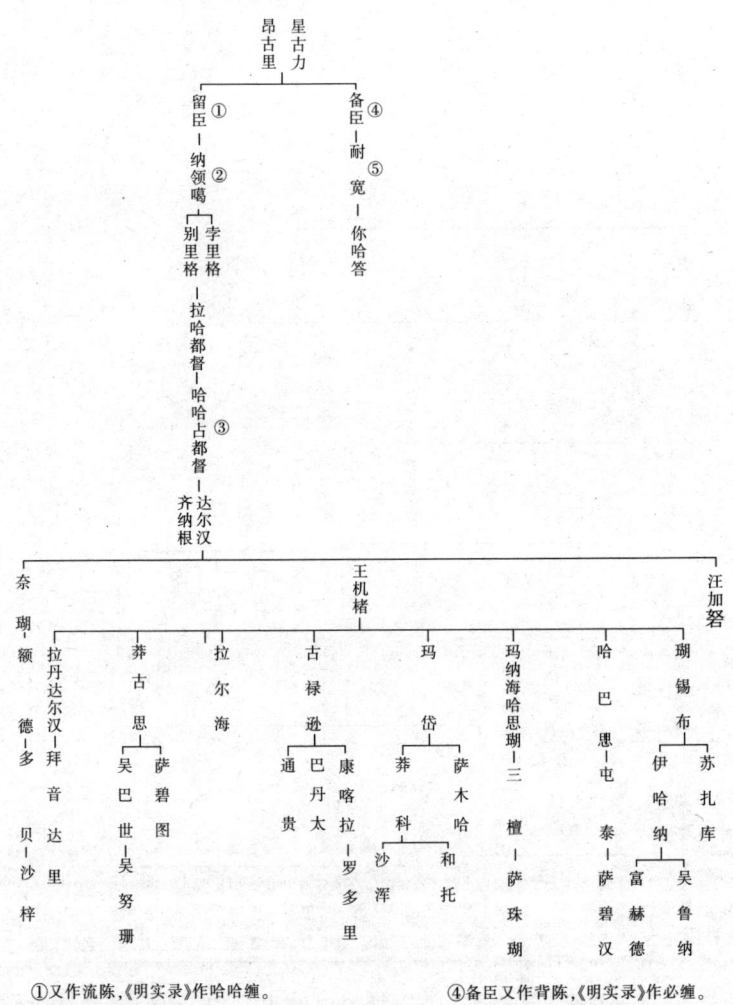

① 又作流陈，《明实录》作哈哈缠。
② 《明实录》作剌令哈。
③ 《清史稿》作噶哈禅都督。
④ 备臣又作背陈，《明实录》作必缠。
⑤ 耐宽《明实录》作乃胯。

* 本世系为该族谱原件。

扈伦四部世系（之四）——叶赫国世系[*1]

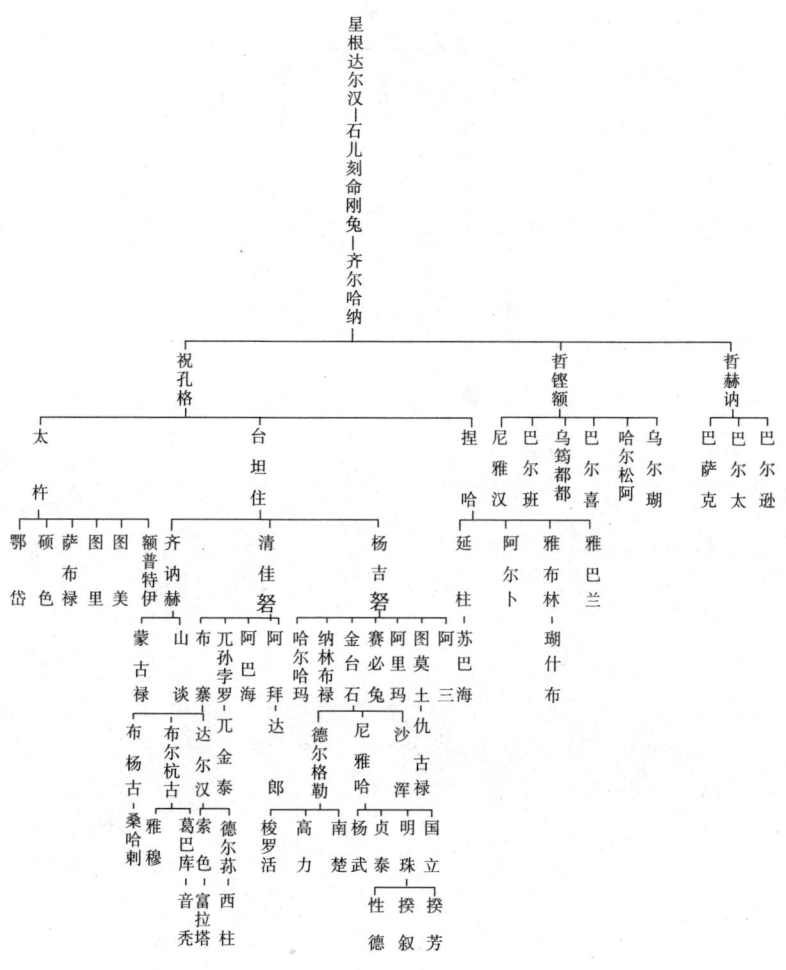

---

* 本世系为该族谱原件。

建州卫世系[*1]

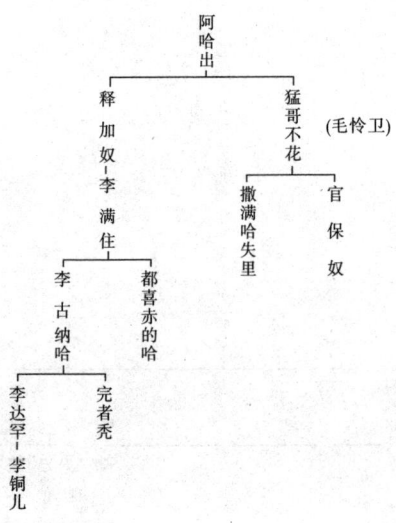

```
              阿哈出
         ┌──────┴──────┐
       释加奴         猛哥不花
         |              |         (毛怜卫)
       李满住         ┌──┴──┐
     ┌───┴───┐     撒满哈失里  官保奴
   李古纳哈  都喜赤的哈
   ┌──┴──┐
 李达罕   完者秃
   |
  李铜儿
```

---

* 本世系为该族谱原件。

建州左卫世系[*1]

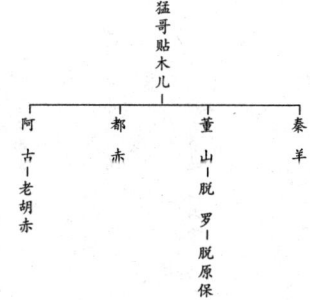

```
        猛哥贴木儿
    ┌─────┬─────┬─────┐
   阿     都     董     秦
   古     赤     山—脱   羊
   ｜           罗—脱
   老            原保
   胡
   赤
```

附录

---

* 本世系为该族谱原件。

建州右卫世系[1]

```
        凡察
     ┌───┼───┐
   甫老  不花秃  逞加奴
     │
  阿哈达—纳郎哈
```

又

```
   多洛络—王杲
     ┌───┴───┐
    阿台     阿海
```

---

[1] 本世系为该族谱原件。

后金国世系[*1]

附录

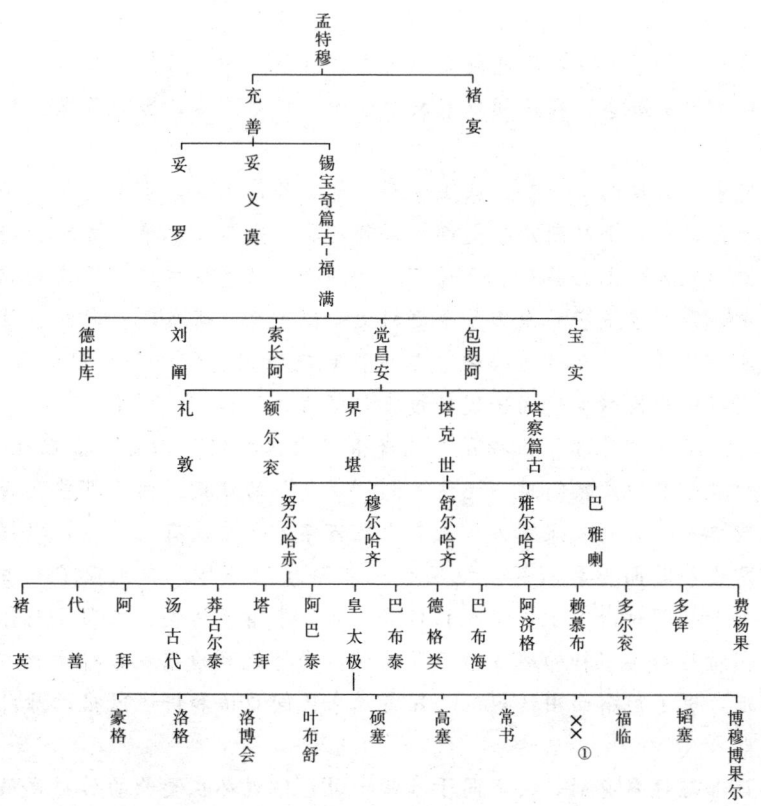

注二岁殇,未名。

---

[*] 本世系为该族谱原件。

后　　记

　　这本书原则一点说，是由两个中篇说部和几组传奇故事糅合而成。明末清初时，海西女真扈伦四部灭亡，其后裔遍布关东大地，传下了很多轶闻趣事。这些轶闻趣事很有史料价值。四部后裔们本着对祖先的景仰，编成故事，在民间或家族中讲述，广为流传，当时称做"乌勒本"。

　　笔者为扈伦四部后裔，从小受到家庭熏陶，不仅产生了兴趣，而且身体力行，把业余时间几乎全部投入到搜集、走访、记录、整理、研究扈伦四部的史料上，并做了大量的田野调查，从扈伦四部的后裔和满族耆老中，得到了很多的东西。余之祖父崇禄先生，从我懂事时起，就向我灌输、传授，培养我的兴趣。在我长时期研究扈伦四部史的过程中，从无间断对扈伦四部轶闻传说的搜集与整理。

　　为了符合"说部"的特点，笔者根据内容拟定了回目。准确地说，原来的本子有的比较简单，还达不到"说部"的规模。因为那些传说故事情节单一，而且长短不齐，长者十几万字，短者仅有几千字，根据内容的需要和时间发展顺序，把两个说部组合到一起，却也费了一番心思。笔者整理时，忠于传承人的口碑，对故事情节结构、主题思想保持不变，对与史实不符的地方，不做改动，保持故事的原貌。对于一些满语词汇，也不用书面用语规范，保留原来民间口语和讲述风格的原汁原味。

　　说部与评书有别，又不同于章回小说，但说部在漫长的历史发展过程中，特别是在满汉文化的交融中，不可能不受到评书的影响。为了增加可读性，立回目，将不连贯的内容与情节连贯起来，使之成为一个名符其实的说部，一个体系完整的说部，这不能算做改编。我不妨坦率地说，任何一部说部作品都不可能是原始记录而一丝不变地传承，尤其是流传久远的更是如此。每传一代，讲述者都会按照己意"添枝加叶"，这样会使故事更完整。不过说部的传承有一项严格的规定，那就是最根本的事实不能丢，故事原貌不能变，因为这是讲述祖先的故事，不能胡编乱造，任意取舍，那样便是对祖先的不敬。这就是说部与评书的不同之处，至于使用章回体只是个形式问题，从意义上讲，两者有着本质上的区别。

　　笔者整理说部故事有一条原则，就是深恶戏说，什么好的历史故事一沾上戏说的恶习，就会面目全非，失去本身的价值。同时，也是对祖先不敬不孝。当然，笔者对传统说部艺术把握得还不准，加上日久年深，传承多代，对好些轶闻传说和讲述的故事尚缺梳理，谬误和错讹一定是不少的。为此，诚望得到扈伦四部后裔中的知情者予以补充完善，请专家、同道和广大读者批评指正。

赵东升　谨识
癸未孟春于春城寓所之无为斋

赵东升小传

赵东升 男，满族，1936年出生，吉林省九台市人，扈伦四部中乌拉国王布占泰的后裔。早年就读于东北师范大学和长春中医学院，执业医师。现在长春主持一家公办民营医学科研机构——长春市辉煌肾病研究所，任名誉所长。多年来，利用业余时间从事满族历史文化研究，现任吉林师范大学特聘教授，吉林省民俗学会名誉理事长等职。

祖上为明代海西女真"扈伦四部"之一乌拉国贝勒。祖父崇禄先生精通满汉文，为清代乌拉打牲衙门的一个小官吏，先任笔帖式，后充委官。他善于讲演，博闻强记，能够把先人传下来的故事通俗化。赵东升从小受家庭熏陶，特别是记住了祖父传授的七八个说部故事。在过去的几十年里，他以家传为基础，以田野调查为旁证，写了大量的学术文章和著作，发表文章近百篇，出版专著数种，如《扈伦研究》、《扈伦四部研究》、《满族历史研究》（论文集）、《乌拉国简史》、《布占泰传》等。现承担国家清史工程的资料项目——满族家谱的搜集、编辑、出版工作。除此，承担吉林师范大学满族文化研究丛书的编撰工作。

图书在版编目(CIP)数据

扈伦传奇/赵东升编著.
— 长春:吉林人民出版社,2007.12
(满族说部/谷长春主编)
ISBN 978-7-206-05471-6

Ⅰ.扈… Ⅱ.①赵… Ⅲ.满族—民间故事—作品集—中国
Ⅳ.I277.3

中国版本图书馆 CIP 数据核字(2007)第 181729 号

扈伦传奇(上、下册)

丛书主编:谷长春
整 理 者:赵东升(呼伦纳兰氏 秘传)
责任编辑:邢万生　　封面设计:李晓东　　责任校对:桑一平
吉林人民出版社出版 发行 (长春市人民大街 7548 号　邮政编码:130022)
网　　址:www.jlpph.com
全国新华书店经销
发行热线:0431-85395845　85395821
印　刷:北京铭传印刷有限公司
开　本:787mm×1092mm　1/16
印　张:34.25　　　　字数:555 千字
标准书号:ISBN 978-7-206-05471-6
版　次:2007 年 12 月第 1 版　　印　次:2020 年 9 月第 3 次印刷
印　数:1-3 000 册　　　　　　定　价:88.00 元(全二册)

如发现印装质量问题,影响阅读,请与印刷厂联系调换。